W0342030

ESAÜ
OU LE CHAÎNON MANQUANT

Philip Kerr

ESAÜ

OU LE CHAÎNON MANQUANT

Traduit de l'anglais par Annie Hamel

Éditions du Masque

Ce roman a paru sous le titre original :

ESAU

Pour Charles Forster Kerr

« Voici qu'Esaü, mon frère,
est un homme velu
et je suis un homme glabre. »

Genèse 27 : 1

© PHILIP KERR, 1996
ET EDITIONS DU MASQUE-HACHETTE LIVRE, 1997.

Tous droits de traduction, reproduction, adaptation, représentation préservés pour tous pays

Remerciements

Je tiens à remercier Sandy Duncan, les professeurs Nicholas Scott, David Raeder et Sara Vinicombe ; Douglas Kennedy, Narendra Thapa Magar, Peter Godwin, Jonathan Burnham, Caroline Michel, Rosemary Davidson, Robert Bookman, Caradoc King, Nick Marston, Linda Shaughnessy, Paula Wagner, Marion Wood, Jerry Bruckheimer, et Michael Lynton. Je remercie tout particulièrement John Walsh, pour m'avoir aidé à formuler l'histoire, et ma femme, Jane Thynne, pour sa patience remarquable.

Je dois beaucoup au travail des scientifiques, explorateurs et écrivains suivants :

Stephen Bezrucka, Peter Boardman, Chris Bonington, C.G. Bruce, W. Burrows, Jeremy Cherfas, G.A. Combe, Jared Diamond, Trevor Dupuy, Blake Edgar, Robert Foley, Dian Fossey, Murray Fowler, J.B. Fraser, John Gribbin, M. Grumley, Emily Hahn, Hooker, Ralph Izzard, Bjorn Kurten, Donald Johanson, Lenora Johanson, Richard Leakey, Roger Lewin, Peter Matthiessen, Richard Milton, W.H. Murray, J. Napier, W.W. Rockhill, Steve Roper, Carl Sagan, Eric Shipton, James Shreeve, Konrad Spindler, Joe Tasker, Ian Tattersall, O. Tchernine, Vladimir Tschernezky, L.A. Waddell et R. Windrem.

PREMIÈRE PARTIE

La découverte

« L'idée du chaînon manquant et de la relation de l'homme au monde animal continue à faire tellement rêver, qu'on aura peut-être toujours du mal à extraire de l'histoire comparée des primates, vivants et fossiles, ces mythes que l'imagination est capable de faire surgir d'une mine de croyances naïves. »

Solly Zuckerman

Un

« Quand l'homme et les montagnes se rencontrent, cela donne de grandes choses. »

William Blake

L'arête glaciaire, dont les contours délicats s'incurvaient profondément sur le versant du Machhapuchhare, telles les dizaines de voiles nuptiaux géants d'un mariage céleste, se dressait au-dessus de sa tête bourdonnante dans ce soleil de fin d'après-midi, un soleil fabuleux. Sous ses pieds chaussés de souliers à crampons, dont les pointes avant étaient légèrement plantées sur le mur de glace vertical, s'étendait la trouée formée par le Glacier Sud de l'Annapurna. Quelque douze kilomètres derrière son dos, qui souffrait du poids de son gros sac, le sommet reconnaissable de l'Annapurna se dressait comme une énorme pieuvre. Non pas que Jack regardât. Tailler des prises pour les mains et des marches pour les pieds avec un piolet, à six mille mètres d'altitude, ne lui laissait guère le temps de se détendre et de jouir de la vue. Le décor ne compte pas, quand on a un sommet à atteindre. Surtout quand il s'agit d'un sommet officiellement interdit.

Les grimpeurs occidentaux l'appelaient le Pic de la Queue de Poisson, un surnom qui soulignait le fait que cette montagne sinueuse pouvait très bien refuser de se laisser conquérir par l'homme. A la suggestion de quelque Britannique sentimental devenu habitant du cru, qui lui-même n'avait pas réussi l'ascension de ce pic en 1957, le gouvernement népalais avait déclaré que le Machhapuchhare, trois fois plus haut que le mont Cervin, resterait pur et inviolé. Résultat, il était désormais impossible d'obtenir l'autorisation de gravir l'un des plus beaux et des plus excitants sommets du Sanctuaire annapurnien.

La plupart des alpinistes pouvaient avoir renoncé par peur des conséquences. On risquait des amendes et des peines de prison. On pouvait se voir refuser les autorisations pour de futures expéditions. Mais Jack en était venu à considérer cette montagne comme un affront, une moquerie à son intention clairement exprimée de conquérir les principaux sommets himalayens. Dès que son acolyte et lui eurent achevé leur ascension de la face ouest de l'Annapurna, pour laquelle ils avaient obtenu une autorisation officielle, ils décidèrent de grimper sans permis. Une escalade éclair, *a priori* une bonne idée. Jusqu'à l'arrivée du mauvais temps.

Jack se hissa sur l'une des marches qu'il avait taillées pour son pied, leva le plus haut possible son bras armé d'un piolet, et perça une nouvelle prise pour sa main dans la paroi de glace.

C'était déjà suffisamment agaçant, se dit-il, que les alpinistes dussent arrêter leur escalade du Kangchenjunga à seulement quelques mètres du sommet, afin de ne pas profaner son pic sacré. Mais qu'il existât une montagne qu'on vous interdise réellement d'escalader était impensable. Si l'on faisait de l'escalade, c'était d'abord pour échapper aux lois terrestres et autres réglementations. Jack avait l'habitude que des gens lui disent que telle montagne ou telle paroi étaient inaccessibles. Dans la plupart des cas, il leur avait prouvé le contraire. Mais une montagne qu'on vous interdisait d'escalader, veto opposé par un gouvernement de surcroît, c'était autre chose. Pour leur officier de liaison à Katmandou, ils se trouvaient toujours sur l'Annapurna. Ils avaient acheté le silence de leurs sherpas. Personne n'allait dire où il pouvait ou ne pouvait pas grimper.

Cette simple pensée suffit pour que Jack envoie son piolet dans la paroi avec encore plus de férocité. Il reçut une douche de petits morceaux de glace et de l'eau sur son visage buriné Puis une marche s'effrita sous sa chaussure, et l'obligea à s'arrêter pour rétablir son équilibre et à tâtonner dans la glace pour y insérer une nouvelle broche.

Pas facile avec des gants Dachstein.

— Comment ça se passe ? cria son second, environ quinze mètres plus bas.

Jack ne dit rien. Les muscles douloureux, suite à son escalade sur le mur de glace, il était accroché à la paroi d'une seule main, tout en essayant de visser la broche avec des doigts engourdis par le froid. S'il ne finissait pas rapidement ce mur, ses mains risquaient de geler. Il n'avait pas le temps de faire de rapport sur sa progression. Ou son absence de progression. S'ils n'arrivaient pas en haut bientôt, ils étaient dans le pétrin. Plusieurs jours passés dans une tente de paroi leur avaient fait consommer une bonne quantité d'un précieux carburant. Il leur en restait juste assez pour une autre journée, peut-être deux, et sans carburant ils ne pouvaient faire fondre la neige pour se faire du café.

Enfin le piton fut arrimé et Jack put détendre le bras qui avait supporté tout son poids. Il prit de profondes inspirations d'air raréfié, et tenta de calmer son cœur, car le sang lui battait aux tempes.

Jack ne se souvenait pas d'une paroi plus ardue. Même l'Annapurna ne lui avait pas semblé si difficile à escalader. Près du sommet, le Machhapuchhare ressemblait davantage à la pointe d'une lance passée verticalement dans la roche par quelque titan des profondeurs de la terre, qu'à la queue d'un poisson. L'escalade de parois de glace en haute altitude restait le seul vrai défi pour tout alpiniste des temps modernes, aucun doute là-dessus. Et les sommets gothiques du Machhapuchhare, aussi abrupts que les gratte-ciel new-yorkais, étaient peut-être le fin du fin pour se mesurer à la montagne. Quel idiot il était ! Qu'il finisse donc son escalade, avant de s'inquiéter de savoir si les autorités découvriraient ce qu'il avait fait.

Le bourdonnement dans sa tête sembla diminuer.

Sauf qu'à présent Jack avait d'étranges sifflements dans les oreilles. Tout d'abord comme un acouphène, le bruit s'intensifia, jusqu'à se muer en grondement, comme un obus tiré d'un navire de guerre dans une baie, au loin. Puis le tonnerre emplit ses oreilles et Jack se demanda ce qui lui arrivait : un effet terrifiant de la haute altitude, un œdème pulmonaire, ou une hémorragie cérébrale.

Pendant un bref moment qui lui donna la nausée, Jack entendit les broches qui le retenaient grincer dans la glace, alors que la montagne entière subissait une secousse. Il ferma les yeux.

Quelques minutes passèrent. Le bruit mourut sur le glacier, quelque part au nord de l'endroit où Jack se trouvait. Il n'avait pas bougé. Le souffle qu'il avait inconsciemment bloqué s'échappa de ses lèvres gercées en une exclamation de soulagement et de gratitude. Il ouvrit les yeux.

— Qu'est-ce que c'était, bordel ? cria Didier, en bas du mur de glace.

— Je suis content que tu l'aies entendu aussi, dit Jack.

— On aurait dit que ça venait de l'autre versant de la montagne. C'était quoi ?

— Quelque part plus au nord, je crois.

— Peut-être une avalanche.

— Alors c'en était une énorme, dit Jack.

— Là-haut elles sont toutes énormes.

— Ça pourrait même être une météorite.

Jack entendit Didier rire.

— Merde, dit Didier. Comme si ça n'était pas suffisamment dangereux comme ça. Il faut en plus que le Tout-Puissant nous balance des roches !

Jack s'écarta de la paroi et, se tenant à la corde, il regarda l'immense surplomb de glace, au-dessus de sa tête.

— Je crois que ça ira, cria-t-il.

Dans son esprit, l'image des débris d'une avalanche que Didier et lui avaient vus au pied de l'arête glaciaire sur laquelle ils se trouvaient. Cela lui rappela de façon désagréable les risques qu'ils prenaient, lui et son partenaire originaire du Canada français.

— Bien, je crois que nous apprendrons tous les détails bien assez tôt, ajouta-t-il, très calme.

Durant la semaine qui avait précédé leur arrivée dans le Sanctuaire annapurnien, en vue d'une ascension de la dizième plus haute montagne du monde — et de sa petite sœur interdite —, une expédition allemande, bien plus importante que la leur, avait été balayée par une grosse avalanche sur la paroi sud du Lhotse, le grand pic noir relié à l'Everest par le fameux col sud. Six hommes étaient morts. Selon l'un des sherpas, le sérac entier, plusieurs centaines de tonnes de glace solide, leur était tombé dessus.

Pour éviter toute autre chute de glace similaire, Jack avait suivi une voie sur le côté de l'arête, mais à présent, il se trouvait juste en dessous de la zone dangereuse, une énorme masse de glace dure collée à la roche uniquement par le gel.

Si ce gros morceau devait tomber, se dit-il, ils seraient bons. Pour chasser cette éventualité de son esprit, Jack tenta de se souvenir du nom de ce héros grec condamné par Zeus à rouler une énorme pierre en haut d'une montagne, et cela pour l'éternité. Comme la pierre redescendait chaque fois en bas de la montagne, c'était une tâche sans fin. Comment s'appelait-il ?

Jack se posait la question, quand un long doigt fantomatique de neige poudreuse s'envola du bord du surplomb et fusionna avec l'infime traînée nuageuse qui dérivait dans le ciel bleu, pur et lumineux. Un peu de cette neige dégringola sur le visage de Jack, le rafraîchit comme le jet d'eau de Cologne d'un vaporisateur. Il lécha l'humidité froide sur ses lèvres gercées, leva son piolet et entreprit de tailler une autre prise pour sa main, sur la voie périlleuse dont il avait mentalement établi le tracé. Ce chemin l'amènerait au coin de l'arête, le mettant à l'abri d'une rupture subite du bloc de glace.

Il s'interrompit quand des centaines d'échardes de glace tombèrent du bord de l'arête glaciaire, trottinant tels des petits lemmings blancs suicidaires. Quand finalement ils s'arrêtèrent, Jack réalisa que le bourdonnement dans sa tête avait repris.

« Sisyphe », marmonna Jack, se souvenant du héros grec en finissant de tailler une prise pour sa main. « L'astucieux Sisyphe. » Une éternité de secondes chances. La situation de Jack ressemblait à cela. Le gros morceau de glace au-dessus de sa tête ne tomberait qu'une fois. Et tout serait dit. La chute finale d'un homme. Il passa une longueur de corde dans la dégaine et gravit quelques dizaines de centimètres sur la paroi de glace.

— Plus vite je me dégage de sous ce salopard et mieux ça vaut, dit-il, tout haut.

Ses oreilles recommençaient à lui jouer des tours. Cette fois, il eut l'impression d'être devenu sourd. Jack s'arrêta là où il était et répéta sa dernière phrase, mais ce fut comme si le son avait été aspiré par la montagne. Il sentit les mots vibrer dans sa bouche, mais il n'entendit rien. Il semblait y avoir un vide dans lequel tous les bruits sur l'arête se vidaient et, tel le calme mortel avant la tempête, l'impression de menace était omniprésente.

Jack regarda en bas et appela Didier, mais une fois de plus son cri se perdit en route, et se noya dans un roulement de tonnerre. Une seconde plus tard, la montagne se défit de plusieurs milliers de tonnes de neige et de glace dans un haussement d'épaules symbolique, barrant le ciel bleu du rideau noir gelé d'une énorme avalanche.

Enveloppé dans un gigantesque cumulus de neige suffocante et de vapeur asphyxiante, Jack se sentit arraché à l'autel montagneux.

Pendant ce qui lui sembla durer une éternité, il tomba.

Prisonnier du ventre de la baleine blanche de l'avalanche, ses sens malmenés coupés du monde extérieur, il n'avait aucune impression de vitesse ni d'accélération, ni même de danger. Il sentait seulement un pouvoir immense, élémentaire. Comme s'il se trouvait pris dans l'étreinte de l'hiver. Préservé par le froid, il fondrait et disparaîtrait en s'écrasant au sol. Jack. Jack Frost.

Presque aussi soudainement que l'avalanche s'était déclenchée, sa direction sembla changer. Sentant une pression incroyable sur son corps, Jack se mit instinctivement à nager. Il donna des coups de pied, lança ses bras au-dessus de sa tête et lutta pour atteindre quelque surface imaginaire.

Puis tout s'arrêta, devint sombre et silencieux.

Ses jambes étaient à l'air libre. Mais tout le haut de son corps était couvert de neige. Se trémoussant vers l'arrière, Jack s'écroula sur un sol rocheux et dur. Pendant plusieurs minutes il resta là, sonné, aveuglé par la neige. Il s'aperçut qu'il pouvait bouger ses bras et chassa doucement la neige qu'il avait dans le nez, dans la bouche, les oreilles et les yeux. Il regarda autour de lui et réalisa qu'il se trouvait dans un genre de *bergschrund* — une grande crevasse transversale dans la paroi rocheuse. L'entrée du bergschrund était bloquée par la neige, mais la lumière qui passait à travers laissait penser à Jack qu'il n'était pas bloqué trop avant dans la crevasse.

La corde, toujours serrée autour de la taille de Jack, se perdait dans le gros paquet de neige bloquant l'entrée. Jack se démena pour se mettre à genoux, tira fortement sur la corde. Mais, en rampant dans la neige et en se hissant vers l'extérieur grâce à la corde, il se disait que Didier devait être mort. Que lui-même fût vivant semblait déjà très miraculeux.

Après avoir tiré encore plusieurs fois comme un forcené, Jack vit apparaître le bout effiloché de la corde. Il se hissa jusqu'à l'entrée du bergschrund, et réussit à regarder dehors. Un coup d'œil à la pente disparue, en dessous, sembla confirmer le pire. L'avalanche, considérable, avait balayé toute la partie basse du glacier, de six mille mètres jusqu'au Camp Un, au sommet du Rognon, environ mille mètres plus bas. Tout comme Didier, les sherpas restés au camp avaient peu de chances d'avoir survécu.

L'avalanche avait balancé Jack sur le bord de la crevasse. Une chute sous un angle différent, plus bas, sur la lèvre dure, l'aurait tué. Au lieu de quoi la crevasse l'avait protégé des débris de glace mortels qui rendaient à présent la voie du retour, la descente le long de la face nord vers le Rognon et le Camp Un, méconnaissable.

Nauséeux et pourtant euphorique d'avoir survécu à cette chute sans dommage, Jack s'assit et entreprit d'enlever la neige et la glace de l'intérieur de son blouson et de son pantalon, tout en réfléchissant à ce qu'il allait faire. D'après lui, il y avait environ quatre cent cinquante mètres jusqu'au Camp Deux, au pied du versant rocheux. Ils avaient établi le Camp Deux, altitude de plus de cinq mille deux cents mètres, sous un surplomb rocheux. Aussi y avait-il une chance que ce surplomb ait protégé les deux sherpas du plus gros de l'avalanche, quoiqu'ils fussent probablement ensevelis plus profondément que lui.

Toutefois, Jack savait qu'il n'aurait pas le temps de redescendre avant la nuit. Il avait perdu sa radio, et la descente de la face nord était trop difficile pour qu'il la tente dans ces conditions, alors que la lumière déclinait déjà à l'horizon. Et puis, il avait toujours son sac à dos, avec du matériel et des provisions. Sa meilleure chance de s'en sortir était de dormir dans le bergschrund et de redescendre à la première heure, le lendemain matin.

Jack se libéra de son sac à dos d'un mouvement d'épaules. Il se releva péniblement pour inspecter ce qui serait ses quartiers pour la nuit et faillit s'empaler sur l'une des longues stalactites qui descendaient du plafond voûté, mordant l'obscurité comme les dents de quelque animal préhistorique oublié. La stalactite, aussi longue qu'un javelot, cassa et se brisa en mille morceaux sur le sol.

Jack ouvrit son sac à dos et sortit sa lampe torche.

— Ce n'est pas exactement le « Stein Eriksen Lodge », dit Jack, se souvenant au même moment qu'il aurait tout aussi bien pu s'agir de sa tombe.

Si seulement ils s'étaient arrêtés à la face ouest de l'Annapurna ! La plupart des gens se seraient contentés de ça. Mais ils s'étaient fiés à la chance qui jusqu'ici leur avait souri. En effet, ils avaient eu un si beau soleil, qu'ils avaient achevé leur ascension de l'Annapurna en deux fois moins de temps que prévu. Sans les ambitions de Jack d'approcher toujours plus du ciel, Didier Lauren et les sherpas, sur le glacier en contrebas, ne seraient peut-être pas morts.

Jack se rassit et balaya l'espace du faisceau de sa lampe.

Le bergschrund avait la forme d'un entonnoir couché, de neuf mètres de large et six mètres de haut à l'embouchure, pour se réduire, au fond, à un tunnel d'environ un mètre carré et demi.

Jack avait des heures à tuer. Aussi décida-t-il d'aller voir jusqu'à quelle profondeur le tunnel s'enfonçait dans la montagne. Il avança vers le fond de la grotte, puis il s'accroupit et darda le puissant faisceau halogène dans le boyau.

Jack savait que l'Himalaya abritait des ours, des léopards et des langurs, mais il lui semblait peu probable qu'ils aient élu domicile en un lieu si inaccessible, si loin au-dessus des derniers arbres.

A croupetons, le buste penché, Jack entreprit d'avancer dans le tunnel.

Au bout de cent mètres, environ, le boyau se mettait à grimper, ce qui rappela à Jack l'étroit passage menant à la chambre funéraire de la reine, dans la grande pyramide d'Egypte — une excursion que ne pouvaient effectuer les gens au cœur fragile, handicapés des jambes, ou claustrophobes. Après avoir hésité un bref instant, Jack décida de pousser plus avant, bien déterminé à découvrir quelle était la profondeur de cette grotte.

La plupart de ces montagnes avaient été formées par la croûte terrestre continentale précambrienne, à l'extrémité nord du subcontinent indien. Mais ici, dans la crevasse, et plus près du sommet, la roche était calcaire, datant d'une époque où la plus haute chaîne de montagnes du monde formait le fond de la peu profonde mer de Thetys. Ces sédiments du début du Paléozoïque avaient laissé une couche de près de vingt kilomètres depuis l'érection de la montagne himalayenne, environ cinquante-cinq millions d'années plus tôt. Jack avait même entendu dire que certaines parties de cette chaîne de montagnes s'élevaient encore de près d'un centimètre par an. L'Everest, que Didier et lui avaient conquis sans oxygène, faisait près d'un mètre de plus que l'Everest escaladé par sir Edmund Hillary et le sherpa Tenzing en 1953.

La pente ascendante du tunnel s'aplanit, la paroi du haut s'élevant simultanément, ce qui permit à Jack de se remettre debout. Jack braqua le faisceau lumineux de sa lampe au-dessus de sa tête, et découvrit qu'il était dans une immense caverne. Voyant que le plafond était hors d'atteinte du rayon lumineux, Jack se dit qu'il devait faire au moins trente mètres de haut.

Il cria et entendit sa propre voix ricocher sur les murs et le plafond invisibles, accentuée, étirée par l'écho dans cette froide et sombre caisse de résonance qui déjà le glaçait jusqu'aux os. Vu le son qui lui revenait, Jack aurait pu se croire non pas dans une caverne sous le Machhapuchhare Himal, mais sous la voûte élevée d'une cathédrale gothique décadente et oubliée, devenue l'antre d'un roi de la montagne malveillant. Taillée pour porter la voix humaine vers les hauteurs, en louanges, en prières, vers Dieu au paradis, la voûte était en réalité toute pleine d'un silence sépulcral.

Combien de temps ce silence avait-il régné avant d'être désacralisé par la présence de Jack ? Etait-il le premier humain qui ait pénétré dans cette caverne depuis la création de l'Himalaya, il y avait de ça un million et demi d'années ?

Tout d'abord il crut voir une protubérance rocheuse dans le rayon artificiel de sa lampe. Il s'écoula quelques instants avant que son œil de profane ne comprît que là, sur le sol terreux et humide, le regardant fixement, gisait le visage osseux d'un crâne quasiment entier, de la taille d'un melon.

Jack se laissa tomber à genoux et se mit immédiatement à enlever, avec ses doigts gantés, le gravier et la saleté maculant sa trouvaille. Jack savait que l'Himalaya abritait un grand nombre de fossiles. A seulement quelques kilomètres de là, sur les pentes nord du Dhaulagiri, le septième sommet du monde, Jack avait trouvé une ammonite — un mollusque à coquille enroulée datant d'entre cent cinquante et deux cents millions d'années. Muktinath était célèbre pour ses fossiles du début du jurassique. A l'ouest, le Churen Himal, au Népal, et les montagnes Siwalik du Pakistan du Nord, avaient abrité nombre de fossiles importants d'hominidés. Mais c'était la première fois que Jack en découvrait un.

Il leva le crâne débarrassé de ses scories dans la lumière de sa torche et l'examina avec attention. La mâchoire inférieure manquait, mais sinon, ce fossile semblait être quasiment intact, avec une mâchoire supérieure presque parfaite et une boîte cranienne entière. Il était plus grand qu'il n'avait paru à première vue, et pendant quelques instants Jack pensa qu'il pouvait s'agir d'un crâne d'ours. Puis il nota l'absence de grosses canines et rejeta cette idée. Il semblait s'agir d'un hominidé, ce dont Jack ne douta plus après l'avoir examiné pendant deux minutes. Cependant, il ignorait si ce crâne datait de la même époque que les fossiles de l'Himalaya, ni même s'il s'agissait là d'un fossile.

Il pensa à la personne la plus apte à lui apprendre tout ce qu'il y avait à savoir sur ce crâne. La femme qui avait été son amante et qui avait toujours obstinément refusé de l'épouser. Officiellement, elle était docteur en paléoanthropologie à l'université de Berkeley, en Californie. Peut-être lui ramènerait-il sa trouvaille en cadeau. Sans nul doute, elle apprécierait ce crâne bien plus que tous les autres souvenirs que Jack avait promis de lui rapporter du Népal, tels un tapis ou une « thangka ».

Jack savait quel conseil peu scrupuleux Didier lui aurait donné.

— Je te fais confiance, Didier, dit Jack, tristement. En outre, il reste un petit problème à considérer : réussir à redescendre de cette montagne.

Jack retourna à l'entrée du bergschrund, le crâne dans les mains. Il fouilla dans son sac à dos plein à craquer, décida qu'il faudrait abandonner quelque chose, s'il devait rapporter ce crâne dans la vallée. Mais quoi ? Pas son sac de couchage. Pas sa trousse de première urgence. Pas les chaussettes, ni les rations des camps de base avancés, ni le Nikon F4.

Il se mit à vider son sac.

Il tomba sur une bouteille à moitié vide de Macallan, du whisky pur malt. Didier et lui aimaient bien le Macallan. En outre, c'était un remède bien plus efficace contre les gelures au troisième degré que des vasodilatateurs tels que le Ronicol. L'escalade en haute altitude était l'une des rares occasions où les propriétés médicinales de l'alcool se voyaient confirmées. Et puis il s'agissait d'une urgence.

Jack s'assit sur le sol du bergschrund et dévissa le bouchon de la bouteille. Après quoi il porta un toast à son ami et se prépara à finir le whisky.

Deux

« Santé à la grande tête d'acier vert... »

Robert Lowell

« Inde. »

Le téléphone sonna.

« Pakistan. »

Le téléphone sonna à nouveau. L'homme remua dans son lit.

Ces dernières semaines, quand le téléphone avait sonné en pleine nuit, ç'avait généralement voulu dire que la situation s'aggravait entre ces deux vieux ennemis.

L'homme se tortilla pour s'extraire de ses couvertures et s'assit dans son lit. Il décrocha le combiné, puis s'appuya contre la tête du lit capitonnée. Un coup d'œil rapide à sa montre lui apprit qu'il était 4 h 15 à Washington D.C. Mais ses pensées voguaient à seize mille kilomètres de là. Sur le sub-continent indien on est en plein après-midi, se dit-il, il fait une chaleur étouffante, climat encore aggravé par les prises de position des chefs politiques indien et pakistanais, et l'éventualité affolante d'une attaque nucléaire préventive de l'un ou l'autre, jugeant qu'il s'agissait là de la meilleure manière de gagner une guerre encore non déclarée.

— Perrins, bâilla l'homme, bien qu'il fût totalement réveillé.

Une méchante indigestion, suite à un dîner sur le Potomac à bord du yacht présidentiel *Le Séquoïa*, l'avait empêché de dormir.

Il se concentra sur la voix aux intonations sinistres à l'autre bout de la ligne, une ligne protégée contre les écoutes, puis il grogna.

— O.K., dit-il. Je serai là dans une demi-heure.

Il reposa le combiné et jura tout bas.

Sa femme était réveillée et le regardait d'un air inquiet.

— Ce n'est pas...

— Non, grâce à Dieu, dit-il, en balançant ses jambes hors du lit. Enfin pas pour l'heure. Mais il faut tout de même que j'aille au bureau. Quelque chose requiert ma présence de façon urgente.

Elle repoussa l'édredon.

— Pas la peine que tu te lèves, dit-il. Reste au lit.

Elle se leva et enfila un peignoir.

— J'aimerais pouvoir rester couchée, chéri, dit-elle. Mais ce dîner... Je me sens comme une femme enceinte qui aurait dépassé la date de l'accouchement.

Elle se dirigea vers la cuisine.

— Je vais faire du café.

Perrins entra dans la salle de bains d'un pas traînant, et se força à rester debout sous une douche glacée. L'eau froide et le café pourraient être les seuls stimuli dont son cœur bénéficierait jusqu'au soir — tout comme la veille.

Quinze minutes plus tard, il était habillé et se tenait sur le seuil de sa maison en briques rouges, de style colonial. Il embrassa sa femme, puis il monta dans le coupé Cadillac noir que son bureau avait envoyé pour venir le chercher.

Ni le chauffeur, ni le garde du corps armé assis à l'avant à côté de lui ne désserrèrent les dents durant le trajet jusqu'au Henry G. Shirley Memorial Highway. Ces fonctionnaires, qui conduisaient et protégeaient Perrins depuis un an, n'ouvraient la bouche que si on leur parlait. Ils savaient qu'un homme assistant à une réunion au Pentagone à l'aube, devait avoir autre chose en tête que des préoccupations concernant le temps, exceptionnellement froid, et la façon dont les Redskins avaient joué.

Juste au sud du cimetière national d'Arlington, l'autoroute bifurquait vers l'est. Apparaissait alors la construction de béton bien connue, le plus grand immeuble de bureaux du monde. Perrins trouvait opportun que le ministère de la Défense des États-Unis eût son quartier général à portée de vue de ces Américains morts durant diverses guerres.

La Cadillac déposa Perrins devant l'une des nombreuses entrées du Pentagone, et il entra dans le bâtiment. Parfois, il se disait que tout existait en cinq exemplaires au Pentagone : cinq côtés, cinq étages, cinq couloirs concentriques, et une cour de cinq demi-hectares au milieu. A l'instant où Perrins pénétra dans la bâtisse, il pouvait très bien y avoir cinq mille travailleurs de choc déjà en pleine action, sur les vingt-cinq mille employés du Pentagone, même s'il n'était que 5 heures du matin. L'endroit paraissait bruisser d'activité, sans nul doute.

Le NRO avait son quartier général dans le Département 4C956 et, bien qu'il n'existât pas officiellement, le Bureau des Systèmes Spatiaux, comme on l'appelait parfois, était assez facile à trouver. Le 4 indiquait le quatrième étage, le C, l'aile C ; l'aile A était située face à la cour, l'aile C au milieu. Le 9 indiquait le couloir 9. Et 56, le numéro de la suite abritant les bureaux.

Perrins alla directement dans la salle de conférences, où il trouva plusieurs hommes et femmes. Certains portaient l'uniforme de leur service respectif, mais tous arboraient une mine sinistre et attendaient l'arrivée du directeur du NRO, Bill Reichhardt, qui entra dans la pièce seulement quelques secondes après Perrins.

Reichhardt, un homme grand, mince, aux cheveux gris, vêtu d'un costume sombre, s'installa en tête de table et sourit faiblement à Perrins. Il eut un hochement de tête à l'adresse d'un homme à lunettes auquel des épaules rondes, un crâne chauve, luisant, et des mains jointes avec révérence, donnaient l'apparence d'un prêtre fervent et implorant s'apprêtant à demander au Seigneur de bénir leur assemblée.

— Très bien, Griff, dit Reichhardt, d'une voix enrouée.

Puis il tira sur son col pour dégager sa pomme d'Adam, comme si ce ton rauque venait d'un chat dans sa gorge et non de sa colère d'avoir été tiré du lit.

— Allez-y.

L'homme à l'allure de prêtre s'éclaircit la voix et déclara :

— Je suis certain que tout le monde, dans cette pièce, a conscience de la situation que nous a rapportée la station d'observation NAADC de Cheyenne Mountain, hier soir, dit-il. Toutes les informations sont désormais disponibles. Vous les trouverez dans les rapports que vous avez devant vous. Mesdames et messieurs, je dois vous dire que la situation a été confirmée à la fois par le Norwegian Mission Control Center de Tromso, et le MCC de Toulouse, en France.

— Seigneur, dit quelqu'un. On sait pourquoi ?

— Jusqu'ici, nous n'avons pu avoir de plus amples informations sur le sujet.

— Griff, demanda l'un des uniformes de la marine, quel est le degré de confidentialité requis pour ces données ?

— Nous parlons de RSC.

Pour le gouvernement, un dossier classé RSC représentait le top du top secret. Qualifiant des questions d'une confidentialité olympienne, RSC signifiait « renseignements sensibles ciblés ».

— Alors, quel est le remède préconisé ? dit un militaire.

Reichhardt leva les yeux de son bloc-notes et haussa les sourcils.

— Qu'en dites-vous, Griff ? Des idées géniales ?

— Je suggérerais une mission de reconnaissance à basse altitude, monsieur. Nous devrions mettre quelques U2R dans le ciel au-dessus de la zone. Vingt-quatre heures sur vingt-quatre.

— Alvin ?

Reichhardt tournait à présent ses regards vers l'un des uniformes de l'aviation.

— Eh bien, monsieur, je pense à la survie du matériel. Par là j'entends les avions. Or le U2R n'est pas un appareil particulièrement résistant. Il a été créé dans un seul et unique but : de longs vols à basse altitude et à petite vitesse. Il était déjà facile de le descendre au début des années soixante, quand les Russes ont coincé Gary Powers.

L'homme haussa les épaules.

— Alors d'autant plus aujourd'hui, ajouta-t-il. Cependant...

Perrins approuva ce discours d'un hochement de tête.

— Selon moi, dit-il, interrompant l'officier de l'aviation, les deux parties risquent de voir d 'un mauvais œil toute présence militaire américaine dans la région. Les Indiens nous considèrent comme les alliés naturels du Pakistan. Or depuis le début de ce conflit, c'est la Chine qui soutient le Pakistan, pas nous. Si l'un de ces U2R se fait descendre, cela pourrait compromettre nos chances de réussir une honnête négociation de paix.

— Est-ce là ce que nous voulons? s'enquit Reichhardt. Négocier honnêtement la paix ?

— Sur un plan stratégique, il n'y a rien à gagner à laisser une guerre se développer, Bill.

Reichhardt hocha lentement la tête en signe d'acquiescement, puis étudia la couverture du rapport, devant lui. Il tapota dessus avec la pointe de son stylo automatique, jusqu'à ce que les points commencent à former une constellation.

— Alvin ? Vous alliez ajouter quelque chose, je crois, dit-il à l'homme de la force aérienne.

— Cependant, dans le domaine de la photographie de haute précision, aucun avion ne pourra faire le boulot aussi bien qu'un U2R. Si nous pouvions être certains de ne lancer que quelques missions, à des moments où la météo est la plus favorable, disons quand la zone de reconnaissance est dégagée à plus de 75 pour cent, je serais très optimiste quant à des résultats rapides.

— Ils auront de meilleures photos de la terre, grommela Perrins. Mais les batteries de missiles sol-air de la région les verront d'autant mieux.

— On ne peut rien y faire, cracha Reichhardt.

Il jeta un coup d'œil à Perrins et ajouta :

— J'entends bien ce que vous dites, Bryan, mais à court terme je ne crois pas que nous ayons d'autre choix que de prendre le risque.

— C'est votre décision, Bill, dit Perrins, en haussant les épaules.

— Alvin ? Je veux que ces U2R décollent immédiatement.

— Bien, monsieur.

— Nom de code...

Reichhardt tapota ses dents avec le haut de son stylo.

— Quelqu'un a une idée ? Je préférerais qu'on évite ces noms de code générés par ordinateur. Ils ne signifient rien et je n'arrive jamais à me les rappeler.

— Icare ? proposa Perrins.

— Je ne pense pas, non, dit Reichhardt, en rigolant. Je veux dire, ne serait-ce pas tenter le destin ?

Perrins lui rendit son sourire, affectant l'innocence.

— Nous ne voulons pas que nos ailes fondent. Non, nous appellerons cette opération Bellérophon. B-E-L-L-É-R-O-P-H-O-N.

Il ricana encore une fois et ajouta :

— Informez-vous si vous ne savez pas ce que ça veut dire, Bryan. Bellérophon a volé jusqu'au paradis sur Pégase.

À nouveau il rit, l'air content de lui.

— C'est l'avantage d'avoir étudié à Harvard, lâcha-t-il.

Perrins, qui était un ancien de Yale, hocha silencieusement la tête. Il faillit faire remarquer à Reichhardt que Zeus avait envoyé un taon pour piquer le cheval qui rua et désarçonna Bellérophon, mais il se ravisa, décidant que cela pouvait attendre la prochaine réunion. Si les U2 réussissaient leur mission, personne ne se soucierait plus du nom de code. En revanche, si les U2 échouaient, il pourrait alors rappeler l'histoire de Bellérophon, comme s'il venait juste de s'en souvenir. Infantile, mais plaisant. Dans le renseignement, on s'amusait comme on pouvait. Surtout quand on travaillait pour le Pentagone.

Trois

« La première erreur de Dieu : l'homme n'a pas trouvé les animaux amusants — il les a mis sous son joug, et n'a même pas voulu être considéré comme un animal. »

Friedrich Nietzsche

De l'autre côté de Bay Bridge, sur l'Interstate 80, après San Francisco, l'East Bay comprenait les comtés d'Alameda et de Contra Costa, Oakland et Berkeley étant les deux destinations les plus probables pour toute personne engagée sur cette route. Bien que les deux villes fussent contiguës, quelque chose de moins tangible que des contreforts montagneux séparait Oakland, cité ouvrière, de sa voisine plus riche et située plus au nord. Berkeley était une ville d'étudiants, avec l'université de Californie au faîte de ses collines. Des gens plus éclairés voyaient Berkeley comme la ville la plus intellectuelle à l'ouest de Chicago, et comme l'Athènes de la côte Pacifique. Mais pour la plupart des Américains — ceux, sans nul doute, qui n'avaient pas oublié les mouvements pour la paix de la fin des années soixante et du début des années soixante-dix — Berkeley restait synonyme de radicalisme pur et dur. Drogues, sit-in et bombes lacrymogènes dans People's Park.

La réalité était différente. Pratiquement trois décennies après que l'université eut vu le plus fort taux d'arrestations en masse dans l'histoire de la Californie, Berkeley prenait une orientation plus conservatrice. Il y avait toujours beaucoup d'activistes et de pamphlétaires sur Sproul Plaza, au niveau de Sather Gate, l'entrée depuis laquelle on accédait à la plus vieille partie du campus. Mais pour le docteur Stella Swift, Berkeley n'était qu'une petite ville universitaire dotée de tous les vices et de toutes les vertus d'une petite ville universitaire. Parmi tout ce qui était considéré comme radical à Berkeley, peu de choses auraient impressionné les figures de la vraie gauche que Swift avait fréquentées, d'abord en Australie, puis en Angleterre, étant la fille unique de deux éminents socialistes. Tom, le père de Swift, professeur de philosophie à l'université de Melbourne, en Australie, puis à Cambridge, avait été un auteur et un penseur extrêmement influent. La mère de Swift, Judith, avait été une artiste célèbre, fille de Max Bergmann, l'un des fondateurs d'un institut nommé l'École de Francfort du marxisme libertaire. Avant d'aller étudier la biologie humaine à Oxford, Swift avait rencontré tous ceux qui comptaient dans le socialisme international. Après quoi, trouvant le milieu de ses parents ennuyeux, elle l'avait rejeté. Comme l'un de ces jeunes pamphlétaires qu'elle voyait à présent sur Sproul Plaza, protestant contre la politique étrangère des États-Unis au Moyen-Orient, eût pu rejeter les valeurs conservatrices de ses propres parents.

Swift traversa Sproul Plaza. Elle se disait qu'étant étrangère et, par conséquent, pas en mesure de voter, elle pouvait plus facilement ignorer la politique, et se concentrer sur ses recherches et son enseignement. C'était l'une des raisons pour lesquelles elle avait choisi de faire son doctorat en paléontologie à Berkeley.

Swift passait l'essentiel de sa vie professionnelle dans le coin sud-est du campus, à Kroeber Hall. Elle pénétra dans le bâtiment, monta au premier étage, puis longea l'un des amphis où des dizaines d'étudiants de première année attendaient déjà son arrivée.

Elle posa sa serviette sur la table. Puis elle regarda l'un de ses étudiants, un sportif de taille impressionnante nommé Todd, qui lisait *Penthouse* avec ostentation et dédain.

— Qu'est-ce que vous lisez, Todd ? dit Swift, en faisant le tour du bureau. Vous vous remettez à niveau en biologie humaine ? Bonne idée, parce que ça n'a pas l'air d'être votre point fort, jusqu'ici.

Un étudiant, ami de Todd, ricana bruyamment et donna un coup de coude à celui-ci dans les côtes. Profitant de cette diversion momentanée, Swift arracha le magazine des mains de Todd, aux doigts gros comme des bananes, et tourna les pages d'un air songeur.

Le copain de Todd donna encore un coup de coude à celui-ci, comme s'il le poussait à agir.

— En fait, sourit Todd, il y avait quelqu'un, dans ce numéro, qui me faisait penser à vous, professeur Swift.

— Vraiment ? dit-elle, calmement. À quelle page ?

— Page trente-deux.

— Je vais vous dire une chose, Todd, déclara-t-elle, en tournant les pages. Vous êtes courageux d'apporter « Penthouse » sur ce campus. J'espère que quelqu'un vous a lu votre Miranda.

— Mon quoi ?

— La Cour suprême des États-Unis a établi des lignes directrices pour la protection des gens en état d'arrestation.

— Et il est en état d'arrestation, sans nul doute, ricana l'ami de Todd.

Swift trouva la page et accorda à son sosie supposé une attention candide.

— Alors, dit Todd. Qu'en pensez-vous ?

La fille, sur la photo, était grande, avec des yeux verts, et une belle crinière rousse. Elle avait un nez long, mais distingué, une grande bouche sensuelle. Elle était, elle aussi, de proportions généreuses, mais harmonieuses, bien que Swift trouvât qu'elle avait de plus jolies jambes qu'elle.

— Alors elle vous fait penser à moi, n'est-ce pas Todd ?

— Un peu.

Swift balança le magazine sur le bureau de Todd, puis, retournant au tableau, elle trouva une magnésie et se mit à écrire en grosses capitales. Quand elle eut fini, elle pointa son doigt sur le mot écrit au tableau, et déclara :

— Voilà à quoi vous, vous me faites penser, Todd.

Fronçant les sourcils, Todd déchiffra le mot tout haut.

— Ancathocephalus, dit-il. Qu'est-ce que c'est que ça ?

— Je suis heureuse que vous me le demandiez, Todd, dit Swift, en souriant. L'ancathocephalus est un parasite qu'on trouve couramment dans les poissons. Un ver à la tête couverte de piquants qui présente une caractéristique physique rare, la même que vous.

— Laquelle ?

— Ses organes génitaux sont beaucoup plus gros que son cerveau.

Todd eut un sourire gêné, et le reste de la classe explosa de rire.

Swift attendit que leur rire s'apaise pour capter leur attention. Il y avait des fois où enseigner avait un côté assez tribal. Pour maintenir votre statut de membre dominant, vous deviez accepter un défi et vaincre votre adversaire devant le groupe social dans son entier. Swift aimait bien ces bras de fer avec de jeunes mâles comme Todd. Certaine à présent d'avoir toute l'attention de la classe, Swift décida d'attaquer sa conférence en y intégrant l'anecdote sur l'ancathocephalus.

— Malgré ce que Todd pourrait croire, dit-elle, les organes sexuels humains n'existent pas isolément. Leur évolution est inextricablement liée à la façon dont les femmes donnent naissance aux enfants, à la taille du cerveau humain, et à notre aptitude à fabriquer des outils plus ou moins sophistiqués. Notre comportement dans la reproduction de notre espèce — même s'il s'avère aussi insolite que l'attitude sexuelle que vient d'avoir Todd, et qui réduit les mâles les moins dominants au statut de simples spectateurs dans l'ensemble du processus de la reproduction — est aussi important que nos cerveaux plus développés pour tenter d'expliquer les destins différents de l'homme et du singe dans leur évolution respective.

» Je dis « tenter d'expliquer », car l'origine des premiers humains modernes, les « Homo sapiens », des gens comme vous et moi, est une question controversée parmi les paléoanthropologues, et les preuves qui nous restent sont, au sens littéral du terme, fragmentaires. On pourrait comparer ces fragments aux pièces d'un puzzle, sauf qu'il n'y a pas qu'un seul puzzle, il y en a beaucoup, plus d'innombrables pièces. Et le tout est mélangé.

» Par exemple, nous ne savons pas vraiment pourquoi nos cerveaux sont aussi gros, tout comme nous ignorons pourquoi le pénis humain est plus gros que celui du gorille. Oui, même votre pénis, Todd. Et si le pénis humain est plus gros que celui d'un gorille, pourquoi les testicules humains sont-ils plus petits que ceux du chimpanzé ? Cela tient-il simplement au fait que le chimpanzé a une plus grande activité sexuelle ? Ou bien l'homme s'est-il fabriqué des testicules plus petits pour faciliter la station debout et la marche du bipède ?

Swift s'assit au bord de son bureau et haussa les épaules.

— Les théories foisonnent, mais la réponse honnête c'est que nous ne le savons pas. Pas plus que nous ne pouvons dire lequel est apparu le premier, du grand singe bipède ou du grand singe au cerveau développé. Qu'y avait-il dans cet environnement primitif qui exigeait qu'un genre d'anthropoïde particulier dût avoir un cerveau développé ? N'oubliez pas que la taille du cerveau n'est pas toujours en rapport avec l'intelligence. Prenez, par exemple, le cerveau de deux célèbres poètes. Celui de Walt Whitman pesait un kilo deux cent cinquante, et celui de Byron deux kilos trois cent cinquante, presque deux fois plus. Cela veut-il dire que Byron est un poète deux fois plus doué que Whitman ? Bien sûr que non.

» Cependant, il serait absurde que nous ayons un cerveau quatre fois plus gros que celui du chimpanzé, si nous n'en tirions quelque avantage. Après tout, le cerveau demande beaucoup d'énergie à votre corps pour bien fonctionner. Bien qu'il ne représente que deux pour cent de votre poids, le cerveau humain use vingt pour cent de votre énergie. Les capacités cérébrales accrues du cerveau humain ont évolué pour une raison qu'on ignore.

» On ne peut pas dire que les grands singes furent un groupe de primates particulièrement éminents, si on les compare avec leurs cousins les plus proches, les Cercopithèques, ou singes de l'Ancien Monde. Car comparativement à ceux-ci, l'histoire des grands singes est réellement celle de la diversité sur le déclin. Les fossiles suggèrent que les grands singes étaient déjà une espèce déclinante vers le milieu du miocène, il y a dix à quinze millions d'années, les singes étant plus nombreux et présentant une bien plus grande diversité.

» Si nous pouvions oublier la connaissance de notre statut simien, louer la machine à remonter le temps en forme de Delorean de Michael J. Fox, et repartir cinq ou six millions d'années en arrière, vers le milieu du pliocène, nous découvririons que les singes étaient les primates dominants de la planète. Ils étaient si nombreux. Nous pourrions même penser qu'ils avaient toutes les chances d'hériter de la terre, quand leurs cousins plus grands, plus lents, qui marchaient en s'appuyant sur leurs phalanges, étaient synonyme d'impasse, en matière d'évolution.

» Mais si nous pouvions reprendre notre machine à remonter le temps, et se rapprocher de notre époque de quelques centaines de milliers d'années — combien d'années exactement, cela est l'objet d'un grand désaccord entre les paléoanthropologues — nous remarquerions qu'un grand singe bipède bien particulier semblait représenter une réelle promesse d'évolution et pourrait mériter une surveillance rapprochée.

» Pourquoi cette petite branche d'une espèce numériquement réduite devait-elle soudain se développer de façon aussi spectaculaire, demeure un mystère pour les scientifiques, et pour nous, c'est le sujet le plus intéressant qui soit. Mais plus nous comprenons à quel point nous avons du singe en nous, plus cette question devient pertinente. Je ne parle pas seulement de Todd, mais de nous tous.

» Certains d'entre vous se souviendront peut-être qu'en 1540, Copernic publia les résultats de ses observations astronomiques qui rendirent définitivement caduque la vision Ptolémaïque de l'univers, selon laquelle le soleil et les étoiles tournent autour de la planète terre. Avec raison, on pourrait trouver étrange qu'il dût s'écouler encore quatre cents ans avant que la paléoanthropologie ne soit capable d'éradiquer l'orthodoxie prévalante qui voyait l'homme comme le produit inéluctable et ultime de l'évolution sur terre. Nous savons aujourd'hui qu'on ne peut envisager l'évolution comme une progression constante, comme une succession linéaire inexorable dont le résultat est l'Être ultime — l'Homme en personne. La nature n'est pas aussi cartésienne. Et plus tôt vous serez capables de rayer de vos esprits le mythe de l'évolution progressive qui voit le singe tel un être inférieur, dépassé par un cousin arriviste se démenant pour accomplir son destin nietzschéen, plus tôt vous pourrez vous considérer comme de vrais paléoanthropologues. A cette fin, je tiens à passer le temps qui nous reste à considérer notre statut de singes.

— En 1962, ce n'était pas Johnny Weismuller qui interprétait Tarzan, mais Jock Mahoney. Je ne sais pas qui jouait le rôle de Cheeta, sa fidèle amie chimpanzée, mais disons qu'entre elle et Tarzan, la performance d'acteurs s'équilibrait. On était cependant encore capable d'occulter toute incrédulité, et d'accorder toute validité au scénario d'Edgar Rice Burroughs, à savoir que l'homme et le singe étaient si proches, qu'un homme avait beau avoir été élevé au milieu des singes, il était capable de les dominer une fois adulte.

» À la même époque, un scientifique du nom de Morris Goodman mit en lumière un fait que les gens avaient plus ou moins oublié : la découverte, par George Nuttall, docteur en biologie à l'université de Cambridge, que la chimie des protéines sanguines pourrait être utilisée pour déterminer le degré de parenté génétique entre les primates supérieurs. Goodman utilisa la méthode de Nuttall — l'examen des protéines du sérum sanguin —, et découvrit que les antigènes de l'homme et du chimpanzé sont pratiquement identiques. À l'époque tout le monde croyait, à l'exception peut-être de Tarzan et de Cheeta, que le chimpanzé avait plus de traits communs avec le gorille qu'avec l'homme. Mais Goodman prouva qu'il n'en était rien.

» Depuis, usant de techniques bien supérieures à celles de Goodman, les spécialistes en biologie cellulaire — à commencer par deux chercheurs de cette université : Vince Sarich et Allan Wilson — ont pu exprimer avec des chiffres l'étonnante découverte de Goodman.

Swift but un verre d'eau, puis expliqua comment, en testant l'albumine, l'une des protéines présentes dans le sang, on pouvait mesurer des écarts minimes, de l'ordre d'un amino-acide sur cent, et comment, dans les faits, il était possible d'établir une différence précise en termes d'ADN, entre une espèce et une autre.

— Les chiffres sont assez impressionnants, poursuivit-elle. Et d'une certaine façon, ils sont également choquants. Quand l'ADN entre deux espèces de grenouilles peut accuser une différence de huit pour cent, l'ADN entre le singe et l'homme présente un écart de seulement un pour cent six. *Un pour cent six.*

Swift inscrivit le chiffre au tableau, puis elle marqua une pause, afin de laisser le temps à cette statistique de s'ancrer dans l'esprit de ses étudiants. Elle secoua la tête comme si ce chiffre l'impressionnait toujours. Ce qui était effectivement le cas.

— Vous savez, c'est une différence plus petite que celle existant entre l'ADN de deux espèces de gibbons, ou l'ADN d'un cheval et un zèbre, ou celui d'un chien et d'un renard, mais surtout, entre l'ADN d'un chimpanzé et celui d'un gorille. En d'autres termes, nous sommes plus proches du gorille que celui-ci du chimpanzé.

» Un virgule six pour cent, ce n'est pas une bien grande différence si l'on considère des hommes comme Aristote, Shakespeare, Michel-Ange, Mozart, Wagner, Picasso, Einstein. Mais leur œuvre est peut-être d'autant plus remarquable, si l'on envisage la question à l'inverse. Peut-être vous souvenez-vous de ce qu'a dit Arthur Stanley Eddington, à savoir que si un nombre infini de singes tapotaient sur des machines à écrire, ils pourraient écrire tous les livres contenus au British Museum. Mais le fait est que chacun de ces livres a été écrit par un homme dont le matériel génétique est semblable à quatre-vingt-dix-huit pour cent virgule quatre à celui du chimpanzé.

» Jared Diamond, qui est professeur de physiologie dans cette université, a défendu l'idée que l'homme serait le troisième chimpanzé. Il a fondé sa thèse sur une école de taxonomie appelée cladisme. Selon cette école, la classification des choses vivantes devrait être objective, uniforme, et basée sur l'écart génétique ou les grandes dichotomies de l'arbre de l'évolution. Diamond avance l'argument suivant : les chimpanzés, les gorilles et l'homme appartiennent tous au même genre. Selon lui, ce n'est pas parce que notre nom de genre « Homo » est apparu le premier, que cela doit nous octroyer la priorité zoologique. D'où une conséquence anthropocentrique : nous devons considérer qu'il existe aujourd'hui sur terre non plus une, mais quatre espèces du genre « Homo » — le chimpanzé commun, le chimpanzé pygmée, l'Homme, et, à peine différent de lui, le gorille.

» Ce n'est pas une idée inintéressante, surtout quand on pense aux premiers spécimens de grands singes et à l'origine de leurs noms. On dit que le mot « chimpanzé » vient d'un mot porto-angolais signifiant « homme moqueur ». Orang-outan signifie « homme des bois » en malais. Et bien que le mot gorille soit grec, il pourrait également venir d'un mot africain dont le sens est « homme sauvage ». Peut-être est-ce la terminologie latine qui nous a fait oublier qui sont et ce que sont ces créatures. Pensez-y.

» Quatre genres d'hommes différents, quand jusqu'ici nous pensions qu'il n'en existait qu'un. Au temps pour la question que posent les astronomes et les cosmologues partout dans le monde : sommes-nous seuls dans l'univers ? À l'évidence, la réponse est non. Non, nous n'avons jamais été seuls.

» Il est possible que plusieurs d'entre vous aient conscience du fait que dans leur effort pour protéger les populations de gorilles et de chimpanzés en diminution, un certain nombre de pays africains se soient réclamés des arguments du professeur Diamond pour changer leurs lois sur l'homicide et y inclure ces nouvelles espèces du genre « Homo ». Dans ces pays, tuer un gorille sera bientôt considéré comme un meurtre et le coupable puni avec toute la sévérité requise par la loi. Très louable, oui. Mais gardons présent à l'esprit le fait que l'« Homo sapiens » n'est pas la seule espèce d'« Homo » qui s'emploie à massacrer ses congénères. Jane Goodall a assisté, pendant plusieurs années, à l'extermination systématique d'un groupe de chimpanzés par un autre. Pourquoi cette hécatombe a-t-elle pris si longtemps ? s'interroge Goodall. Par manque d'outils meurtriers efficaces comme ceux que l'« Homo sapiens » excelle à fabriquer, pense-t-elle. Les travaux de Dian Fossey sur les gorilles permettent de suggérer que le grand singe lambda — et surtout ses petits — court le même risque de se faire tuer par l'un de ses congénères que l'Américain moyen.

» Je viens de le dire, ce sont les outils qui font de l'homme le tueur le plus efficace de la planète. Mais qu'est-ce qui est apparu en premier ? Le cerveau développé ou les outils ? On pourrait penser qu'un cerveau plus développé serait la condition première à la fabrication d'outils efficaces. Cependant, l'analyse des fossiles montre qu'il n'existe pas de corollaire aussi clair. Cela pourrait vous surprendre d'apprendre qu'il y a quarante mille ans, l'homme de Néanderthal possédait un cerveau plus gros que celui de l'homme moderne, et pourtant ses outils ne font pas preuve d'une bien grande sophistication. Malgré tout, je pense que le cerveau plus gros du Néanderthal — environ trois pour cent de plus que le nôtre, en volume — devrait gommer tous les préjugés selon lesquels cet homme était stupide parce qu'il avait le front fuyant. Ceci dit, à quoi lui servaient les capacités accrues de ce cerveau, personne ne le sait.

» Quant à ce qui a causé le fossé officiellement revendiqué entre l'homme et le singe — ce que nous appelons volontiers le Grand Bond en Avant — du pouvoir du cerveau ou de la fabrication des outils, la réponse doit se cacher quelque part dans ces un pour cent six de nos gènes. Peut-être voudrez-vous aller plus loin et envisager quelle pourrait être cette réponse. À l'évidence, les théories que vous avancerez n'auront ni plus ni moins de poids que celles défendues par quiconque jusqu'ici. Comme vous le découvrirez bientôt, je l'espère, il y a peu de certitudes dans le monde de la paléoanthropologie. Et même si cette discipline fait partie des sciences naturelles, elle n'a pas grand-chose de scientifique. Les méthodes empiriques ne jouent qu'un tout petit rôle dans notre travail...

Swift jeta un coup d'œil à sa montre : le carillon sonnait au campanile, sur Sproul Plaza. Trois fois par jour, c'était l'occasion d'un concert de dix minutes. Celui-ci sonnait midi et annonçait la fin de la conférence de Swift. Ses étudiants se levaient déjà, rangeaient leurs blocs-notes et leurs stylos.

— O.K., dit-elle, élevant la voix dans le brouhaha qui allait grandissant, nous allons en rester là. Simplement, n'oubliez pas ce qu'a dit Matt Cartmill, de l'université Duke : « Toutes les sciences sont étranges d'une certaine façon, mais la paléoanthropologie est l'une des plus étranges qui soit. »

— Ça c'est sûr, grommela Todd. Je commençai juste à m'habituer à l'idée d'être un singe.

— Il ne te faudrait pas longtemps pour t'y faire, dit l'une des étudiantes, d'un ton plein de sous-entendus. Je t'ai vu manger, Todd.

Todd sourit, bon prince.

— Mais quatre sortes d'hommes ? dit-il, en secouant la tête. Je comprends que cela puisse être une bonne nouvelle pour toi. Peut-être que tu as désormais une chance de te faire baiser. Mais si tu veux mon avis, c'est plutôt inquiétant. Imagine un peu. Tous ces chimpanzés, tous ces gorilles, tous ces zoos ? Suppose qu'ils s'aperçoivent qu'ils ne sont pas des animaux, qu'ils lisent la Constitution. Alors nous serons vraiment dans le pétrin.

« Connais-toi toi-même, ne te permets pas de sonder le divin. Ce que l'homme doit étudier c'est l'homme. »

Peu après avoir lu cette phrase d'Alexander Pope, à seize ans, Swift l'adopta comme philosophie. Il lui sembla que les origines de l'homme l'avaient toujours passionnée, et un intérêt précoce pour le sexe et la reproduction des humains fit bientôt place à une quête plus fondamentale : découvrir son propre héritage génétique.

Cependant, un phénomène avait motivé la décision de Swift de consacrer sa vie à l'étude de l'homme. Peut-être était-il pertinent que ce phénomène fût lié à une scène de révélation symbolique : quand avec une prudence infinie, le grand singe touche le monolithe, dans *2001, Odyssée de l'Espace*, de Stanley Kubrick, et se trouve doté de l'aptitude à fabriquer des outils, il avait également touché l'imagination adolescente de Swift. Ce fut le moment où, accompagnée de la tumultueuse fanfare des trompettes nietzschéennes, la jeune fille avait vu la voie qui s'ouvrait à elle.

À présent, des années après le début de sa propre odyssée intellectuelle, l'énigme du Grand Bond en Avant de l'homme — l'avantage génétique qui avait fait de l'« Homo sapiens » un être si particulier — restait un mystère complet, tout comme le monolithe noir et menaçant de Kubrick. Fondamentalement, le mystère demeurait.

Le passage du Néanderthal à l'« Homo sapiens » ne datait que de deux cent mille ans — un trentième du temps nécessaire pour séparer les grands singes des humains —, le Néanderthal et le Sapiens ne présentant qu'une différence de moins de 0,5 pour cent dans leur génome. Et pourtant, le Néanderthal avait échoué quand l'« Homo sapiens » avait réussi.

Pourquoi ?

Il n'existait pas le moindre indice permettant d'écailler le granit dur et noir de ce mystère.

L'explication prévalant quant à la séparation du Néanderthal et de l'« Homo sapiens » — à savoir que l'homme moderne avait acquis le langage considéré comme un avantage au plan de l'évolution — n'aboutissait qu'à un mystère encore plus épais. La paléoanthropologie ne mettait plus l'accent sur l'homme en tant que grand singe meurtrier fabricant d'outils, vision qui avait tant séduit Stanley Kubrick.

Quelle évolution anatomique le Néanderthal n'avait-il pu réaliser, qui s'était soldée par l'aptitude de l'homme moderne au langage signifiant ?

Pour rentrer chez elle, Swift dut monter la pente assez raide d'Euclid Avenue.

Comme beaucoup de maisons dans la partie nord de Berkeley, un quartier tranquille, aéré, où vivaient des chercheurs et des gens exerçant des professions libérales, la demeure de Swift était un chalet à colombages, tout à fait en harmonie avec ce paysage boisé. Cette maison avait coûté cher, et c'étaient les grands bronzes de la mère de Swift, — ils atteignaient des prix élevés dans les salles des ventes de Londres et de Manhattan — qui avaient permis à la jeune femme de se l'offrir.

Une fois dans son grand bureau rempli de plantes vertes, avec sa mezzanine pleine de livres et son piano demi-queue, Swift débrancha le téléphone, s'allongea sur le sofa, et fuma une cigarette pour se calmer. Elle fumait rarement, n'usait de tabac que de façon quasi médicinale, recherchant un effet tranquillisant. Elle prit deux grandes bouffées de la Marlboro qu'elle tenait entre ses doigts chargés de bagues en or — des bagues si grosses qu'elles ressemblaient aux clés d'un saxophone — puis elle l'éteignit. Elle réfléchissait à la façon de passer le reste de l'après-midi, quand elle s'assoupit...

Elle se réveilla en sursaut, jeta un coup d'œil à sa montre.

5 heures.

L'après-midi était très entamé.

L'interphone bourdonna plusieurs fois, telle une guêpe furieuse, comme si quelqu'un sonnait depuis un certain temps. Qui cela pouvait-il être ? L'un de ses étudiants ? Un collègue, peut-être ? Son voisin venu se plaindre de l'entendre jouer du piano trop tard le soir ?

— Merde.

Swift fit prestement glisser ses longues jambes du canapé et traversa le plancher de frêne pour aller répondre.

— Qui est-ce ? soupira-t-elle, en fronçant les sourcils.

— Jack, dit la voix.

— Jack, répéta-t-elle, bêtement. Jack comment ?

— Seigneur, Swift. Combien de Jack connais-tu ? Jack Furness, bien sûr.

— Jack ? !

Swift poussa un cri ravi et écrasa le bouton pour ouvrir la porte extérieure. Ne s'arrêtant que pour vérifier la tête qu'elle avait dans le miroir doré accroché au mur de l'entrée, elle descendit les marches de l'escalier deux à deux jusqu'au rez-de-chaussée, ouvrit la porte à la volée.

Jack se tenait sur le seuil, une grande boîte en bois sous son bras musclé. Il portait un polo bleu marine, une veste sport en tweed marron et arborait un sourire aussi grand et lumineux que sa montre de sportif. Il était plus mince que dans le souvenir de Swift, il avait les traits un peu tirés. Vu son visage buriné, il avait dû affronter des intempéries durant son expédition dans l'Himalaya. Mais Swift savait peu de chose de la tragédie qu'il avait vécue, hormis un bref communiqué sur CNN « Online », et trois lignes dans le *San Francisco Chronicle* la semaine précédente, annonçant que l'expédition composée de deux hommes partis escalader les principaux sommets himalayens en un an s'était terminée par un drame : Didier Lauren avait été tué dans une avalanche.

Swift se jeta dans les bras de Jack et le serra fort avant de reculer d'un pas pour fixer sur lui un œil accusateur.

— Jack, le sermonna-t-elle. Et si j'avais été sortie ? Pourquoi n'as-tu pas téléphoné ?

— J'ai appelé, mais ton téléphone était débranché.

— Je voulais dire : pourquoi n'as-tu pas téléphoné du Népal ? Ou envoyé un télégramme, ou laissé un message par e-mail ?

Il haussa les épaules.

— Pendant un moment, je n'avais pas grand-chose à dire à qui que ce soit. Tu as appris ce qui s'est passé, j'imagine ?

— Dans le *Chronicle*, dit-elle. Mais ils n'ont pas dit grand-chose de plus qu'à la radio. À savoir que Didier avait été tué dans une avalanche et que tu avais survécu.

Elle l'étreignit encore une fois, puis elle le tira dans le couloir.

— Pas seulement Didier, dit-il. Il y a aussi cinq sherpas qui sont morts.

— Mon Dieu ! C'est affreux, pour toi.

— Oui. Ç'a été affreux.

— Je suis contente que tu n'aies rien, Jack, dit-elle en fermant la porte.

Elle le conduisit dans son living, le poussa sur son grand canapé profond, puis lui prépara un verre. Un Macallan. Son fortifiant préféré.

— Quand es-tu revenu ?

— Hier.

— Hier ? Et tu as attendu tout ce temps pour venir me voir ?

— En fait, je suis rentré hier soir. Tard. Et j'étais crevé.

Jack vida son verre et la regarda longuement. Swift était encore plus belle que dans son souvenir. Elle avait les jambes bronzées, fermes. Elle les croisa, après s'être assise sur une petite chaise en bois en face de lui.

— Il n'y a personne en particulier ? demanda-t-il. Je veux dire, ce soir.

— Pas ce soir, non.

— Bien. Je peux m'en resservir un ?

— Je t'en prie.

Il se leva, se dirigea vers le plateau à boissons, et se versa une dose plus sérieuse de whisky pur malt. Après quoi il reprit place sur le sofa, mais sous un autre axe, afin d'avoir un meilleur aperçu des jambes de Swift.

— Alors comme ça tu n'as personne ? Je ne te crois pas. Allons, ça fait sept ou huit mois qu'on ne s'est vus. Il doit y avoir eu quelqu'un depuis.

— Je n'ai pas dit qu'il n'y avait eu personne.

— Ah, maintenant je suis jaloux.

Il fronça les sourcils.

— Qui, par exemple ?

Swift haussa vaguement les épaules.

— Si on est discret, très discret, il y a toujours les étudiants.

— Tu te fous de moi.

— Peut-être, dit-elle.

Puis elle décroisa les jambes, et Jack entraperçut un bout de culotte. Après quoi, elle tira sur le bord de sa jupe.

— Mais toi, visiblement, tu es resté célibataire tout le temps que tu étais au Népal, dit-elle. Arrête ton char, Jack. Je ne suis pas Sharon Stone.

— O.K., O.K., sourit-il. Je déconnais.

— Eh bien arrête. À part ça, qu'y a-t-il dans la boîte ?

— Un cadeau.

— Pour moi ?

— Peut-être.

Swift se trémoussa, tout excitée.

— Qu'est-ce que c'est ? Ça va me plaire ?

Jack secoua la tête. Il la connaissait trop bien pour lui dire qu'il s'agissait d'un fossile. Il espérait bien dîner avec elle — le premier bon dîner auquel il aurait droit depuis des mois — et bénéficier de toute son attention. Il n'avait nulle envie de dîner seul pendant que Swift resterait dans son laboratoire à jouer les Richard Leakey avec le crâne qu'il avait découvert dans le bergschrund du Machhapuchhare.

— Oh, sans aucun doute. Mais on dîne d'abord, O.K. ?

— Eh bien, dit-il, quand ils eurent fini le dîner qu'elle avait préparé. Ça valait la peine d'attendre. C'est mon meilleur dîner depuis des mois.

— On mange tellement mal, au Népal ? s'enquit Swift.

— Généralement pas si mal, non, dit-il. Mais nous étions une équipe réduite et le poids autorisé en avion est vraiment ridicule. Alors nous avons dû nous contenter de manger pratiquement la même chose tout le temps. Des rations légères, pour l'essentiel. Dans les camps de transit la nourriture était meilleure. De la viande de buffle. Des œufs, du dal, de la chèvre, du riz. Mais même là, après avoir tout ingurgité, il fallait vraiment être brave pour oser péter.

Swift fit la grimace.

— Je ne comprends toujours pas pourquoi tu fais ça, dit-elle. Pourquoi tu vas grimper. Qu'est-ce que ça t'apporte ? Une espèce de frisson bidon, j'imagine.

— Pas vraiment bidon, objecta-t-il, si l'on considère ce qui peut arriver.

— Oui, excuse-moi. C'était idiot de ma part, de dire ça.

— Ce n'est pas grave. La désapprobation me paraît flatteuse, venant de toi. Comme si tu t'inquiétais réellement pour moi.

— Qu'est-ce qui te fait croire ça ? Mais sérieusement, Jack. Pourquoi tu fais de l'escalade ?

— Pourquoi je quitte la maison pour aller voir les merveilles du monde ? Je pourrais tout aussi bien te demander pourquoi tu restes ici, dans cette petite ville décalée.

— Je voyage, dit-elle, se rebiffant. Je vais sur le terrain. Je cherche des fossiles. L'année dernière, je suis allée en Afrique de l'Est. Mais pour toi, le voyage ne suffit pas, n'est-ce pas ? Tu vas là-bas pour risquer ta vie. Jack, tu es comme un ado excité par une mobylette. Tu as quarante ans, pour l'amour du ciel !

— Vu la façon dont tu le dis, on a l'impression que c'est vieux.

— Ne penses-tu pas que le moment est venu de te fixer ?

— Je crois n'avoir jamais trouvé une seule bonne raison de le faire, jusqu'à présent. Est-ce une proposition de ta part ?

— Non. Bien sûr que non ! dit-elle en riant.

— Alors je ne pense pas que le moment soit venu pour moi de m'établir.

— Alors tout est de ma faute ?

— Évidemment, oui.

— Salopard, dit-elle, en lui donnant un coup de poing pour rire sur l'épaule. Peut-être est-ce le singe en toi qui te donne envie de grimper ? suggéra-t-elle.

— Peut-être. Mais pour répondre convenablement à ta question, j'escalade des montagnes parce que c'est ma Passion, avec un P majuscule. La souffrance, la défaite, la justice. Il y a quelque chose de quasi religieux dans tout ça. Comme ton propre Oberrammergau.

Il rit.

— Mon Dieu, tu vois les conneries que je sors, ce soir ? J'ai trop bu.

Mais Swift eut le sentiment qu'il s'était laissé aller à dire des choses rares, personnelles, et que ça n'avait rien à voir avec l'alcool.

— Non, je veux vraiment savoir.

Jack resta muet une minute, prit une profonde inspiration, puis parla à nouveau.

— Les sherpas croient que l'Himalaya est sacré. Les montagnes ne portent pas les noms de héros locaux ou d'animaux auxquels elles seraient censées ressembler. Leur nom a une signification religieuse. Par exemple, Chomo Lungma, le nom tibétain de l'Everest, signifie « Pays de la Déesse, Mère de la Terre ». Et Annapurna veut dire « Déesse des Moissons généreuses ». Ces gens croient que ces montagnes sont sacrées. Ils considèrent certains sommets comme inviolables — ils pensent qu'il serait blasphématoire de les escalader. Eh bien, je suis assez d'accord avec ça. Le fait est que je crois presque à ça, moi aussi. Tu vois, c'est le blasphème même, la confrontation avec Dieu, le défi qu'on Lui lance, qui me donne envie de grimper. Et de continuer à grimper. Même les pics que je ne suis pas censé escalader.

— Je ne sais pas... peut-être y a-t-il une explication freudienne à tout ça...

À nouveau il rit.

— Oh là, fais-moi taire, pour l'amour du ciel. Je ne dis que des bêtises, ce soir. Je dois donner l'impression d'être à nouveau à Oxford.

— Tu n'as jamais donné l'impression d'être à Oxford, même quand tu y étais, dit Swift. Tu étais très terre à terre, très Américain, et tu cachais tes capacités intellectuelles. Tu étais brillant sans être prétentieux. C'est ce qui m'a plu chez toi.

Swift et lui avaient toujours vécu selon un accord tacite : s'ils n'avaient personne ni l'un ni l'autre, ils couchaient ensemble. Cependant, mieux valait toujours se dire que rien n'était dû. Si seulement il pouvait l'attirer au lit avant qu'elle voie le fossile.

Swift prépara du café et l'apporta au salon sur le plateau en cuivre indien que Jack lui avait rapporté après avoir escaladé le Dunagiri, une montagne de sept mille mètres de haut, dans le nord de l'Inde. Ç'avait été son premier pic himalayen. Et le premier de Didier. Ils l'avaient escaladé pour se préparer à l'ascension du Changabang, l'année d'après. Jack réalisa, et ça lui fit un choc, qu'il y avait dix ans de ça. Peut-être Swift avait-elle raison. Peut-être se faisait-il trop vieux pour l'escalade.

Après un long silence, Swift se pencha vers Jack, sur le canapé, et lui caressa la joue du dos de sa main lourdement baguée.

— À quoi tu penses ?

Jack lui fit part de son enchaînement de pensées à propos du plateau.

— Je me demandais seulement avec qui j'allais faire équipe, maintenant que Didier est mort, conclut-il.

Swift se rapprocha encore de lui. Jack passa ses bras autour de la taille de la jeune femme, la serra doucement. Puis il pressa sa bouche contre les lèvres de Swift, comme s'il voulait qu'elle lui insuffle à nouveau de la vie.

Plusieurs minutes passèrent. Puis Swift recula et le regarda attentivement, comme si elle voulait se remémorer ce qu'elle aimait dans son visage.

Elle hésita à peine. Elle se leva, baissa la fermeture Éclair de sa jupe, la laissa glisser sur le sol, et offrit à la vue de Jack, hormis ce qu'il considéra comme une impressionnante absence de culotte, son sexe doré, au nadir de son ventre.

— Je croyais que tu n'étais pas Sharon Stone, dit-il.

Puis il pressa son visage contre le corps de Swift.

Elle passa ses doigts dans les cheveux de Jack, ravie qu'il la trouve toujours aussi désirable.

Il la suivit dans le couloir, les yeux fixés sur les courbes parfaites de ses fesses. Elle monta l'escalier conduisant à la chambre, jetant des coups d'œil taquins derrière son épaule pour voir s'il la suivait. Ce fut alors qu'elle aperçut la boîte en bois qu'il avait apportée.

Elle s'arrêta net sur une marche.

— Hé ! dit-elle. Et mon cadeau ?

Elle se retourna sur la marche, s'assit et le laissa glisser sa tête entre ses jambes, avant de le prendre par les cheveux et de le repousser.

— Après, dit-il, en mettant une main entre les cuisses de Swift.

Tout en riant, elle grimpa une autre marche pour échapper à ses caresses maladroites.

— Oh non. D'abord l'hommage. Ensuite la récompense.

— Ça ne peut pas attendre ? grogna Jack.

— Comment ça ? Pour que tu puisses changer d'avis et ne pas me le donner ?

Elle se délectait de sa propre infantilité.

— Pas question, dit-elle. En outre, tu vas vouloir toute mon attention au lit, non ? Or j'aurais du mal à te faire l'amour correctement si j'ai l'esprit ailleurs.

— Tu ne comprends pas, Swift. C'est justement là la question. C'est précisément ce qui m'inquiète : ne pas avoir toute ton attention.

Swift le repoussa gentiment vers le couloir.

— Il te reste beaucoup à apprendre de la psychologie féminine, lui dit-elle, amusée par son air déconfit. Tu aurais dû laisser ton présent dans la voiture.

— C'est fichtrement vrai, dit-il.

Puis il secoua la tête, avec regret.

— Seulement, le truc, c'est qu'il ne s'agit pas d'un cadeau comme... le plateau à thé indien. Ou un tapis.

— Ça, j'ai pu m'en rendre compte toute seule.

— Ce que je veux dire, c'est qu'il s'agit d'une chose scientifique, et que ce n'est donc pas forcément le bon moment.

— Cette fois je suis vraiment intriguée, dit-elle en riant. Qu'est-ce que c'est ?

— Merde.

Jack admit sa défaite.

Il battit en retraite vers l'entrée et prit la boîte en bois, sur le sol, près de la porte.

— Tu n'as pas idée du mal que j'ai eu à passer cela à la douane, grommela-t-il.

— C'est un fossile, hein ? Oh, Jack, tu m'as apporté un fossile !

Elle le suivit dans la cuisine. Jack posa la boîte sur la table, puis trouva un couteau pour faire levier sur le couvercle. Il le souleva, ôta une poignée de paille du réceptacle, et découvrit ce que Swift reconnut immédiatement comme étant le crâne d'un hominoïde.

Elle en frissonna d'excitation.

— Oh, mon Dieu, dit-elle, le souffle court. C'est un crâne.

— Vas-y, la pressa-t-il. Sors-le. Il ne va pas se casser. Il est vraiment solide.

— Attends, attends.

Elle sortit de la cuisine en courant, et lorsqu'elle revint quelques minutes plus tard, elle avait à nouveau sa jupe.

Jack s'efforça de ne pas avoir l'air déçu, et finalement, l'excitation de Swift s'avéra contagieuse. Jack était impatient de voir ce qu'elle allait faire exactement de sa trouvaille.

Avec précaution, telle une mère qui prend son bébé pour la première fois, Swift sortit le crâne de sa boîte et le regarda intensément. Au bout d'un moment, elle dit :

— Jack, il est magnifique.

— Tu le penses vraiment ? Il y a un morceau de mâchoire inférieure dans la boîte. Je l'ai trouvé après coup. J'ai également apporté un échantillon de terre et de roche. Pour t'aider à le dater.

— Comment étais-tu au courant des subtilités de la géochronologie ?

Les yeux de Swift ne quittaient pas le crâne.

Jack haussa les épaules.

— Cela ne devrait pas t'étonner. J'ai passé vingt-cinq ans à ramper sur des roches. Alors j'ai glané des bribes de géologie au passage.

— Oui, bien sûr, dit-elle, l'air absent.

Il croisa les bras, et se pencha vers le plan de travail en bois, jouissant de la fascination de la jeune femme. Après un long silence, il sourit et il dit :

— Tu ressembles à Hamlet.

— Si tu le regardes suffisamment longtemps il finit par te parler, murmura-t-elle. Comme le pauvre Yorick.

— Alors quel est le verdict ?

— Le verdict ?

— Il est intéressant ?

— Tu sais, quand tu pars à la chasse aux fossiles, tu passes l'essentiel de ton temps à traquer des fragments de forme bizarre. Tu peux te voûter et perdre la vue à chercher des petits morceaux d'os pétrifiés. Des petits éclats d'anatomie. Un puzzle éparpillé dans la terre. Peut-être deux ou trois puzzles. Quelques zygomatiques. Un morceau de mâchoire. Une demi-mâchoire et tu peux t'estimer vraiment heureux. Mais ça ? Ça, c'est fantastique, Jack ! Un crâne pratiquement entier ! Et quasiment intact. C'est le genre de trouvaille dont rêvent les gens comme moi.

— Tu crois vraiment que ce fossile pourrait être important ?

— Jack, je n'ai jamais vu de fossile dans un aussi bon état.

Elle secoua la tête, en essayant de lui communiquer son excitation, et il vit qu'il y avait des larmes dans ses yeux.

— C'est fabuleux. Où l'as-tu trouvé ?

Il lui raconta l'avalanche, lui dit comment elle avait tué Didier Lauren, comment il était tombé dans le bergschrund, et avait trouvé le crâne sur le sol d'une caverne qui pénétrait profondément la montagne. Il ne lui dit pas que c'était sur le Machhapuchhare, et non sur l'Annapurna, qu'il l'avait trouvé. Pour ce qu'en savaient les autorités népalaises, l'accident avait eu lieu sur l'Annapurna, et moins de gens sauraient la vérité, mieux ça vaudrait.

— Tu l'as trouvé comme ça, sur le sol ?

Jack acquiesça d'un hochement de tête.

— Comme pour le Néanderthal, souffla-t-elle. C'était en 1856. Des ouvriers carriers avaient trouvé un crâne sur le sol d'une caverne.

— Celui-là aussi est un Néanderthal ?

— Celui-là ? Non, rien à voir. Il est bien plus intéressant. Dis-moi, à quelle altitude était située cette caverne dans la montagne ?

— Environ six mille mètres, dit-il, évasif. Ç'a failli être mon tombeau, à moi aussi. Et maintenant vas-tu me dire ce que c'est, ou vais-je devoir attendre ton article dans *Nature* ?

— Mon article ? fit-elle, acerbe. Je pourrais écrire tout un livre, là-dessus. Fonder une carrière entière sur cette découverte. Cela n'aurait pas pu tomber à un moment plus opportun. Je dois demander le renouvellement de mon contrat.

Elle tourna le crâne dans ses mains comme une boule de cristal, qui n'aurait pas eu pour but de dévoiler l'avenir, mais d'illuminer le passé.

— Pour commencer, ce crâne est gros, comme celui d'un primate géant. Tu vois ces crêtes temporale et occipitale sur l'avant et l'arrière de la boîte crânienne ? Elles rappellent « Paranthropus robustus » — les australopithèques sud-africains. La crête sagittale est beaucoup plus haute qu'on ne pourrait s'y attendre.

Elle marqua une pause, élevant le crâne vers le néon du plafond, pour regarder l'intérieur.

— Tout comme la cavité crânienne. Cela pourrait être l'indice d'un cerveau plus gros. Plus gros que celui d'un gorille, en tout cas. Mais pas aussi gros qu'un cerveau humain.

Elle regarda le devant du crâne, passa plusieurs fois le pouce sur la zone bombée et fine au-dessus des cavités oculaires, délicatement, comme un sculpteur.

— La face est courte, et ne ressemble pas du tout à une face d'anthropoïde. Alors que les dents... encore une fois, elles ne ressemblent pas à des dents d'anthropoïde, hormis leur taille.

Tournant le crâne à l'envers, Swift examina l'intérieur de la mâchoire supérieure.

— En outre, l'arcade dentaire est parabolique, et non en forme de U. Et puis l'émail de ces molaires paraît assez épais. Ces deux facteurs seuls me convainquent qu'il ne s'agit pas d'un grand singe. Hormis la taille énorme des dents — honnêtement, Jack, je n'ai jamais vu un spécimen avec des dents aussi grandes — j'aurais penché pour « Paranthropus robustus ». Les dents ont la forme de celles d'un « robustus », aucun doute. Les dents du fond étant plus grandes et aplaties, celles de devant, particulièrement les canines, proportionnellement plus petites. Mais aucun « robustus » n'avait des dents aussi grosses.

Swift se tut, fronça les sourcils en posant le crâne près de sa boîte. Puis elle s'accroupit et le fixa depuis le bord de la table.

— Pour moi, les candidats possibles sont les ramapithèques. L'un des meilleurs endroits pour en trouver, c'est les contreforts de l'Himalaya.

— Les montagnes Siwalik, précisa Jack.

— Jusqu'ici, nous avons découvert trois tailles de ramapithèques, dit Swift. A mon avis — mais évidemment ce n'est qu'une supposition, et je vais devoir faire tout un travail d'investigation sur ce garçon avant d'en être certaine. Vu ses dents, il appartient à la famille des plus grands ramapithèques. Ce serait l'un des plus grands hominoïdes connus à ce jour, un « Gigantopithecus ».

Elle plongea la main dans la boîte, en sortit un morceau de mâchoire, puis hocha la tête.

— C'est bien ce que je dis. La taille de ces mâchoires est caractéristique du gigantopithèque, alors que la position des crêtes crâniennes rappellerait davantage l'australopithèque.

— Un hybride des deux, peut-être, suggéra Jack.

Swift secouait la tête.

— Mais il y a quelque chose que je ne comprends pas, concernant ce crâne.

— Quoi ? Quel est le problème ?

— Je ne sais pas.

Elle se tut puis ajouta :

— Il y a quelque chose qui me tracasse : ce spécimen est dans un état extraordinaire pour un fossile demeuré là pendant une aussi longue période.

— C'est une cause de tracas ? rigola Jack. Tu es difficile à contenter.

— C'est mon travail de me montrer sceptique. Quelles étaient les conditions atmosphériques à l'intérieur de la grotte ?

Jack haussa les épaules en se replongeant en pensée dans le bergschrund.

— Eh bien, l'air était sec, à mon avis. La grotte — en fait, il s'agissait plutôt d'une caverne — était en pierre calcaire et s'enfonçait d'environ cent mètres dans la montagne, au bout d'un étroit corridor. Comme l'entrée d'un tombeau égyptien. Un sol en terre.

— Des stalagmites ? Des stalactites ?

— Je n'en ai pas vu, en tout cas. Mais je ne suis pas certain d'avoir exploré la caverne dans son entier. Quelques coulées de glace à l'entrée.

— Tu dirais que c'était un endroit protégé ?

— Tout à fait. J'y ai passé une très bonne nuit. En partie grâce à une demi-bouteille de bon whisky.

— Le problème, c'est qu'on pourrait s'attendre à une pétrification plus importante.

— Ah oui ?

— Surtout dans un environnement calcaire. Bien que tu dises que le sol était en terre, n'est-ce pas ?

— Exact.

— Malgré cela, dit Swift, songeuse, je me serais attendue à ce que ce crâne ait davantage l'aspect de la pierre que de l'os d'origine. La fossilisation est une lente métamorphose, que nous ne comprenons pas encore totalement. Toutefois, ce spécimen devrait présenter des signes plus évidents d'invasion minérale.

Swift secoua la tête et commença à se mordiller la lèvre.

— Mais quant à mes observations préliminaires...

— Du gigantopithèque avec un trait d'Australopithèque ?

— Exactement. Mais à ce propos, je pourrais même aller jusqu'à dire que...

Elle fronça les sourcils.

— Non, c'est proprement impossible.

— Tu es fatiguée, dit Jack. Tu es fatiguée, tu as fait un bon repas. Demain, tu auras une autre vision des choses. Tout cela prendra son sens à la lumière du jour. Tu verras.

Jack passa son bras autour de la taille de Swift.

— Viens. On va au lit.

— Tu as peut-être raison, dit-elle.

Puis elle bâilla bruyamment.

— J'ai un peu trop bu, ajouta-t-elle.

Elle le suivit jusqu'à la porte de la cuisine. Avant d'éteindre, elle jeta un dernier coup d'œil au crâne et rit de l'absurdité de la pensée qui venait de lui traverser l'esprit.

À savoir que le plus beau fossile de gigantopithèque jamais découvert à ce jour n'avait pas du tout l'air d'un fossile.

Quatre

« Toute découverte d'un fossile qui semble nous éclairer sur les origines de l'homme a toujours soulevé, et soulèvera toujours la controverse. »

Wilfred Le Gros Clark

Swift dormit à peine, quoique cela fût davantage dû au fossile qu'à Jack. Hautement estimée par ses collègues et aimée des étudiants, elle savait qu'elle était un excellent professeur. Mais elle avait trente-six ans et avait publié peu de choses, jusqu'ici. Son contrat avec la faculté de paléoanthropologie touchait à sa fin, et pour qu'il lui soit renouvelé, il lui faudrait écrire un article substantiel. Ou mieux, un livre. Le fossile de Jack semblait lui fournir matière à cela.

À 6 heures, elle se glissa sans bruit hors du lit, se vêtit rapidement, puis descendit au rez-de-chaussée avec une seule idée en tête. Après avoir laissé un mot à Jack, qui dormait toujours, elle remit le crâne dans sa boîte, le porta dans sa voiture, et fonça droit à l'université.

Le campus était calme. Il était trop tôt pour les prophètes, les musiciens, les vendeurs d'artisanat, les dealers, les radicaux, les artistes et les universitaires variés qu'on trouvait généralement le long de Telegraph Avenue.

Dès qu'elle fut dans son laboratoire, Swift referma la porte derrière elle, puis la verrouilla. Après quoi, elle put sortir le crâne et le fragment de mâchoire de la boîte et les poser avec précaution sur sa table d'examen, spécialement capitonnée pour protéger les fossiles parfois fragiles qu'on mettait là pour les examiner.

Swift prit soigneusement les mesures du crâne avec un compas et un micromètre. Après quoi, elle disposa plusieurs règles sur la table comme témoins de mesures, et sur un Canon EOS 5 monté sur trépied, elle fixa un objectif cent millimètres, un flash Speedlite et un fil synchro de dix mètres. Après avoir mis une pellicule Fuji Reala dans l'appareil, Swift commença à prendre ses photos, utilisant deux rouleaux de trente poses par mesure de précaution.

Une fois satisfaite des observations et des mesures effectuées sur le crâne, Swift passa à la phase suivante de son plan de travail, dont la conception l'avait tenue éveillée une bonne partie de la nuit.

Elle enduisit le crâne de Bedacryl, une espèce de colle utilisée pour durcir les fossiles avant de les extraire du sol. Ce crâne était le fossile le plus solide que Swift ait jamais manié, mais elle préférait pécher par excès de minutie. Même les os très solides se brisaient, s'ils tombaient d'une table, ou d'un plan de travail.

Pendant que le Bedacryl séchait, elle entreprit de chauffer du gypse, pour faire un moule en plâtre de Paris. Par la suite, elle pourrait avoir recours à des techniques plus sophistiquées : moules en résine, image stéréographique — mais, pour le moment, Swift voulait une copie de travail qu'elle pourrait manipuler et trimballer aux quatre coins de l'université sans risque. Dès que le moule fut achevé, Swift plaça l'original et son fragment de mâchoire dans le coffre de son laboratoire. Plus tard, elle les transporterait dans la chambre forte de l'université, où étaient stockés d'autres spécimens de valeur.

Swift avait également réfléchi au moyen d'assurer sa propriété intellectuelle du spécimen. Si, comme elle le soupçonnait, le crâne s'avérait être une découverte importante, il était essentiel que son travail reste confidentiel, jusqu'au moment où elle serait prête à publier. Or il était également évident qu'elle ne pouvait œuvrer dans l'isolement et qu'elle aurait besoin de l'aide de ses collègues de la faculté si elle voulait classifier correctement cette chose.

C'était là son principal souci.

La paléoanthropologie était un monde de controverses, dans lequel la découverte d'un fossile nouveau faisait la réputation de quelqu'un au détriment de quelqu'un d'autre. Dépourvue de méthodes empiriques fiables, et peuplée d'individus qui souvent manquaient d'objectivité, c'était une science jalouse mue non par l'expérience, mais par la théorie. Or il y avait pléthore de théories. Swift avait parfois l'impression que l'appétit du public pour la science vulgarisée entraînait l'énoncé d'une nouvelle théorie sur les origines de l'homme tous les huit jours. Mais les fossiles étaient le fin du fin, et faisaient les plus grandes réputations, parmi les paléoanthropologues. Les gens se souvenaient de Dart, Johanson, Leakey, parce qu'ils avaient fait des découvertes tangibles. Mais qui se souvenait de théoriciens comme Le Gros Clark ou Clark Howell ?

On se servait parfois des fossiles pour confirmer des théories, et pas l'inverse. Il n'était pas rare que des gens achètent des fossiles aux fournisseurs d'un concurrent, dans le but express de démolir une théorie contradictoire. Le vol était moins courant, mais pas inusité. Et le monde de la paléoanthropologie restait ébranlé par une révélation datant de 1955, à savoir que le crâne de Piltdown, découvert en 1912 dans une carrière de cailloux du sud de l'Angleterre, était un faux.

En 1912, Charles Dawson, archéologue amateur, avait découvert un crâne ressemblant à un crâne d'anthropoïde dans une gravière, près du village de Piltdown, dans le Sussex. À première vue, il s'agissait d'un être extrêmement ancien, qui cadrait fort opportunément avec une théorie prévalant à l'époque : l'existence d'un ancêtre de l'homme doté de capacités intellectuelles considérables. Mais en réalité, l'Homme de Piltdown n'était que l'ajout réussi d'une mâchoire d'orang-outan sur un crâne humain.

Une seule certitude absolue dans cette science incertaine, déchirée : toute nouvelle découverte significative risquait d'occasionner une nouvelle rivalité. Une amère rivalité.

Par conséquent, il est peu surprenant que la première personne à laquelle Swift téléphone pour discuter de sa trouvaille soit son avocat.

Harztmark, Fry et Palmer, à Londres, avaient été les avocats de sa mère, à Londres. Ils administraient un fidéicommis au profit de Swift, et lui reversaient une somme généreuse chaque année, par l'intermédiaire de leur bureau de San Francisco. Swift avait vu Gil Mc Lellan — l'avocat associé dans le cabinet et qui administrait ses biens — seulement une fois. Mais c'était lui qu'elle appelait quand elle avait besoin d'un conseil juridique.

— Stella, dit Mc Lellan, quand sa secrétaire lui eut passé Swift, c'est un peu tôt pour une citoyenne de *Bizarrekeley*. Il n'est même pas 9 heures. Je ne savais pas que l'anthropologie imposait des horaires de bureau aussi réguliers.

Son rire caverneux résonna comme une toux.

C'est l'une des choses irritantes, chez les avocats : ils pensent toujours que les autres sont exempts d'horaires matinaux et de travail assidu.

— Écoutez, Gil, dit-elle, en venant au fait avant qu'il n'ait eu le temps de l'inviter à dîner, comme il le faisait, généralement. J'ai besoin de votre aide.

— C'est pour ça que je suis là.

— Je veux que vous me prépariez un contrat de confidentialité. Vous voyez le genre : le signataire s'engage à ne pas parler de quelque chose, à ne pas écrire sur le sujet, à ne réclamer aucune part de la propriété intellectuelle du dit sujet sans autorisation écrite de ma part. Et s'il est prouvé que quiconque tenant l'information directement ou indirectement de moi, l'a utilisée sans mon autorisation, expresse ou tacite, il ou elle sera coupable d'avoir violé mes droits, délit plaidable devant un tribunal.

Gil rigola.

— Vous êtes sûre que vous avez besoin de moi ? Il semblerait que vous possédiez plutôt bien votre sujet. Vous auriez peut-être dû enseigner le droit, au lieu de l'anthropologie, Stella.

— Vous pouvez faire ça ?

— Bien sûr. Mais laissez-moi d'abord vous poser une ou deux questions. Quel est l'objet de votre souci ?

— Un fossile. Un fossile très important.

Elle se tut quelques instants.

— Disons un crâne, afin que ça ne prête pas à confusion, ajouta-t-elle.

— Ma deuxième question est en rapport avec le degré de confidentialité dont nous pouvons nous réclamer, dit Gil. Une information ne peut être confidentielle si elle est de notoriété publique, O.K. ?

— Personne ne sait rien de ce fossile, excepté moi et la personne qui l'a découvert. Ce n'est assurément pas de notoriété publique.

— O.K., parfait. Je vous rédige quelque chose et je vous faxe une première ébauche dans une demi-heure. Cela vous tranquillisera en attendant que je ne vous envoie la version définitive sur papier à en-tête. Cela impressionne toujours beaucoup les gens.

— Gil, vous êtes génial.

— Donnez-moi votre numéro de fax, comme ça je n'aurai pas à le chercher. Rappelez-moi s'il y a un problème. Rappelez-moi quoi qu'il en soit. Au lieu de vous facturer le travail, je vous laisserai m'inviter à déjeuner.

Dès que Swift reçut par coursier la version définitive du document légal rédigé par Gil Mc Lellan, elle alla voir Byron Cody.

Le bâtiment des Sciences de la Terre abritait, entre autres, la faculté de Zoologie, et avait quelque chose de l'idéal grec, avec ses colonnes néo-classiques. Mais la construction, avec son allure de forteresse, ses tours carrées austères et sa cour centrale, rappelait davantage à Swift le siège social d'une banque importante, ou quelque institution fédérale.

Elle trouva le primatologue de Berkeley, un homme mondialement connu, dans un bureau différent de celui qu'il occupait habituellement. C'était une pièce d'aspect solide et plaisant, qui courait sur presque la moitié de la largeur du bâtiment et abritait une collection de livres reliés cuir, impeccables, qui semblaient avoir été rarement ouverts.

— On refait mon bureau, expliqua Cody, après avoir embrassé Swift sur les deux joues. Je crois que celui-ci est le bureau d'un botaniste actuellement sur le fleuve Amazone.

Swift s'assit et déclina son offre lorsqu'il lui proposa du café de la machine, dans l'entrée.

— Tu as eu de bonnes critiques, pour ton dernier livre, dit-elle. Je suis impatiente de le lire.

— Je ne prête jamais foi aux bonnes critiques, lui dit-il. Je ne fais attention qu'aux mauvaises. Je ne puis tenir compte des éloges, même lorsqu'ils sont justifiés. Les critiques me font toujours penser aux voyages en avion : quand tout va bien, on ne fait pas attention, mais quand on s'écrase, on est obligé de considérer la situation.

Swift sourit. Cody faisait partie des gens qu'elle aimait.

— Tu as de la chance de m'avoir trouvé. Je suis censé aller faire une dédicace chez *Moe's*, dit-il. Bien que je ne voie pas ce que ma signature peut apporter, à part sur un chèque. Mais j'ai encore une heure devant moi. J'avais pensé acheter quelques livres en attendant. Mais je préfère de loin m'asseoir et parler avec toi, Swift.

— En fait, il y a quelque chose que j'aimerais que tu lises et que tu signes, dit-elle.

— Une demande de bourse, n'est-ce pas ? Je me ferai un plaisir, dit-il, en balançant la lettre de Mc Lellan au sommet d'une pile d'autres documents dont l'équilibre paraissait douteux.

— J'espérais que tu pourrais y jeter un coup d'œil tout de suite, dit-elle. Ce n'est pas une demande de bourse. Ce serait davantage un document légal.

— Là, tu m'intrigues.

Le savant, un homme posé, doté d'une barbe identique à celle de Darwin, lut le document de Swift, à la fois blessé et amusé. Lorsqu'il eut achevé sa lecture, Cody relut le contrat confidentiel une deuxième fois. Puis il poussa un grand soupir.

— Qu'est-ce que c'est que ce machin, Swift ? demanda-t-il, en ôtant ses lunettes en forme de demi-lunes et en les essuyant nerveusement avec le bout de sa cravate de laine bleue.

— Comme je te l'ai dit, expliqua-t-elle, il s'agit d'un contrat de confidentialité standard. Ce que je souhaiterais te dire serait donc considéré comme une communication privilégiée. Tels l'avocat et son client, c'est tout.

— Et le client, c'est toi ?

Swift acquiesça d'un hochement de tête.

— Je vais te dire une chose, Swift. C'est bien d'être consciencieux. Mais c'est la première fois qu'on me demande de faire ça. Pour la majorité des gens, l'intelligence est simplement une bénédiction. Mais pour toi, c'est un devoir moral.

— Alors laisse-moi t'expliquer : j'ai fait une trouvaille qui pourrait se révéler très importante. Et si c'est le cas, je préfère la garder à couvert le plus longtemps possible. Je ne voudrais pas que quelqu'un de l'IHO (Institute of Human Origins) fasse un papier avant moi.

— C'est une hypothèse à considérer ?

Swift haussa les épaules.

— Don Johanson a pu faire connaître sa nouvelle espèce, l'Australopithecus afarensis, en débinant certains fossiles de Mary Leakey avant qu'elle ait eu la possibilité d'en parler elle-même.

— Mais il a découvert Lucy.

Lucy était le nom que Johanson avait donné, à l'origine, aux « afarensis » fossiles qu'il avait découverts en Tanzanie.

— Oui, mais il a tout de même dû déprécier les fossiles de Leakey pour promouvoir les siens.

— Exact.

Cody sortit son stylo, mais hésita encore à signer le document.

— Écoute, Byron, les fossiles sont des informations. Et le fait de dénommer un fossile c'est tout, dans ce business.

— Business ? Nous y voilà enfin. Je croyais que vous étiez des scientifiques.

— La science n'est que du business en blouse blanche, argumenta Swift. Les méthodes fiables, dans la découverte de vérités nouvelles, incluent le fait de se protéger. Si Galilée avait un peu plus tardé à prendre une position aussi arrêtée quand la théorie Copernicienne...

— Ou s'il avait bénéficié des conseils d'un bon avocat... sourit Cody. O.K., O.K. Je suis convaincu. Blessé, mais convaincu.

Il parapha le document avec panache, puis le balança à Swift, à l'autre bout du bureau.

— Je voulais l'opinion du plus grand primatologue de ce pays...

— Je peux résister à n'importe quelle flatterie, hormis celles qui sont justifiées.

— ... sur un crâne d'hominoïde récemment entré en ma possession.

— De plus en plus intrigant.

Swift ouvrit la boîte en bois, en retira le moule du crâne et attendit que Cody ait dégagé un espace suffisant pour poser la chose sur le bureau. Puis elle sortit un ordinateur portable de son sac en bandoulière et l'alluma, prête à noter les premières impressions de Cody.

Le savant remit ses lunettes en demi-lunes au bout de son nez, puis il prit le crâne, le tourna en connaisseur entre ses mains comme s'il s'interrogeait sur le degré de maturité d'un melon.

— Joli moule, murmura-t-il. Tu l'as fait toi-même ?

— Ce matin.

— Où est l'original ?

— En sécurité.

— Oups.

Cody eut un petit rire malicieux.

— Des informations seulement si c'est indispensable, hein ? Pas tant James Bond que James Bone. Un grand type, hein ? Regarde la taille de ce crâne.

Swift commença à taper.

— Et ces énormes mâchoires. Seule ma femme en a de plus grosses. Mais c'est l'entraînement, pas l'hérédité. Essentiellement le fait de parler et de manger. Ouah, je n'ai jamais vu d'aussi grosses dents sur un fossile ! Bien plus grosses que celles d'un gorille. Et je sais de quoi je parle. J'ai toujours cette blessure au radius pour le prouver.

— Plus grosses dans quelles proportions, Byron ?

— Deux fois ? Oui. Pourquoi pas ? Et puis regarde ces crêtes crâniennes. Très inhabituel. La crête occipitale — elle est plus petite que celle d'un gorille.

» Cependant, la taille de ces dents implique l'existence de muscles masticatoires extrêmement puissants, qui devraient s'attacher au sommet de la tête, à la crête sagittale. Ce qui bien sûr augmenterait la hauteur de la tête. Et dans des proportions assez considérables. Disons une fois et demie la hauteur de la tête d'un gorille, au minimum. C'est vraiment là quelque chose d'extraordinaire, non ? D'après la taille et la position de cette crête occipitale, on pourrait presque affirmer que le propriétaire de ce crâne tenait la tête bien plus droite qu'un gorille. Cela pourrait même suggérer qu'il était bipède. Une créature anthropoïde qui marchait sur deux jambes, au lieu de se déplacer en s'appuyant sur ses phalanges. Je commence à comprendre la nécessité d'un document légal. Seigneur, Swift, où as-tu déniché ça ?

— Pour le moment, je ne peux pas te répondre, Byron. Tout ce que je peux dire, c'est qu'il ne s'agit pas d'un fossile de l'Ancien Monde.

— Quelle surprise. J'allais justement te suggérer qu'il pourrait s'agir d'un australopithèque. Excepté le fait, évidemment, qu'aucun primate fossile d'Afrique du Sud n'a jamais été aussi grand que ce garçon. Pas même « Paranthropus crassidens ».

Cody se tut. Swift leva les yeux de l'écran de son ordinateur portable.

— Et pourquoi pas un grand singe du miocène ? suggéra-t-elle. Un ramapithèque, par exemple.

— Oui, c'est possible, fit-il, songeur. « Gigantopithecus », peut-être. Le plus grand primate connu à ce jour. Bien entendu, je n'ai jamais vu un fossile complet. Personne n'en a jamais vu. Il n'y a que ces trois dents que Koenigswald a trouvées dans une pharmacie de Hong Kong. Les soi-disant dents de dragon. Ce pourrait être « Gigantopithecus ». Bon dieu, ce serait quelque chose, non ?

— Ç'a été la première impression que j'ai eue, dit Swift. Mais je voulais voir quelqu'un de plus qualifié en arriver à la même conclusion.

Elle se mit à souligner certaines des observations de Cody sur son écran.

— La hauteur de la tête, dit-elle. Une fois et demie la hauteur de celle d'un gorille.

— Au moins. Peut-être quinze centimètres au-dessus de l'oreille. Tu sais, j'imagine un cuir chevelu qui pourrait ressembler à un casque de viking. Une tête plutôt pointue, comme celle d'un gorille mâle à dos argenté, mais en plus pointue. Beaucoup plus. Et cela va dans le sens de ce que nous savons déjà du dimorphisme attaché à la taille du corps, chez les primates et les primates fossiles, je dirais que nous avons ici presque assurément un mâle de l'espèce.

Swift tapa « Mâle », puis elle dit :

— Le dimorphisme attaché à la taille du corps chez les primates est presque toujours lié au fait que les mâles entrent en compétition pour avoir accès à un groupe de femelles, exact ?

— Exact. Et également un corollaire à la polygamie.

Cody soupesa le moule dans ses mains et eut un grand sourire.

— Ouais. Ce veinard avait probablement tout un harem de femelles consentantes, dit-il.

— Alors c'est ça qui t'excite, Byron ? Et moi qui te prenais pour un monogame heureux.

— Moi, monogame ? Qu'est-ce qui a bien pu te donner cette idée ? Ma sexualité est néo-confucéenne, c'est encore pour moi la meilleure façon de la définir. Cela pour dire que je préfère les relations hétérosexuelles dans lesquelles il y a un supérieur bienveillant, à savoir moi, et un subordonné obéissant à tous mes désirs.

— On dirait un de tes gorilles, remarqua Swift, en riant.

Cody lui sourit, dans sa barbe de *pater familias*.

— Le singe en toi doit s'exprimer, j'imagine, dit-il. Mais socialement ? Je pense que nous avons beaucoup plus en commun avec les babouins. Les recherches les plus récentes montrent que les plus belles femelles choisissent les meilleurs mâles, bien que cela entraîne un risque accru de fausse couche. On observe le même phénomène chez les humains. Les femmes qui réussissent dans leur carrière ont souvent du mal à procréer.

Se demandant si elle aurait jamais elle-même un enfant, Swift s'efforça de sourire.

— Mais, objecta-t-elle, avons-nous réellement la possibilité de choisir les meilleurs mâles ?

— Pour ce qui est des meilleurs, je l'ignore, dit Cody. Mais d'après mon expérience, une femme belle, intelligente et brillante comme toi, peut plus ou moins obtenir ce qu'elle veut.

— Absurde, dit Swift.

Cody haussa les épaules et sourit.

— J'ai signé ton maudit document, non ?

Parfois, cela ennuyait Swift d'appartenir à une université qui était à l'origine de toutes les armes nucléaires de l'arsenal américain.

Un quart de siècle avant que Vincent Sarich et Allan Wilson n'aient contribué à élever Berkeley au premier rang de la paléoanthropologie, le département de Physique de Le Conte Hall avait déjà garanti une place à Berkeley dans l'histoire. Et cela le jour où une équipe de scientifiques, dont le distingué physicien de Berkeley, Ernest Lawrence, s'étaient réunis pour discuter des plans d'un nouveau type de bombe.

Lawrence avait eu le prix Nobel de physique en 1939 pour avoir inventé le Cyclotron, appareil permettant d'accélérer la vitesse de certaines particules — nucléons, ions lourds — dans un champ magnétique circulaire, sorte de pompe nucléaire. Lawrence avait construit sa machine sur une colline, au-dessus du campus de Berkeley, site sur lequel se trouve aujourd'hui le Lawrence Hall of Science. Des expériences faites avec le cyclotron avait résulté la découverte du plutonium, en 1941. À partir de cette date, les scientifiques de Berkeley avaient mis au point d'autres bombes et découvert treize éléments de synthèse incluant le Berkelium et le Californium, l'antiproton, l'antineutron et le carbone 14.

Mis en évidence par le chimiste de Berkeley, Williard F. Libby en 1946, le carbone 14 naît dans la haute atmosphère terrestre, du bombardement de particules cosmiques en provenance de l'espace intersidéral, puis passe dans le corps des animaux et dans les plantes par le biais de la chaîne alimentaire et de la respiration. Vu qu'il commence à se corrompre dès l'instant de sa formation, le radiocarbone — un nom courant du carbone 14 — s'est révélé une technique utile pour dater les vestiges des choses vivantes. Avec la découverte du carbone 14 est née la géochronologie précise, un domaine spécialisé, qui compte aujourd'hui des techniques encore plus sophistiquées et qui possède également son département dans le bâtiment des Sciences de la Terre, à Berkeley. Le professeur Stewart Ray Sacher était l'éminent géochronologiste de Berkeley. Auteur du livre de référence *Stratigraphie et Datation Relative*, Sacher était également un paléoanthropologue extrêmement respecté. Il avait publié plusieurs ouvrages scientifiques destinés au grand public, ayant trait au palézoïque, tous devenus des best-sellers. *Le Monde futur : la Querelle de Walcott et l'Explosion cambrienne*, son analyse d'un célèbre biote cambrien et la signification de celui-ci dans l'histoire de la vie sur terre, était le plus connu et lui avait valu le prix Pulitzer.

Homme corpulent, avec une tignasse brune rebelle et une moustache à traîner dans la soupe, Sacher était en train de travailler dans son laboratoire, entouré de diverses configurations de spectromètres et assisté par une jolie diplômée, quand Swift arriva.

Comme toujours, le savant écoutait de la musique sacrée sur la puissante chaîne stéréo de son labo, et de temps à autre il s'arrêtait et battait la mesure sur un morceau qui lui plaisait particulièrement. Il était en train de jouer les chefs d'orchestre, quand il aperçut Swift, dans l'embrasure de la porte, et lui lança, nullement décontenancé, avec son accent de Brooklyn :

— « Le véritable espoir est vif, il vole avec des ailes d'hirondelle. »

Il sourit, comme s'il était ravi de sa capacité à citer de grands auteurs avec à-propos, puis il étreignit Swift avec force.

— Comment ça va, chérie ?

Swift l'embrassa sur les deux joues, puis, regardant son pantalon et sa veste, fit une remarque sur son goût pour le cuir.

— Je suis un motard, qu'est-ce que tu crois ?

— Parfois je me dis que c'est plus fétichiste que ça, dit-elle pour le taquiner.

— J'ai une autre interprétation du soi-disant fétichisme, déclara-t-il. Si à travers tous nos efforts, tant intellectuels que sexuels, nous cherchons à approcher de l'image de la divinité, Dieu nous a certainement tous dotés de goûts sexuels bizarres pour contrecarrer nos projets à son endroit. Ce sont les petites culottes, les chaussures et les odeurs animales, qui nous empêchent d'être tous des dieux. Que puis-je faire pour toi, ma douce ?

— J'aimerais te parler d'un problème de datation.

— Je n'aurais pas cru qu'une jolie fille comme toi pouvait avoir des problèmes.

Il sourit, secoua la tête.

— J'aimerais qu'on m'ait donné un dollar chaque fois que j'ai fait cette plaisanterie facile. Assieds-toi, Swift. Je suis à toi dans une seconde.

Il lui désigna un fauteuil en cuir pivotant, devant un bureau à cylindre. A côté trônait un chariot chargé de plusieurs étages d'équipement hi-fi.

Swift s'assit et sonda le désordre sur le bureau de Sacher, à la recherche du boîtier du CD. Dans la musique, elle avait reconnu la Création d'Haydn, mais cet enregistrement était meilleur que le sien — le prix fort contre le prix soldé. Ne trouvant pas le boîtier, elle s'appuya contre le dossier de sa chaise, et, tentant d'occulter tout l'attirail de baseball qui occupait les murs entourant le bureau — Sacher était un inconditionnel des Oakland Athletics — Swift se laissa porter par la musique.

On apprécie d'autant plus la musique classique, se dit-elle, quand on ne s'attend pas à en entendre. Elle se demanda également ce qu'un compositeur qui avait dit un jour que le simple fait de penser à Dieu le réjouissait, eût fait d'un homme comme Stewart Ray Sacher. Ou d'elle-même. Chaque fois que Swift pensait à Dieu, elle essayait d'imaginer en l'homme une prédisposition biologique à être religieux. Un peu comme la théorie de Chomsky quant à une capacité innée chez les humains à apprendre à parler. Selon Swift, et d'après son expérience de Dieu, Il n'était qu'un nom à invoquer quand on avait un besoin urgent de quelque chose, tel un supermarché ouvert toute la nuit.

— Ça te plaît ?

Swift ouvrit ses yeux émeraude.

— Haydn ? Oui. Bien sûr.

— Quel est ton passage préféré ?

Elle réfléchit un moment puis elle dit :

— La représentation du chaos.

— Oh, c'est sombre. Ça en dit long sur toi, ma douce. Moi, j'aime le moment où le ver prend vie, mais seulement après que les tigres et le mouton sont apparus. « In langen Zügen kriecht am Boden das Gewürm. » Que dis-tu de ça comme échelle de l'évolution ?

Il partit d'un rire de fumeur. À cause des cigarettes, sa voix semblait coincée dans un registre limité, rappelant le coassement d'un corbeau fâché — un grincement sec, catarrheux, assez proche des intonations d'Al Pacino. Ses phrases n'étaient pas tant parlées qu'expectorées.

— Tu sais, dit-il, d'une certaine façon, je ne pense pas que Franz Joseph Haydn eût accepté l'idée que nous descendons tous de quelques simples invertébrés.

— C'est exactement ce que j'étais en train de me dire.

— Alors qu'est-ce qui t'amène dans ma machine à remonter le temps ?

Swift ouvrit son sac en bandoulière et lui tendit un autre exemplaire de son contrat de confidentialité.

— Excuse-moi pour ça, Ray, dit-elle. Je suis vraiment désolée. Mais je pense que tu comprendras que la prudence s'impose quand tu verras ce que j'ai apporté. On n'est jamais trop prudent, de nos jours.

— Cela doit vouloir dire que tu as découvert quelque chose d'important, dit-il, l'interrompant.

Et sans rien ajouter, il signa le papier et le lui rendit.

— Eh bien ? Allons. Ne me fais pas languir plus longtemps. Où est-elle ? Où est la merveille ?

Swift chercha la jeune diplômée des yeux, dans le labo.

— Helen ? dit Sacher. Veux-tu bien rapporter ces livres à la Bancroft ?

— Mais bien sûr, dit-elle.

Après avoir ramassé la pile de livres de bibliothèque sur le sol, elle sortit, en lançant un sourire ironique à son patron.

— Pas de problème, ajouta-t-elle.

— Oh, tu as vu ce sourire, dit Sacher, quand Helen fut partie. Je parie qu'elle croit qu'il y a quelque chose entre nous. Ça va être très bon pour ma réputation, ça.

Il rit et prit son paquet de Winston Select.

— Dieu merci elle est partie. Je vais pouvoir fumer.

— Tu ne devrais pas fumer autant, dit Swift.

— *« Et tu Brute »*.

— Je m'inquiète pour toi.

— Eh, celles-là ne devraient pas être nocives. Ils font de la pub pour elles dans *Omni*.

Swift plongea la main dans son sac. Tout d'abord, elle sortit le petit sachet en plastique contenant le morceau de roche et les échantillons de sédiments prélevés sur le sol de la caverne. Puis elle défit un tissu ouaté et posa le morceau de mâchoire sur le bureau.

— Il n'a pas l'air très vieux, grommela Sacher, en ramassant l'os avec ses doigts couleur sépia.

— Il a l'air vieux et pas vieux à la fois. Tu as raison. Il est à peine fossilisé, pourtant il devrait l'être. Selon la classification phylogénétique existante, ce morceau de mâchoire devrait avoir plus d'un million d'années. Même en excluant la possibilité d'une violation de sépulture, ce mandibule devrait ressembler davantage à de la pierre.

— Pourquoi l'exclure ? dit Sacher. Comment es-tu entrée en possession de ce spécimen ?

— Il me vient d'une source fiable.

— Fiable jusqu'à quel point ? Cette personne t'a-t-elle déjà fourni des fossiles ?

— Non. Mais ce n'est pas le genre à monter un canular élaboré comme Charles Dawson et son Homme de Piltdown. Il ne pourrait pas, de toutes façons. Dawson a pris la peine de traiter les morceaux de crâne et de mâchoire pour leur donner la patine de l'âge. Si quelqu'un essayait réellement de m'avoir, il aurait sans doute fait la même chose.

Swift s'interrompit, attendant que Sacher abonde dans son sens.

— Tu ne penses pas ? ajouta-t-elle.

— Si, tu as sans doute raison, admit-il. Mais il faut toujours laisser le fossile parler. Pour une datation isotopique, ce qui nous intéresse vraiment c'est le morceau de mâchoire. L'échantillon de roche est sans doute sans grand rapport avec l'os.

— C'est exact.

— Il se pourrait que des conditions atmosphériques inhabituelles aient empêché toute pétrification.

Sans le citer, Swift dit que Furness avait trouvé le spécimen dans une caverne calcaire de l'Himalaya, en altitude.

— Dans ce cas, dit Sacher, il est très possible que ta trouvaille soit restée emprisonnée dans la glace pendant plusieurs milliers d'années.

— Comme un corps dans un glacier ?

— Exactement. Nous savons aujourd'hui qu'un corps n'est pas toujours écrasé par la force de déchirement d'un glacier. Tu te souviens de ce corps conservé dans la glace qu'ils ont retrouvé dans les Alpes autrichiennes, il y a quelques années. C'était en 1991, je crois.

— Oui. Hibernatus. Je m'en souviens.

— Il s'est avéré qu'il s'agissait d'un chasseur du néolithique, mort cinq ou six mille ans plus tôt. Ses tissus, ses tatouages, et même ses Reeboks étaient parfaitement conservés.

Sacher se détourna de Swift pour exhaler un nuage de fumée.

— Maintenant que j'y repense, l'homme des glaces a été retrouvé à trois mille mètres, à peu près. Ton spécimen a été découvert à quelle altitude ?

— Six mille mètres.

— O.K, c'est deux fois plus haut. Voici donc une hypothèse très prématurée. Comme je l'ai dit, nous laisserons le fossile parler. Mais imagine que l'Homme des Glaces soit resté intact cinq mille ans de plus dans son bloc de glace. Suppose également que ton spécimen, à une altitude deux fois supérieure, ait séjourné dans la glace deux ou trois fois plus longtemps. Disons trente mille ans. Le corps n'a commencé à se décomposer qu'une fois libéré de sa gangue de glace, après que celle-ci a fondu. Mais cette décomposition a été très lente. Il me semble très possible que ton spécimen puisse avoir au moins cinquante mille ans.

— Nous sommes tout de même loin du compte, objecta Swift. Il nous manque environ neuf cent cinquante mille ans.

Sacher haussa les épaules.

— Tu connais ma méthode. D'abord les données. Acquérir les informations et la précision nécessaires avec le minimum d'analyses possible. Après quoi nous réexaminerons ces théories à la lumière de ce que nous dit le fossile. C'est la méthode scientifique qu'il convient d'appliquer.

Sacher éteignit sa cigarette dans un morceau de marcassite qui lui servait de cendrier.

— Et quelle méthode particulière utiliseras-tu ? s'enquit-elle.

— Dans un cas semblable, je pourrais suggérer une méthode cosmogénique. Avec le spectromètre de masse, nous arrivons à déterminer un âge précis sur un morceau de carbone de seulement un milligramme. Cependant, l'émail dentaire, sur ce fragment de mâchoire, est en si bon état que je vais essayer la RMN, je pense.

— La Résonance Magnétique Nucléaire, dit Swift, en hochant la tête. Ça te permet de mesurer l'énergie des électrons emprisonnés dans l'émail dentaire.

— Oui. Tu obtiens l'âge de la matière en comparant le taux d'énergie qu'elle recèle avec le chiffre correspondant dans la matière vivante.

Sacher réfléchit un moment, puis il éteignit le lecteur de CD et commença à peser le pour et le contre des diverses méthodes de datation dont il disposait.

— D'un autre côté, dit-il, nous avons les séries d'uranium, ou de thorium, dans ce labo. J'ai utilisé le thorium pour dater les nouveaux spécimens de Néanderthaliens qu'ils ont découverts cette année en Israël. Tu savais qu'il y avait encore des hommes de Néanderthal en Israël il y a cinquante mille ans ?

— Et s'il s'avère que ceci est plus ancien ?

— Si ça va au-delà de mille ans, nous sommes obligés d'utiliser le morceau de roche. Mais vu ce que tu m'as dit, il risque d'être d'une utilité limitée. La méthode consistant à utiliser des roches pour dater des os ne m'a jamais convaincu. A moins que ceux-ci n'aient été découverts dans une strate géologique.

— Fais ce qui te paraîtra le mieux, Ray.

— Evidemment, ça va prendre un moment.

— C'est-à-dire ?

— Je t'appelle dès que j'ai quelque chose.

— Promis, hein ?

Sacher alluma une autre cigarette.

— Dieu sait que nous avons déjà dû attendre un certain temps. Quelques jours de plus ne devraient pas changer grand-chose.

Swift haussa un sourcil.

— Ray, c'est la troisième fois que tu mentionnes Dieu. Qu'est-ce que Dieu a à voir là-dedans ?

Sacher haussa les épaules et eut l'air penaud.

— Rien. C'est du moins ce que je pensais jusqu'ici.

— Ray !

Pendant quelques instants, Swift fut trop surprise pour faire autre chose qu'ouvrir et fermer la bouche.

— Tu es athée, finit-elle par dire.

Sacher passa une main bouffie dans ses cheveux épais. Swift les trouva plus gris que la dernière fois. Il haussa les sourcils de façon suggestive.

— Tu ne commences pas à douter, n'est-ce pas ? dit-elle, fronçant les sourcils.

— Tu sais, on dit que les amputés connaissent souvent ce phénomène qu'on appelle fantasmagorie : ils continuent à sentir un bras, une jambe ou un sein, après son amputation ou son ablation. Ils sentent ce membre fantôme parfois plusieurs années après l'amputation, surtout la main ou le pied, à leur extrémité. Il arrive même que ce membre les démange.

» Swift ? Eh bien là c'est pareil. Je pense qu'après une longue période d'athéisme, je commence à m'apercevoir que j'ai la même sensation concernant Dieu. Et je suis plus ou moins arrivé à la conclusion que c'est la meilleure preuve de son existence que j'aurai jamais. L'expérience religieuse pourrait être la seule façon d'approfondir cette démangeaison. Toutefois, je doute qu'il existe une religion qui puisse aller avec mon style d'hétérodoxie. Tu comprends ce que je dis, Swift ?

Elle se leva, l'embrassa encore une fois sur la joue, puis se dirigea vers la porte du labo.

— Hé, Swift ? dit-il.

Il rit, mal à l'aise.

— Tu as un problème avec ça ?

Elle fit volte-face.

— Seulement sur ce point, Ray : l'athéisme, c'est comme tenir tête à la mafia. Seul le nombre fait la force.

Sacher imita un revolver avec son index et le pointa sur elle.
— Affranchi, dit-il, en riant.
— Appelle-moi quand tu auras quelque chose.
— Je t'appelle de toute façon.

Cinq

« Oh, l'esprit, l'esprit a des sommets ; des abrupts effrayants, des à-pics qu'aucun homme n'a sondés. »

Gerard Manley Hopkins

Depuis sa maison, à l'extérieur de Danville, Jack Furness tenta de joindre Swift plusieurs fois chez elle, puis à son laboratoire sur le campus, mais il n'entendit que la voix de son serveur vocal. En deux ou trois jours, il laissa plusieurs messages, et comme elle ne le rappelait toujours pas, Jack la chassa de ses pensées et s'attela à la préparation des réunions dont il avait convenu avec la National Geographic Society et la White Fang Sports Equipment Company, qui avaient conjointement sponsorisé son expédition dans l'Himalaya.

L'indifférence de Swift ne l'atteignait pas vraiment. Il la connaissait trop pour prendre cela comme un affront personnel. D'une certaine façon, il était même content qu'elle n'ait pas appelé. Ne pas la voir signifiait qu'il pouvait consacrer toute son énergie à rédiger des rapports, établir les comptes de l'expédition, et avant tout développer et tirer les nombreuses photos qu'ils avaient prises pendant ces six mois passés au Népal.

Le silence de Swift lui plaisait pour une autre raison : il semblait suggérer qu'elle était elle-même occupée et que le fossile pouvait se révéler être une découverte importante.

Et si c'était le cas, que se passerait-il ?

Le temps passant, Jack commença à penser qu'il avait agi un peu impulsivement en donnant le fossile. Non pas qu'il voulût le récupérer. Loin de là. Il s'interrogeait plutôt sur le côté légal de ce don. Ne souhaitant pas se voir reprocher par ses sponsors d'avoir fait don d'un fossile qui ne lui appartenait pas, Jack appela son avocat et fut rassuré d'apprendre la chose suivante : même si le gouvernement népalais pouvait ne pas apprécier qu'on ait emporté un fossile sans autorisation officielle, rien dans le contrat entre Jack et ses sponsors n'avait trait à ses droits de propriété sur toute découverte scientifique ou archéologique faite durant l'expédition.

Jack dit à son avocat qu'il avait payé, au Népal, les droits d'exportation en dollars américains. Mais ce serait plus simple, décida-t-il, de ne pas mentionner le fossile aux gens de la National Geographic Society. Du moins tant que Swift n'en saurait pas plus sur sa nature.

Et peu importait le temps que ça prendrait.

Jack arriva à l'aéroport national de Washington avec seulement un sac. Aussi ne vit-il aucune raison de ne pas prendre le métro plutôt qu'un taxi. Trente minutes après avoir pris un train de la ligne bleue jusqu'à « Metro Center », où il changea et monta dans un train de la ligne rouge direction « Dupont Circle », il s'installait dans sa chambre du *Jefferson Hotel*, sur la Seizième Rue, à un pâté de maisons du siège de la National Geographic Society.

Situé à un carrefour passant, le *Jefferson* était un hôtel petit, mais élégant, fréquenté par des politiciens et de hauts fonctionnaires. L'intérieur rappelait une maison du XIXe siècle. Il y avait du mobilier d'époque dans la plupart des chambres. Jack y était souvent descendu et y serait venu même si la National Geographic n'avait pas accepté de régler la note.

Il était trop tard pour aller nulle part. Jack se rabattit sur le mini-bar. Il s'assit devant la télévision, et but non pas une mais plusieurs fioles de whisky. Il vidait les petites bouteilles comme si elles n'avaient rien contenu de plus fort qu'un bain de bouche antiseptique. Ces doses d'alcool miniatures ressemblaient tellement à des ersatz, qu'on aurait pu trouver dans une très grande maison de poupées, que Jack avait du mal à les prendre au sérieux, à se persuader qu'elles contenaient réellement du whisky. Un peu comme s'il s'attendait à ce que les effets de ces spiritueux soient porportionnels à la taille de leurs contenants. Ce qui n'était pas le cas. Il se réveilla le lendemain avec une gueule de bois de taille adulte.

Jack n'avait absolument pas faim. Cependant, il devait retrouver le directeur du sponsoring de White Fang, Chuck Farrell, pour le petit déjeuner.

— Ça m'a fait plaisir de te voir, Jack, dit Farrell, quand ils en eurent enfin terminé avec le petit déjeuner. La prochaine fois que tu viens en ville, téléphone-moi. J'ai de nouvelles chaussures adhérentes pour l'escalade, que j'aimerais te voir essayer. Elles sont faites d'un composé caoutchouté qui devrait, selon nous, révolutionner l'univers de l'escalade à mains nues dans ce pays. Nous l'avons appelée la « Chaussure Brundle ».

Il ricana.

— Penses-y. Et puis prends soin de toi, hein. Tu n'as pas très bonne mine.

Jack n'en doutait pas, et lorsque Farrell fut parti, il décida d'aller prendre l'air. Il avait du temps à tuer avant sa réunion avec la National Geographic Society. Aussi retourna-t-il à l'hôtel se munir de son pardessus, et alla-t-il braver le froid d'une matinée d'hiver typiquement washingtonienne.

Ses pas l'entraînèrent vers le sud, au-delà de la Maison Blanche, puis à l'est, le long du centre commercial. Au bout d'un moment, il se sentit mieux. Mais il commença également à avoir froid. Cherchant un endroit chauffé, il se précipita au Smithsonian. C'était le dernier jour d'une exposition intitulée « La Science en Amérique ». Destinée à montrer l'impact de la science aux États-Unis, une bonne partie de l'exposition était consacrée au projet Manhattan et à la mise au point de la première bombe atomique. C'était la partie la plus intéressante. Jack n'avait encore jamais vu de photos d'Hiroshima après l'explosion de la bombe. Il se demanda si les gouvernements indien et pakistanais auraient très envie de se balancer une bombe s'ils voyaient ces photos.

Les nouvelles n'étaient pas bonnes. Plusieurs pays arabes semblaient prêts à déployer des forces armées au Pakistan, dans un acte de solidarité musulmane, alors que le premier ministre indien avait demandé une réunion d'urgence avec ses chefs militaires. Dans un effort continuel pour désamorcer la crise, le secrétaire d'État américain prenait l'avion pour Islamabad, puis l'Inde, pour la quatrième fois en un mois.

Jack espérait que ce secrétaire d'État saisissait mieux que lui les raisons sous-tendant ce conflit. Comme la plupart des Américains, Jack n'avait qu'une vague idée des motifs poussant les Indiens et les Pakistanais à s'affronter de nouveau.

En sortant du Smithsonian, Jack prit un taxi pour son hôtel. Puis il marcha jusqu'au coin de la rue, où se trouvait le grand immeuble moderne abritant la National Geographic Society.

En 1888, quand cette société et son célèbre magazine bordé de jaune furent créés, une part des bénéfices du journal devait servir à subventionner les expéditions lancées par celui-ci. Mais aujourd'hui, à la fin du XXe siècle, avec presque onze millions de lecteurs, la plupart des activités de la société étaient financées par les abonnements annuels.

Parmi les organisations scientifiques, la National Geographic Society était l'un des plus riches et des plus sympathiques. Mais le credo du magazine avait beau être : « On ne publie que des choses bienveillantes sur les pays et les gens », Jack n'en déduisait pas pour autant que cette générosité se manifesterait dans un acte de sponsoring le concernant. La concurrence était rude pour obtenir des subventions de la société, il en avait bien conscience, et il ne pouvait se permettre de minimiser le drame du Machhapuchhare. Même s'il s'en tenait à sa décision de dire que l'avalanche avait eu lieu dans l'Annapurna.

Toutefois, durant sa réunion avec les représentants de la société et du magazine, il relata les faits avec une candeur et un esprit critique qui le surprirent lui-même. Cette avalanche était un accident, Jack le savait. Et puis Didier et lui n'avaient commis aucune négligence, hormis le risque inhérent à toute expédition réduite, toute ascension de style alpin des grands à-pics himalayens — particulièrement celle, comme la sienne, qu'on faisait sans oxygène. Mais au fond de lui, Jack continuait à se tenir pour responsable de ce drame. En effet, c'était lui qui avait voulu escalader les plus hauts sommets d'une façon aussi périlleuse.

Quand il eut achevé son compte rendu de l'expédition, le directeur du sponsoring, Brad Schaffer, hocha solennellement la tête et dit :

— Je tiens à vous remercier, Jack, de votre relation franche et exhaustive des faits. J'apprécie que vous soyez venu si vite après le drame en donner un aperçu aussi complet, et je suis certain de refléter l'impression générale en disant cela. Je suis persuadé que cela ne fera qu'accélérer le paiement des dommages et intérêts à la famille de Didier Lauren. N'est-ce pas, miss Harman ?

Miss Harman, une jolie brune sobrement vêtue, représentant la compagnie d'assurances, leva les yeux du rapport de Jack sur l'accident et s'éclaircit la voix.

— Oui, dit-elle, sans grande conviction, comme si quelque chose la gênait. Vous avez sans doute raison.

Elle regarda à nouveau le rapport et ajouta :

— Cependant, j'ai quelques questions à poser au sujet de ce qui s'est passé.

— Oh ? fit Jack, sur un ton qu'il espérait désinvolte face au regard froidement scrutateur de la jeune femme.

— En rapport avec les frais entraînés par les funérailles des sherpas et les dommages déjà payés à leurs familles, Mr Furness.

— Vraiment ?

Afin que son ascension illégale du Machhapuchhare reste confidentielle, Jack avait dû payer les funérailles de cinq sherpas.

— Oui.

Jack tourna le trackball de son ordinateur portable et trouva tous les éléments concernant les frais entraînés par les funérailles.

— Allez-y, dit-il.

— Vous avez payé dix mille dollars à titre de compensation aux familles de vos sherpas, à savoir deux mille dollars par famille. Vous avez également payé les funérailles des sherpas, cinq cents dollars chaque fois. Est-ce exact ?

— Oui.

— Cependant, vous venez de nous dire que vous n'aviez retrouvé que trois corps.

— C'est exact. Les corps de Didier et de deux sherpas sont toujours là-haut.

Le petit visage aigu de miss Harman prit une expression exaspérée.

— Je ne comprends pas, dit-elle. Comment peut-il y avoir des funérailles s'il n'y a pas de corps ? Et pourquoi ces funérailles sont-elles si chères comparativement aux sommes versées à titre de compensation ? Elles représentent le quart de ces sommes.

Jack jeta un coup d'œil à Brad Schaffer, cherchant un soutien. Mais Schaffer remua sur sa chaise, mal à l'aise, et ne dit rien. Souriant nerveusement, Jack sortit une boule d'Exer-Flex en silicone de sa poche et se mit à la malaxer avec ses doigts.

— Au Népal, toutes les cérémonies coûtent cher, dit-il. Particulièrement la cérémonie mortuaire. Il leur arrive d'économiser pendant des années pour la payer. Même s'il n'y a pas de corps, et même s'ils ne peuvent s'offrir de funérailles, celles-ci n'en demeurent pas moins une obligation, selon la tradition. Tous les alpinistes occidentaux en expédition là-bas prennent en charge cette obligation. Si nous ne le faisions pas, miss Harman, les sherpas ne risqueraient sans doute pas leur vie avec nous.

— Je vois, dit-elle, froidement. Mais sans doute qu'en ces circonstances une contribution à ces funérailles, disons cinquante pour cent, eût été plus appropriée.

— Je ne pense pas que vous compreniez bien la situation, commença-t-il.

— Non, effectivement, Mr Furness. Vous avez dit vous-même que ces gens économisaient pendant des années pour payer leur cérémonie mortuaire. Alors qu'en est-il de ces sherpas décédés ? J'essaie simplement de comprendre ce que sont devenues leurs économies en vue de la cérémonie.

C'était une bonne question. Malgré tout, Jack éprouva du dégoût pour cette femme. Pendant quelques instants, il imagina tenir la trachée artère de miss Harman entre ses doigts, à la place de l'Exer-Flex, qu'il serra beaucoup plus fort, pour faire bonne mesure.

— Ou bien vos sherpas étaient-ils des gens imprévoyants ?

— Si cette Société s'était inquiétée d'être prévoyante, miss Harman, dit Jack, je doute qu'elle ait jamais pu voir le jour.

— Amen, dit Schaffer.

Mais Jack ne faisait que commencer. Il lança l'Exer-Flex sur la table en acajou, espérant qu'il laisserait une marque sur la surface bien polie du meuble.

— La mort coûte cher dans l'Himalaya, miss Harman, dit-il. Les gens se font tuer dans les endroits les plus improbables. Pourquoi ne pas considérer ces comptes de façon positive ? Nous n'avons pas retrouvé le corps de Didier Lauren, aussi avons-nous fait économiser à votre compagnie le coût d'un hélicoptère pour ramener son cadavre à Katmandou, ainsi qu'un cercueil spécial, aux normes du fret international, sans parler du vol jusque chez lui, au Canada.

— Jack, dit Schaffer, je crois que vous vous êtes fait comprendre. Personne ne conteste vos dépenses. Miss Harman tente simplement d'y trouver une explication précise. N'est-ce pas, miss Harman ?

Miss Harman eut un sourire mesquin.

— Oui.

Elle allait ajouter quelque chose quand Schaffer la coupa.

— Mais nous en resterons là, je pense, dit-il, d'un ton ferme.

Il ramassa l'Exer-Flex et fixa la chose d'un air perplexe.

— Qu'est-ce que c'est que ce machin ? dit-il, en se penchant vers Jack.

— Ça améliore la flexibilité du poignet et des doigts, donne plus de force dans les avant-bras, et une meilleure poigne, dit Jack en haussant les épaules. Toutes sortes de choses.

— Est-ce que ça veut dire que vous avez l'intention de retourner finir ce que vous avez commencé ? Escalader tous les plus hauts sommets himalayens sans oxygène ? N'avez-vous pas dit qu'après vous vouliez faire la Trango Tower ?

— Si, si, dit-il, sans grand enthousiasme, toujours furieux de la façon dont avait tourné la réunion, essentiellement fâché après lui-même. Je termine toujours ce que je commence.

Mais tout en affirmant cela, Jack savait qu'avant de retourner dans l'Himalaya, il devait se prouver à lui-même qu'il avait toujours le cœur d'escalader les grandes parois. N'étant jamais tombé — il y avait sans doute peu d'alpinistes qui fussent tombés et qui eussent survécu — il lui fallait voir si l'avalanche lui avait pris autre chose qu'un ami et un partenaire d'escalade. Jack devait découvrir s'il était toujours capable d'occulter la force de gravité et de grimper avec ce même élan et ce même mépris du danger.

Yosemite Valley était la patrie spirituelle de Jack. Il avait mis au point sa technique de grimpe sur la pente ouest de la Sierra Nevada, dans un abysse de granit de onze kilomètres de long, un kilomètre et demi de large et sept cent cinquante mètres de profondeur. Avec ses grands à-pics, la vallée était le top de l'escalade libre en Amérique, le genre d'endroit où les réputations se faisaient et où les rêves de gloire se brisaient définitivement. Jack venait là depuis vingt-cinq ans. Six de ses amis y avaient laissé leur vie.

Six amis et un frère aîné.

En théorie, le rappel était ce qu'il y avait de moins dangereux et de plus jouissif dans l'escalade. On éprouvait des sensations intenses, à rebondir sur une paroi verticale en longues courbes gracieuses dans l'espace, et à s'arrêter en douceur sur le mousqueton, avec un contrôle parfait de la situation !

Le frère de Jack, Gary, avait descendu en rappel les six cents mètres du Washington Monument quand son anneau de rappel, usé par le frottement d'innombrables cordes, avait lâché à seulement un mètre de Lunch Ledge, une plate-forme quelconque, à trois cents mètres d'altitude. Il y avait dix-neuf ans que Gary s'était tué. Mais il s'écoulait rarement une semaine sans que Jack pense à lui. Et quand il grimpait, il pensait encore plus souvent à lui.

Aujourd'hui, le Washington Monument était considéré comme un échauffement pour l'escalade des grands à-pics de Yosemite, parmi lesquels le plus haut, le plus vertigineux, le plus intimidant, le plus fameux : El Capitan.

Ayant quitté Danville en fin d'après midi, Jack roula environ six heures avant d'arriver à l'*Ahwanhee Hotel*, juste avant 10 heures. Le Yosemite Lodge aurait été un peu plus près d'El Capitan. L'Ahwanhee était plus cher, mais une classe au-dessus. Jack fit un dîner très protéiné, alla se coucher, et se leva le lendemain à 5 heures.

Le mois de décembre, avec ses froides températures et ses journées plutôt courtes, n'était pas la meilleure période pour escalader El Capitan — hormis le fait que les touristes se faisaient rares. Jack, qui avait déjà grimpé dans Yosemite Valley en hiver, était presque certain d'avoir El Capitan pour lui tout seul. En outre, le temps, accordé sur les prévisions météo, était clair, ensoleillé. Or au sommet de la paroi, une trop grande chaleur était aussi terrible qu'un trop grand froid. En été, les températures pouvaient rendre la roche brûlante comme une poêle à frire. Mais cette journée s'annonçait parfaite pour grimper.

Avant d'attaquer El Cap, Jack trouva un rocher difficile à grimper pour s'échauffer. Il y avait des dizaines de voies établies, pour escalader El Cap, mais on devait s'attendre à utiliser les techniques de grimpe les plus bizarres. Ça payait d'être au maximum de sa forme, et prêt à tout affronter.

Chaque année, l'échauffement devenait plus difficile. À vingt ans, Jack était tellemement souple qu'il en paraissait presque désarticulé. Depuis quelques années, il comptait davantage sur la force de ses bras que sur son agilité. Peut-être Swift avait-elle raison. Peut-être était-il trop vieux à quarante ans, pour ce genre d'exercice.

En retournant vers le mur, il se banda les doigts avec de l'adhésif, pour les protéger. La grimpe à mains nues était redoutable pour le bout des doigts, un cauchemar de manucure. Jack avait fait des escalades qui avaient tellement râpé son épiderme que le sang gouttait au bout de ses doigts.

Debout au pied de la face de granit blanc et brun d'El Capitan, il était facile de sous-estimer sa hauteur. En levant les yeux vers le mur à quatre-vingt-dix degrés, on pouvait facilement penser que le pin solitaire accroché à la paroi n'était pas plus gros qu'un sapin de Noël et que le mur faisait seulement entre cent cinquante et cent quatre-vingts mètres de haut. Or l'arbre en question, un pin ponderosa, était haut de vingt-quatre mètres. Quant au sommet d'El Cap, il se trouvait à neuf cents mètres du sol, à angle droit. Une altitude à vous couper le souffle.

Conquis pour la première fois au milieu des années cinquante, El Capitan, et la voie de la paroi Salathé, une escalade libre estimée à 5.13 sur l'échelle décimale de la difficulté, dans la Yosemite Valley, tenait autant de la prouesse d'équilibriste que de l'exploit sportif. Cependant, un certain nombre de grimpeurs, dont Jack, avaient escaladé cette paroi en solo. Avec des coinceurs à ressort appelés « friends », pour s'amarrer dans les crevasses, des chaussures de caoutchouc collant, méprisant l'usage des cuissards et des mousquetons et se contentant de prises naturelles, Jack avait fait l'ascension de ce mur pas plus tard qu'en 1994.

Dans l'aube froide et lumineuse, il se mit de la magnésie sur les mains, vérifia qu'il avait ses friends, ses coinceurs bi-coins, ses coinceurs bi-coins incurvés, et son sac de magnésie accroché à la ceinture de son cuissard. Les mousquetons qu'il emportait lui serviraient uniquement à se suspendre quand il voudrait souffler un peu.

Levant le bras au maximum, Jack trouva une prise, et se hissa d'un mètre à la force d'un bras. Comme un grand singe. D'ici une heure ou deux, le soleil d'hiver aurait chauffé la roche, ce qui la rendrait plus adhérente aux chaussures Boreal de Jack — qui n'accordait pas un bien grand crédit aux White Fang adhérantes dont son sponsor lui avait parlé. La première partie de son ascension, sur de la roche froide et parfois glacée, serait la plus dangereuse. Neuf cent onze mètres à escalader.

Jack attendait ce moment depuis qu'il était rentré de Washington. Il essaya de trouver son rythme rapidement.

La chute sur le Machhapuchhare ne remettait pas en cause sa capacité à grimper. Il n'avait pas fait d'erreur. Il était toujours le lézard des grands murs qui avait fait El Cap en un temps record. Mais en progressant vers sa première étape en altitude, Jack sentit que cette ascension serait plus qu'une ascension, plus qu'un exercice d'introspection. Il lui faudrait aller puiser en lui plus profondément que jamais. Jack, qui avait toujours grimpé pour le plaisir, charriait à présent un poids supplémentaire. Qui lui pesait comme un sac de hissage.

La chute. La mort de Didier. Ses pensées, ses émotions, la plus petite hésitation, le moindre soupçon de peur, allaient se fixer dans son esprit, l'effrayer, l'intimider comme jamais auparavant. Tout cela revenant à la grande question que se posait le Torquemada en lui : escaladait-il El Cap avec l'abandon, la totale confiance en lui qui avaient caractérisé ses quatre ascensions précédentes ?

Pendant deux heures Jack grimpa aussi efficacement que d'habitude, se mut rapidement le long de la paroi rocheuse dans ce soleil du début de la matinée, jouissant du silence et de sa propre insignifiance sur ce mur gris et dur. Parfois il tenait seulement par trois doigts, ou levait une jambe à la hauteur de son épaule pour trouver une prise pour son pied. Ce n'était pas drôle. C'était beaucoup d'effort. Déjà les bouts de ses doigts lui donnaient l'impression d'avoir été passés au papier de verre.

Jack s'était souvent vu grimper en vidéo. Il avait été surpris de constater à quel point il ressemblait à un scorpion ou un lézard en train de progresser sur un rocher, ainsi vu de loin. En tout cas quelque chose qui n'était pas humain. Swift se fût sans doute plu à penser que c'était le singe en lui qui le poussait à grimper, mais Jack aurait bien aimé voir le chimpanzé qui aurait la patience de faire une ascension rapide en solo d'un mur comme le Salathé. Cela tenait du marathon. Des centaines de mouvements sur des centaines de mètres. Comme courir un marathon en une journée. Sauf que c'était plus périlleux.

La voie Salathé avait une particularité : sa difficulté hors normes. Jack l'avait escaladée pour la première fois à vingt ans, avec la chance sidérante de la jeunesse. Le paysage alentour n'avait certes rien de pittoresque. La vue derrière lui n'était pas très intéressante. Ni en dessous, d'ailleurs. Rien que de l'air. Pesant sur lui selon les lois de la gravité. Comme dans la fameuse expérience de Galilée. La loi de l'accélération constante dans la chute des corps. Et devant lui rien que de la roche, et encore de la roche, de façon monotone, implacable.

Le vent jouait dans ses cheveux. Jack ne portait jamais de casque. Si un quelconque objet tombant d'une telle hauteur vous arrivait dessus, vous étiez bon pour le compte, avec ou sans casque. Une fois, en montant à la corde avec des poignées d'ascension, sur une autre voie d'El Cap connue sous le nom de Dawn Wall, ou Mur de l'aube, Jack avait délogé un gros éclat de roche plat qui l'avait raté de peu. Un morceau de granit plat de la taille d'un pot d'échappement. Une autre fois, la corde d'un sac de hissage avait cassé, et le sac, lourd de ses pitons, ses mousquetons, ses coinceurs bi-coins et ses marteaux lui avait sifflé à l'oreille en tombant. Une raison de plus pour lui de préférer l'ascension libre. Le plus fou, ç'avait été le jour où Jack avait escaladé le gratte-ciel de la Transamerica pour une publicité, à San Fransisco. Un cameraman avait accidentellement cassé une fenêtre et une épée de verre de deux mètres de long lui était passée à quelques centimètres de la tête. Aucun casque au monde n'aurait pu le protéger de ça.

La roche devenait plus chaude.

Peut-être Jack se lassa-t-il simplement de la regarder, mais à cent cinquante mètres du sol, il fit quelque chose qu'il n'avait encore jamais fait lors d'une ascension libre en solo.

Quelque chose qu'on ne fait pas.

Il regarda en bas.

Et fut aussitôt la proie d'une gamberge en accéléré. Des souvenirs affluèrent en lui, il se rejoua la chute du Machhapuchhare dans toute son horreur. Mais cette fois il n'y avait même pas de corde qui puisse se rompre. Et assurément pas de bergschrund rempli de neige pour amortir sa chute.

Le cœur de Jack bondit dans sa poitrine et pendant un moment il ne put penser qu'à une chose : Swift et lui au lit, une Swift distraite, alors qu'il la pistonnait comme un fou.

Puis la mémoire lui joua son atout majeur.

Jack se souvint que son frère n'était pas mort dix-neuf ans mais vingt ans plus tôt. Vingt ans. Il essaya de chasser cette pensée de son esprit, mais déjà ses boyaux se contractaient, comme s'il allait avoir la diarrhée.

Mort dans cette vallée. Il y avait presque vingt ans, à quelques jours près. Ce n'était qu'une coïncidence, mais le courage peut lâcher sur des coïncidences comme celles-là, se retrouver gisant sur le sol, inutile. Quand il l'eut aidé à se relever, puis soutenu suffisamment longtemps pour qu'il recommence à respirer normalement, Jack doutait de pouvoir achever son escalade.

Sa main, gantée de magnésie blanche — les doigts à vif et couverts de sang — lui passa devant les yeux, enfonça un coinceur mécanique dans une fissure, puis amarra son cuissard.

— Repose-toi, dit-il tout haut. Ça va aller mieux d'ici quelques minutes.

Ancré en un point de la paroi, tel le Ponderosa poussant sur l'à-pic bien loin au-dessus de lui, Jack secoua la tête, paralysé par la peur.

— Mais qu'est-ce que je fais là, bordel ? dit-il, pressant son visage contre la paroi. Je ne peux pas faire ça. Bon Dieu, c'est de la folie.

Jack restait assis là dans le cuissard, à regarder la vue, attendant de retrouver en partie la maîtrise de son ventre et de ses jambes avant d'essayer de continuer. Il ferma les yeux et tenta de se persuader qu'il avait déjà paniqué. Le roi des grandes parois n'était pas obligé d'abdiquer aussi facilement. L'idée d'être secouru par la police montée ne lui traversa même pas l'esprit. De toutes façons, il était peu probable qu'ils s'inquiètent des grimpeurs à cette époque de l'année.

Jack pouvait grimper. Ou redescendre. Ou sauter. Fin de l'histoire.

— Espèce de naze, espèce d'enculé. Il faut que tu bouges !

Il s'écoula plusieurs minutes, mais Jack resta en rade. Il se dit que pour la première fois de sa vie, il se mesurait à un mur d'un genre particulier, très différent des autres. Peut-être le plus haut de tous. Lui-même.

Six

« Toute beauté vient d'un sang merveilleux et d'un cerveau merveilleux. »

Walt Whitman

Le Centre médical de l'Université de Californie occupait une superficie d'un kilomètre carré sur les pentes boisées du mont Sutro, à mi-chemin des toits rouges du district de Haight-Ashbury, à San Francisco, et du Golden Gate. C'était un quartier plaisant et Swift se rendait rarement au Centre médical sans aller voir les livres dans quelques-unes des librairies militantes de Haight. Mais cette fois, elle alla directement au service de radiologie de l'hôpital, où elle avait convenu d'un rendez-vous avec une amie de longue date.

Joanna Giardino était une Italo-Américaine de petite taille, très jolie, avec une manne de cheveux noirs et un regard aguicheur qui attirait les hommes comme des mouches. Swift la connaissait depuis l'université. A l'époque, membres l'une et l'autre de l'équipe de ski, elles s'étaient disputé l'affection d'un garçon de l'équipe masculine, un beau type, qui devait se tuer dans un accident de moto. Mais cette rivalité n'avait pas duré. Finalement, les deux femmes étaient devenues amies. Elles se retrouvaient de temps à autre à l'*Edinburgh Castle*, un pub anglais de Geary Street — quand Swift choisissait le lieu de rendez-vous —, ou au *Capp's Corner*, un restaurant italien de North Beach — quand Joanna choisissait.

Joanna était l'un des chercheurs en neurologie les plus prometteurs de l'UCSF. Elle avait écrit plusieurs articles de référence, dont un cosigné avec Swift, sur la frontière paléoneurologique entre les hominidés et les hominoïdes.

Les deux femmes s'étreignirent chaleureusement sous le regard d'un bel Indien portant une veste blanche et un nœud papillon avec des personnages de Walt Disney.

— C'est Manareet, dit Joanna, en lui présentant l'Indien.

Celui-ci inclina légèrement la tête.

— Manareet est le responsable de notre service de neuroradiologie. Aucune anomalie intracranienne n'échappe à Manareet. Manareet, je te présente Swift. Elle a bien un prénom, mais elle ne l'aime pas.

— Enchanté, dit Manareet, en prenant la main que Swift lui tendait.

L'Indien avait une élocution et des manières parfaites. Swift en déduisit qu'il devait avoir été éduqué en Angleterre. Elle avait connu quelques Indiens comme lui, à Oxford. La plupart d'entre eux fabuleusement riches et issus d'Eton avec une excellente diction et une meilleure éducation que les membres de la famille royale anglaise.

— Je trouve que Swift est un joli nom, dit Manareet. Ce pourrait être un oiseau, une pensée, ou une petite planète.

N'ayant jamais su accepter les compliments, Swift se mordit la lèvre inférieure et essaya de réprimer le sourire idiot qui menaçait d'illuminer ses traits.

— Ignore-le, lui conseilla Joanna. Il est trop flatteur.

— Êtes-vous Anglaise ? demanda-t-il à Swift.

— Non, Australienne, confessa-t-elle. Mais j'ai été élevée en Angleterre.

— Moi aussi. J'ai étudié à Winchester, puis à Stanford, précisa-t-il.

Manareet jeta un coup d'œil à sa montre, puis d'un hochement de tête, il désigna la boîte que portait Swift.

— Est-ce notre patient que vous avez là ?

Swift posa la boîte contenant le vrai crâne sur le bureau de Joanna. Puis elle tapota légèrement le couvercle.

— Il est là-dedans, oui, dit-elle.

— Après la lettre que tu m'as envoyée, je meurs d'envie de le voir, dit Joanna.

Joanna avait déjà signé un exemplaire du contrat de confidentialité, mais Swift avait décidé de ne pas demander à Manareet d'en faire autant. Après tout, il ne travaillait dans aucun domaine en rapport avec la paléoanthropologie. Et puis Swift allait disposer de son temps et du scanner pour rien.

— O.K. La machine est prête à pratiquer l'examen. Si vous voulez bien me suivre ?

Manareet les précéda dans le couloir, puis dans une grande pièce où trônait l'énorme scanner CAT (Computerized Axial Tomography), pour la tomographie informatisée.

— Il y a cinq ou six ans, cet appareil, le Picher 2000, était à la pointe de la technologie. Aujourd'hui, nous ne l'utilisons pratiquement plus. Presque tous nos patients bénéficient d'une autre méthode de diagnostic. L'imagerie par résonance magnétique.

En dépit de son statut d'antiquité, le scanner CAT parut assez impressionnant à Swift. Long et noir, sa partie opérante avait la forme d'une bouée de sauvetage de deux mètres de haut. Swift trouva que le Picher 2000 ressemblait à une chaîne stéréo de luxe. Le genre de chaîne dans laquelle on peut s'allonger, pour vraiment goûter la musique.

Manareet enleva le crâne de la boîte, fit des commentaires sur sa taille. Puis il le posa sur l'appuie-tête en cuir capitonné de la couchette, à l'intérieur de la bouée de sauvetage, où se trouvaient l'émetteur de rayons X et les détecteurs. Dans la tomographie axiale computerisée, ou CT scannographie, un rayon laser tourne autour de la tête du patient, ce rayon étant lui-même entouré de plusieurs centaines de lasers détecteurs de photons pour mesurer la force des photons pénétrants, et ce depuis toute une série d'angles différents. Les données recueillies par le rayon X sont alors analysées, intégrées, puis transformées par un ordinateur pour faire apparaître les images du crâne sur un moniteur vidéo. Dès qu'ils avaient une photo de l'intérieur de la boîte crânienne, ils pouvaient reconstituer une image du cerveau qui l'avait un jour habité.

Manareet pianota sur son tableau de contrôle, puis un autre opérateur envoya le laser avant de se retirer derrière le panneau protecteur avec Swift et les deux spécialistes du cerveau.

Quelques secondes plus tard, un fin rayon laser, tel un fil rouge fluorescent, commença à émettre des protons sur le crâne en jets discontinus.

— Très bien, dit une Joanna toute professionnelle. Maintenant voyons à obtenir une image digitale du cerveau qu'il y avait dans ce crâne.

— Pas de problème.

Manareet s'assit devant l'ordinateur et commença à taper plusieurs ordres sur le clavier.

— Tu la veux en 3D ou en images virtuelles ?

— En images virtuelles, dit Joanna. Que le vrai Spielberg ait envie de la voir. Et en 3D pour la copie dans le disque dur.

— Tu envisages de morpher ce crâne, à un moment ou à un autre ?

— Oui.

Cette opération se faisait dans le laboratoire de visualisation biomédicale qui métamorphosait des visages et parfois des corps entiers pour qu'ils collent sur des crânes et des squelettes humains. Ce procédé, qui utilisait des logiciels de fondu enchaîné, fut créé à l'origine par Hollywood, pour *Terminator 2*. Swift espérait qu'ils pourraient obtenir une image d'une créature vivante à partir de son spécimen.

— Dans ce cas, autant que je vous donne les coordonnées informatiques des stéréographies, dit-il. Je vais les sauvegarder en opérant.

— Merci beaucoup, dit Swift. Si ce n'est pas trop compliqué, je serai ravie de les avoir.

— Ce n'est pas compliqué du tout.

Dans la stéréolithographie, un laser dirigé par ordinateur durcissait des couches de résine plastifiée, leur donnant la forme du crâne en se basant sur ses coupes transversales. Une copie pourrait ensuite être utilisée par les informaticiens du laboratoire de visualisation biomédical de l'université pour reconstruire un visage sur ce crâne. Les ordinateurs étaient devenus les outils de choix pour reconstruire et reproduire les fossiles, ils avaient presque entièrement remplacé le plâtre de Paris et le Bédacryl.

— Cela va prendre un petit moment, dit Manareet.

Il se réappuya contre le dossier de sa chaise, prit une canette de Pepsi sur son bureau.

L'écran de l'ordinateur vira au noir pendant quelques instants, Manareet s'avança sur sa chaise.

Une ou deux minutes plus tard, l'ordinateur avait recréé les contours précis de l'intérieur du crâne dans les dimensions exactes, et ils visionnaient une copie en vidéo haute définition que le Picher 1200 avait scannée sur l'écran Trinitron de cinquante centimètres.

— Très bien, dit-il. Faisons un peu de spéléologie, O.K. ?

Il fit avancer la souris sur son tapis, pénétra dans le crâne par une cavité oculaire, parcourut tout l'intérieur de la boîte crânienne comme un agent immobilier ferait visiter une maison vide à quelqu'un.

— Bel intérieur, dit Joanna, en hochant la tête. Mais voyons un peu le cerveau qui irait là-dedans, O.K. ?

— Aussitôt dit aussitôt fait, déclara Manareet, qui appuya sur la touche retour du clavier, et remplaça l'image vidéo du crâne par une image du cerveau.

Cette image parut aussi réelle à Swift que si elle l'avait sortie du moniteur vidéo et placée dans le formaldéhyde, tel Frankenstein se préparant à ramener un cadavre à la vie.

— C'est génial, dit-elle. On voit presque tous les lobes.

— Comment ça *presque* ? dit Manareet.

Il décrivit une courbe avec la souris, pour tourner l'image de l'autre côté. Puis il cliqua une fois pour agrandir une partie spécifique, et une nouvelle fois pour agrandir encore davantage cette même partie.

— On peut voir tous les lobes.

Comme pour le prouver, il positionna le curseur sur la zone occipitale et cliqua plusieurs fois jusqu'à avoir une vue précise du cortex.

— Qu'en dites-vous ? s'enquit-il, très fier.

— Excellent, dit Joanna.

Manareet cliqua à nouveau sur la souris. Quelques secondes plus tard, il tendait à Swift un CD contenant toutes les images et informations numériques que le scanner CAT avait enregistrées sur l'ordinateur.

— Cadeau.

— Merci, Manareet.

Swift s'éventa avec le boîtier du CD.

— Emmenons ce CD dans mon bureau, dit Joanna. Nous pouvons le passer dans le programme d'analyse de contour neurologique.

Swift reprit le crâne sur le repose-tête du scanner et le remit dans sa boîte, où il serait à l'abri. En sortant de la salle de scannographie, elle sourit gentiment à Manareet.

— J'ai été ravie de vous rencontrer.

— Tout le plaisir a été pour moi, dit-il. Il faut que vous veniez manger chez moi, un de ces jours.

— Oh, oui, tu dois absolument y aller, dit Joanna. Manareet fait la meilleure préparation à base de baryum de l'hôpital. Sauf qu'il appelle ça un curry. Celui que j'ai mangé était tellement fort qu'on aurait pu avoir une image précise des contours de mon estomac.

Swift rit et continua à sourire à Manareet.

— N'écoutez pas Joanna, dit-elle. Je serais ravie de goûter votre curry.

Joanna inséra le CD dans la fente de son ordinateur, fit un choix parmi diverses options apparaissant sur l'écran, puis attendit que les images vidéo sélectionnées s'impriment sur le disque dur.

— Il est mignon, ou adorable ? dit-elle.

— Il est sympathique.

— Ce ne doit pas être facile pour lui, en ce moment, ajouta Joanna. Vu ce qui se passe au Punjab. Manareet est Sikh. Il a de la famille là-bas. Mais s'il s'inquiète pour eux, en tout cas il ne le montre pas.

Swift hocha la tête, l'air grave.

— Va-t-il y avoir la guerre, d'après lui ? demanda-t-elle.

— Il n'en parle jamais. Et moi non plus. Cependant, j'étais sérieuse en ce qui concerne le curry, dit Joanna, avec plus d'entrain. On aurait dit du magma en fusion.

— J'ai mangé beaucoup de curries quand j'étais à l'université, en Angleterre, admit Swift. Et certains d'entre eux étaient assez forts.

— C'est peut-être pour ça que les Anglais sont tellement culs serrés. Vous avez pris cette habitude à l'époque de l'empire des Indes. La bouche pincée. Il y avait trop de curries épicés.

Joanna avait laissé entendre que Swift était anglaise. Et celle-ci n'avait pas relevé. La vie était trop courte, pour qu'elle passe son temps à répéter qu'elle était Australienne. Et puis il y avait si longtemps qu'elle n'était pas allée là-bas.

Après quelques tremblements sur l'écran, l'image vidéo du cerveau rose sur fond bleu vif apparut, flottant à l'intérieur du moniteur comme une étrange créature des fonds marins.

À première vue, le cerveau ne semblait pas être très différent de celui d'un être humain. Il était divisé verticalement de l'avant vers l'arrière en deux hémisphères, le gauche et le droit, eux-mêmes scindés en quatre lobes, sièges de différentes fonctions. On dirait un prototype de cerveau d'hominidé, songea Swift, en observant cette cervelle quasiment réelle.

— O.K., dit Joanna. Voyons si nous pouvons obtenir une estimation de taille.

Elle frappa sur deux touches, puis lut le résultat.

— Mille centimètres cubes. C'est peu. C'est à la limite du cerveau humain.

— Mais plus de deux fois plus gros que le cerveau du gorille.

— À mon avis, si tu combines ça avec la denture, tu devrais pouvoir mettre au jour quelques hypothèses sur l'histoire du sujet, non ?

— J'ai déjà vu une anthropologue spécialisée dans l'étude des dents, dit Swift. Les dents des fossiles d'hominidés.

— Elle aussi a signé ton contrat de confidentialité ?

— Bien sûr. Elle pense que ces trois molaires sortaient, au moment où la créature est morte.

— Je ne vois toujours pas pourquoi ce crâne te rend tellement paranoïaque.

— Pas paranoïaque. Juste prudente. Maintenant si l'on se base sur une courbe de croissance à mi-chemin entre l'homme et le gorille, cela impliquerait que le propriétaire du crâne avait quinze ans au moment de sa mort. Ce qui veut dire une première molaire à quatre ans, quatre et demi, et une espérance de vie d'environ cinquante ans.

Swift tapota l'image du crâne sur l'écran avec un ongle, l'un des rares qu'elle n'ait pas rongé d'excitation depuis que Jack lui avait remis sa trouvaille.

— Ce cerveau, Joanna. Peut-on noter une prédominance de l'hémisphère gauche sur le droit. A ton avis ?

— Une certaine prédominance, oui, dit Joanna. Mais pas aussi prononcée que chez les humains.

Laissant son doigt appuyé sur la souris, elle fit tourner le cerveau pour l'exposer sur son autre face.

— Voyons un peu, dit-elle. Le lobe occipital est plus grand que chez un humain. Alors que le lobe temporal et le pariétal sont plus petits.

— C'est également typique des grands singes, dit Swift.

Joanna cliqua sur la souris et augmenta la taille du lobe frontal sur l'image vidéo.

— C'est très intéressant. Ces gros bulbes olfactifs semblent suggérer que le spécimen jouissait d'un odorat hautement développé.

— Voilà du nouveau, dit Swift.

Joanna étudia le dessous du cerveau.

— Ah, ça, ça pourrait être significatif. La position du foramen magnum serait inhabituelle, pour un grand singe, murmura-t-elle, de plus en plus absorbée par son analyse.

Le foramen magnum est l'endroit où la moelle épinière passe de la boîte crânienne dans la première vertèbre cervicale.

— Oui. Tu as raison, dit Swift. Elle est beaucoup plus en avant que chez un gorille.

— Cela voudrait dire que la tête était portée bien plus haut.

— Et impliquerait que nous avons affaire à une créature bipède, et non à un singe adapté à la vie arboricole.

— Exactement. Je commence à voir pourquoi tu es tellement excitée à propos de ce crâne, Swift.

Joanna fit tourner l'image du cerveau pour avoir un gros plan de la partie gauche.

— Oh, attends un instant.

Ses yeux scrutateurs avaient repéré quelque chose. Elle cliqua sur la souris, agrandit une zone du cerveau sans traits distinctifs. Puis elle poussa la souris vers l'avant, pour que la surface de l'image en gros plan avance vers l'observateur.

Joanna mit le doigt sur une petite bosse, juste au-dessus d'une circonvolution dans l'architecture cérébrale, point que Swift reconnut comme étant la scissure de Sylvius.

— Cela me semble être un cap de Broca. Petite mais néanmoins distincte, déclara Joanna.

D'après les neurologues, l'aptitude de l'homme au langage a un rapport avec le cap de Broca, bien qu'il soit impossible d'affirmer si la capacité de parler est située dans cette bosse d'aspect insignifiant, ou en dessous.

Swift regarda l'écran avec attention, alors que Joanna essayait de grossir au maximum ce possible centre du langage dans l'organisation inconnue de ce cerveau d'hominidé.

— Il y a effectivement quelque chose, dit Swift, prudemment.

Joanna changea l'angle d'agrandissement afin que le lobe apparaisse distinctement de profil.

— Ouah ! C'est là, dit-elle.

— Bien entendu, cela ne veut pas dire que l'hominidé pouvait parler, dit Swift. Mais peut-être cette créature avait-elle des capacités vocales relativement étendues. Peut-être une imitation sophistiquée du langage.

— Allons, Swift, dit Joanna. Pourquoi cette prudence soudaine ? Personne n'a jamais trouvé de protubérance de Broca dans un cerveau fossile. Ai-je raison ?

Swift acquiesça d'un hochement de tête.

— Mais nous avons seulement affaire à une image, ici. Nous ne pouvons affirmer avec certitude à quel endroit se cacherait l'aptitude au langage, dans le cerveau des hominidés.

Joanna pivota sur sa chaise et prit une expression circonspecte.

— En neurologie, rien n'est jamais certain. Même avec les humains. Plus on en sait, moins j'en sais. Allons, Swift. Admets-le. Peut-être qu'on vient de découvrir quelque chose, là. La preuve que le langage est apparu très tôt dans le processus d'évolution de l'homme. Ce ne serait pas rien.

Swift souriait, à présent. Cependant, elle restait consciente du fait qu'elle ne pourrait exposer aucune théorie sur la place du spécimen dans l'histoire de l'évolution avant que Stewart Ray Sacher ne lui ait communiqué les résultats de ses tests géochronologiques. Elle osait à peine songer aux implications de ce qu'elle avait sous les yeux. Et avant qu'elle ne bâtisse la théorie qui déjà s'imposait à elle, tel un fantôme silencieux, il lui faudrait être suffisamment sûre de ce qu'elle avancerait pour pouvoir convaincre le pire des sceptiques.

Chaque fois que Swift voulait chasser quelque préoccupation de son esprit, elle s'asseyait à son piano demi-queue et, avec une difficulté considérable, s'évertuait à jouer — à sa façon — une partie du *Clavier bien Tempéré* de Bach. Le premier prélude, en mi majeur, avec ses arpèges, était son préféré, jusqu'au moment où une fugue reprenait le thème, comme si elle le réaffirmait d'une voix différente, plus sûre d'elle. Swift se demandait si dans son travail, elle pourrait jamais atteindre un stade où l'irrésolution s'effacerait devant la détermination, une détermination comme celle qu'exprimait cette musique. À l'instant où cette analogie lui vint à l'esprit, la fugue fondit sous ses doigts telle de la neige.

Elle se leva du piano, trouva un paquet de Marlboro Light, et s'en alluma une avec précaution, tenant la cigarette sans la serrer entre ses lèvres irritées à force d'être mordillées, comme on tient un ballon dégonflé. Elle envoya dinguer l'allumette éteinte dans une corbeille, sous le piano, sans voir qu'elle atterrissait un mètre plus loin.

Swift alla fumer dehors. Pour une fois, le ciel au-dessus de Berkeley était suffisamment sombre pour lui rappeler sa propre insignifiance. Les étoiles, fixes en apparence, étaient en fait de la lumière en mouvement, venant d'un point dans le temps où l'homme marcha pour la première fois sur terre. Probablement même d'avant. Swift frissonna, traversée par l'idée de son apparente inadéquation dans la grande histoire de la vie. Toutes ces générations, ces ancêtres, ces précurseurs — tous ceux d'avant, depuis longtemps oubliés, à peine reconnaissables. Levant les yeux vers la grandeur terrible de cette voûte sublime, elle faillit regretter que l'église catholique n'ait pas mieux réussi à enrayer la grande révolution astronomique, et n'ait pas brûlé Copernic, Galilée et Kepler, ainsi que Tycho Brahe.

Le téléphone sonna. Elle écrasa sa cigarette et rentra pour répondre. Dès qu'elle entendit l'excitation, l'urgence, dans la voix grave de Stewart Ray Sacher, Swift sentit son cœur bondir dans sa poitrine. Avant même qu'il lui eût fait part des résultats de ses tests géochronologiques, elle sut que la vie ne serait plus jamais la même.

Warren Fitzgerald, directeur du laboratoire pour l'Étude de l'évolution de l'homme, et doyen de la faculté de Paléoanthropologie de Berkeley, frotta son menton mal rasé, l'air pensif. Un sourire intermittent dansait sur son visage aux traits finement ciselés. Visage béatifiquement sage, selon Swift, si l'on y ajoutait les cheveux blancs et les petites lunettes cerclées de métal. L'une des plus éminentes autorités mondiales en matière d'évolution, Fitzgerald était surtout connu, parmi un vaste public, pour animer « Changes », l'émission scientifique de PBS, qui avait obtenu un prix. Bostonien, Fitzgerald parlait avec une telle surabondance de voyelles que Swift pensait toujours à John F. Kennedy en l'écoutant.

— Bien. Si Sacher et toi n'avez qu'à moitié raison, Stella, je suis persuadé que cela pourrait changer notre vision chronologique de l'évolution des hominidés. À tout le moins, cela semble rendre son importance à « Ramapithecus », dans notre quête des origines de l'homme. Mais assurément, j'apprécie ta prudence, compte tenu de la proximité de nos amis à IHO.

» Réévaluer la position phylogénétique de « Ramapithecus » va complètement remettre en question les biochimistes et leur travail sur la phylogénétique. Ils n'épargneront pas leur peine pour discréditer tes informations à la minute où tu les rendras publiques. Pendant des années, on a reproché à leur biochimie d'être en contradiction avec les fossiles. Accusations qu'ils ont passé leur temps à récuser. Et voilà que tu arrives et que tu dis que les fossiles avaient raison depuis le début.

— Je ne crois pas dire exactement cela, rectifia Swift. Pas déjà, en tout cas.

Elle repoussa sa manne de cheveux roux de son front et parut songeuse.

— Écoute, selon l'approche biochimique, l'âge de la divergence entre l'Homme et les grands singes africains fondée sur l'horloge immunologique, est de quatre à six millions d'années. Parce que les hominidés du genre « Ramapithecus » remontent à la fin du miocène, il y a environ quatorze millions d'années, et parce que « Sivapithecus » — un proche parent de « Rama » — semble plus proche des orangs-outans que des grands singes africains, on en a généralement déduit que « Ramapithecus » n'est pas qualifié pour être un hominidé.

» Mais là nous avons un fossile qui semble présenter des caractéristiques à la fois du grand singe « Rama » et de « Paranthropus robustus ». Un crâne qui semble être à mi-chemin entre « Ramapithecus » et « Australopithecus ». Mais avant tout, un crâne dont toutes les caractéristiques indiquent des origines apparentes bien plus récentes que tout ramapithèque découvert jusqu'à présent.

Swift se leva, tout excitée, et se mit à arpenter le bureau de Fitzgerald, dont tous les murs étaient couverts de livres. Sa théorie commençait à s'articuler.

— Très bien, poursuivit-elle. Nous avons toujours fait remonter « Ramapithecus » très loin dans le temps, jusqu'à quatorze millions d'années. Or tout indique, dans ce crâne, que le genre pourrait avoir survécu jusqu'à une période bien plus récente. Il pourrait très bien avoir été encore vivant il y a cinquante mille ans.

— C'est le point qui me gêne, Stella, grommela Fitzgerald. C'est une idée de Sacher. Le corps conservé dans le glacier. Ses cinquante mille ans d'âge sont pure supposition. Pourquoi ne pas dire cent mille ? Ou cent cinquante mille ? Mais même dans ce cas, nous sommes encore très loin de quatorze millions d'années. Tu penses réellement qu'un genre de ramapithèque aurait pu survivre pendant presque quatorze millions d'années ?

Swift haussa les épaules.

— Les dinosaures ont survécu soixante-cinq millions d'années. Le cœlacanthe foisonnait déjà dans les océans du monde il y a trois cent cinquante millions d'années. Un pêcheur en a remonté un spécimen vivant en 1938. Alors pourquoi un ramapithèque ne devrait-il pas avoir survécu quatorze millions d'années ?

— Combien de tests Sacher a-t-il faits, Stella ?

— Plusieurs. Et tous les résultats étaient différents. D'après lui, plusieurs choses pourraient expliquer le fait que le taux de radiations naturelles dans la denture est plus important que nous n'aurions pu nous y attendre. Il a essayé la datation par le carbone, mais ça n'a rien donné de plus précis que le reste.

— Je vois. Et l'échantillon de roche que tu lui as donné ?

— Selon Sacher, le morceau de roche montre que l'environnement du spécimen doit avoir été originellement pauvre en carbone 14.

Fitzgerald poussa un soupir et secoua la tête.

— Tout cet argent que nous dépensons pour son énorme machinerie et il dit que les échantillons ne conviennent pas. Pour l'amour du Ciel, Stella, je ne vois pas pourquoi nous devrions nous en tenir à cette hypothèse selon laquelle le taux de radio-carbone a toujours été constant dans l'atmosphère. Sais-tu que Sacher a un jour analysé l'ongle d'un homme vivant, pour en arriver à la conclusion que la créature à qui appartenait cet ongle était morte depuis trois mille ans ?

— Je connais cette histoire, oui, admit-elle.

— De toute façon, tu vas avoir besoin d'un congé temporaire pour aller travailler sur le terrain, non ?

— Exact. Je suis en train de préparer une demande de bourse pour la National Science Foundation et la National Geographic Society, pour aller dans l'Himalaya étudier le site sur lequel le crâne a été découvert.

— Tu sais que j'appartiens au comité de sélection de la National Science Foundation, j'imagine ?

Dans le monde de la recherche scientifique universitaire, les demandes de bourses étaient soumises à l'examen d'experts confirmés, afin qu'on puisse juger des qualités d'un postulant.

— Je sais.

— Les fonds sont un peu serrés en ce moment. Alors si j'étais toi, j'essaierais d'abord avec les gens de la National Geographic Society. Mais si ta demande de bourse est acceptée, ça peut te faire connaître, Stella.

Elle acquiesça d'un hochement de tête.

— J'y ai songé, dit-elle.

— J'imagine, oui, dit-il, en souriant. Oui, madame, vous pourriez devenir aussi célèbre que Mary Leakey. Une autre femme célèbre ne nuirait pas à cette science. Sans parler des lauriers que ça pourrait rapporter à Berkeley.

Fitzgerald donna un coup de poing enthousiaste sur son bureau.

— Ce pourrait être la découverte anthropologique la plus importante depuis Vince Sarich. Je l'espère vraiment, Stella. Je n'ai jamais beaucoup aimé ces chimistes. Je suis moi-même un homme de fossiles. Je l'ai toujours été. Et je le serai toujours. Toute la biochimie du monde ne changera rien au fait que ce sont des os, Stella. Ce sont les os qui comptent.

Swift quitta le bureau de Fitzgerald en se disant que les choses commençaient à prendre tournure. Une tournure sympathique.

C'étaient les os qui comptaient. Fichtrement vrai. Dans le domaine de la paléoanthropologie, il y avait beaucoup plus de scientifiques que de fossiles. Jamais le nombre de fossiles n'approcherait du nombre de savants. Mais les fossiles faisaient autorité. Évidemment, l'idée, c'était de mettre la main dessus. Et tant que vous n'en teniez pas un, vous ne pouviez vous rabattre que sur des théories. Des théories presque toutes basées sur les découvertes d'autres savants.

Non pas que les théories ne pussent pas être gratifiantes, elles aussi.

Cherchant à mettre au point quelques théories personnelles, Swift avait passé l'hiver précédent à travailler avec Byron Cody, à l'aider à développer certaines de ses idées pour son nouveau livre à grand tirage sur les gorilles. Swift avait gardé un bon souvenir de cette expérience.

Il y avait eu un moment qui resterait pour elle un souvenir précieux, quand elle s'était retrouvée assise dans une cage avec un jeune gorille de montagne. Elle s'était surprise à regarder l'animal droit dans les yeux, et au lieu de détourner la tête, comme c'est généralement le cas, le gorille avait soutenu son regard, lui laissant une sensation considérable, quoique ineffable. Ce regard était à la fois une interrogation et un assentiment. Elle ne pouvait le comparer qu'au regard d'un jeune enfant. Et encore aujourd'hui, Swift avait du mal à se souvenir d'une autre situation dans laquelle elle avait éprouvé une empathie aussi grande pour une créature vivante.

Le gorille était également capable de pleurer, comme les enfants. Et Swift en était arrivée à la conclusion que l'homme n'était pas tant un être d'émotion qu'un être bavard. Bon nombre d'animaux communiquaient de façon symbolique, sans nul doute, même si cela restait rudimentaire. Cependant, Swift adhérait au credo de Chomsky : ce qui fait de l'homme un être unique, c'est sa capacité illimitée à s'exprimer et, conjointement, sa capacité illimitée à imaginer et à penser.

Swift adorait poser à ses étudiants la question suivante : si vous aviez un chien et qu'il puisse parler — un chien qui s'exprimerait aussi clairement et serait aussi drôle que Robin Williams — pourriez-vous continuer à vous conduire envers lui comme envers un chien, ou le traiteriez-vous comme un humain ?

Parfois, pour souligner l'importance du langage ou des gestes dans le fait d'être humain, Swift rappelait également à sa classe les cas d'enfants sauvages ou enfants loups — des garçons sauvages qui n'avaient jamais appris à parler et ne pouvaient communiquer que grâce à un nombre limité de symboles. Puis elle demandait à ses étudiants s'ils traiteraient l'enfant sauvage comme un humain ou comme un chien ?

La conscience, arguait-elle, s'était presque assurément développée tel un corrolaire direct du langage. Et le langage fut simplement le moyen le plus aisé, pour l'homme fossile, de transférer une culture d'un lieu dans un autre, quand le climat changea et que la population d'hominidés explosa dans toutes les directions à partir du cœur de l'Afrique, durant le pléistocène, de 70 000 à 8 000 avant Jésus-Christ.

La plus grande ambition de Swift avait toujours été de trouver un fossile qui donnerait quelque indication d'une aptitude au langage remontant très loin, et, par là-même, de l'émergence d'une conscience humaine.

L'aube de l'humanité.

Sauf que maintenant elle se demandait si elle n'était pas en possession de quelque chose de bien plus précieux qu'un os. Les os étaient toujours matière à discussion. Swift avait le sentiment qu'il pourrait s'agir d'un élément du passé toujours présent. Perdu, mais pas irrécupérable.

Sept

« La science doit commencer avec des mythes, et par la critique des mythes. »

Sir Karl Popper

Six heures venaient de sonner au Campanile quand Swift grimpa dans sa Chevrolet Camaro. Elle se disait qu'elle perdait sans doute son temps : Jack avait décroché son téléphone parce qu'il était avec une fille ramassée dans la vallée, après son ascension. Cependant, elle roula vers l'intérieur des terres, vers l'est, sur l'autoroute traversant l'État en direction de Mount Diablo State Park et Danville. Elle espérait voir Jack, puis être de retour à Berkeley à l'heure du déjeuner.

L'état parfait de l'autoroute contrastait avec l'intolérance des conducteurs de la Californie du Nord. Bien qu'il fût très tôt et qu'il y eût peu de camions alentour, ces messieurs semblaient considérer une femme au volant d'un coupé rouge vif de deux cent soixante-quinze chevaux comme un défi à leur virilité. À plusieurs reprises, Swift se retrouva impliquée dans un concours de majeurs dressés.

Dans des moments comme ceux-là, Swift songeait que les hommes ne valaient pas tellement mieux que les singes, capables de se battre pour les choses les plus insignifiantes. Elle se demandait pourquoi l'espèce humaine n'était pas en voie de disparition, comme ce grand reproducteur, le panda géant.

Danville, petite ville entourée de ranchs, et de terrains de camping, n'était qu'à un jet de pierre de Mount Diablo, par le bus de Contra Costa County. Soixante ans plus tôt, le résident le plus célèbre de la ville était le dramaturge Eugène O'Neill. Mais les habitants actuels avaient totalement oublié O'Neill et aujourd'hui, le plus fameux habitant de Danville était l'alpiniste vedette de l'Amérique, Jack Shackleton Furness.

Tout comme O'Neill, Jack habitait à une dizaine de kilomètres de la ville, dans un petit ranch, sur les contreforts du Mount Diablo. Swift passa deux fois devant la route banale conduisant à la maison de Jack, avant de voir à quel endroit elle quittait l'autoroute en diagonale, puis descendait jusqu'en bas d'une côte raide, et enfin dans un étroit ravin, où un petit cours d'eau se frayait un chemin vers l'East Bay, et au-delà, vers l'océan.

La route, qui remontait sur l'autre versant, loin du ruisseau, redevint soudain plate, et Swift aperçut la maison de Jack et la grande Cherokee noire garée sur une pente douce, face à la Montagne du Diable, à l'ouest.

Swift sortit de sa voiture et regarda autour d'elle. Pas âme qui vive, pas même de pancarte « Chien méchant ».

Elle monta les marches du perron, frappa à la porte et attendit une bonne minute. Après quoi elle essaya de tourner la poignée. La porte n'était pas fermée à clé.

— Jack ? appela-t-elle, en passant la tête à l'intérieur. Tu es là ? C'est moi, Swift.

Avançant vers les chambres, sur l'arrière de la maison, elle vit la bouteille de Macallan vide, sur le sol, les cendriers débordant de mégots, et le dîner à moitié mangé abandonné à côté. Elle entendit le bruit de quelque chose heurtant le sol dans la pièce d'à côté, puis un homme tousser avec fermeté.

— Jack ? Je tombe mal ? Je dérange, là ?

Il apparut à l'entrée de sa chambre, tirant sur une cigarette. Il était nu, hormis sa Rolex GMT Master, pour laquelle il faisait toujours de la publicité dans le National Geographic, et une paire de vieilles mules aux pieds.

Peut-être était-ce parce qu'il ne s'était pas rasé depuis plusieurs jours, mais il parut plus poilu à Swift que dans son souvenir. Et puis il avait également pris du poids.

— Seigneur, tu as affreusement mauvaise mine.

Jack renifla bruyamment, se gratta les couilles d'un air absent, déglutit pour se défaire du mauvais goût qu'il avait dans la bouche, puis jeta un coup d'œil à sa montre.

— Swift. Que fais-tu ici de si bon matin ? bâilla-t-il. Que fais-tu ici, d'ailleurs ?

— Le téléphone. Tu l'avais décroché.

— Vraiment ?

— Il y a des jours que j'essaie de t'appeler.

— Tu n'es pas très facile à joindre non plus, renifla-t-il. J'ai essayé de téléphoner plusieurs fois depuis ce fameux matin où tu as disparu. J'ai laissé des messages sur ton serveur vocal, et toutes ces autres merdes.

Il fit un pas vers la bouteille vide et la ramassa.

— Je m'inquiétais pour toi, dit-elle.

— Mon cul, oui, dit-il, en inspectant la bouteille vide.

Il sourit et secoua la tête.

— Je te connais ! Tu veux quelque chose. C'est pour ça que tu as fait tout ce chemin jusqu'ici. Je le sais. Pourquoi tu serais aussi sexy, sinon ?

D'un mouvement de tête, il désigna les vêtements de Swift, comme si c'était évident.

— Tu es très élégante, chérie.

Sous son long manteau de laine, Swift portait une minijupe rose, une chemise blanche toute simple, et un gilet rouge et or tissé, représentant des scènes figurant sur les fresques de certaines villas pompéiennes.

— Jack, ce n'est pas vrai.

— Je veux dire, ce gilet. Si j'avais les yeux en face des trous, je parie que je trouverais un type en érection quelque part. Et puis tu portes une minijupe.

Il lécha ses lèvres sèches.

— Tu portes des minijupes seulement quand tu veux obtenir quelque chose.

— Il est arrivé quelque chose, hein ?

— Comme toujours dans la vie, non ?

— Une chose pas très agréable.

— Appelle ça du chagrin à retardement, dit-il, haussant les épaules. Didier était un ami très cher.

Swift pesa sa réponse pendant quelques instants, puis elle hocha la tête.

— Et si je te préparais un petit déjeuner ?

Jack plissa les yeux.

— Je n'ai pas encore deviné de quoi il s'agissait, mais ça va venir.

— Je te propose simplement de te préparer un petit déjeuner.

Il tira sur le bout de son pénis, de façon presque inconsciente. Swift trouva qu'il ressemblait à un petit garçon qui essaie de se rassurer.

— J'ai un peu faim, admit-il.

— Pendant que je cuisine, tu peux prendre une douche, dit-elle. Puis enfiler quelques vêtements. Et quand tu auras mangé, nous parlerons.

— Tu n'as rien apporté à boire, j'imagine ? dit-il, d'un ton vague. Tu sais, le chien.

Elle secoua la tête.

Il haussa les épaules.

— Un petit déjeuner serait le bienvenu, concéda-t-il. Mais à une condition. Que tu ne me fasses pas la morale. Si j'ai envie de me pinter c'est mon problème, O.K. ? Ça ne veut pas dire que je suis un ivrogne. C'est ma maison et je fais ce que je veux, O.K. ?

— O.K.

— Tant qu'on se comprend, hein ?

— Sûr.

— Parce que je ne suis pas d'humeur.

Le pénis de Jack avait épaissi. Jack fit un grand sourire à Swift.

— Je ne pense pas que tu aies envie d'un petit coup avant le déjeuner ?

— Je crois que tu devrais prendre cette douche, dit-elle. Une douche froide.

Jack finit son jambon et ses œufs, vida sa tasse de café à grand bruit, puis reluqua l'ordinateur portable, qui dépassait du sac en bandoulière de Swift, avec des soupçons grandissants. Mais à présent qu'il était douché et rasé, qu'il portait une chemise et un jean propres, il avait déjà l'air d'être un autre homme. Sa façon de s'exprimer aussi avait changé.

— Je me sens beaucoup mieux. Merci pour ce délicieux petit déjeuner. Et j'apprécie que tu sois venue. Je me suis plus ou moins laissé aller, ces derniers jours.

— Tu en as pris beaucoup ?

— Du whisky ? Juste une bouteille.

Il eut un petit haussement d'épaules timide.

— Je n'ai jamais été un grand buveur.

Swift acquiesça d'un hochement de tête, attendant le moment opportun pour aborder le sujet qui lui importait. Elle s'appuya contre le dossier de sa chaise, et s'alluma l'une des cigarettes de Jack. Pendant quelques instants, elle feignit d'écouter deux geais qui se chamaillaient dans un arbre, devant la fenêtre de la cuisine. Puis elle dit :

— Alors comment étaient les gens du National Geographic ?

— Oh, tu sais bien.

Il haussa les épaules.

— Des technocrates mesquins. Ils ont pinaillé sur quelques milliers de dollars que j'ai payés à titre de compensation aux familles des sherpas qui ont été tués. Tu crois ça ?

Il secoua la tête et soupira tristement.

— Des enfoirés, des technocrates mesquins.

— Tu ne t'es pas brouillé avec eux, j'espère ?

— Non, je ne me suis pas brouillé avec eux.

Elle avait parlé trop vite.

— Pourquoi ? ajouta-t-il, en fronçant les sourcils. En quoi ça pourrait te gêner ?

— Jack. Ne sois pas à ce point sur la défensive. Ce sont tes principaux sponsors, non ?

Elle remua sur sa chaise, mal à l'aise.

— Je pense simplement que tu ne devrais pas te les aliéner sans raisons valables, dit-elle. Ce sont les technocrates mesquins qui ont le pouvoir, aujourd'hui. Autant que tu te fasses à cette idée.

— Si tu le dis.

Swift croisa les bras et se dirigea vers la fenêtre. Elle sentait qu'il était trop tôt pour aborder le sujet qui lui tenait à cœur.

— J'adore cet endroit, dit-elle très vite.

— Si tu le dis.

— Et maintenant, qu'est-ce que tu vas faire ?

— Je vais prendre une autre tasse de café.

— Je voulais dire : quels sont tes projets, Jack ?

— Souffler un peu. Ensuite, je ne sais pas. Aller finir les sommets, j'imagine. Seul, je suppose. Trango Tower me paraît suffisamment difficile.

— Tu n'as pas l'air très sûr.

— Qu'est-ce que tu veux que je te dise ?

A nouveau, il plissa les yeux.

— C'est ça qui t'intéresse, hein, mes projets ? Je me demande ce que tu mijotes.

— Jack. Qu'est-ce que tu racontes ?

— La vraie raison de ta présence ici.

Swift frappa le sol du pied, furieuse.

— Je ne peux pas faire quelque chose pour toi sans que tu penses aussitôt que c'est intéressé ? Jack, pourquoi faut-il que tu sois si soupçonneux ?

— Parce que je te connais. Tu n'es pas Mère Teresa. Ça a un rapport avec ce maudit fossile, non ?

Swift ne dit rien, feignant de bouder. Les choses ne se passaient pas comme elle l'avait imaginé.

— Alors, ça a un rapport, oui ou non ?

— Oui, cracha-t-elle.

Jack sourit.

— Là, je te reconnais.

Il se pencha en avant sur la chaise, prit Swift par la main, et tira la jeune femme vers la table de la cuisine.

— Et maintenant si tu t'asseyais et que tu me disais ce que tu veux exactement. J'essaierai de ne pas regarder ce petit bout de tissu qui est censé être une jupe.

Elle s'assit, face à lui, les genoux serrés l'un contre l'autre. Puis elle ouvrit les cuisses très vite, les referma aussitôt, et rit, comme pour le taquiner.

— Je crois que c'est un spécimen d'un nouveau genre, dit-elle, tout excitée.

— C'est bien, alors ?

— C'est génial.

Elle alla chercher son Toshiba dans son sac, le posa sur la table, remonta l'écran, et alluma l'ordinateur. Le portable émit d'abord un petit vrombissement, comme un aspirateur miniature, puis un gentil grattement, en activant le CD Rom.

— Un spécimen d'un nouveau genre est comme le vaisseau amiral d'une nouvelle espèce, un fossile qui deviendra une référence pour tout autre matériel fossile similaire. Le rêve de tout paléoanthropologue, Jack. Et pour finir, je l'espère, il y aura une citation officielle incluant le nom de l'espèce ou son numéro, et l'auteur — moi. Mais tout le monde connaîtra le fossile par son nom de guerre. Personne ne parle du crâne 1470, mais de Lucy.

Jack acquiesça d'un hochement de tête.

— J'ai entendu parler de Lucy.

— Je vais lui donner ton nom, Jack. Avec ta permission.

— Jack ? Je trouve que ça sonne mal.

— Non. Je ne voulais pas dire ça. Tu te souviens comment on t'appelait, à Oxford, tellement tu étais poilu ?

— Bien sûr. On m'appelait Esaü.

Il acquiesça d'un hochement de tête.

— Esaü. J'aime bien ce nom. Ça me paraît convenir, pour un homme-singe.

Il haussa les épaules.

— Ça n'a pas été trop difficile, hein ? Tu aurais dû savoir que j'allais accepter, bordel. Pourquoi m'y opposerais-je ? Je suis honoré.

Swift secoua la tête.

— Ce n'est pas tout.

— Oh ?

— Je veux que tu m'aides à préparer une demande de bourse pour la National Geographic Society. À définir les grandes lignes d'un projet visant à faire le relevé du Sanctuaire annapurnien, et à explorer certaines cavernes, à la recherche de spécimens identiques et de matériaux de référence. En bref, je veux que tu sois le leader officiel d'une expédition en vue de trouver des fossiles qui pourraient être parents d'Esaü.

— Moi ? Je ne suis pas anthropologue.

— Exact. Mais tu connais l'Himalaya et le Sanctuaire mieux que tout autre Américain.

Elle s'interrompit.

— En outre, ce baratin ne servira qu'à obtenir la subvention. En réalité je veux que nous fassions une expédition pour aller chercher quelque chose d'autrement mieux que quelques os.

— Quoi, par exemple ?

— Selon Stewart Ray Sacher — il dirige le laboratoire de géochronologie de Berkeley — on ne peut dater ce crâne par le radiocarbone. En d'autres termes, ce fossile a moins de mille ans. D'après Sacher, c'est parce que le corps serait resté au moins cinquante mille ans dans un glacier, et que la décomposition du carbone 14 n'aurait commencé qu'au moment où la glace aurait fondu. Warren Fitzgerald pense qu'il est resté prisonnier des glaces bien plus longtemps. Cent mille, voire cent cinquante mille ans.

» Seulement ce que je me demande, c'est pourquoi supposer qu'il est plus vieux, quand on peut aussi bien l'imaginer plus jeune. Laissons parler le fossile, tel est le credo de Sacher. Sauf que le fossile ne parlera pas. Alors pourquoi ne pas envisager la possibilité qu'il ait moins de mille ans ? Pourquoi ne pas se dire que ce crâne pourrait bien être exactement ce qu'il a l'air d'être : tout, sauf un fossile.

Jack fronça les sourcils.

— Attends une minute. Je suis un peu perdu. Laissons parler le fossile, as-tu dit. Et maintenant tu dis que ça pourrait ne pas être un fossile du tout ?

Jack haussa les épaules.

— Alors qu'est-ce que c'est ?

— O.K. Le préfixe paléo vient d'un mot grec qui signifie ancien. Je pense que c'est la partie qui ne colle pas, là.

Swift haussa les épaules.

— C'est précisément ça que je veux dire. Laissons tomber le préfixe ancien.

— Tu as autre chose en tête, Swift. Et tu le sais. Alors si tu arrêtais ton baratin et que tu en venais au fait ?

— O.K. Voilà mon idée, Jack. Et si ce crâne était récent ? Tellement récent que si nous allions dans l'Himalaya nous pourrions trouver non pas des ossements, mais un vrai fossile vivant ?

— Comme un Dodo ?

— Pas exactement. Le Dodo est une espèce disparue. Je veux dire que nous pourrions trouver quelque chose dont nous ignorions l'existence jusqu'ici. Une nouvelle espèce.

— Une nouvelle espèce.

Jack considéra l'idée et fronça les sourcils.

— À une telle altitude ? dit-il. Tu plaisantes ! La seule nouvelle espèce que tu pourrais trouver là-haut serait un nouveau virus de grippe.

Swift attendit quelques minutes avant d'abattre la carte suivante. Tous ces noms anciens qu'on trouvait dans les mythes, les légendes et les mauvais films de série B avaient quelque chose de presque comique, d'absurde. Swift se disait qu'avec Esaü elle exprimait les choses autrement.

— Jack, je veux aller dans l'Himalaya et trouver l'un des parents vivants d'Esaü. Pas une expédition du style chasse au fossile. Une expédition zoologique. *Je veux que nous allions là-bas dans le but de capturer un nouveau genre d'animal.*

Jack fronça les sourcils en songeant à ce qu'elle venait de dire. A ce que ça impliquait. Puis il comprit où elle voulait en venir. Il s'appuya contre le dossier de sa chaise, se passa les deux mains dans les cheveux, puis il partit d'un grand rire.

— Attends une minute. Esaü rien du tout, oui.

Il eut un sourire amer, agita un doigt accusateur à l'endroit de Swift.

— Tu es très intelligente, je te l'accorde, Swift. Tu es intelligente. Tout ce baratin sur un fossile vivant. Tu dois vraiment me prendre pour un imbécile ! Je vois ce que tu veux dire et c'est — c'est franchement ridicule.

— Tu n'as pas toujours pensé cela, dit-elle, d'un ton plein de sous-entendus.

Il se leva et se détourna.

— Je vais te dire, Swift, c'est aussi ridicule que le monstre du loch Ness ! persista-t-il.

— Ce n'est pas ce que tu disais il y a dix ans, quand tu l'as vu de tes propres yeux, sur l'Everest, lança-t-elle.

Elle attendit que s'affichent les pages du livre de Jack qu'elle avait scannées sur le disque compact, dans son Toshiba.

— Tu veux que je te rappelle ce que tu as écrit dans ton livre *Mountain Mantras* ?

— Pas vraiment, non.

Debout devant la fenêtre, il s'alluma une cigarette. Pendant quelques minutes, ils demeurèrent silencieux. Puis Swift se mit à lire, assez bas pour commencer.

— « Aux alentours du 20 mai, nous avions établi notre camp sur le col nord, à sept mille mètres, avec tout le confort dont peut rêver un humain. C'était aussi bien, parce que dès le lendemain un ouragan terrible nous arriva dessus, faisant chuter le thermomètre bien en dessous de zéro. J'ai demandé à Karma Paul pourquoi le temps semblait se gâter de jour en jour plus nous approchions de l'été. “Cela est en rapport avec certaines festivités religieuses qui ont lieu au monastère de Thyanboche, m'a-t-il répondu. Les démons de la montagnes tentent d'arrêter les cérémonies en hurlant très fort.” Dès que ces services religieux se termineraient, dit-il, les orages cesseraient. »

— Je sais ce que j'ai écrit, murmura Jack.

— « Nous avons passé trois nuits successives dans l'abri du col nord, pendant que la tempête faisait rage. Le quatrième jour, le temps revint au beau, et je poussai jusqu'au Lhakpa La, où je bénéficiai d'une jolie vue de la face nord de l'Everest, et d'une vue plus déconcertante de la mousson approchante. Je me demandai, inquiet, si nous pourrions achever notre ascension à temps, et je résolus de faire une tentative sans oxygène dès le lendemain. Alors que j'allais rentrer au Camp 3, un petit oiseau — ce devait être le Lammergeyer de Wollaston — car aucun autre oiseau ne semble voler aussi haut — me passa devant les yeux, comme si une chose venant de la direction opposée l'avait surpris. Et alors je vis ce qui semblait être un singe géant, debout, à seulement cinquante mètres de moi. Au même moment la créature me repéra et pendant quelques instants elle s'arrêta dans sa marche — on voyait nettement l'empreinte de ses pas — et nous restâmes là, à nous regarder bêtement l'un l'autre. Je ne puis rien dire de plus, sinon que la créature était grande et couverte de poils, car elle avait le soleil dans le dos et moi dans les yeux. Et dès que j'ai posé la main sur mon appareil photo, la créature a filé à une vitesse étonnante, progressant dans la neige d'une façon qui m'eût épuisé en quelques secondes. Quand j'ai eu la créature dans le viseur de mon Nikon, elle n'était plus qu'une tache à l'horizon... »

— Je sais ce que j'ai écrit, répéta-t-il, à haute voix. Je n'ai nul besoin qu'on me le rappelle. Peut-être est-ce toi qui as besoin qu'on te remémore ce qui s'est passé à la sortie du livre. Certains critiques ont laissé entendre que j'avais inventé de toutes pièces cette rencontre avec la créature, dans le but de rendre sensationnel un ouvrage ennuyeux. Ils ont appelé ça de la cryptozoologie. Puis dans un article du *Scientific American* un connard a dit que, comme beaucoup d'autres alpinistes avant moi, j'avais été victime d'une hallucination due au mal des montagnes.

Il secoua la tête, l'air sombre.

— Seigneur, j'ai eu le double déshonneur de devenir un sujet de plaisanterie dans le *Carson Show* et le sujet d'un sketch dans *Saturday Night Live*.

— Et toi ? Tu penses que ce n'était que ça ? Le mal des montagnes ?

— Oui, dit-il, sans grande conviction.

— Et tous ces grimpeurs qui l'ont vue aussi, la créature ?

— Oui, que peut-on en dire ?

Swift reporta son attention sur le Toshiba, fit défiler la longue liste des autres témoignages qu'elle avait compilés sur le CD.

— Il y a cinq ans, Hidetaka Atoda aurait vu une grande créature non identifiée sur les pentes du Machhapuchhare, dans le Sanctuaire annapurnien. Il en a même pris une photo. Le Machhapuchhare est une montagne sacrée. On ne délivre pas d'autorisations pour en faire l'ascension.

— Oui, continue, rigola Jack avec dédain.

— Apparemment il n'a pas pu pister la créature, de peur de perdre son autorisation de grimper dans le secteur.

— Au lieu de quoi il a perdu la vie, dit Jack. Le Toad était un ami à moi. Il est mort en escaladant la face sud-ouest de l'Annapurna, seulement trois semaines plus tard. Exactement comme Didier. Une avalanche a eu raison de lui et de son appareil photo.

Jack eut un sourire agressif à l'adresse de Swift.

— Aussi personne n'a jamais pu voir cette fameuse photo. Et puis autre chose : le Toad était connu pour être un homme pressé. Je ne l'ai jamais vu prendre le temps de s'acclimater complètement. Toujours en train de foncer. C'est probablement ce qui l'a tué.

— O.K., dit Swift, patiemment. Et Chris Bonington ?

— Oui, Chris Bonington ?

— Il a vu la créature, lui aussi. Lors d'une expédition où il a fait l'ascension de l'Annapurna, en 1970. Selon ses dires, ça s'est passé pas très loin au-dessus de l'entrée du Sanctuaire, après la caverne Hinko, à une altitude d'environ trois mille six cents mètres. Ce n'est pas très loin du Machhapuchhare, si ?

— Peut-être, concéda Jack.

— Mieux, lui était tout à fait acclimaté.

— C'est un bon alpiniste, reconnut Jack. Le meilleur.

— Dans son livre, *La face Sud de l'Annapurna*, il raconte avoir vu un grand singe ou une créature simiesque courir rapidement dans la neige vers un abri au pied d'un à-pic. C'était, dit-il, un animal d'une assez belle carrure, qui a laissé des traces bien visibles, mais que ses sherpas ont ensuite prétendu ne pas avoir vu. Bonington était convaincu d'avoir vu le yéti.

Elle sourit, s'excusant presque.

— Voilà, je l'ai dit. *Yéti.*

— Félicitations. Tu as gagné un animal en peluche.

— En 1982, Greg Topham a vu la créature en faisant l'ascension d'Annapurna III.

— Topham, fit Jack, avec mépris. Ce hippie nul et défoncé.

— Il a rapporté avoir vu un animal ressemblant à un ours avançant le long d'une arête glaciaire, en direction du Machhapuchhare.

— C'est probablement ce que c'était : un ours. Écoute, c'est quoi cette obsession du Machhapuchhare ?

— Simplement qu'à trois reprises, la créature a été vue sur cette montagne, et aux alentours. Mieux, cette montagne est interdite aux alpinistes et aux touristes.

— Le Machhapuchhare n'a rien de magique, si c'est ce que tu veux dire, dit Jack, mal à l'aise.

— Je n'ai jamais dit ça. Et tu as raison, on a vu le yéti dans tout l'Himalaya.

Elle regarda à nouveau son écran.

— Ce n'est pas ce que je voulais dire.

— Avant Bonnington, en 1955, Tony Streather a rapporté que, lors d'une expédition en vue d'effectuer l'ascension du Kangchenjunga, il a entendu un bruit proche d'un sifflement. Le même bruit qu'avait entendu Wilfred Noyce, deux ans plus tôt, lors de l'expédition de Sir John Hunt, quand il a fait l'ascension de l'Everest. Ses sherpas ont dit que le sifflement était le cri d'un yéti.

Swift leva les yeux de son Toshiba.

— Tu te souviens que j'ai aidé Byron Cody pour son livre sur les gorilles, l'hiver dernier ?

Jack haussa les épaules.

— Tu sais, ce que je trouve intéressant, en rapport avec le témoignage de Noyce, c'est que l'appel de détresse du gorille est un cri aigu et prolongé assez proche d'un sifflement, et dont le spectre sonore ressemble à celui d'un sifflement perçant.

— Le monde est petit, dit Jack, en secouant la tête. Ça aurait pu être n'importe quoi. Un aigle. Un lémurien... Tu as fini ?

— Jack, je commence à peine. En 1951, sir Eric Shipton a photographié et pris des empreintes de toute une série de pas qu'il avait observés, en présence d'autres personnes, dans la neige du glacier Menlung, près de l'Everest, à environ cinq mille mètres d'altitude. Shipton et le sherpa Tenzing, qui ont plus tard conquis l'Everest avec sir Edmund Hillary, ont suivi les pas jusqu'au moment où ils en ont perdu la trace. Tenzing lui-même avait vu un yéti en 1949. Il l'a décrit comme étant d'une taille bien supérieure à celle de l'homme, couvert de poils tirant sur le roux, mais avec un visage glabre.

— C'est ça, rigola Jack. Et puis des empreintes de pas.

Il eut une moue de mépris.

— Toute une série de phénomènes atmosphériques peuvent créer des empreintes de pas. J'ai lu quelque chose là-dessus, je ne sais plus où. Un courant d'air chaud pénétrant dans l'atmosphère plus froide crée de minuscules nappes d'humidité qui se transforment en eau. Et quand cette eau tombe dans la neige sous forme de grosses gouttes, ça laisse des traces qui ressemblent à s'y méprendre à des empreintes de pas.

— En formation régulière ? A un mètre de distance ou peu s'en faut ?

C'était à Swift d'avoir l'air amusé.

— Cette explication est plus fantasque que celle que je te propose. Ceci dit, même si tu pouvais récuser les témoignages de Shipton et Tenzing, et à mon avis tu ne peux pas, pourrais-tu également contester celui de sir John Hunt, qui a découvert, non pas une mais deux séries d'empreintes étranges, près du glacier Zemu, en 1937. Il a dit que ces empreintes de pas n'étaient assurément pas celles d'un ours, sans pouvoir expliquer leur origine. Par conséquent, il a fondé là sa croyance dans l'existence de quelque anthropoïde indigène plus grand que les autres et inconnu de la science.

Jack leva les yeux au plafond, comme pour exhorter Swift d'en finir.

— Très bien, dit-elle. Il existe des dizaines d'autres témoignages de gens qui ont vu l'animal. Montgomery Mc Govern en 1924, le colonel Howard-Bury en 1924, Henry Elwes en 1921, le Major L.A. Waddell en 1899, W. Rockhill en 1899, et le lieutenant George White en 1838. Jack, la légende remonte jusqu'en 1820. On en trouve une dernière trace dans le livre de J.B. Frazer *Journal of a Tour through Part of the Snowy Range of the Himalayan Mountains.* Tu peux difficilement récuser tous ces témoignages comme étant des erreurs, ou ceux de fous, de menteurs, et de hippies. On a vu cette créature et ses empreintes de pas dans des endroits aussi variés que le Népal, le Tibet, le Sikkim, le Garwhal, le Karakoram, le Haut Sahween et le Boutan.

Jack eut un grognement entêté et pressa son front contre la vitre fraîche. Dehors, le soleil perçait de ses rayons brûlants des couches de nuages froids, et un busard dérivait lentement dans le bleu, tel un boeing chargé d'âmes.

— Tu l'as vue, Jack, persista-t-elle. Tu le sais. Alors pourquoi prétendre le contraire ?

— Je ne sais pas ce que j'ai vu, dit-il, irrité. C'était sans doute les effets de l'altitude, je te l'ai dit. Le manque d'oxygène entraîne toutes sortes de problèmes physiologiques. Œdème pulmonaire, insomnie, manque d'appétit, amaigrissement, et rétention d'eau. Prends la rétention d'eau, par exemple. Ça fait gonfler le cerveau, qui appuie contre l'intérieur du crâne, et ça peut occasionner les hallucinations. Et comme si ça ne suffisait pas, tu risques également d'attraper une conjonctivite, provoquée par les excès d'ultraviolets. Tes yeux te grattent, puis te brûlent, jusqu'au moment où tu n'arrives plus à les ouvrir complètement.

Swift acquiesça d'un hochement de tête.

— Certes, dit-elle, patiente. Je comprends qu'on veuille d'autres preuves que celles données par des yeux larmoyants.

Elle marqua une pause.

— Aussi ai-je faxé au Museum d'Histoire naturelle, et ils m'ont renvoyé, par Federal Express, des photos d'un moule en plâtre fait par un zoologue russe, Vladimir Tschernezky, d'après des photos de Shipton.

Elle fit rouler le trackball du Toshiba avec son pouce et fit apparaître une image du moule qu'elle avait scannée sur le CD.

— Le pied est à peu près une fois et demie plus grand que celui d'un gorille mâle, dit-elle. Mais environ de la même longueur. Et vois la taille du gros orteil.

Jack continua à regarder par la fenêtre.

— Il est exceptionnellement développé. Je ne suis pas alpiniste, mais je dirais que c'est le genre de pied idéal pour agripper la roche sur une paroi abrupte.

Jack jeta un coup d'œil détaché à l'écran. Il eut une moue critique et dit :

— Ouais. Possible.

— Mieux, la taille du talon semblerait indiquer qu'il s'agit d'une créature à la fois plus grande et plus lourde qu'un gorille.

Voyant qu'elle avait capté l'attention de Jack, Swift fit apparaître le dessin de plusieurs empreintes de pas mises en parallèle.

— À gauche, tu as l'empreinte du gorille, expliqua-t-elle. Celle du milieu fut découverte par Shifton à cinq mille cinq cents mètres, plutôt bas, comme altitude, non ? Certaines d'entre elles conduisaient même à une crevasse — d'une profondeur de quatre mètres cinquante à six mètres. Or il n'y avait pas trace de griffes. Tu peux voir la différence.

— Et celle de droite ? demanda Jack.

— Il s'agit d'une empreinte reconstituée à partir des restes d'un squelette de type Néanderthal, découvert en Crimée, expliqua-t-elle. Comme tu peux le voir, la largeur des trois pieds — qui chaque fois représente près de la moitié de leur longueur — est assez constante. Mais seule l'empreinte de Shipton présente un gros orteil aussi écarté du reste du pied. Et un deuxième orteil d'une longueur exceptionnelle.

— J'ai fait digitaliser une image du crâne que tu as trouvé par les gens du laboratoire de visualisation biomédicale, conjointement aux empreintes de pas trouvées par Shifton. En se servant de divers points de repère dans l'anatomie du gorille, tels que la forme de son crâne et des données sur ses tissus profonds, ils ont pu recréer un fossile entier du genre d'anthropoïde qui nous intéresse.

— Qui *t'*intéresse, dit Jack sans quitter l'écran des yeux.

Swift sourit et fit apparaître une petite séquence animée illustrant la reconstitution de la créature des pieds à la tête. L'importance de la pilosité, impossible à déduire à partir du crâne fossile et de l'empreinte du pied, n'avait pas été exagérée. Mais en regardant cette créature, Jack sentit son cœur sauter un battement, car l'animation sur ordinateur s'acheva sur l'illustration couleur et en trois dimensions d'un anthropoïde bipède qu'il reconnaissait à moitié.

— Seigneur, souffla-t-il. Comment tu as fait ça ?

— L'ordinateur, dit-elle, calmement.

Jack détourna la tête un moment, comme s'il avait besoin de se ressaisir, d'une certaine façon.

Swift marqua une pause, attendant qu'il regarde à nouveau l'écran. Lorsqu'il le fit, elle roula le trackball sous son pouce pour obtenir un gros plan de la tête.

— Selon moi, l'intéressant dans cette séquence, dit-elle, c'est que le crâne reconstitué a exactement la même forme que celui que tu as trouvé dans le Sanctuaire annapurnien.

Swift alla chercher une petite icône dans le coin de son écran et la fit glisser jusque sur la tête de la créature. L'icône explosa, devint l'une des photos couleurs que Swift avait prises du crâne, dans son labo.

Hochant la tête d'un air appréciateur, Jack reconnut qu'il s'agissait d'une belle similitude.

— Je suis ravie que ce soit toi qui penses ça.

— Tu sais que ça pourrait être bien, murmura-t-il. D'y retourner et de montrer à certains de ces salauds qu'ils ont tort.

— N'est-ce pas ?

— En outre, il semblerait que j'y aie laissé autre chose qu'un ami cher, dans ce Sanctuaire.

— Oh ? Quoi donc ?

Jack secoua la tête.

— Étonnant, dit-il calmement.

— D'un point de vue anatomique, dit-elle, Esaü se situe approximativement entre le gorille, et la forme fossile « Paranthropus crassidens », connu également sous le nom d'« Australopithecus afarensis ».

Jack secouait toujours la tête, émerveillé par ce qu'elle lui avait montré.

— C'est la créature que j'ai vue sur l'Everest. Swift, c'est un yéti.

Swift acquiesça d'un hochement de tête.

— Enfin, dit-elle. Je suis heureuse que tu le reconnaisses.

— Tu crois vraiment que nous pourrions faire ça ? demanda-t-il. L'Himalaya est grand, tu sais. Ce ne sera pas facile.

— Pas l'Himalaya, Jack. Le Sanctuaire. Et plus particulièrement le Machhapuchhare. Tu as peut-être trouvé ce crâne sur l'Annapurna, mais tous les témoignages les plus récents signalent la présence du yéti sur le Machhapuchhare.

Jack fit la grimace.

— Il y a quelque chose que je ne t'ai pas dit, admit-il. Je n'ai pas découvert ce crâne sur l'Annapurna.

Il raconta qu'au moment de l'accident, Didier et lui faisaient l'ascension du Machhapuchhare sans autorisation.

— Tu sais que tu pourrais avoir raison, conclut-il, songeur. Il y a peut-être une autre raison au fait que personne ne soit autorisé à faire l'ascension du Machhapuchhare. Peut-être les autochtones savent-ils quelque chose que nous ignorons. Et si personne n'a jamais trouvé le yéti, c'est peut-être que personne n'a jamais été autorisé à le trouver.

— Auquel cas ça se passera comme je l'ai dit, renchérit Swift. Officiellement, dans notre demande de subvention et pour le Gouvernement népalais, nous serons dans le Sanctuaire, à la recherche de fossiles. Mais en réalité, nous serons dans le Machhapuchhare et alentour, en train de chercher l'Abominable Homme des Neiges.

Jack secoua la tête.

— Non, sûrement pas lui, dit-il. L'Abominable Homme des Neiges, c'est des conneries. C'est bon pour les bandes dessinées. Nous parlons de science, là. Nous allons trouver Esaü.

Huit

« Rien ne coûte plus qu'un début. »

Friedrich Nietzsche

La visite guidée du Pentagone était gratuite et avait lieu toutes les demi-heures, en semaine, de 9 h 30 à 15 h 30, excepté les jours fériés. Même les citoyens non-Américains étaient autorisés à effectuer cette visite, s'ils apportaient leurs passeports. Dans l'allée du « Commandant en Chef », on pouvait voir une maquette du Stealth SR-71, un avion qui, du moins techniquement, était encore top secret. Bryan Perrins détestait le Pentagone et le personnel du département de la Défense pour ça : la volonté des militaires d'ouvrir leurs quartiers généraux au public et de se glorifier de leurs jouets. Soit on a des secrets, soit on n'en a pas. Chaque fois qu'il avait une réunion là-bas, Perrins s'attendait toujours plus ou moins à voir la porte s'ouvrir et le guide entrer à reculons — il marchait toujours à reculons, afin de garder l'œil sur ses visiteurs — suivi par un groupe de ressortissants de l'Amérique profonde, les yeux écarquillés, les joues encore bourrées des hot-dogs achetés au marchand installé au milieu de la cour du Pentagone.

Perrins, à près de cinquante ans, ressemblait davantage à un styliste branché qu'au directeur adjoint des services secrets américains. Il portait un costume d'une coupe parfaite, arborait une barbe de trois jours d'un négligé très étudié, et restait assis assez loin de la table, dans la salle de conférence, un peu comme s'il assistait à cette réunion du Comité de reconnaissance aérienne en tant qu'observateur.

Nombre d'experts en civil étaient présents, qui tous disaient la même chose : l'opération Bellérophon — les vols de reconnaissance des U2 dans le sous-continent indien — avait fait chou blanc. L'un des experts, un général de l'armée de l'air, continuait à se répandre en excuses d'un ton monocorde.

— Afin d'économiser nos crédits et de nous assurer la meilleure qualité photographique possible lors de chaque vol, nous avions adopté le principe suivant : ne pas envoyer de mission à moins que le temps, dans le secteur concerné, ne soit pas couvert dans une proportion excédant vingt-cinq pour cent. Malheureusement, le temps a joué contre nous. Plusieurs vols n'ont rapporté aucune photo utilisable. Nous avons tout de même pu obtenir une mosaïque relativement complète de la région, mais avec un résultat nul.

— Avec vos rapports, messieurs, vous trouverez un résumé des bulletins météorologiques de la zone étudiée. Comme vous pouvez le voir, nous sommes à présent en plein cœur d'un rude hiver, et malgré l'urgence de la situation, la reprise des vols des U2 ne me paraît pas recommandée avant la fin février, au plus tôt.

Quand enfin le général de l'armée de l'air se rassit, Reichhardt poussa un soupir, ôta ses lunettes aux verres légèrement teintés, tapota son crâne chauve comme s'il venait juste de se faire couper les cheveux, puis remercia le militaire.

— J'avais espéré des renseignements utiles à l'issue de cette réunion, dit-il calmement. Je dois avouer que je suis un peu déçu par cette absence de progrès. Néanmoins, nous savions tous, je suppose, que quoi que nous trouvions, ou ne trouvions pas, l'ultime pouvoir de décision concernant cette opération Bellérophon, allait échoir à la CIA.

Perrins sourit et se rapprocha de la table.

— Bellérophon, dit-il, en secouant la tête. J'ai vérifié son histoire, comme vous me l'aviez suggéré, Bill, et puisque la responsabilité de cette entreprise va échouer à la CIA, je pense que nous devrions peut-être trouver un autre nom de code. Saviez-vous qu'une lettre de Bellérophon est un document dangereux ou préjudiciable au porteur ? Car Bellérophon a été désarçonné, quand Pégase s'est fait piquer par un taon. Nous vous ferons savoir quel nom sortira de l'ordinateur.

Perrins eut un petit sourire, jouissant du dépit de Reichhardt. Le directeur du NRO eut l'air d'un homme qui venait de trouver quelque chose de déplaisant sous ses deux semelles.

— Évidemment, nous envisageons déjà plusieurs modes d'action possibles. Nous enverrions du personnel sur le terrain, poursuivit Perrins. Vu les remous dans la zone concernée, ç'a toujours été notre politique d'entreprendre uniquement des actions à couvert. Vous pouvez être assuré que toute action nouvelle sera exécutée avec suffisamment d'agressivité et je suis persuadé que nous trouverons ce que nous cherchons.

Conscient qu'à présent c'était Perrins qui prenait la situation en main, Reichhardt acquiesça d'un hochement de tête. Son propre département avait échoué. Il n'y a plus rien d'autre à faire que d'avaler la merde que Perrins lui offrait. Mais malgré tout, il avait appris à être pessimiste, en ce qui concernait l'optimisme de la CIA. Peut-être pourrait-il garder un pied là-bas.

— Espérons, dit-il. Maintenant, voyons. Notre prochaine réunion de COMOR est prévue pour demain. Peut-être pourrez-vous alors nous exposer certains des modes d'action envisagés.

— Je peux vous appeler, Bill ? dit Perrins. Quand nous serons prêts à vous lire le menu.

— Oui, dit Reichhardt, en s'agitant avec irritation.

Il voyait bien que Perrins prenait du plaisir à ce petit jeu.

— Pourquoi pas ? ajouta Reichhardt.

— Peu de chances que je le fasse, dit Perrins, tout haut, dès qu'il se retrouva seul dans sa voiture, retournant à Langley.

Le quartier général de la CIA n'avait rien à voir avec le Pentagone. Immeuble moderne de sept étages, tout blanc, situé dans un cadre champêtre, Langley avait peu de contacts avec les touristes. Un bateau de plaisance, de temps à autre, glissant sur le Potomac, ou une manifestation occasionnelle aux abords du Washington Parkway, à la sortie pour la CIA. Et puis il y avait la Bulle.

La Bulle était un auditorium en forme de dôme, apparemment érigé en pleine nature, mais en réalité relié au quartier général par un tunnel souterrain. Dans la Bulle, les gens sans laissez-passer pouvaient entrer en contact avec le personnel de l'agence. C'était là que le patron de Perrins avait prêté serment devant une cour suprême, et que dans les années soixante dix, la télévision avait pénétré dans l'agence pour la première fois avec *60 minutes* et *Good Morning America.*

Il y avait très peu de journalistes autorisés à emprunter ce couloir secret, et à pénétrer dans le quartier général de la CIA. Perrins allait avoir une entrevue avec l'un de ces rares privilégiés.

Ayant travaillé comme correspondant étranger pour un certain nombre de journaux et de chaînes de télévision avant d'intégrer l'équipe du National Geographic, Brindley avait toujours eu d'étroites relations avec la CIA. Tout d'abord, ces rapports étaient restés informels et limités à d'occasionnelles conversations sur des sujets d'intérêt commun. Mais avec les années, ces relations s'étaient resserrées, jusqu'à voir Brindley accepter de rechercher des informations spécifiques ou du personnel pour la CIA.

En tant que journaliste, Brindley avait toujours été plutôt un homme d'action, le genre de reporter qui va dans les endroits les plus reculés et les plus inaccessibles du monde, souvent à ses risques et périls. Brindley était de ces journalistes qui font partie d'expéditions lors desquelles s'effectue l'ascension de sommets jamais conquis, ou qui pénètrent dans des jungles inextricables. Lorsqu'il entra au National Geographic, ce fut en tant que rédacteur en chef de la rubrique expéditions.

Approchant de la cinquantaine, Brindley était en bonne condition physique, mais il souffrait toujours de ce glaucome qui l'avait obligé à cesser de crapahuter à travers le monde. Dans la Bulle, il retrouva l'homme avec lequel il avait fait ses études à Yale. Puis ils se rendirent au septième étage, tout au bout d'une enfilade de bureaux occupés par les directeurs de la CIA, et où Perrins avait ses quartiers. Le bureau de Perrins donnait sur le fleuve. Il y avait des photos des Orioles au mur, et des piles de documents imprimés par ordinateur sur la moquette. Ce qui n'empêchait pas cette pièce d'être presque aussi miteuse que le reste du bâtiment.

Les deux hommes échangèrent des propos aimables, tandis que Brindley ouvrait une serviette en cuir anglaise, et en sortait un exemplaire du célèbre magazine à bordure jaune. Sur la couverture, la photo floue d'une gondole.

— Tu t'intéresses à Venise ? demanda Brindley.

Puis il lança le dernier numéro de son journal sur le bureau de Perrins.

— Pas à titre professionnel, dit Perrins, en souriant.

— Moi, cet endroit m'indiffère totalement. Il y a quelque chose de claustrophobique, de corrompu et de malsain, dans cette ville.

— Que disait Henry James à propos de Venise ? Impossible d'y être original.

Voyant que Brindley avait senti l'allusion, Perrins poursuivit, sadique.

— Mais continue d'essayer. Peut-être trouveras-tu quelque chose ?

— Salopard. Ça me tue de voir ce que les gens ont envie de lire. Essentiellement des articles sur les parcs nationaux.

— En tout cas, Dunham, il y a une chose à ton actif : tu sais généralement ce qui moi, m'intéresse. C'est pour ça que tu es là, n'est-ce pas ?

D'un mouvement de tête, Brindley désigna le magazine qui se trouvait sur le sous-main, devant Perrins.

— *Dans les Coulisses.* Six ou sept pages, en plus de la couverture. Une nouvelle rubrique. Une idée du directeur. Des histoires amusantes, et parfois étonnantes, écrites par des reporters du journal ou des gens de l'extérieur sur leurs expériences sur le terrain. De la merde, si tu veux mon avis.

Perrins tourna les pages.

— « La Tragédie himalayenne du prince de l'escalade », lui souffla Perrins.

Le DDI regarda brièvement la photo de deux alpinistes, puis commença à lire tout haut le petit texte imprimé en dessous.

— « Le « Prince de l'Escalade » américain, Jack Furness, qui avait entrepris l'ascension des quatorze plus hauts sommets de l'Himalaya, a abandonné. Il est rentré plus tôt que prévu en

Californie, suite à la mort tragique de son coéquipier, l'alpiniste canadien Didier Lauren. Lauren et Furness formaient un duo de grimpeurs célèbre dans le monde entier, et avaient totalisé un nombre d'ascensions pionnières inégalé, dans la catégorie des expéditions légères. Ils avaient inspiré toute une nouvelle génération de grimpeurs de style alpin en Amérique. Furness et Lauren, tous deux bénéficiaires d'une bourse de recherche de la National Geographic Society, faisaient l'ascension de la face sud-ouest de l'Annapurna, quand la catastrophe s'est produite. »

Perrins poussa un soupir et leva les yeux.

— Ceci présente un intérêt, Dunham ?

— Continue, insista Brindley.

Perrins baissa à nouveau les yeux vers le magazine et lut le reste de l'article en silence. Quand il eut fini, il hocha lentement la tête.

— Cela pourrait avoir un intérêt, oui, concéda-t-il.

— Il est là, à Washington. Au *Jefferson.*

— Au *Jefferson* ?

Perrins parut impressionné.

— J'aurais pensé qu'un homme qui vit dehors, comme lui, se serait senti plus à l'aise dans un *Howard et Johnson.*

Brindley secoua fermement la tête en signe de dénégation.

— Furness est une célébrité.

— C'est pourquoi je n'ai jamais entendu parler de lui.

— On écrit des livres sur lui. Les gens du cinéma l'emploient. Stallone lui a fait faire toutes les cascades de l'un de ses films. Il a gagné beaucoup d'argent. Il a été boursier de Rhodes. Il a fait ses études à Oxford.

— Cela ne veut rien dire, Dunham. Clinton aussi a été boursier de Rhodes.

— J'essaie seulement d'attirer ton attention sur le fait que ce n'est pas un lourdaud qui pue le feu de camp.

— O.K., OK., c'est Gore Vidal. Que fait-il à Washington ?

— Il présente une demande de bourse. Lui et une anthropologue, une femme du nom de Stella Swift, veulent retourner dans le Sanctuaire annapurnien pour chercher des fossiles.

— Seigneur, ils ne lisent donc pas les journaux ? Il peut très bien y avoir une guerre au Punjab.

— C'est trois ou quatre cents kilomètres plus loin.

— C'est suffisamment près s'ils font éclater une bombe.

— Ce qui devrait les rendre d'autant plus précieux pour toi, Bryan. En ce moment, rares sont les gens qui demandent une subvention pour se rendre sur les lieux d'un conflit potentiel.

— Un point pour toi. Une expédition scientifique dans le coin serait une bonne couverture pour nous.

— Des photocopies des demandes de bourse sont soumises au Comité de recherche et d'exploration. Cela représente environ seize personnes. Chacune d'elles rédige une note critique sur le dossier, puis donne une appréciation, qui va d'excellent à médiocre. Quand tous les comptes rendus nous reviennent, nous faisons la moyenne des appréciations, et nous accordons la bourse ou non. Après une première lecture, cette demande de bourse me semble tenir la route. À propos...

Brindley prit sa serviette et en sortit un document relié aussi épais qu'un scénario de film. Il le lança sur le bureau, sur le magazine. Puis il se cala à nouveau contre le dossier de son siège.

— Je t'en ai apporté un exemplaire. Je n'appartiens pas au comité. Et c'est là le problème. D'après ce que j'ai entendu dire, ils n'ont pas obtenu leur subvention.

— Pourquoi ?

— Simplement parce que nous manquons de fonds, en ce moment. Dans ce domaine, en tout cas. Nous nous serrons la ceinture, Bryan.

Perrins ne fut pas sans remarquer la ceinture en cuir fort chère du journaliste, et le costume de chez Brooks Brothers. L'homme de la CIA eut un sourire imperceptible. Sur la droite de la boucle en cuivre de la ceinture, un petit arc noir semblait indiquer que la dite ceinture avait été desserrée d'un ou deux crans pour laisser s'épanouir le gros estomac de Brindley.

— Je vois, dit Perrins, sèchement.

Puis il prit son stylo.

— Alors qui est au comité ? Nous pouvons peut-être les faire changer d'avis.

— Brad Schaffer. C'est un ami. Tu l'as déjà vu. Je pense que si nous lui expliquions, il pourrait nous aider.

— Tu veux dire tout lui expliquer ? Ou lui donner les informations nécessaires ?

— Mets-le au courant.

— Peut-être. Et les autres membres du comité ?

— Tu trouveras leurs noms dans le magazine. C'est un Bottin mondain international. En général, ce sont les membres du comité qui trouvent l'argent. Souvent sur leur propres deniers.

Perrins feuilleta son exemplaire du *National Geographic*, jusqu'au moment où il tomba sur une page couverte de noms : ceux des gens liés, d'une façon ou d'une autre, avec le magazine ou avec la société. Parmi la liste des membres du comité, et des compagnies qu'ils représentaient, bon nombre de patronymes lui étaient familiers. Un nom, en particulier, attira son attention.

— Joel Beinart, président du conseil d'administration et directeur général de la firme Semath.

— Le conglomérat de l'électronique. Oui, je le connais.

— Moi ausi, dit Perrins. Il a été secrétaire d'État au Commerce. Nous avons fait pas mal d'affaires ensemble. Le ministère du Commerce s'intéresse souvent à un pays, ou à une tentative commerciale dans un domaine précis, et nous demande d'envoyer des briefings aux hommes d'affaires concernés. Beinart a toujours sympathisé avec les objectifs de l'agence. Peut-être pourrait-il nous servir d'intermédiaire, organiser ce que les Russes appellent une « joint venture ». Avec un apport d'argent du gouvernement *via* la Semath, Schaffer pourrait persuader votre Comité de recherches et d'exploration de changer d'avis.

— Dire que je te connais depuis si longtemps, et que ça me surprend toujours de t'entendre reprendre mes idées comme si c'étaient les tiennes.

— La ferme, sourit Perrins. Combien ça coûte, ce genre d'expédition ?

— C'est dans la demande de bourse, dit Brindley. Mais si j'ai bonne mémoire, ils voulaient une somme tournant autour de sept cent cinquante mille dollars. Moins les sponsorings privés.

— Ils n'auront pas le temps de trouver des sponsors, dit Perrins. Trois quarts de million de dollars, hein ? Tu sais quel pourcentage ça représente, sur le budget de la Défense de 1996 ?

Brindley haussa les épaules.

— Je vais te le dire.

Souriant comme un gamin, Perrins tapotait déjà des chiffres sur le clavier de son PC.

— Environ deux minutes utiles.

— Donc pas grand-chose, j'imagine.

— Et ce type, ce Furness ? demanda Perrins. Tu crois que nous pourrions le recruter ?

— Possible, oui. Il a fait une publicité à la télé pour des « junk bonds ». Il doit donc avoir une morale assez souple.

— Et elle ?

— Ça je ne peux pas dire. Elle est australienne, ou anglaise, ou quelque chose comme ça.

Perrins se pencha sur son bureau, appuya sur un bouton de son interphone.

— Connie. Voulez-vous m'apporter les dossiers sur...

Il jeta un coup d'œil à la demande de bourse et lut les deux noms figurant sur la couverture.

— Sur un certain Jack Furness. F-U-R-N-E-S-S. Et sur un professeur : Stella Swift, comme l'oiseau, de l'université de Californie à Berkeley. Oh, et demandez à Chaz Mustilli s'il veut bien venir me voir dans mon bureau. Merci, Connie.

Perrins ôta son doigt de l'interphone, puis il s'informa de l'objet de la demande de bourse, dont il lut l'intitulé avec attention.

— Des fossiles humains, hein ?

— De la paléoanthropologie, acquiesça Brindley, en hochant la tête. Tu n'as pas entendu parler de ça ? C'est la nouvelle religion.

— Il faut bien que les gens croient en quelque chose, dit Perrins, en haussant les épaules. Mais en ce qui me concerne, je ne puis imaginer un Dieu qui préférerait aller à l'église plutôt qu'au cinéma.

— Restons-là ce soir, dit Swift. On peut dîner à l'hôtel.

Elle regardait les nouvelles à la télévision.

— Mais nous avons déjà dîné ici hier soir, objecta Jack. Tu ne préférerais pas aller dans un autre endroit ?

— Je ne suis pas d'humeur à essayer un nouvel endroit. Je suis d'humeur à rester ici et à m'apitoyer sur moi-même.

— O.K. si c'est ça que tu veux.

— Merde. Tu arrives à croire ça, toi ?

— Quoi ?

Swift pointa un doigt sur la télévision.

— Les nouvelles, dit-elle d'un air las. Le secrétaire d'État a réussi à persuader les Indiens et les Pakistanais de convenir d'une trêve de trois mois.

— Quel mal y a-t-il à ça ?

— Aucun, dit Swift. C'est juste que trois mois, c'était un laps de temps idéal pour nous.

— On met au moins trois mois à monter la plupart des expéditions, dit Jack.

— Ce n'est pas une expédition comme les autres. En tout cas plus maintenant.

Elle l'embrassa sur la joue.

— Je vais prendre un bain, Jack.

— Je peux rester et regarder ?

Swift eut un rire silencieux, gêné. Il y avait des fois où il se conduisait comme un lycéen. Mais depuis qu'elle couchait à nouveau avec lui, elle réalisait à quel point il lui avait manqué.

— Et si je te retrouvais au bar ?

— Je boirais bien un verre, admit-il. Je déteste les comités.

Il secoua la tête, furieux.

— Je n'arrive toujours pas à croire qu'ils aient rejeté notre demande.

— C'est toi qui dis ça ! Tu m'avais prévenue que ça pourrait être difficile.

Swift haussa bravement les épaules.

— De toute façon, poursuivit-elle, c'est « moi » qu'ils ont refusée. Moi et mon idée. Ils ne t'ont pas rejeté « toi ». Ils ont dit que tu pouvais aller finir l'ascension des pics, si tu voulais.

— Ce n'est pas ce que je veux. Plus maintenant.

— Dans ce cas, il reste la National Science Foundation. Warren Fitzgerald appartient au comité de sélection. Il est doyen de la faculté de paléoanthropologie à Berkeley.

— Ce ne sont pas les connaissances qui comptent mais les relations, hein ?

— En fait, c'est plutôt les gens avec qui tu couches.

— Tu plaisantes !

Elle rit.

— À peine. Malheureusement, je crois que les gens de la National Science Fondation sont un peu à court de fonds eux aussi. C'est du moins ce que Fitzgerald m'a dit.

— Nous trouverons l'argent d'une façon ou d'une autre. Il le faut. Peut-être un journal, ou une chaîne de télé. Il doit y avoir beaucoup de gens qui aimeraient participer à un projet comme celui-là. Peut-être que si nous les mettions au courant, si nous leur disions quel est le but réel de l'expédition...

— Pas question, dit Swift, fermement. Susciter l'intérêt des média avant de partir est ce qui pourrait nous arriver de pire. Il nous faut nous en tenir à notre stratégie originelle, et garder secrète cette idée d'un Esaü vivant. O.K. ?

— Oui. Tu as raison.

Swift hocha la tête et se dirigea vers la salle de bains.

— Je te retrouve en bas.

Le bar du *Jefferson* ressemblait au salon d'une maison du dix-huitième siècle. Au-dessus d'une cheminée en marbre vert et blanc, dans laquelle brûlait une grosse bûche, trônait un portrait de Thomas Jefferson et de son chien de chasse, un whippet blanc reniflant la main de son éloquent maître.

Jack s'assit dans un grand fauteuil et commanda un whisky au serveur. Puis il se cala dans son siège pour jouir du feu de cheminée. Les fenêtres tremblèrent sous le vent furieux, et pendant un moment, Jack songea qu'il aurait pu être à nouveau dans l'Himalaya. Par un soir comme celui-ci, il était content, finalement, d'être à l'intérieur. La cuisine virginienne et renommée du chef de l'hôtel était exactement ce qu'il aimait. Son verre arriva, et pendant un moment il y toucha à peine. Puis il le but et en commanda un autre, regrettant de ne rien avoir apporté à lire. Swift avait pour habitude de rester trop longtemps dans son bain. Comme la plupart des femmes.

— Mr Furness ?

— Hum ?

Jack, qui regardait le feu, leva les yeux. L'homme debout devant lui était grand et vêtu d'un blazer classique légèrement trop grand pour lui, semblait-il, bien que ce monsieur donnât l'impression d'être en excellente condition physique.

— J'espère que vous me pardonnerez de vous importuner, monsieur, dit l'homme.

Puis il montra l'autre fauteuil.

— Puis-je ? dit-il.

Jack acquiesça d'un hochement de tête, puis lut la carte professionnelle qu'on lui avait tendue.

— « John Boyd, Directeur Général, Institut de Recherches alpines et arctiques. »

— Que puis-je pour vous, Mr Boyd ?

Le serveur revint avec le verre de Jack. Boyd lui tendit une carte de crédit, lui commanda un Daïquiri, et lui demanda de mettre le verre de Jack sur sa note. Puis il tendit les mains vers le feu. Jack aperçut un tatouage impressionnant. Avec ses cheveux coupés ras, sa mâchoire carrée et sa moustache courte, Boyd rappelait à Jack ces clones gay qu'on trouvait encore dans le quartier de Castro, à San Francisco. Hormis le blazer. Qui faisait très militaire en congé.

— Le problème, avec le bois, c'est que ça chauffe peu, grommela-t-il.

Puis il passa brusquement à la vitesse supérieure.

— Franchement, j'espérais que vous pourriez m'aider.

— Oh ? Et comment pourrais-je vous être utile ?

— Je suis géologue, expliqua Boyd. Mais depuis un certain temps, je m'occupe de climatologie. Vous vous y connaissez en climatologie, Mr Furness ?

— Dans ma profession, ça peut vous sauver la vie d'avoir quelques notions de météorologie, dit Jack. C'est un thème récurrent dans les conversations entre alpinistes, j'en ai peur. Vous apprenez à intégrer un tout petit savoir théorique à une dose énorme d'expérience pratique. Mais il s'agit surtout de savoir écouter les bulletins météo, à la radio. Je sais très bien interpréter ce genre d'infos.

— Si je vous parle de vent « katabatique », est-ce que ça vous dit quelque chose ?

— C'est un vent qui naît quand l'air refroidi dans des zones de haute altitude devient suffisamment dense pour souffler vers la vallée, exact ?

— Exact.

— J'en sais suffisamment sur ces vents pour éviter de camper dans le bas des vallées et dans les cuvettes si je veux passer une bonne nuit, dit Jack.

— Sur le plateau antarctique, ces vents peuvent atteindre des vitesses folles, dit Boyd. Résultat, ils chassent souvent la neige fraîche. Or c'est là ma spécialité. La neige et la glace. Mon domaine, c'est l'étude des facteurs climatiques qui affectent la conservation de la neige.

Le serveur revint avec leurs consommations et il y eut un moment de silence quand chacun des hommes contempla son verre.

— La neige ? dit Jack.

Il essayait d'avoir l'air intéressé, mais il commençait à regretter d'avoir laissé cet étranger s'installer.

— Pourquoi voudrait-on conserver la neige ?

— La neige et la glace. En particulier l'effet du réchauffement global sur les grandes calottes glaciaires.

Jack grogna intérieurement. Un écolo. C'était bien sa veine. Où était Swift, bordel ?

— L'essentiel de notre travail a porté sur la péninsule antarctique et les îles alentour. Nous espérons comprendre les conséquences de l'accélération de l'effet de serre, qui menace de devenir incontrôlable. Franchement, il y a de nombreuses informations contradictoires. La calotte glaciaire du Groenland épaissit. Et puis la quantité de neige augmente, aux pôles. Cependant le climat continue d'indiquer que la fonte des glaces s'accélère.

Jack jeta un coup d'œil à sa montre.

— À une époque située entre cinq et dix mille ans dans le passé, le niveau de la mer est monté rapidement, suite à la disparition des principales calottes glaciaires. Puis ce phénomène a considérablement ralenti. Nous pensons qu'actuellement le niveau de la mer monte de deux millimètres par an.

— Eh bien, c'est tout à fait fascinant, Mr Boyd, dit Jack en étouffant un bâillement, mais je ne vois pas en quoi cela me concerne.

— Cela nous concerne tous, dit Boyd.

— Ce que je veux dire, c'est que...

Boyd leva la main et ajouta, très vite :

— Il est probable que la fonte des glaciers de montagnes soit en partie responsable du phénomène.

Jack dressa l'oreille. Les montagnes. À présent cet homme devenait cohérent.

— La question c'est : dans quelle proportion ? Dans l'augmentation du niveau de la mer, quelle part attribuer aux glaciers de montagnes, et quel pourcentage donner aux grandes calottes glaciaires ? C'est pourquoi je veux aller sur les plus hautes montagnes du monde. Afin d'entreprendre des recherches urgentes sur les glaciers himalayens.

— Enfin, dit Jack. Un début de communication.

— Washington est une petite ville, Mr Furness. Quand j'ai appris que vous aviez fait une demande de subvention pour entreprendre une expédition dans l'Himalaya, j'ai nourri l'espoir que vous accepteriez de m'emmener comme hôte payant. J'aurais partagé certaines dépenses avec vous, voyez ? Pas pour escalader. Non monsieur, j'ai le vertige. Non, c'est afin de pouvoir effectuer mes propres expériences géologiques. Forer la glace, prélever des carottes dans les glaciers, ce genre de choses. Honnêtement, la situation politique dans le sous-continent indien fait que la plupart des gens, contrairement à vous, ne vont pas dans cette partie du monde.

Jack tenta de s'exprimer, de donner les nouvelles qu'il avait *lui*, mais Boyd n'allait pas se laisser interrompre.

— Qui connaît l'Himalaya aussi bien que vous, Mr Furness ? Personne. Personne, à part vous, n'est capable d'organiser une telle expédition. C'est pourquoi...

— Désolé de vous décevoir, Mr Boyd, mais je crains que notre demande de subvention n'ait été rejetée.

Jack haussa les épaules.

— Nous venons juste de l'apprendre, ajouta-t-il.

— Non !

Boyd parut sincèrement outragé.

— Je ne peux pas le croire, dit-il. Pourquoi devraient-ils vous éconduire, *vous*? Vous êtes le plus grand alpiniste de ce pays.

— C'est gentil à vous de dire ça. Mais cette fois, ce n'est pas exactement une expédition en vue d'une ascension que je prépare. Nous allons chercher des fossiles. Mais quoi qu'il en soit, cela ne semble plus avoir grande importance, à présent.

— Que vous dire ? Je crois que j'irai tout seul, dans ce cas. Je suis vraiment navré. J'étais sûr que...

— N'y pensez plus. Et bonne chance dans votre travail.

Les deux hommes se levèrent. Ils se serraient la main quand Swift apparut dans le bar du Jefferson. Elle paraissait tout excitée. Jack jeta un coup d'œil irrité à sa montre.

— Tu ne devineras jamais ce qui s'est passé, dit-elle, ignorant Boyd.

— Il a effectivement dû se passer quelque chose, vu le temps que tu as mis.

Jack voulut présenter Boyd, mais Swift était trop euphorique pour écouter.

— Le téléphone a sonné juste au moment où je sortais de la chambre. C'était Brad Schaffer. Du Comité de recherches et d'exploration. Il appelait des bureaux du National Geographic.

— Ils sont encore là ? Si tard le soir ?

— Vu la trêve de trois mois convenue entre les Indiens et les Pakistanais, certains des membres du Comité ont voulu reconsidérer leur décision. Et tu sais ce qui s'est passé ? Il semble qu'ils aient finalement décidé de nous donner cette bourse.

— C'est génial.

Jack sourit, un peu gêné, puis il jeta un coup d'œil à Boyd.

— Swift, je te présente Jon Boyd. Mr Boyd, le professeur Stella Swift. Mais ne l'appelez jamais Stella.

Boyd tendit une autre carte professionnelle à Swift.

— Mr Boyd est géologue et climatologue. Il espérait pouvoir participer à notre expédition en tant qu'hôte payant.

Alors que Jack parlait, Swift lut la carte de Boyd, la retourna entre ses doigts, comme si elle allait la faire disparaître, puis la lança sur la table comme un papier sans intérêt. Attirant aisément l'œil du serveur, elle commanda une bouteille de champagne.

— Je suis d'humeur à faire la fête, dit-elle simplement.

Puis elle s'assit.

Jack acquiesça d'un hochement de tête.

— Qu'est-ce qui les a fait changer d'avis ? Ils l'ont dit ?

— Ils ont trouvé d'autres capitaux. L'un des membres du comité, Joël Beinart, était bien plus favorable à notre demande de bourse qu'il n'a osé le dire pendant leur réunion. Alors quand la trêve a été négociée, il a pensé que c'était là un signe. De toute façon, il a trouvé l'argent lui-même, c'est sa propre société qui nous finance. La firme Semath. Oh si, il y a une condition, une toute petite. Quelque chose en rapport avec l'impôt sur les sociétés. Il nous faudra donc dépenser l'argent assez vite, afin qu'il puisse faire passer cette dépense sur ses dons et fonds versés à des œuvres de charité cette année, sommes déductibles des impôts.

— Assez vite, c'est-à-dire ?

— D'ici la fin du mois.

— La fin du mois ? dit Jack, en partant d'un gros rire. Ça ne fait même pas deux semaines, Swift. Il faut du temps pour mettre une expédition comme ça sur pied. Beaucoup de temps. Deux semaines ? C'est tout bonnement impossible.

— Oh, allons Jack. Quand on a la volonté...

Jack parcourut la pièce des yeux avec perplexité, et le portrait de Thomas Jefferson accrocha son œil.

— Comme l'a dit cet homme, soupira-t-il. Mieux vaut un retard qu'une erreur. Mais pourquoi cette foutue précipitation, d'ailleurs ?

Swift haussa les épaules.

— Les technocrates ont leur année fiscale à prendre en compte. Ils sont même prêts à nous donner plus d'argent que nous n'en avons demandé. Un million de dollars, Jack. Sans parler de tout un équipement nouveau qu'ils veulent que nous testions. En outre, il faut considérer la chose sous un angle diplomatique, à présent. Il sera bien plus facile de persuader d'autres scientifiques de nous accompagner si nous savons vraiment tirer profit de ce qui a été négocié entre l'Inde et le Pakistan.

Le serveur arriva avec le champagne. Swift porta un toast à cette bonne nouvelle.

— En ce qui me concerne, dit Boyd, prudent, si tant est que vous décidiez de m'emmener, je paierai mon voyage. Sans parler de tout un équipement nouveau que nous avons déjà testé dans l'Antarctique. Donc pour moi, le plus tôt serait également le mieux. Vous comprenez, il y a un sommet intergouvernemental sur l'Evolution du climat dans deux semaines, à Londres. Je ne sais pas ce que vous pensez de l'énergie fossile, mais ma compagnie s'oppose à toute action de la communauté internationale en faveur de restrictions plus sévères de l'émission des gaz responsables de l'effet de serre. Du moins jusqu'à ce que des gens comme moi aient eu la possibilité de prévoir combien de CO2 l'atmosphère peut absorber avant que cela ne déclenche un changement de climat catastrophique.

— Et vous pouvez faire ça dans l'Himalaya ? s'enquit Swift.

Boyd expliqua pourquoi c'était intéressant, selon lui, de prélever des carottes dans les glaciers de montagnes...

— Il est vital que nous ayons des données aussi exactes que possible, sinon nous risquons de prendre des mesures inutiles qui affecteront le développement de l'économie américaine, presque à coup sûr.

— Et si vos données ne corroborent pas le point de vue de votre institut ? demanda Jack. Qu'est-ce qui se passe ?

— Honnêtement, ce n'est pas à moi de le dire. Je ne suis qu'un scientifique, Jack. Les gouvernements vont devoir faire cesser l'émission de CO2 à un moment ou à un autre. Il s'agit là d'une mesure qui sera forcément impopulaire. Très impopulaire. Or il n'y a pas un homme politique qui n'attende pas le tout dernier moment pour prendre une décision impopulaire.

— J'imagine, oui, dit Jack. Mais deux semaines ? Est-ce que l'un d'entre vous a une idée du temps qu'il fait là-bas en ce moment ?

À cette pensée, il vida sa coupe de champagne.

— Hormis les effets de la haute altitude, il va nous falloir compter avec des vents soufflant très haut, des températures si basses qu'elles ne figurent même plus sur le thermomètre, et des journées très courtes, de sept heures à peine. Nous sommes loin des conditions idéales pour une expédition scientifique.

Boyd haussa les épaules.

— Pardonnez-moi si je donne l'impression d'avoir fait mieux que vous, mais l'Antarctique, ce n'était pas exactement un pique-nique dominical entre écoliers. Et puis, je vous l'ai dit, mon institut va nous envoyer certains des derniers équipements en date. Une partie du matériel que nous avons utilisé au pôle avait été mis au point par la NASA. Je veux dire que c'est le fin du fin.

Swift approuva d'un hochement de tête.

— Tout cela me paraît très bien, Mr Boyd. Jack ? Qu'en dis-tu ?

Jack examina son verre à présent vide, puis hocha la tête en signe d'acquiescement, l'air sinistre.

— Quel que soit l'équipement qu'on emporte, ce n'est jamais suffisant. Il y a toujours des choses qui foirent. Il faut compter avec l'imprévu. C'est dans ce genre d'endroit qu'on va. Le fin du fin comme équipement, hein ? Vous pouvez parier votre dernier dollar qu'on va en avoir besoin. Parce qu'en hiver, l'Himalaya est aussi froid et hostile que — la surface de Pluton.

Jack tambourinait sur la table du bout des doigts.

Après que Boyd eut finalement quitté l'hôtel, Swift et lui s'étaient offert un bon dîner. Que Jack eût mieux apprécié s'il n'avait cherché à trouver la raison cachée derrière ce revirement soudain du Comité. Cette question le narguait comme un mal de dent persistant.

— Je ne comprends pas pourquoi tu fais une fixation là-dessus, lui dit Swift. Nous avons l'argent. Nous avons même une marge de manœuvres.

Jack émit un grognement perplexe.

— Je veux parler de cette trêve, dit-elle. Que veux-tu de plus ? La voiture t'est livrée enveloppée dans du papier cadeau, avec un ruban rose, et malgré tout tu veux examiner les pneus.

— Il faut que quelqu'un le fasse, si nous voulons rouler en toute sécurité.

— Je ne vois pas pourquoi.

— Les grandes sociétés ne trouvent pas un million de dollars comme ça. Comme un vieux bric-à-brac dans la cour de derrière.

— Mais je t'ai expliqué : ils ont aimé notre projet.

— Je suis sûr que tu accepterais cette bourse dans n'importe quelles conditions. Jimmy Hoffa pourrait débarquer, te tendre une valise pleine de billets, et tu ne poserais pas de questions. Ai-je raison ?

Swift prit cette accusation avec humour.

— Peut-être, dit-elle.

— Alors, qui s'entête, à présent, hein ? Il n'y a pas une petite part de toi-même qui a envie d'en savoir plus ? Qui a envie d'être juste un peu prudente ?

— O.K., alors, dis-moi. Je dois suspecter quoi ? Que quelqu'un sait la véritable raison de notre expédition : trouver un yéti ? Dans ce cas, ça rendrait les gens moins enclins à nous donner un million de dollars, ne crois-tu pas ? S'il te plaît, Jack, j'aimerais bien savoir.

— Cela me ne paraît pas net, c'est tout. Je ne peux pas expliquer pourquoi.

— On ne peut pas dire que tu fasses beaucoup d'efforts en ce sens. Je suis une scientifique. J'ai besoin de quelque chose d'un peu plus concret que ton instinct pour me mobiliser, Jack.

Elle se leva.

— Je vais remonter dans la chambre, dit-elle. Tu viens avec moi ?

— Non. Je pensais prendre un peu l'air. M'éclaircir les idées.

— Tu as raison, dit-elle. Ça rend paranoïaque de boire trop de vin.

Ils se séparèrent de façon un peu raide dans le hall de l'hôtel. Alors que Jack se dirigeait vers la porte d'entrée, le concierge l'appela.

— Mr Furness. Il y a un colis pour vous, monsieur.

— Un colis ? Pour moi ? Je n'attends aucun colis.

— Il y a votre nom sur l'étiquette, monsieur.

— Merci, Harvey.

Perplexe, Jack vint à la réception inspecter le paquet. Il reconnut aussitôt l'étiquette portant l'adresse de l'expéditeur.

C'était White Fang, son sponsor. À l'intérieur, un petit mot de Chuck Farrell et plusieurs paires des chaussures d'escalade adhérentes, toutes à la taille de Jack. Le concierge regarda Jack sortir une paire de chaussures de la boîte. Avec leurs fermetures en Velcro, leur couleurs vives et leurs motifs navajos, elles ressemblaient davantage à des mocassins qu'à des chaussures d'escalade.

Le concierge lut le nom sur la boîte à chaussures et demanda :

— La chaussure Brundle. Qu'est-ce qu'une chaussure Brundle ?

— Vous allez au cinéma, Harvey ?

— Parfois.

— Vous avez vu un film qui s'appelle *La Mouche*? Les chaussures portent le nom du docteur Martin Brundle. Le personnage joué par Jeff Goldblum.

— Exact, dit Harvey. Mais je ne comprends toujours pas.

— Ce sont des chaussures pour grimper.

— Des chaussures pour grimper. Eh bien, elles ont l'air confortables.

— Pas pour moi, dit Jack. Gardez-les. Cadeau de Noël.

— Merci, Mr Furness. Mais où peut-on faire de l'escalade, par ici ?

— Vous pouvez essayer le Washington Monument.

Jack sortit sur la Seizième Rue, se brida contre le froid, et partit vers le sud. Il dépassa l'ambassade de Russie, une bâtisse à l'architecture tarabiscotée, riant dans sa barbe. Le Washington Monument. Pourquoi pas... Ce serait une authentique ascension. Un obélisque de cent quarante mètres en granit de Nouvelle Angleterre. L'étonnant, c'était que Jack n'ait pas déjà essayé. À une époque, le simple fait d'y penser lui eût donné envie d'y aller et de l'escalader.

Au coin de M Street, il tourna à droite, ses pas l'entraînant instinctivement dans la direction du building du National Geographic. Il voyait des lumières briller à l'avant-dernier étage, là où se prenaient les décisions capitales. Y compris celles auxquelles on ne pouvait s'attendre. Pourquoi avaient-ils changé d'avis si vite ? Cela avait-il réellement un rapport avec la trêve négociée par le secrétaire d'État ?

Non, cela ne tenait pas debout. Ils n'avaient pas pour habitude d'agir ainsi. Y avait-il un autre motif ? Mais lequel ? Swift avait raison. Son instinct n'était pas une preuve suffisante. Il avait bien envie de monter là-haut, voir s'il trouvait quelques réponses. Jack essaya de pousser la porte d'entrée, mais elle était fermée. Quel intérêt, de toute façon ? Même s'il y avait eu quelqu'un, on lui aurait probablement servi la même histoire qu'à Swift. L'histoire de la Semath, des technocrates et de leur bilan financier.

Jack poursuivit sa route, regardant attentivement le sommet de l'immeuble et les lumières toujours allumées là-haut. En tournant au coin de la rue, il vit que quelqu'un avait négligé de fermer une fenêtre d'angle au dernier étage. La lumière était éteinte, mais Jack voyait clairement un rideau en voile de nylon gonfler dans l'air nocturne, telle la voile d'un bateau détachée de son bout.

Peut-être lui suffirait-il de grimper et de passer par la fenêtre ouverte pour découvrir pourquoi ils avaient changé d'avis. Fouiller le bureau de quelqu'un. Quelqu'un comme Brad Schaffer, du Comité de recherche et d'exploration. Allumer son ordinateur. Identifier un dossier. Cela lui parut simple, au moment où il considéra l'idée. Grimper là-haut, tout simplement, et fouiner. Ce n'était pas un bâtiment particulièrement élevé. La hauteur des immeubles de Washington était limitée — ils ne devaient pas dépasser le Capitol et le Washington Monument, afin qu'on puisse toujours voir le ciel et le Capitol dans le centre-ville. Environ treize étages. La Transamerica Pyramid qu'il avait escaladée pour la publicité sur les junk bonds était trois ou quatre fois plus haute que ça. En comparaison, cet immeuble paraissait tout tassé.

Jack repartit rapidement à l'hôtel à pied, le cœur battant à l'idée de ce qu'il allait entreprendre. Peut-être était-ce aussi bien qu'il ait tant bu. Le courage puisé dans la bouteille : à défaut d'autre chose, il faudrait que ça suffise. S'il devait jamais escalader à nouveau de grandes parois, cela pouvait être une manière rapide de retrouver son courage. Soit cela, soit un moyen simple de se tuer.

Le concierge était assis derrière son comptoir, en train de lire le *Post*.

— Donnez-moi une paire de ces chaussures, voulez-vous ? dit Jack.

— Bien sûr, Mr Furness.

Jack ôta son manteau. Il portait un col roulé en cashemire et un jean. Il s'assit derrière la réception, enleva ses mocassins et ses chaussettes.

— Il est un peu tard pour grimper, vous ne trouvez pas, Mr Furness ?

— Il n'est jamais trop tard pour grimper, Harv.

Jack laça les chaussures Brundle bien serrées sur ses pieds nus. Puis il se leva, fit jouer les muscles de ses plantes de pied. Les dernières chaussures de Chuck étaient agréables à porter. Jack posa un pied à plat sur le sol en marbre, et appuya fort. La semelle bougea à peine.

— Pas mal, murmura-t-il. Pas mal du tout, Chuck.

Jack parcourut du regard l'intérieur de la réception.

— Vous avez des pansements, ici ?

Le concierge sortit une trousse de premiers secours et laissa Jack se servir.

— Et de la poudre de magnésie ?

— De la poudre de magnésie ?

L'homme parut songeur.

— Non, monsieur. Je regrette. Mais il y a de la résine au club de musculation. Les gars en mettent sur les anneaux. Ça irait ?

Jack acquiesça d'un hochement de tête.

— Je vais en chercher.

Jack entreprit de se mettre du sparadrap sur les doigts, essaya de rendre chaque tendon aussi rigide que possible sans couper la circulation. Il avait rejeté l'idée de porter des gants. Il faisait froid, certes, mais Jack craignait de ne pas avoir une prise suffisante sur le matériau de l'immeuble. Il espérait grimper suffisamment vite pour que ses doigts n'aient pas le temps d'être engourdis par le froid.

Le concierge revint avec un petit sac de résine, qu'il lui tendit.

Jack fit demi-tour et partit vers la porte à petites foulées.

— Vous n'allez pas essayer d'escalader le Monument, monsieur, n'est-ce pas ?

— Pas ce soir, dit Jack.

Puis il sortit en courant dans la nuit.

Quelque part, dans sa tête, la petite voix du bon sens et de la raison tenta de lui dire qu'il entreprenait un projet fou. En admettant qu'il arrive jusqu'à la fenêtre ouverte, qu'espérait-il trouver exactement ? Et où le chercherait-il ? Mais à présent, l'expédition nocturne de Jack n'était plus seulement un innocent exercice de monte-en-l'air. Sur l'ascension de cet immeuble reposait l'avenir de sa carrière d'alpiniste.

Aussi calmement que possible, Jack passa devant la porte d'entrée des bureaux du National Geographic. La dernière chose à laquelle ces gens pouvaient s'attendre, c'était de voir quelqu'un pénétrer dans l'immeuble par une fenêtre ouverte, au dernier étage. Jack continua son chemin. Il avait escaladé la pyramide de la Transamerica par l'un de ses angles. C'était une chance que la fenêtre ouverte se trouvât au coin de l'immeuble du National Geographic.

Jack jeta un coup d'œil alentour. Voyant que M Street était déserte, il sauta et agrippa le premier rebord de fenêtre d'une main. Ce rebord faisait environ huit centimètres de profondeur. Le plus dur était chaque fois de vous hisser jusqu'à la première prise à la force d'un seul bras. En poussant un grognement sonore — il crut qu'on allait l'entendre —, Jack trouva une autre prise pour sa main, puis balança un pied en l'air, prenant appui tant bien que mal sur le rebord de la fenêtre, glissant son visage contre le carreau froid jusqu'à se trouver en position debout à trois mètres du sol. Respirant fort suite à ce premier effort, il se déporta, centimètre par centimètre, jusqu'au coin de l'immeuble.

Le bâtiment était de ces parallélépipèdes de verre classiques, tout en lignes droites et simplicité brute, avec une structure de métal qui offrait une bonne prise jusqu'au sommet, sur chaque côté du coin que Jack avait choisi. Escalader cet immeuble revenait à faire l'ascension d'une paroi rocheuse le long d'une fissure d'une largeur constante. Une escalade en « dülfer » d'une difficulté de 5.9, comme « The Crack of Doom » — la fissure du sort —, sur la Tour penchée de Yosemite Valley. Ou le « Lightning Dream » — le rêve éclairant —, à Tahoe. Plus aisée, même. L'espace entre le verre et l'armature métallique était d'au moins deux centimètres. Et puis c'était une fissure non détériorée par les coinceurs mécaniques, les pitons et les bi-coins qui avaient ruiné tant de bonnes voies jusqu'au sommet, dans la Yosemite Valley. Il suffisait de glisser les doigts de chaque main sous chacun des côtés de l'armature métallique, puis, les bras tendus au maximum, de concentrer tout le poids en ce point, et de pousser en prenant sur vos orteils.

L'adhérence du nouveau composant à base de caoutchouc se révéla étonnamment bonne, et Jack grimpa rapidement le long du coin de l'immeuble. Avec les chaussures Brundle, il grimpait vraiment comme une mouche. C'était préférable, se dit-il, que son champ de vision n'ait pas lui aussi gagné en amplitude. Plus sa vision était limitée, moins son imagination fonctionnait.

A l'approche du sommet, il se mit à venter plus fort. A présent Jack avait une vue dégagée sur le Capitol et le Washington Monument. Les feux de signalisation latéraux d'un avion clignotèrent des deux côtés de l'obélisque, le faisant ressembler à un dinosaure à l'œil cruel. Jack allait y arriver. La fenêtre n'était plus qu'à un mètre au-dessus de sa tête.

Jack leva son pied vers la prise suivante, glissa ses doigts dans l'espace entre verre et acier et toucha quelque chose de vivant qui lui sauta au visage. Son cœur lui sembla décoller dans le ciel nocturne, battre follement, comme les ailes du pigeon qu'il avait dérangé. Instinctivement, Jack recula pour éviter l'oiseau qui jaillit de la fenêtre, affolé. Il recula un petit peu trop, rata la prise vers laquelle il dirigeait ses orteils, glissa de celle sur laquelle il était en appui. Pendant un long moment, Jack resta suspendu là uniquement par le bout des doigts. Ses pieds battaient l'air comme ceux d'un pendu. Il essayait désespérément de trouver une autre prise. Des secondes passèrent, durant lesquelles ses orteils lui semblèrent étrangers à son corps, refusant d'obéir à l'ordre que leur donnait son cerveau. Finalement, ils se raccordèrent à la paroi de l'immeuble, et Jack resta accroché là, tel un koala, transpirant abondamment, bien qu'il fît suffisamment froid pour qu'il neige.

Il prit une profonde inspiration, se stabilisa, sentit l'alcool dans son sang et continua à grimper. Il atteignit la fenêtre d'angle en quelques secondes, l'enjamba et pénétra dans le bureau vide avec l'impression d'avoir conquis bien autre chose qu'un monolithe de verre. Il sentait en lui une force nouvelle, jaillissante. Peut-être avait-il réellement surmonté sa peur.

Il comprit pourquoi la fenêtre était restée ouverte. La pièce, dont on refaisait la décoration, sentait fortement la peinture. Jack ouvrit la porte et scruta le corridor faiblement éclairé. Personne en vue. Il descendit le couloir à pas de loup, puis les escaliers, jusqu'à l'étage du dessous, où se trouvaient les bureaux du Comité de recherche et d'exploration. Les lumières étaient toujours allumées, mais apparemment il n'y avait plus personne.

Le bureau de Brad Schaffer fut facile à trouver. Il y avait même son nom sur la porte. Qui n'était pas fermée à clé. Jack l'ouvrit, entra, referma la porte derrière lui et la verrouilla, au cas où un employé de la sécurité viendrait à passer. Jack jeta un coup d'œil au PC, sur le bureau de Brad. Saurait-il se servir de cette chose ? Il l'alluma néanmoins, et tandis que la machine chauffait, initialisait et testait sa propre mémoire, vérifiant son système d'exploitation à grand bruit, Jack reporta son attention sur les classeurs de rangements en bois reluisant, alignés contre un mur. Il examina le devant des tiroirs et leurs intitulés, et repéra presque immédiatement celui où était écrit « DEMANDES DE BOURSE ». Quelques secondes plus tard, il était assis dans le fauteuil de Schaffer. Il lisait les notes agrafées à la demande de bourse que Swift avait soigneusement préparée en masquant le but réel de leur expédition. Avec la demande de subvention, les rapports des membres du Comité de recherche et d'exploration, généralement favorables, ainsi qu'une note du comité comptable, stipulant que les finances étaient trop serrées pour qu'ils puissent accorder de nouvelles bourses avant la fin de l'année suivante. La page suivante du dossier était une lettre confirmant que la demande de bourse avait été acceptée.

Jack grogna tout bas et reporta son attention sur l'écran de l'ordinateur de Schaffer. C'était un système Windows standard, le même que celui que Jack avait sur son PC, chez lui, à Danville. Mais en essayant d'accéder aux dossiers de Schaffer par le « File Manager », Jack s'aperçut que ces dossiers étaient tous protégés par un mot de passe. Il regarda intensément les nombreuses icônes colorées du Programme Manager, espérant que l'une d'elles lui donnerait une idée sur la marche à suivre. Ce qui se produisit. Avec l'icône « Compuserve ». Jack se demanda si Schaffer avait pris la peine de protéger ses dossiers e-mail. Si Brad était aussi négligent que lui, les messages devaient s'entasser jusqu'à ce qu'il s'inquiétât de les effacer.

Jack cliqua sur l'icône « Compuserve » et alla voir dans le courrier « arrivée » s'il y avait des messages récents. Il réalisa sur-le-champ que l'un de ces messages était exactement ce qu'il cherchait. Cette missive émanait d'un certain Bryan Perrins. Il y avait même un numéro d'e-mail pour toute réponse éventuelle. Jack le mémorisa pour toute recherche ultérieure.

« Cher Brad, à nouveau merci pour ta coopération en cette affaire. Dunham m'a dit à quel point ton aide nous a été précieuse. Compte tenu des circonstances, je ne puis que t'exposer clairement la situation. Depuis le début de ce conflit, les Népalais ont tenté de s'en tenir à une neutralité totale. Aussi est-ce là notre meilleure chance de régler notre petit problème. Les risques afférant à cette mission sont réellement minimes.

» Et si notre homme échoue, nous pouvons compter sur le fait que les risques sont très faibles pour que quelqu'un d'autre réussisse. L'homme que nous envoyons a déjà un excellent niveau de réussite à son actif dans ce genre de situation. Vu la nature de l'expédition, ce sera le professeur Swift qui choisira les participants. D'après moi, dès qu'elle aura parlé à notre homme, elle voudra l'intégrer à son équipe. Très qualifié dans ce domaine scientifique qui est le sien, cet homme est tout désigné pour participer à une expédition de ce genre. Bien que la situation politique ait évolué, cette mission n'en garde pas moins pour nous son caractère urgent. D'où notre insistance pour qu'ils partent le plus tôt possible. Pour conclure, je vous rassure : hormis les risques évidents liés à leur destination, ils n'ont rien à craindre de notre homme et je doute qu'ils aient jamais conscience de ce qui l'occupe. »

En lisant le message, Jack eut un sourire sinistre.

— Je n'en jurerais pas, moi, murmura-t-il.

Puis il remonta à l'étage du dessus, vers la fenêtre, vers la sortie.

Quand il rentra à l'hôtel, le concierge n'était nulle part en vue. Jack récupéra sa veste, ses chaussures et ses chaussettes, puis il monta directement dans la chambre, où Swift accueillit son apparition avec effroi.

— Qu'est-ce qui t'est arrivé ? On dirait que tu t'es traîné par terre !

Jack se regarda. Elle avait raison. Il était dégoûtant.

— J'ai eu un genre d'accident, dit-il, évasif. J'ai glissé du trottoir.

Il alla dans la salle de bains et enleva son pull à col roulé.

— Ça gèle, dehors.

— A mon avis, c'est plutôt l'alcool, dit-elle, en se rapprochant de lui par-derrière et en l'étreignant très fort.

» Je suis désolée que nous nous soyons disputés. Mais tu comprends, cette expédition est d'une importance capitale pour moi. C'est la chance de ma vie. L'occasion de donner un certain poids à ma carrière. Tu comprends ça, n'est-ce pas ?

— Oui. Je comprends que c'est important pour toi.

— Mais c'est toi le patron, Jack. Le chef de cette expédition. Tu connais la logistique de ce genre de situation.

Swift le serra affectueusement dans ses bras. Elle feignit de devoir lutter pour dire ce qu'elle avait à dire. Elle avait préparé son petit discours pendant que Jack était parti, et elle espérait qu'elle saurait faire passer le mélange idoine de séduction et d'acceptation.

— Si d'après toi nous devons retarder cette expédition pour une raison ou pour une autre, dit-elle, en embrassant son épaule nue, et dire à Mr Beinart, à la Semath, et aux gens du National Geographic que nous trouverons notre subvention ailleurs, je ne protesterai pas. O.K. ?

— Non, dit-il. Il n'y a aucune raison de retarder l'expédition.

Peut-être n'était-il pas nécessaire qu'il la mît au courant. En outre, il n'avait compris ce message qu'à moitié. Il lui faudrait simplement rester attentif, mais il ne voyait pas très bien à quoi.

DEUXIÈME PARTIE

L'expédition

« Et de quoi la montagne se soucierait-elle ?
Ah, mais un homme devrait pouvoir aller au-delà du tangible,
Sinon, à quoi sert le paradis ? »

Robert Browning

Neuf

« Le véritable but de la vie n'est pas le savoir, mais l'action. »

T.H. Huxley

C'était un monde extraterrestre, un monde à part, quelque chose lancé à la dérive dans l'espace intersidéral, une comète, ou un astéroïde, détaché de la terre, un lieu glacé de neige et de roche. Dans cet endroit perdu, abstrait, le temps et l'espace avaient une signification différente, et parfois pas de signification du tout. Dix minutes ou dix kilomètres — ces chiffres ne voulaient rien dire. Dans l'Himalaya, l'horloge tournait plus lentement que dans le reste du monde, et la seule chose qui comptait, c'était la distance sur laquelle on pouvait marcher ou grimper entre le lever et le coucher du soleil. Les montagnes relativisaient tout.

De tous côtés Swift sentait leur présence obscure et inquiétante, comme celle d'hommes saints des temps anciens, dont les corps étaient ensevelis, du sommet pointu de leur tête à leurs orteils massifs, dans de longues robes de neige. Comme si leurs visages avaient été trop vieux, trop ridés et trop terribles à regarder.

Comme les autres membres de l'expédition, en son sixième jour de trekking depuis Chomrong, Swift parlait peu et, au milieu de ce silence énorme qui paraissait surnaturel, elle commençait à redécouvrir le havre tranquille de son esprit.

C'était comme pénétrer dans un jardin clos, à l'abandon depuis longtemps et envahi par la végétation.

Pas étonnant, songea-t-elle, que l'Himalaya fût considéré comme un lieu sacré, car dans un silence aussi froid, aussi glacé, où l'on n'entendait plus que le bruit de ses pas, doux craquement quand le pied s'enfonçait dans la neige bien tassée, il était facile de confondre la petite voix muette de la conscience avec la parole exprimée d'un être immanent.

Swift marchait lentement sur la piste de plus en plus abrupte qui conduisait au Sanctuaire annapurnien. Cette voix immatérielle avait dû paraître tellement plus audible à l'homme d'un monde ancien, se disait-elle. Mais avait-ce réellement été le cas ? Depuis quels lieux, sinon les montagnes, les dieux s'étaient-ils adressés aux hommes ? L'Himalaya, bien plus élevé que les plus grandes révélations, religieuses ou mythiques, était doté d'un silence d'autant plus profond, habité de voix d'autant plus limpides et doué d'un sens de l'épiphanie d'autant plus sacré. Pour une scientifique de la fin du vingtième siècle, cette sensation d'éternité était à la fois grisante et un peu effrayante.

Le Sanctuaire annapurnien, un bassin glaciaire, aussi protégé et sacré que son nom le laissait entendre, était un amphithéâtre naturel formé par dix des plus hauts sommets du monde. Jack venait dans ce Sanctuaire pour la quatrième fois, mais il ne passait jamais au pied de la face nord-ouest du Machhapuchhare, cette montagne de sept mille mètres de haut, symbole de Shiva, qui marquait l'entrée du Sanctuaire, sans avoir l'impression d'être une espèce de profanateur de sépulture venu désacraliser la pyramide d'un roi de l'antiquité et voler quelque chose de précieux.

Le Camp de base Annapurna, plus connu sous l'abréviation du CBA, se trouvait en amont d'une vallée comblée par la neige. C'était au départ de cette vallée qu'une expédition avait conquis, en 1970, l'un des plus grands murs de l'Himalaya. Même si à présent, en levant les yeux vers la masse rocheuse compacte et songeant à son propre échec dans cette ascension, Jack trouvait presque inconcevable que quiconque ait pu arriver au sommet par cette voie.

Peut-être était-ce pour cela qu'il avait échoué, après tout. Douter pouvait se révéler fatal sur une montagne comme l'Annapurna. Quelle que soit la nature de ce doute.

C'était comme se trouver face à un énorme raz-de-marée de roche et de neige menaçant de s'écrouler sur sa tête à tout moment. Mais au Camp de base Annapurna, situé loin du pied de la montagne, on ne risquait pratiquement rien. Sauf dans l'hypothèse d'une chute de neige et de glace vraiment cataclysmique.

Ici, à quatre mille cent mètres, l'air était sensiblement raréfié. À partir de trois mille mètres d'altitude, la concentration en oxygène à l'intérieur des poumons humains commence à diminuer. Pour s'assurer que tous les membres de l'expédition s'acclimateraient convenablement, Jack avait voulu qu'ils fassent tous l'effort de monter à pied jusqu'à la base, au départ de Chomrong.

Les quatre cents derniers mètres avant le CBM — le Camp de base Machhapuchhare — avaient été les pires, et certains membres de l'équipe en ressentaient déjà les effets. Ils arrivèrent cinquante minutes après Jack et le sirdar — le chef des sherpas —, à bout de souffle, étourdis. Ils se demandèrent, irrités, ce qu'étaient devenus les gîtes censés se trouver là et que les guides touristiques avaient décrits comme de simples abris en pierre pour touristes durant la saison du trekking. L'équipe hétéroclite de touristes et d'alpinistes ne se considérait pas comme des touristes, mais après avoir marché six jours et par tous les temps, même un confort pour touristes des plus sommaire paraissait attractif. Le mystère de la disparition des abris en pierres fut bientôt résolu quand Jack, qui n'avait jamais douté de l'endroit où on les trouverait, ordonna aux porteurs de creuser dans la neige.

Jack avait choisi d'établir leur camp au CBA et non au CBM, plus proche du Machhapuchhare, cette montagne interdite autour de laquelle Swift avait décidé de mener l'essentiel de leurs recherches. Pourquoi le CBA ? Pour plusieurs raisons. D'une part, les abris, au CBA, étaient plus confortables. Et puis Jack espérait acclimater l'équipe à une altitude légèrement plus élevée. Mais avant tout, il voulait que les autorités restent dans l'ignorance de leur véritable destination — et zone de recherche dans le Machhapuchhare — le plus longtemps possible. Le moindre soupçon de les voir violer les termes de leur contrat, et les autorités obligeraient leur officier de liaison de Khat à rappeler les sherpas.

Boyd repéra une partie de leur équipement lourd, notamment la plus grande tente, qu'un hélicoptère militaire de Pokhara avait lâché près du site. Alors que Boyd se préparait à monter la tente, Jack descendit dans une cheminée de neige verticale, de plusieurs mètres de profondeur, creva au passage le toit en bambou de l'une des habitations ensevelies — l'hôtel *Paradise Garden Lodge* — et atterrit dans un intérieur parfaitement sec. On creusa une autre cheminée dans la neige, on perça un autre toit. Bientôt, deux tunnels horizontaux reliant les portes d'entrée des deux gîtes furent creusés et raccordés. Quelques heures après leur arrivée, Jack et les sherpas népalais avaient localisé les quatre abris et les avaient connectés par un dédale de tunnels de glace sous la neige. On plaça des échelles en aluminium dans deux des cheminées verticales, pour ménager une entrée et une sortie. On installa un système d'éclairage à l'halogène. Ainsi, les abris très simplement meublés de lits superposés, de tables et de chaises, sous l'épaisse couche de neige, pourraient accueillir les huit membres de l'équipe ainsi qu'une bonne douzaine de Sherpas et de porteurs.

La tente principale, fournie par la compagnie de Boyd et conçue pour être utilisée dans l'Antarctique, allait servir de laboratoire, de centre de communications et de principal espace de vie à l'expédition. Jack, qui se considérait comme un expert en campement à l'épreuve des intempéries, fut impressionné par la chose, qui ressemblait davantage à un bâtiment gonflable qu'à une tente, d'un genre similaire à ceux utilisés par l'armée américaine durant l'opération « Tempête du Désert », dans le Golfe.

L'édifice de vingt mètres de diamètre en forme d'igloo que Boyd appelait la « Bulle », était en Kevlar — un matériau qu'on utilisait essentiellement dans la fabrication des gilets pare-balles — avec une structure de « poutrelles à air comprimé », de l'épaisseur d'une canette de bière et gonflées avec une pression environ trois cents fois supérieure à celle d'un canot pneumatique standard. Ces poutrelles, une fois gonflées, devenaient rigides et presque aussi résistantes que des tubes d'aluminium d'un diamètre similaire. Non seulement cette bulle, de trois mètres de haut en son centre, était-elle solide, mais elle dispensait de la chaleur. Alors que ses équivalents dans le Golfe étaient dotés de l'air conditionné, pour l'Himalaya, l'air circulant dans la bulle était chauffé. Cela créait un environnement suffisamment tempéré pour que les membres de l'équipe se défassent de leur première couche de vêtements, quelle que fût la température extérieure. Il y avait même un sas pour empêcher la neige qui soufflait de pénétrer dans la bulle. Cette tente géante était fixée dans la neige et la glace du bassin glaciaire avec des piquets au titane. Des piquets « intelligents », contenant des fils métalliques dotés d'une mémoire et conçus pour grossir et durcir lorsqu'ils étaient soumis à une pression. Dans l'Antarctique, la bulle avait résisté à des vents de deux cent quarante kilomètres heure, dixit Boyd.

L'hélicoptère qui avait apporté la bulle, amena également la cellule d'alimentation Johnson-Matey de la Semath. À peu près de la taille d'un moteur de petite voiture, la cellule d'alimentation était essentiellement une batterie qui ne pouvait pas tomber en panne. D'une puissance d'environ cinq kilowatts, elle fournissait aux membres de l'expédition l'énergie nécessaire au chauffage, à la lumière et aux divers équipements électriques trop fragiles pour qu'on les laissât tomber d'un hélicoptère, et que les porteurs avaient transportés depuis Chomrong. Parmi ceux-ci quatre robustes ordinateurs portables Toshiba, un PC « Gel Documentation » de bureau, un four à micro-ondes Toshiba pour cuire les RPC (repas prêts à consommer), une chambre de pressurisation portable pour les cas extrêmes de mal des montagnes, et une petite station météo digitale.

Les communications depuis le glacier seraient assurées par des unités manuelles GPS, alors que les échanges réguliers entre le CBA et le bureau de l'expédition à Pokhara se feraient au moyen de puissants satellites de communication. Avec une puissance de diffusion de dix-huit watts, les émetteurs-récepteurs avaient la capacité d'alimenter les batteries pour fax et modems US-Robotics 14,400 PCMCIA, à l'intérieur de chaque ordinateur portable, assurant à l'expédition une liaison par courrier électronique avec des bureaux situés à plusieurs fuseaux horaires de là.

— C'est le meilleur équipement dont j'aie jamais bénéficié, dit Jack à Boyd.

— Tu n'as encore rien vu, gloussa Boyd. Attends juste d'essayer l'une de ces combinaisons à environnement indépendant. Mon institut les a fait fabriquer par la société « International Latex », dans le Delaware, et ce tout spécialement pour les travaux d'exploration dans l'Antarctique. Cet équipement ressemble aux combinaisons EMU qu'ils ont faites pour les astronautes de la navette spatiale.

— Tu veux dire une combinaison d'astronaute ? dit Jack en riant. Allons, mec, tu te fous de ma gueule !

— Pas du tout. Tu te souviens de ce que tu m'as dit quand on s'est rencontrés, Jack ? Il n'y a qu'un seul endroit où il fasse plus froid qu'ici : l'espace intersidéral. Le foutu zéro absolu. Une combinaison EI ? Je vais te dire, c'est un peu comme une Rolls-Royce. Quand tu es monté dedans une fois, tu n'as plus envie de prendre aucune autre voiture. Crois-moi, Jack, quand tu devras sortir de la bulle par un temps vraiment merdique, tu te demanderas comment tu as fait pour t'en passer jusque-là.

Sous l'œil attentif de Jack, l'équipe commença son installation sous la bulle : brancher les ordinateurs, vérifier la bonne marche des communications, trier le matériel et planifier des sorties de reconnaissance. Pendant ce temps-là, les porteurs emportaient une bonne partie des provisions dans l'un des abris récemment exhumés.

Le sirdar s'appelait Hurké Gurung. C'était un bel homme de près de cinquante ans, mince, à la silhouette nerveuse, un sherpa à l'ancienne mode, selon Jack. Bien que Gurung ne sût ni lire ni écrire, son visage exprimait cette tranquille confiance en soi, et toute l'expérience acquise en pratiquant l'escalade avec certains des plus grands alpinistes du monde. Il avait fait deux fois l'ascension de l'Everest — dont une fois avec Jack. Ayant participé à cette expédition japonaise malheureuse en vue d'effectuer l'ascension de Changabang ou K2, lors de laquelle dix personnes avaient trouvé la mort, le sirdar était l'un des rares hommes encore vivants qui aient effectué l'ascension de la plus haute montagne du monde après l'Everest, par sa face « impossible », la face ouest. Non seulement Hurké Gurung était un alpiniste émérite mais encore un soldat bien entraîné. Avant de devenir Sherpa, il avait servi dans les « Gurkha Rifles », et atteint le grade de Naik, ou sergent. Hurké était un pisteur avéré. Mais il avait une qualification supplémentaire qui le rendait indispensable à cette expédition. Comme Jack Furness, Hurké Gurung avait vu un yéti.

L'assistant sirdar, Ang Tsering, n'avait pas l'expérience de son aîné, mais ayant suivi les cours de la « Sir Edmund Hillary School », il savait lire et écrire, et avait même visité l'Amérique. Comme Gurung, il connaissait le tibétain et le népalais, et s'exprimait dans un dialecte tibétain parlé par les sherpas. Son anglais était meilleur que celui du sirdar, mais tellement rigide et conventionnel que l'homme donnait parfois l'impression d'être un personnage tout droit sorti d'un roman de James. Il avait également des notions d'allemand, langue que Jutta Henze, la doctoresse de l'expédition, voulait l'aider à perfectionner. Tsering était un homme à l'air circonspect, grand et mince. Il avait des cheveux qui rappelaient des piquants d'oursin, des yeux presque sans paupières, un nez épaté, et un sourire hésitant. Dans la tenue de montagne élégante qu'on lui avait donnée pour l'expédition, sa cigarette vissée à la bouche, il ressemblait à un moniteur de ski français, et frimeur, dixit Swift. Jack lui expliqua que ce n'était pas si loin de la vérité, vu que Tsering n'avait aucune expérience de l'alpinisme ni des expéditions scientifiques, qu'il était guide de randonnées, et que les touristes occidentales qui allaient marcher dans l'Himalaya avaient souvent des aventures avec leurs guides.

D'après Jack, Jutta Henze était du genre à choisir ses amants. Jutta était l'archétype de l'héroïne néo-classique : bien bâtie, rousse, avec des taches de son, c'était une guerrière, de celles qu'on trouve sur les fresques antiques. Veuve depuis dix-huit mois de Gunther Henze, le fameux alpiniste allemand qui s'était tué sur le mont Cervin, Jutta était elle-même une alpiniste expérimentée. Quelque chose de tranchant dans ses yeux bleu jade, semblait dire qu'elle avait dépassé son drame personnel et qu'elle était toute dévouée à son sport de prédilection et à la liberté qu'il procurait. Swift trouvait à la grande Allemande un air cruel, comme si, telle la Liberté qui guide le peuple, Jutta n'allait pas se préoccuper de savoir si ses progrès passaient sur le corps des morts et des agonisants. Swift trouvait également qu'elle ne ressemblait pas à une doctoresse, mais Jack lui expliqua la chose suivante : quand elle connaîtrait mieux Jutta, elle comprendrait que c'était précisément cette détermination qui faisait d'elle un choix excellent comme médecin de l'expédition. Tous les membres de l'équipe étaient de fortes personnalités, enclins à ne s'appesantir sur rien, et il fallait une personnalité encore plus forte pour être ce genre de médecin qui donne des ordres obéis en toutes circonstances et sans discussion. Le cas de Byron Cody, le primatologue de l'équipe, et de Lincoln Warner, un spécialiste en anthropologie moléculaire, illustrait fort bien les propos de Jack. A leur arrivée à Katmandou, ils avaient tous deux contracté une forme de dysenterie assez grave, et Jutta les avait assignés à résidence dans la clinique CIWEC de Baluwatar jusqu'à ce qu'ils soient guéris. Ils avaient donc un jour de retard sur le gros de la troupe au départ de Chomrong pour le Sanctuaire annapurnien.

Dougal Mac Dougall était le cameraman de l'expédition. Ecossais issu de la classe ouvrière, né à Edimbourg, Mac Dougall avait quitté l'école à seize ans pour devenir menuisier jusqu'au moment où il avait pris la décision invraisemblable de faire une carrière dans le cinéma, et avait réussi, alors que tout jouait contre lui, à obtenir une place à la London Film School. Alors qu'il n'avait jamais pratiqué l'alpinisme, son premier contrat avec la BBC l'avait amené à faire l'ascension de la Cartenz Pyramid, en Nouvelle-Guinée. Depuis lors, Mac Dougall avait acquis une réputation de cameraman alpiniste de premier plan, et de photographe toutes spécialités mondialement connu.

Swift pensait que l'Écossais était plus intéressé par l'argent que par l'idée, plus honorable, de se faire un nom dans sa profession. Pour Swift, c'était l'Ecossais type : affreusement tatoué, fumant cigarette sur cigarette, buvant trop, grossier, ergoteur, et manquant plus généralement de manières, de patience et de toute aptitude à deviser agréablement. Jack l'admirait beaucoup cependant. « Pourvu que vous ne vous trouviez jamais, toi et les membres de l'équipe, dans ce genre de situations extrêmes où l'on peut compter sur Mac Dougall pour donner le meilleur de lui-même », dit-il à Swift.

Miles Jameson devait sa place dans l'équipe à Byron Cody, même si, étant directeur du Parc national de Chitwan, dans la région de plaines de Tarai, au sud du Népal, et médecin vétérinaire qualifié, il eût sans doute représenté un choix logique. Jameson était le docteur en médecine vétérinaire en chef du zoo de Los Angeles quand il avait fait la connaissance de Cody, suite à la parution du best-seller de ce dernier sur les gorilles. Avant cela, le Zimbabwéen blanc de trente-huit ans avait travaillé avec Richard Leakey pour l'antenne de WWF, au Kenya. Tout comme Leakey, Jameson venait d'une éminente famille d'Afrique de l'Est. Son père, Max, était directeur de « Parks and Wildlife », au Zimbabwe. Sa sœur Sally s'était fait un nom en créant une réserve pour les éléphants dans le parc national de Whange, au Zimbabwe. Jameson était un spécialiste des grands félins, et plus particulièrement de la colonie de koalas et de tigres blancs du zoo de L.A. Au parc de Chitwan, les tigres étaient également la principale attraction pour les quinze mille visiteurs annuels. On disait que le prince Gyanendra du Népal, impressionné par ce que Jameson avait réussi à faire à L.A., lui avait proposé d'administrer le parc de Chitwan dès leur première rencontre. Sans parler de commander la force armée de quatorze mille soldats qui protégeaient les tigres du parc des braconniers. Chitwan avait eu peu de visiteurs depuis le début des hostilités entre l'Inde et le Pakistan, et lorsque Jameson avait entendu parler de l'expédition, il avait tout fait pour y participer. Grand, la peau claire, avec des cheveux bruns et des yeux bleus, Jameson avait les manières parfaites d'un diplomate. Cela rendait d'autant plus surprenant le fait qu'il s'entendît si bien avec Mac Dougall. Chacun riait des plaisanteries de l'autre, ils discutaient de pêche à la truite avec un enthousiasme sans faille. Ils émigrèrent de concert au *Paradise*

Garden Lodge, où leurs rires tonitruants et leur tabagisme effréné ne pouvaient déranger personne d'autre qu'eux-mêmes.

Byron Cody arriva au CBA soixante minutes avant le dernier membre de l'équipe, par ailleurs l'universitaire le plus éminent du lot. Lincoln Warner était professeur d'anthropologie moléculaire à la faculté de Georgetown, à Washington, et chercheur attaché au Smithsonian Museum, musée d'anthropologie. Il paraissait épuisé, ayant porté son sac tout le long du chemin depuis Chomrong, contrairement à Cody.

— Mais pourquoi tu as fait ça, bon dieu ? dit Jack. Tu aurais dû prendre un porteur pour tes affaires.

— C'est ce que je lui ai dit, remarqua Cody, en haussant les épaules.

Le grand homme noir fit non de la tête et laissa tomber son sac à dos sur la neige, devant la bulle.

— Pas question, dit-il. Un porteur n'est qu'un esclave déguisé.

— Les esclaves ne gagnent pas dix dollars par jour, objecta Cody.

Lincoln Warner lui lança un regard mauvais, et il fut évident que les deux hommes s'étaient déjà accrochés sur le sujet.

— Tout homme devrait porter sa propre charge, dans la vie, déclara Warner. Vous voyez ce que je veux dire ?

— Parce que cet ordinateur que tu as là a grimpé jusqu'ici tout seul, dit Jack. Tout le monde se sert d'un portable ultra-léger. Mais toi, tu as un ordinateur de bureau, un PC.

— Je ne peux pas travailler sans cet UVP. S'il existait un ordinateur portable suffisamment puissant pour répondre à mes besoins, c'est celui-là que j'aurais apporté. Or il n'y en a pas. Mais je voulais mettre l'accent sur un point : je ne vois pas pourquoi *moi* je ne porterais pas une charge — n'importe laquelle — alors que tous ces hommes portent quelque chose.

— Tu en as décidé à ta guise, dit Jack. Mais le point sur lequel je désirais « moi » attirer ton attention, c'est que tu as privé un homme d'un travail. Les gens, ici, ont fichtrement besoin d'argent. Or porter de lourdes charges sur leur dos, ce qu'ils ont l'habitude de faire, et ce qu'ils font foutrement bien, est à peu près le seul moyen pour eux de gagner leur vie. Tu n'as donc pas à te sentir coupable de les laisser porter tes affaires. Parmi les Occidentaux qui viennent ici, nombreux sont ceux qui font cette erreur. Les Népalais ne comprennent pas qu'un homme porte une charge lui-même s'il a les moyens de s'offrir un porteur. Ils ne penseront pas que tu es un type bien, un démocrate, ou je ne sais quoi. Ils penseront simplement que tu es radin. N'est-ce pas, Hurké ?

Le sirdar acquiesça d'un hochement de tête, solennel.

— C'est exactement comme ça, Jack sahib. Porter des poids veut dire plein d'argent pour porteurs. Surtout en ce moment, pas beaucoup de touristes. Pour un homme avec famille cela peut représenter beaucoup d'argent pour toute l'année, sahib. Dix dollars par jour, ça fait soixante à Chomrong.

— Je n'ai pas souvenir d'avoir jamais eu des difficultés en calcul mental, grommela Warner. Ecoutez, votre message est passé. Et puis je suis trop fatigué pour discuter. Trop fatigué, et frigorifié.

Il sourit à Jack. Celui-ci lui donna une claque sur l'épaule.

— Je croyais que tu venais de Chicago, dit-il. Il fait plutôt froid là-bas. Et puis ça vente, je crois.

— En fait, je suis né sur la côte, au nord de Chicago. Dans un endroit appelé Kenosha. Kenosha, dans le Wisconsin. Il est sorti trois bonnes choses de cette ville. La première, c'est la route qui va vers le sud, vers Chicago. La deuxième chose c'est Orson Welles. Et la troisième c'est moi, Lincoln Orson Warner. Comme la plupart des gens de Kenosha, ma mère a toujours eu un petit faible pour ce bon vieil Orson.

Le savant de quarante ans n'était pas si différent de Welles, cet homme plus grand que nature. De haute taille, un peu trop gros, portant une fine moustache, Warner ressemblait à Welles dans *Othello*. Physiquement, il avait un impact certain, comme quelqu'un qui a du mal à tenir dans ses limites humaines. Et puis, tout comme pour le « wunderkind » du cinéma, il n'y avait jamais eu, dans le passé de Warner, le moindre indice du talent scientifique précoce qui, avant qu'il ait trente ans, avait fait du spécialiste de l'anthropologie moléculaire l'un des grands cerveaux de sa génération. Warner avait publié un certain nombre de livres importants sur les implications génétiques des fossiles humains et sur l'espèce humaine vue d'un point de vue biologique. Actuellement, il échafaudait une théorie pour expliquer le fait que certains hommes étaient noirs et d'autres blancs. Mais c'était son travail sur les séquences d'ADN des Aborigènes australiens et des orangs-outans, qui avait persuadé Swift que Lincoln Warner serait un collaborateur d'une valeur inestimable dans l'expédition, au cas où ils auraient la chance de capturer un spécimen vivant. Selon Warner, l'ADN mitochondrial suggérait que la divergence entre les Aborigènes et les orangs-outans datait d'une époque différente de celle intervenue entre l'homme africain et les singes africains. Partant, il avançait que les créatures d'allure humaine avaient évolué séparément en plusieurs parties du monde, et n'avaient fusionné en un seul type que par la suite. Dans le domaine de la paléoanthropologie, c'était la théorie la plus radicale de ces dix dernières années.

L'arrivée de Cody et de Warner porta les membres de l'expédition au nombre de dix, sans compter le sirdar et son assistant, qui supervisaient le travail des cuisiniers, des coursiers rapides portant les pellicules photo et cinématographique, ainsi que les dix ou quinze porteurs qui allaient et venaient entre le CBA, Chomrong, et Pokhara.

A Pokhara même — petit village d'où partaient les pistes les plus connues du Népal — l'expédition et ses antennes étaient administrées par le lieutenant Surjabahandur Tuhte, qui, comme Hurké Gurung, était un ancien des « Gurkha Rifles ». A cent cinquante kilomètres de là, à Katmandou, Helen O'Connor, correspondante de l'agence Reuters, dirigeait le bureau de l'expédition, depuis son élégante demeure, surplombant Durbar Square. Parlant couramment le népalais et l'hindoustani, Helen entretenait de bonnes relations avec le gouvernement et, comme Jack avait pu le constater en d'autres occasions, sa familiarité avec la bureaucratie, et, plus particulièrement les taxes douanières, était d'une aide inappréciable. Il faudrait s'en remettre aux bons offices d'Helen, si jamais les autorités népalaises avaient vent du but réel de l'expédition et des zones interdites dans lesquelles elle allait opérer.

Contact établi. La révolution digitale avait apporté des changements considérables non seulement au profit des fous de l'informatique, mais aussi des services de renseignements. Bryans Perrins pouvait rester en contact direct avec n'importe quel agent sur le terrain en commençant sa journée par une légère pression du doigt sur une souris. Il y avait encore trois ou quatre ans, des services entiers de gens usaient de récepteurs radio, décryptaient des signaux électroniques, analysaient des transmissions, et traitaient des informations. Aujourd'hui, la plupart de ces services travaillaient en effectifs réduits, Perrins avait accès à son courrier électronique et pouvait lire tous les rapports d'agents qui semblaient de la plus haute importance. Ces jours-ci, il attendait avec impatience le courrier adressé à HUSTLER en provenance directe du Népal. Il pouvait même renvoyer aussitôt un e-mail via une fonction RSVP fort simple, qui lui évitait d'avoir à utiliser le nom de code de l'agent — CASTORP, dans ce cas précis — ou son numéro de courrier électronique. C'était la relation la plus intime dont quiconque ait joui avec un agent, depuis que le ministre français des Armées avait couché avec Mata-Hari.

Habituellement, Perrins n'aimait pas que les agents sur le terrain glissent des plaisanteries dans leurs rapports, mais lorsqu'il lut le premier courrier électronique en provenance du Sanctuaire annapurnien, il ne put s'empêcher de rire de la saillie de CASTORP, stipulant qu'il n'avait toujours pas de nouvelles fraîches du yéti.

— Quel idiot ! gloussa Perrins.

Il hésita un moment, se demanda s'il était convenable de sa part de répondre avec la même légèreté. Après tout, CASTORP pouvait très bien risquer sa vie. Mais sa mission commençait à peine. Ce garçon venait juste d'arriver là-bas. Alors pourquoi pas ? Faire preuve d'humour en retour était peut-être le genre d'encouragement qu'il attendait. Aussi Perrins lui renvoya-t-il le message suivant par courrier électronique :

TON RAPPORT DÉNOTE UN MANQUE DE GOÛT ABOMINABLE. JE TE PRIERAI, À L'AVENIR, D'UTILISER LE « PERSONNE » DES NEIGES. HUSTLER.

Ce serait la dernière fois que CASTORP donnerait à Bryan Perrins l'occasion de s'amuser.

C'était la CIA qui voulait se servir de son expédition comme d'une couverture à l'une de ses opérations, Jack n'en doutait pas. Que manigançaient-ils ? Une opération en rapport avec la crise indo-pakistanaise, telle était la première hypothèse de Jack. Malgré la trêve, il s'agissait toujours d'une crise. La plupart des gens bien informés pensaient que les deux parties allaient à nouveau s'affronter à l'issue de ces trois mois de statu quo. Quant aux intentions précises de la CIA, Jack avait sa petite idée, le Sanctuaire annapurnien étant beaucoup plus près de la frontière tibétaine que de la frontière indienne. Pays contrôlé par la Chine communiste, le Tibet était la deuxième hypothèse de Jack, concernant l'intérêt de la CIA dans cette histoire. Les Chinois, qui avaient envahi le Tibet en 1950, l'occupaient depuis lors, et n'avaient pratiquement plus jamais accordé d'autorisation pour faire l'ascension d'une montagne himalayenne du côté tibétain. Les autorités ne donnèrent jamais la moindre explication à ce refus, mais depuis qu'il venait dans l'Himalaya, Jack entendait des rumeurs persistantes quant à l'utilisation du Tibet par la Chine pour la construction d'usines secrètes d'armement nucléaire, de bases pour missiles, de stations radar, et de décharges pour les déchets radioactifs. La raison pour laquelle la CIA voulait être présente dans le Sanctuaire avait-elle un rapport avec l'arsenal nucléaire chinois ?

La troisième et dernière hypothèse de Jack concernant le but de la CIA en ces lieux impliquait les Chinois, et était la moins séduisante de toutes. A savoir que les Chinois entendaient profiter de la crise entre l'Inde et le Pakistan pour envahir le Népal via le Tibet, tout comme l'Union soviétique avait envahi l'Afghanistan en 1979.

Jack aurait collaboré avec joie à toute opération visant à empêcher une guerre en Inde, ou à frustrer toute ambition guerrière de la Chine en ces contrées. Mais il était surtout irrité que le gouvernement se contente de les utiliser, lui et ses collègues.

Ayant déjà participé à des expéditions avec Mac, Jutta et le sirdar, Jack ne voyait pas vraiment de raison de se méfier d'eux. Swift était au-dessus de tout soupçon, pour des raisons évidentes. Aussi Jack réservait-il le meilleur de son attention à Tsering, Jameson, Cody, Warner, et Boyd. D'après lui, ce n'était qu'une question de temps avant que l'un d'eux ne dît ou ne fît quelque chose qui pourrait le trahir.

Et lorsque ça arriverait, Jack l'attendrait au tournant.

Dix

« La philosophie coupera les ailes d'un Ange,
Expliquera tous les mystères par la logique,
Videra l'air de toutes présences, les mines de leurs gnomes »

John Keats

Dès l'arrivée de Lincoln Warner et de Byron Cody au CBA, le temps se gâta. Alors que le crépuscule tombait pour la deuxième fois sur le petit groupe de gens qui campaient dans le bassin glaciaire, on ne voyait plus à un mètre tant il neigeait, et le vent gagna en fureur jusqu'à se muer en vent hurlant, presque vivant.

Émergeant du puits qui conduisait à l'hôtel qu'ils avaient baptisé « Le Pays de neige », Byron Cody eut littéralement le souffle coupé par le vent. Même à travers sa barbe de pionnier, il avait l'impression d'être la cible d'une sableuse et il fut heureux que quelqu'un ait eu la bonne idée d'installer une rampe de corde entre les abris et la bulle.

— Quelle soirée, marmonna-t-il.

Puis il braqua le faisceau de sa lampe torche devant lui. Apparurent divers gros tas de provisions serrées dans des bâches qui tremblaient dans le vent, comme si la terre était victime d'une très forte fièvre. Puis il éclaira la bulle.

Un son ressemblant à un bruit de pas le fit s'arrêter, lâcher la corde, et balayer tout le camp de son puissant faisceau lumineux. Cody scruta le blizzard ténébreux pour voir si le bruit mystérieux allait se reproduire.

— Il y a quelqu'un ? cria-t-il.

Mais il n'y avait rien. Saisissant à nouveau la corde, il se pencha dans le vent et continua à marcher vers la bulle. Il lui restait moins de vingt mètres à faire, mais quand il les eut parcourus, dans sa grosse veste doublée de mouton et son épais pantalon de ski, Cody se sentit complètement engourdi par le froid.

La première personne à laquelle il parla en émergeant du sas fut Jack.

— J'ai cru entendre quelque chose dehors, dit-il, se frottant les mains et frissonnant.

— Oh ? Tu veux que j'aille jeter un coup d'œil avec toi ?

Cody haussa les épaules. L'idée de retourner dans le froid et d'arpenter la neige à la recherche de quelque chose ne le réjouissait pas.

— Non, ce n'était rien, je crois, dit-il, souriant nerveusement. Sinon mon imagination. C'est facile de prendre un buisson pour un ours ! Ou un yéti. Depuis que je sais lire, j'ai peur du noir, et crois-moi, j'ai commencé à lire très tôt. Cet endroit donne la chair de poule, la nuit. Et me rend nerveux.

— Le vent rabat toutes sortes de saloperies par ici, dit Jack. Il arrive qu'on s'en prenne dans la figure.

— C'est une nuit infernale, dit Cody, en frissonnant. Si ça souffle comme ça ici, alors comment c'est là-haut, sur la face sud de l'Annapurna ?

Jack fit la grimace.

— C'est loin d'être confortable, dit-il.

— Tu as tenté d'escalader ce fils de pute, non ?

— Tenté et échoué, Byron. Et je ne vois pas de fils, là, seulement une pute, de A à Z. Annapurna signifie Déesse des Moissons généreuses. C'est peut-être le symbole d'une déesse pour quelqu'un, en tout cas pas pour moi.

Cody renifla l'air tel un chien affamé.

— Qu'est-ce qu'il y a pour dîner ?

Jack sourit et lui désigna quelque chose derrière lui d'un geste du pouce.

— Le micro-ondes est là-bas. Faites-vous réchauffer un RPC.

Les porteurs, enveloppés dans leurs sacs à dos dans les abris du Sanctuaire annapurnien, s'étaient couchés tôt après les efforts de la journée. Mais les membres de l'équipe et les deux chefs des sherpas s'étaient rassemblés sous la bulle pour prendre leur repas du soir, écouter la radio, et discuter. Ils avaient rapporté des chaises et des tables des abris, et avec une température raisonnable de douze degrés centigrades sous le bâtiment gonflable, ils s'assirent tous pour manger leur RPC, en essayant d'oublier la tempête à l'extérieur, sur le glacier. De temps à autre, une rafale de vent particulièrement violente rappelant un tir d'obus, se faisait entendre, alors quelqu'un émettait un sifflement étouffé et posait une main sur la toile de la bulle, se demandant comment elle réussissait à tenir sous les assauts d'une telle tempête.

Comme pour compenser le temps peu amène, tous faisaient l'effort de se montrer aimables les uns vis-à-vis des autres, bien qu'il fût clair que l'altitude avait déjà rendu irritables et agités un ou deux des membres de l'équipe. Boyd sortit une bouteille de bourbon et bientôt ils se mirent à débattre du sujet de leur expédition.

— Je ne pense pas qu'il viendra ce soir, dit Cody. Pas avec cette tempête, en tous cas.

Il ôta ses lunettes aux verres non cerclés qui lui donnaient un air très « Karl Marx à la British Library », et entreprit vigoureusement de les nettoyer.

— Qui ça ? demanda Jutta.

— Le yéti, bien sûr.

Boyd eut un rire méprisant et vida son verre.

— Je ne pense pas qu'il viendra du tout, dit-il.

Après quoi il se versa à nouveau une dose généreuse de bourbon.

Rapidement ils se scindèrent en deux camps : Swift, Jack, Byron Cody, Dougal Mac Dougall, Hurké Gurung et Ang Tsering, qui tous croyaient en l'existence de la créature ; Jutta Henze, Miles Jameson et Lincoln Warner, qui étaient tous agnostiques ; et Boyd, pour qui le yéti n'était qu'une fable de voyageurs, ou, au mieux, un phénomène local auquel on finirait par trouver une explication rationnelle.

— Je ne vois rien de particulièrement irrationnel dans le fait de croire que ces montagnes pourraient abriter un grand primate inconnu à ce jour, dit Cody. Je dois dire que je trouve cette hypothèse bien plus plausible que toutes les autres explications à l'existence du yéti que j'ai pu entendre. Du genre phénomène atmosphérique bizarre, lémuriens ou paresseux géants.

— Vous savez que vous m'étonnez, vous autres, dit Boyd, en passant le côté de son index sur sa fine moustache d'un air absent. Je pensais que vous étiez des scientifiques, mais ça...

Il abandonna sa moustache pour frotter sa tête en forme d'obus avec une apparente exaspération.

— Je n'ai pas réagi à Kat, quand vous m'avez dit que vous cherchiez autre chose que de vieux ossements. Mais franchement, je pense que vous vous lancez dans une chasse à l'oie sauvage.

— As-tu déjà participé à une chasse à l'oie sauvage ? s'enquit Lincoln Warner.

Sous la bulle, sa voix grave rappelait celle de Darth Vader.

— Je dois avouer que non, admit Boyd.

— Dans le Wisconsin, à l'époque, on voyait passer beaucoup d'oies sauvages du Canada. Mon père et moi allions parfois les chasser. C'est l'oiseau le plus bête que j'aie jamais vu. Uniquement mû par sa cupidité.

Warner sourit, dans un éblouissant éclair de dents blanches, et agita ce long tisionnier sombre qu'était son index à l'adresse de Boyd.

— Par conséquent mon ami, ayant participé à une chasse à l'oie sauvage, je puis te dire que c'est loin d'être aussi difficile que ça paraît. Ces oiseaux étaient plus faciles à tirer qu'une bouteille de bière vide.

Swift resta silencieuse pendant un moment. A Washington, elle avait trouvé Boyd plutôt sympathique. Mais à Katmandou, un soir, à l'hôtel, après avoir passé des heures à boire de la bière, il l'avait draguée. Swift lui avait répondu qu'elle préférerait encore coucher avec un yak plutôt qu'avec lui. À présent son scepticisme lui paraissait carrément odieux, sans parler du fait que cette attitude risquait de démoraliser l'équipe, de la désolidariser. Swift se demanda si cette façon de railler leur objectif ne cachait pas quelque rancœur personnelle. S'il ne se vengeait pas d'elle de façon mesquine, pour l'avoir éconduit aussi abruptement et avec une ironie aussi insultante.

— Tu sais, je ramasse de vieux ossements, comme tu dis, depuis un certain temps, dit-elle, calmement. Depuis que je suis enfant. Je n'ai jamais eu envie de collectionner les timbres, les pièces, ou quoi que ce soit. Je n'ai jamais vu l'intérêt de ce genre de collections. J'ai toujours dit qu'amasser des fossiles, particulièrement des fossiles humains, était la seule collection à laquelle la proximité d'artefacts individuels pouvait donner un sens. Et là, Jon, il est possible que nous ayons une chance de trouver une collection vivante, dirais-je, à défaut d'une meilleure expression. Voire un spécimen vivant. La poursuite d'une vérité nouvelle commence souvent par la plus improbable des hypothèses. Mais je ne vois pas en quoi cette tentative peut ressembler à une chasse à l'oie sauvage.

Boyd haussa les épaules et secoua la tête en signe de dénégation, comme s'il n'était pas content de sa première métaphore.

— Une chasse à l'homme sauvage, alors, dit-il, avec un petit sourire satisfait.

À l'évidence, il n'avait pas vraiment écouté ce qu'avait dit Swift.

La jeune femme se dit qu'il avait peut-être bu trop de bourbon.

— Alors que dirais-tu aux deux personnes présentes qui ont réellement vu un yéti ? demanda-t-elle. Je parle de Jack et du sirdar.

— Seigneur, je ne sais pas, dit Boyd.

Puis il rit.

— E-H-A, peut-être.

Il voulait dire : les effets de la haute altitude.

— Excusez-moi, sahib, dit Gurung. Mais je suis né dans ces montagnes.

— Les sherpas aussi ont besoin d'oxygène, dit Boyd.

— Pas autant que nous, dit Jack.

— Très bien. Alors répondez à cette question, Hurké, persista Boyd. Quand vous êtes allé au sommet de l'Everest, était-ce avec ou sans oxygène ?

— Oui, vous avez raison, sahib. La première fois que j'ai fait cette ascension, c'était avec de l'oxygène. La deuxième fois, c'était avec Jack, sahib, et sans oxygène, s'il vous plaît. Mais la chose est claire. Même les sherpas sont capables de faire la différence entre un phénomène étrange et la réalité.Et bien que je sois totalement sûr de ce que j'ai vu, peut-être Boyd sahib est-il trop poli pour énoncer l'évidence, à savoir que beaucoup de sherpas sont des types très superstitieux.

Boyd hocha la tête, indiquant que ce raisonnement lui seyait.

— Bien vu, Hurké, dit-il.

Puis il remplit à nouveau le verre du sirdar.

Pendant un moment, personne ne parla. Puis quelque chose frappa l'extérieur de la bulle avec un bruit sourd. Même Jack sursauta. Anticipant toute question, il secoua la tête et déclara :

— Un morceau de glace, probablement. Le vent rabat toutes sortes de saloperies par ici. Dès qu'ils nous apportent ce grillage de Chomrong, nous construisons une clôture. Juste au cas où.

— Au cas où quoi ? dit Boyd, en riant. Où un yéti passerait nous rendre visite à l'improviste ?

Jack sourit, patient.

— Au cas où il y aurait une avalanche. C'est l'une des raisons pour lesquelles nous avons choisi de ne pas nous installer au CBM. Une partie de cette neige, sur Machhapuchhare, ne m'inspire pas confiance.

Jack avait de bonnes raisons de craindre les avalanches sur le Machhapuchhare, mais il ne jugea pas indispensable de justifier sa prudence plus avant.

— E-H-A, dit Mac Dougall, l'air furieux. Ce ne sont que des conneries et je vais te dire pourquoi. Tu ne pourrais pas considérer ce que j'ai vu comme une hallucination. Pour la bonne et simple raison que je n'ai rien vu. J'ai entendu quelque chose. Et ça j'en suis certain. Je n'ai pas pu me tromper.

— C'était sur le Nuptse, n'est-ce pas, Mac ? dit Swift.

Il n'y avait quasiment pas de témoignage sur l'existence du yéti qu'elle n'ait consigné dans la mémoire de son ordinateur portable et qui lui fût étranger.

Mac Dougall acquiesça d'un hochement de tête.

— Sur le Nupste, oui, dit-il.

— Le Nuptse est l'un des contreforts de l'Everest, dit Jack, à l'intention de ceux qui n'étaient pas alpinistes.

— À près de huit mille mètres, on peut difficilement parler d'un contrefort, n'est-ce pas, Jack ?

— Exact.

— Ouais, eh bien un matin, nous étions peut-être à cinq mille cinq cents mètres, je me suis réveillé et j'ai entendu quelqu'un bouger dehors, autour de notre tente. Je veux parler de pas normaux, voyez ? Des pas lents et mesurés. Quoi qu'il en soit, j'ai d'abord pensé que c'était Jack. Didier et lui étaient partis tôt et je me suis dit qu'ils devaient avoir atteint le sommet et être redescendus.

Alors j'ai appelé. Jack, c'est toi ? j'ai dit. Pas de réponse. Alors j'ai appelé une deuxième fois. Eh, t'es sourd ou quoi, espèce d'enfoiré de Yankee ? Comment ça s'est passé ? Tu as réussi ? Toujours pas de réponse. Donc je suis enfermé dans mon sac de couchage, O.K. ? Et je me dis : mais qu'est-ce qui se passe, là ? Parce que j'entends la personne qui est dehors ouvrir des sacs à dos, et fouiller dans nos affaires. Et pendant un moment je me dis : Seigneur, nous voilà avec un voleur. Je n'arrive vraiment pas à y croire, vous comprenez ? Nous sommes à cinq mille cinq cents mètres d'altitude, sur le flanc du Nupste, et voilà qu'un salopard essaie de nous piller !

— Alors je me mets à gueuler comme un vrai dur et à dire à ce voleur de merde ce que je vais lui faire quand je vais l'attraper. Mais juste au moment où je vais ouvrir la fermeture éclair de la tente, je m'arrête, parce que j'entends quelque chose qui ne ressemble pas du tout à un homme en train de respirer. C'est quelque chose de bien plus gros qu'un homme. Vous voyez ce que je veux dire ? Comme si ça pouvait être autre chose qu'un homme. Et au moment où je me dis ça, je sens une espèce de puanteur musquée. Comme l'odeur d'un animal, voyez ?

— Je vois, dit Boyd, l'interrompant. Une odeur abominable, c'est ça ?

Mac Dougall lança un regard assassin à Boyd, qui se mit à glousser de sa propre plaisanterie.

— Ouais, c'est peut-être ça, dit-il entre ses dents cariées. Quoi qu'il en soit, en une minute ce salopard met les bouts. Je veux dire qu'il court, vraiment, et sur deux pieds. Et vite. Très vite. Et maintenant j'ai peur. Le type avec qui je partage la tente l'a entendu également et il a aussi peur que moi. Mais j'ouvre le battant de la tente et je jette un petit coup d'œil dehors. Voilà. Cet être, quel qu'il fût, a filé. Pas de trace, rien du tout. Le sol était trop rocheux, j'imagine. Mais l'équipement...

Mac frissonna visiblement.

— Ça me donne encore froid dans le dos rien que d'y penser. L'équipement ! Tout était étalé dans la neige, aussi méticuleusement que pour une inspection militaire. Sur le sac de montagne, les poches avec des petites lanières et de toutes petites boucles avaient été ouvertes. Pas arrachées, ni mordues, non. En fait, rien n'était abîmé. Mais les lanières étaient sorties des boucles. Aucun animal au monde n'aurait pu faire ça. Sauf peut-être un grand singe, ou un chimpanzé. Mais pas un animal griffu, de toute façon. Cela ne pouvait se faire qu'avec des doigts.

Mac secoua la tête et enfonça sa petite main dans la poche de sa veste de mouton.

— J'ai pris une photo de la scène, sans rien modifier. Maintenant que j'y pense, j'ai même dû faire toute une pellicule. Mais cette photo-là était la meilleure. Pour des raisons évidentes, je l'ai sur moi depuis le début de cette maudite expédition.

Swift avait déjà vu la photo de Mac. Cette photo, tout comme son histoire, figurerait dans le livre qu'elle avait l'intention d'écrire sur le yéti. Même s'ils ne trouvaient pas de spécimen vivant, le crâne était pour elle une base de travail suffisante pour qu'elle pût se lancer dans des spéculations sérieuses.

Mac fixa sur Boyd un regard accusateur, et lui tendit la photo comme pour le défier de continuer à le contredire.

— Une photo, tu vois ? Pas une hallucination. Pas les effets de la haute altitude. Pas un film d'horreur des productions Hammer. Une foutue photographie.

Mac piqua un doigt sur la photo que tenait Boyd. Son visage pâle rougit comme si on venait de le brancher direct sur la cellule d'alimentation Johnson-Mathey de la Semath.

— Tu me dis quel genre d'hallucination aurait pu étaler mes affaires comme ça, mec. Vas-y, dis-le-moi.

Un autre morceau de glace frappa la bulle, et fit à nouveau sursauter tout le monde.

— Puis-je voir la photo ? demanda Jameson à Boyd, quand celui-ci l'eut regardée pendant une minute.

— Peut-être un singe langur, dit Boyd, en lui tendant la photo.

— Un singe langur mon cul, dit Mac, d'un ton hargneux. C'était un gros animal !

— C'est toi qui as dit que ç'aurait pu être un chimpanzé, argua Boyd. Et tu as admis ne l'avoir pas vu, aussi ne peux-tu savoir s'il s'agissait d'un petit animal ou d'un gros.

— Je te crois, Mac, dit Jameson, en donnant une claque dans le dos de l'Ecossais. Je n'ai jamais entendu parler d'un singe langur qui fasse plus d'un mètre de haut.

— Moi non plus, renchérit Cody.

— Ni de singes langurs qui s'écartent beaucoup de la forêt. Un singe langur sur une montagne aussi élevée serait une proie rêvée pour un léopard des neiges.

Pour une oreille non exercée, l'accent zimbabwéen de Jameson ressemblait à s'y méprendre à un accent sud-africain. Il était parfois si prononcé, que certaines personnes, dans la bulle, devaient faire un réel effort pour comprendre ce que disait le vétérinaire. Swift voyait là une raison supplémentaire à la bonne entente entre Mac et Jameson. L'accent de Mac était également marqué, et, à l'occasion, également inintelligible. Leur amitié était aussi ineffable qu'elle était difficile à comprendre.

— Tu es Écossais, n'est-ce pas, Mac ? dit Boyd.

— Et alors ? lança Mac, avec hargne. Qu'est-ce que ça peut te faire, espèce d'abruti de Yankee !

— Yankee, oui, dit Boyd.

Il reprit une dose de bourbon et en resservit à Mac.

— Je me demandais seulement, poursuivit-il, si tu croyais aussi au monstre du loch Ness.

— Tous les Écossais ne croient pas au monstre du loch Ness, de même que tous les Américains ne croient pas au Père Noël.

D'un geste nerveux, Mac sortit un paquet de cigarettes de la poche poitrine de son gilet en mouton, et s'en alluma une après avoir actionné son briquet avec fureur.

Boyd leva les mains pacifiquement.

— Hé, comment le saurais-je ? Moi, je ne crois même pas à l'évolution. Tout est dans la Bible, si tu veux savoir.

— La Bible ? dit Mac, en riant méchamment. Le monstre du loch Ness et le yéti semblent bien banals, comparés à ce qu'il y a dans cette foutue bible. Seigneur, j'ai lu des bandes dessinées pour enfants qui me paraissent plus convaincantes que la bible.

— Tu ne crois pas à l'évolution ? dit Jack, en haussant les sourcils. C'est étrange, pour un géologue.

— Les dernières recherches sur l'âge de la terre ont prouvé que notre planète pourrait être beaucoup plus récente que ne l'ont prétendu les darwinistes, dit Boyd. Elle pourrait n'avoir que cent soixante-quinze mille ans. De nombreux géologues, dont moi, pensent que seul un scénario de développement catastrophiste pourrait rendre compte de l'état actuel de la terre. Et que nombre des hypothèses sur lesquelles repose le darwinisme pourraient être fausses.

— Darwin s'est fait tuer des dizaines de fois, sourit Swift. Et pourtant il refuse toujours de se coucher et de se laisser enterrer. Avec des vues comme les tiennes, Jon, je ne suis pas surprise que tu aies choisi de devenir climatologue.

— Tu as raison, dit-il. Sauf que je n'ai pas vraiment choisi de devenir climatologue. J'y ai été plus ou moins contraint. A cause de l'hérésie criante de mes opinions en matière de géologie. Selon moi, les Darwinistes ne sont pas moins intolérants que l'Inquisition espagnole.

Byron Cody s'éclaircit la voix dans une tentative de repousser tout argument contraire.

— Peut-être, vu les circonstances, dit-il, hochant la tête et souriant, serait-il préférable que nous en débattions une autre fois ?

Cody continua à hocher la tête et à sourire d'un air affable. Comportement simien qui seyait assez bien au primatologue de Berkeley.

Swift parcourut l'assemblée du regard. Cela n'arrangerait pas le moral des troupes s'ils avaient une querelle maintenant. Surtout une querelle scientifique. Etant responsable de la présence de tous ces gens, pensa-t-elle, peut-être devrais-je m'adresser à eux de façon formelle.

— Très bien, commença-t-elle, je vais vous dire pourquoi je pense que notre expédition a d'assez bonnes chances de prouver l'existence du yéti là où d'autres ont échoué, l'expédition la plus célèbre étant celle financée par le *Daily Mail* en 1953. Ils ont choisi le district sherpa de Sola Khumbu, dans le nord-est du Népal, pour effectuer leurs recherches.

— C'est près de l'Everest, dit Jack. Une région très rude.

— Ce ne sont pas exactement les Hamptons, dit Lincoln Warner, alors que le vent partait dans un nouveau crescendo.

— Non, c'est exact, dit Swift. Mais je crois qu'ils ont échoué pour plusieurs raisons, notamment l'expédition financée par le *Daily Mail*, il y a quarante ans. L'Himalaya était alors encore très mystérieux. Aujourd'hui, nous sommes beaucoup mieux équipés pour trouver la créature qu'en 1953.

— Et comment, murmura Jack.

— Je crois également que certaines des autres expéditions ont échoué pour s'être déroulées à un mauvais moment de l'année. N'oubliez pas qu'il s'agit probablement d'un animal très sauvage. Sans doute beaucoup plus sauvage qu'un panda géant ou un gorille de montagne.

— Un gorille, dit Cody, serait prêt à faire des kilomètres pour éviter tout contact avec des êtres humains.

— Si ça se trouve, pendant le printemps, l'été et les mois d'automne, poursuivit Swift, l'animal reste tout simplement en altitude, loin des touristes. Peut-être est-ce seulement en hiver qu'il se sent suffisamment audacieux pour s'aventurer plus bas dans la montagne. Quand il y a peu de touristes. Or en ce moment, l'industrie touristique népalaise est au point mort, à cause de la menace de guerre au Punjab. Il se pourrait qu'on n'ait pas vu un tel calme dans l'Himalaya depuis plus de cinquante ans. Depuis l'époque des toutes premières expéditions. Ce qui serait encore notre meilleur atout.

— Tant qu'ils ne bougent pas, c'est un avantage, oui, dit Warner. Tant que ces connards ne se mettent pas à balancer des bombes.

Il secoua la tête nerveusement.

— Je ne vous dis pas ce qui se passerait, alors, poursuivit-il. Le yéti serait introuvable. Et nous aussi, du coup.

— Nous avons beaucoup de chance, reprit Swift, qu'ils aient convenu d'une trêve. C'est l'occasion rêvée, pour nous. Trois mois. Un laps de temps suffisant pour faire une fouille minutieuse de la région. Puis pour quitter les lieux et rentrer à la maison.

Elle marqua une pause et lança un coup d'œil à Jack.

— Cependant, un autre facteur pourrait jouer en notre faveur. Les autorités népalaises pensent que nous sommes venus chercher des fossiles dans l'Annapurna. Or, certains d'entre vous le savent déjà, nous allons centrer nos recherches sur une autre montagne. Le Machhapuchhare. Ou pic de la Queue de Poisson, comme l'appellent certains alpinistes. Le Machhapuchhare et ses environs sont interdits aux alpinistes. Toutefois, nous n'avons pas l'intention de monter au-delà de quatre mille cinq cents, cinq mille mètres. Aussi nous n'enfreindrons pas vraiment le règlement. Nous le contournerons, au nom de la science. Nous allons faire des recherches dans une zone encore inexplorée, mais où trois personnes ont vu le yéti durant ces vingt-cinq dernières années. Et puis la créature a été vue à plusieurs reprises dans le Sanctuaire, sans parler des ossements que Jack a découverts sur les pentes de l'Annapurna.

» Quel optimisme indu, direz-vous, que d'arriver ici et de s'attendre à trouver un yéti. Une créature dont l'existence est restée ignorée pendant si longtemps ! Mais pensez à tous les facteurs que j'ai mentionnés. Nous avons des chances de capturer un yéti. Aucune expédition n'a jamais bénéficié de conditions aussi favorables. Et puis en découvrant ce crâne à seulement deux kilomètres ou à peu près de l'endroit où nous sommes, Jack a déjà apporté plus de preuves de l'existence de cette créature que quiconque avant lui.

Et Swift conclut :

— Mesdames et messieurs, si nous ne trouvons pas le yéti, personne ne le trouvera, à mon avis.

Jack et Swift furent les derniers à quitter la bulle ce premier soir. Ils laissèrent les autres aller se coucher, dans le but de rester seuls tous les deux. Sur la suggestion de Swift, Jack avait accepté qu'ils dorment dans des chambres séparées. Swift avait argué du fait qu'ils devaient se concentrer totalement sur l'expédition et que toute relation intime entre eux ne ferait que les détourner de leur objectif. Jack s'était rangé à son avis. Aussi fut-il surpris, quand elle passa ses bras autour de sa taille et le serra très fort.

— Je ne peux pas croire que nous soyons réellement là, lui dit-elle. Merci, Jack. Sans toi, ce n'aurait pas été possible.

— J'aimerais pouvoir dire que ça me fait du bien de me retrouver ici, avoua-t-il. Mais cet endroit me rend nerveux. Comme s'il manquait quelque chose. Peut-être le fait de savoir que je ne vais pas grimper. C'est étrange, mais je me sentirais plus détendu si je devais refaire l'ascension de cette face sud-ouest demain matin. C'est comme un coureur automobile qui va à un grand prix en sachant qu'il ne va pas conduire, j'imagine.

Jack secoua la tête et sourit, content de ce qu'il venait de dire. Il s'était presque convaincu tout seul.

— Tu as fait un très bon speech, Swift.

— Tu trouves ? Quand ce connard de Boyd a commencé à dire qu'il ne croyait pas à l'existence du yéti, je me suis dit qu'il fallait que j'intervienne.

— Il n'est pas si méchant. Vous vous êtes simplement caressés dans le mauvais sens du poil, tous les deux.

— Peut-être. Et mon laïus ? Il ne faisait pas trop candidate à la présidence ? Comme si j'avais été prête à dire n'importe quoi pour être élue ?

— Tu croyais à ce que tu disais, non ?

— Oh, bien sûr. Mais eux, est-ce qu'ils y croyaient ?

Jack haussa les épaules.

— Parfois, quand tu diriges une expédition comme celle-là, tu es obligé de dire tout ce que tu peux pour que les gens restent de ton côté. Cela n'a pas d'importance, qu'ils croient ce que tu dis ou non. Ils ont besoin de voir que toi, tu y crois. C'est là toute l'histoire du meneur d'hommes. Et ça justifie le fait que tu agisses comme ça.

Swift acquiesça d'un hochement de tête. Puis elle grogna et pressa ses mains contre ses tempes.

— Mal à la tête ?

— Mmm. Je ne sais pas si c'est l'altitude ou le bourbon.

— Probablement l'altitude. Tu devrais boire plein d'eau avant d'aller te coucher.

Elle bâilla.

— Peut-être serai-je acclimatée demain matin.

Jack rit.

— J'en doute ! L'acclimatation complète à une altitude donnée prend sept semaines. Si tu ne te sens pas mieux demain matin, on te donnera du Lasix.

— Si je puis me permettre, docteur, ça m'a l'air d'être une prescription au petit bonheur.

— Ici, il n'y a pas de règles strictes, expliqua-t-il. Chacun doit trouver ce qui marche le mieux pour lui — ou pour elle. Présentement, une bonne nuit de sommeil me semble tout indiquée. Si j'étais toi, je prendrais deux Seconal et j'irais au lit.

— O.K, dit-elle, en souriant. Tu m'as convaincue.

Ils enfilèrent leurs vêtements en goretex et s'aventurèrent dans la nuit glacée. Le vent était si fort qu'il faillit envoyer Swift au tapis. Les yeux fermés pour se protéger du vent, elle se tenait à l'anorak de Jack pour ne pas tomber. Il lui cria quelque chose, mais ce qu'il lui dit se dilua dans les confins du glacier battu par les vents. Après avoir marché plusieurs laborieuses minutes en se tenant à la rampe de corde, ils atteignirent le puits creusé dans la neige qui conduisait tout droit dans les abris. Jack s'écarta pour laisser Swift passer la première, puis il prit le même chemin qu'elle.

Une fois en bas de l'échelle, Swift l'embrassa pour lui souhaiter bonne nuit. Puis elle regagna sa chambre froide et obscure. Après avoir pris un Séconal avec un grand verre d'eau, comme Jack le lui avait conseillé, Swift ôta à nouveau sa couche extérieure de vêtements, grimpa sur sa couchette et se glissa dans son sac de couchage. Elle avait un peu l'impression d'être un enterré vivant dans une histoire d'Edgar Allan Poe. Jutta Henze, étendue sur la couchette du dessous, était déjà endormie, apparemment peu victime de ce sentiment de claustrophobie contre lequel Swift dut lutter. En attendant que son somnifère fasse de l'effet, Swift écouta le vent et tenta de voir quels bruits lui rappelaient les différents sons générés par la tempête : un roulement de timbales ; une grande serviette de bain qui s'agite, attachée à un fil à linge ; un coup de feu lointain — El Alamein ; un journal secoué et plié en deux ; un train passant à grande vitesse au bord d'un quai désert. Le vent himalayen était une chose vivante, semblait-il, et pouvait même devenir une voix : un enfant qui pleure, un paon qui lance son cri, ou une âme dans les limbes ; et parfois, si Swift se concentrait vraiment, elle entendait le braillement d'un mythique homme-singe des montagnes...

Onze

« Ces empreintes m'ont impressionné et laissé perplexe. Cependant, mes sherpas ont regardé et n'ont eu aucun doute. Sonam Tensing, un type très intelligent que je connaissais depuis des années, a déclaré : "C'est le Yéti". J'ai l'esprit ouvert. Je n'ai pas tranché dans un sens ou dans l'autre. Cependant mes sherpas ont regardé et n'ont eu aucun doute. »

Sir Eric Shipton

Le jour se leva sur une aube lumineuse après la nuit de tempête. Le ciel était aussi bleu que les yeux du Bouddha, le soleil transformait la roche et la neige en or précieux. Mais toute impression de chaleur n'était qu'une illusion optique car le vent continuait à souffler par courtes rafales violentes, suffisamment froides pour vous clouer le bec, fermer un œil larmoyant, ou vous empêcher d'avancer. Ce blizzard contribuait à maintenir la température extérieure bien en dessous de zéro.

Jack fut l'un des premiers à sortir des abris pour voir si le campement avait subi des dommages. L'extrémité nord de la bulle était enterrée dans la neige, de même que plusieurs caisses de ravitaillement, trop volumineuses pour avoir pu passer dans les puits conduisant aux abris. Mais sinon, tout semblait intact. Jack prit une grande bouffée d'air glacé, euphorique, comme si dans cet extraordinaire bassin glaciaire, le souffle de la vie lui était particulièrement doux.

À sa gauche, Hiunchuli, six mille quatre cents mètres d'altitude. C'était l'un des plus petits sommets de la chaîne annapurnienne et la porte sud du Sanctuaire. Une montagne d'une jolie forme, qui rappelait à Jack la tête d'un énorme oiseau de proie. La neige fraîche s'envolant du sommet formait comme une crête de plumes d'un blanc immaculé et la découpe acérée d'une grande aile de glace remontait vers le pic Modi, ou Annapurna Sud.

Jack, qui jouissait de l'air et du décor, entendit un cri venant de plus haut, dans le bassin glaciaire, au pied de l'arête d'Hiunchuli. Jack mit sa main en visière pour protéger ses yeux de l'éclat aveuglant du soleil sur la neige, car il ne portait pas de lunettes de soleil. Une silhouette, au loin, lui faisait un signe de la main. Jack porta à ses yeux les petites jumelles Leica attachées à un cordon autour de son cou, découvrit un trépied d'appareil photo, et réalisa que la silhouette était celle de Mac Dougall.

Jack lui fit signe à son tour et se dirigea vers lui.

Un Mac tout excité retrouva Jack à mi-chemin, lequel savait déjà ce qui avait provoqué une vive émotion chez le petit Écossais : sur la pente de l'arête glaciaire, se détachant sur la neige d'un blanc immaculé, bien au-delà de l'endroit où était Mac, se dirigeant vers la sortie du Sanctuaire et contournant le campement, telles deux lignes d'une longue fermeture Éclair noire, des empreintes de pas.

— Quelqu'un d'autre est sorti ce matin ? L'un des sherpas, peut-être.

— Non, j'étais le premier, dit Mac, d'un ton ferme. Je voulais faire des photos du lever de soleil sur les montagnes. Les empreintes étaient là quand je suis arrivé.

Ils marchèrent vers la ligne de pas.

— Pendant un moment, j'ai cru que c'étaient mes pas. Et puis j'ai vu qu'ils allaient vraiment haut, et je me suis dit que non.

Les deux hommes s'arrêtèrent juste devant la ligne d'empreintes. Jack se laissa tomber sur un genou pour regarder de plus près. Mac ôta le bouchon de l'objectif de son Nikon et commença à mitrailler à tout va.

— Qu'en penses-tu, Jack ? Ça a l'air d'être ça, non ?

— Ça se pourrait, Mac.

— N'est-ce pas génial ? Je veux dire, nous venons à peine d'arriver et voilà qu'on tombe là-dessus. C'est comme gagner à la loterie du premier coup.

Il régla l'ouverture de son appareil, puis regarda Jack.

— Cet être, quel qu'il soit, a passé l'arête glaciaire, et s'est dirigé droit sur notre campement.

— Peut-être que finalement, Cody a vraiment entendu quelque chose, hier soir.

— Mais oui, bien sûr. J'avais oublié ça.

Mac prit d'autres photos.

— Remercions le ciel pour toute cette neige. Le Sanctuaire entier a la consistance du ciment humide. Regarde ces empreintes. Elles sont parfaites ! Je n'aurais pas fait de meilleurs clichés si j'avais fabriqué cette scène de toutes pièces.

Jack tira sur le radio-émetteur attaché sur sa poitrine et inclina la tête vers le micro. Ce fut le sirdar qui répondit.

— Hurké ? Que font les autres, là ?

— Ils prennent leur petit déjeuner, sahib.

— Bien. Alors dis-leur de finir leurs cafés et de rappliquer vite fait. Et que quelqu'un apporte un mètre pour mesurer. Nous avons trouvé des empreintes. Il semblerait que nous ayons failli avoir un visiteur hier soir.

Miles Jameson tendit le mètre sur toute la longueur d'une empreinte, petit pont en métal jaune au-dessus d'une cavité en forme de poire.

— Trente-cinq centimètres et demi de long, dit-il à Swift, qui prenait des notes.

Tenant toujours le mètre au-dessus de l'empreinte, il s'écarta, pour que Mac pût faire des gros plans.

— Super, gloussa l'Écossais.

— Aucun des porteurs ne veut venir voir, dit Jutta. Ont-ils peur, Tsering ?

— Sans aucun doute, memsahib, dit l'assistant sirdar. Ils sont tous assez superstitieux, je le crains. Ils considèrent comme un mauvais présage de voir un yéti ou de l'entendre crier. Ne soyez pas surprise s'il s'organise quelque cérémonie ridicule pour chasser toute influence néfaste.

Tsering haussa les épaules, l'air de s'excuser.

— Ainsi est mon peuple, dit-il.

— S'ils réagissent comme ça maintenant, dit Swift, qu'est-ce que ça va être si nous avons la chance de capturer un spécimen vivant ?

— Les dollars américains peuvent neutraliser toutes les influences néfastes, aussi virulentes soient-elles, répondit Tsering.

— Voilà un homme franc, dit Boyd.

Jameson fit descendre le bout de son mètre, perpendiculairement au plan de l'empreinte et annonça :

— Profondeur, entre trente et trente-huit centimètres.

Il plissa les yeux en scrutant l'impression en creux, tel un golfeur jaugeant un putt, essaya d'en déterminer le contour. Puis il alla se pencher sur l'empreinte de pas suivante et fit la même chose.

— C'est difficile d'avoir une vision nette, dit-il.

Swift recommença à prendre des notes.

— La neige est tombée dans chaque trou. Mais nous pouvons dire, de façon générale, qu'il s'agit d'une empreinte relativement longue avec des orteils courts et un gros orteil plus long que les autres. Cette empreinte n'est pas aussi large que j'aurais pu m'y attendre, mais à l'évidence, il n'y a aucune marque de griffes, et ce ne sont pas des traces laissées par un ours, j'en suis certain. Il est difficile d'être plus précis, mais cela ressemble à quelque anthropoïde de grande taille, sans nul doute.

Il y eut des exclamations excitées. Mac donna un coup de poing dans l'air, en signe de triomphe. Jutta étreignit Lincoln Warner.

— Quel début génial ! dit Swift. Cela dépasse toutes nos espérances.

— Elles ressemblent à s'y méprendre aux photos qu'a faites Shipton, les photos des empreintes qu'il a trouvées sur le glacier Menlung de l'Everest, observa Mac. D'ailleurs, ce sont les mêmes que celles photographiées par Don Williams sur l'Annapurna.

Il gloussa, ravi.

— Seigneur, dit-il, et on vient juste d'arriver !

Le sirdar s'accroupit au-dessus des empreintes pendant un moment, tout en fumant d'un air songeur.

— S'il vous plaît, sahib, finit-il par dire, envoyant dinguer sa cigarette et tendant la main vers Miles Jameson. Pourrais-je avoir le Stanley Metro, s'il vous plaît ?

Réalisant que Hurké Gurung parlait du mètre, Jameson le lui tendit. Puis il regarda le sirdar mesurer la distance entre les empreintes de pas. Finalement, Hurké se remit debout et planta sa chaussure Berghaus dans une empreinte, puis dans une autre.

— Bon Roi Wenceslas, plaisanta Warner.

Le sirdar fit osciller sa tête d'un côté, puis de l'autre, comme s'il n'était pas sûr de quelque chose. Puis il dit :

— Peut-être à peine deux mètres. Et pas très lourd. Je pense assez petit yéti. Peut-être pas complètement fini sa croissance. Ou peut-être femelle.

— Vous entendez ça ? dit Mac, triomphant, à Jon Boyd.

Celui-ci, debout, regardait l'expertise médico-légale des traces de pas avec un intérêt détaché, et un certain amusement.

— L'homme a dit un yéti, poursuivit Mac. Pas un singe langur. Ni même ce maudit monstre du loch Ness. Un yéti !

— Si tu le dis, Mac, dit Boyd. Mais souviens-toi que nous sommes au tout début de notre expédition.

— Un jeune ou une femelle, répéta Swift.

— *Hajur*, memsahib. Ça pourrait être.

— Nous ne le saurons pas tant que nous ne l'aurons pas pisté, dit Jack.

— La question est : dans quelle direction ?

— Que veux-tu dire ?

— Ces empreintes viennent d'un lieu d'origine. Alors suivons-nous l'animal ou remontons-nous jusqu'à la source de ces pas ?

Jack suivit le regard de Jameson, braqué sur l'arête glaciaire qui reliait Hiunchuli à Annapurna Sud, et d'où venaient les traces de pas. Le ciel était toujours bleu, mais le vent soufflait des voiles de neige fraîche et semblait annoncer encore du mauvais temps.

— On a généralement tendance à suivre des traces jusqu'à leur source, dit Jameson.

— J'avais pensé que nous resterions tous quelques jours au CBA, dit Jack, afin de nous habituer à une altitude de plus de quatre mille mètres avant de grimper plus haut. Il y a entre douze et quinze-cent mètres entre ici et le haut de cette arête. C'est dur à parcourir si l'on n'est pas complètement acclimaté.

Jack secoua la tête.

— En outre, les traces vont dans la direction du Machhapuchhare, notre zone de recherches principale. Aussi je pense que cela règle la question. Pour cette fois, je crois que vous feriez mieux de suivre l'animal. Swift, Hurké, Miles ? Vous devriez y aller avant qu'il ne se remette à neiger et qu'il devienne impossible de suivre les traces.

— Tu ne viens pas ? s'enquit Swift.

— Nous ne pouvons pas tous y aller. En outre, il y a des tas de choses à faire, ici.

Le sirdar approuva d'un hochement de tête.

— Jack a raison, memsahib. On fait un meilleur chasseur quand on est petit groupe.

Jameson se redressa et parla au sirdar en népalais.

— *Huncha. Kahile jaane ?*

— *Turantai*, Jameson sahib. Tout de suite.

— Bien, dit le Zimbabwéen.

Puis il sourit à Swift.

— Parfait alors. Je ferais mieux d'aller préparer mon matériel.

Tout le monde reprit le chemin du campement, marchant avec difficulté dans la neige. Swift et Hurké dépassèrent les autres, voulant partir au plus vite. Mac resta sur place pour prendre d'autres photos. Jack marchait lentement, aux côtés de Warner, Boyd et Cody.

— Tu as dit qu'il y avait des choses à faire, dit Boyd. Je peux t'aider ?

— Eh bien, dit Jack, si ce grillage arrive aujourd'hui, je pensais commencer les barrières anti-avalanches. Merci de ton offre, mais les sherpas vont m'aider. Autant que tu commences à récolter tes carottes dans le glacier.

— Merci, je crois que je vais m'y mettre, oui.

— C'est une avalanche, là-haut, qui vous a décrochés toi et ton copain, n'est-ce pas Jack ? dit Warner. Ils en ont parlé dans le *National Geographic.*

— C'est exact.

— Ç'a dû être terrifiant, pour toi. Je n'arrive même pas à imaginer ce que ça peut faire, être pris dans une avalanche, à une telle altitude. Non pas que j'irais, remarque.

Le Noir américain secoua la tête avec circonspection. Avec ses lunettes de glacier et son parka de luxe doublé de fourrure, il ressemblait à un rappeur.

— J'aime avoir mes grands pieds sur un sol plat.

— C'est difficile d'en être sûr, mais j'ai toujours pensé que c'était une météorite qui avait provoqué l'avalanche.

— Une météorite ? dit Boyd. Intéressant.

— Je me suis toujours demandé si c'était ainsi que la vie avait commencé sur cette planète, dit Warner. Quelques molécules sur un morceau de roche intergalactique. Tu sais que la première allusion à une météorite figure sur un papyrus égyptien, vieux de quatre mille ans ?

Warner se tourna vers Boyd.

— Je ne t'insultais pas, en disant cela, précisa-t-il.

— Mais je ne me suis pas senti insulté, dit Boyd. A vrai dire, je me suis moi-même toujours intéressé aux météorites.

— Si c'était une météorite, tu as eu de la chance, Jack, dit Warner. Celle du Hayden Planétarium, à New York, pèse trente tonnes. Tu as une idée de l'endroit où la tienne serait tombée ?

— Aurais-tu l'intention de ramener un souvenir ? dit Boyd, en riant. Trente tonnes de roche, ça fait un bel excédent de bagages à rapporter aux États-Unis.

— Je me posais simplement la question.

— C'est difficile à dire, admit Jack. Mais j'ai eu l'impression qu'elle était tombée derrière nous, quelque part sur le glacier, au sud de l'endroit où nous étions.

Il tendit le bras vers l'horizon, dans la ligne de pas étranges, au-delà du CBA, vers l'entrée du Sanctuaire.

— Dans ce sens-là, dit-il. En direction du Machhapuchhare.

— Vers le pic de la Queue de Poisson, hein ? dit Cody, songeur. Oui, ça y ressemble plus ou moins. C'est à combien ? Six mille mètres ?

— Six mille neuf cent quatre-vingt-douze mètres, dit Jack.

— Une sacrée trotte, dit Boyd, en rigolant.

— Techniquement parlant, ce n'est pas une ascension particulièrement difficile.

— Ils croient réellement que c'est une montagne sacrée ? dit Warner. La demeure des dieux et tout le tintouin ?

— Ils y croient vraiment, affirma Jack.

— Ce genre de choses paraît à peine plausible, à notre époque.

— Plus tu resteras longtemps ici, plus ça te paraîtra plausible, dit Jack.

L'usage de drogues pour l'immobilisation et la séquestration des animaux sauvages était quelque chose de banal pour Miles Jameson. À l'époque où il travaillait au zoo de Los Angeles, Jameson avait drogué toutes sortes d'animaux, dont un éléphant indien jusqu'à un axolotl. Pendant vingt ans, de nombreux agents chimiques avaient fait partie de son arsenal, pratiquement pendant toute leur durée d'utilisation sur le marché. Mais sa méthode de prédilection pour administrer des narcotiques — la sarbacane — avait une origine bien plus lointaine. Au zoo de Los Angeles, Jameson avait souvent utilisé une sarbacane que lui avait offerte un Indien équatorien lors de l'un de ces nombreux voyages en Amérique centrale, où il venait capturer de nouveaux spécimens. Tube en bambou de deux mètres de long, la sarbacane avait une portée effective de quinze à vingt mètres. Cette forme d'anesthésie par projection était silencieuse et peu traumatisante au moment de l'impact. Quand il était venu travailler au parc national de Chitwan, Jameson avait emporté sa sabarcane. Mais confronté à la tâche d'immobiliser un animal dans l'Himalaya, à bonne distance et sous des vents violents, Jameson s'était dit qu'il n'avait pas d'autre choix qu'un fusil.

Outre une sélection de pistolets à air modifiés, pour l'usage général des membres de l'expédition, Jameson avait apporté de Chitwan quatre fusils à projection Palmer Cap-Chur. Deux de ces fusils étaient des armes à longue portée fonctionnant au dioxyde de carbone, et pouvant tirer jusqu'à trente-deux mètres. Mais Jameson se fiait davantage aux deux autres armes : deux fusils zoulous à très grande portée, constitués de deux canons superposés — un canon de 22 long rifle et un canon de fusil de chasse de calibre vingt-huit — chargés de capsules fulminantes et offrant un tir précis jusqu'à soixante-quinze mètres. Le fusil zoulou tirait une seringue spéciale Cap-Chur avec un corps en aluminium, pas très différente de celle utilisée par Jameson dans sa sarbacane équatorienne.

Le choix des barbituriques était plus problématique. Du liquide injecté avec une force excessive pouvait déchirer un muscle. Pire, il s'écoulait souvent entre quinze à vingt minutes avant l'immobilisation complète de l'animal — peut-être serait-ce même plus long dans le froid glacial de l'Himalaya — laps de temps pendant lequel l'animal pouvait s'enfuir, voire mourir de faiblesse respiratoire. Mais le plus compliqué, c'était de calculer la bonne dose pour un animal que Jameson n'avait jamais vu, et dont il ne savait rien.

Avec les grands singes du zoo de L.A., il avait toujours privilégié l'usage de la Kétamine Hydrochloride. Le seul effet secondaire de la Kétamine était de donner des hallucinations, phénomène que Jameson avait vérifié en s'injectant accidentellement une dose destinée à un chimpanzé.

La dose de Kétamine était de deux à trois milligrammes par kilo pour les grands singes. Miles n'avait pas vraiment d'autre alternative que d'estimer le poids de la créature comme se situant dans une fourchette allant de cent vingt-cinq à deux cents kilos. Il se basait sur les descriptions données par Jack et par le sirdar d'un yéti étant un tiers plus grand qu'un gorille à dos argenté. Mais tenant compte de l'examen des empreintes effectué par le sirdar, et des conclusions de celui-ci, à savoir qu'ils pistaient un plus petit yéti, Miles avait également préparé une seringue Cap-Chur contenant une plus faible dose de soporifique.

Avant de quitter le CBA, Jameson inspecta la cage qu'il avait assemblée la veille avec plusieurs sherpas. S'ils avaient la chance de capturer un spécimen vivant, ils le garderaient dans cette cage. Il serait finalement moins simple de le transporter ici, sur une civière, que de faire appel à l'hélicoptère, si toutefois le temps le permettait.

Jameson choisit les fusils zoulous, inséra une capsule fulminante dans le canon du fusil, et une seringue Cap-Chur d'un dosage plus faible dans le canon du fusil de chasse. Puis il mit la sécurité, glissa dans sa poche deux seringues supplémentaires, dont il avait protégé les pointes, prit ses jumelles, se mit le fusil à l'épaule, et monta l'échelle de l'abri pour aller retrouver Swift et le sirdar.

Douze

« Le grand drame de la Science — l'assassinat d'une belle hypothèse par un vilain fait. »

T. H. Huxley

Le yéti, ou l'animal, quel qu'il fût, était descendu droit sur la vallée, en direction du site baptisé CBM en été — ou Camp de base Machhapuchhare, au pied de la montagne de Shiva. Là aussi, deux ou trois abris étaient ensevelis sous plusieurs mètres de neige. Ce camp, situé quatre cent vingt-cinq mètres plus bas que le CBA, était à une heure et demie de marche. Les empreintes de pas, faciles à suivre, paraissaient presque humaines dans leur tracé résolu, quasiment rectiligne. Toutefois, au bout d'une heure de marche, le sirdar montra des marques dans la neige, à l'endroit où la créature s'était apparemment arrêtée pour s'asseoir sur un rocher.

— Yéti, lui fatigué, dit-il, en riant.

— Je sais exactement ce qu'il pouvait ressentir, dit Swift, d'un ton las.

— Un problème, memsahib ?

— Rien dont je ne puisse m'arranger, Hurké.

— Peut-être s'est-il arrêté pour fumer une cigarette, suggéra Jameson.

Puis il s'en alluma une et secoua le paquet à l'adresse du sirdar.

— Le yéti homme Marlboro lui aussi ! dit Hurké, qui refusa la cigarette qu'on lui offrait. Mais mieux pas s'attarder, Jameson sahib. Temps va changer bientôt, je pense. Pas bon pour nous. Pas bon pour piste. Seulement bon pour yéti.

Hurké leva le bras en direction de la vallée qu'ils venaient juste de descendre.

— Seigneur, dit Swift. Je n'avais pas vu ça !

Lorsqu'ils avaient entamé leur marche, le ciel était d'un bleu lumineux. Il y avait à peine quinze minutes, Swift avait levé les yeux et vu quelques nuages s'approcher du soleil, tels des loups gris attirés par la chaleur d'un feu. Entre-temps, il était tombé un brouillard tel qu'on ne voyait rien au-delà de cent mètres. L'effet était surnaturel, car ils avaient l'impression que le brouillard les suivait, tout comme eux pistaient la mystérieuse créature.

— Temps change très vite dans Himalaya, dit le sirdar.

Puis il reprit sa marche.

Trente minutes plus tard, ils avaient dépassé le Machhapuchhare.

— Peut-être le yéti sait-il qu'il est interdit de faire l'ascension du Machhapuchhare, dit Miles Jameson, en riant. Tout comme nous.

— Je me suis dit la même chose, dit Swift, en souriant.

— Je suis content que nous ne devions pas à nouveau grimper. Je ne pense pas que nous serions allés bien loin dans l'ascension de cette montagne aujourd'hui.

La piste qu'ils suivaient les amena bientôt à la sortie du Sanctuaire. Ils traversèrent plusieurs torrents qui coulaient trop vite pour avoir le temps de geler. Puis ils passèrent dans un couloir qui courait le long d'un bois clairsemé. Parfois, Swift perdait de vue les traces de pas, quand la créature avait sauté pardessus des torrents ou grimpé sur des saillies, sur les parois du couloir. Cependant, le sirdar réussissait toujours à deviner à quel endroit retrouver les empreintes de pas. Mais finalement, quand le brouillard les enveloppa comme un linceul glacé et qu'ils purent à peine se voir les uns les autres, même Hurké perdit la trace de la mystérieuse créature.

— *Ek chhin, ek chhin*, marmonna-t-il, alors que ses yeux perçants de Gurkha scrutaient le sol recouvert de neige. Un moment, s'il vous plaît, sahibs. *Kun dishaa ? Kun dishaa ?*

— Quelle direction ? dit Jameson, traduisant au bénéfice de Swift.

— *Huncha*, dit le sirdar, en se redressant pour leur faire face. Vous attendez ici, s'il vous plaît. Je regarde dans le coin peut-être dix, quinze minutes. J'essaie de trouver piste, puis je reviens ici, *huncha* ?

— *Huncha*, dit Jameson, en acquiesçant d'un hochement de tête.

Le sirdar pressa les paumes de ses gants de laine l'une contre l'autre, devant son visage, comme pour prier.

— *Namaskaar*, dit-il.

— *Namaste*, dit Jameson, en faisant le même geste.

Le sirdar partit d'un pas rapide.

— S'il vous plaît ne vous éloignez pas, sahibs, lança-t-il par-dessus son épaule. Sherpa connaît pays, même dans brouillard, même dans le blanc complet. Mais dangereux pour sahibs.

Une seconde plus tard, il avait disparu comme un fantôme.

Jameson alluma une autre cigarette et donna des coups de pied timides dans la neige sous ses pieds. Swift se moucha et frissonna.

— J'imagine qu'il sait ce qu'il fait, dit Swift.

— C'est un bon, dit Jameson.

Puis il ôta le fusil de son épaule.

— Je dois dire que je n'aimerais pas revenir au CBA sans lui.

Swift regarda autour d'elle, avec une certaine inquiétude.

— Ce temps est du pur... Wilkie Collins.

— L'écrivain anglais, c'est ça ?

Swift acquiesça d'un hochement de tête.

— C'est l'horreur, non ? Si nous tombons sur un yéti, nous serons trop près pour que je puisse me servir du fusil. A moins de vingt mètres, la seringue pourrait occasionner une fracture, voire lui passer à travers le corps. Je regrette de ne pas avoir pensé à apporter l'un des pistolets.

— Tu pourrais vraiment le blesser ?

— Un peu, oui.

Jameson souffla de la fumée avec impatience.

— Mais même si j'arrivais à toucher la bête, je ne suis pas sûr d'avoir envie de la poursuivre dans des conditions pareilles. Car une espèce de poursuite s'impose. Or nous pourrions nous casser une jambe, ou pire. Non, plus j'y pense...

Jameson ouvrit le fusil, comme s'il le cassait en deux, en retira la seringue, dont il boucha l'extrémité semblable à un tuyau de plume, puis la mit dans sa poche.

— Juste au cas où je serais tenté, expliqua-t-il.

Swift approuva d'un hochement de tête.

— Je crois que tu as tout à fait raison.

À cet instant précis, ils entendirent un cri, quelque part devant d'eux. Le sirdar avait trouvé quelque chose.

— *U yahaa !*, lança-t-il. Par ici, sahibs !

Jameson lui cria en retour :

— *Haani aau-dai chhau !*

Swift et lui se mirent à descendre le couloir en direction de la voix du sirdar.

— Ce serait bien notre chance, hein ? dit Jameson. Si nous en croisions un maintenant.

Boyd laissa une demi-heure d'avance à l'équipe de pisteurs, avant de s'engager dans la même direction, vers le sud-est. De temps à autre, il s'arrêtait et semblait vérifier sa position au moyen d'un petit dispositif électronique de poche. En chemin, il réfléchit à la nature de l'animal dont les trois autres suivaient les traces. Cela le surprenait qu'il y eût des scientifiques assez naïfs pour prendre leurs désirs pour des réalités. Même si cette créature existait, elle était demeurée insaisissable depuis le début de l'histoire de l'humanité. Et ils s'imaginaient qu'il leur suffisait de s'amener pour la trouver ! Selon Boyd, il existait une explication rationnelle aux étranges traces de pas, une explication sans rapport avec l'Abominable Homme des neiges. Un ours, peut-être. Ou même un aigle himalayen géant. Boyd n'avait pas oublié la frayeur qu'il avait éprouvée en tombant sur l'un de ces oiseaux, sur la piste au départ de Chomrong. Il était exceptionnel de croiser un aigle géant. Boyd revoyait le grand oiseau se poser sur le sol. Incroyable à quel point, vu de dos, cette bête ressemblait à un grand singe.

On aurait facilement pu confondre les énormes empreintes qu'elle avait laissées, avec celles d'un grand singe. Plus Boyd y pensait, plus il se persuadait que cette créature allait se révéler être un aigle. Cette pensée le fit rire tout haut et il se dit qu'il aurait presque aimé être là, quand ils l'attraperaient. S'ils l'attrapaient.

Riant toujours il s'arrêta, laissa tomber son sac à dos, et se prépara à prélever une carotte dans le glacier.

Le brouillard se leva aussi vite qu'il était tombé quand Swift et Jameson arrivèrent à l'entrée du couloir. A l'endroit où le cours du Modi Khola s'élargissait, ils tombèrent sur une petite rangée de poteaux signalant un lieu sacré.

Ils trouvèrent un *Tarch* — petit wigwam de tissu et de bannières de papier flottant au sommet de longs mâts de bois, comme du linge qu'on aurait mis à sécher dans le vent soudain plus fort —, un rocher avec des symboles sacrés et des mantras peints en vert, et un petit Chorten — reliquaire de forme conique, fait de briques rouges et symbolisant les quatre éléments. Puis ils virent le sirdar.

Avec un sourire d'excuse, il leur fit signe de le suivre le long du lit du torrent, dans le brouillard s'éclaircissant. Puis il leur désigna une langue de neige qui s'étirait jusque dans la rivière à la course vive.

Une vision extraordinaire s'offrit à eux. Mais ce n'était pas celle pour laquelle ils avaient marché plusieurs kilomètres.

En cet endroit, tout son poids reposant sur ses mains fermement posées sur un grand rocher plat, son corps à la peau foncée parallèle au sol couvert de neige, ses longues jambes tendues, ses pieds nus l'un contre l'autre, ses longs cheveux pendant sur son visage telles les boucles de Méduse, entièrement nu, hormis un petit pagne, il y avait un homme.

Pendant un moment, Swift et Jameson furent trop ébahis pour parler. Vu la température : moins quinze degrés Celsius, ils n'avaient envisagé ni l'un ni l'autre que les traces de pas dans la neige pussent avoir été faites par des pieds humains.

— Notre yéti, je pense, finit par dire Jameson. Boyd va être ravi quand on va lui dire, le salopard.

— Qui est-ce ? demanda une Swift exaspérée au sirdar. Et que fait-il là ?

— C'est un endroit étrange pour faire ses exercices de yoga, remarqua Jameson.

— Hindu Sadhu, expliqua Hurké Gurung. Un adepte du Seigneur Shiva.

Tendant le bras, le sirdar désigna un trident de bois, sur le sol, à côté d'un peignoir en tissu fin jeté là, comme si cela allait les éclairer l'un et l'autre.

— A dû s'arrêter ici à cause brouillard, comme nous. Lui pratiquer *Tum-mo* yoga. Très bon pour préservation chaleur, pas besoin d'aucun vêtement.

Le sirdar se frotta l'estomac, comme pour indiquer qu'il avait faim.

— Lui très chaud à l'intérieur, dit-il.

— Seigneur, je gèle sur place rien que de le regarder, admit Jameson.

— Moi aussi, dit Swift.

— Cette position appelée *Mayurasana.* Mais crains de pas connaître anglais pour *Mayura.*

— Un paon, dit Jameson.

Il haussa les épaules comme s'il essayait de juger de l'exactitude du mot.

— Oui, ça doit être ça, dit-il. Avant que le paon lève ses plumes pour faire la roue, sa queue est tendue, parallèle au sol.

Le sirdar se frotta à nouveau l'estomac.

— Exactement, sahib. Fait de très bons muscles du ventre, aussi.

— J'imagine, oui.

— Comme *Mayura* tue le serpent, *Mayura* tue poisons dans le corps. Génère beaucoup de chaleur. Exactement comme cellule d'alimentation Johnson-Mathey de Semath.

Lentement, le sadhu baissa ses pieds et les posa sur le sol, puis il se mit en *Padmasana*, la position du lotus.

S'inclinant plusieurs fois, Hurké Gurung salua le sadhu avec un *namaste*. Puis, quand l'ascète fort barbu lui rendit son salut, il lui parla.

— *O, daai. Namaste. Sadhuji, tapaa kahaa jaanu huncha ? Bhannuhos ?*

Les deux hommes parlèrent plusieurs minutes, et tout le temps de leur conversation, le sirdar garda les paumes de ses mains pressées l'une contre l'autre, comme s'il adressait une prière au sadhu. Finalement, le sirdar se tourna vers les deux Occidentaux.

— C'est un homme très saint, expliqua-t-il, son intonation trahissant un grand respect. C'est le Swami Chandare, un Dasnami Sannyasin du grand Seigneur Shiva. Il a fait vœu très strict de renoncement pour mettre son esprit aux disciplines physique et spirituelle.

Le swami acquiesça d'un lent hochement de tête, comme s'il comprenait ce que disait le sirdar.

— Sa vie est passée à marcher autour du Machhapuchhare, qui d'après lui est le corps du Seigneur Shiva, le destructeur de toutes choses, dans le but de faire place pour de nouvelles créations. Autrefois il était en Inde, pour être près d'une autre montagne. Shivling, elle s'appelle, et elle est, dit-il — excusez-moi memsahib de dire de tels mots en votre présence — il dit que c'est la chose du Seigneur Shiva.

Le sirdar secoua la tête, exprimant un légère désapprobation, et ajouta :

— Après, j'ai vu cette montagne, et c'est seulement l'ombre du soleil sur la montagne qui ressemble parfois à la chose d'un homme. *Huncha.* Je lui ai dit que nous étions gens à l'esprit très scientifique, qui sont venus pour chercher le yéti et maintenant swami demande pourquoi désirez-vous le trouver, s'il vous plaît ?

— Le swami a-t-il vu un yéti, Hurké ? dit Swift.

— Oh oui, s'il vous plaît, memsahib. Une fois, pendant qu'il priait, plus bas, sur un versant du Machhapuchhare, un yéti est passé, avec une grosse pierre sous son bras puissant. Le yéti avait l'air très féroce, très fort. Mais le Swami, il n'a pas eu du tout peur. Depuis des années il a vu yéti de nombreuses fois, mais jamais de mal lui est arrivé. Seulement parce que yéti sait qu'il ne veut pas de mal à yéti. Comprenez ? Yéti a même aidé Swami avec *dhyana.* Jameson sahib, anglais de *bhaasha maa kasari dhyana bhanchha ?*

— Méditation, dit Jameson.

— Méditation oui, dit le sirdar, en acquiesçant d'un hochement de tête. Swami, lui dire que yéti ne lui parle pas, mais très intelligent.

Le swami s'adressa à nouveau à Hurké Gurung.

— Swami demande encore pourquoi nous voulons trouver yéti, s'il vous plaît.

— Dites-lui que nous ne voulons pas de mal au yéti, dit Swift. Nous voulons juste avoir la possibilité de l'étudier.

— Alors pourquoi apporter ce fusil ? dit Gurung, traduisant la question du swami.

Tenant la seringue Cap-Shur par sa petite bride de tissu, Jameson la sortit de sa poche. Après quoi, cassant le fusil en deux, il montra comment on la glissait dans le canon. Puis il la retira de l'arme et expliqua, dans un népalais parfait, que ce fusil ne contenait qu'une petite quantité de soporifique, suffisante pour immobiliser la créature pendant une heure, voire moins.

Le swami ferma les yeux pendant un moment, et marmotta quelque chose dans sa barbe. Lorsque à nouveau il parla, c'était en anglais.

— Pour comprendre l'intelligence d'un yéti, dit-il d'une petite voix flûtée, vous devez être deux fois plus intelligents que lui. Et c'est un être très intelligent. Sinon, comment aurait-il échappé à la capture et à l'examen de l'homme pendant si longtemps ? Êtes-vous deux fois plus intelligents, ou simplement deux fois plus arrogants ?

Swift et Jameson échangèrent un regard surpris.

— Vous parlez l'anglais ? dit Swift.

— Vu que je suis déjà en train de le parler, vous ne devez pas vouloir que je considère cette remarque comme une question. Et comme remarque, c'est redondant. Pourquoi devriez-vous êtes surprise ? Dans notre Constitution, qui est la plus longue constitution du monde, l'anglais apparaît comme étant l'une des langues officielles de l'Inde. Et nous n'avons fixé aucune date pour son abandon. Avant de devenir l'homme que vous voyez à présent, j'étais avocat.

— Exactement comme Gandhi, murmura Jameson.

— En cela et en cela seulement, répliqua le swami. Alors qu'espérez-vous apprendre sur le yéti ?

— Nous espérons qu'en apprenant des choses sur le yéti, nous pourrions en apprendre davantage sur nous-mêmes.

Le swami poussa un soupir las.

— Celui qui a la connaissance est prudent, et définitivement pur, il atteint la fin du voyage d'où il ne revient jamais. Mais il est naturel de chercher comme vous le faites. D'où venons-nous ? Quel pouvoir nous fait vivre ? Où trouvons-nous le repos ? Au-delà des sens sont les perceptions, et au-delà de celles-ci est l'esprit, et au-delà est la raison pure. Cependant, connaître les réponses à ces questions n'est pas toujours une source de réconfort ni de satisfaction, car au-delà de la raison est l'esprit dans l'Homme.

— La science a éloigné l'Homme du centre de l'Univers. N'est-ce pas ? Tellement éloigné qu'il se sent petit et insignifiant. Voilà une vérité, non ? Mais une vérité pas très satisfaisante. Lutte pour ce qu'il y a de plus élévé et sois dans la lumière, mais le chemin est aussi étroit que le fil du rasoir, et difficile à suivre. Nous sommes tous fascinés par ce qui nous lie à nos ancêtres. N'est-ce pas ? En Occident, les gens essayent de retrouver ce qui a été perdu grâce à leurs arbres généalogiques. Mais pourquoi a-t-on oublié autant de choses ? Pourquoi est-ce si difficile ? Pourquoi sommes-nous si peu nombreux à pouvoir remonter les chemins de nos ascendances ? Peut-être ne devait-il pas en être ainsi. Peut-être est-il mieux après tout de vivre dans l'ignorance de telles choses.

— Je ne puis croire qu'il soit bon de vivre dans l'ignorance de quoi que ce soit, dit Swift.

— Il fut un homme, dit le swami, qui essaya de retrouver ses ancêtres. Ce faisant, il découvrit que la femme qui était sa mère était en fait sa tante, et que la femme qu'il avait toujours connue comme étant sa tante, était en fait sa mère. Ayant trouvé bien plus de choses qu'il ne s'y attendait, l'homme se fâcha avec les deux femmes et les renvoya. A présent il n'a plus ni mère ni tante. Secouez les branches d'un arbre, si vous voulez. Un fruit peut tomber sur vos genoux. Il peut même vous nourrir. Mais ne vous étonnez pas si la branche vous reste dans la main.

Le swami gloussa.

— L'arbre de la vie recèle de nombreuses surprises comme celle-ci. Vos paroles et vos esprits vont vers Lui, mais ils ne l'atteignent pas et ils reviennent. Connaissez le penseur, pas la pensée.

Disant cela le swami se leva, prit son peignoir, le mit sur ses épaules osseuses, ramassa ses affaires et se remit en route une fois de plus, laissant derrière lui les empreintes désormais ironiquement familières de ses pieds nus dans la neige.

— Quel homme extraordinaire ! dit Swift, alors qu'ils le regardaient s'éloigner.

— Oui, il est assez impressionnant, dit Jameson.

— Oh, oui, sahib. Un homme très saint et très religieux.

Swift grogna.

— Ce n'est pas ce que je voulais dire.

— Oh ? Que voulais-tu dire ?

— L'univers est exactement comme il devrait être, s'il n'y a pas de dessein surnaturel, pas de but précis, s'il n'y a que l'indifférence complète. Il me semble tout à fait fou d'essayer de lui donner une signification autre que purement scientifique.

— Swift, tu es beaucoup trop terre à terre, rigola Jameson. S'il y a des dieux, c'est parce que nous avons besoin de croire que nous sommes autre chose qu'un assemblage d'atomes. C'est ce qui distingue la nature humaine du reste de la nature.

Déçue que les traces de pas ne les aient conduits nulle part, Swift haussa les épaules, se souciant assez peu d'opposer des arguments à Jameson.

— Venez, soupira-t-elle. Nous ferions mieux de rentrer au camp.

Treize

« La chose la plus belle dont nous puissions faire l'expérience c'est le mystérieux. C'est la source de tout art et de toute science véritables. »

Albert Einstein

Trois semaines s'écoulèrent, sans que le yéti se montre, ni ne laisse de traces visibles. Résultat, la bonne humeur du premier jour sur le glacier commença à tourner court. Les membres de l'équipe prenaient peu à peu conscience de la taille énorme du Sanctuaire et de ses nombreux impondérables, dont des conditions atmosphériques extrêmes, et la tâche qu'ils s'étaient assignée leur apparaissait soudain dans toute son ampleur. Swift fit de son mieux pour rester optimiste, mais, au début de la quatrième semaine, elle commença elle aussi à douter qu'ils trouveraient jamais Esaü, son fossile vivant. Aussi fût-ce autant pour raviver sa confiance que celle des autres dans le succès de leur entreprise, qu'elle fit cette demande au sirdar : annoncer à tous les sherpas qu'elle donnerait un bonus de cinquante dollars américains à l'homme qui découvrirait de vraies empreintes de yéti. Les sherpas firent preuve d'efforts redoublés, mais vains, et l'équipe commençait à perdre le moral.

Jack en était arrivé à croire que l'expédition tentait de couvrir un trop grand territoire. Il décida donc d'établir un autre campement, sur les pentes du Machhapuchhare, un site qu'il avait sélectionné à la jumelle, et baptisé Camp Un. Jutta et Cody partiraient avec Ang Tsering en reconnaissance dans une vallée proche d'Annapurna III. Et Jack conduirait Swift, Mac et Jameson sur les pentes les plus basses du Machhapuchhare, pour y établir un camp où ils pourraient rester chaque fois plusieurs jours d'affilée. Warner resterait au CBA, ainsi que Boyd, qui devait prélever des carottes dans le glacier.

— Il va nous falloir un camp plus en altitude, annonça Jack, hochant la tête en direction du pic de la Queue de Poisson, qui leur était désormais familier. Il est probable que nous effectuerons l'essentiel de nos recherches dans cette direction. L'endroit auquel je pense est le petit îlot rocheux un peu plus bas sur le glacier, sur les pentes les plus basses du Machhapuchhare. Ce que les alpinistes appellent le Rognon. Dans cette neige, ça va être pénible, sans parler de l'altitude élevée. En grimpant les derniers six cents mètres, on aura l'impression d'en faire trois mille.

— Je pensais que tu avais dit que nous étions acclimatés, objecta Swift.

Jack rit.

— A une altitude d'un peu plus de quatre mille mètres, oui. Pas à près de cinq mille. Mais c'est là toute l'histoire, mes amis. À peine est-on habitué à une altitude, qu'on monte plus haut et qu'on recommence tout le processus.

Jack tendit le bras pour désigner les quatre Sherpas, Hurké Gurung en tête, qui déjà progressaient dans leur descente du glacier, même s'ils s'enfonçaient dans la neige jusqu'aux genoux et s'ils transportaient de lourdes charges sur leur dos. Ils apparaissaient à Swift telles des mouches minuscules rampant sur un gâteau qu'on vient de glacer.

— Venez, dit Jack. Plus vite nous partons, plus tôt nous pourrons rentrer.

C'était une belle matinée, mais la petite troupe de Jack n'avança que lentement sur les traces des sherpas, qui furent bientôt hors de vue dans un champ de glace. Ils avaient balisé la route avec des bambous coiffés de drapeaux et le groupe n'eut aucun mal à repérer le chemin indiqué. Quand ils arrivèrent en vue de séracs aux contours dentelés, Swift et Jameson ressentaient les effets de l'altitude et avaient dû prendre quelques-unes des tablettes d'acétazolmide que Jutta Henze leur avait données pour parer à une telle éventualité. Celles-ci avaient un effet déshydratant et donnaient envie d'uriner. Swift dut faire l'expérience peu agréable de s'accroupir pour pisser sous de grosses stalactites accrochées à l'un des séracs, telles les énormes griffes de quelque monstre préhistorique.

Jack la héla de derrière un autre sérac.

— Tu as bien choisi ton endroit, il faut le reconnaître. Si l'un de ces cure-dents lâche, tu meurs comme Dracula, chérie.

Swift se hâta de terminer, et rejoignit les autres à l'entrée d'un couloir que le sirdar avait balisé pour les faire passer entre les séracs. Un peu plus loin derrière, à l'endroit où se tenait Jack, elle apercevait l'ouverture béante d'une énorme crevasse, et elle commença à réaliser à quel point toute cette zone était dangereuse. Entourée d'un labyrinthe de séracs dont l'équilibre paraissait précaire, de grosses stalactites pointues comme des épines, et d'abîmes cachés, Swift pensa que l'endroit semblait presque avoir été créé par une reine des neiges vindicative, dans le seul but de gêner leur avancée.

Ç'avait été une année difficile pour les sherpas et les porteurs. A cause de la guerre indo-pakistanaise, peu d'Occidentaux prenaient l'avion pour Delhi et, vu le peu de vols directs pour Katmandou, le tourisme au Népal s'était écroulé. L'argent manquait. Les choses allaient si mal, que Hurké Gurung n'avait pas souvenir d'une époque pire que celle-là depuis qu'il faisait le guide d'expéditions dans l'Himalaya.

Il avait pensé que la présence de l'expédition scientifique dans le Sanctuaire annapurnien, et plus précisément leur apport généreux de dollars américains feraient des sherpas Népalais assez chanceux pour avoir trouvé du travail, des hommes reconnaissants envers leurs employeurs et par conséquent plus dociles. En fait, le sirdar s'aperçut que cela produisit exactement l'effet inverse. Chaque homme était déterminé à soutirer jusqu'au moindre *cent* et au plus petit avantage aux Américains. À plusieurs reprises, Hurké s'était senti gêné par les demandes apparemment grossières de ses compatriotes — demandes qu'il était obligé de transmettre à Jack sahib, et ce à contrecœur : de meilleures chaussures, davantage de cigarettes, de sweat-shirts, de pull-overs de laine, de gants Dachstein, de vestes de mouton, de bonnets de laine. En résumé, plus de tout ce qu'ils pourraient ensuite revendre en échange de devises fortes. Hurké comprenait à quel point la situation de ses compatriotes devenait critique. En effet, il leur fallait compter sur les touristes et leurs dollars, pour voir légèrement amélioré leur niveau de vie, ou plutôt de survie. Hurké savait combien les Occidentaux étaient riches, en comparaison. Mais il se sentait compromis, vu l'amitié et l'admiration qui le liaient à l'homme qui lui avait un jour sauvé la vie. Il était difficile de solliciter abusivement un tel homme, particulièrement quand le but de l'expédition rendait les autres sherpas nerveux, et potentiellement peu fiables.

Lorsqu'il s'agissait de marcher dans la neige profonde à des altitudes de plus de sept mille cinq cents mètres en portant des charges de trois kilos et demi et plus, le sirdar trouvait que ses hommes ne manquaient ni de courage ni de force. Mais les yétis, c'était une autre histoire. Le simple cri d'un yéti — ce bruit sifflant et plutôt fort ressemblant à l'appel plaintif d'un gros oiseau de proie — était suffisant pour leur faire craindre pour leur vie.

Faisant partie des « Tigres », les plus braves et les plus endurants des Sherpas, Hurké Gurung n'avait pour sa part aucune crainte. Et lors des rares occasions où il avait réellement peur — généralement pendant une tempête, ou durant une ascension en montagne — il ne le montrait pas. C'était cela, être sirdar.

Mac avait grimpé sur un monticule de neige et regardait les pentes plus basses du Machhapuchhare à la jumelle, de l'autre côté de la forêt de glace.

— Je ne les vois pas encore.

Jack prit la radio.

— Hurké, c'est Jack. Réponds-moi, s'il te plaît. À toi.

Il y eut un bref moment de silence, puis ils entendirent tous la voix calme du sirdar.

— Je vous reçois très bien, Jack sahib.

— Comment se présente la voie sur le glacier ?

— Nous sommes au bout, sahib. Elle n'est pas très directe. Mais on n'a pas trouvé d'autre chemin. Peut-être verrez-vous meilleur itinéraire. Mais je pense que ce n'est pas aussi mauvais que le mur de glace près de l'Everest.

— Eh bien, ça fait plaisir de le savoir.

Jack relâcha le bouton de la radio.

— Un ami à moi s'est tué sur cette paroi de glace, dit-il.

Puis il cracha dans la crevasse.

— Bien, il nous l'a dit, remarqua Jameson.

Haussant les sourcils, il ajouta :

— Cependant, ç'a l'air d'être le genre d'endroit où l'on pourrait s'attendre à voir un yéti.

— Un yéti a probablement trop de bon sens pour traîner dans un endroit pareil, dit Mac.

— Mac a raison, dit Jack. C'est le moment de bouger. Cet endroit me donne la chair de poule.

Mac resta où il était, sur le monticule de neige, regardant toujours à la jumelle.

— Viens, Mac.

— Juste une minute, grogna Mac, irrité.

Il baissa les jumelles puis, fronçant les sourcils, regarda de l'autre côté de la barrière de glace, en direction des pentes plus basses du Machhapuchhare.

— C'est probablement rien.

— Qu'y a-t-il ? dit Swift.

Mac se colla à nouveau ses jumelles sur les yeux.

— Ne devraient-ils pas s'apprêter à remonter le flanc de la montagne, en direction du Rognon ?

Jack grimpa sur le monticule de neige, à côté de l'Ecossais.

— Oui, ils devraient.

— Alors c'est qui, ceux-là ?

Mac tendit les jumelles à Jack et pointa un doigt devant lui.

— Juste en dessous du sommet du Rognon, dit-il, calmement. Environ deux cents mètres au-dessus du mur de glace. Tu les vois ?

Jack regarda dans la direction indiquée par Mac et repéra de justesse deux minuscules points noirs, debout, immobiles, sur la pente d'accès à la montagne sacrée.

— Ils se sont arrêtés, maintenant, dit Mac. Mais je jurerais qu'il y a deux minutes ils se déplaçaient.

— Je les vois, dit Jack. Tu es sûr ? Moi j'ai l'impression que ce sont deux rochers.

— Évidemment que je suis sûr.

— Attends une minute. Tu as raison. Ils bougent !

Jack fit le point, essayant d'améliorer la netteté de sa vision.

— Ça ne peut pas être les sherpas. Même le sirdar n'est pas aussi rapide.

— Les sherpas montent, dit Mac.

Il balança son gant par terre, puis se hâta de visser un long zoom sur son appareil photo.

— Ces deux-là ont l'air de descendre, ajouta-t-il.

Swift sortit une lunette de son sac en toute hâte, puis, prenant la main que Jack lui tendait, elle grimpa sur le monticule de neige à côté de lui. Elle dirigea sa lunette sur le Rognon.

— Oui, je les vois ! dit-elle, tout excitée.

Son cœur sauta un battement, quand l'une des deux silhouettes se mit à bondir vers le bas de la pente, sautant d'une jambe sur l'autre dans la neige profonde.

— Seigneur, souffla Jack. Regardez cette chose bouger !

Mac tenta de faire le point sur la pente lointaine.

Jameson appela le sirdar avec sa radio.

— Hurké ? C'est Jameson.

— Je vous écoute, Jameson sahib.

— Nous regardons la pente juste au-dessus de vous à la jumelle. Il semble y avoir deux silhouettes qui descendent vers vous depuis les pentes plus hautes du Machhapuchhare.

— Je ne vois rien, Jack sahib. Mais j'ai le soleil dans les yeux.

— Ces êtres, quels qu'ils soient, sont d'une puissance incroyable, dit Mac, en appuyant sur le déclencheur.

Le moteur de son appareil évoquait un robot minuscule sans arrêt en mouvement.

— Mac, il n'y a pas de « quels qu'ils soient » qui tienne, dit Swift, d'un ton ferme. Ça ne peut être que des yétis.

— Oui ! cria Mac.

Son exclamation de triomphe se répercuta dans tous les séracs alentour, couvrit ce que Jameson était en train de dire au sirdar. Mac retira à la hâte le rouleau de pellicule et en fourra un autre dans l'appareil.

— Seigneur, j'espère pouvoir faire des agrandissements corrects de ces foutues photos.

— Pourriez-vous répéter ? dit le sirdar.

Jameson répéta ce qu'il venait de dire en népalais.

— *Haami her-cchau dui waata yéti, timiharu ukaado maathi,* dit-il.

— Ce doit être un genre de grand primate, dit Mac. Il bouge, ça, aucun doute.

— L'autre bouge aussi, à présent, dit Swift. Ils semblent se diriger droit sur le champ de glace et les sherpas !

Percevant un vacarme du côté du sirdar, Jameson appuya sur le bouton de l'émetteur et dit :

— *Ke Bhayo,* Hurké ? Quel est le problème ?

Il entendait désormais clairement les autres sherpas élever la voix. Puis le sirdar leur cria :

— *Roknu, roknu.* Arrêtez. *Aanu yahaa.* Revenez. *Hera. Hera !*

— Hurké, répondez-moi. Qu'est-ce qui se passe là-bas, bordel ?

Pendant un moment, il entendit un bruit sifflant. Peut-être le retour dans sa radio et celle de Jack, pensa-t-il. Puis il jeta un coup d'œil alentour et vit que Jack regardait à nouveau dans les jumelles.

À nouveau ce bruit sifflant dans la radio et cette fois, il comprit ce que c'était. Pas un son renvoyé par la radio. Ça ressemblait au cri d'un gros oiseau de mer, tournoyant au-dessus d'un port, par grand vent. C'était le cri d'un gros mammifère.

Ayant entendu Jameson dire à Hurké, via sa radio, que deux yétis descendaient la pente de la montagne et se dirigeaient vers le champ de glace, les sherpas prirent peur. Peur qui bientôt fit place à la panique, quand ils entendirent le cri caractéristique de l'Homme des neiges se répercuter entre les séracs.

Hurké Gurung leur cria de rester où ils étaient et les traita même de lâches. Mais, à ce moment-là, ils avaient déjà laissé tomber leur charge et tourné les talons, s'enfuyant en courant vers l'endroit d'où ils étaient venus.

Le champ de glace sous le Machhapuchhare, comme celui, plus vaste, situé au pied de l'Annapurna, était une chute d'eau gelée, une rivière dont la source se trouvait sur les pentes de la montagne elle-même. Pénétrer dans ce chaos gelé, c'était comme s'aventurer dans un champ de mines — quelque chose qu'on fait avec une prudence extrême. Toute personne suffisamment inconsciente pour se précipiter en un tel lieu, truffé d'obstacles fatals, le faisait à son propre péril, un péril immédiat, ainsi que l'avaient prouvé les nombreux accidents mortels dans les champs de glace à travers tout l'Himalaya.

Le premier homme qui partit en courant s'appelait Narendra. Il était le fils de l'un des sherpas restés au CBA — un « Tigre » du nom de Ngati. Le sirdar vit Narendra pour la dernière fois quand il fonça dans une zone balisée par trois tiges de bambous, au lieu de la contourner. À peine un quart d'heure plus tôt, Hurké avait éprouvé la solidité de la neige avec un bambou et soupçonné l'existence d'une crevasse cachée. Il avait vu juste : dès qu'il passa en courant sur la neige, Narendra disparut en hurlant dans l'abîme situé en dessous.

L'homme qui courait derrière lui, Ang Dawa, voyant Narendra tomber et sur le point de mourir, bifurqua brusquement sur la droite et rentra dans une grande aiguille de glace en équilibre précaire. La seconde d'après, Hurké entendit un bruit d'éclatement sourd, et plusieurs tonnes de neige et de glace engloutirent Dawa et deux autres sherpas, Wang Chuk et Jang Po. Un cinquième homme, Danu, bondit pour échapper de justesse à l'écroulement du sérac fatal, et s'aperçut que son saut presque surhumain l'avait fait atterrir au bord d'une autre crevasse. Pendant un bref instant, il agita les bras comme un moulin en essayant de retrouver son équilibre, avant que son pied ne glisse vers l'avant. Il poussa un cri d'horreur qui se prolongea plusieurs secondes avant qu'il n'ait disparu à la vue, faisant lui aussi une chute fatale.

Tremblant, le ventre pris de spasmes, le sirdar s'assit lourdement dans la neige et regarda, impuissant, un immense nuage de particules de glace, telle la vapeur d'une énorme explosion, former un gros champignon au-dessus du sérac écroulé, puis se dissiper lentement.

La voix de Jack, dans la radio, le tira de sa contemplation comateuse du désastre dont ses hommes venaient d'être victimes.

— Hurké ? Réponds-moi, s'il te plaît. C'est Jack.

— Jack sahib.

— Ça va ?

— Ça ne va pas, sahib. Les hommes sont morts. Ils se sont enfuis, sahib. Ils sont retournés dans le champ de glace en courant et maintenant...

Il s'arrêta de parler et regarda autour de lui. Un son très fort, modulé, sur la pente au dessus de lui, telle une série de rots prolongés, suivis de grognements plus sauvages en staccato ressemblant à ceux des cochons en train de manger, dans le village d'Hurké, rappelèrent au sirdar pourquoi les autres s'étaient mis à courir.

— Il a dit qu'il y en avait combien qui étaient morts ?

— Cinq. Cinq hommes, dit Jack, d'un ton sinistre.

— Seigneur ! Cinq ?

— Hurké ? Tu es toujours là ? Réponds-moi, s'il te plaît. C'est Jack. Hurké ?

La radio demeura muette pendant un moment.

— Qu'est-ce qu'il a, bordel ? Pourquoi ne répond-il pas ? Hurké. Réponds-moi, s'il te plaît.

Puis Jack entendit un murmure.

— Jack sahib, taisez-vous, s'il vous plaît. Ne dites plus rien, de grâce.

Swift sauta du monticule de neige et s'engagea sur la piste où s'imprimaient les pas des infortunés sherpas.

— Venez, dit-elle. Il n'y a pas de temps à perdre.

Avançant à grands pas, le dos courbé, leurs bras puissants pendant contre leurs flancs, les deux créatures descendirent la pente de la montagne. Elles étaient sur le point de pénétrer dans le champ de glace, quand elles virent le sirdar, et s'arrêtèrent. Une trentaine de mètres, pas plus, séparaient les deux yétis de Hurké Gurung. La première et seule fois où Hurké avait vu un yéti, ç'avait été à une distance d'au moins cent mètres, et l'animal s'enfuyait à toute vitesse. Mais à présent, il était suffisamment près pour voir que les créatures étaient deux grands mâles, d'au moins deux mètres de haut, très costauds, dont la silhouette ressemblait fort à celle d'un être humain. Ç'aurait pu être deux gorilles, mais ils étaient couverts de poils courts et rouge-brun, qui faisaient davantage penser à des orangs-outans. Leur tête était très grosse et pointue, le visage imberbe et plus plat que celui d'un homme, quoique pas aussi plat que celui d'un grand singe.

Son instinct dit au sirdar de rester tranquille et silencieux, car à l'évidence les yétis étaient tous deux immensément forts et Hurké avait l'impression qu'il lui suffirait de faire un geste brusque pour qu'ils le déchiquètent. Le sirdar voulait désespérément s'enfuir. Mais même s'il réussissait à avoir quelques mètres d'avance sur eux, que se passerait-il ensuite ? Il ne pouvait prendre la fuite qu'en retraversant le champ de glace. Or le chemin balisé par les bambous était sens dessus dessous. Il semblait certain que s'il courait, il finirait comme les sherpas, enseveli sous des blocs de glace, ou au fond d'une crevasse cachée. Aussi resta-t-il où il était, ressentant une terreur nouvelle pour lui, et pria-t-il tous les dieux qu'il connaissait pour que les deux yétis perdent tout intérêt pour sa personne et passent leur chemin.

Quatorze

> *« ... Un singe converti au bouddhisme vivait en ermite dans les montagnes. Il était marié à une démone, et aimé d'elle. Leurs enfants avaient tout comme eux de longs poils et des queues, c'étaient les miteh kang-mi, les "hommes des neiges" — les yétis. »*
>
> Peter Matthiessen

Lincoln Warner regarda tous les ordinateurs et l'équipement de laboratoire qu'on avait montés sous la bulle. Il se sentait irritable. Il pensa à tous les moyens d'études dont il disposait en ce coin reculé du monde — la mappe, le linkage, l'expression des gènes, le séquençage d'ADN, la spectroscopie avancée, la microphotométrie, l'imagerie quantitative fluorescente, et bien d'autres techniques — et il poussa un soupir. Lincoln Warner s'ennuyait. Durant les trois semaines qu'il avait passées dans le Sanctuaire, il avait installé le logiciel d'analyse colloïdale et vérifié les concentrations de ses réactifs d'isolation d'ADN et d'ARN. Le reste du temps, il s'était occupé de façons diverses. Il avait joué aux échecs contre l'ordinateur, écouté de la musique sur son lecteur de CD portable, lu des livres, marché sur le glacier. Et plus généralement, il avait espéré que ses collègues allaient faire la découverte zoologique du siècle, ce qui lui fournirait un matériau sur lequel travailler. Mais vu le caractère remarquable de l'enjeu, il commençait à se dire que les dés étaient forcément pipés. Le mieux qu'ils pouvaient espérer, probablement, était quelques minutes de film tourné à plusieurs centaines de mètres de distance, sur lequel apparaîtrait, ou non, un genre d'anthropoïde himalayen. Warner commençait à regretter d'avoir cédé aux instances des autres, et d'être venu dans l'Himalaya. Il était probable qu'à l'issue de cette expédition, il n'aurait pratiquement fait qu'améliorer sa technique aux échecs. Son seul progrès, jusqu'ici : il s'était familiarisé avec le programme LSAP.

Conçu par l'un de ses collègues de l'université de Georgetown, à Washington DC, le Logiciel de Simulation et d'Analyse phylogénétique était une méthode permettant de prévoir de quelle façon les différentes branches de l'évolution étaient liées par leurs chromosomes mitochondriaux et de quelle façon ces connections par l'ADN pouvaient être affectées par des changements dans l'environnement. En 1987, à Berkeley, des biochimistes avaient fait l'annonce des résultats de leurs recherches sur l'ADN au monde scientifique. À savoir : tous les hommes ont un même ancêtre en la personne d'une femmes africaine ayant vécu il y a deux cent mille ans : l'Eve mitochondriale. Mais Lincoln Warner en était venu à soupçonner qu'il existait divers genres d'ADN au sein de l'espèce humaine. Quant au fait qu'Eve ait été africaine, les preuves étaient maigres. D'ailleurs, l'une des doctrines fondamentales de l'anthropologie : tous les hommes auraient une seule et même origine, le laissait dubitatif. L'évolution, arguait-on, ne marchait pas d'une autre façon : les nouvelles espèces ne s'établissaient que par le biais de la différenciation à partir d'une seule et même origine. Lincoln Warner n'en était pas convaincu, et plus il jouait avec le grand nombre de théories évolutionnistes offertes par le programme LSAP, plus lui seyait le concept d'évolution multirégionale.

Le programme LSAP proposait plusieurs hypothèses environnementales, dont celle de la mutation suite à l'holocauste : est-ce que toute une série de nouvelles mutations nuisibles résultant d'une catastrophe nucléaire endommageraient définitivement la structure génétique de base de l'espèce humaine ? Warner espérait que ni lui ni son ami à Washington n'aient jamais la réponse à cette question.

Apercevant son propre reflet dans l'écran noir de son ordinateur de bureau, Lincoln Warner secoua tristement la tête. Décidément, la barbe qu'il s'était laissé pousser durant ce mois passé dans le Sanctuaire ne lui allait pas. Cela lui avait peut-être tenu chaud aux joues, quand il était dehors, mais ça le grattait affreusement. Il allait devoir la raser.

Warner jeta un coup d'œil à sa montre et vit qu'il était temps d'appeler les deux groupes de recherche. En tant que seul membre de l'équipe resté au CBA, c'était son travail que de garder un œil sur la station météo et de s'assurer que tout le monde était informé ponctuellement de ses données.

Il enfila son parka de luxe doublé de fourrure, sortit, et marcha jusqu'à l'anémomètre qui tournait dans le vent presque continuel, telles les pales d'un hélicoptère minuscule. Warner appuya sur quelques touches du clavier étanche, et nota les données affichées en lettres digitales sur l'écran, de la taille d'un paquet de cigarettes. La haute pression qui avait fait virer le ciel bleu, sur l'Himalaya, était destinée à durer un moment, semblait-il, et pour une fois, Lincoln aurait de bonnes nouvelles à annoncer.

Lincoln Warner retourna à l'intérieur de la bulle, se défit de sa veste d'un haussement d'épaules, puis s'assit devant la console de communications radio que Boyd et Jack avaient installée dans un coin.

Inconscient de l'effet qu'allait produire son appel radio, là-haut, sur le Machhapuchhare, Warner décrocha le micro.

— CBA appelle Hurké Gurung. CBA appelle Hurké Gurung. Vous me recevez ? À vous !

Le bruit de la radio d'Hurké qui fit exploser le silence gelé du glacier comme un coup de marteau dans une vitre, effraya les deux yétis et les força instinctivement à adopter leur attitude la plus défensive. Ils montrèrent les dents, poussèrent des cris assourdissants, puis ils chargèrent sur la distance qui restait jusqu'en bas de la pente, en position debout et droit sur le sirdar qui, pensant vivre ses derniers instants, fit un *namaste* avec ses mains, inclina la tête en avant et tomba lentement à genoux.

Cette posture de soumission lui sauva la vie.

Le plus grand des deux yétis, dont les poils roux étaient presque argentés dans le dos, s'arrêta net à un peu plus de cinquante centimètres de la silhouette agenouillée du sherpa.

Hurké sentit quelque chose arraché à sa veste, et, les yeux fermés, il se prépara à recevoir un coup émanant d'un bras affreusement puissant. Mais quand après quelques minutes les deux yétis cessèrent de pousser des cris et qu'il se vit toujours épargné, Hurké se risqua à ouvrir d'abord un œil, puis le deuxième.

Les deux créatures étaient à quatre pattes devant lui, ramassées sur elles-mêmes, tels deux énormes footballeurs, leurs poils totalement dressés sur le sommet pointu de leurs têtes, leurs grandes dents jaunes complètement exposées en état d'agression maxima. L'œil du sirdar croisa l'iris rouge et enragé du plus petit yéti et la créature rugit sa désapprobation.

Hurké referma les yeux et murmura une courte prière, tout en réalisant que dans sa peur panique du yéti, il s'était souillé.

Peu à peu il prit conscience de l'odeur produite par les résultats de son action réflexe. Mais ce n'était rien, comparé à l'odeur forte des yétis. Dès qu'ils avaient chargé, Hurké avait senti une puanteur âcre polluer l'air frais des montagnes, rappelant celle d'un lieu où il y a beaucoup de chats. C'était si fort que le sirdar faillit avoir des haut-le-cœur. Il se demanda s'il ne s'agissait pas de l'odeur de la peur, sécrétée par les yétis. Il était certain que leur peur n'était rien, comparée à la sienne.

Pendant un moment, l'odeur sembla s'intensifier. Hurké ouvrit à nouveau un œil pendant une fraction de seconde et vit que la créature lâchait à présent des fumées. Son dégoût se mua en horreur, quand le yéti tendit la main vers son derrière, attrapa le boudin d'excréments avant qu'il ne touche la neige, puis consomma sa matière fécale comme s'il s'agissait d'un morceau de choix.

La répulsion du sirdar, s'exprimant par des haut-le-cœur, se transforma en toux, et ce bruit fut suffisant pour que les deux yétis lui hurlent à nouveau en pleine figure de façon hystérique, à deux différences près : cette fois Hurké sentit la chaleur de leur haleine et le picotement de leur salive sur ses joues pâles. Mais ils ne le frappèrent toujours pas, ni ne le mordirent, et peu à peu, Hurké commença à penser qu'ils voulaient seulement l'intimider. Pendant les trente minutes suivantes, le mouvement le plus ténu du sirdar déclencha chaque fois une nouvelle explosion de rugissements pour le figer d'effroi, jusqu'au moment où les deux créatures furent absolument sûres qu'il ne représentait pas une menace pour eux.

Ce furent les trente minutes les plus longues de la vie d'Hurké Gurung.

Quand enfin les deux yétis regagnèrent la pente de la montagne, puis la gravirent en direction du Rognon, d'où ils étaient venus, le sirdar adressa une prière de remerciements au Seigneur Shiva pour sa délivrance.

Il était toujours en train de prier, à genoux, quand Jack et les autres le trouvèrent.

Quinze

« Parlez de mystères ! Pensez à notre vie dans la nature — la voir chaque jour, entrer en contact avec elle — les roches, les arbres, le vent sur nos joues ! la terre "ferme" ! le "vrai" monde ! le "bon" sens !
"Contact ! Contact !" Qui "sommes-nous ?" Où "sommes-nous ?" »

Henry Thoreau

Jack alluma une cigarette et la glissa entre les lèvres bleuies et tremblantes du sirdar. Examinant la radio écrasée que le yéti avait arrachée à l'anorak d'Hurké, Jack déclara :

— Ce gars-là a une sacrée poignée de main, on dirait. J'ai l'impression que tu as eu de la veine de t'en tirer, Hurké.

Le sirdar hocha la tête en silence, son visage affichant une expression à la fois perplexe et fâchée, ses sourcils froncés presque dans une attitude d'excuse. Jack eut un choc quand il vit des larmes noyer les yeux de son ami. Il se demanda si c'étaient des larmes de gratitude pour avoir survécu à l'expérience qu'il venait juste de finir de leur décrire, ou si c'étaient des larmes pour les hommes morts dans le champ de glace.

Hurké Gurung téta bruyamment sa cigarette, et laissa la fumée planer un moment autour de sa bouche comme un nuage de poudre, avant d'essayer de sourire malgré ses dents qui claquaient.

— Vous avez subi un choc grave, lui dit Jameson. Vous devriez retourner au CBA.

— Cinq hommes sont morts, dit Jack. Nous devrions peut-être tous retourner au CBA.

— Sûrement pas, dit Swift.

Puis elle tendit le bras en direction de la pente du Rognon et de la montagne interdite et sacrée, derrière.

— Regardez ces empreintes de pas. Nous pourrions bien ne jamais avoir une meilleure piste que celle-là. Viens, Jack, cette fois nous savons que c'est vraiment lui.

— Et pas quelque Maharishi local, dit Jameson. Elle a raison, Jack.

Jack jeta un coup d'œil à Mac, qui prenait la photo du sirdar.

— Mac ? Qu'en dis-tu ?

Mac haussa les épaules.

— Je dis que nous allons faire ce que nous avions prévu : monter tout ce matériel au sommet du Rognon. Pendant que deux d'entre nous établiront le Camp Un, les deux autres peuvent suivre les traces. Le temps est beau. Les prévisions météorologiques sont bonnes. Il nous reste encore de nombreuses heures avant la nuit. La dame a raison, Jack. Une aussi belle occasion pourrait ne pas se représenter. C'est pour ça que nous sommes venus, diable.

Jack demanda au sirdar s'il se sentait d'attaque pour rentrer au CBA tout seul.

— Je pense, oui.

— Et les familles des hommes qui sont morts ? demanda Swift. Il va falloir que quelqu'un les avertisse.

— Je vais le faire, ajouta le sirdar.

Jack vit l'expression d'Hurké Gurung, et eut l'air embarrassé.

— Dis-leur bien qu'ils sont morts pour s'être enfuis, et pas à cause du yéti, précisa Jack. Et puis dis-leur qu'ils recevront une somme correcte à titre de compensation.

— Je comprends, sahib. Et vous ne devez pas vous le reprocher. Ce n'était pas de votre faute, Jack sahib. Pas plus que la dernière fois. C'est comme vous le dites. Les sherpas n'auraient pas dû s'enfuir. Mais instinctivement on a envie de s'enfuir. Yéti est un type plutôt terrifiant. Et puis il sent affreusement mauvais, comme Boyd sahib nous l'a dit.

Mac renifla l'air, suspicieux. Une légère odeur musquée planait dans la zone où ils avaient trouvé le sirdar.

— C'est la même odeur que sur le Nuptse, dit-il.

— Et vous dites qu'il a mangé ses propres excréments ? demanda Jameson.

Le sirdar grimaça.

— Yéti type très dégoûtant. Mange sa propre merde, oui. Comme un dîner très *raagako maasu.*

— Cela expliquerait le fait qu'on n'ait jamais retrouvé d'excréments de yéti, remarqua Swift.

— La plupart des grands singes sont coprophages, expliqua Jameson. Cela permet à l'animal d'absorber des nutriments en plus de ce qu'il trouve dans son alimentation quotidienne. L'idée, c'est de profiter de tous les minéraux et vitamines de la nourriture qu'il absorbe. Si tu vois ce que je veux dire.

— Je m'en souviendrai, dit Jack. La prochaine fois que j'ai faim.

— Le fait qu'il ait produit une merde semble indiquer que l'animal était sans doute aussi effrayé que le pauvre vieil Hurké.

Le sirdar bougea dans son pantalon, mal à l'aise.

— Je ne pense pas, Jameson sahib. En outre, je ne pense pas que yéti est un animal. Il ressemble beaucoup plus à un homme. Se conduit comme un singe, peut-être. Mais dents pas pointues. Pas grandes dents de chien. Et visage pas aussi plat qu'un singe. Avant que je le voie de près, face à face, je pense que yéti était un animal. Mais maintenant je ne suis pas sûr. Il est, comme disent les gens, un homme des neiges. Et je pense que c'est pour ça que certains sherpas donnent yéti un autre nom. *Teh* est le nom de cette créature, sahibs. *Yeh* veut dire endroit rocheux. Yéti veut dire créature des rochers. Seulement certains Sherpas appellent ce type *Maai-teh. Maai* veut dire un homme. Alors pas *Yet-teh*, mais *Maai-teh.* Je pense que ce serait un meilleur nom pour ce que j'ai vu. Miti. Parce qu'on aurait dit un homme très grand, sahibs. Une créature humaine très grande.

Le sirdar finit sa cigarette, puis jeta le mégot dans la crevasse la plus proche. Jack lui alluma une autre cigarette, puis lui tendit sa propre radio. Après quoi il se tourna vers les autres et dit :

— Vous voulez le faire ? O.K. D'ici au sommet du Rognon, il y a un raidillon d'environ trois cents mètres. Au niveau de la mer, ça correspondrait à un petite marche en haut d'une colline. Mais à cinq mille mètres d'altitude, ça va vous paraître fichtrement plus dur.

Sur la demande de Jack, le sirdar l'aida à se mettre une grosse boîte en bandoulière, charge abandonnée par l'un des sherpas morts.

— Et avec vingt-deux kilos sur le dos ? dit-il, avec un sourire cruel. Disons que vous allez comprendre, dans la pratique, combien Hurké et son peuple doivent être endurants. Mes amis, vous allez voir ce que c'est que d'être un sherpa.

Swift s'arrêta à mi-hauteur de la pente, qui semblait recouverte d'un glaçage blanc. Elle essaya de penser à ce qui l'attendait après cet effort infini que représentait son ascension du Rognon, sur le Machhapuchhare. Elle n'avait pas cru possible d'être aussi épuisée. Cependant, elle se força à continuer. Avant tout, elle aurait voulu laisser tomber la charge qui lui brisait le dos, mais elle savait qu'elle n'aurait jamais la force de la ramasser.

Une seule chose l'empêchait de renoncer : sa conviction d'être sur le point de trouver son Saint-Graal à elle. Esaü. La découverte zoologique du siècle. Et elle allait y arriver. On en parlerait dans tous les magazines de science et dans tous les journaux. Swift aurait souri, si la pensée d'une crise cardiaque, suite à cet effort, ne lui avait traversé l'esprit. Il suffisait de suivre les empreintes de pas de Jack dans la neige. Pendant toute la montée.

Jusqu'au sommet.

Comment les sherpas faisaient-ils ? Comment était-il possible que des gens tellement plus petits qu'elle puissent porter de tels poids, tout en progressant plus vite que n'importe quel Occidental chargé seulement d'une banane ? Jack avait raison. On ne pouvait manquer d'avoir un respect accru pour ces petits hommes si durs avec eux-mêmes : Swift le sentait dans sa poitrine, dans ses cuisses, ses épaules, son dos, chaque fois qu'elle faisait un pas de plus. Ses muscles lui donnaient l'impression d'être saturés d'acide lactique.

— Ça va ?

Jack et Mac Dougall avaient disparu depuis longtemps de l'autre côté de l'arête glaciaire du Rognon. C'était Miles Jameson qui l'appelait, cinquante mètres plus haut.

— Oui, haleta-t-elle. Je suis juste trop fatiguée pour respirer, c'est tout.

Elle attendit que le bourdonnement dans sa tête semble diminuer un peu, puis elle se remit à progresser à pas lourds, s'enfonçant dans la neige chaque fois. L'effort insensé pour charrier sa charge jusqu'en haut du Rognon chassa rapidement de son esprit toute pensée ayant trait au yéti. Et puis elle avait cessé depuis longtemps d'accorder une grande attention aux traces laissées par les deux créatures durant leur descente, puis leur ascension du Rognon. Elle ne pensait plus qu'à une chose : cette tâche assommante et désespérément lente consistant à arriver en haut de la pente la plus basse du Machhapuchhare.

Quand enfin elle arriva au sommet, trempée de sueur, avec l'impression d'avoir les poumons à vif, comme si elle s'était gargarisée à l'acide, elle vit que Jack et Mac avaient déjà monté l'une des tentes polaires. Jameson avait installé un réchaud à pétrole et faisait bouillir de l'eau pour le thé. Swift s'écroula dans la neige, et laissa Jack ôter le poids mort de ses épaules. Quand elle fut débarrassée de la charge, elle roula sur le flanc, telle une morte.

— Je suis fier de toi, dit Jack. C'était un sacré effort, que tu viens de fournir.

Muette de fatigue, Swift acquiesça d'un hochement de tête, puis elle s'étendit à nouveau dans la neige, fixant la paroi du Machhapuchhare, à présent bien plus proche. Cette pente surplombait le Rognon, tels les remparts d'un énorme château blanc. Qu'aurait pu construire ce fou de Louis II de Bavière. Cette montagne avait un côté conte de fées, sans nul doute. Comme si elle était magique. Le sommet était tellement à pic que seul son extrémité était couverte de neige, comme le sigle de la Paramount. Ou bien était-ce la Columbia ? Le vent himalayen mordant avait formé un dessin très délicat dans la neige.

Comme si le pic essayait de se séparer de la grosse masse rocheuse en dessous, mais ne pouvait se détacher de la membrane blanche qui le retenait, comme de la colle. La montagne de Shiva avait l'air tellement plus impressionnante au sommet du Rognon que cinq kilomètres plus loin, ou six cents mètres plus bas sur le glacier, au CBA. Swift ferma les yeux et essaya de s'imaginer chez elle à Berkeley, dans son lit, ou dans un bain chaud, mais vu que Jack commençait déjà à donner des ordres, ce fut une rêverie de courte durée.

— Mac ? Miles et toi vous restez ici et vous finissez d'établir le campement. Dès que nous aurons bu ce thé, Swift et moi pousserons un peu loin sur la piste des yétis. Nous les suivrons un moment, puis nous rentrerons avant la nuit.

Quelque chose qui gisait près de Swift dans la neige la fit reculer, dégoûtée. C'était le corps d'un animal à fourrure, d'environ quarante-cinq centimètres de long — qui avait été éviscéré.

— Ouh, qu'est-ce que c'est ? dit-elle.

Jameson jeta un bref coup d'œil à l'animal.

— Une marmotte morte, dit-il. Sans doute un aigle qui l'a chopée. Le veinard. Il n'y a pas des masses de viande dans ces montagnes.

Swift se redressa lentement et prit la tasse de thé fumant que Miles lui tendait. Que quelqu'un d'autre parte en reconnaissance à ma place, je suis épuisée, brûlait-elle d'envie de dire. Mais elle se tut, car elle ne savait pas monter une tente. En outre, ç'avait été son idée de suivre les yétis en altitude.

Alors elle demanda :

— Nous allons passer la nuit ici, Jack ?

— C'est probable.

Swift regarda la tente et fronça les sourcils. Après le luxe des abris ensevelis sous la neige, et la bulle chauffée, la tente polaire paraissait aussi peu solide qu'une lanterne de papier. Swift sirota bruyamment son thé, puis reporta son regard de l'autre côté de la vallée, en direction de la grosse pieuvre qu'était l'Annapurna. Jack avait raison. Ça pouvait très bien faire trente kilomètres. Ils ne pouvaient à la fois pister les yétis et être de retour au CBA avant la nuit.

Elle finit son thé et scruta la déclivité unie, au sommet du Rognon, cherchant les traces des yétis. Et elle vit qu'il y avait encore un champ de glace entre le Rognon et le pied de la montagne, et que les traces y menaient tout droit.

— À partir d'ici, nous allons avoir besoin de crampons et de piolets, dit Jack.

Puis il souleva les jambes de Swift, et fixa deux semelles à crampons, à l'aspect meurtrier, sur ses chaussures. Après quoi il l'aida à se remettre debout.

— Qu'est-ce que ça donne ?

— Mes jambes ? J'ai l'impression qu'elles appartiennent à quelqu'un d'autre. Quelqu'un de vieux et d'invalide.

— Je voulais parler des crampons.

Swift leva un pied, puis l'autre.

— Ça va, je crois.

— S'ils se détachent, dis-le-moi. Nous les remettrons en place.

Jack mit le manche antidérapant gainé de caoutchouc du piolet DMM dans la main gantée de Swift. La jeune femme le soupesa pour se faire une idée, puis elle acquiesça d'un hochement de tête. Mais voir Jack enfiler un baudrier, puis ramasser des anneaux de corde sur le sol ne fit rien pour apaiser son anxiété naissante.

— Qu'est-ce que c'est que ça ? Tu as l'intention de me remorquer ? s'enquit-elle, pleine d'espoir, alors qu'il passait la corde autour de sa taille.

— Seulement si ça s'avère nécessaire.

Avec art, il fixa un huit antibrûlure à environ un mètre de l'extrémité de la corde, et un demi-nœud de pêcheur sur la corde elle-même. Puis il l'accrocha à un mousqueton attaché à son baudrier.

— Le huit agira comme un frein, un nœud de blocage, expliqua-t-il. Juste au cas où tu aurais besoin de t'arrêter subitement.

— Jack, mon problème, ce n'est pas le fait de m'arrêter, mais de démarrer. Fais-moi un nœud qui fera marcher mes jambes.

Elle secoua la tête avec exaspération.

— Pourquoi aurais-je besoin de m'arrêter subitement, bordel ?

Mac pouffa bruyamment.

— Elle n'a pas saisi, Jack.

— Saisi quoi ?

— C'est au cas où tu tomberais dans une crevasse, chérie, dit Mac, en riant à nouveau. C'est à ce genre d'arrêt brutal qu'il pensait. Afin que tu ne descendes pas jusqu'au fond !

— Oh, génial.

Swift ravala un mélange de peur et de honte. À son grand désarroi, Mac sortit soudain un petit appareil photo et, riant toujours, l'immortalisa sur la pellicule.

— Pour l'album de famille, dit-il. Allez chérie, aie un peu la foi. La foi peut soulever des montagnes, tu sais.

— Ah ouais ?

Swift eut un sourire peu convaincu.

— Quel intérêt ? dit-elle.

Jack mit le fusil zoulou en bandoulière.

— Swift, tu y vas la première. Comme ça si tu tombes, je peux te sortir du trou.

— Très rassurant.

Jack mit son sac à dos. Puis il tendit à Swift des anneaux de corde supplémentaires.

— Tiens, dit-il. Tu peux porter ça. Et maintenant tu ne t'inquiètes de rien. Tu suis les traces des yétis. Il y a toutes les chances pour qu'ils sachent mieux que nous où sont cachés les périls.

Swift mit ses lunettes de glacier, remonta la fermeture Éclair de son blouson et poussa un soupir, mal à l'aise.

— D'où me vient cette impression d'être observée ? grommela-t-elle.

Puis elle partit en direction d'un couloir de glace qui traversait la partie supérieure du glacier, avant de se scinder en deux de part et d'autre d'une arête rocheuse qui courait jusqu'en bas de la paroi.

La seconde équipe de recherche explorait une vallée conduisant à Annapurna III, au nord-est du CBA, quand Lincoln Warner leur communiqua, par radio, la nouvelle que cinq sherpas étaient morts et qu'on avait aperçu deux yétis.

— Il n'y a aucune chance, j'imagine, pour que l'un de ces hommes soit encore en vie ? dit Cody.

Jutta fit non de la tête.

— Généralement, quand on tombe dans une crevasse, on n'en réchappe pas. C'est comme tomber d'une falaise.

— Pourquoi a-t-il fallu que ça arrive ? C'est vraiment terrible. Quelle est la procédure habituelle, Tsering ? On y retourne, et on essaye de récupérer les corps ?

Le jeune assistant sirdar secoua lentement la tête en signe de dénégation.

— Je doute qu'une telle chose soit possible, dit-il. D'autres hommes risqueraient d'y laisser leur vie. Mais pour un sherpa, que rêver de mieux que de reposer sur la neige et la glace où il est tombé ? Il y aura des cérémonies. Mais plus tard. Et puis vous verrez, Cody sahib, ceux qui sont toujours vivants se conduiront dignement et ne feront pas étalage de leur douleur.

Cody hocha poliment la tête, tout en pensant que Tsering était un connard sentencieux. Il détestait l'assistant sirdar, le trouvait suffisant, et ne comprenait pas pourquoi Jutta était tellement empressée de l'aider à améliorer son allemand. Ou bien considérait-elle, comme beaucoup de gens de sa race, qu'un monde où l'on parlait anglais était un camouflet pour un Allemand. Quoi qu'il en soit, Cody en avait assez d'entendre répéter comment compter, commander un repas, compter, ou demander une chambre d'hôtel en allemand. Même Tsering, d'après lui, montrait des signes de lassitude générale à l'égard des choses teutonnes.

Tsering avança sur une courte distance, jusqu'en haut de la pente sur laquelle ils se trouvaient. Le message radio de Warner les avait interrompus dans leur identification de cette pente sur la carte, comme étant Gandharba Chuli, une longue arête montant doucement vers les hauteurs plus vertigineuses du Machhapuchhare, vers lesquelles l'autre équipe se dirigeait.

Cody poussa un soupir.

— Quel fils de pute, dit-il. Lunatique en plus.

Cody regretta immédiatement ce qu'il venait de dire. Il s'attendait à voir Jutta prendre la défense du sherpa avec fougue, lui faire remarquer que Tsering venait de perdre cinq de ses camarades. Au lieu de quoi il découvrit qu'elle partageait son point de vue.

— J'essaie d'être gentille avec lui, dit-elle, mais je comprends ce que tu veux dire.

— Je n'aurais pas dû dire ça. Cinq de ses copains viennent de mourir.

Jutta haussa les épaules.

— Il était déjà maussade avant que nous n'apprenions que les autres étaient morts, dit-elle. Il n'est jamais de bonne humeur.

— Je préfère encore la compagnie des grands singes à celle d'un homme comme Ang Tsering, dit Cody. Ce n'est pas par racisme. C'est seulement que...

Jutta sourit.

— Ne t'excuse pas. Je vois ce que tu veux dire. Tu as toujours étudié les grands singes ?

— Oh, j'ai tout fait avec les singes. Excepté m'accoupler avec l'un d'entre eux.

» Et crois-moi, ce ne sont pas les occasions qui ont manqué. Les femelles gorilles peuvent se montrer très entreprenantes. Dans les années soixante-dix, des amis à moi, à la CIA, ont même essayé de m'enrôler pour mettre sur pied un programme visant à utiliser les grands primates dans l'armée. Apprendre à des chimpanzés à conduire des voitures piégées. Entraîner des gorilles aux combats dans la jungle, ce genre de choses.

Voyant que Jutta était choquée, il ajouta, très vite :

— Mais je n'ai pas accepté.

Jutta hocha la tête pour marquer son approbation.

— Alors qu'est-ce qu'on fait, maintenant ? demanda Cody. S'ils ont repéré deux yétis, ce n'est peut-être pas utile qu'on descende jusqu'à cette extrémité du Sanctuaire.

Tsering leur faisait signe de venir le rejoindre en haut de la pente.

— Qu'est-ce qu'il veut, maintenant ? grommela Cody.

Ils se traînèrent jusqu'au sommet de la montée et trouvèrent l'assistant sirdar en train de regarder dans la vallée avec une vieille paire de jumelles. De son doigt pointé, Tsering désigna les lointains devant eux. Ses yeux scrutateurs avaient repéré quelque chose — une minuscule silhouette au loin, remontant la vallée, en direction de Tarke Kang, le Dôme de Glace.

Cody et Jutta trouvèrent leurs propres jumelles et les braquèrent dans la direction de la silhouette. Pendant un moment, ils pensèrent que le Sanctuaire fourmillait de yétis. Puis ils virent deux petits triangles noirs, un peu plus au nord. Des tentes.

C'était un autre campement.

Le couloir, qui courait entre les deux bras du glacier, était délimité par des murs de neige sur leur droite et des débris glacés sur leur gauche. Ce chemin les conduisit plus près de la paroi à pic qui avait stoppé les progrès de l'érosion glaciaire. Impressionnée par la proximité de la montagne et par cet étrange silence, Swift marcha sur les traces des yétis comme on le lui avait conseillé, avec la prudence de quelqu'un qui s'attendait à moitié à voir surgir ceux-ci de derrière un gros tas de neige et à l'attaquer avec la férocité d'un tigre défendant son territoire.

Mais il y avait autre chose. La sensation désagréable qu'ils étaient observés : qu'eux-mêmes étaient pistés. Loin du CBA, dans cet environnement aussi inhospitalier et oppressant, Swift réalisa qu'elle avait peur. À deux reprises, elle dut s'arrêter et regarder autour d'elle, pour s'assurer que Jack était toujours relié à elle par la corde, car le glacier, la montagne, et la nature de leur quête les avaient réduits tous deux au silence.

Après une heure de marche, elle s'arrêta une troisième fois. Non, elle ne craignait pas de se retrouver seule en un tel lieu. Elle venait de constater que les pas déviaient soudain du couloir, escaladaient le mur de trois mètres de haut, à sa gauche, et disparaissaient derrière.

Jack la rejoignit, jeta un coup d'œil sur le mur de glace et se choisit une voie d'instinct. Puis il grimpa rapidement jusqu'en haut du mur.

— Peut-être ont-ils pensé qu'ils étaient suivis, dit-elle, ne plaisantant qu'à moitié.

Jack chercha la piste des yeux, grogna. Puis il la retrouva, et, voyant où elle menait, déclara :

— Tu pourrais avoir raison. Tu ferais mieux de grimper et de venir voir.

Jack n'avait pas peur de tomber, mais il craignait de voir le mur de glace s'écrouler sur elle. Alors il s'assit, puis, tout en essayant de répartir son poids sur la plate-forme glacée, il garda la corde tendue jusqu'à ce que Swift soit assise près de lui. Il l'aida à se relever et lui dit :

— Fais très attention, à partir de maintenant. Le glacier est très endommagé, ici. Un faux pas et tu pourrais te retrouver...

— Je sais, je sais, dit-elle, avec irritation, car à présent elle se sentait très fatiguée. Le passé, c'est mon rayon. Je représente l'Histoire.

— C'est vrai. Tu es la théorie pure et dure, mais pas encore un fossile.

Il se tourna avec précaution, et conduisit Swift jusqu'en haut d'une petite pente de neige et de glace. Les pas s'arrêtaient sur le bord arrondi, blanc et bleu, d'une énorme crevasse.

Avec précaution, ils approchèrent du bord, et, de plus en plus déconcertés, regardèrent de l'autre côté du gouffre noir et béant, puis dans les profondeurs cachées de sa résonance glacée.

— Je ne comprends pas, dit Swift, scrutant le sol autour de ses pieds. Les traces s'arrêtent juste là, à l'extrême bord. Ils ont sauté de l'autre côté, à ton avis ? Ça doit bien faire six mètres.

— Sept mètres et demi, dit Jack.

Il inspecta l'autre côté de la crevasse à la jumelle. Il n'y avait aucune trace de pas. L'étendue blanche, immaculée, ressemblait à la fausse neige d'une publicité, dans un magazine. Jack secoua la tête.

— C'est la quatrième dimension, ou quoi ? Pas même une empreinte digitale !

— Leurs pas auraient-ils pu être recouverts ? Par de la neige, peut-être ?

— Sur un seul côté de la crevasse ? C'est un peu trop étrange, même pour l'Himalaya.

Jack regarda tout autour d'eux, comme s'il cherchait un indice.

— C'est comme s'ils s'étaient évaporés.

— Nous savons l'un et l'autre que ce n'est pas possible.

— Quand on cherche un mythe et une légende, qui sait ce qui est possible ou non ?

— Selon moi, il y a deux possibilités. Premièrement, ils ont sauté dans la crevasse.

— Comme des lemmings, tu veux dire, dit Jack, en haussant les épaules. C'est du suicide.

— Deuxièmement, ils sont plus intelligents que nous le pensons, dit Swift. Peut-être ont-ils senti qu'ils étaient suivis et sont-ils revenus sur leurs pas, comme les Indiens, en posant leurs pieds dans leurs propres traces.

Swift haussa les épaules.

— Je ne sais pas, dit-elle. Mais il y a forcément une explication logique.

Jack acquiesça d'un hochement de tête.

— Mais dans tous les cas, on n'a rien, dit-il. Nous ferions aussi bien de rentrer.

Il essaya de détacher la radio de sa veste, mais s'aperçut qu'elle était coincée sous la boucle de son baudrier. Jack défit la boucle et libéra la radio.

— Je vais leur dire que nous arrivons.

Swift n'était pas contre. Elle avait toujours mal à la tête, mais ne voulait plus prendre d'Acetazolamide, et avait décidé d'essayer de supporter la douleur. Impatiente de rentrer au Camp Un et de se retrouver à une altitude plus basse où son mal de tête pouvait s'atténuer, elle s'éloigna du bord de la crevasse à reculons, puis se tourna, mais trop vite, laissant un pied chaussé de crampons planté dans la glace.

— Laisse-moi faire, dit Jack.

Jack, qui tentait de refermer la boucle de son baudrier, s'interrompit un instant et se pencha en avant pour libérer la semelle à crampons de Swift. La jeune femme avait déjà sorti son pied de sa chaussure. Mais elle était fatiguée et elle perdit l'équilibre. Elle s'écroula sur la glace, atterrissant lourdement sur la hanche.

Elle ne ressentit aucune douleur. Toute sensation d'inconfort fut instantanément balayée par le fait que Swift continuait à glisser. N'entendant pas ce que Jack lui criait, la jeune femme se mit instinctivement sur le ventre, ce qui sembla seulement accélérer la vitesse de sa descente. Et lorsqu'elle comprit qu'elle allait tomber dans la crevasse, elle sentit son cœur bondir dans sa poitrine, comme si par ce simple mouvement, il pouvait l'aider à se propulser à nouveau vers le haut.

Le cri qui s'échappa de ses lèvres gercées s'amplifia dès qu'elle se retrouva aspirée dans un grand vide bleu noir de neige et de glace.

En arrivant aux abords du petit campement rudimentaire, Cody, Jutta et Ang Tsering furent accueillis par un chien — pas de ces sales cabots que Cody s'était habitué à voir au Népal, mais un animal d'aspect normal, qui portait un vrai collier. Dès que le chien se mit à aboyer, un homme d'Asie orientale à l'air costaud émergea de l'une des tentes sales. Ang Tsering pressa ses paumes de mains l'une contre l'autre de façon courtoise, s'inclina légèrement en avant et se mit à parler à l'homme.

— *Namaste, aaraamai hunuhunchha ?*

L'homme ne dit rien.

— *Tapaai nepaali hunuhunchha ?* dit Tsering, s'inclinant encore une fois.

Quand l'homme secoua la tête en signe de dénégation, Tsering ajouta :

— *Papaiko ghar kahaa chha ?* D'où venez-vous, s'il vous plaît ?

L'homme grogna et dit :

— *Chin.*

— *Achchhaa.* (Tsering se tourna vers Jutta et Cody). Il est chinois, dit-il.

Puis l'assistant sirdar secoua la tête.

—Je ne parle pas le chinois, ajouta-t-il.

—Je le parle un peu, moi, dit Cody.

Il s'avança vers l'homme et essaya un peu de mandarin.

— *Ni hao*, dit-il, souriant. *Nin hao Byron. Wo Xing Cody. Nin gui xing ?*

— *Wo xing chen*, grommela le Chinois, toujours assez peu amène.

— *Wo shi meigno*, dit Cody. *Ni zuo shenme gongzuo ?* Que faites-vous ?

Le Chinois fronça les sourcils, réfléchit un moment.

— *Wo bu dong*, dit-il, finalement. Je ne comprends pas. *Qing ni zai shuo yibian ?* Voulez-vous bien répéter ?

— *Keyi*, dit Cody. Certainement.

D'autres hommes s'étaient montrés entre-temps. Cody en compta quatre. Trois d'entre eux regardaient Cody et les deux autres Occidentaux avec un air de suspicion évident, mais le quatrième avança et s'inclina poliment.

— *Nin hao*, dit le quatrième homme. Oui, je parle anglais. Soyez les bienvenus.

— Merci, dit Cody. Nous sommes des scientifiques. Nous avons notre camp un peu plus haut sur le glacier, près de l'Annapurna.

— Nous sommes également des scientifiques, dit le Chinois. Nous faisons des prédictions sur le temps.

Il s'efforça de trouver le mot juste.

— Météorologie, c'est ça ?

— Vraiment ? dit Cody. L'un des membres de notre expédition est météorologiste. Voici le docteur Henze.

Jutta sourit et dit :

— Puis-je vous offrir des cigarettes américaines ?

Elle ouvrit sa veste et offrit des Marlboro à la ronde.

— *Xiangyan*, souffla l'homme qui parlait anglais.

Il avait l'air d'apprécier.

— Merci, dit-il. Nous n'en avons plus.

— Je comprends, dit Cody. *Xiangyan*, vous savez ?

— Gardez le paquet, dit Jutta.

— C'est très gentil à vous, dit l'homme parlant anglais.

Ses compagnons s'approchèrent et acceptèrent timidement une cigarette, que Jutta alluma avec un briquet Zippo.

— Nous pensions être les seuls êtres humains alentour, dit Cody. Vous êtes combien ?

— Juste petite équipe. Six en tout. Vous aimez *cha* ?

— *Cha*, dit Jutta. Du « Cha » ce serait très bien.

Ils restèrent à boire le thé pendant environ une demi-heure avant de prendre congé, promettant de revenir avec du whisky, d'autres cigarettes, et leur propre météorologiste.

— Ça fait du bien de savoir que nous ne sommes pas seuls ici, dit Cody.

Puis ils leur firent des signes de la main pour dire au revoir.

— Que pensez-vous d'eux ? demanda Cody à Tsering.

Ils repartirent vers le Camp de Base Machhapuchhare. À un moment donné, ils prendraient vers l'ouest, direction le CBA.

— Ils n'ont pas de sherpas, dit Tsering.

— Oui, ça m'a intriguée, dit Jutta.

— S'ils avaient loué les services de sherpas, j'en aurais entendu parler. Aussi doivent-ils être dans mon pays sans autorisation. La frontière avec le Tibet est à moins de quarante kilomètres au nord. Je pense que ce sont des soldats de l'armée chinoise.

— Des déserteurs, peut-être ? suggéra Jutta. Je n'ai vu aucun fusil.

— En général, les déserteurs n'ont pas d'antenne parabolique, dit Cody.

Seize

« Il était à quatre pattes et bondissait dans la neige à une grande vitesse, se dirigeant vers les à-pics, pour se mettre à l'abri. C'est à ce moment-là que j'ai pensé : cette chose est un grand singe ou une créature qui ressemble à un grand singe. »

Chris Bonington

À la seconde où Swift disparut par-dessus le bord de la crevasse, Jack se jeta sur la glace, pour que la corde ne l'entraîne pas à la suite de la jeune femme. Il n'était pas vraiment surpris qu'elle n'ait pas su s'arrêter dans sa glissade. Il lui avait crié de s'allonger sur le dos, de planter ses crampons et son piolet dans la glace, mais savoir s'arrêter seul était une technique, qu'on ne maîtrisait pas facilement. Comme la plupart des techniques d'alpinisme, celle-ci demandait de la pratique. Quand il avait commencé à grimper, dans sa jeunesse, Jack avait appris à freiner avec son piolet sur une pente concave, avec la possibilité de sauter, et suffisamment de temps pour perfectionner sa technique.

Il tomba sur le dos, les pieds vers le gouffre, et roula vers la main qui tenait le piolet plutôt que vers les crampons. Alors qu'il amenait son corps à peser sur la partie pointue de son outil et qu'il écartait les jambes, essayant de planter ses crampons dans la glace pour ajouter à l'effet de freinage du piolet, Swift arriva au bout de la longueur de corde.

Jack grinça des dents sous l'impact du poids de la jeune femme, qui faillit lui faire lâcher le piolet. Les bras étirés au maximum, Jack pressa son visage contre la glace et pria pour que les muscles de ses bras et de ses épaules supportent une telle tension. Et que le baudrier défait reste en place — seul le poids de son sac à dos avait empêché le baudrier d'être arraché de ses épaules quand Swift était tombée.

Quand finalement il cessa de bouger et risqua un coup d'œil par-dessus son épaule, Jack vit que ses pieds n'étaient qu'à un mètre de la crevasse. A une seconde près, Swift et lui mouraient.

De l'intérieur de la crevasse, il entendit les cris de Swift s'apaiser, alors qu'elle tentait de maîtriser sa peur. Il prit une grande inspiration et l'appela.

— Swift ? Ça va ?

Il y eut une longue pause jusqu'au moment où elle lança, d'une voix presque inaudible :

— Oui, je crois.

Jack maudit sa propre sottise. Il n'aurait jamais dû défaire le baudrier sans les avoir d'abord arrimés l'un et l'autre à un point d'ancrage extérieur. Et puis il n'aurait jamais dû la faire monter jusqu'ici, au-dessus du Rognon. Il eût été préférable d'emmener Miles, ou Mac. Elle était plus fatiguée qu'il ne l'avait cru.

Jack regarda sous sa poitrine, cherchant la radio pour demander de l'aide aux deux autres, au Camp Un. Mais la radio avait disparu. Il avait été sur le point de les appeler quand Swift était tombée. Il devait avoir lâché la radio dans la neige. Regardant désespérément autour de lui, Jack vit que la radio était tombée sur la glace, quelques mètres plus loin, à côté du piolet de Swift, et qu'elle était hors de portée.

Il lui faudrait sortir Swift de là tout seul. Alors si le baudrier pouvait tenir suffisamment longtemps pour qu'il puisse avoir la corde bien en mains... comme si cette pensée l'avait réveillé, le mousqueton qui maintenait la corde commença à glisser de son épaule, tirant la bretelle matelassée du sac à dos de Jack vers le bas.

— O.K. Ne t'affole pas. Je vais essayer de te sortir de là.

Pendant ce qui lui sembla durer une éternité, Swift resta suspendue là, tournant sur la corde, les yeux fermés, osant à peine regarder en l'air, de peur de voir Jack entraîné dans la crevasse à sa suite. Mais lorsqu'elle se sentit hissée de quelques centimètres vers l'entrée de la crevasse, Swift ouvrit les yeux.

Peu à peu, sa vision s'accoutuma à l'obscurité glacée, et ses pemières pensées, en apercevant l'abysse froide sous ses pieds inutiles, furent pour le point de rupture, l'élasticité, la capacité d'élongation de la corde qui la soutenait, le nombre de chutes maximum que celle-ci pouvait encaisser, et son degré quasi nul d'absorption d'eau. Swift avait vu suffisamment de films pour imaginer la corde s'effilochant lentement au bord de la crevasse au-dessus d'elle, tandis que Jack se démenait pour la tirer du trou avant la rupture fatale.

S'efforçant de chasser ces images de ses pensées, Swift essaya d'aider Jack en lui disant quelle longueur de corde il aurait à tirer et vit qu'elle était descendue d'environ six mètres dans le gouffre. Voyant cela, elle réalisa qu'il faudrait probablement une heure à Jack pour la sortir de là.

— Jack ? Je suis descendue d'à peu près six mètres, lui cria-t-elle.

Sa voix sonnait déjà comme celle d'une morte, une âme perdue dont l'écho se répercutait dans cet espace insondé.

— Il y a quelque chose que tu veux que je fasse ? cria-t-elle.

Lentement, il entreprit de se hisser vers le manche de son piolet, et de s'éloigner du bord de la crevasse. Le poids mort au bout de la corde était presque trop pour lui, et le mousqueton était descendu jusqu'à la moitié de son bras, mais, peu à peu, Jack réussit à approcher sa tête de la partie plate de son outil, la panne. Quand il fut quasiment certain d'avoir assuré sa position, Jack tira sur le pic du piolet en tournant, et d'un grand mouvement de bras, alla le ficher dans la glace au dessus de sa tête. Le tout à une vitesse éclair.

Puis il se hissa encore d'une longueur de bras au-dessus du gouffre.

Jack répéta la manœuvre plusieurs fois. Quand il y eut une distance d'au moins six mètres entre la crevasse et lui, il se mit lentement sur le dos, et tâta la glace alentour, à la recherche de la corde, prêt à hisser Swift hors du trou, un exercice laborieux et terrible pour le dos.

Une seconde plus tard, il sentit quelque chose se détacher de lui, sous son épaule. Comme des boutons de chemise qui cèdent.

Le baudrier était de ceux assurant une sécurité maxima aux alpinistes qui portaient un gros sac à dos, car il empêchait le grimpeur de basculer en arrière en cas de chute. Le poids de l'alpiniste se répartissait harmonieusement dans le baudrier. Mais le poids de Swift attaché à la corde portant uniquement sur une moitié du baudrier, la couture, sur la bretelle plate en toile extra-forte, ne pouvait tenir qu'un court laps de temps.

Jack devina en un éclair ce qui était en train de se passer. Au désespoir, il plongea sur la corde et la manqua. Il poussa un cri quand la bretelle où était fixé le mousqueton claqua comme un applaudissement, et que la corde retenant Swift disparut dans la crevasse.

Elle l'entendit crier quelque chose mais ne comprit pas ce qu'il disait. Distinguant des ténèbres nouvelles et peu engageantes, elle tomba pour la deuxième fois.

Son cri eut à peine le temps de franchir ses lèvres avant qu'elle n'atterrisse. Elle comprit aussitôt ce qu'il était advenu des deux yétis, puis quelque chose lui tomba sur la tête. Voyant qu'il s'agissait du mousqueton attaché au baudrier de Jack, avec le reste de la corde qui l'avait retenue jusqu'ici, Swift comprit de quel infime sursis elle avait joui.

Aussi infime que la corniche sur laquelle elle avait atterri.

Il eût suffi d'un mètre de plus vers le centre de la crevasse, pour qu'elle la rate. Swift était assise à l'intérieur de la faille aux lèvres arrondies, environ neuf mètres au fond de l'abîme, sur une longue saillie sinueuse couverte de neige et de glace, dotée des mêmes traces de pas que le glacier, à l'extérieur. Elle se trouvait sur une passerelle naturelle qui conduisait des centaines de mètres plus loin, dans les ténèbres. Les deux yétis devaient connaître l'existence de cette corniche, car ils avaient sauté, Swift n'en doutait pas, du bord de la crevasse jusque dans la partie la plus sombre de la faille — un saut prodigieux, un défi, elle le savait, même pour le plus intelligent et le plus ingénieux des animaux sauvages.

La tête de Jack apparut au-dessus du bord de la crevasse, criant son nom d'une voix enrouée par la peur.

— Ça va, cria-t-elle en retour. Je suis entière. Il y a une espèce de corniche d'environ un mètre de large. Je suis assise dessus.

— Grâce à Dieu.

— Maintenant nous savons ce que sont devenus les yétis, dit-elle.

Jack se mit à rire.

Swift se colla contre la paroi de la crevasse et se mit debout lentement. Ses jambes tremblaient, lui rappelant qu'elle avait vraiment frôlé la mort de près. Une sueur froide, puis une nausée soudaine suivirent.

— Ça va ?

— Je crois. Je n'ai pas pu descendre de plus de trois mètres par rapport à l'endroit où j'étais. Je dois être à neuf mètres du bord.

— C'est un sacré saut, remarqua Jack.

Un saut qui fit comprendre à Swift, pourquoi ces créatures légendaires avaient réussi à échapper à l'observation et à la capture pendant si longtemps. Si elles pouvaient faire un tel saut sur une saillie rocheuse invisible, de quels autres exploits physiques n'étaient-elles pas capables ?

— Tu peux me lancer la corde ?

Aussitôt, Swift se défit de son sac à dos et des anneaux de corde. Puis elle sortit une mini-lampe torche, car dans le demi-jour de la crevasse, il y avait une atmosphère tout à fait particulière qu'elle espérait dissiper rapidement. Braquant le rayon puissant de la torche devant elle, Swift vit la saillie — de plus d'un mètre de large à l'endroit où elle se trouvait, mais rétrécissant en sinuant vers les ténèbres — et les traces de pas. Il leur faudrait revenir plus tard, peut-être le lendemain, et continuer de pister les yétis. Il était impossible de perdre cette piste, car à l'évidence il n'y avait qu'un seul chemin, et c'était cette saillie, le long de la paroi de la crevasse.

Swift rangea la torche, déroula la corde, en mesura une longueur, et répéta mentalement l'acte de la lancer en l'air.

— Je ne crois pas, répondit-elle. Il n'y a pas assez de place.

Levant les yeux vers le haut de la crevasse, et l'étroite ouverture sur ciel bleu au-delà, Swift attendit de voir quelle serait la suggestion suivante de Jack, et frissonna. Elle avait eu tellement peur, qu'elle n'avait pas remarqué à quel point il faisait froid en ces lieux.

— Qu'est-ce qu'on fait, maintenant ? lança-t-elle.

— Bonne question, dit Jack.

Il s'éloigna à reculons du bord de la crevasse et alla prendre la radio.

Dès qu'il la ramassa, il vit qu'il n'y avait pas d'affichage à cristaux liquides sur le minuscule écran, et réalisa qu'il n'avait pas de signal. L'antenne avait dû se détacher quand la radio avait heurté la glace dure. Jack scruta le bord de la crevasse, mais le petit téton de caoutchouc noir qui donnait le signal radio n'était nulle part en vue.

— Merde, fit-il.

C'était l'ennui, avec le matériel. Un problème en entraînait généralement un autre.

Un coup d'œil à sa montre, puis un regard lancé au ciel lui rappela ce qu'il savait déjà. Il n'avait pas le temps de retourner au Camp Un, puis de revenir avec Mac et Jameson avant la nuit. Il savait à quel point le froid pouvait s'intensifier dans une crevasse. Déjà glaciale en plein jour, la nuit elle aurait la température d'une chambre froide. Voyant le piolet de Swift par terre il le ramassa. Il savait désormais qu'ayant deux piolets, il n'avait plus le choix : il faudrait descendre dans la crevasse, récupérer la corde, puis remonter.

Jack eut des haut-le-cœur à l'idée qu'il allait devoir faire ce qu'il avait espéré éviter, du moins tant qu'il n'était pas mieux préparé.

Il lui faudrait descendre, puis remonter une paroi de glace à pic, sans cordes, avec seulement ses crampons et deux piolets pour l'aider. Il ne voyait pas d'escalade qui pût lui rappeler davantage l'Annapurna.

Jutta, Cody, et Ang Tsering revinrent au CBA et trouvèrent Boyd en train d'aligner divers cylindres de glace sur un tapis de sol spécial. Il les avait extraits du glacier avec un appareil de forage portatif. Ces échantillons, appelés carottes, faisaient presque deux mètres de long et sept ou huit centimètres de diamètre. Chaque spécimen était relié à un petit calculateur numérique par deux fils. Quand Boyd vit arriver les trois membres de l'équipe, il interrompit ce qu'il était en train de faire, se leva, et adopta une expression grave.

— Vous savez ce qui s'est passé ? dit-il. Vous êtes au courant pour ces pauvres garçons ?

Ils acquiescèrent d'un hochement de tête.

— Je suis navré, Tsering, dit Boyd. Mon organisation paiera sa part des dépenses. Vous savez, les cérémonies. Les indemnités compensatoires. Ce qu'il faudra.

— Merci, sahib.

— Au moins le sirdar n'a rien. Selon Link, il est en route et va bientôt arriver.

Ils retournèrent dans la bulle et virent que Warner avait déjà fait bouillir de l'eau.

— Je vous ai entendus arriver, dit-il. Quelqu'un veut du café ?

— Du café. Génial.

— Et tes recherches, ça se présente comment ? demanda Jutta à Boyd, aimablement.

— Pas mal, je crois.

— Tu sais, dit Warner, je pensais qu'il fallait creuser très profondément pour obtenir des carottes.

— Pas pour celles-là. Elles sont seulement censées rendre compte des mille dernières années. Nous avons déjà foré en profondeur dans l'Antarctique. Essentiellement offshore. Sur la banquise Amery, au large du glacier Lambert, nous avons creusé sur cinq cents mètres de profondeur, et nous sommes remontés dix mille ans dans le temps.

Boyd prit la tasse fumante que lui tendait Warner, et sirota son café avec un enthousiasme bruyant.

— Merci beaucoup. Mais pour vous les gars, les nouvelles sont bonnes, hein ? On m'a dit que Hurké avait vu non pas un mais deux pingouins. He, Link, tu vas peut-être pouvoir travailler ?

— J'espère bien. Je commence à m'ennuyer.

Tsering fronça les sourcils et secoua la tête.

— Deux pingouins ? Je ne comprends pas, sahib...

— Boyd a un étrange sens de l'humour, expliqua Jutta. Il voulait dire deux yétis.

— Nous avons vu quelque chose d'intéressant, nous aussi, dit Cody. Quelque chose qui pourrait t'intéresser, Boyd. Etant donné que tu es météorologiste.

— Climatologue, rectifia Boyd. La météorologie, c'est autre chose.

— Des scientifiques. Une petite équipe de Chinois météorologistes. Six types à l'air déguenillé.

— Ah bon ?

— Où était-ce ? dit Warner. Je pensais que nous étions les seuls humains dans le coin.

— D'après Tsering, ce sont peut-être des déserteurs de l'armée chinoise, ajouta Cody. Parce qu'ils n'avaient pas de sherpas.

— S'ils avaient loué les services de porteurs à Kat, j'en aurais entendu parler, dit Tsering, d'un ton catégorique.

— Peut-être est-ce un contingent d'envahisseurs venus du Tibet, dit Cody, en riant.

— Où était-ce ? répéta Warner.

— Dans la vallée au-dessus du CBM, dit Jutta. Celle qui mène à Tarke Kang. Ils campent au pied du pic Strié.

— Et vous leur avez parlé ? s'enquit Warner.

— Oui, dit Jutta. Byron parle un peu chinois.

— Un peu.

— Où as-tu appris le Chinois ? demanda Boyd.

— Au Viêtnam. Pendant toute une période, j'ai été dans les forces spéciales. J'interrogeais des prisonniers, ce genre de choses.

— Sans blague, dit Boyd. Ils torturaient ?

Cody eut une espèce de rire méprisant, et secoua la tête en signe de dénégation.

— Les forces spéciales. Ouaho. Ils ont dit quel genre de météorologie ils pratiquaient ?

— Non. Mais j'ai dit qu'on reviendrait. Pour leur apporter des cigarettes et du whisky. On pourrait peut-être essayer de découvrir ce qu'ils mijotent ?

— Peut-être, oui.

— Ça m'étonnerait beaucoup qu'ils soient toujours là quand nous reviendrons, dit Tsering. Je serais très surpris qu'ils n'aient pas plié bagage et quitté les lieux à la minute même où nous avons quitté leur campement.

— Tu sais quel est ton problème, Tsering ? dit Boyd. Tu n'as aucune confiance dans les gens de ta race.

HUSTLER. DEVINE UN PEU. NOUS AVONS DE LA COMPAGNIE. IL Y A UN CAMPEMENT DANS LE COIN, 83°75 À L'EST DE GREENWICH, 28°45 NORD. L'UN DES NOS SHERPAS PENSE QU'IL POURRAIT S'AGIR DE DÉSERTEURS. D'UN AUTRE CÔTÉ, CE POURRAIT ÊTRE UN GROUPE AVEC DES INTENTIONS HOSTILES, PRÊT À NOUS MARCHER SUR LES PIEDS. JE PENCHERAIS PLUTÔT POUR LA DERNIÈRE HYPOTHÈSE ET POUR UNE SOLUTION RADICALE ET IMMÉDIATE LES CONCERNANT. VEUILLEZ ME CONSEILLER. BIEN À TOI, CASTORP.

Jack prit une profonde inspiration, puis il s'agenouilla au bord de la crevasse. Il avait le sentiment de devoir prier. Il voulait confesser ses péchés, demander qu'on lui donne du courage et à la fois qu'on lui souffle un autre moyen de secourir Swift. Il n'avait vraiment aucune envie de faire ce qu'il s'apprêtait à faire. Il avait une sensation d'acidité dans l'estomac, comme s'il avait bu du vinaigre. Et puis son cœur battait si vite qu'il pensa être au bord de la crise cardiaque.

Allons. Ressaisis-toi. Elle va mourir de froid si tu la laisses là en bas.

Jack se tourna avec précaution et entama la glace avec chacun de ses outils tranchants. Il attendit d'être totalement sûr de ses prises pour achever sa rotation, laisser pendre ses jambes dans la crevasse, comme un homme glissant dans une piscine, puis pour se fixer au mur devant lui en plantant ses crampons dedans.

Ce n'était pas la première fois que Jack faisait une escalade sans filet sur un mur de glace et il avait bien conscience de tous les risques encourus, qui dépendaient essentiellement de la qualité de la glace. Les pointes avant pouvaient sortir de la prise. La glace pouvait se fendre. Pire, la glace pouvait casser sous l'impact d'un piolet, et le bloc entier vous emporter dans une descente en luge fatale. C'était une chance que les pics des deux piolets fussent suffisamment fins pour permettre une pénétration aisée, et cependant assez tranchants en leur extrémité pour faciliter l'extraction. Le plus dur, c'était la technique d'escalade elle-même. Après avoir assuré deux bonnes prises pour les mains, vous deviez d'abord sortir un orteil de la glace, puis un pic. Après quoi vous vous baissiez, jusqu'à ce que votre main se trouve à l'extrémité du manche du piolet fiché dans la paroi, puis vous creusez avec l'autre pic, et enfoncez d'un coup les pointes avant des crampons de l'autre pied. C'était une technique pour descendre un mur de glace plus usante pour les nerfs qu'aucun homme ne pourrait l'imaginer.

Neuf mètres, ce n'était pas si énorme. Sauf que si Jack tombait de la roche incrustée de glace, ce serait fatal, et il le savait. Il savait que le poids de son corps et l'angle qu'il formait avec le mur l'entraîneraient au-delà de la saillie et dans les profondeurs de la crevasse. Dans ce genre de descente, il n'y avait aucune marge d'erreur.

Bryan Perrins, assis à son bureau, jeta un coup d'œil au *Post*, puis il balança le journal dans la poubelle. Il préférait le *City Paper*, hebdo alternatif gratuit, avec des ragots plus piquants et de meilleurs articles sur les spectacles et l'art. Perrins aimait aller au cinéma, et le *Washington Post* — qui non content de se reposer sur ses lauriers dormait dessous — ne faisait jamais autant de critiques de films que le *City*. Perrins alluma son ordinateur et regarda le fleuve Potomac par la fenêtre. Il se demanda s'il pourrait aller à l'American Film Institute pendant le week-end et assister à une projection de l'un des films d'Hichcock première période, qu'ils passaient en ce moment. *Vertigo*, peut-être — l'un de ses préférés. La pensée de hauteurs vertigineuses lui rappela l'Himalaya. Il consulta le courrier électronique d'HUSTLER, pour voir si CASTORP ne lui avait rien envoyé.

La nouvelle qu'un campement de militaires chinois se fût installé dans le Sanctuaire a

nnapurnien ne le surprit pas vraiment. L'Agence attendait quelque chose de ce genre-là de la part des Chinois. Ce qui surprit Perrins, en revanche, fut la promptitude avec laquelle CASTORP proposa de se débarrasser des Chinois, sans la moindre tentative de s'assurer qu'il ne s'agissait pas de déserteurs, ainsi qu'il l'avait lui-même suggéré. Perrins ne vit pas l'intérêt d'autoriser une action radicale si celle-ci n'était pas indispensable. Il répondit aussitôt à CASTORP, par e-mail, de ne pas bouger tant que l'Agence n'aurait pas mis en place une surveillance aérienne de la zone et localisé la position des Chinois. Puis il contacta le NOR et Reichhardt, qui acceptèrent d'organiser un survol avec un U2R, depuis une base de l'armée de l'air en Arabie Saoudite. Les ordinateurs de bord des U2R pourraient recueillir les signaux émis depuis le campement chinois, vingt-sept mille mètres plus bas, sur le Sanctuaire annapurnien, puis les dévier sur Langley, via un satellite. Les signaux seraient alors analysés, puis évalués, avant d'être retransmis à Perrins avec une recommandation.

Swift éclaira le mur au-dessus d'elle avec sa lampe, tandis que Jack s'enfonçait dans les ténèbres. Elle ne lui lançait un mot d'encouragement que de temps à autre, pour ne pas le distraire. Mais lorsqu'il cessa totalement de bouger, arrivé à mi-hauteur de la paroi, elle réalisa que quelque chose n'allait pas.

— Jack ? Ça va ?

Il était immobile, il ressemblait à une statue perchée en haut du mur de la chapelle d'une étrange cathédrale, un saint ou un ange, figé dans une étrange bénédiction.

C'était ça. Il était paralysé par la peur.

— Jack ?

— Tais-toi, tais-toi, tais-toi.

Swift sentit la panique dans l'écho de la voix venant d'en haut, et comprit, sans joie aucune, qu'elle devait avoir raison.

— Jack, écoute-moi. Ecoute. Tu es à plus de la moitié de la descente. Surtout prends ton temps.

Il ne bougea pas. Il ne dit rien. Swift n'entendait que le bruit de sa respiration, aussi rapide que s'il était en train de courir un marathon.

Elle s'interrompit, se demanda ce qu'elle allait dire ensuite. S'il n'y arrivait pas, elle ne s'en sortirait pas non plus. Les choses étaient aussi simples que ça. Ce qu'elle allait lui dire, quoi que ce fût, serait sans doute ce qu'elle dirait de plus important dans sa vie.

— Jack ? Je ne sais pas si c'est le bon moment, ni le bon endroit. Si nous nous sortons de là, peut-être qu'après nous en rirons. Mais nous saurons tous les deux que cela n'en reste pas moins vrai. Ce que j'ai dit. Ce que je te dis maintenant. Je t'aime, Jack. À ma façon, je t'ai toujours aimé. Quand tout cela sera terminé, je ne veux plus que nous soyons séparés. Jamais. Ça fait un peu scène du balcon dans Shakespeare, sauf que c'est moi qui devrais être là-haut, et toi ici, en dessous. Mais ce que je dis, je le pense, Jack. Aussi tu ne peux pas t'arrêter maintenant. Tu n'as pas le choix. Il faut que tu descendes ici, pour pouvoir me dire que tu m'aimes et que nous continuions notre vie. Tu comprends ?

Swift se tut et attendit un long moment. Et puis, lentement, comme quelque chose de mort qui revient à la vie — une momie sortant d'un tombeau de pharaon — Jack bougea d'abord son bras, puis sa jambe, et termina sa descente.

Quand enfin il arriva sur la saillie, ils s'étreignirent en silence, pendant aussi longtemps que la situation le permettait, selon Jack.

— Merci, dit-il, se détachant de la ferme étreinte de Swift. J'ai vraiment perdu mon sang-froid, là-haut. Tu as été plutôt bonne, la façon dont tu m'as convaincu de continuer.

— Je pensais tout ce que j'ai dit.

Jack acquiesça d'un hochement de tête, ramassa la corde, et commença à la nouer autour de sa taille

— Je sais que tu le pensais. Si j'avais eu le moindre doute là-dessus, je serais probablement encore là-haut.

Il jeta un coup d'œil à la découpe de ciel bleu s'assombrissant, qui marquait l'entrée de la crevasse comme un immense fanion.

— Ce sera plus facile de remonter que de descendre, j'imagine, dit Jack.

— N'empêche que tu ferais mieux d'emmener ça avec toi.

Elle l'embrassa fort sur la bouche.

— Juste au cas où tu commencerais à ralentir.

Jack se tourna vers le mur, se prépara à l'escalader de nouveau.

— Attends, dit-elle. Tu ne m'as toujours pas dit que tu m'aimais.

— Non ?

Il lui rendit son sourire.

— Alors prépare-toi à voir un homme amoureux grimper le long de ce mur.

CASTORP. D'APRÈS FER DE LANCE, RUBY, ET SCAN, DES SOURCES SOVIÉTIQUES, LES SOLDATS CHINOIS OCCUPANT SUR LE SANCTUAIRE LA POSITION QUE TU AS DONNÉE DANS TON DERNIER MESSAGE, SONT VRAIMENT DES SOLDATS DE L'ARMÉE DU PEUPLE. BIEN QUE LEUR PRÉSENCE AU NÉPAL SOIT THÉORIQUEMENT ILLÉGALE, LEUR OBJECTIF SEMBLE ÊTRE LA CAPTURE ET LA MISE EN ARRESTATION DE VRAIS DÉSERTEURS DE LA MÊME ARMÉE ; DE PETITES INCURSIONS COMME CELLE-CI SONT TRÈS FRÉQUENTES. ELLES SONT TOLÉRÉES PAR LE GOUVERNEMENT NÉPALAIS QUI NE SOUHAITE PAS CONTRARIER LE GOUVERNEMENT CHINOIS, NI ENCOURAGER L'IMMIGRATION CLANDESTINE DANS LEUR PAYS DÉJÀ PAUVRE. PAR CONSÉQUENT, IL N'EST PAS NÉCESSAIRE D'ENTREPRENDRE LA MOINDRE ACTION, VU QUE LEUR PRÉSENCE NE COMPROMET PAS VOTRE MISSION. HUSTLER.

Quand Swift et Jack revinrent au Camp Un, épuisés et affamés, il faisait déjà sombre. Mac et Jameson leur avaient préparé un repas composé de bœuf bouilli et de pudding au riz avec des fruits en boîte. Enveloppés bien au chaud dans leur sac de couchage, Mac et Jameson fumaient des cigarettes et buvaient du whisky, en écoutant les deux autres engloutir leur repas et relater les événements de la journée.

— Et vous croyez que les yétis ont sauté depuis le bord de la crevasse, neuf mètres plus bas ?

— Aucun doute là-dessus, dit Swift. Il y avait des traces sur toute la surface de la saillie.

— C'est ce que j'appelle un grand bond dans la foi, dit Mac.

— La corniche s'enfonce tout droit dans la montagne en grimpant légèrement. C'est la meilleure piste que nous puissions avoir. Je veux dire, nous ne pouvons pas perdre leur trace. Nous n'avons qu'à suivre la saillie jusqu'au bout. Qu'en dis-tu, Jack ?

Jack acquiesça d'un hochement de tête.

— Mais nous allons avoir besoin des combinaisons de survie de Boyd. Il fait plutôt froid dans une crevasse.

— Inutile de me le rappeler, dit Swift, en frissonnant. J'avais l'impression d'être dans un tombeau.

— Ça y ressemble, d'après ce que tu en dis, remarqua Mac.

Il ouvrit la fermeture Éclair de son sac de couchage et rampa vers la porte de la tente.

— Je vais faire un tour, dit-il. J'en ai peut-être pour un moment.

Jack eut un hochement de tête pour désigner la bouteille de Scotch, près de Jameson.

— Je boirais bien un verre.

— Bien sûr.

Jameson récupéra la bouteille pour lui servir un verre.

— Swift ?

— Non merci. Mais vous n'avez pas assez bu comme ça ?

— Tu ne comprends pas, sourit Jameson. Il y a une raison, si nous buvons.

— On a besoin d'une raison ? dit Jack.

— C'est parce que nous sommes très près du versant rocheux.

Jameson baissa la voix.

— Mac pense que nous sommes en plein sur le trajet d'une avalanche. Une fichue avalanche, en plus. Il dit que si nous sommes ensevelis, il ne veut pas s'en rendre compte.

Jack haussa les épaules et sirota son whisky.

— Il a peut-être raison. Et puis ça a bien meilleur goût qu'un Séconal.

— En tout cas, ce soir, je n'aurai sûrement pas besoin d'un Séconal pour m'endormir, dit Swift. Avalanche ou pas. Je pourrais dormir sur une planche à clous.

Elle ôta uniquement ses chaussures et sa première couche de vêtements en goretex. Après quoi elle se glissa dans son sac de couchage et remonta la fermeture Éclair. Mac revint dans la tente en annonçant qu'il neigeait.

— On avait vraiment besoin de ça, dit-il. Encore plus de neige. Si vous voulez mon avis, le temps ne s'arrange pas. Je ne serais pas du tout surpris...

La radio de Jameson l'interrompit, tel un invité oublié.

— Salut Jack. C'est Link. Réponds-moi, s'il te plaît. Terminé.

— Il serait temps qu'ils appellent, grommela Mac.

Jack prit la radio et appuya sur le bouton émetteur.

— Salut CBA. Ici Jack, au Camp Un du Machhapuchhare. Je vous reçois très bien. A vous.

Il attendit un moment, puis il entendit à nouveau la voix de Link.

— Comment ça se passe ?

— Bien. Link ? Est-ce que Hurké est bien rentré ?

— Affirmatif. Jutta lui a donné quelque chose pour l'aider à trouver le sommeil. Il avait l'air drôlement secoué. Mais il n'a pas dit grand-chose. Il dit qu'il ne veut pas effrayer les autres sherpas.

— C'est intelligent, comme raisonnement. Comment l'ont-ils pris ? La mort de ces hommes, ce matin ?

— Pas bien. Mais pas trop mal non plus.

— Bon. Jon Boyd est là ?

— Attends une seconde.

— Salut, Jack. C'est Jon.

— Jon. Ces combinaisons à environnement indépendant dont tu nous as parlé. J'aimerais en essayer une demain. Tu pourrais me la faire porter par un des sherpas à la première heure, demain matin ? Plus le reste du matériel du Camp Un.

— Sûr.

— Et une grosse longueur de corde, aussi.

— Tu vas grimper ?

— Pas exactement. Je vais descendre dans une crevasse. Et il fait très froid et très sombre dans ce genre d'endroits.

— Tu vas essayer de remonter les corps des sherpas ?

— Non. Je vais suivre la piste du yéti. C'est là qu'ils sont allés.

— O.K., Jack. Tu trouveras la notice d'utilisation de la combinaison dans la boîte. Comme pour un jouet d'enfant.

Cependant, essaie de te souvenir d'une chose : l'environnement indépendant dure douze heures, pas plus. Après, plus de chaleur, plus de lumière, plus de radio, plus rien. Tu piges ?

— Oui. J'ai compris.

— Hé, j'allais oublier de te dire. L'équipe B est tombée sur une autre expédition dans le Sanctuaire. Des météorologistes chinois. Mais d'après Ang Tsering, ce seraient des déserteurs.

— Intéressant.

— Cody veut retourner les voir.

— Dis-lui d'être prudent. Que dit la station météo ? Ici, il a recommencé à neiger.

— Chez nous le temps est dégagé. La température a chuté comme une pierre. Mais le baromètre n'est pas trop mauvais. Parti pour rester dans le beau, je dirais.

— Bien. Je crois que c'est tout, pour les nouvelles. Dis bonjour à tout le monde.

— Bien sûr.

— Terminé.

Jack balança la radio sur le tapis de sol.

— L'armée chinoise, hein ? dit-il. Qu'est-ce que vous en dites ?

— Je dirais que Tsering a probablement raison, dit Jameson.

— Je me le demande, dit Jack.

Jameson finit son verre, puis il s'alluma une autre cigarette. Il en fixa le bout incandescent pendant un moment, puis il déclara :

— Que dites-vous de ça, les gars ? Je me suis aperçu qu'en montagne, on respire mieux quand on fume. D'après moi, le manque d'oxygène vous fait « penser » à respirer, alors qu'habituellement il s'agit d'un processus involontaire. Et puis le fait d'y penser engendre une légère sensation de suffocation. Au niveau de la mer, on croit respirer sans effort parce que le gaz carbonique agit sur les centres nerveux qui donnent seulement l'impression que c'est le cas. O.K. ? Mais en altitude, non seulement l'oxygène se raréfie, mais le gaz carbonique aussi. Voilà l'astuce : d'une façon ou d'une autre, la fumée de cigarette arrive à se substituer au dioxyde de carbone théoriquement présent dans le corps, et crée une respiration involontaire normale. J'ai remarqué que les effets d'une cigarette peuvent durer jusqu'à deux heures.

Mac rit, visiblement ravi.

— Cela expliquerait également pourquoi la majorité des sherpas fument comme des pompiers, dit l'Ecossais.

— Exactement, Mac.

— Qui sait ? Peut-être ces maudits yétis fument-ils aussi, dit Mac. Cela expliquerait pourquoi ils se déplacent si vite sur ses foutues montagnes.

Il gloussa bruyamment.

— La prochaine fois que vous aurez besoin d'un sponsor pour une expédition de ce genre, vous n'aurez qu'à demander aux types de Philip Morris. Qu'est-ce que tu dis de ça, Swift ?

Mais Swift dormait déjà.

La lune brillait. CASTORP regardait le campement des Chinois à la jumelle à infra-rouges. Qui offrait une vision bien innocente : un groupe de tentes en grosse toile, un tas de provisions — pour des civils, à l'évidence —, et l'antenne parabolique. Or des soldats chassant le déserteur n'avaient guère besoin de se munir d'une antenne parabolique. La neige commençait à céder sous le poids de Boyd, l'obligeant à changer de place. Le sol semblait peu stable. Voire dangereux. L'homme de la CIA eut une idée.

CASTORP rangea ses jumelles dans son sac à dos, sortit une pelle pliante, et se mit à creuser un large trou de la profondeur de la couche de neige superficielle, avec un mur de soutènement vertical. Au bout d'un moment, il se redressa pour reprendre son souffle. Ça faisait une sacrée trotte depuis le CBA, et dans l'obscurité. Ensuite Boyd fora une cheminée d'environ trente centimètres de profondeur dans un côté du mur, avant de faire une ouverture en forme de V de l'autre côté du mur, mettant à nu un bloc de neige d'environ trente centimètres de large. Pour finir, il planta sa pelle dans l'arrière du bloc, et tira doucement vers l'extérieur, faisant doucement levier. Soudain, le bloc se détacha de la surface de contact. Boyd arrêta aussitôt de creuser. Le bloc de neige qui avait cédé indiquait que la pente était très instable. Boyd se demanda si les soldats chinois avaient pris la peine de faire cet examen de terrain élémentaire, et se dit que non. S'ils l'avaient fait, ils n'auraient pas établi leur campement à cet endroit. D'un autre côté, peut-être étaient-ils là depuis un certain temps. C'était une vallée plus petite que celle abritant le CBA. En outre, il avait pas mal neigé récemment. Cependant, pensa-t-il, il était absurde de prendre le moindre risque. Et puis HUSTLER ne lui avait pas formellement interdit d'agir.

Essuyant son front, Boyd s'autorisa un petit sourire de mépris pour les gens de Washington. Que savaient-ils des Chinois et de leur campement, un peu plus bas ? Boyd était sur le terrain. Il n'aurait jamais rien dû dire à HUSTLER. Il aurait simplement dû foncer, n'en parler qu'ensuite à HUSTLER. C'était sa mission. Il était le mieux placé pour interpréter la situation. Quand on perçoit une menace, on n'attend pas qu'elle se matérialise, on agit.

Boyd sortit deux petits paquets d'explosifs de son sac à dos. Puis il les plaça avec soin et à intervalles réguliers le long de la crête, au-dessus du campement chinois. Il se surprit à chanter.

« Le bon roi Wenceslas regarda dehors
Pendant la fête de Stephen,
Quand la neige recouvrait tout,
Profonde, craquante, unie. »

CASTORP redescendit en lieu sûr, dans la vallée, avançant difficilement dans la neige. Après quoi, hésitant à peine, il fit détoner les charges d'explosifs avec une petite télécommande. La neige étouffa le bruit des petites explosions. Chacune d'entre elles ne fit pas plus de bruit qu'un applaudissement. Tout d'abord, la neige bougea à peine et Boyd se demanda s'il n'aurait pas mal calculé son coup. Mais peu à peu la pente entière, énorme plaque de neige et de glace, commença à s'ébranler, telle une bouillie d'avoine débordant d'une casserole. Rapidement cette masse blanche gagna en vitesse et en volume, jusqu'à se muer en raz-de-marée assourdissant, en tonnes de nuages et de débris tel un énorme champignon, tel un gratte-ciel dont les fondations auraient été soufflées.

Après l'avalanche, quand le brouillard de poudreuse se fut dissipé, la vallée baignée de lune parut aussi paisible qu'une scène sur une carte de Noël, comme si le campement chinois n'avait jamais existé. L'homme tourna les talons, et, repartant en direction du CBA, chanta :

« La lune était très claire ce soir-là,
Bien que le gel fût cruel,
Quand un pauvre homme apparut au loin,
Ramassant du bois. »

Dix-sept

« De toutes les merveilles, la plus merveilleuse c'est l'homme. »

Sophocle

Swift se réveilla, glacée, la main gantée de Jack sur sa bouche. Il faisait encore nuit, et elle voyait à peine son visage. Elle sentit son souffle chaud, encore imprégné de whisky, quand il lui dit, tout bas :

— Nous avons de la compagnie.

Elle s'assit brusquement, faillit se cogner la tête contre celle de Mac, ou de Jameson — elle ne savait pas précisément lequel — et, retenant son souffle, elle tendit l'oreille.

Il ne neigeait plus. Même le vent était tombé. A l'extérieur de la tente, la neige s'était solidifiée sous l'effet du gel intense de la nuit himalayenne. Swift entendit la neige craquer sous les pas de quelqu'un, autour du Camp Un.

— C'est quelqu'un qui sera monté du CBA ? souffla-t-elle, pleine d'espoir.

— Trop loin, trop dangereux, dit Jack. Ce serait du suicide d'essayer de venir jusqu'ici en pleine nuit.

— Et les Chinois ?

— Idem. Ils sont trop loin. Non, c'est autre chose.

Jameson avait trouvé son fusil et s'efforçait de le charger avec la seringue. Les pas se rapprochaient de la tente.

— Ce n'est pas si facile, dans le noir, murmura-t-il.

— Prends le pistolet, dit Jack. Il est chargé.

— Trop puissant. Est-ce que toi et Mac pouvez m'éclairer avec les lampes ? Je ne pourrai tirer qu'une fois, et je préfère toucher la cible.

Jameson s'arrêta pour écouter un reniflement sonore quand la créature, à l'extérieur de la tente, inhala de l'air froid.

— Le ragoût, souffla Swift. Il sent le ragoût de bœuf.

— Connaisseur, hein ? dit Jameson. Un bon point pour lui.

Jameson glissa la seringue dans le canon du fusil puis referma la culasse.

— Prêt, dit-il.

Quelque chose frappa la toile de la tente, qui se bossela quand un grand corps appuya dessus. Swift sentit son cœur rater un battement, quand une odeur animale, puante, lui monta aux narines.

À nouveau la créature frappa la paroi de la tente, sauf que cette fois ce bruit fut accompagné d'un tintamarre d'objets en fer blanc. Elle avait trouvé ce qu'elle cherchait : les restes du ragoût.

Swift n'aurait pas cru possible de trembler de peur, alors qu'elle frissonnait de froid, mais ses cheveux se dressèrent sur sa tête, comme si sa peau avait été la première à identifier ce que ses oreilles et son cerveau étaient plus lents à enregistrer. Il y avait un gros animal, dehors, sans nul doute.

— Je ferais mieux d'y aller le premier, dit Mac, en déglutissant bruyamment.

Mais il ne bougea pas. Un bruit très fort de tissu déchiré le retint. Des griffes. La créature arrachait l'arrière de la tente, près de la tête de Swift, avec des griffes aussi acérées que des lames de rasoir. Swift repensa à la description des yétis faites par le sirdar. Elle ne se souvenait pas qu'il ait parlé de griffes acérées. Etait-ce possible que ces grands primates aient de longs ongles tranchants ? Selon Hurké Gurung, avec des griffes, leur capacité d'agression eût été parfaite.

— Je ne pense pas que tu aies besoin de sortir, lui siffla-t-elle. Quel que soit l'animal en question, il est en train de pénétrer dans la tente.

— Il pénètre dans la tente, répéta Jack. Elle a raison.

Le bruit de tissu lacéré se fit plus présent, quand les griffes de la créature strièrent la toile orange de la tente de larges déchirures. Swift aperçut quelque chose à travers une entaille, et dit, aussi calmement qu'elle put :

— Mieux vaut le laisser faire un joli trou, Miles. Ce serait dommage de tirer dans la tente.

— Préparez-vous à allumer ces lampes, dit Jameson.

Le clair de lune balafra l'obscurité de la tente, suivi par une bouffée d'air glacé. Puis une odeur animale agressa Swift, plus fort cette fois.

— Tenez bon, dit-elle, entre ses dents, qui claquaient de peur et de froid.

Son cœur lui donnait l'impression d'avoir cessé d'envoyer du sang dans sa tête. Elle se raidit, attendant l'instant inévitable où la créature serait là, à l'intérieur.

Un grognement terrifiant. Puis un nouveau déchaînement de griffes, plus violent que le précédent. Un trou béant apparut dans le panneau de nylon, réduit à l'état de rubans, un trou suffisamment grand pour que Swift puisse ramper à l'extérieur. Ou que quelque chose se glisse à l'intérieur. Pendant un moment, elle ne vit que la neige sur le sol, à l'extérieur de la tente. Dans la clarté de la lune une forme bougea, d'abord lentement, puis accéléra. Un grondement plus sonore, et la forme émergeant de l'ombre devint plus nette. Ce qui sembla être une tête passa entre les bandes de nylon qui pendaient dans le trou de la tente. Soudain, un œil jaune presque lumineux plongea dans ceux de Swift.

— Maintenant, dit-elle, maintenant.

Puis elle colla sa tête contre le tapis de sol, comme pour éviter qu'on lui tire dessus.

La clarté d'une lampe torche emplit la tente une seconde avant que Jameson n'appuie sur la détente. Il y eut un bruit de toux rapide, comme le son d'une arbalète, quand le barillet de dioxyde de carbone, dans le fusil, déchargea ses soporifiques. Puis un rugissement sonore, et tout à fait inhumain. La créature recula tout d'abord sous le jet de lumière, puis sous la douleur provoquée par la seringue. Après quoi ils entendirent quelque chose courir à pas légers sur la croûte de neige gelée.

Ils sortirent de la tente en catastrophe.

— Tu l'as eu ? dit Jack.

— Je pense, oui.

Mac riait de façon presque hystérique.

— Ces dents. La taille de ces dents ! Je ne voyais que ça. Seigneur, je tremble. Où est mon appareil ?

— Ce n'est pas aussi gros que je pensais, dit Jameson.

— C'est parce que tu n'étais pas tout près, dit Swift.

Jack fut le premier dehors. Il balaya le sommet du Rognon avec le faisceau lumineux de sa lampe, cherchant à repérer la créature. Près du couloir, quelque chose courait toujours, le souffle court et haletant, émettant un son ronflant.

— Il redescend le couloir de glace, cria Jack. Il va vers la montagne !

Swift sentit son cœur se serrer. Si l'animal sautait dans la crevasse, encore drogué, il se tuerait.

Mac, son appareil photo à la main, avait rejoint Jack. Il appuya plusieurs fois sur le déclencheur. La lumière du flash illumina le Rognon comme une série d'éclairs. Swift et Jameson les rejoignirent, après avoir rassemblé le matériel nécessaire. Ils se préparaient à prendre l'animal en chasse. Jameson avait pris le fusil zoulou, au cas où il lui faudrait tirer une deuxième fois, mais à une plus grande distance.

Quarante-cinq mètres plus loin, la créature rugit à nouveau. La Ketamine Hydrochloride, dans la seringue, commençait à agir. Jameson eut l'impression de reconnaître ce rugissement, comme la voix d'un vieil ami.

— Ce n'est pas un grand singe, dit-il, d'abord pour lui-même, puis, plus fort, pour les autres.

Ses yeux exercés repérèrent le battement fatigué d'une longue queue musclée, alors que la créature titubait dans le couloir, en direction de la paroi rocheuse.

— N'approchez pas, cria-t-il. Seigneur. C'est un félin ! Un fauve.

Les pattes tournées vers l'extérieur, la tête plus bas que les épaules, le fauve fit face à ses poursuivants et grogna de façon indignée. Le félin à la robe gris pâle, constellée de marques sombres en forme de rosaces, faisait presque deux mètres de long. Il avait une longue queue épaisse qui ressemblait à une étole de fourrure.

— Faites très attention, dit Jameson. Il a peut-être encore l'énergie d'attaquer.

— Qu'est-ce que c'est ? demanda Swift, alors qu'ils marchaient tous quatre vers le félin, qui à présent succombait rapidement aux barbituriques. Une espèce de lion des montagnes ?

Le félin s'assit, comme s'il s'était résigné à son destin.

— C'est l'un des animaux les plus rares qui soient, dit Jameson. « Panthera uncia ». Un léopard des neiges. Je n'aurais jamais cru que j'en verrais un. En général, ils restent de l'autre côté de la frontière, au Tibet. Là-bas, les gens croient que certains grands lamas se changent en léopards des neiges pour se promener dans les montagnes, ou pour échapper à leurs ennemis.

Le léopard des neiges grogna, comme pour acquiescer à ce que Jameson venait de dire, puis il se coucha sur le flanc. Un léger battement de la queue et un profond soupir suffirent à persuader Jameson qu'on pouvait désormais approcher la bête sans risque.

— Peut-être est-ce un lama qui fuit les communistes chinois, dit Mac.

— Regarde la taille de ces pattes, dit Jameson en souriant, le vétérinaire en lui plein d'admiration pour cet animal.

— Il est magnifique, admit Mac.

Puis il prit une photo.

— Un mâle, dit Jameson. Il doit peser beaucoup plus de quarante-cinq kilos.

La seringue s'était logée profondément sous l'épaule gauche, dans la masse musculaire. Jameson s'agenouilla près du léopard et retira doucement la seringue. Les yeux de l'animal restèrent ouverts, les pupilles verticales demeurèrent fixes. A présent, il ne respirait presque plus.

— Il va s'en tirer ? demanda Swift, inquiète. Ses yeux — on dirait qu'il est mort.

— La Kétamine a cet effet-là, dit Jameson. Les paupières restent ouvertes.

Le léopard déglutit bruyamment.

— Je crois que ça va aller, dit Miles. D'ici une demi-heure, il va probablement tenter de se relever. Mais je crois que je vais rester ici, et garder un œil sur lui, juste au cas où. Je n'aimerais pas avoir la mort du félin le plus rare du monde sur la conscience. Mais vous pouvez tous rentrer au camp. Heureusement qu'on a monté deux tentes, hein ?

— Si c'est une bête aussi rare que ça, je veux faire quelques photos, dit Mac.

Il contourna l'animal, puis il s'agenouilla pour avoir sa jolie tête sous un angle intéressant.

— Reste là, Miles. Je vais te prendre avec.

Jack, qui tournait les talons, s'arrêta net quand quelque chose d'autre traversa la neige en courant.

— Vous avez entendu ça ? dit-il.

Jameson se leva et regarda autour de lui.

Une ombre noire se glissa derrière un bloc de glace.

— Un autre léopard ?

— Ça se pourrait.

Jack et Miles balayèrent le Rognon du faisceau de leurs lampes torches. Les roches couvertes de neige semblèrent s'illuminer. Ebahi par cette vision, Mac eut une petite exclamation de peur et se rapprocha des trois autres. Plusieurs paires d'yeux, chacune comme deux lunes vertes dans les ténèbres, fixaient sans ciller le rayon lumineux d'une lampe.

— Des loups gris, dit Jameson.

Il en compta huit, chacun de la taille d'un petit poney et de la couleur du granit le plus pur, sous un fin nuage de neige poudreuse. Le plus gros et le plus sombre du lot bâilla, affamé, écarta ses pattes, puis baissa un gros museau noir sur la glace, cherchant une odeur. Jameson réalisa qu'il reniflait l'odeur du sang, se demandant si l'on avait tué un homme, ou un animal. Et au même instant, Miles devina l'enchaînement de circonstances qui avaient attiré ces bêtes au sommet du Rognon.

— Ils ont dû chasser le léopard, dit-il.

— Un loup terrassant un léopard ? dit Mac. Ça ne semble pas très vraisemblable.

— Ne crois pas ça. J'ai vu un loup de taille moyenne enfoncer ses crocs dans les barreaux d'une cage faite pour des chiens domestiques atteints de la rage. Les loups ont une force extraordinaire. Au Zimbabwe, il est assez courant que des bandes de hyènes défient un lion de leur laisser sa proie, et remportent le morceau.

— Arrête la vidéo du *National Geographic*, dit Jack, et dis-nous ce qu'on fait, maintenant. Ces salopards ont une tête qui ne me revient pas.

Jameson prit le fusil zoulou, qu'il avait en bandoulière, ouvrit la culasse pour en sortir la seringue Cap-Chur, mais laissa la capsule fulminante dans le canon du fusil de chasse.

— Ils n'ont pas l'air d'avoir du tout peur de nous, remarqua Swift, alors qu'un autre loup apparaissait au sommet d'un bloc de glace.

— Ils n'ont pas souvent dû voir des hommes, j'imagine, dit Jack. D'ailleurs, c'est la première fois que je vois des loups dans cette partie de l'Himalaya.

— Tire, pour l'amour du ciel, dit Mac.

— C'est toi qui as peur des avalanches, dit Jameson, d'un ton plein de sous-entendus. Qu'est-ce que tu en dis, Jack ? On peut y aller ?

Jack leva les yeux vers la paroi rocheuse, au-dessus d'eux. Ils étaient sans doute suffisamment loin pour survivre à une avalanche naturelle. Quant à une avalanche provoquée par des coups de feu, c'était plus difficile à estimer.

— Et si on ne fait rien ? dit-il. Ils vont attaquer ?

— Tant que nous resterons groupés, ils ne prendront sans doute pas le risque. Mais nous pouvons difficilement rester dehors toute la nuit.

— Et que diriez-vous de ça ? dit Jack. Nous formons un carré en nous tenant tous le bras, et nous repartons vers le campement. Il y a du feu, là-bas. C'est un bon moyen de leur faire peur.

— Et le léopard ? dit Jameson. On va le laisser se faire dévorer.

— Tu as une meilleure idée ?

— Non.

— Très bien. Alors allons-y.

Ils se prirent par les bras et formèrent un carré, Jameson marchant à reculons pour protéger leurs arrières. Les loups les regardèrent pendant un moment. Puis, grognant fort, l'un d'eux tenta de mordre Jack à la jambe. Jack lui donna un coup de pied pour le chasser et demanda à ses compagnons de s'arrêter.

— Cela discrédite définitivement mon idée.

— Elle ne me plaisait pas trop, de toute façon, observa Jameson.

Jack regarda à nouveau la paroi rocheuse. Il y avait peut-être deux mille tonnes de neige, là-haut. Mais à présent, il ne leur restait pas d'autre alternative, semblait-il.

— O.K. Tu peux te servir du fusil, dit Jack.

Jameson ne se le fit pas dire deux fois. Le plus gros des loups, le chef de la bande, se rapprochait de lui d'un air féroce. Miles baissa son fusil vers la tête du loup et tira. Au sommet du Rognon, le coup de feu fit le bruit d'un tir d'obus.

Avec un jappement de frayeur, le loup fit un bond en arrière et fila, ses congénères fuyant les premiers, éparpillés devant lui. Jack jeta un coup d'œil au versant rocheux, puis aux loups.

— Encore une fois, dit-il.

Jameson chargea une autre capsule fulminante et tira à nouveau pour faire détaler le groupe plus vite. Le coup de feu sembla presque frapper le roc, comme s'il défiait la neige de s'ébranler. Mais cette fois, les loups cavalèrent avec un sentiment de danger accru.

— Merci mon Dieu, souffla Mac. Pendant une minute, j'ai cru que j'allais servir de petit déjeuner à un affreux corniaud.

— Les pauvres vieux, dit Jameson. Ils ont dû traquer le léopard sur au moins cent kilomètres.

— J'éprouve la même déception, dit Swift. Cette fois je croyais vraiment que nous allions avoir de la chance, tu vois ?

— Mais nous avons eu de la chance, dit Jameson.

Il chargea une autre capsule fulminante, et parcourut le Rognon des yeux, mais les loups étaient partis.

— Je voulais dire, avec le yéti.

— Certes, dit Jameson. Mais tu es un chasseur, maintenant. Tu vas devoir apprendre la patience, si tu veux mener cette expédition à son terme.

Jack jeta un coup d'œil à sa montre bracelet, puis au félin drogué.

— Cinq heures. Le soleil va bientôt se lever.

— Quelqu'un veut du thé ? dit Mac. Moi j'en boirais bien une tasse, après toutes ces émotions.

— Je vais attendre ici un moment, dit Jameson. Que ce garçon se remette sur pattes. Au cas où les frères de Mowgli reviendraient.

Jack s'étira paresseusement.

— Moi je retourne au lit. On ne peut pas faire grand-chose avant que les sherpas arrivent avec l'une des combinaisons spatiales de Boyd.

Au milieu de la matinée, les sherpas du CBA, sous les ordres de Ang Tsering, atteignirent le Camp Un. Assez loin derrière, suivaient Byron Cody et Jutta Henze. Ils étaient montés jusque-là sans incident, même si Cody ne sentait plus ses pieds et souffrait de gelures au troisième degré à l'extrémité du nez, à cause du vent glacial et des chutes de poudreuse. Dès qu'il se fut défait de son petit sac à dos, Jutta Henze l'emmena dans la tente encore intacte. Puis elle recouvrit son nez avec un pansement, pour le maintenir le plus au chaud possible. Après quoi elle lui donna des antibiotiques et lui fit une piqûre de Dextran en intraveineuse.

Cody émergea de sous la tente en bâillant à se décrocher la mâchoire, ouvrant la bouche aussi grand que tous les gorilles qu'il avait étudiés dans sa vie.

— Tu aurais dû rester au lit, lui dit Jack.

— Je suis désolé, dit-il. Mais je n'ai pas beaucoup dormi la nuit dernière.

— Je croyais que tu voulais aller rendre visite à ces Chinois, dit Jameson.

— Tsering a raison. C'étaient probablement des déserteurs. Et puis je voulais rien manquer de ce qui allait se passer ici.

— Je crois que tu pourrais perdre le bout de ton nez, remarqua Jutta. Si ça ne s'arrange pas d'ici ce soir, il faudra que tu ailles au camp de base, pour inhaler de l'oxygène et prendre des anticoagulants.

— Où est Hurké ? demanda Jack à Jutta. Je pensais qu'il viendrait avec vous.

— Il voulait venir, évidemment. Mais je lui ai demandé de rester. Il a subi un sacré choc. Il pense toujours au drame. S'il était venu, ça le lui aurait rappelé.

Ne se sentant pas de taille à discuter avec l'Allemande, Jack acquiesça d'un hochement de tête. Il y avait tellement de bon sens, d'évidence, dans sa voix, qu'il ne pouvait qu'approuver sa décision d'avoir chargé Ang Tsering de conduire les sherpas au Camp Un.

— Il montera plus tard, dans l'après-midi, dit Jutta. Mais seulement s'il est en état.

— Bien vu, Jutta. Tu as absolument raison. Ici, en altitude, une erreur est presque toujours fatale.

Il trouva Ang Tsering en train de déguster sa sixième ou septième tasse de thé tibétain avec Mac. Les sherpas buvaient toujours beaucoup de thé, conscients que l'épuisement, en montagne, était presque toujours dû au manque de liquides. Agrémenté de sel et de beurre, le thé tibétain était un produit qu'on apprenait à aimer, mais auquel Jack ne s'était jamais habitué. Que Mac semblât apprécier cette boisson presque autant que les sherpas lui paraissait inexplicable.

— Délicieux, dit l'Écossais, qui sourit et se lécha les lèvres avec délectation.

— Dès que les gars sont prêts, nous y allons, dit Jack à Tsering.

L'assistant sirdar acquiesça d'un hochement de tête et prit la cigarette que Mac lui offrait.

— Il y a eu des problèmes avec eux ce matin ?

— Naturellement, dit Tsering, en allumant sur sa cigarette à l'aide du briquet lance-flammes de Mac. La perte de tant d'amis chers les confirme dans l'idée que chercher le yéti c'est chercher les ennuis. Ils ont brûlé de l'encens avant de quitter le CBA. Et plusieurs fois, en route, nous avons dû nous arrêter pour des prières. Sûr qu'ils demandaient aux dieux de leur accorder la santé afin de pouvoir dépenser les devises supplémentaires que Boyd sahib leur a donné pour qu'ils restent.

— Il a fait ça, hein ? dit Jack, en hochant la tête.

Boyd avait beau être un critique virulent de leur mission, on ne pouvait nier ses capacités. Sans parler de sa promptitude à payer de ses deniers pour les sortir de ce qui aurait facilement pu provoquer une crise avec les porteurs. Or dans l'Himalaya, quand les porteurs renoncent, cela sonne le glas d'une expédition.

— Des billets neufs, en plus, ajouta Tsering. Les gars préfèrent les billets neufs, bien sûr. Boyd le sait. Je vais vous dire, on pourrait penser qu'il les imprime lui-même, tellement il en a. Heureusement que nous sommes un peuple honnête. Si j'étais Boyd, j'aurais peur que quelqu'un essaie de me voler.

— Si j'étais vous, je ne m'inquiéterais pas pour Boyd, dit Jack. Je crois qu'il est parfaitement capable de se défendre.

Derrière leur tente en lambeaux, Jack se déshabilla entièrement et prit un rapide bain glacé, se frottant avec des poignées de neige. Après s'être séché vigoureusement, il revêtit les sous-vêtements spéciaux. Puis Mac et Jameson l'aidèrent à pénétrer dans la combinaison par une écoutille. Cette ouverture apparut quand on souleva le sac à dos, avec son système de survie pour l'Antarctique, de son support en caoutchouc étanche. Après qu'on eut ajusté la longueur des bras et des jambes à la taille de Jack, on introduisit les fixations métalliques à baïonnette de deux tuyaux de l'air conditionné dans leurs réceptacles, sur le devant de la combinaison. Puis vinrent les tuyaux pour les sous-vêtements chauffés à l'eau. Cette eau, chauffée dans le sac à dos, circulait dans un fin réseau de tubes microscopiques imbriqués dans le tissage du matériau. Jameson et Mac fixèrent chaque tuyau à sa place, selon les instructions simples de la notice d'utilisation.

— C'est un peu comme armer Achille, dit Jameson, en tendant à Jack un casque transparent en plastique photochromique, pour filtrer toute lumière solaire trop violente.

— Ne serait-il pas plus raisonnable que quelqu'un vienne avec toi ? dit Swift. Il y a deux costumes, après tout.

— Non, dit Jack. C'est juste une descente de reconnaissance. Ce serait absurde que deux personnes risquent leur vie dans ces abysses. Je vais suivre la saillie le long de la paroi de la crevasse, voir où elle conduit, puis revenir ici.

Jack se coiffa du casque, et tandis que Jameson et Mac le fixaient à sa combinaison, il vérifia le bon fonctionnement du micro au moyen du panneau de contrôle qu'il avait sur la poitrine. Et qui affichait également les données concernant l'unité de survie, dans le sac à dos.

Mac parla dans le micro extérieur de la combinaison qui permettait à son occupant d'entendre les bruits du dehors.

— Tu ne ferais pas mieux de brancher le système de survie ?

— Bonne idée, dit Jack.

Puis, actionnant un autre interrupteur, il mit en marche les minuscules pompes et ventilateurs, dans son sac à dos, et entendit le ronronnement rassurant de la machinerie miniature qui allait le maintenir au chaud dans les profondeurs glaciales de la crevasse.

— Les gants sont un peu raides, dit-il, en pliant les doigts. Mais sinon ça va. Je me réchauffe déjà. Ouah, ça fait du bien. J'aurais bien dormi là-dedans la nuit dernière. Il faisait un froid terrible, ici. Attendez. Qu'est-ce que c'est que ça ? On dirait un tuyau non raccordé. Vous voyez ? Près de ma joue.

— C'est ton eau. Pour boire, lui dit Mac.

Jack tourna la tête à l'intérieur de son casque et s'aperçut que le tuyau en plastique se glissait facilement dans sa bouche. Il aspira avec la paille improvisée, et sentit de l'eau fraîche sur sa langue.

— Ils semblent avoir pensé à tout.

D'un mouvement de tête, Mac désigna les organes génitaux de Jack et fit signe que non.

— Pas à tout, non, dit-il. Si tu as envie de pisser, il faut le faire à l'intérieur. Ou alors ôter la combinaison, au choix.

Jack sentit de l'air souffler devant son visage, tandis que la combinaison se gonflait doucement. Puis il frappa le sol avec sa chaussure pour vérifier l'adhérence de ses crampons.

— Je ne pense pas que je pourrais grimper avec ça sur le dos, dit-il. En tout cas pas une grande paroi comme la face sud-ouest. Mais je crois que ça peut te maintenir en vie dans des conditions atmosphériques incroyables.

— D'après la notice, dit Mac, le casque s'illumine automatiquement quand tu pénètres dans un endroit sombre. L'intensité de la lampe, sur le dessus du casque, se règle manuellement, au moyen de l'interrupteur près de la commande de la radio. Il y a deux ampoules. Une au carbure pour l'usage courant, ou si tu veux économiser ta batterie, et une halogène si tu veux une plus grande luminosité.

Mac pointa son doigt sur le panneau de contrôle, sur le devant de la combinaison.

— Sur l'écran, tu as aussi un compas très perfectionné. Ça te permet d'utiliser un pilote automatique par satellite, qui te dira précisément où tu es sur la surface de la terre, à cinquante mètres près. Mettons que tu veuilles dévier de ta route, à l'intérieur de la crevasse, tu n'aurais qu'à rentrer les coordonnées de l'endroit où tu veux aller et l'appareil t'indiquerait le chemin à suivre avec la même précision qu'un compas.

— J'ai compris.

Les sherpas réagirent au déguisement de Jack comme des écoliers surexcités, le montrèrent du doigt et pouffèrent de rire. L'un d'eux, un dénommé Kusaang, offrit une cigarette à Jack, ce dont il fit un vrai show. Bon prince, Jack fit à son tour un numéro : l'homme en combinaison spatiale qui tente de prendre une cigarette, réalise qu'il ne peut la fumer, et la glisse derrière le tuyau à eau, sur son casque. Ceci à la grande joie des sherpas.

— O.K., les gars. Le spectacle est terminé. Que cette expédition commence.

Jack ramassa son piolet et se dirigea lentement vers le couloir de glace.

Les autres prirent des anneaux de corde, des échelles en aluminium, une tente, des fusils, un équipement photo, des sacs à dos, et suivirent.

Certains sherpas entreprirent de monter une tente dans le couloir de glace. Jack attendait que Mac ait passé la corde dans le mousqueton de son baudrier.

— J'ai jugé plus prudent que vous campiez là plutôt que dans les abords immédiats de la crevasse, dit Jack.

Le reste de l'équipe resterait en contact avec lui, par radio, depuis l'intérieur de cette tente.

— Ce sera plus protégé, aussi, ajouta-t-il.

— Ne t'inquiète pas pour nous, dit Mac. Ça va aller. Dès que tu es parti, nous entamons le whisky.

Debout de l'autre côté du couloir, Swift porta la radio à sa bouche.

— Jack, c'est Swift. Tu me reçois ?

— Parfaitement bien.

Dès que Mac se fut éloigné, Jameson vint fixer un holster autour de la taille de Jack et lui donner un pistolet hypodermique.

— Il y a une seringue à l'intérieur, O.K. ? C'est une assez bonne dose, alors ne te tire pas dessus.

Jack s'aperçut qu'il avait juste la place de glisser son doigt sous la détente.

— Les doigts de ces gants n'ont pas dû être conçus pour tirer au pistolet, dit-il.

Puis il mit l'arme dans son holster, avant de monter à l'échelle que Tsering avait fixée au mur du couloir avec des broches et du fil de fer.

— Souhaitez-moi bonne chance, dit-il.

Une fois en haut de l'échelle, Jack posa le pied sur le mur, puis se tourna vers les autres, restés en bas.

— Jack, dit Swift. Sois prudent, s'il te plaît. S'il t'arrivait quelque chose...

— Sûr, tu ne te le pardonnerais jamais.

Puis il leur fit un signe de la main et disparut à la vue, alors qu'il descendait la pente douce menant à la crevasse.

Tsering et Mac, qui tenaient l'extrémité de la corde de Jack, hochèrent la tête à l'adresse de Swift.

— Je te reçois, dit-elle. Tu descends quand tu es prêt.

Avec précaution, Jack s'assit au bord de la crevasse, et planta son piolet.

— Du mou, dit-il.

Puis il se laissa lentement glisser par-dessus bord, cherchant la saillie dans les profondeurs presque insondables où il plongeait.

Dix-huit

« Dans le trésor de la montagne. »

Joe Tasker

En descendant dans les ténèbres, Jack actionna l'interrupteur de la lumière au carbure, sur le dessus de son casque. La glace bleue, devant ses yeux, vira au jaune, un jaune fantastique. Il avait la sensation de descendre dans l'estomac d'un énorme animal extraterrestre, mort depuis longtemps. Le minuscule filet d'eau qui coulait le long de la paroi, car sa combinaison faisait fondre la glace, lui apparut comme un signe inquiétant : les sucs digestifs de l'extraterrestre étaient déjà stimulés par la présence de l'explorateur. Et maintenant qu'il se trouvait à l'intérieur de la crevasse, Jack voyait qu'elle était bien plus large qu'à l'extérieur. D'une paroi à l'autre, il y avait au moins dix-huit mètres, le fond de la crevasse étant des centaines, voire des milliers de mètres plus bas.

Une fois, en escaladant l'Everest, Jack avait dû traverser une crevasse que ses compagnons et lui n'avaient pu franchir qu'en installant cinq échelles d'aluminium bout à bout. Ce champ de glace, qui avait requis pas moins de trente de ces ponts d'aluminium, avait été l'un des passages les plus dangereux dans son ascension de l'Everest. En un sens, les ténèbres sous vos pieds vous aidaient : la hauteur de toute chute potentielle, et donc le danger encouru demeuraient inconnus. Mais à présent Jack se disait qu'il pourrait bien ne plus jamais retraverser ces ponts d'aluminium ployant en leur milieu. Quand ses pieds touchèrent la saillie, il leva les yeux vers le Danube bleu du ciel, au-dessus de sa tête, et vit à quel point il pouvait être hasardeux de traverser un monstre de crevasse comme celui-là. Sans parler de sauter à l'aveuglette sur une corniche cachée. Un saut dans la foi, avait dit Mac. C'était tout à fait ça. Imaginer les deux yétis faisant un tel saut donna à Jack un respect renouvelé pour ces créatures légendaires et la capacité qu'elles avaient de survivre et de ne pas se faire capturer.

— O.K., j'y suis, dit-il. Vous pouvez me donner un peu de mou.

— O.K., dit Swift.

Jack s'arrêta un moment, tira la corde vers lui, puis la sortit du mousqueton de son baudrier. Il n'avait aucune idée de la distance qu'il aurait à parcourir, et il y avait toujours un risque qu'une corde traînant derrière lui s'accroche à quelque chose ou gèle, et le fasse trébucher. Mieux valait s'en remettre à ses crampons et à son piolet.

— Je me détache.

Il se tourna pour faire face à sa route. À sa gauche, la saillie se perdait sous une kyrielle d'énormes stalactites, qui descendaient dans les ténèbres tels les innombrables tuyaux d'un orgue. Jack alluma momentanément la lampe halogène. A sa droite, le rebord était si bien dessiné, qu'il aurait presque pu s'agir d'un passage construit par l'homme. Les premiers vingt-cinq mètres, éclairés par son faisceau lumineux, lui semblèrent suivre un tracé à peu près rectiligne. Çà et là, les couches de neige et de glace étaient striées de rubans de cendre volcanique, du moins fût-ce son impression, et cela créait des motifs fabuleux.

— Boyd adorerait ça, dit-il, légèrement impressionné par la nature des choses qui l'entouraient. C'est ce que j'ai vu de plus étrange jusqu'ici.

Jack coupa l'halogène et ralluma la lampe au carbure. Puis il commença à avancer.

— Bien. J'y vais. J'ai l'impression d'être l'un des sept nains.

— Lequel ? demanda Swift.

— Simplet, j'imagine. Il faut être un peu simplet pour faire un truc pareil.

— C'est toi qui l'as dit, observa Mac.

— Merci, Grincheux. Et merci mon Dieu pour les sous-vêtement chauffés à l'eau. Jusqu'ici ce n'est pas si terrible. Pas pire qu'un trekking.

La saillie resta droite sur une centaine de mètres, puis elle tourna sur la gauche. Au-dessus de lui, l'ouverture de la crevasse commença à se resserrer. Jack vérifia les données affichées par le compas sur le panneau de contrôle de sa combinaison.

— À partir d'ici, la route bifurque vers l'ouest. Il y a une pente qui descend légèrement. C'est tout à fait étrange. Il y a des motifs très délicats, sur la glace de la paroi. On dirait la peau d'un animal.

Sans les crampons fixés à ses chaussures, Jack n'aurait jamais pu avancer de façon à peu près régulière. Il parcourut encore cent mètres, se servant de son piolet comme d'une canne, le manche de l'outil dans sa main gauche gantée, du côté du vide, et la pointe dans la saillie glacée, sous ses pieds. L'angle formé par la corniche le faisait pencher vers la paroi. Il devait presque continuellement appuyer sa main libre contre la surface glacée pour garder l'équilibre. Après cinq ou six cents mètres, le ciel disparut totalement. La crevasse rétrécissait au-dessus de sa tête, se rapprochait de son casque. En habitué de l'Himalaya, Jack se dit que le haut de la grande faille semblait avoir été comblé en partie par une avalanche.

— Bien. Je ne vois plus la lumière du jour. A présent, nous pénétrons dans l'antichambre du roi de la montagne. Attendez une minute, ajouta-t-il. Qu'est-ce que c'est que ça ?

Quelque chose était suspendu au-dessus de la corniche. Tout d'abord, Jack crut qu'il s'agissait d'une stalactite. Il trébucha en essayant de discerner la chose dans les ténèbres. Puis il s'arrêta. Etait-ce son imagination, ou bien la chose avait-elle un aspect vaguement humain ? Jack alluma son halogène pour mieux voir et crut discerner une tête et un bras. Qui que fût cet individu, il semblait l'attendre.

— Il y a quelque chose de perché un peu plus loin.

— Jack, dit Swift. Sois prudent, je t'en prie !

— Je sors le fusil, juste au cas où.

Dégainant le fusil hypodermique, il repartit à pas lents.

— J'ai l'impression de voir une tête et un bras, rapporta-t-il. Mais rien ne bouge.

— Jack ? C'est Miles. N'oublie pas que tu dois être à quinze mètres au moins pour avoir un tir précis. Et puis il y a assez de dope dans la seringue pour assommer un yack.

— J'espère, souffla Jack. D'un seul coup j'ai l'impression d'être devant un rhinocéros avec une carabine à air comprimé.

— Dès que tu l'as bien dans ta mire, Jack.

— O.K. Il a un aspect humain, aucun doute. Seigneur. C'est trop grand ! Deux mètres, deux mètres cinquante. Mais il ne bouge toujours pas. Et il n'émet aucun son. Il est à vingt, vingt-cinq mètres. Il faut que je m'approche encore.

— Jack, c'est Byron. Si la créature se comporte comme un gorille, ce que la description de Hurké semblait suggérer, elle va probablement rester immobile un moment, puis charger.

Extrêmement inquiet à présent, Jack s'arrêta.

— Qu'est-ce que c'est censé vouloir dire, bordel ? Je reste immobile moi, ou quoi ?

— Tu dois exciter sa curiosité. Essaie de ne pas te toucher au niveau du thorax. Il pourrait croire que tu te frappes la poitrine. Les grand singes interprètent ça comme un signe d'excitation ou de danger.

— Excitation ou danger, hein ?

Dans sa combinaison à environnement indépendant, partiellement amplifié par le micro sous sa pomme d'Adam, son cœur lui faisait l'effet d'un bongo.

— Je me demande où t'es allé chercher ça, dit-il.

— Ne... ne fais aucun geste brusque.

— D'accord.

Jack avança centimètre par centimètre, tenant le fusil devant lui comme un talisman. Il espérait ne pas avoir à utiliser le piolet pour se protéger. Mais si la Kétamine faisait de l'effet, et jusqu'à ce qu'elle agît, c'était soit ça, soit s'allonger sur le sol et essayer d'entailler la chair du yéti avec les extrémités en acier de ses crampons.

— Presque à portée de tir, dit Jack.

Il mit en joue et visa ce qui lui semblait être l'épaule de la créature.

Au moins, si l'animal chargeait maintenant, Jack pouvait difficilement le manquer.

— Dix-neuf mètres...Dix-huit... toujours aucun mouvement, aucun bruit...peut-être cette chose croit-elle que je ne la vois pas... dix-sept mètres...

— Tu avances trop vite, Jack, dit Cody. Arrête-toi un moment.

Jack s'immobilisa. Il avait une meilleure vision de la créature, à présent. Elle lui semblait beaucoup plus humaine qu'il ne l'avait cru. D'une certaine façon, ce n'était pas du tout ce qu'il avait imaginé. Cette créature paraissait très différente de celle qu'il avait vue à une certaine distance, sur le col nord de l'Everest.

Et puis elle avait quelque chose de plus sinistre, aussi. L'absence de tout mouvement lui donnait un aspect bien plus terrifiant.

— La créature ne ressemble pas du tout à un singe, dit-il. Elle ne bouge toujours pas. C'est étrange.

— Jack, c'est Miles. Dix-sept mètres ça va, si tu vises une cible immobile. Mais vise un peu haut.

— Immobile n'est pas le mot. Peut-être qu'elle dort.

— Jack, c'est à nouveau Byron. Je crois que tu ferais mieux de revenir. Je n'aime pas la façon dont tout ça se présente. C'est un comportement défensif classique chez les gorilles de montagnes. Ils utilisent cette ruse pour t'attirer. Reviens, s'il te plaît.

— J'avance encore un tout petit peu.

— Maintenant, Jack, maintenant ! dit Miles.

À moins de dix-sept mètres, Jack fit feu. Il vit la seringue frapper l'épaule de la créature, mais à sa grande surprise, celle-ci resta parfaitement immobile et silencieuse, comme si elle n'avait rien senti.

— Il y a quelque chose qui ne va pas, dit-il, à ses compagnons restés sur le couloir de glace. J'ai tiré, je vois même la seringue dépasser d'une épaule, mais il ne se passe rien.

— Il peut s'écouler quelques minutes avant que ça ne fasse de l'effet.

— Non, non. Je veux dire que c'est comme si elle ne sentait rien.

— Si elle a la couenne épaisse et la couche de graisse indispensable pour survivre dans ces montagnes, elle pourrait ne ressentir qu'un traumatisme minime, dit Jameson. Sur une créature de cette taille, ça peut ne pas faire plus d'effet qu'une piqûre de puce.

— Attends. Je vais aller voir de plus près.

— Jack, non ! protesta Swift.

S'approchant encore, Jack fronça les sourcils et dit :

— Je crois que ça va. Quelle que soit cette chose, je crois qu'elle est morte depuis un certain temps.

Suffisamment près pour tendre le bras et toucher la créature, Jack rengaina son fusil et entreprit d'ôter une partie de la glace et de la neige qui la recouvrait. La tête partit lentement en arrière. Sous la neige qui les recouvrait, les cheveux étaient blonds. La bouche, légèrement entrouverte, laissait voir une rangée de dents écartées maculées de nicotine. Et ces yeux ouverts dans ce visage qui paraissait presque vivant. Des yeux bleus. Qui le fixaient. Comme quelqu'un...

Jack poussa un cri d'horreur et commença à reculer le long du mur de glace.

— Qu'y a-t-il, Jack ? dit la voix dans son casque. Jack, ça va ?

L'estomac retourné par ce qu'il venait de voir, tremblant sous le choc, Jack se laissa tomber lourdement sur la saillie glacée. Il prit une profonde inspiration de cet air chaud, à l'intérieur de son casque, une inspiration hachée. S'il avait pu toucher son visage, il aurait épongé la sueur froide qui perlait à son front. Il avait l'impression d'avoir pris un coup de poing dans l'estomac. Tout lui revenait en accéléré : les dernières secondes avant l'avalanche qui l'avait balayé du versant de la montagne ; et qui avait tué son vieil ami et compagnon d'escalade. C'était Didier, suspendu la tête en bas au-dessus de la corniche, collé fermement à la paroi par la neige et la glace tassées qui l'avaient précipité là, des mois auparavant.

Tel un gant perdu.

Jack se remit sur ses pieds avec difficulté, puis il ôta une part de la neige lépreuse du visage de son ami mort. Il n'avait pas vraiment l'air mort. Sa peau ne portait aucune marque, pas même un bleu. Il avait plutôt l'air de quelqu'un qui reste immobile pour une photo nécessitant une longue exposition.

Comme s'il n'avait eu qu'à se frapper les flancs pour faire revenir la vie en lui. Comme si, à tout moment, il allait pouvoir enlever les nombreux plectres de glace blancs accrochés à sa barbe et parler.

Mais ce fut Jack qui parla, répondant à la clameur insistante sous son casque.

— Didier, soupira-t-il.

Assis dans la tente, dans le couloir de glace, Byron Cody haussa les épaules.

— Qui est Didier ? demanda-t-il.

— Didier Lauren, dit Swift. Il a été tué dans une avalanche, la dernière fois que Jack et lui sont venus ici. L'avalanche, qui a fait tomber Jack à l'entrée de la caverne où il a trouvé Esaü, a dû précipiter Didier dans cette crevasse.

— Seigneur, dit Jameson. Quelle affreuse façon de mourir.

— Tu le connaissais aussi, Mac, non ? dit Swift.

Max grommela un oui et s'alluma une cigarette, visiblement sans aucun plaisir.

— Ce n'est pas le premier de mes amis qui ait trouvé la mort dans ces montagnes, et probablement pas le dernier.

— Mais être resté ici tout ce temps-là, dit Cody. Dans la neige !

— Moi aussi je connaissais Didier, dit Jutta. C'était un alpiniste génial. Pauvre Jack, tomber sur lui comme ça.

— Jack ? dit Swift. Ça va ?

— Vous n'allez pas me croire, dit Jack, furieux. Mais il n'a plus ni sa montre bracelet ni sa bague !

— Peut-être les a-t-il perdues pendant l'avalanche, suggéra Swift.

— C'était la montre offerte par le sponsor. Une Rolex Oyster Explorer. Nous sommes allés les chercher à Londres ensemble avant de venir ici. Cette montre est pratiquement incassable. Et puis cette bague m'a toujours paru serrée autour de son doigt. En plus, il portait des gants.

Byron Cody réfléchit un moment. Puis il se souvint de la curiosité des gorilles de montagnes pour des objets brillants. Il prit sa radio et dit :

— Jack, c'est Byron. C'est juste une idée, mais il est souvent arrivé que les gorilles que j'étudiais me volent mes clés de voiture ou mes lunettes. Ou n'importe quel objet brillant. Il se peut que l'un des yétis ait pris la montre de Didier.

— Comme ça il saura quand il est temps d'apparaître pour me donner la frousse de ma vie.

— Jack, c'est Miles. Écoute, oublie la montre un moment. C'était notre seule seringue hypodermique. Je veux que tu la retires du corps de ton ami et que tu y jettes un coup d'œil.

— D'accord, mais quel intérêt ?

— Je vais te le dire. Quand le projectile frappe la cible, un ressort se détend et fait avancer un petit poids derrière le réservoir. Le bout pointu du poids pénètre une membrane, libérant le liquide et enfonçant l'aiguille plus avant pour injecter la drogue. Vu que le corps de Didier est sans doute gelé, il est possible que rien de tout ça ne se soit passé. Et que la kétamine soit toujours dans la seringue. Tu me suis ?

Jack arracha la seringue Cap-Shur de l'épaule de son ami et l'observa avec attention dans la lumière jaune au carbure. Portant des gants et un casque, il ne pouvait pas dire grand-chose de l'état de la seringue, sauf qu'elle avait le même aspect qu'avant. Il fit part de ces observations à Miles Jameson, via la radio.

— Recharge le fusil avec, dit Jameson. Ce pourrait être mieux que rien.

— Tu devrais peut-être revenir, maintenant, dit Swift.

Jack jeta un coup d'œil sur les données affichées sur le panneau de contrôle de la combinaison. Il était dans la crevasse depuis une heure. Il lui restait suffisamment d'énergie dans son sac à dos pour dix heures d'autonomie.

— Négatif. Je vais continuer un peu plus avant. Mes batteries sont loin d'être à plat et je me sens d'attaque. En outre, le but de cette marche spatiale n'est pas de capturer un yéti, mais d'essayer de le traquer jusque dans son repaire.

— Ça s'appelle un nid, dit Cody.

Jack ramassa son piolet et reprit sa marche, promettant silencieusement à Didier que, quoi qu'il arrive, il ne le laisserait pas là.

— Dites aux gars d'assembler la civière. Au retour, je vais le ramener.

HUSTLER. LA QUESTION CHINOISE N'EST PLUS D'ACTUALITÉ, J'EN AI PEUR. JE SUIS RETOURNÉ JETER UN COUP D'ŒIL CE MATIN ET J'AI VU QU'UNE AVALANCHE AVAIT BALAYÉ LEUR CAMPEMENT. OUPS ; IL N'Y AVAIT PAS DE SURVIVANTS. ET C'EST PROBABLEMENT AUSSI BIEN. MALGRÉ CE QUE TU DISAIS, J'AVAIS UN MAUVAIS PRESSENTIMENT CONCERNANT CES DÉSERTEURS. À PART CA, J'AI PARCOURU CE SANCTUAIRE D'UN BOUT À L'AUTRE, MAIS TOUJOURS RIEN. CASTORP.

Miles Jameson et Jutta Henze, qui avaient absolument besoin de s'occuper, sortirent de la tente et assemblèrent la civière de sauvetage Bell. Cette civière, faite de barres d'acier renforcées, dotée d'un casque de protection, de courroies pour entraver les jambes et les bras, et de skis en plastique, avait été prévue pour transporter un yéti artificiellement endormi jusqu'au CBA en hélicoptère — un hélicoptère venant de Pokhara.

— J'avais espéré que nous nous en servirions pour un yéti, remarqua Jutta. Pas pour quelqu'un d'autre.

— Nous en capturerons un, dit Jameson.

— Je te trouve bien optimiste.

— Il faut l'être, ma chère Jutta, pour chasser des animaux sauvages. Mais j'aurais pensé que les alpinistes comme toi devaient l'être aussi.

D'un hochement de tête, Miles désigna l'implacable face sud de l'Annapurna, puis il déclara :

— Je veux dire, il faut être optimiste pour penser avoir la moindre chance d'escalader ça.

Jutta secoua la tête en signe de dénégation.

— Non, je suis une pessimiste. Dans un endroit comme ici l'optimisme peut te tuer. Mon mari était un optimiste, comme tu dis. Il est allé trop loin. Mais il n'y a pas moyen de changer ce genre de personnes. Jack est pareil. Il sait qu'il a de la chance d'être encore en vie après sa dernière ascension, mais il est incapable de changer. Il n'a pas envie de changer.

Sentant qu'elle risquait de devenir morbide, Jutta fit un grand sourire à Jameson.

— J'espère que tu as raison, Miles. Ce serait vraiment quelque chose, de trouver cet animal, non ?

— Oui. Ce serait comme découvrir un dinosaure vivant sur cette planète.

— Ce serait encore plus intéressant. Aucun d'entre nous ne descend d'un animal à sang froid. En tout cas pas directement.

Elle eut un sourire espiègle.

— Sauf Jon Boyd, peut-être, ajouta-t-elle. Il n'est pas très optimiste quant à l'issue de cette chasse.

— Oui, j'aimerais vraiment capturer un yéti, ne serait-ce que pour voir la tête de Boyd quand nous sortirons la créature du filet.

— Ou mieux : quand nous le mettrons dans le filet avec un yéti.

Jameson étrécit les yeux.

— Je me demande, murmura-t-il.

— Il ne pourrait plus nier l'évidence.

Mais Jameson pensait déjà à autre chose.

Il abandonna la civière et grimpa à l'échelle, jusqu'en haut du mur de glace.

— Où vas-tu ?

— Jeter encore un coup d'œil à cette crevasse. J'ai peut-être une idée, là. Les gars apportent le reste du matériel cet après-midi ?

— Oui. Quelle est ton idée ?

— Appelons-la Magic Johnson.

La crevasse était totalement obscure, à présent. Jack avançait avec précaution le long de la saillie, n'ayant que la lumière au sommet de son casque pour éclairer son chemin. Il avait un plafond de glace au-dessus de la tête, une voûte piquée de cônes minuscules, comme des baffles dans un studio d'enregistrement ou une salle de concert, ou des cristaux de sel ou de sucre grossis des centaines de fois. Jack se dit que la vue des yétis devait être plus développée que celle des humains — une observation dont il fit part à Byron Cody via sa radio.

— C'est intéressant, Jack, dit le primatologue. Les autres grands singes sont des animaux diurnes sans exception. Aussi un yéti serait donc très original s'il était nocturne. D'un autre côté, comme la nuit aucun grand prédateur ne le menace, le yéti peut avoir évolué pour profiter de cet avantage. Peut-être même pour devenir lui-même un genre de prédateur.

— Bien. C'est une pensée réconfortante pour un homme qui marche dans le noir, dit Jack. Mais cela pourrait également expliquer pourquoi les yétis se font si rares.

— Il y a une autre hypothèse, dit Swift. Les yétis ont pu devenir nocturnes dans le but express d'éviter tout contact avec l'homme. Si certaines de ces histoires de sherpas sont vraies, l'homme peut réellement avoir été le principal ennemi du yéti.

La théorie de Swift rappela à Jack ce trophée sinistre qu'il avait vu lors de son ascension de l'Everest.

— Il y a un petit temple bouddhiste à Pangboche, expliqua-t-il. Sur les contreforts de l'Everest. Pour quelques roupies, le Lama te montre ce qui est censé être le scalp d'un yéti. Tu peux aussi en voir un à Khungjung, dans le même coin. C'est à trois cents kilomètres d'ici. Alors si notre quête n'aboutit pas...

La saillie s'élevait en pente raide devant Jack, puis tournait brusquement sur la droite. La déclivité était telle, qu'il faudrait creuser des prises pour les mains, et peut-être même enfoncer quelques broches dans la glace. D'un côté, une paroi absolument lisse, de l'autre, un gouffre disparaissant dans les ténèbres. Jack frappa la saillie avec son piolet et s'aperçut que la tête de son outil en chrome molybdène rebondissait sur la glace dure comme de la roche. La paroi se révéla tout aussi impénétrable. Il tenta de marteler une broche pour la faire rentrer dans la glace, puis il essaya avec un piton, mais sans résultat.

— Il semble que je vais devoir grimper un bout, dit-il. Sauf que je veux bien être damné si je trouve comment. Je n'ai encore jamais vu de glace aussi dure.

Jack glissa le piolet sous sa ceinture, rangea le marteau et la broche dans sa banane. Puis il tendit les bras devant lui et passa les mains sur la paroi, de haut en bas. Il finit par trouver quelque chose. Entre la saillie qui montait et la paroi, il y avait une brèche d'environ cinq centimètres. Juste assez de place pour user de la même technique que lors de son ascension de l'immeuble du National Geographic : l'escalade en dülfer. Ce procédé consistait à se pencher en avant, à s'accrocher du bout des doigts au rebord étroit de la fissure, dans la paroi, puis à se hisser sur les pointes avant de ses crampons.

— Il faut reconnaître une qualité à ces petits gars poilus, grogna-t-il, tout en essayant de monter d'un point à un autre avec toute une série de mouvements fluides. Ils savent grimper. Cela dit, redescendre cette petite pente va être encore plus amusant que de l'escalader.

Jack tourna au coin de la paroi, et parvint au sommet de la pente en lacet, haletant après ce gros effort. Une vision extraordinaire s'offrit à lui.

Il était à l'orée d'une immense caverne, dont les murs couverts de glace s'élevaient bien au-dessus de sa tête, et reflétaient faiblement la lumière d'un disque lointain de ciel bleu. Après cent mètres d'un vrai parcours du combattant — chaos de blocs de glace et de mini-crevasses — se trouvait la sortie de la caverne, énorme portail de glace, auquel le vent avait donné la forme d'un huit de dix-huit mètres de haut. Au delà du portail, un spectacle fantastique. D'immenses aiguilles de glace, d'un blanc scintillant dans le soleil de la fin d'après midi, entouraient un petit sanctuaire, non pas de glace blanche, mais de vert neigeux.

— J'ai découvert quelque chose, dit Jack, dans son micro. Je dois être arrivé à l'autre bout du Sanctuaire, sur la face est du Machhapuchhare.

Jack passa d'un bloc de glace à l'autre, tel un gamin du bord de mer sautant sur les rochers d'une crique, et se retrouva finalement sur un sol parsemé de moraine dispersée — les débris entraînés, puis abandonnés par le glacier — sur lequel se dessinait un chemin peu sûr mais déjà foulé. Flairant quelque nouvelle découverte, Jack commença à marcher rapidement vers ce portail de légende qu'était la sortie de la caverne.

— Il y a une minuscule vallée, ici. Pas plus d'un kilomètre carré et demi. Enclose dans un petit cirque d'aiguilles de glaces. Elle paraît incroyablement bien protégée. Il semble y avoir de la végétation. Oui. C'est fantastique ! Je regrette que vous ne puissiez pas voir ça. Je n'ai jamais rien vu de tel !

Émergeant de la sortie en forme de huit, Jack se retrouva à l'orée d'une forêt dense de pins et de rhododendrons géants. Il existait des forêts semblables en haute altitude, dans d'autres contrées reculées, comme le Sikkim et le Zanskar, mais personne n'en avait jamais découvert dans cette région. Il y avait des moments où Jack pensait tout savoir sur l'Himalaya, mais pas cette fois. Émerveillé par ce qu'il voyait, il tenta de décrire cette forêt dans sa radio.

— Il y a des sapins, des bouleaux, de genévriers himalayens, et de petits conifères arbustifs que je n'ai encore jamais vus nulle part. Et puis les rhododendrons sont incroyables. J'en ai déjà vu qui faisaient dix mètres de haut. Mais ceux-là doivent en faire quinze. Et puis ils poussent de façon très dense. Cela ressemble davantage à une forêt vierge qu'à une zone alpine.

Jack leva les yeux vers le ciel. Le plastique photochromique de son casque fonça dans la lumière du soleil, et Jack aperçut un gros oiseau de proie — un vautour himalayen, pensa-t-il — qui tournoyait très haut au-dessus de la vallée, cherchant sa pitance.

Quelque chose trottina à ses pieds, une espèce de lapin nain, presque apprivoisé.

— Il y a une vie animale ici, dit-il. Je viens de voir un lapin. Si le yéti possède un habitat naturel, ça ne peut être que ça. Swift, on a trouvé !

— Jack, c'est Byron. Je déteste jouer les trouble-fête, mais une fois de plus, je te recommande une extrême prudence. Si cet habitat ressemble réellement à une forêt tropicale, mieux vaut supposer que le yéti se comporte comme n'importe quel gorille de montagne. Aller au hasard dans une végétation de cette taille avec cette combinaison spatiale pourrait être très dangereux. Surtout si les yétis ont des petits avec eux. En outre, si les yétis ont appris à traiter l'homme en ennemi, il semble prudent d'en déduire qu'ils vont défendre leur habitat très agressivement. Jack, tu ne dois en aucun cas chercher un nid de yétis. Les gorilles de montagnes ont l'habitude de placer des sentinelles pour la sécurité du reste du groupe. Il est probable qu'ils t'aient déjà repéré. Mais à mon avis, ils ne réagiront pas tant que tu ne sembles pas représenter une menace immédiate.

— Je crois tout ce que tu dis, Byron. C'est toi le spécialiste. Simplement, ça paraît dommage de revenir maintenant, après être allé si loin.

— Pense à la mésaventure de Hurké Gurung.

— Bien vu.

Un sifflement, aussi fort que celui d'un ouvrier du bâtiment, se répercuta à travers la forêt, comme pour confirmer les dires de Byron Cody.

— Tu as entendu ça ? demanda Jack.

— Nous l'avons entendu, confirma Cody. Maintenant sors de là, bordel.

— Je m'en vais.

À contrecœur, Jack fit demi-tour pour reprendre le chemin par lequel il était venu. Non pas que c'eût été simple d'aller plus loin. La forêt de rhododendrons paraissait si impénétrable qu'il lui eût fallu une machette — un khukuri — pour s'y frayer un passage.

Un autre sifflement, plus fort cette fois. Cela voulait-il dire qu'un yéti se rapprochait ? Peu importait. De toute façon, Jack s'en allait. Il arrivait déjà sur le chemin qui conduisait à l'intérieur de la caverne.

Jack jeta un coup d'œil au panneau de contrôle. Encore huit heures d'autonomie. Plus qu'il n'en fallait pour remonter à la surface. Entendant un bruissement, Jack sentit son cœur bondir de façon désagréable dans sa poitrine, comme pour protester de son malaise, et il se retourna pour faire à nouveau face à la forêt. Les buissons de rhododendrons géants bougeaient, et pour la première fois depuis son arrivée à l'orée de la forêt, Jack sentit le danger. Il se félicita d'avoir suivi le conseil de Cody. Il eût été totalement inconscient d'aller s'aventurer dans la forêt. Jack tourna les talons. Il entendit du bruit, comme des coups frappés sur une poitrine. Il poursuivit sa route en pressant le pas. La sensation de danger avait fait place à la peur. Plus tôt il sortirait de là, mieux ça vaudrait. La prochaine fois, il emmènerait Jameson avec lui, ainsi qu'un pistolet, et un filet.

Encore des coups frappés sur une poitrine. Comme des noix de coco tombant d'un sac et atterrissant sur le sol. Ou une grosse vrille creusant un mur lointain. À nouveau, Jack pressa le pas. Il courait presque, à présent. Un peu instable sur les morceaux de moraine — les crampons n'étaient pas adaptés à ce genre de terrain, et il savait qu'il aurait dû les enlever — Jack baissa les yeux vers le sol pour voir où il mettait les pieds. Il pénétra dans une zone plus sombre. La lampe au carbure, sur son casque, s'alluma automatiquement, illuminant le haut plafond et quelque démon rugissant qui se précipitait sur lui, depuis les ténèbres de la caverne.

Jack entendit quelqu'un crier « Merde ! », puis il poussa un grognement quand la collision lui coupa le souffle et le fit tomber à la renverse sur le sol, tel le plus violent des plaquages imaginable dans un match de football. Une douleur lancinante dans les côtes, puis une autre, interminable, quand une tornade de jambes et de bras le traîna sans ménagement sur une distance de dix mètres, le ramenant vers la forêt. Puis quelque chose le mordit très fort. La dernière chose dont Jack eut conscience fut d'être entraîné avec brutalité à travers les rhododendrons, puis en bas d'une petite dénivellation. Et à nouveau un éclair de dents épouvantable.

Dix-neuf

« Souviens-toi de ta nature humaine et oublie le reste. »

Bertrand Russell et Albert Einstein, *Manifesto.*

À l'intérieur de la tente, dans le couloir de glace, Cody, Swift, Jameson, Jutta, Mac et Tsering échangeaient des regards consternés. Ils avaient tous entendu les rugissements sonores qui avaient accompagné les hurlements de frayeur et de douleur de Jack, quelques secondes avant que sa radio n'ait cessé de fonctionner. Swift essayait toujours de rétablir la communication.

— Jack, réponds, s'il te plaît. Ça va ?

— L'un des yétis doit l'avoir chargé, dit Cody, en tripotant sa longue barbe avec agitation.

— D'après ce qu'on a entendu, c'est sûrement ça, oui, dit Mac.

— Il l'a probablement fait tomber.

— Tu m'entends ?

Swift relâcha le bouton de l'émetteur et attendit un moment, mais on n'entendit que l'électricité statique et le vent, dehors. Elle balança la radio par terre et se prit le visage dans les mains, en essayant de maîtriser son instinct premier : pousser un grand cri désespéré.

— Je me suis fait choper par un gorille de montagne, une fois, dit Cody. C'était de ma faute. J'avais violé le protocole des gorilles. C'était dans la réserve de gorilles de Kigezi. Un grand mâle à dos argenté, de deux cents kilos, m'a cassé la clavicule, et a failli me mordre l'artère fémorale. J'ai toujours les cicatrices. Il y a une —

— Écoute, dit Swift, l'interrompant. Qu'allons-nous faire, pour Jack ?

— Je pense que l'un d'entre nous va devoir aller le chercher, dit Mac.

— Oui, mais qui ? dit Swift.

— Sûrement pas toi, chérie, dit l'Ecossais. Ce n'est pas un boulot pour une femme.

— À moins que la femme soit aussi médecin et alpiniste, dit Jutta. Je ne vois personne de plus qualifié que moi pour cette mission.

— Suppose que tu doives le porter, objecta Mac. Pourrais-tu y arriver ?

— La personne qui ira, quelle qu'elle soit, devra savoir approcher les grands primates, dit Cody.

— Tu as le nez gelé, dit Jutta. Ça ne peut pas être toi. Ça au moins c'est certain.

— Et pourquoi n'y aurait-il qu'une personne qui puisse y aller ? dit Jameson. Pourquoi pas deux ? Avec la civière Bell. Deux personnes, ça paraît plus sensé, non ?

— Il n'y a qu'une seule combinaison à environnement indépendant, dit Mac. Dans quelques heures c'est la nuit, et il va faire très froid dans cette crevasse. Je doute que quiconque puisse y arriver sans combinaison.

— Mac a raison, dit Jutta. On ne peut pas y aller à deux.

— C'est moi qui vais y aller, dit l'Écossais.

— Toi ? dit Jutta. Tu es plus petit que moi.

— Plus petit, mais plus fort.

— Tu confonds la force avec la capacité d'agression ? dit l'Allemande. Je suis aussi forte que toi, et meilleure alpiniste. Si les blessures de Jack sont aussi graves que l'étaient celles de Byron, il va avoir besoin de soins médicaux. Peut-être urgemment. On ne peut pas dire combien de temps il va tenir sans soins.

— À supposer que sa combinaison ne soit pas endommagée, il pourrait tenir toute la nuit, dit Mac.

— Après les hurlements qu'on a entendus ? dit Cody. C'est très présomptueux, si l'on considère que sa radio ne marche plus. Ça donnait l'impression qu'il s'était fait plaquer par une équipe entière de footballeurs.

Dont Joe Montana.

Il y eut des appels à l'extérieur de la tente, quand un autre groupe de sherpas arriva du CBA. Ils apportaient des provisions et un surplus d'équipement. Ils étaient sous les ordres du sirdar. Celui-ci se baissa et se glissa à l'intérieur de la tente, soufflant des nuages de vapeur, suite à l'effort qu'il venait de fournir. Le ciel était gris et il s'était remis à neiger.

Jameson raconta à Hurké ce qui était arrivé à Jack.

Le sirdar écouta attentivement et sans émotion aucune. Il réfléchit un moment, hocha la tête et déclara :

— *Me jaanchhu*, Jameson sahib. Je veux aller le chercher. Jack sahib est l'ami d'Hurké Gurung et un jour, il y a peut-être deux ou trois ans, lui a sauvé la vie d'Hurké. Alors s'il vous plaît, sahib, il ne peut pas y avoir de discussion sur la personne qui doit y aller et lui apporter de l'aide. Si la situation était inversée, ce serait Jack sahib qui irait me chercher. Il en est ainsi. Et puis, c'est mon pays et j'ai vu le yéti de plus près que personne ici. Et puis, je suis meilleur alpiniste. Je connais même des soins de première urgence. Je vais y aller. Pas de discussion là-dessus. *Bujhina ?* Dès que j'ai bu mon « cha » et mis ces vêtements spéciaux dans lesquels j'aurai l'air d'un astronaute, j'irai chercher mon ami Jack sahib.

Le visage du sirdar, sérieux, et à l'ossature solide, exprimait une telle détermination sinistre que personne ne se sentit capable de discuter sa volonté d'aller secourir Jack. Jameson échangea un regard avec Swift, qui hocha la tête en retour.

— O.K., dit Jameson au sirdar. C'est vous qui irez.

— *Hajur. Pugna kati samay laagha ?*

— Nous pensons que cela devrait vous prendre trois heures au plus. Il suffit de suivre la saillie, à l'intérieur de la crevasse. C'est un chemin presque rectiligne.

Hurké jeta un coup d'œil à sa montre de sport Casio, puis il regarda dehors. Le temps s'était gâté en quelques minutes, depuis son arrivée et celle des sherpas. Le ciel était gris et il commençait à neiger.

— Il fera nuit quand je reviendrai, dit Hurké. Et le temps pourrait se gâter. Dès que je serai dans la crevasse, le reste de l'équipe devrait redescendre au Camp Un. Pas rester ici.

— Il a raison, dit Mac. Je ferais mieux d'aller préparer le boulot pour le gars.

— Mac sahib. Avant que vous ne partiez. *Mero tasbir khichnukos ? Laai ke bhaanchha ?*

Hurké Gurung haussa légèrement les épaules, l'air de s'excuser.

— Pourriez-vous prendre ma photo, s'il vous plaît ?

— Bien sûr, dit Mac.

Il leva le Nikon qui pendait presque toujours à une lanière, autour de son cou, puis il prit rapidement la photo du sirdar.

— Merci, sahib. C'est pour la femme et le fils. Au cas où il arriverait quelque chose qui causerait problème. Vous veilleriez à ce qu'ils aient la photo, n'est-ce pas ?

— Bien sûr. Mais ne soyez pas bête. Il ne va rien vous arriver.

— Oui, sahib.

— Je vais aller vous chercher cette combinaison, dit Swift.

Et elle suivit Mac dehors.

Jameson alla trouver Ang Tsering.

— Le matériel que le sirdar et les gars viennent d'apporter, demanda-t-il. Où est-il ?

Tsering montra plusieurs charges de trente kilos du doigt. Autour, il y avait toujours les cordes qui avaient servi à les porter.

— Mais nous devons redescendre. Le sirdar l'a dit.

Jameson examina une charge, puis l'autre. Il sembla trouver ce qu'il cherchait et frappa ses mains l'une dans l'autre d'un air résolu.

— Oui, oui, fit-il. Mais avant que nous ne partions, je veux organiser quelque chose.

— Et quoi donc, sahib ?

— Une surprise.

Jameson avait l'air excité.

— Je me demande pourquoi je n'y ai pas pensé plus tôt. C'est d'une logique imparable. Mais enfin, on ne peut pas toujours être omniscient. Dites-moi, Tsering, vous savez fixer une broche, ou un dead man ?

Tsering secoua la tête en signe de dénégation.

— Non, sahib. Je regrette.

— Ce n'est pas grave. Je te montrerai.

— Ce dead man ? C'est pour l'ami de Jack, Didier Sahib ? C'est la surprise ?

— Seigneur, non. C'est pour que la surprise soit bien arrimée.

Bryan Perrins avait appelé Chaz Mustilli dans son bureau. Mustilli, qui choisissait les hommes opérant sur le terrain, avait recommandé CASTORP pour cette mission dans l'Himalaya. Or Mustilli était arrivé à la même conclusion que Perrins : CASTORP avait tué les soldats chinois.

Mustilli était un homme corpulent, avec une tête de Kojak et une pipe d'aspect coûteux, qu'il tétait fréquemment mais ne fumait que dans son bureau. Il tendit au DDI un dossier sur CASTORP, puis il s'assit, l'air mal à l'aise, et déprimé.

Perrins vit l'expression de Mustilli et en tira les pires conclusions. Mais il le laissa s'exprimer.

— J'ai fait ce que tu m'as demandé, Bryan. J'ai commencé à fouiller dans le passé de CASTORP. Et il semblerait que nous ayons — hum — omis de regarder son dernier profil psychologique. La personne qui l'a fait est malheureusement tombée malade peu après. Bref, nous n'avions pas connaissance de ce profil quand nous avons recommandé CASTORP pour cette mission. Le rapport vient juste de refaire surface. Je veux dire que CASTORP paraissait parfaitement qualifié pour cette mission. Mais bien entendu, si nous avions su ce que nous savons maintenant, nous aurions probablement recommandé quelqu'un d'autre.

Perrins hocha lentement la tête.

— Et quelles sont ces informations tardives sur l'état psychologique de notre agent à Pokhara ?

Il rit de sa propre plaisanterie.

— Elles sont mauvaises, non ? ajouta-t-il.

— Il semble qu'il ait eu des problèmes psychologiques récemment, dit Mustilli.

— Chaz, ça je le vois sur ton visage. Dis-moi quelque chose que je ne sais pas. Raconte-moi ce que le psy a dit.

— Apparemment, ses actes ne répondent plus aux exigences de la réalité. Il souffre probablement d'un genre de psychose.

— Nous ne pouvons nous permettre de le rappeler. CASTORP est la seule carte que nous puissions jouer. La question c'est : comment avoir un contrôle sur ses actes ?

Perrins se leva et alla à la fenêtre.

— Tu as lu ses rapports, Chaz, dit-il. Tu crois qu'il a tué ces Chinois ?

— Oui, je le crois.

Mustilli suça bruyamment sa pipe vide, comme s'il s'agissait d'un inhalateur.

— Tu sais, cela ne l'empêchera pas nécessairement de faire le travail.

— Je crois que tu as raison, Chaz. Non, ce qui m'inquiète, c'est ce qui pourrait se passer si ces enfoirés de scientifiques se mettaient en travers du chemin de notre psychotique. Impossible de dire comment il pourrait réagir. Je vais lui envoyer un e-mail. Essayer de le remettre sur le droit chemin.

Revenant au CBA après une nouvelle journée passée à parcourir le glacier, Boyd y trouva seulement quelques sherpas, traînant dans leurs bungalows ensevelis sous la neige, et Lincoln Warner, en train de rédiger un message e-mail sur son ordinateur.

— Grâce à Dieu, e-mail existe, dit l'homme noir de grande taille. Sinon, je crois que je pourrais devenir fou ici.

— Oui, plus facilement que les autres sans doute, murmura Boyd. Tu l'envoies à qui ?

— Quoi ?

— Le message.

— Oh, à des étudiants, éluda-t-il. De temps à autre, je transmets des informations sur notre expédition à une classe, à Washington.

— C'est gentil à toi.

Boyd se demandait ce que pouvait bien faire Warner à longueur de journée. Il s'aventurait rarement dehors, dans le Sanctuaire, sauf pour sa promenade quotidienne, vers 3 heures de l'après-midi. Il semblait passer le reste de son temps devant son écran. La seule fois où Warner avait laissé Boyd s'approcher suffisamment près pour voir ce qu'il faisait, Warner jouait à un jeu vidéo.

— Hé, Link, où sont passés les autres ? Quand on se promène, ici, on a l'impression que c'est un jour férié.

Warner cliqua avec sa souris pour envoyer le message par satellite et pivota sur sa chaise.

— Ils sont presque tous au Camp Un. Il semblerait que Jack ait trouvé où nichent les yétis.

— He, sans déconner ?

— Sans déconner.

— Alors pourquoi cette tête de Bela Lugosi ? Ça veut dire que vous allez être célèbres, les gars !

— Ils ont perdu le contact radio avec Jack. Après qu'il s'est fait attaquer. C'est du moins ce qu'il semble, vu les cris dans la radio. Jack pourrait être blessé.

— Il s'est fait attaquer ? Par l'un des monstres ?

Warner tiqua.

— Oui. Si tu veux présenter les choses comme ça.

Boyd lui rappelait Kent, dans le Roi Lear. Quelqu'un qui prenait son franc-parler pour de l'esprit.

— C'est triste. Nous pouvons faire quelque chose ?

— Non. Apparemment pas. Le sirdar est parti le chercher. Nous espérons que ça va bien se passer.

Boyd hocha la tête d'un air pénétré.

— C'est un homme bien. Si quelqu'un peut sauver la peau de Jack, c'est le sirdar.

Boyd ôta son anorak et le laissa tomber sur le sol.

— Il semblerait que je me sois trompé, dit-il. À ton avis c'est quoi, ce yéti ? Un genre de grand singe, non ?

— Je dirais qu'un genre de grand singe est sans doute le scénario le plus probable.

Boyd avisa la Thermos qui se trouvait sur la table et se servit un café. Puis il s'assit en face de Warner, serrant sa tasse fumante entre ses mains froides.

— Oui, monsieur, vous allez être célèbre, ainsi que tous ces scientifiques.

Warner se frotta le menton d'un air songeur. Sa peau était lisse, mais le plaisir de toucher sa barbe, qu'il avait rasée, lui manquait. La caresser le détendait, d'une certaine manière. C'était comme être son propre chien.

— À condition de vivre assez longtemps pour ça.

— Comment ça ?

— J'ai écouté « la Voix de l'Amérique » à la radio, tout à l'heure. Il semblerait que la trêve entre l'Inde et le Pakistan risque de se terminer plus tôt que prévu. Plusieurs pays musulmans ont dit qu'ils déclareraient la guerre à l'Inde si elle attaquait le Pakistan. Un acte de solidarité religieuse, disent-ils. Ils ont déjà envoyé des troupes et du matériel. Je commence à me dire que nous pourrions rester coincés ici.

— Oh, c'est tout ?

Boyd paraissait peu impressionné.

— Tu n'as pas l'air de croire que la guerre soit une hypothèse à envisager, Jon.

— Il n'y a pas eu de guerre, pour le moment, hein ? dit Boyd. Tu sais, s'il y a une guerre, ce ne sera pas à cause des troupes et du matériel. Mais d'une mauvaise évaluation de la force de dissuasion. Si l'un des deux croit qu'il peut s'en tirer en lâchant une bombe, tu vois ?

— Peut-être. Mais où cela va-t-il nous mener ? C'est ce que j'aimerais savoir. La frontière indienne n'est pas si loin.

Boyd vida sa tasse de café et s'alluma une cigarette.

— Ça commence à t'inquiéter, hein ? dit-il. La proximité de l'Inde ?

— Je ne te le cache pas.

— Tu en sais peut-être plus que moi, avec tous ces bulletins radio que tu écoutes. Mais franchement, Link, moi je ne me laisserais pas impressionner.

— Non ? Même une explosion atomique insignifiante, dans le cas d'une attaque nucléaire, aurait des conséquences sur le climat dans le monde entier.

— Ce n'est pas vraiment mon rayon, dit Boyd. Selon moi, l'émission d'hydrates de carbone risque de nous pourrir le climat aux États-Unis, bien plus que quelques bombettes qui tomberaient par ici.

— Mais Delhi. C'est par là que nous sommes arrivés, avant d'aller à Kat. Ce n'est qu'à six cent cinquante kilomètres. Si Delhi se prend une bombe...

— Si Delhi est victime d'une explosion nucléaire, il nous faudra simplement trouver un autre moyen de rentrer aux Etats-Unis. Par Calcutta, probablement. Les Pakistanais n'arriveront jamais jusqu'à Calcutta. C'est hors de portée de leurs missiles.

Boyd éclata de rire.

— Évidemment, si nous étions à Delhi à ce moment-là, ce serait différent. Ce serait fâcheux.

Il rit à nouveau, poursuivant son scénario.

— Surtout si d'aventure vous aviez en plus la preuve de l'existence de l'Abominable Homme des neiges.

— Il me semble t'avoir entendu dire qu'on ne pouvait pas savoir ce qui se passerait s'ils se mettaient à nous balancer des bombes atomiques.

— Je me faisais seulement l'avocat du diable, dit Boyd, avec un sourire piteux. Mon opinion sincère ? Je pense la même chose que Swift. Cette situation internationale est un gros avantage pour nous. Le monde entier est mort de trouille à cause de ce qui se passe dans le sous-continent indien. Nous avons la zone pour nous tout seuls. Pour une équipe de scientifiques, que rêver de mieus ?

— Excepté ces Chinois près du CBM.

— Figure-toi qu'ils sont partis. C'est drôle. Je suis passé dans le coin un peu plus tôt dans la matinée, et il n'y avait plus la moindre trace de leur présence. À mon avis, Ang Tsering avait raison. Ça devait être des déserteurs. Ils ont probablement décampé dès que Jutta et Cody sont partis. Ces deux-là ont de la chance d'être encore en vie.

Boyd se servit un autre café et rit de l'expression lugubre de Warner.

— Allons. Haut les cœurs. Tu devais savoir à quoi tu t'exposais en venant ici.

— Je crois que je n'y avais pas beaucoup réfléchi.

— Cette Swift ! rigola Boyd. Elle peut se montrer vraiment persuasive, quand elle veut.

— C'est un peu ça, oui.

— C'est ce que je pensais. C'est une belle fille. Elle pourrait me persuader de faire à peu près n'importe quoi, si elle y mettait un peu d'astuce. Et si elle se servait de son corps, aussi...

Boyd secoua la tête, comme s'il essayait d'imaginer ce qu'il pourrait être capable de faire de charnel à Swift.

Warner sourit, gêné. Généralement plus à l'aise avec les femmes qu'avec les hommes, il détestait tout particulièrement ce genre de propos machistes.

— Hé, pour une nuit avec elle, je crois que j'irais jusqu'à escalader la face sud-ouest ! déclara Boyd.

Warner sentit les muscles de ses joues se contracter, mais il réussit à garder son sourire. Boyd commençait à vraiment passer maître dans l'art de lui casser les pieds. Se demandant si ce garçon avait le même effet sur tout le monde, Warner se tourna et fixa le plafond de la bulle. Comme s'il ne supportait pas de regarder Boyd pendant qu'il parlait.

— Elle est très séduisante, hein ? dit-il.

— Tu veux un conseil ? N'y pense même pas. Et puis arrête de te rendre malade avec ce que tu entends à la radio. Et prie pour qu'ils réussissent à capturer l'un de ces hommes-singes.

— O.K. Oui, C'est ce que je vais faire.

— Et maintenant, qu'est-ce que tu dirais de nous trouver quelques-uns de ces repas tout préparés, une bouteille de scotch, et de nous faire un vrai dîner ? Moi, je pourrais manger un bœuf entier.

Vingt

« Il y a des mondes hantés par des démons, des régions de complète obscurité. »

Les Upanishads

Jack Furness était étendu sur le sol, dans la forêt de rhododendrons, reprenant lentement conscience. Il était fatigué et ne désirait qu'une chose : dormir. Changeant de position, il sentit la douleur dans son épaule gauche, à l'endroit où il avait été mordu, et faillit s'évanouir. Tout son corps lui faisait mal, de la tête aux pieds, comme si l'un de ces lutteurs qu'on voit à la télé l'avait balancé par terre à plusieurs reprises. Balancé par terre, frappé, piétiné, suspendu à une corde à linge, essoré et à moitié étranglé. Jack avait une douleur lancinante dans la tête, une douleur si affreuse qu'elle lui donnait mal au cœur. Cependant, à l'intérieur de la combinaison EI il faisait toujours chaud. Suffisamment chaud pour lui donner envie de se rendormir, d'oublier la douleur.

Et la créature d'allure extraordinaire responsable de cette douleur.

Jack se haussa sur un coude, ouvrit les yeux, grogna et roula sur le dos — lentement, de crainte que l'homme sauvage de cette forêt himalayenne ne le considère à nouveau comme une menace et repasse à l'attaque.

— Allô, Jack appelle le Camp Deux. Vous me recevez ? À vous.

Il était étendu sur une légère pente, couverte de buissons bas et épineux. Au-dessus de lui, les arbres et les rhododendrons géants s'élançaient vers le ciel, et bien que la lumière du jour baissât rapidement, Jack vit que la forêt cachait une profonde dépression, et que la vallée était probablement le cratère d'un volcan éteint. Cela eût sans doute expliqué l'apparente fertilité du sol. Et pourquoi la forêt était ainsi protégée.

— Allô Swift, c'est Jack. Tu m'entends ? Terminé.

Jack s'assit. À nouveau pris de nausées, il baissa la tête entre ses genoux. Sentant une douleur lancinante au côté gauche alors qu'il tentait de respirer, Jack en conclut qu'il avait au moins une côte fêlée, ou cassée. Sans parler de sa blessure à l'épaule gauche. Aussi lui fallait-il coller son bras gauche contre son flanc pour ne plus avoir mal. En partie estropié donc, Jack leva la tête et frappa doucement sur le côté de son casque, espérant rétablir la communication radio, coupée durant l'attaque. Il trouva le petit tuyau à eau, et, tournant sa tête vers l'embout, il but une longue gorgée.

— Est-ce que quelqu'un me reçoit ? À vous.

Cela ne servait à rien. Jack essaya d'imaginer ce qu'ils pouvaient bien penser. Le croyaient-ils mort ? Tenteraient-ils de le secourir ? Il était impératif qu'il rétablisse le contact radio. Dès qu'il serait capable de remonter la côte pour se retrouver, dans une relative sécurité, à l'intérieur de la crevasse, il lui faudrait essayer d'ôter la combinaison et vérifier toutes les connections. Il entendit un oiseau chanter, et le bruit du vent, dans les buissons. Donc le micro-récepteur marchait.

Tout d'abord il ne vit que le feuillage dense devant lui. Mais de-ci de-là, entre des feuilles persistantes, épaisses, ressemblant à du cuir vert et aussi grandes qu'un gant de base-ball, il voyait des taches d'une couleur différente. D'un brun rouge sombre.

Ils formaient des taches de couleur mouvantes.

Jack regarda fixement devant lui, à la fois fasciné et terrifié.

Étrangement, ils le fixèrent aussi.

Ils étaient une vingtaine. Assis, un peu plus bas, à moins de quinze mètres, sur la même déclivité, ils mangeaient des feuilles de rhododendron et un champignon géant qui poussait à foison sur l'écorce d'un arbre.

— Merde, dit Jack.

Ils se comportaient comme des grands singes, et pourtant il y avait mieux que du singe en eux. Leurs arcades sourcilières ressemblaient à celles des grands primates, soit, mais la similarité s'arrêtait là, car les visages des yétis étaient presque dénués de poils, et de la couleur de la chair, comme ceux des jeunes chimpanzés. Ils avaient de petits nez, mais bien formés. Leurs bouches étaient différentes, elles aussi : plus petites que celles des gorilles, et capables de mouvements plus sophistiqués, semblait-il. Pour l'essentiel, ils rotaient avec un contentement apparent, grognaient comme des cochons, ou expiraient fortement par le nez, produisant des bruits râpeux, qui sonnaient comme des gloussements. De temps à autre, l'un d'eux se penchait vers l'un de ses congénères et, tout en regardant Jack, émettait toute une série d'éructations qui semblaient requérir une certaine souplesse labiale — des sons qui ressemblaient aux bruits gutturaux émis par un homme à qui on a enlevé le larynx. Jack sentit ses oreilles le brûler. Peut-être se l'imaginait-il. Pourtant il semblait vraiment que les yétis parlaient de lui.

— Swift, Cody ? Dommage que vous ne puissiez pas voir ça. C'est fantastique !

Cet émerveillement ne masquait nullement à Jack la gravité de sa situation. Il n'était pas exclu que les yétis le tuent. Et d'ici quelques heures, la batterie, dans son sac à dos, serait à plat, le privant de toute chaleur. Déjà, le crépuscule approchait, la température baissait, le ciel, au-dessus des arbres, s'opacifiait sous l'effet de la neige. Aussi Jack mourrait-il probablement de froid. Il lui fallait se sortir de là.

Avec précaution, il enfonça ses talons dans la terre volcanique, meuble et noire, et, lentement, il se haussa de cinquante centimètres sur la pente.

Ce mouvement produisit une variété de réactions dans le groupe de yétis.

Certains tendirent le cou pour mieux le voir, alors que d'autres, qui papotaient entre eux, se levèrent. Une femelle tenant un enfant lui tourna le dos, pour protéger son petit. Le yéti le plus proche de Jack, un mâle adulte, facilement reconnaissable à sa taille, énorme, et à son torse rouge argenté, le regarda intensément pendant un moment, puis poussa un rugissement assourdissant.

Jack resta immobile quelques minutes, attendant qu'ils se calment à nouveau. Lorsqu'il pensa qu'il ne risquait plus rien, il répéta la manœuvre. Il faisait désormais suffisamment sombre sous le couvert des feuilles pour que la lumière, sur le dessus de son casque, s'allume automatiquement. Momentanément ébloui par la lampe au carbure, le grand mâle se dressa de toute sa hauteur sur de longues jambes torses — bien plus longues que celles d'un gorille. Jack estima sa taille à plus de deux mètres. Le grand mâle prit une profonde inspiration, puis, se penchant vers Jack, rugit encore plus fort et avec encore plus de férocité.

— Wraaag !

C'était la démonstration de puissance et d'agressivité hominoïdes la plus intimidante à laquelle Jack ait jamais assisté. Il comprenait très bien pourquoi Hurké n'avait pu maîtriser ses intestins.

— O.K., message reçu. Tu n'aimes pas la lumière. Pas de problème.

Jack éteignit rapidement la lampe au carbure. Puis il resta immobile.

Mais à présent qu'il était debout, le grand mâle semblait déterminé à affirmer sa supériorité sur Jack et sur le reste du groupe. Il leva au-dessus de sa tête ses longs bras tout couverts de poils, et rugit à nouveau.

— Wraaag !

— O.K., O.K. Je t'entends. C'est toi le chef.

Le yéti avança vers Jack. Il ne marchait pas du tout comme les autres grands singes que Jack avait pu observer : il ne se propulsait pas en avant avec la partie supérieure de son corps, qu'il avait terriblement musclée, il ne prenait pas appui sur les phalanges de ses mains, grandes comme des enjoliveurs, il avançait debout, tout son poids reposant sur ses jambes, la tête bien droite dans l'air froid de la montagne, tel un homme. Jack se dit que Chef devait peser dans les cent quatre-vingt kilos. La crête crânienne, sur le sommet de sa tête, était aussi haute qu'un casque de Viking. C'était l'animal le plus magnifique, si toutefois il s'agissait d'un animal, que Jack ait jamais vu.

Jack réalisa que Chef pouvait fort bien être également la dernière chose qu'il verrait jamais. Jack pressa sa tête contre ses genoux, se bridant contre le coup violent qui allait venir, il n'en doutait pas. Au mieux, ce serait un coup qui le plongerait à nouveau dans l'inconscience.

Au lieu de quoi le yéti resta debout au-dessus de lui, tel un antique titan grec décidé à déclencher une tempête au paradis, et rugit encore une fois. Après quoi il repartit d'un pas lourd, se rasseoir à sa place sur son énorme derrière. Mais pendant les quelques instants où Chef lui tourna le dos, un dos rouge argenté, Jack réussit à se hisser plus haut sur la pente.

Il jeta un coup d'œil par-dessus son épaule valide, ce qui lui fit mal, et vit qu'il ne lui restait plus que trois mètres à parcourir avant de parvenir à la limite de la forêt, et à l'entrée de la caverne de glace. Bien que son épaule et son flanc fussent douloureux, ses jambes lui semblaient en bon état. Aussi se dit-il qu'il aurait pu se lever et escalader le reste de la pente du cratère, s'il avait osé tourner le dos aux yétis. Au lieu de ça, Jack planta ses talons dans la terre et les buissons, et se mit debout.

Sa main entra en contact avec quelque chose de plat, qui reflétait la lumière. Ce n'était pas une pierre plate, comme il l'avait tout d'abord pensé, mais un morceau de plastique. Cela ressemblait à des couches grillagées de cellules photovoltaïques. Jack tâta son casque pour voir si quelque chose s'était détaché, bien que l'objet parût trop grand pour...

La deuxième attaque arriva par-derrière.

Jack poussa un hurlement de terreur quand deux énormes mains saisirent son casque comme un ballon de basket, puis le soulevèrent de terre. Un autre grand mâle à dos argenté devait être resté accroupi derrière lui tout ce temps-là, au sommet du cratère. Peut-être était-ce le yéti qui l'avait attaqué au départ. Pendant un moment, Jack resta ainsi suspendu, à essayer vainement de se libérer, à se colleter avec ce yéti rugissant, dont les mains serraient son casque comme un étau. Soudain la créature tourna brutalement le casque, comme si elle avait voulu dévisser le cou de Jack, et pendant quelques instants terrifiants celui-ci eut une vision rapprochée de la bouche caverneuse du yéti avec ses grandes dents couvertes de tartre. Sur le crâne qu'il avait donné à Swift, les dents n'avaient pas cet aspect effrayant. Et pourtant, elles étaient indubitablement de la même taille que celles qui à présent lui mordaient la gorge.

Quelques secondes plus tard, Jack tomba à terre, mais sans son casque. Qui resta dans les mains du yéti. Son agresseur rugit de satisfaction, s'imaginant peut-être avoir décapité sa victime. Puis il balança le casque dans la caverne de glace.

Jack décida de faire le mort. C'était sa seule chance, au cas où la créature ne l'achèverait pas immédiatement. Il avait entendu parler de grizzlis d'Alaska qui vous laissaient en paix s'ils vous croyaient morts, mais Jack avait conscience que cela requerrait une maîtrise de son corps et une capacité à supporter la douleur qu'il ne possédait plus.

Il lui restait un seul moyen de faire un cadavre convaincant.

Jack sortit le fusil hypodermique de Jameson de son holster.

Pendant un quart de seconde, il envisagea de tirer sur le yéti, puis il se dit que les deux ou trois minutes que la drogue mettrait à agir sur une créature aussi grande, étaient exactement le temps qu'il faudrait à celle-ci pour le tuer. Si toutefois il restait un soporifique dans la seringue. Et sinon, Jack ne ferait qu'exciter la bête encore davantage. C'était sa meilleure chance de succès et il le savait. Il pointa le fusil sur la face interne de sa cuisse, puis il appuya sur la détente.

La seringue hypodermique eut sur sa cible rapprochée l'effet d'une morsure de serpent, froide et violente. Jack poussa un juron et lutta contre sa réaction instinctive : retirer la seringue.

« Enfoiré de Miles », pensa-t-il. La seringue était douloureuse. Quoi qu'ait pu dire Jameson à propos d'anesthésie, la seringue faisait mal.

D'ici une demi-heure il ferait noir. Encore une autre demi-heure — si la drogue faisait effet — et Jack serait peut-être capable de ramper discrètement à couvert.

Le grand mâle à dos argenté — à l'évidence encore plus grand que Numéro Un — balaya un rhododendron en travers de sa route, et avança vers Jack qui attendait, désespérément, que la Kétamine Hydrochloride fît de l'effet.

Le sirdar, un ancien Gurkha naik, ou sergent, membre d'une ethnie vivant dans une partie du Népal subissant toujours plus l'influence de l'Inde, était hindouiste. Toutefois, beaucoup d'hommes parmi les sherpas, dont Ang Tsering, étaient des bouddhistes tibétains. Comme la plupart des Népalais, Hurké Gurung était aussi tolérant à l'égard des bouddhistes, que ceux-ci à l'égard des hindouistes. En outre, les hindouistes népalais étaient tout à fait bouddhistes dans leur interprétation distanciée du système des castes. Aussi, avant d'entamer sa mission de sauveteur, le sirdar fut-il heureux d'accepter la bénédiction de Pertemba, un sherpa qui, disait-on, avait été lama tibétain lors d'une précédente incarnation. Hurké accepta également le prêt d'une petite image de la Verte Tara, la plus prisée de toutes les reines de la mythologie tibétaine, et qui, lui promit-on, le protégerait de tous les malheurs qui pourraient lui arriver. Un autre homme lui attacha un morceau de fil jaune autour du cou pour lui porter chance.

Hurké Gurung fut touché par la dévotion dont firent preuve ses hommes à son égard, et se dit qu'il ne pouvait y avoir qu'une raison à cela : ils jugeaient que Hurké les avait bien représentés auprès des *bideshis.* Mais le sirdar préférait accorder sa confiance à Ganesh, le dieu de la sagesse à tête d'éléphant, qui supprimait tous les obstacles. À l'occasion, Hurké s'en remettait également à Pashupati, le Seigneur des animaux, une forme bienveillante de Shiva.

Adressant des prières silencieuses à ces deux déités hindoues, tout imprégné de tendres pensées à l'égard de sa femme et de leur fils, le sirdar fut descendu dans la crevasse, puis arrêté sur la saillie qui menait à ce que le reste des sherpas appelaient déjà *pabrita ban* — la Forêt Sacrée.

Jack avait supposé — à tort — que la Kétamine Hydrochloride le plongerait dans l'inconscience. Il s'aperçut que cette drogue atténuait la douleur dans son épaule et son flanc, et paralysait lentement ses principaux muscles. Il avait pratiquement occulté le fait que la drogue avait un effet immobilisant. Jack allait devenir insensible à toute stimulation externe. Ses paupières resteraient ouvertes, lui donnant l'apparence d'un mort. Mais il resterait conscient. Aussi ne put-il même pas ciller quand le yéti, qui entra dans le sous-bois en écrasant des brindilles, ramassa un bout d'arbre mort gros comme un placard de rangement, et le leva en l'air, dans l'intention apparente de l'écraser sur lui.

Au lieu de quoi, visiblement influencée par la complète immobilité de Jack, la créature s'assit sur son derrière, à quelques centimètres de la tête de l'alpiniste, et laissa le gros morceau de bois rouler de ses épaules sur le sol, de façon inoffensive. Se penchant en avant, le yéti étudia l'expression fixe des yeux de Jack, guettant un signe de vie.

Jack ne put qu'entrer en contact avec ce regard pénétrant, et sentit une conscience aiguë derrière ces yeux couleur d'ambre. À l'évidence, se dit-il, il ne s'agissait pas d'un grand singe ordinaire. C'était une créature d'une réelle intelligence, avec une conscience du monde unique, pour un animal.

Un autre indice de l'intelligence de la créature suivit immédiatement, plus pénible celui-ci, car avec une intuition troublante, le yéti appuya très fort son index de la taille d'un gros cigare, sur les côtes blessées de Jack. Heureusement que je me suis injecté cette drogue, se dit Jack. Sans l'effet anesthésiant de la Kétamine, il aurait sans nul doute hurlé de douleur, avec un résultat probablement fatal.

Graduellement, le yéti commença à se détendre et à jeter des regards alentour à ses compagnons, avec le plaisir suffisant de celui qui a vaincu un adversaire. Il semblait même — et Jack ne doutait pas que c'était l'effet de la drogue — que la créature riait : un rire profond, déplaisant, extraterrestre, qui sonnait comme celui d'un des géants auxquels Jack avait pensé un peu plus tôt. Cronos ou Hypérion. Un rire ventral et méprisant, né d'une force et d'une taille énormes, comme celui qu'avait peut-être émis le cyclope Polyphème avant de manger les six membres de l'équipage d'Ulysse.

Mais s'il avait cru que le yéti allait à présent le laisser tranquille, Jack eut rapidement conscience de son erreur, car la créature le prit par la cheville et se mit à le tirer en bas de la pente vers le reste du groupe, comme une espèce de trophée, comme s'il souhaitait, d'une certaine façon, réaffirmer sa supériorité par sa victoire sur cet étrange intrus.

Les autres frappèrent le sol du plat de la main avec un bonheur évident, poussèrent des cris de triomphe et rugirent d'admiration à l'adresse du yéti — sans doute le vrai Numéro Un, se dit Jack, car même Chef paraissait soumis quand Numéro Un entrait en scène.

Numéro Un hurla, fit le geste de tirer sur quelque chose de ses longs doigts en barreaux de chaise, comme s'il arrachait la tête d'une fleur, puis il porta ses doigts à sa bouche. Il répéta plusieurs fois ce geste, comme s'il avait une signification précise, déclenchant de nombreux grognements d'approbation de la part du reste du groupe.

Les autres yétis répétèrent le geste. Cela ressemblait à un langage gestuel.

Jack ne savait pas grand-chose de la linguistique, hormis ce qu'il avait vu sur PBS ou lu dans le *New Yorker*. Il savait qu'on avait enseigné à certains chimpanzés un mode de communication rudimentaire. Il n'ignorait pas non plus qu'on débattait avec fougue de la question de savoir si cette façon de communiquer supposait la capacité de penser et / ou d'éprouver des émotions. Mais ce à quoi il assistait à présent paraissait bien plus tangible. Un langage gestuel qu'ils avaient inventé eux-mêmes, et non un mode de communication enseigné par les humains. Ou bien n'était-ce qu'une hallucination de plus ? Si oui, c'en était une vraie, car Jack avait l'impression que tous ces yétis communiquaient entre eux, et assez finement.

Quelque chose vagit.

Non pas le bébé yéti, comme Jack l'avait tout d'abord supposé, mais une plus petite créature, d'environ cinquante centimètres de long, couverte de fourrure épaisse, au corps trapu : une marmotte himalayenne. L'une des femelles yétis aux seins pendants tenait la créature dans sa main.

Jack rejeta l'idée absurde qu'il pût s'agir d'une espèce d'animal domestique quand la femelle yéti prit la marmotte glapissante par la queue, puis la fit tournoyer comme une fronde avant de l'écraser violemment contre un arbre, la tuant sur le coup. Pendant une minute, elle sembla examiner le ventre de la marmotte, jusqu'au moment où Jack vit du sang sur ses doigts vigoureux et réalisa qu'elle avait éviscéré la bête et qu'elle en mangeait à présent l'intérieur. Son repas terminé, la femelle yéti balança la carcasse vide et poilue comme s'il s'était agi d'un vieux papier de bonbon.

Un vague souvenir de la marmotte éviscérée qu'ils avaient vue au sommet du Rognon, et d'un article dans le *National Geographic*, consacré à un groupe de chimpanzés carnivores, fit rapidement place, chez Jack, à un sentiment de terreur quant à la signification du langage gestuel des yétis.

L'effroi vira à l'horreur quand Numéro Un arracha le panneau de contrôle attaché à la combinaison de Jack, sur sa poitrine, et entreprit de le mâcher pour le goûter.

Les yétis étaient carnivores.

Ils avaient l'intention de le manger. Et de le manger *vivant*.

Vingt et un

> *« La survie des plus résistants, que j'ai cherché à exprimer ici en termes savants, est ce que Mr Darwin a appelé la "sélection naturelle", ou préservation des races les plus favorisées dans la lutte pour la vie. »*
>
> Herbert Spencer

Dès que Hurké Gurung fut dans la crevasse, l'équipe se prépara à repartir pour le Camp Un, à l'exception de Jameson et des sherpas.

Le ciel était d'un gris de plomb, saturé de neige, et déjà le vent soufflait sans merci.

— Où vas-tu ? demanda Swift à Jameson, alors qu'il montait l'échelle conduisant sur le mur de glace, à côté de la crevasse.

— Je ne serai pas long. J'ai un truc à faire avec les gars. Mais vous, continuez.

Swift reluqua les plaques de métal en forme de pelle, qui pendaient au bout d'une poignée de fils en fer que Miles tenait dans la main.

— Qu'est-ce que c'est que ça ? Qu'est-ce que tu fabriques, Mac ? demanda-t-elle, l'air suspicieux.

Avec un sourire de dément, le Zimbabwéen commença à monter l'échelle en aluminium.

— Ne pose pas de questions, dit-il, depuis le haut du mur. J'espère que tout s'éclaircira le moment venu. Fais-moi confiance.

Tsering et quelques autres sherpas travaillaient déjà à la lumière d'un projecteur, dans le fouillis de neige et de glace qui conduisait au trou noir où se trouvait leur sirdar. Hors de l'abri du couloir, le vent souffait plus fort, et Jameson devait crier pour qu'on l'entende.

— Avez-vous enfoncé ces broches comme je vous l'ai montré ? demanda-t-il à Tsering. À des intervalles de six mètres ?

— Oui, sahib.

— Les tenons doivent être au ras de la surface, dit-il, en se penchant pour en inspecter un. Ça m'a l'air bien.

Pour vérifier, il glissa la pointe de son pic dans le tenon, et la tourna.

— Ils sont bien mis, dit Tsering, avec lassitude.

Il ne voyait toujours pas ce que le *janaawar daaktar* avait en tête.

— Bien, bien.

Le doigt tendu, Jameson désigna un grand sac en toile que les sherpas avaient porté depuis le CBA.

— Dans le sac, il y a un filet, dit-il. Nous allons l'arrimer à l'intérieur de la crevasse.

— Le yéti ne va pas le déchirer ? demanda Tsering. Le sirdar a dit que le yéti était très fort.

— Pas ce filet-là, non. C'est un filet de cargo. Ils en utilisent de semblables pour soulever des choses du pont des bateaux. La dernière fois que je me suis servi de ce filet, c'était pour capturer un bœuf musqué sauvage. Et croyez-moi, s'il était assez solide pour un bœuf musqué, il ne craquera pas sous le poids d'un yéti. Nous fixerons un côté du filet aux tenons, et l'autre aux *dead men* que je vais placer sur l'autre bord de la crevasse.

— Oui, sahib. Nous avons attaché plusieurs échelles ensemble avec des cordes, comme vous l'avez demandé, mais...

— Alors je vais m'encorder.

— ... mais c'est dangereux, avec un vent pareil, sahib. Peut-être serait-ce mieux d'attendre le matin.

— Et de rater une occasion de l'attraper cette nuit ? Absurde.

Il attendit que Tsering eut attaché l'autre extrémité de la corde à l'une des broches et autour de sa taille, puis il pencha la tête vers le bas de la pente.

— Allez. Je veux que ce soit terminé avant la nuit.

Ils longèrent la crevasse, arrivèrent au niveau des échelles en aluminium qui à présent la traversaient, tel un pont-levis d'aspect branlant en forme de banane. Jameson resta devant un moment, puis il dit qu'il s'agissait d'une belle construction, bien qu'elle ne fût pas plane. La pente, de l'autre côté de la crevasse, imprimait une courbure au pont, qui penchait d'un côté de façon affolante.

— C'est du bon boulot, les gars, dit Jameson. O.K, prenez la corde.

Tsering et les autres ramassèrent la corde et regardèrent le Zimbabwéen blanc poser un pied sur le premier barreau de l'échelle, s'assurant que celui-ci s'emboîtait aisément entre les pointes de ses crampons. Ils étaient tous soulagés qu'on ne leur ait pas demandé de traverser le pont. Corde ou pas corde, le courage de Jameson ne faisait aucun doute.

L'adrénaline fusant dans ses jambes, Jameson avança avec la stabilité et la concentration intense d'un funambule. Il n'avait aucune idée de la profondeur du gouffre, en dessous de lui, et se réjouissait d'en avoir une vision limitée. Il est parfois préférable de vivre dans l'ignorance. Il ne vacilla qu'une fois, quand il atteignit le milieu du parcours, où les deux échelles avaient été attachées l'une à l'autre avec des nœuds gordiens dans leur forme et leur complexité. Alors que Miles levait le pied au-dessus de l'un d'eux, l'échelle oscilla dangereusement, puis s'affaissa sous son poids. Pendant un bref instant Jameson se vit debout, sur le pont qui s'ouvrait en deux, tel un homme sur un bloc de glace flottant qui tout à coup se scinde en deux morceaux.

Mais il retrouva bientôt son courage et continua. Il atteignit l'autre côté en poussant un grand soupir de soulagement.

Il entreprit immédiatement de placer les dead men, enfonçant chaque plaque en forme de pelle dans la neige, de façon que toute sa surface reste fixe, quand on appliquerait un poids sur les fils de fer : ce qui aurait pour effet d'enfoncer les dead men encore plus profondément dans la neige. Quand Jameson vit que ceux-ci étaient inamovibles, il tira le filet au-dessus de la crevasse. Après quoi il attacha la corde aux dead men, puis à une série de mousquetons à vis fixés au filet. Enfin, il régla la hauteur du filet, de sorte que celui-ci soit suspendu dans l'ouverture de la crevasse, juste au-dessus de la saillie cachée sur laquelle les yétis sautaient.

— Vous voyez ? cria Jameson, de façon surperflue. Quand un yéti sautera sur la corniche, nous le tiendrons.

Jameson longea à nouveau le bord opposé de la crevasse, jusqu'au pont improvisé. Puis il fit signe à Ang Tsering.

— O.K., lancez-moi une corde, dit-il.

La corde qui assurait sa sécurité durant sa première traversée du pont avait servi à tirer le filet au-dessus du gouffre, puis à le descendre à l'intérieur.

Tsering regarda autour de lui, sur le sol, puis cria à l'un des sherpas :

— *Dori kahaa chha ?*

L'homme, un dénommé Nyima, eut l'air penaud. Il remonta la pente, puis disparut derrière le mur du couloir de glace.

— Il est parti chercher une autre corde, expliqua Tsering.

Jameson hocha la tête, patient, se préparant mentalement à passer une fois de plus au-dessus du vide.

Il s'écoula une ou deux minutes, puis le sherpa revint, s'inclina devant l'assistant sirdar, puis dit qu'il n'y avait plus de corde. Tsering se mit à maudire Nyima à haute voix, puis il lui dit de retourner chercher une corde au Camp Un.

— Écoutez, ça ne fait rien, dit Jameson. Il est trop tard pour redescendre. Je vais devoir traverser sans.

Tsering eut l'air affolé.

— Mais sahib, c'est dangereux. Supposez que vous tombiez ?

Jameson se baissa et prit la corde qui avait servi à déposer l'échelle en travers de la crevasse, dans l'intention de l'utiliser comme une rampe de fortune. Puis il posa un pied sur l'échelle.

— Je vais devoir essayer de me tenir à ça, j'imagine, dit-il, calmement.

Puis il commença à avancer.

Avec précaution, comme un homme qui traverse un champ de mines, Jameson progressa sur l'échelle, ne s'arrêtant qu'une fois pour attendre qu'une puissante rafale de vent fût passée.

Arrivé de l'autre côté, il fit taire Nyima d'un geste, qui présentait ses excuses, et Tsering, qui renouvelait ses louanges quant à l'ingénuité de son piège.

— Oui, dit Tsering. Le yéti va avoir une sacrée surprise.

Jameson sortit un objet long de forme cylindrique de son sac à dos, et entreprit de l'attacher à l'une des cordes qui retenaient le filet.

— Et ça, qu'est-ce que c'est, sahib ?

— Ça ?

Jameson eut encore son sourire de dément.

— Cela pourrait se révéler être le coup de fil qui me réveillera demain matin.

Toujours paralysé par la Kétamine, étendu sur le sol, Jack écoutait le papotage des yétis, et attendait, impuissant, que Numéro Un l'éviscère avec ses doigts et ses dents. Mâchant le panneau de contrôle pour voir quel goût il avait, le yéti ne paraissait pas très pressé. Jack se dit que sa principale chance de survie résidait dans le goût de la boîte en plastique. Si Numéro Un se persuadait que le reste du corps de Jack était aussi peu appétissant, il pourrait peut-être renoncer à son tardif souper.

Numéro Un cessa de mâcher et cassa la boîte en deux, comme s'il était agi d'un morceau de pain. L'appétit céda la place à la curiosité, quand le yéti commença à sortir les microplaquettes et les fils de la boîte.

Jack ne trouva qu'un réconfort limité dans ce spectacle. Il avait l'impression d'être un ours en peluche, qui pouvait se voir éventré à tout moment par un enfant curieux, cherchant à localiser la source de son grognement.

Un autre grand mâle à dos argenté, dans lequel Jack reconnut Chef, avança, courbé, vers le corps de Jack étendu sur le sol, provoquant un aboiement d'avertissement chez Numéro Un. Ignorant cet avertissement, Chef s'assit et se mit à tirer sur la chaussure de Jack. Cette fois, Numéro Un lâcha le panneau de contrôle, avança en bombant le torse, et s'assit tout à côté de Chef, séparé de lui seulement par un petit arbre. Après quoi Numéro Un ignora son congénère avec une indifférence étudiée. Mais il semblait évident, vu la réaction du reste du groupe, que quelque chose se préparait, une scène violente : tous les yétis se taisaient.

Soudain, Chef donna une grande claque sur l'arbre qui le séparait de Numéro Un, et le déracina. Il arracha une branche apparemment utilisable, et la brandit comme une massue. Numéro Un n'eut pas besoin d'une provocation plus marquée. Grognant avec fureur, il se leva, et Jack vit que non seulement il faisait un pied de plus que Chef, mais qu'il était armé de son piolet.

Chef eut la chance que Numéro Un le frappe avec la panne du piolet, et non avec le pic, plus tranchant et plus meurtrier. Le coup porta sur l'épaule de Chef, qui se mit aussitôt à reculer en direction de Jack, en hurlant de façon hystérique.

Jack vécut plusieurs secondes d'angoisse, pensant qu'il allait être écrasé sous le pied énorme du yéti, et mourir. Au lieu de quoi sa tête se vit soudain inondée par l'urine de Chef, qui paraissait toxique, vu son odeur, quand la créature perdit le contrôle de sa vessie à grande contenance sous l'effet d'une vraie peur.

Les yeux de Jack, ses oreilles, son nez et sa bouche se remplirent de la pisse du yéti, que Jack avala de façon involontaire — la Kétamine ne bloquait en rien les réflexes pharyngés et laryngés. Chef s'enfuit jusqu'en bas de la pente, hors du chemin de Numéro Un.

Numéro Un se tourna pour faire face au reste du groupe, ses cheveux dressés sur sa crête, aboyant de façon excitée, brandissant le piolet de Jack, comme s'il cherchait à provoquer un éventuel défi à sa supériorité. Quelques secondes plus tard, il chargea en plein dans le groupe, saisit par les cheveux une jeune femelle qui s'agenouillait devant lui de façon soumise. Puis, poussant un grognement porcin et agacé, il s'accoupla avec elle, comme s'il démontrait simultanément son pouvoir de domination sur le reste de son harem.

Une minute ou deux passèrent, puis Numéro Un se rassit, fixant le reste du groupe d'un air méprisant. Après quoi il entreprit de manger les feuilles d'un buisson de rhododendron.

Jack réalisa que Numéro Un l'avait oublié. Puant à cause de l'urine de Chef, les yeux piquants sous l'effet des acides qu'elle contenait, Jack pria pour sa délivrance et essaya de se souvenir combien de temps, exactement, le léopard des neiges était resté drogué après que Miles Jameson lui eut tiré dessus avec le fusil hypodermique. Une heure, crut-il se souvenir. Puis il se rappela que Jameson avait mentionné des périodes allant jusqu'à cinq heures, pour retrouver sa mobilité. Jack se dit qu'il ne devait pas être étendu là depuis plus d'une demi-heure. Peut-être cinquante minutes depuis la première attaque. Jack sentit ses paupières bouger. Cela voulait-il dire qu'il était fatigué et avait envie de dormir ? Ou qu'il recouvrait l'usage de ses muscles ? Il essaya de ciller et y réussit. Il retrouvait son état normal ! Cette prise de conscience fit bondir son cœur dans sa poitrine. Puis il sentit à nouveau la douleur dans ses côtes. Là-dessus revint le grand dos argenté.

Faisant claquer ses lèvres comme quelqu'un qui a faim, Numéro Un s'assit à côté de Jack et le renifla, apparemment pas découragé par l'odeur puante de l'urine. Puis il recourba un index aussi gros que la poignée d'une canne dans le col du sous-vêtement chauffé de Jack. Fasciné par l'élasticité du tissu et la façon dont celui-ci claquait contre la poitrine de Jack chaque fois qu'il le relâchait, le yéti réussit à s'amuser de cette façon pendant deux bonnes et précieuses minutes. À chaque seconde qui passait, Jack retrouvait de nouvelles sensations dans son corps. Il voulait jouer le jeu le plus longtemps possible. Obtenir l'effet de surprise maximum. Si le yéti le croyait mort, Jack pourrait peut-être utiliser cette illusion à son avantage. Voir le cadavre d'un ennemi vaincu revenir à la vie en bondissant pouvait surprendre Numéro Un, juste assez longtemps pour que Jack s'enfuie. Ce n'était pas un plan formidable, mais il faudrait s'en contenter. Jack serra les fesses, fit jouer les muscles de ses mollets, agita ses orteils, se préparant à revenir de chez les morts.

Numéro Un retroussa les babines, se pencha vers la gorge de Jack.

Maintenant !

Jack se mit debout tant bien que mal, hurlant le plus fort possible :

— Salopard !

Numéro Un eut un mouvement de recul, et lâcha un jet d'excréments diarrhéiques sur le sol, avant de s'enfuir dans le couvert des arbres.

Avec toute une série de grognements, de glapissements, et de cris assourdissants, le reste du groupe suivit. Ils écrasèrent des rhododendrons sur leur passage, aplatirent de petits arbres, cassèrent des buissons, dans leur hâte désespérée de fuir ce qui avait effrayé un yéti de la puissance et de la stature de Numéro Un, quoi que ce fût.

Peu stable sur ses jambes et à nouveau nauséeux — il ne savait pas si c'était dû à ses blessures, à la drogue, ou à l'urine du yéti qu'il avait avalée — Jack remonta la pente, puis traversa la forêt en titubant, en direction de la caverne de glace. Il arriva en haut avec peine, puis il fut pris d'une nausée horrible, qui lui causa une telle douleur dans son flanc meurtri, qu'il s'écroula sur le sol glacé et faillit s'évanouir. Jack se força à continuer à quatre pattes. Il n'y avait pas de temps à perdre. Curieusement, il avait toujours chaud, bien qu'il ne comprît pas comment la combinaison à environnement indépendant pouvait toujours fonctionner, et qu'il attribuât cette sensation de chaleur inchangée à la Kétamine. Peut-être, raisonna-t-il, la production de chaleur était-elle l'un des effets secondaires de cet anesthésiant. Il ne savait pas du tout combien de temps cet état pouvait se prolonger, mais vu que la température était descendue déjà bien en dessous de zéro, il était impératif qu'il continue à bouger. Au moins n'y avait-il pas de vent à l'intérieur de la caverne.

Jack atteignit le portail de glace en forme de huit. Se sentant un peu plus vaillant, il se leva et fit quelques pas en avant, donnant un coup de pied dans quelque chose de creux de la taille d'une grosse pierre. Son casque ! Au moins pourrait-il désormais conserver une chaleur précieuse, même si le mécanisme la diffusant ne fonctionnait plus. Il mit le casque, le raccorda à l'unité de survie inutile qu'il avait toujours sur le dos, et entreprit de retraverser lentement, et avec précaution, la zone parsemée de blocs de glace. Le tuyau au moyen duquel il buvait avait disparu, mais, de façon miraculeuse, la lampe au carbure, sur le dessus du casque, fonctionnait toujours — mais pas l'halogène —, et Jack se demanda aussitôt comment il eût refait le chemin le long de la corniche dans le noir le plus complet. À la lumière de sa lampe, il voyait à présent à quelles difficultés il s'exposait pour redescendre la pente de glace qui menait sur la saillie, puis tournait dans l'obscurité de la crevasse comme un toboggan. Avec seulement une épaule en bon état, il serait impossible à Jack d'avoir à nouveau recours à la technique du dülfer ; et sans son piolet pour freiner sa descente, le voyage risquait de se terminer dans les profondeurs insondables de la crevasse.

Jack s'assit sur la glace et s'arma de courage. Puis il prit la plus grande inspiration possible, compte tenu de la douleur dans ses côtes. Après quoi il se laissa glisser sur la pente glacée.

Le sirdar avançait prudemment sur la saillie, à l'intérieur de la crevasse, se tenant aussi près du mur que le lui permettait l'impression d'urgence qui le dominait. Il essaya de garder présent à l'esprit le chemin devant lui, mais, isolé dans la combinaison EI, et tout seul dans le noir, ses pensées revenaient sans cesse à Jack, et à la façon dont l'Américain lui avait sauvé la vie.

Ça s'était passé six ans auparavant. Il avait eu un accident sur le Lhotse, qui arrivait en quatrième position parmi les montagnes les plus hautes du monde. Sur un appui rocheux de la crête sud-ouest. Ayant aidé Jack et Didier à établir le camp depuis lequel ils espéraient conquérir le sommet, Hurké et un autre alpiniste, un Anglais du nom de Thompson, descendaient une arête glaciaire sur une distance de trois cents mètres, entre six mille sept cents et six mille quatre cents mètres, quand ils avaient glissé, et qu'ils étaient tombés. Thompson avait été tué. Bien que sérieusement contusionné, Hurké avait réussi à freiner sa chute avec son piolet, mais résultat, il s'était fait de graves lacérations dans l'intérieur des mains. Jack était descendu en rappel jusqu'à lui, manquant lui-même de se tuer — une première fois quand un piton était sorti du mur de granit dur, une seconde fois à cause d'une chute de pierres.

Hurké n'avait aucun moyen de s'en sortir. Sans Jack, il serait toujours sur ce versant montagneux.

La radio d'Hurké crachota. C'était Jameson. À l'intérieur du casque, l'homme avait la voix de la conscience du sirdar. Ou peut-être du Seigneur Shiva. Hurké s'arrêta pour se reposer.

— Hurké, comment vous vous en tirez ?

— Bien, merci, Jameson sahib. Mais c'est un mauvais endroit. Je ne serais pas surpris de voir des inscriptions sur ce mur. C'est le destin qui m'a amené ici.

— Si c'est le cas, vous devez gagner des points pour votre karma, remarqua Jameson. Comme le sadhu que nous avons vu. Vous vous souvenez ?

— Oui, je me souviens.

Le sirdar n'était pas certain de croire au karma, ni au cycle des réincarnations. Il avait vu trop de gens mourir dans les montagnes, pour accepter l'idée qu'un karma incomplètement réalisé le contraindrait à repasser par un cycle continuel de naissances, morts, et renaissances. Il croyait davantage en l'amitié.

— Je voulais simplement vous prévenir de quelque chose, que vous verrez quand vous reviendrez. J'ai laissé un filet à l'entrée de la crevasse. Au cas où un autre yéti déciderait de sauter. Vous n'aimeriez pas en trouver un à vos trousses, n'est-ce pas ?

Hurké se remémora l'épisode du champ de glace et sa rencontre avec les deux yétis.

— Non, vraiment pas, sahib.

— Quoi qu'il en soit, prévenez-moi quand vous serez sur le chemin du retour. Cela ne prendra pas longtemps de dégager le passage. Une demi-heure tout au plus.

— Oui, sahib. Merci.

— C'est tout. Tchao.

Hurké sourit et poursuivit sa route. Il aimait bien la façon dont Jameson avait formulé les choses. Pour lui, il ne faisait aucun doute que le sirdar reviendrait.

« *Saathi, pheri bhetaulaa,* se dit-il, dans sa tête. Ami, j'espère que nous allons nous revoir ».

— Oh, merde.

Jack réalisa qu'il glissait trop vite. Se couchant contre la pente, il ne fit qu'accélérer sa descente. Il avait l'impression d'être un athlète aux jeux Olympiques d'hiver. Ceux qui portent des combinaisons moulantes en tissu extensible. Qui font du bobsleigh. Jack hurla de frayeur quand la pente tourna et que la crevasse se précipita sur lui.

À la dernière seconde, quand il fut certain de gicler par-dessus bord, Jack tendit ses orteils, et appuya les pointes de ses crampons dans la glace. Sa volonté de s'arrêter était telle, et, conjointement, la force qu'il exerça sur ses crampons fut si grande, que l'une des semelles à pointes se détacha de sa chaussure et disparut sous son corps, ce qui lui fit mal, puis derrière lui. Ignorant la crampe qui lui tenaillait les mollets, Jack continua à appuyer comme un forcené sur la glace, avec les crampons de l'autre pied.

Il appuya trop fort. Son pied s'arrêta net, mais son corps continua sur sa lancée. Jack se vit catapulté en avant, comme s'il passait par-dessus le guidon d'une moto qui aurait freiné brusquement. Il eut une vision brève et terrifiante des profondeurs de la crevasse, avant que la saillie ne lui donne l'impression de se précipiter sur lui. Sachant qu'il allait heurter une roche plate de plein fouet, Jack tenta d'amortir sa chute avec ses avant-bras.

Ça ne lui avait jamais paru aussi dur de lutter pour sauver sa vie.

Le souffle coupé, la douleur dans ses côtes démultipliée, Jack entendit un horrible grognement, suivi d'un sifflement, qui s'amplifia dans ses oreilles alors qu'il sombrait dans les abysses de l'insconscience, plus profondes et plus noires encore que l'endroit où il se trouvait.

Vingt-deux

« ... serait-il trop audacieux d'imaginer que tous les animaux à sang chaud sont nés d'un seul filament vivant que la Grande Cause Première a doté d'animalité... »

Erasmus Darwin

Dans l'Himalaya, toutes les prévisions sont hasardeuses, particulièrement celles concernant le temps. Voilà une chose dont Mac était convaincu. Quand Jameson et les sherpas eurent rejoint les autres membres de l'équipe un peu plus bas, au Camp Un, sur le Rognon, la tempête imminente qui avait chassé tout le monde du couloir de glace, s'était envolée avec une rapidité digne de la plus capricieuse des déités de la montagne. Jameson rampa dans l'une des plus grandes tentes et trouva Swift en train de préparer du consommé de bœuf sur le réchaud à pétrole.

— Tu en veux ? Il y a du sherry dedans.

— Du sherry ! Seigneur ! Enfin de retour dans la civilisation. Je brûle d'impatience de goûter ce consommé.

Cody, qui portait sa lampe frontale Petzl et ressemblait à un mineur, était déjà dans son sac de couchage, en train de lire *Les Sept Piliers de la Sagesse.*

— Ça semble étrange de lire ça ici, remarqua Jameson.

— Aucun des livres que j'ai apportés n'a le moindre rapport avec la montagne, la neige ou les singes, dit le primatologue. Lire des choses sur le désert m'aide à me réchauffer.

— Oui, dit Jameson. Ce cantonnement n'offre certes pas le confort de la bulle.

— Boyd nous donne de mauvaises habitudes, grommela Mac.

Sa radio à la main, il suivait les progrès du sirdar dans la crevasse.

— Où est Jutta ? dit Jameson, à personne en particulier.

— Dans l'une des autres tentes, dit Swift. Elle dort.

Elle tendit une tasse de consommé fumant à Jameson.

— Dès que j'ai bu un peu de ce bouillon, moi aussi je vais me coucher, dit-elle.

Jameson hocha la tête avec enthousiasme.

— C'est bon, dit-il.

— Il en reste ? demanda Mac.

Swift ouvrit une autre boîte, la vida dans la casserole, puis versa du sherry dedans. Elle replaça la casserole sur la flamme du réchaud et remua la mixture, songeuse. Ils avaient tous entendu la conversation de Jameson avec le sirdar. Swift admirait la ténacité de Miles. En effet, bien qu'il s'inquiétât de Jack, il ne perdait pas de vue le but de leur mission. Seule une pareille détermination leur donnait une chance de réussir.

— Il va fonctionner, tu crois ? lui demanda-t-elle. Ton piège.

— On ne peut jamais savoir, dit-il. La seule chose à faire, avec un piège, c'est de le poser et d'attendre.

Jameson haussa les épaules.

— On verra bien, dit-il.

Lorsqu'elle eut fini sa soupe et mangé une barre de chocolat sans éprouver la moindre culpabilité — chose qu'elle n'aurait jamais pu faire en Californie —, Swift alla dans la tente où Jutta dormait, et se glissa dans le sac de couchage à coté d'elle. Dans la troisième tente, les sherpas parlaient à voix basse. L'odeur puante de leurs cigarettes et de leur « cha » fit frémir les narines de Swift. Son sac à dos sous la tête, sa lampe frontale sur la tête, Swift trouva son édition de poche de *Little Dorrit*, et fit de son mieux pour s'abandonner à l'univers de

Dickens, un monde de prisons, réelles et métaphysiques, et sentit ses yeux se fermer.

Elle se dressa brusquement dans son sac de couchage, consciente qu'un bruit très fort l'avait tirée de son sommeil, et trouva Jutta, éveillée de même, et déjà en train de lacer ses chaussures. L'écho du bruit en question planait toujours sur le Rognon, tel celui d'un boulet de canon.

— Qu'est-ce que c'était ? dit Swift.

— On aurait dit l'explosion d'une bombe, dit Jutta, enfilant son coupe-vent.

Elle rampa hors de la tente, et sa figure rosit aussitôt, comme si elle commençait à prendre feu.

Jutta leva les yeux vers le ciel, son visage parsemé de taches de rousseur à présent rose de perplexité.

— On dirait une fusée de détresse.

— Qui pourrait être en détresse ? dit Swift, la suivant dehors.

Une lueur rose planait sur le Rognon, telle une étoile filante, donnant à la neige une couleur de bonbon. Même Mac semblait avoir pris un coup de soleil sur son visage renfrogné. Ou trop bu, ce qui paraissait plus vraisemblable.

— Qu'est-ce qui se passe, bon Dieu ? dit-il, d'un ton irrité.

Miles Jameson souriait, tout excité.

— Je n'arrive pas y croire, cria-t-il, son accent soudain plus prononcé. Seigneur, nous avons réussi. Nous avons foutrement bien réussi !

Il étreignit Mac, puis Jutta et Swift.

— Nous en avons attrapé un. Nous avons attrapé un yéti !

Il regarda le ciel, comme s'il assistait à une épiphanie en rouge.

— Tu es sûr ? s'enquit Cody, de mauvaise humeur pour avoir été tiré de son sommeil. Moi, j'ai l'impression que jusqu'ici, la seule chose qu'on ait attrapée c'est un refroidissement.

— Tout à fait sûr, affirma Jameson. Il faut que ç'ait été quelque chose de drôlement gros pour avoir fait partir cette fusée. De plus gros qu'un léopard ou un loup, en tout cas. Et je ne crois pas qu'il y ait beaucoup de yaks, à une altitude pareille.

Il rit, puis il serra Cody dans ses bras.

— Tu peux me croire. Cette fois, nous en tenons un ! Nous avons capturé un yéti. Nous voilà dans les livres d'histoire, mon ami. Tu vas être célèbre, salopard !

Hurké Gurung vit un petit point de lumière jaune un peu plus loin, et sut qu'il avait retrouvé Jack. Celui-ci gisait face contre terre, en bas d'une pente de glace qui disparaissait dans le noir en tournant, comme le chapeau jaune d'un moine Gelupka. Jack paraissait inconscient.

Hurké s'agenouilla près de son vieil ami, vit qu'il avait du sang sur l'épaule et le fit basculer gentiment sur ses genoux. La douleur due au fait d'être bougé, et la vive lumière de la lampe halogène du sirdar firent revenir Jack à lui.

— Hurké Gurung appelle Camp Un. Répondez, s'il vous plaît.

— Continuez, Hurké, dit Mac.

— J'ai trouvé Jack sahib.

— Il va bien ?

— Je crois, oui. Il est vivant, en tout cas.

— Miles pense qu'il a attrapé un homme des neiges, dit Mac. Il va faire venir un hélicoptère, pour emmener le yéti au CBA. Si Jack est blessé, nous appeler l'hélicoptère tout de suite. Faire d'une pierre deux coups. Vous pouvez nous donner votre avis ? À vous.

— *Huncha, huncha.* Attendez un moment, s'il vous plaît.

Hurké ôta le casque de Jack. Grognant et roulant sa tête d'un côté puis de l'autre, Jack cligna des yeux à plusieurs reprises. Comme quelqu'un qui se réveille après avoir longtemps dormi. Le sirdar cligna des yeux aussi, tant était forte l'odeur qui s'échappait des cheveux de son ami.

— Jack sahib, comment vous sentez-vous, s'il vous plaît ?

— Hurké ? C'est toi ?

— Oui, sahib. C'est moi.

Voyant que la paille de Jack avait disparu, le sirdar se pencha tout près de lui et glissa sa propre paille entre les lèvres pâles de son ami.

Jack but un peu d'eau, toussa, ce qui lui fit mal, puis frissonna.

— J'ai froid. Je me suis cassé quelques côtes, je crois.

Ses dents se mirent à claquer. Dans la caisse de résonance qu'était la crevasse, ce bruit rappela au sirdar celui des autres sahibs en train de taper sur le clavier de leurs ordinateurs portables.

— Sortons de là, Hurké, avant que je ne meure de froid.

— Vous pouvez marcher, sahib ?

— Oui, je crois.

Il s'assit, tressaillant visiblement.

— De toute façon, il fait trop froid pour ne pas être capable de marcher. Le bout de mes doigts est ankylosé. Gelés au deuxième degré, à mon avis. J'ai échappé aux gelures au troisième degré, mais de peu. Mais ne t'inquiète pas, cela ne va pas m'arrêter. Donne-moi la main pour m'aider à me lever.

Le sirdar remit leurs casques en place, puis aida Jack à se relever. La corniche était trop étroite pour qu'ils avancent de front. Aussi Jack devrait-il marcher sans aide. Sinon, Hurké allait devoir le porter sur son dos. Le sirdar connaissait trop bien l'Américain pour savoir que cette seconde solution était exclue. Si Jack disait pouvoir marcher, il marcherait.

— Mac, sahib, c'est Hurké. Jack sahib peut marcher, mais il pense qu'il a des côtes cassées. Et peut-être des brûlures au troisième degré. Je crois que vous devriez appeler tout de suite des secours.

— Très bien, Hurké. Merci beaucoup. Tiens-nous informés de tes progrès, O.K. ?

— *Huncha.*

Hurké déroula une longueur de corde, la noua autour de la taille de Jack, puis autour de la sienne. Après quoi il fit signe à l'Américain de passer le premier. Ainsi, s'il trébuchait et tombait, Hurké aurait plus de chances de le rattraper. Jack acquiesça d'un hochement de tête. Puis il se tourna sur ses jambes flageolantes, face à la longue route qui lui restait à parcourir sur la saillie. Lentement, péniblement, il commença à avancer.

Les membres de l'équipe stationnés au Camp Un étaient encore à un kilomètre de la crevasse, quand ils entendirent les cris et les hululements de la créature piégée. Ni Jameson ni

Cody n'avaient jamais ouï des cris animaux comme ceux-ci. Cela les conforta dans leur certitude d'avoir attrapé un yéti, et non un autre léopard des neiges ou un loup. Les cris étaient aigus, prolongés, et semblaient exprimer la détresse, alors que les hululements, quoique plaintifs, eux aussi, faisaient davantage penser à un mode de communication.

— Seigneur, dit Mac. Les mêmes cris que mon ex. Elle avait la même façon de protester.

— Houuu-houuuu-houuuu !

— C'est un son complètement fou, remarqua Cody, qui haletait, et s'efforçait d'avancer au même rythme que le reste de l'équipe. Je suis très impatient d'enregistrer ces bruits et de me les repasser.

— Espérons qu'il ne s'est pas blessé en tombant dans le filet, dit Swift.

L'aube se levait quand ils arrivèrent au pied de l'échelle fixée à la paroi du couloir de glace, et conduisant au bord de la crevasse. Une faible lueur orangée apparaissait à l'est du sanctuaire, tel un incendie lointain. La masse gigantesque des montagnes était du même gris-bleu qu'un navire de guerre.

Jameson scotcha une lampe torche au canon de son fusil zoulou, qu'il chargea avec une capsule fulminante et une seringue. Puis il s'attacha une corde autour de la taille, et, après en avoir tendu l'extrémité à Ang Tsering et à l'un des autres sherpas, il se mit à grimper à l'échelle.

— Houuu— houuuu— houuuuu !

Les hululements commençaient sur un ton assez bas, pour se faire de plus en plus sonores, et de plus en plus longs. Un cri de chouette géante, se dit Swift.

— Si c'est un cri de détresse, dit Cody, un autre animal pourrait l'entendre et venir voir ce qui se passe. Jack et le sirdar pourraient très bien se retrouver avec des yétis à leurs trousses.

Swift secoua la tête en signe de dénégation.

— Je ne pense pas, non, dit-elle. Réfléchis, Byron. C'est seulement une entrée. Un yéti peut sauter dans cette crevasse, mais il lui faudrait avoir l'agilité d'une puce pour pouvoir en ressortir d'un bond. Il doit y avoir une autre sortie à cette forêt alpine. Peut-être derrière la crête de la montagne. Ça pourrait être une autre crevasse, un autre tunnel dont nous ignorons l'existence.

Continuant à suivre les progrès du sirdar par radio, Mac lui demanda quelle distance il lui restait à parcourir.

— Nous avons passé le cadavre de Didier, pauvre gars, dit Hurké. Il nous reste encore une heure de marche. Peut-être davantage. Jack est très lent.

» Terminé.

— Ils ne seront pas là avant une heure, cria Mac à Jameson, qui était arrivé en haut de l'échelle.

Puis il dit à l'un des sherpas :

— Nyima ? Vous devriez faire partir quelques fusées éclairantes. Cet hélicoptère ne va pas tarder. Nous devons nous manifester.

— Houuu-houuuu-houuuuu !

Jameson leva les pouces en signe de victoire à l'adresse de Mac. Puis, ôtant son fusil de son épaule, il s'approcha du bord de la crevasse. Il s'agenouilla, pointa le canon du fusil et le faisceau de sa torche dans les ténèbres, en contrebas. Les cordes auxquelles était fixé le filet s'agitèrent violemment quand la lampe éclaira le grand captif aux poils rouges, lui faisant pousser des hululements à n'en plus finir. Jameson ressentit un petit frisson d'excitation quand il discerna le blanc d'un œil terrifié.

Il leva le fusil au niveau de son épaule, puis, déplaçant sa ligne de mire sur le corps du yéti qui se tordait en tous sens, il tenta de trouver une masse musculaire pouvant faire une cible convenable, prenant l'œil comme témoin. Il avait le cou du yéti dans sa ligne de mire, une zone où la substance chimique avait peu de chance de pénétrer. Aussi Mac abaissa-t-il le canon de son arme. Puis il appuya sur la détente et envoya la seringue dans ce qu'il espérait être l'épaule de la créature. Après avoir tiré, Jameson garda sa lampe braquée sur la seringue pendant quelques minutes, afin de s'assurer que le yéti n'allait pas essayer de l'enlever.

Peu à peu, les cris s'apaisèrent, et finalement la créature se tut. Jameson se leva et reparut en haut de l'échelle, avec un grand sourire.

— Nous en avons un vivant !

Il y eut des exclamations de joie, des hourras. Même les sherpas, que les cris du yéti avaient d'abord rendus nerveux, paraissaient ravis.

Swift pensa : pourvu que Jack n'ait rien et le triomphe sera complet.

Jameson jeta un coup d'œil à sa montre, puis il regarda le ciel. Lui et Mac, et deux sherpas étaient sur le bord le plus éloigné de la crevasse. En face de Tsering, de Swift, et de leurs amis restés de l'autre côté.

— Tu devrais envoyer cette fusée maintenant, dit-il à Tsering. Espérons que l'hélicoptère ne va pas tarder. Je préférerais ne pas droguer davantage le yéti avant d'avoir pu l'examiner, au moins rapidement.

— Oui, sahib.

Tsering fit partir une fusée jaune — la couleur des fusées de détresse. La fumée du signal monta dans le ciel de l'aube telle celle d'un sacrifice au sommet d'une montagne.

Les sherpas perçurent le bruit les premiers, leur ouïe étant plus fine, moins affectée par la haute altitude que celle des Européens et des Américains. Le halètement lointain d'un moteur. Une minute ou deux plus tard, une Alouette de fabrication française apparut dans le ciel, graffiti sur l'horizon blanc, point qui se mua en tache, puis en traînée noire. Spécialement conçu pour effectuer des secours en haute montagne, l'hélicoptère de la Royal Nepal Airlines Corporation, arriva par le sud, volant à la limite de son plafond — cinq mille mètres. Le pilote, un jeune Népalais nommé Bishnu, se manifestait déjà par radio, demandant si c'étaient eux qui avaient envoyé la fumée jaune.

— C'est nous, lui dit Jameson. À vous.

— Que voulez-vous que je fasse ? À vous.

— Vous avez des patins ?

— Des patins ? Oui. Mais je ne vois aucun endroit où me poser. Vous voulez que je vous envoie un câble ? A vous.

— Négatif. Je vais vous dire ce que vous allez faire : descendez aussi bas que vous pourrez au-dessus de la crevasse. Nous arrimerons un animal à vos patins. C'est un grand filet pour cargo, il ne devrait donc pas y avoir de problème. Puis vous soulèverez l'animal suivant mes instructions, afin que je puisse le voir de plus près avant que nous ne redescendions à notre campement. Il y a une éminence rocheuse sur le Machhapuchhare, au sud de notre position. Une espèce de Rognon. Vous l'avez peut-être vu. A vous.

— Je l'ai vu.

— Vous pouvez vous poser dessus et attendre qu'on vous amène un homme blessé, qu'on va sortir de la crevasse. Quand nous aurons récupéré l'homme blessé, vous le ramènerez, avec l'animal, à la Base de Campement Annapurna, ainsi que le médecin de l'expédition, moi-même, et d'autres personnes, s'il reste de la place.

— O.K., c'est vous qui payez. C'est votre caution. Terminé.

Vu que la Royal Nepal Airlines Corporation n'envoyait jamais d'hélicoptères sans l'assurance écrite d'être payée, et que ces transactions administratives pouvaient prendre plusieurs jours, le bureau de Katmandou leur avait fait parvenir une caution de vingt-cinq mille dollars pour couvrir tous les frais éventuels de transports et secours aériens, et ce dès le début de l'expédition. Chaque vol depuis Pokhara coûtait au moins mille dollars.

L'Alouette descendit rapidement par à-coups, puis commença à se stabiliser aux alentours de la crevasse, le disque argenté et presque solide des gros rotors scintillant dans les rayons du soleil levant tel un halo géant. Les tentes, dans le couloir de glace, s'agitèrent sous ce blizzard artificiel. De la neige s'éleva en tourbillons sous le courant d'air de plus en plus en fort. Suivant les instructions d'un Jameson expérimenté, l'Alouette descendit vers la crevasse, de façon hachée, jusqu'à se trouver trois mètres au-dessus du gouffre. Entretemps, Mac, Tsering et les sherpas avaient saisi le filet et hissaient la créature hors du trou. Jameson se saisit d'une longueur de filet, les aida à tirer, puis s'arrêta un moment pour dire au pilote, via la radio, de descendre d'encore quelques centimètres. Après quoi il arrima le filet à l'un des patins d'atterrissage. Il répéta la manœuvre, puis il monta à califourchon sur les patins d'atterrissage, pour diriger l'hélico de l'autre côté de la crevasse, où Tsering et lui-même amarrèrent le reste du filet sur le second patin d'atterrissage.

Lentement, l'hélicoptère commença à remonter, et le yéti apparut au-dessus du bord de la crevasse, ses longs poils roux voletaient, dépassant des mailles du filet. Jameson s'assura que la créature n'avait fait aucun trou dans le filet, et ne risquait donc pas de tomber en vol. Puis il prit la main que lui tendait le copilote et grimpa dans l'appareil.

Une fois à l'intérieur de l'Alouette, Jameson comprit qu'il s'agissait d'un modèle ancien. On se serait cru dans un vieux bus. Il n'y avait qu'un seul siège — celui du pilote — et un plancher d'acier nu. Dès que Jameson fut monté à bord, le copilote cria : *Bhitra*. Le pilote répondit en dressant son pouce. Puis il reporta son attention sur la vue qu'on pouvait avoir, quelle qu'elle fût, à travers la bulle de plexiglas dans laquelle il était assis. Cette bulle était fêlée et tellement poussiéreuse, qu'elle donnait presque l'impression à Jameson d'être opaque. L'hélicoptère commença à monter, plus vite à présent. Alors que l'appareil s'éloignait de la crevasse et du couloir de glace en décrivant une courbe, Jameson jeta un coup d'œil anxieux par la porte ouverte pour s'assurer que le yéti supportait le choc.

— Est-ce que c'est ce que je pense ? demanda le copilote.

— Oui, dit Jameson.

— *Hajur ? Hudaina...*

— *Chha, hernuhos.*

Le copilote regarda à nouveau par la porte ouverte.

— *Aoha*, dit-il, avec des yeux écarquillés, d'abord de surprise, puis de rire.

— *Ke bhayo ?* demanda Jameson.

— Le yéti, monsieur, gloussa le copilote. Il est marié !

Jameson fronça les sourcils et regarda par la porte ouverte. Une drôle de main dépassait du filet. Elle était plus grande que celle d'un gorille, plus vigoureuse, avec des doigts plus longs. Et au bout de l'un de ces doigts, la bague en or de Didier Lauren.

Une demi-heure passa. Puis le sirdar se manifesta via la radio : Jack et lui étaient arrivés à l'entrée de la crevasse. Aussitôt Jutta Henze descendit dans la crevasse avec une housse pour blessés et la civière Bell. L'hélicoptère revenait déjà du

Rognon, elle n'eut donc pas le temps d'examiner Jack convenablement. Cependant, il était évident qu'il souffrait d'hypothermie.

— Tu vas être sous la bulle en un rien de temps, dit-elle, en remontant la fermeture Éclair de la housse. Tu devrais être content. Mission accomplie : nous avons capturé un yéti.

Jack sourit faiblement.

— C'est une bonne nouvelle, dit-il. J'espère seulement qu'il est plus gentil que celui que j'ai rencontré il y a quelques heures.

— Il est assez docile, pour le moment, dit Jutta.

Elle attacha Jack à la civière avec une bande adhésive en nylon, pour éviter d'exercer la moindre pression sur ses blessures.

— Tant mieux, dit Jack. Parce que je ne suis pas en état de me colleter avec un autre yéti.

Cette fois l'Alouette descendit un câble au treuil. Une Jutta expérimentée s'attela à la tâche de s'arrimer au câble avec son patient.

Quelques minutes plus tard, elle et Jack volaient en direction du Camp Un.

Seul avec le yéti drogué au sommet du Rognon, Miles Jameson ôta la seringue fichée dans l'épaule de l'animal, qu'il entreprit d'examiner avant de lui faire une autre injection. D'une longueur de presque deux mètres, le yéti ressemblait à un grand tapis de fourrure que Miles aurait étalé dans la neige. Miles sortit un stéthoscope de la trousse médicale qu'il avait dans son sac à dos, et se mit à chercher un battement cardiaque sur le grand torse de la créature. Satisfait de ce qu'il entendit, il ôta le stéthoscope de ses oreilles et se pencha plus près de la tête du yéti. Celui-ci semblait respirer de façon régulière, mais avec son laryngoscope, Jameson pourrait s'assurer que rien n'avait été régurgité sous l'effet de la drogue, puis inspiré. Dans les zoos, il avait traité des animaux rares, et onéreux, et il avait appris à ne pas prendre de risques. Mais aucun animal ne pouvait être plus rare que celui qu'il était en train d'examiner.

Ces quelques heures de captivité semblaient n'avoir nui en rien aux réflexes de déglutition du yéti. Mais le soleil brillait fort, à présent, et l'animal gardait les yeux grands ouverts sous l'effet de la drogue. Aussi risquait-il une ulcération de la cornée, suite à une exposition prolongée à la réflexion de la lumière sur la neige. Jameson lui appliqua un onguent ophtalmologique à l'intérieur des paupières. Alors qu'il terminait ce traitement, le yéti s'agita de façon convulsive, obligeant Jameson à lui administrer aussitôt un quart de milligramme de Diazepam en intraveineuse, avant de lui injecter une nouvelle dose de Kétamine.

Jameson entendit le bruit de tondeuse à gazon de l'hélicoptère qui revenait dans le lointain, et il se leva, impatient. Le corps du yéti se contracta à nouveau. Ce n'était pas exactement une convulsion, mais cela inquiéta tout de même Jameson. Le Diazepam devait avoir fait baisser la réactivité musculaire de l'animal. Jameson jura à haute voix. C'était le problème, quand il utilisait des drogues sur des animaux qu'il n'avait jamais vus. Cela allait à l'encontre de toute pratique vétérinaire. Pendant une seconde, son propre cœur battit la chamade. Puis il tomba à genoux dans la neige quand il vit qu'à l'endroit où était étendu le yéti, il y avait du sang dans la neige.

Masquant le soleil pendant un bref instant, l'Alouette descendit en spirale dans le ciel comme une graine de sycomore. Le battant de l'une des tentes s'ouvrit d'un coup et se mit à battre violemment contre la toile, un mouvement furieux qui se perdit dans le maelström général d'air et de neige. Tout à fait en rapport avec l'anxiété de Jameson.

Au signal du pilote, il courut vers l'hélicoptère et vers Jutta, assise sur le plancher, à côté de la civière où était étendu Jack.

— Viens vite voir ! cria-t-il, pour couvrir le bruit des rotors. Il y a quelque chose qui ne va pas...

— Quel est le problème ?

— Je dirais que nous avons une femelle yéti enceinte sur les bras, dit Jameson. Et même pire : une femelle sur le point d'accoucher. La Kétamine hydrochloride n'est pas censée traverser le placenta, ni provoquer des avortements. Cela dit, je n'en avais encore jamais administré à un yéti.

Jutta sauta dans la neige et courut vers le yéti, enlevant ses gants à la hâte. Remarquant le sang, elle se laissa tomber à genoux et pressa ses mains à la hâte sur l'abdomen de la créature.

— Ça pourrait être son premier, dit-elle. C'est peut-être pour ça que tu ne l'as pas remarqué tout de suite. Mais tu as raison. Son utérus est tendu comme la peau d'un tambour. Si elle n'est pas au bout de sa gestation et que le bébé naît dans le froid, il mourra, sans nul doute.

— Alors il n'y pas de temps à perdre, dit Jameson.

Il ramassa le filet et en attacha les quatre coins dans un mousqueton.

— Il faut que nous la ramenions au CBA sans tarder.

En volant vers le CBA, Jameson et Jutta communiquèrent par radio avec Byron Cody, qui était toujours au Camp Deux.

— Que peux-tu nous dire sur le processus de la naissance chez les primates ? lui demanda Jameson.

— Tu plaisantes !

— J'aimerais bien. Nous craignons qu'elle ne fasse une fausse couche.

— Seigneur ! Que dire ? Avec les femelles gorilles, ça ne traîne pas. Elles savent quand c'est le moment, et s'en vont faire un nid. Je n'ai assisté qu'à une seule naissance, et c'était en captivité. Mais quand ça arrive, on peut s'attendre à ce que la délivrance soit rapide. Il n'y a pas une bien grande différence avec les humains. Quarante semaines de gestation depuis le premier jour du dernier cycle menstruel normal.

— J'espère qu'elle est à terme, dit Jutta.

— J'aimerais bien être là, dit Cody.

— Moi aussi, j'aimerais que tu sois là. Mais dès que nous aurons déposé le yéti au CBA, l'hélico va sans doute emmener Jack à l'hôpital américain de Katmandou. Il n'est pas au meilleur de sa forme, d'après Jutta.

Jack, qui était toujours conscient dans sa housse, et se sentait un peu mieux, déclara :

— Je n'irai pas à Kat. Pas maintenant que nous avons trouvé cet animal. C'est pour ça que j'ai risqué ma vie. Et vous voulez me larguer à Kat juste au moment où les choses commencent à devenir intéressantes ? Pas question !

— Tu as besoin d'aller à l'hôpital, Jack, protesta Jutta. Avec tout l'équipement nécessaire. Tu pourrais avoir des blessures internes.

— Je prends le risque, insista Jack. Si cette femelle yéti est sur le point de donner naissance à un petit, vous ne pouvez pas vous passer de Cody. C'est lui le spécialiste des primates. En outre, je suis en meilleure forme que j'en ai l'air. Encore quelques jours et ça ira. Si ça ne va pas, on avisera.

Jutta et Jameson échangèrent un regard.

— Nous pourrons toujours t'envoyer là-bas en hélico un peu plus tard, si jamais ça s'avère nécessaire, admit-elle.

— Donc c'est réglé, dit Jack.

Puis il ferma les yeux.

— Tu as entendu ? demanda Jameson à Cody. On va venir te chercher en hélico, semble-t-il.

— Je veux bien être damné, dit Boyd, quand il vit ce qu'il y avait dans le filet, sous l'hélicoptère.

Il aida Warner et les deux sherpas restés au CBA, à détacher le filet des patins d'atterrissage. Puis il s'accroupit à côté du yéti, alors que l'hélico se posait, quelques mètres plus loin. Il observa l'animal drogué pendant un moment, puis il caressa son épaisse fourrure, passant ses doigts dans les poils brun roux. C'était gras au toucher, comme de la lanoline sur la toison d'un mouton.

Jutta et Jameson sautèrent de l'hélicoptère et sortirent la civière sur laquelle était Jack. Dès qu'ils se furent un peu éloignés, l'hélico décolla et reprit la direction du glacier pour aller chercher le reste de l'équipe.

Boyd aida Jameson à transporter Jack dans la bulle.

— Si quelqu'un a envie de crier : « Je te l'avais dit ! » qu'il ne se gêne pas, dit Boyd.

— Je te l'avais dit, coassa Jack.

— Bravo, Jack. Comment tu te sens ?

— Fatigué.

— C'est le gars qui t'a tabassé ?

— Non, c'est sa petite sœur. Et elle est en plein travail.

— Sans blague.

Lincoln Warner entra dans la bulle à leur suite, puis, sur les instructions de Jutta, il commença à mettre les deux tables du dîner bout à bout.

— C'est quoi ? La salle d'accouchement ? demanda Boyd.

— On dirait, dit Warner.

Jameson et Boyd, ayant transféré Jack sur un lit de camp, retournèrent chercher le yéti avec la civière vide. Dès que l'animal fut allongé sur les tables, Jameson, muni de son stéthoscope, chercha un second battement cardiaque sur son abdomen.

— Je n'ai encore jamais assisté à un accouchement, avoua Boyd.

— Moi non plus, dit Jack.

— Tout le monde a été présent lors d'un accouchement, au moins une fois, remarqua Jutta, de façon acerbe.

Très vite, elle pratiqua une intubation trachéale, puis elle relia le tuyau à un cylindre à oxygène.

— Hé, Boyd, dit Jack. Allume-moi une cigarette, tu veux ?

— Bien sûr.

Boyd en alluma deux et en glissa une entre les lèvres de Jack.

— Voilà mon vieux. Wouah, on se croirait dans *MASH* !

Jutta regarda autour d'elle, l'air furieux.

— On ne fume pas ici, cria-t-elle.

— Excuse-moi, dit Boyd, qui éteignit les deux cigarettes. J'avais oublié.

— Si tu veux te rendre utile, Jon, tu peux aider Jack à se déshabiller. Je veux pouvoir examiner ses blessures dès que j'en aurai fini ici. Et puis tu peux lui donner une boisson chaude avec du whisky dedans.

— D'accord.

— J'ai trouvé les battements de cœur du bébé, dit Jameson, en ôtant son stéthoscope.

— Bien, dit Jutta.

Puis elle pressa ses mains sur l'abdomen de la femelle yéti.

— O.K., dit-elle. Voyons si nous pouvons chronométrer ces contractions.

» Prêt ?

Jameson acquiesça d'un hochement de tête, puis il rapprocha son poignet de ses yeux, et fixa sa montre Breitling.

— Contraction, dit Jutta.

— O.K., dit Jameson, en appuyant sur l'un des boutons, sur sa montre. Elle a l'air bien dilatée.

Jutta regarda entre les jambes de l'animal.

— Elle recommence à saigner, dit-elle. Si c'était un bébé humain, j'envisagerais probablement de faire une épisiotomie.

— Nous ne savons pas si elle est à terme ou non, dit Jameson. En dessous de trente-deux semaines de gestation, le bébé ne sera pas viable, de toute façon, alors ça n'aura pas d'importance que le crâne soit abîmé ou non. Mais généralement, on n'emmène pas des forceps avec soi dans l'Himalaya.

— Je pensais que nous pourrions peut-être improviser quelque chose, suggéra Jutta. Les cuisiniers ont de grandes cuillers, pour le service.

— Tu t'en servirais comme d'une pince ? Oui, ça pourrait marcher.

Jameson regarda autour de lui et capta le regard de Warner.

L'autre homme n'eut pas besoin de se faire prier.

— Je vais voir ce que je peux faire, dit-il.

Puis il sortit rapidement de la bulle. Il s'écoula un assez long moment avant que Jutta ne constate une deuxième contraction.

— Quatre minutes, dit Jameson.

— Je crois que nous avons encore un peu de temps, dit-elle. Je ferais mieux d'aller examiner Jack.

Jutta se lava les mains, puis enfila des gants en polyéthylène. Boyd, assis au chevet de Jack pour l'aider à boire une boisson chaude, laissa sa place à Jutta.

En tant que médecin travaillant avec des alpinistes, Jutta avait vu beaucoup de contusions dans sa vie. Elle savait que les hommes jeunes et en bonne santé avaient moins tendance à se faire des bleus que les autres. Pourtant le corps de Jack était bleu noir, comme celui d'une mouche. Jamais Jutta n'avait vu un homme à ce point couvert de bleus. Elle le fit cracher dans un mouchoir, pour s'assurer qu'il n'avait pas d'hémorragie interne, et, ne voyant pas de sang, elle examina ses côtes de plus près, passant ses doigts sur la peau qui les recouvrait.

— Tu as de la chance, dit-elle. Les côtes sont probablement juste fêlées. Évidemment, je préférerais que tu passes une radio, mais vu ton état général, il ne semble pas qu'il y ait de blessures plus profondes. Nous allons devoir te bander un peu, mais les blessures aux côtes s'infectent rarement.

Portant son attention sur la morsure que Jack avait à l'épaule, elle ajouta :

— Mais je n'en dirais pas autant de ton épaule. Cette morsure a un vilain aspect. Il va falloir la nettoyer et faire un pansement immédiatement. Et puis je vais te faire une injection de sérum antitétanique

— Contraction, annonça Jameson.

Quand Jutta eut fait un bandage serré autour des côtes de Jack, Boyd l'aida à le retourner, afin qu'elle puisse lui faire une piqûre dans une fesse. Après quoi, alors qu'elle faisait un pansement sur sa morsure, elle lui posa des questions précises sur ses gelures, essayant de voir s'il était gelé au premier ou ou deuxième degré, ce qui eût été nettement moins grave que des gelures au troisième degré. Concluant qu'il était trop tôt pour se prononcer, elle lui donna des antibiotiques pour prévenir toute infection, l'enferma à nouveau bien au chaud dans la housse pour blessés, et plaça un masque à oxygène sur son nez et sa bouche.

— Ça fera l'affaire ? s'enquit Lincoln Warner.

De retour dans la bulle, il brandit deux cuillers à longs manches. Il les tendit à Jutta, qui posa son poing dans le réceptacle de l'une d'entre elles et acquiesça d'un hochement de tête.

— Je dirais que c'est de la taille d'une tête de bébé. Qu'en penses-tu, Miles ?

Jameson prit l'une des cuillers et haussa les épaules.

— Je suppose, oui. C'est toi le médecin.

— Oui, et c'est pour ça que tu vas accoucher cette femelle yéti.

— Moi ?

— C'est toi le vétérinaire. Tu vas devenir un spécialiste des yétis, moi pas.

— Si tu présentes les choses comme ça, je suppose que ça doit être moi, oui.

— Je t'aiderai.

A l'extérieur de la bulle, un grondement assourdi annonça le retour de l'Alouette avec les membres de l'expédition venant du Camp Deux.

— Je continue à penser que tu devrais repartir avec cet hélico, Jack.

Jack secoua la tête en signe de dénégation.

— Je me sens déjà mieux, dit-il.

Vingt-trois

« Les ancêtres sont rares, les descendants banals. »

Richard Dawkins

L'hélicoptère déposa cinq passagers : Swift, Cody, Hurké Gurung, et Ang Tsering. Comme il n'y avait pas eu de place pour les Sherpas, ceux-ci redescendaient du Camp Deux à pied, dans le couloir de glace. Dès que les passagers eurent quitté l'appareil, les rotors de l'hélicoptère prirent de la vitesse, battant l'air de façon hypnotique. Puis l'appareil remonta dans l'air, sa queue s'élevant la première, telle une grande libellule. Quand Swift et le reste de l'équipe entrèrent dans la bulle, l'hélicoptère n'était plus qu'un murmure lointain à l'horizon.

Mac fut le premier à franchir le sas. Déjà tout couvert d'appareils photos, le petit Ecossais installa immédiatement une caméra vidéo sur un trépied, près de la table d'accouchement, dans le meilleur axe possible, selon lui. Swift et Cody entrèrent peu de temps après. Swift ne jeta qu'un bref coup d'œil à la femelle yéti. Elle alla directement voir Jack et s'agenouilla près de lui. Il était pâle, il avait les traits tirés.

— Comment ça va ? demanda-t-elle. On s'est drôlement inquiétés pour toi, au camp.

Elle souleva le masque à oxygène de son visage pendant quelques instants, pour qu'il puisse répondre.

— Vois si tu peux le persuader qu'il a besoin d'aller à l'hôpital, dit Jutta, par-dessus son épaule.

— Qu'en dis-tu, Jack ? dit Swift. Jutta pense qu'il faudrait que tu ailles à l'hôpital.

— Je suis un peu fatigué, dit-il, prêt à s'endormir. Et j'ai un peu mal. Mais sinon, ça va très bien.

Il sourit faiblement.

— Si c'était toi, tu partirais ? Avec un spécimen vivant dans la pièce ?

— Je ne pense pas, non, admit-elle. Mon Dieu, Jack, nous avons réussi. Nous avons capturé un yéti !

— Aussi tu ferais mieux de ne pas perdre de temps, dit-il, sombrant dans le sommeil. Va le voir...

Swift se leva et alla se poster à côté de Jutta.

— Je lui ai donné quelque chose pour faciliter son sommeil, dit-elle. Je serais plus rassurée s'il pouvait passer une radio. Il a reçu des coups dans les côtes. Et il a une vilaine morsure. Si je ne constate pas une nette amélioration de son état à son réveil, je rappelle l'hélico, et peu importe ce que dira Jack.

Swift acquiesça en hochant lentement la tête. Elle fit le tour de la table, les bras croisés, plongée dans ses pensées, osant à peine en croire ses yeux. C'était la première fois qu'elle voyait le yéti de près et elle le trouva magnifique. Sa tête, son visage avaient une noblesse qui n'apparaissait pas sur les nombreux croquis d'artistes qu'elle avait vus dans les vastes archives de son ordinateur. Cela lui rappela la différence entre les premières représentations du Néanderthal, ce sous-humain balourd d'une intelligence médiocre, et les images computerisées plus récentes, créées d'après des crânes de Néanderthaliens, donnant des visages intelligents, qu'on aurait pu croiser dans n'importe quel métro. Swift prit l'une des mains de la femelle yéti, examina la grande paume parcheminée, comme si elle se sentait capable de voir son caractère avant de prédire son avenir. La femelle yéti portait la bague de Didier, à la dernière phalange de son petit doigt.

— Maintenant nous savons ce qui est arrivé à la bague de Didier, dit Swift, avec un sourire. Mais je ne pense pas que ça lui déplairait. Elle est très belle.

Cody en convint. Il fit le tour de la table pour rejoindre Swift.

— Oui, elle est belle. C'est le type même du grand singe classique — un peu comme un orang-outan qui aurait la taille d'un gorille. Enfin, qui serait plus grand qu'un gorille. Mais ce visage ! C'est une physionomie beaucoup plus proche de celle de l'homme. Ce grand singe a un vrai nez, pas ces cavités nasales caractéristiques d'une gueule de gorille...

Cody hésita à avancer devant la caméra de Mac.

— Continue à parler, Byron, dit Mac. J'enregistre tout ça en vidéo.

Jutta jeta un coup d'œil derrière elle, à Mac et à sa caméra. Puis elle déclara :

— Je ne resterais pas là, si j'étais toi, Mac.

— Et pourquoi pas, bon dieu ? dit Mac, en fronçant les sourcils. Ça va être un grand film d'archive. Les premières pensées de Byron sur l'homme des neiges pourraient être historiques. Je ne te gêne pas !

— Non mais...

— Et puis...

Jameson allait dire à Jutta que selon lui, la tête du bébé n'était toujours pas engagée dans le bassin de la femelle yéti, quand une grande quantité de liquide amniotique, ce qu'on appelle les eaux, fit une sortie spectaculaire du vagin toujours anesthésié de la créature, inondant Jameson, Jutta, Mac et sa caméra.

Ayant anticipé une rupture de membrane, Jutta ne se formalisa pas de ce qui venait d'arriver, et tâta immédiatement le col de l'utérus de la femelle yéti, qu'elle trouva totalement dilaté. Trempé de la tête aux pieds, Mac était fou de rage et de dégoût, ce qui amusait beaucoup les autres.

— C'est génial, gueula-t-il. Regardez-moi. Je suis couvert de cette merde !

— Je t'avais dit de ne pas rester là, murmura Jutta, au milieu du rire général.

Elle jeta un coup d'œil à Jameson.

— Tu vois du méconium dans le liquide ?

Jameson hocha la tête.

— Un peu, oui, dit-il.

Il plaça les écouteurs du stéthoscope dans ses oreilles, puis il guetta à nouveau des battements de cœur.

— Ils semblent plus lents que tout à l'heure.

— ... comme quelque chose qui sortirait d'*Aliens*, grommela Mac, essuyant sa caméra.

— Tu as de la chance que ça ne se soit pas passé dehors, dit Swift. Tu aurais entièrement gelé.

La femelle yéti bougea la tête, et Jameson s'empressa de lui administrer encore une petite dose d'anesthésique.

— Elle entre dans la seconde phase du travail, dit-il. Ce n'est vraiment pas le moment qu'elle reprenne connaissance.

— Sans parler de la puissance de ses bras, dit Cody. Elle nous tuerait certainement, puis elle tuerait son bébé.

— Comment respire-t-elle ? demanda Jameson à Jutta.

L'Allemande vérifia sur le ballon de réanimation.

— Normalement.

Jameson écouta à nouveau le cœur du bébé.

— Encore plus lent, dit-il. Tu as raison, Jutta. Il semblerait que nous ayons finalement besoin de ces cuillers.

Tout comme Boyd, Swift n'avait jamais vu d'accouchement, excepté à la télévision, ce qui, d'une certaine façon, ne comptait pas vraiment. En regardant Miles Jameson et Jutta Henze accoucher la femelle yéti, elle se dit que ce n'était sans doute pas très différent de la naissance d'un enfant. Il y avait même le type derrière la caméra qui enregistrait tout, tel un fier géniteur. Mais Swift ne s'était pas attendue à ressentir une telle émotion à la vue de ce spectacle. Elle se demanda si les autres étaient aussi émus qu'elle.

Lincoln Warner faisait les cent pas dans la bulle, ressemblant à s'y méprendre à un père qui attend la naissance de son enfant. Hurké Gurung et Ang Tsering fumaient nerveusement près du sas et gardaient leurs distances. Le travail de la femelle yéti leur apparaissait comme tout à fait humain, et par conséquent, comme un événement dont les femmes les auraient naturellement exclus. Byron Cody se tenait à une petite distance de la table d'accouchement, les bras fermement croisés sur la poitrine, comme s'il craignait que ses mains ne tremblent. Même Boyd, dont le scepticisme était agréablement réduit au silence, se rongeait les ongles, anxieux.

Un accouchement au forceps. Swift savait que cette expression était synonyme de naissance difficile, que le corps du bébé risquait d'en subir les dommages, ainsi que celui de la mère. Quand Jameson confirma la position de la tête du bébé en la touchant avec les doigts, et se prépara à insérer la première cuiller, Swift s'aperçut qu'elle arrivait à peine à regarder.

Miles Jameson n'avait jamais utilisé de forceps auparavant, sans parler de cuillers provenant d'une cuisine himalayenne. Au zoo de Los Angeles, il avait participé à la naissance de nombreux animaux, et même fait deux césariennes sur certains des spécimens les plus rares. Cependant, ce qu'il faisait à présent paraissait terriblement semblable à ce qu'il aurait fait lors de la naissance d'un petit humain. Et cela le mettait mal à l'aise. Il ne cessait de souhaiter que Jutta prît les choses en main, mais la doctoresse lui disait qu'il s'en sortait bien, et qu'elle pourrait faire de lui une bonne sage-femme.

Doucement, Jameson guida la première cuiller le long de la tête du bébé, se servant de ses doigts pour vérifier qu'elle passait facilement entre la tempe et la paroi vaginale de la femelle yéti. Puis il inséra la seconde cuiller. Quand il fut certain que les deux cuillers appuyaient aux bons endroits, Jameson resserra les deux manches.

— C'est parti, dit-il. Tu es prête avec ces ciseaux ?

— Prête, dit Jutta, et elle donna des petits coups de ciseaux dans l'air, avec une grande concentration.

Lentement, Jameson commença à tirer. Il maintint la traction pendant environ trente secondes. Après quoi il se reposa un moment et recommença. Chaque traction amenait la tête du bébé plus près du plancher pelvien, jusqu'au moment où le périnée fut distendu. Jameson dit alors à Jutta de faire une épisiotomie. Jutta s'approcha de la table et commença à couper.

Les muscles du périnée de la femelle yéti étaient si puissants qu'ils étaient presque rigides, et Jutta dut faire appel à toute la force de ses avant-bras pour trancher. Cependant, l'opération fut rapidement effectuée et le périnée incisé de façon bien nette suivant sa ligne médiane. Dès que Jutta eut fini de couper, Jameson put tendre la tête du bébé au bout de son cou, de sorte que le petit visage fripé pût passer la paroi vaginale et le périnée.

— Voilà la tête, dit Miles.

Aussitôt il retira les forceps, puis, ayant nettoyé le nez, la bouche et les yeux du bébé avec une compresse stérile, il s'employa à aspirer le méconium dans la gorge et la bouche avec le petit tube de plastique récupéré sur la combinaison de Jack.

Boyd le regarda cracher plusieurs fois sur le sol et grimacer.

— Je ne sais pas comment tu peux faire ça. Seigneur, ça me gâche mon dîner rien que de te regarder.

— Nous y sommes presque, dit Jameson, à peine conscient du fait que Boyd ait dit quelque chose.

— Personne ne te demande de regarder, dit Swift, avec irritation.

Elle ressentait soudain un vrai sentiment de solidarité féminine avec la femelle yéti en plein travail, face à ce dégoût mâle et stupide.

— C'est toi qui as dit que c'était une hallucination, tu te souviens ?

— Tu as raison, dit Boyd. J'étais à côté de la plaque, je l'admets.

Il eut un sourire affable.

— Je suis content que ce ne soit pas une mère célibataire, tu sais.

Swift eut l'air perplexe.

— Je veux dire qu'elle porte une bague en or, expliqua Boyd. Comment ça se fait ?

Swift expliqua ce qui était arrivé à Didier Lauren. La femelle yéti devait avoir pris la bague sur le doigt du cadavre, dit-elle.

— Les grands primates éprouvent de la fascination pour les objets brillants, ajouta Cody. À cet égard, ils sont comme les enfants.

— Vraiment ?

La fin de l'accouchement fut facile, et quelques minutes plus tard, Jameson étendit le bébé yéti sur l'abdomen de sa mère toujours anesthésiée. Respirant déjà normalement, le bébé resta étendu là et eut un petit mouvement convulsif. Sa tête était très nettement pointue, et ses poils épais étaient collés à son corps par le mucus. Peu à peu, sa peau perdit sa couleur bleue. Le bébé saisit la fourrure de sa mère dans ses deux petits poings et, grimaçant furieusement, émit un petit cri.

— Ouah, marmonna Boyd. *Eraserhead.*

— Magnifique, dit Mac, en insérant rapidement un autre rouleau de pellicule dans son appareil photo.

— C'est un mâle, dit Jameson.

Puis il pinça le cordon ombilical avec une pince à dessin.

Swift s'avança pour voir le yéti nouveau-né de plus près.

— N'est-il pas mignon... ? dit-elle, en souriant.

Jameson coupa au niveau du nombril. Puis se mit à tirer sur la partie du cordon qui était toujours dans le ventre de la mère, essayant d'accélérer l'expulsion du placenta.

— Comment allons-nous l'appeler ? grommela-t-il.

— C'est toi l'accoucheur, dit Swift. À toi de lui trouver un nom.

— C'est vrai, dit Jutta. À toi l'honneur.

— À propos, dit Cody. Félicitations. Je trouve que tu as fait du bon boulot.

Jameson resta silencieux un moment. Il venait enfin de recueillir le placenta entre ses mains. Jutta put alors recoudre l'incision pratiquée dans le périnée, suturant avec soin la paroi postérieure du vagin de la femelle yéti.

— Voilà, Link, dit Jameson. J'imagine que tu vas vouloir ceci.

— Et comment, oui, dit Warner.

Puis il tendit un seau en plastique, et prit possession du placenta du yéti.

Pour Lincoln Warner, ce fut le moment le plus excitant entre tous, le moment qu'il attendait depuis le début : pouvoir travailler sur un échantillon du sang du bébé. Il préleva cet échantillon dans le cordon attaché au placenta, en ôtant simplement la pince à dessin. Il montra le contenu du seau à Swift avec délices.

— Je vais pouvoir m'y mettre, dit-il. Enfin !

Puis il s'assit aussitôt à la table qui faisait office de table de laboratoire, et commença à préparer des lamelles.

— Je me demandais, dit Boyd à Cody, que crois-tu qu'il arrive au placenta et au cordon, habituellement ? Je veux dire, dans la nature, une femelle yéti n'a pas l'aide de Miles et de Jutta. Alors comment Junior se retrouve-t-il séparé du cordon ?

— La mère le mange, dit Cody. Ce qui est diététique et probablement antibiotique.

Boyd prit l'air faussement écœuré et détourna la tête.

— J'ai pensé à un nom, dit Jameson. Esaü. Je propose que nous l'appelions Esaü. C'est le nom que tu as donné au crâne que Jack avait trouvé, n'est-ce pas Swift ? Quand tu as commencé à penser à cette expédition ?

— Esaü, répéta-t-elle. Ça me plaît bien.

— Dans ce cas, nous avons aussi un nom pour la mère, dit Jameson. Esaü était le fils de Rebecca et d'Isaac.

— Espérons qu'Isaac ne va pas venir les chercher, dit Mac. Il pourrait ne pas apprécier.

— Que ça lui plaise ou non, nous avons sa femelle sur les bras pour au moins deux jours. Nous ne pouvons la laisser repartir tant que nous n'avons pas enlevé ces points de suture. Dès qu'elle va revenir à elle, nous allons lui faire une anesthésie locale, afin qu'elle n'essaie pas d'enlever le fil elle-même.

— Tu as fini, maintenant, Miles ? demanda Cody.

— Je crois, oui.

— J'aimerais bien l'examiner de plus près, avant qu'elle ne se réveille. Swift ? Qu'en dis-tu ?

— Je suis d'accord.

HUSTLER. HÉ, TU SAIS QUOI, ILS ONT TROUVÉ UN YÉTI. JE NE PLAISANTE PAS, ILS EN ONT VRAIMENT TROUVÉ UN. IL RESSEMBLE AU DOCTEUR JEKYLL APRÈS QU'IL A BU CE PETIT VERRE QUI A TOUT CHANGÉ, TU VOIS CE QUE JE VEUX DIRE ? SAUF QUE C'EST UNE FEMELLE. ILS LUI ONT DONNÉ UN NOM : REBECCA. ET COMME SI CE N'ÉTAIT PAS SUFFISAMMENT FOU, IL EST POSSIBLE QUE CE YÉTI AIDE ONCLE SAM À S'EN SORTIR. IL FAUT ENCORE QUE JE FASSE UN PETIT TEST SUR ELLE POUR M'EN ASSURER, MAIS JE NE PENSE PAS ME TROMPER EN DISANT QUE NOUS APPROCHONS DU BUT. JUSQUE-LÀ, PAS D'AFFOLEMENT. CASTORP.

Quand Perrins lut le dernier message de CASTORP, il grogna et décrocha son téléphone.

— Chaz ? C'est Bryan. Regarde le message de CASTORP, dans le courrier électronique. Je crois que notre homme a complètement disjoncté.

Vingt-quatre

« Dans mon début est ma fin. »

T.S. Eliot

COMPTES RENDUS DES EXAMENS DE DEUX YETIS

REBECCA

Femelle anthropoïde adulte, âge inconnu, examinée dans le Sanctuaire annapurnien, au Népal, par le professeur Byron Cody et le professeur Stella A. Swift, de l'université de Californie à Berkeley, suite à son accouchement auquel ont procédé les docteurs Miles Jameson et Jutta Henze. Le bébé porte le nom d'Esaü.

EXAMEN EXTERNE

Poids approximatif 140 kg. Taille approximative : 1, 86 m. Le croquis joint montre les dimensions du corps. La tête de la femelle yéti a une circonférence de 71 cm, soit 7 à18 centimètres de moins que le tour de tête du gorille type. Cependant, la tête de la femelle yéti est environ une fois et demie plus haute que celle du gorille à partir de l'oreille — elle fait plus de dix-sept centimètres. Une hauteur aussi importante sans doute afin de pouvoir loger des muscles masticatoires suffisamment puissants pour actionner l'énorme mâchoire inférieure. Cependant, la position des crêtes crâniennes confirme les observations antérieures, à savoir que la créature tient la tête droite, et semblerait indiquer que la créature est bipède. Un nez assez développé, avec de petits cartilages. Aucun parasite extérieur découvert lors de l'examen. Des glandes mammaires en phase active, produisant une grande quantité de lait quand on les presse. L'indication d'une anémie, vu la couleur rose pâle des gencives, bien qu'il n'ait été trouvé aucune carie dentaire. De grands cals sur la paume droite semblent indiquer que Rebecca préfère utiliser cette main-là. Des tissus cicatriciels anciens sur le côté gauche du cou, d'environ quinze centimètres de long, résultant peut-être d'un combat. Des tissus cicatriciels plus récents sur le fémur droit. Une condition physique qui dans l'ensemble paraît bonne. Une musculature apparente dans le haut et le bas du corps. Surtout au niveau des jambes, extraordinairement épaisses et massives, comme on peut s'y attendre chez un simien habitant les montagnes. Le corps lui-même est couvert de poils épais, d'un roux brun rappelant la couleur du renard. Ces poils font environ six centimètres de long, sont assez gras au toucher et se sont avérés parfaitement imperméables. Le plus remarquable, chez cette créature, ce sont ses pieds, une fois et demie plus longs que ceux des plus gros gorilles. Le talon est relativement massif, de même que le gros orteil, typiquement préhensile, et sans nul doute parfait pour supporter un grand poids et pour s'agripper sur de la roche nue.

EXAMEN INTERNE

Les organes génitaux offrent une grande ressemblance avec ceux d'un gorille. Le placenta — qui pèse 1140 g — est brillant, d'une couleur tirant sur le bleu. La surface qui adhérait à l'utérus est divisée en une douzaine de segments de couleur brune, généralement d'un aspect sain.

HISTOLOGIE

Groupe sanguin O, rhésus négatif.

ESAÜ

Yéti nouveau-né, mâle, anthropoïde, examiné immédiatement après la naissance par les mêmes personnes, dans les mêmes conditions.

EXAMEN EXTERNE
Esaü pesait 6,84, kilos, et mesurait environ 68,5 cm. Le croquis joint montre les dimensions du corps. Après l'accouchement, la tonicité musculaire était très bonne. La température du corps d'environ 36,6 °C. Le rythme cardiaque de 100 battements à la minute. L'effort respiratoire, puissant et régulier. Les réflexes très bons. La couleur de la peau, foncée. Posé sur la poitrine de sa mère très peu de temps après la naissance, Esaü a eu un réflexe de succion rapide et puissant.

HISTOLOGIE
Groupe sanguin P, rhésus négatif.

D'après Jameson, la bulle était aussi chaude que n'importe quelle couveuse. Si Esaü était prématuré, elle lui offrirait donc la meilleure chance de survie qui soit, avant qu'on le relâche dans la nature. Aussi, pendant que Swift et Cody examinaient Rebecca et son bébé, Jameson et Ang Tsering sortirent démonter la cage, avant de la remonter sous la bulle. Faite de gros barreaux d'acier et d'un revêtement de métal galvanisé — soudé au niveau des jointures pour empêcher un animal de le déchirer en y insérant une griffe, cette cage avait été conçue, à l'origine, pour les ours. Rebecca pouvait s'y dresser de toute sa hauteur, et s'y coucher de tout son long. Et puis Jameson avait la possibilité, par le jeu d'un panneau de barreaux coulissant qu'on actionnait au moyen d'un simple mécanisme, de réduire l'espace dans la cage, et de bloquer Rebecca dans une position où l'on pouvait facilement lui injecter des drogues. Dès que la cage fut montée sous la bulle, quatre sherpas soulevèrent Rebecca de la table d'accouchement et la portèrent dedans. Les effets de la Kétamine commençaient à s'estomper. Rebecca se tourna sur le ventre et tenta de s'asseoir.

Tenant le petit Esaü, Jameson s'accroupit dans l'entrée ouverte de la cage et attendit le moment opportun pour le tendre à sa mère. Trop tôt, et Jameson risquait de voir une Rebecca encore stupéfaite rouler sur son bébé et peut-être l'écraser, voire le tuer. D'après Byron Cody, cela arrivait sans arrêt avec les gorilles. Trop tard, et Rebecca pourrait rejeter Esaü. Il se trouva que la femelle yéti résolut le problème pour lui : elle claqua violemment des dents, qu'elle avait tranchantes puis, se penchant en avant, tendit poliment les mains pour recevoir son bébé.

— Fais attention, dit Cody. Ces animaux peuvent se montrer roués. Ce pourrait être une ruse pour te persuader qu'elle veut récupérer son bébé, et non te tuer.

Avec précaution, Jameson tendit Esaü à sa mère. Puis il sortit de la cage, refermant doucement la porte aux barreaux d'acier derrière lui. Rebecca mit aussitôt Esaü contre sa poitrine pour le faire téter.

— Eh bien c'est un soulagement, dit-il.

Cody nota la critique implicite dans le regard de Swift.

— O.K., O.K. Je suis trop prudent, admit-il. Mais enfin, ça arrive. Il ne faut pas sous-estimer une créature comme elle.

Ils regardèrent le bébé et sa mère. Après avoir nourri Esaü, Rebecca lui fit une petite toilette.

— Qui sait ? dit Cody. Il sera peut-être plus en sécurité avec nous que parmi ses congénères,pendant quelques jours.

— Comment ça ? dit Jameson.

— Chez les grands primates, l'infanticide est assez courant. Pour certains adultes, c'est pratiquement une stratégie de reproduction. Tuer un enfant engendré par un mâle rival rend la mère à nouveau fertile. Ce qui veut dire que le tueur a maintenant une chance de procréer à son tour.

— Ces machos de mâles, dit Swift, l'air méprisant. C'est partout pareil.

— Tu sais, ça me dépasse que l'espèce humaine ait pu perdurer, dit Boyd. Je suis surpris qu'elle ne soit pas en voie de disparition, comme les pandas géants. Moi je serais tout à fait capable de manger mon enfant. Ça dérange quelqu'un si nous fumons, maintenant ? Doc ? On peut ?

— Allez-y. Je suis désolée de vous avoir crié après.

— Tu as eu tout à fait raison, dit Boyd.

Il alluma deux cigarettes : une pour Jack, et une pour lui, mais Jack dormait, alors il la tendit à Cody.

Rebecca commença à émettre une série de vocalises gémissantes.

— Qu'est-ce qu'elle a ? dit Boyd.

— Elle a faim, j'imagine, dit Jameson. Il y a un moment qu'elle n'a rien mangé.

— C'est un fait, dit Swift. Avec quoi allons-nous la nourrir ? Que mangent les yétis, exactement ?

— Je donnais toujours du muesli aux primates dont j'avais la charge, dit Cody. J'en ai apporté plusieurs grands sacs, au cas où la chance nous sourirait.

Il sortit de la bulle pendant deux minutes et revint avec un sac de cinq kilos de flocons de blé non sucrés, de fruits secs et de noisettes. Il poussa le sac entre deux barreaux de la cage, en déchira le haut, puis lança une poignée de muesli sur le ventre de Rebecca.

Rebecca cria en retour, comme si elle interrogeait Jameson. Elle ôta l'une des graines de son ventre, l'examina comme un clochard regarde une pièce, puis la mit dans sa bouche.

Une minute s'écoula avant que Rebecca ne tire le sac de muesli vers elle, y puise une grosse poignée de flocons, puis la lâche progressivement sur sa lèvre inférieure tendue vers l'avant, en forme de cuiller à glace. Après avoir mâché le muesli quelques minutes, Rebecca émit un son ronronnant, qui ressemblait au gargouillement d'un grand estomac.

Jameson eut un sourire ravi.

— J'ai l'impression que ça lui plaît. Vous ne croyez pas ?

— J'aurai vraiment tout vu, grommela Boyd, en se dirigeant vers la porte de la bulle. Voilà quelqu'un qui prend réellement plaisir à manger ce truc-là.

CASTORP. FÉLICITATIONS POUR TON YÉTI. NE CROIS PAS QUE NOUS SOYONS SCEPTIQUES, MAIS NOUS AIMERIONS SAVOIR UN PEU PLUS EN DÉTAIL COMMENT UN ABOMINABLE HOMME DES NEIGES PEUT T'AIDER DANS TA MISSION. ET PUIS TU FERAIS BIEN DE TE BRANCHER SUR REUTER. LES NOUVELLES DANS TON COIN DU MONDE SONT DEVENUES MAUVAISES, D'UN SEUL COUP. HUSTLER.

Allongé sur son lit de camp, Jack se réveilla en sursaut, baigné de sueur. Il avait l'impression d'avoir dormi pendant des siècles. Il avait mal partout, mais il se souvint que c'était bon signe : au moins sentait-il ses orteils. Aucune des parties de son corps n'avait gelé. Et puis ils avaient tous échappé à un autre danger, semblait-il.

Le type de la CIA ne s'était jamais trahi. Cet homme, qui que ce fût, avait-il réellement représenté une menace pour eux ? Sans doute pas. A présent, Jack se demandait pourquoi il s'était tant inquiété de cette histoire. Après avoir survécu à son aventure dans la forêt des yétis, ce problème lui semblait dérisoire.

Jack leva son poignet devant ses yeux, puis se souvint que Jutta avait enlevé sa Rolex pour prendre son pouls et sa tension. Était-ce le jour ou la nuit ? Difficile à dire, à l'intérieur de la bulle, à moins que quelqu'un n'entre ou ne sorte par le sas. Mais personne ne bougea. Ils étaient tous assis dans un coin, rassemblés autour de la radio, comme dans un tableau de Norman Rockwell. Il semblait étrange qu'ils n'accordent aucune attention à Rebecca, ni à son bébé, Esaü. Pendant un moment Jack écouta tranquillement les autres parler, leur conversation couvrant le crachotement du récepteur radio.

— Tu entends quelque chose ? demanda Cody à Boyd.

Cody paraissait préoccupé.

— Rien que des interférences, dit Boyd, avec lassitude.

Puis il poussa un soupir.

— Non, il n'y a plus rien. Je vais regarder le courrier électronique. Voir si on reçoit quelque chose par ce biais.

— Ils ne peuvent pas s'être trompés, dit Jutta. Si ?

— Je ne pense pas, dit Swift. Pas sur « la Voix de l'Amérique ».

— Merde, dit Warner. Quand c'était le Punjab, ça ne paraissait pas si terrible. Je veux dire, c'est à des centaines de kilomètres. Mais ça ! Ça nous met en plein milieu du conflit.

— Egoïste, mais vrai, remarqua Byron Cody, en tirant nerveusement sur sa longue barbe comme sur une corde. Espérons que la raison l'emportera.

Suivit un long silence.

Jack toussa.

— Pourrais-je avoir un verre d'eau, s'il vous plaît ?

Swift prit une bouteille, une tasse en papier, et alla voir Jack, allongé sur son lit de camp. Elle approcha une chaise, versa de l'eau dans la tasse, et aida Jack à boire.

— Merci.

— Tu en veux encore ?

— Oui.

— Comment te sens-tu ?

— Mieux. Combien de temps j'ai dormi ?

— Un bon moment. Presque vingt-quatre heures.

Cette fois elle lui tendit la tasse d'eau et il but lui-même.

— Jutta t'avait donné quelque chose.

— C'est bien ce que je pensais. C'est le matin ou le soir ?

Swift jeta un coup d'œil à sa montre.

— Il est 7 heures du soir.

Jack vit l'expression sinistre qu'avait Swift.

— Qu'est-ce qui se passe ? Il est arrivé quelque chose ? Il est arrivé quelque chose au yéti ?

— Il y a eu de mauvaises nouvelles à la radio.

— De mauvaises nouvelles ? Quel genre ?

— En rapport avec les Indiens et les Pakistanais.

— Ils n'ont pas...

— Pas encore, dit-elle, d'un air sombre. Mais la Chine et la Russie ont chacune pris fait et cause pour l'un des protagonistes. Apparemment, la Chine a déclaré qu'elle interviendrait en faveur du Pakistan si l'Inde attaquait. Résultat, les Russes ont rétorqué que si la Chine attaque l'Inde, ils attaqueraient la Chine. Pire, il semble que l'une des deux parties ait lancé un missile. Rien n'est confirmé, mais nous pourrions nous retrouver en plein milieu d'une guerre nucléaire.

— C'est étrange, dit Jack. Il semblerait que nous soyons brusquement privés de ce sursis qui nous avait été accordé.

Swift hocha la tête, l'air malheureux.

— Je ne comprends pas, dit Jutta. Pourquoi la Chine déciderait-elle de soutenir le Pakistan ? Ou la Russie s'allierait-elle à l'Inde ?

— La Chine et l'Inde ont toujours été des pays rivaux, dit Boyd. L'Inde a opté pour l'armement nucléaire seulement après que la Chine eut fait exploser sa première bombe, en 1964. Deux ans plus tard, ils se sont disputé une frontière, que la Chine a gagnée. Pendant ce temps-là, la vieille Union soviétique armait les Indiens parce qu'elle était contente d'avoir un allié contre la Chine. Les Russes avaient leur propre petite guerre de frontière avec les Chinois, en Mandchourie. Le

Pakistan est un pays islamique qui a aidé de nombreuses républiques de l'ex-Union soviétique à se dégager de la tutelle russe. Il est naturel que les Russes s'opposent au Pakistan. Ainsi va la vie.

— Je suis désolée, dit Swift, calmement. Tout cela est de ma faute. Je n'aurais jamais dû vous amener ici. Si je n'avais pas été si...

— Arrête, dit Cody, l'interrompant. Nous savions tous les risques que nous courions en acceptant de participer à cette expédition.

Il regarda Lincoln Warner d'un air significatif, comme s'il défiait l'autre homme de le contredire.

— En outre, nous avons trouvé ce que nous cherchions.

— Peut-être, dit Warner. Mais ne devrions-nous pas envisager de partir d'ici ? Je veux dire, qu'est-ce qu'on fait là à attendre qu'il se passe quelque chose ?

— Que suggères-tu, comme destination ? dit Boyd. Tu l'as dit toi-même, nous sommes en plein cœur de l'action. Et peut-être plus en sécurité qu'en aucun des endroits où nous pourrions aller : Delhi, Calcutta, Dacca, voire même Hong Kong. Le risque est le même ici qu'ailleurs, momentanément, du moins.

— Boyd a raison, coassa Jack. Nous devrions rester tranquilles et espérer que ça nous passera au-dessus de la tête.

— N'est-ce pas justement le problème ? dit Warner. Les retombées. Ça pourrait effectivement nous passer au dessus de la tête. C'est peut-être déjà fait, sans que nous le sachions.

— Encore une fois, égoïste mais vrai, dit Cody. Link ? As-tu déjà songé à travailler pour le ministère des Affaires étrangères ?

— A une altitude pareille nous ne risquons sans doute rien, dit Boyd. De toute façon, s'il s'était passé quelque chose nous le saurions.

— Comment ça ? dit Warner.

— S'il y avait eu une attaque nucléaire dans la région, nous le saurions, expliqua Boyd, parce que les explosions auraient généré un champ électromagnétique, affecté tous les appareils fonctionnant avec des semi-conducteurs. Les radios, les ordinateurs, les télécommunications. Un peu comme la foudre qui tombe, mais en beaucoup plus rapide. La radio est peut-être un peu capricieuse, actuellement. Sans doute l'annonce du mauvais temps. Mais le courrier électronique fonctionne toujours. Je viens de recevoir une lettre de ma petite amie. Le monde existe toujours, dehors, les amis.

Boyd eut un ricanement déplaisant.

— Du moins pour le moment.

Vingt-cinq

« Maintenant je suis devenu la Mort, le destructeur des mondes. »

La *Bhagavad Gita*

Qu'est-ce qui risquait de mettre en jeu la sécurité du subcontinent indien ? Une mauvaise évaluation de la force de dissuasion. Telle était la cause qu'on invoquait le plus couramment comme pouvant générer un conflit nucléaire entre l'Inde et le Pakistan. Par conséquent, ce motif arrivait en tête, comme catalyseur possible d'un conflit, avant ce que les analystes en stratégie militaire appelaient, édulcorant les choses de façon typique « une inadvertance ». Mais même dans ce cas, disaient les sages officiels, l'inadvertance elle-même pourrait empêcher un conflit de dégénérer. Un cafouillage aux postes de commandement, ou tout autre facteur non rationnel pouvant entraîner deux pays à entrer en guerre, arguait-on, motivaient en fait les hommes d'État — et leurs équivalents féminins — rationnels à se tenir loin des abysses d'une guerre nucléaire à part entière.

Un tel raisonnement était parfait durant la Guerre froide, quand les deux principaux adversaires, l'Union soviétique et les États-Unis, étaient ennemis depuis seulement quelques dizaines d'années. Mais ce raisonnement n'avait plus aucune valeur si on l'appliquait à un conflit religieux majeur, remontant à au moins douze mille ans. Pire, la foi religieuse étant, par définition, irrationnelle, les choses avaient peu de chance de prendre un meilleur tour quand des présidents et des premiers ministres demandaient conseil à leurs dieux respectifs, plutôt qu'à leurs chefs militaires.

Même avant la période de trêve négociée par le secrétaire d'État américain, les gouvernements pakistanais et indien avaient préparé leurs forces stratégiques et tactiques à l'extrême : les codes de déblocage avaient été distribués, les cibles déterminées, les heures des futurs lancement précisées — de sorte que si l'ennemi attaquait réellement, un nom de code serait la seule chose requise pour ordonner une riposte. Pour mieux se prémunir contre la menace d'une attaque visant les chefs d'état, vu la vulnérabilité d'un commandement et de systèmes de contrôle centralisés, chaque partie avait donné son nom de code aux deux chefs exécutifs sur le terrain, afin qu'ils puissent user de missiles nucléaires à leur guise, pourvu que ceux-ci fussent nécessaires pour repousser une attaque et que le responsable de l'éxécutif ne pût recevoir des ordres directement de son chef d'État. C'était ce dilemme fondamentalement insoluble du contrôle de l'armement, ajouté au soutien des Russes et des Chinois à deux ennemis s'affrontant dans le conflit en cours dans le sous-continent indien, qui mettait le monde au bord d'une guerre nucléaire.

Le nouveau conflit commença assez simplement, par un événement courant à Islamabad, la capitale du Pakistan : une coupure d'électricité causée par une équipe d'ouvriers négligents. Cela en soi n'eût pas grandement affecté les communications dans la ville. Cependant, le retour soudain de l'électricité occasionna une charge trop grande dans les ordinateurs contrôlant les communications téléphoniques d'Islamabad. Résultat, tous les échanges téléphoniques furent interrompus dans la capitale pendant plusieurs heures.

Pendant ce temps, les sauvegardes potentielles atteignirent un point critique, puis sautèrent, quand la marine indienne effectua un tir d'entraînement avec un missile désarmorcé, un SS-N-8, d'une portée de neuf mille kilomètres, depuis l'un de ses sous-marins nucléaires de classe Charlie 1 qui, en dépit de la trêve, continuait à opérer le blocus de la ville de Karachi depuis la baie du Bengale. Le missile avait été dirigé sur la cible d'entraînement habituelle, dans le Grand Désert indien. Mais aussitôt après son lancement, il avait été considérablement dévié vers le nord, et n'avait pu être détruit par l'officier de la sécurité dans le sous-marin. Le missile atteignit finalement une usine désaffectée dans les faubourgs de Karachi, la plus grande ville du Pakistan, ayant dépassé son point d'impact de plusieurs centaines de kilomètres, et tuant deux hommes. Aussitôt le gouverneur général de Khairpur fit circuler la nouvelle : un missile avait atteint Karachi, mais n'avait pas explosé. Ne pouvant obtenir plus de détails d'Islamabad, suite aux perturbations dans les télécommunications locales, le chef de l'armée sur le terrain, le général Mohammed Ali Ishaq Khan, en déduisit qu'on avait également lancé un missile nucléaire sur la capitale, ce qui l'avait détruite. Après une courte hésitation, il donna l'ordre d'armer les missiles balistiques du Pakistan, les M9 sol-sol, pour un tir immédiat. Douze missiles combinant une position fixe au sol et des lanceurs mobiles, chacun recelant une charge de vingt kilotonnes d'uranium, deux fois plus puissants que la bombe ayant détruit Hiroshima, furent armés et prêts à partir. Les missiles, d'une portée effective de six cents kilomètres, furent dirigés sur les villes de Ludhiana, Jodphur, Ajmer, Jaipur, Agra, Amritsar, Ahmadabad, Delhi, New Dehli, Faridabad, Ghaziabad, et Moradabad.

Mais avant d'ordonner le lancement des missiles pakistanais, le général Khan pria. Et pendant qu'il attendait une réponse, le monde se voilait la face.

À des centaines de kilomètres de là, dans l'Himalaya, personne ne disait grand-chose. Car il n'y avait pas grand-chose à dire. Tout le monde était inquiet.

Swift éprouva d'abord de la honte d'avoir exposé ses collègues à un tel risque. Mais très vite, elle se sentit outragée qu'à l'ère de la fusion par le laser, de la conquête de l'espace, de la thérapie génique, il y ait encore des gens pour faire de telles choses au nom des fables tyranniques et stupides de la religion.

Certains membres de l'équipe, cependant, adressèrent quelques prières au ciel bleu couvrant le Sanctuaire. D'autres burent beaucoup et tentèrent de chasser ces événements de leur esprit. La plupart essayèrent d'oublier ce qui arrivait en s'immergeant dans le travail scientifique qu'ils étaient censés faire ici. Boyd sectionna ses échantillons. Jutta s'occupa de Jack. Cody, Swift et Jameson étudièrent les yétis, et Mac prit leur photo. Mais aucun d'entre eux ne travailla aussi dur que Lincoln Warner. Le fait qu'il fût au centre d'un conflit nucléaire potentiel, n'expliqua qu'en partie son acharnement à la tâche. Warner était tout simplement celui qui à présent avait le plus à faire.

Le spécialiste en biologie moléculaire se plongea dans son étude de la chimie des protéines chez Rebecca. Sous la bulle, il avait à peine conscience que le temps se gâtait, et bougeait rarement du laboratoire qu'il s'était créé. Il acheva son séquençage de l'ADN, teinta des colloïdes, analysa des taches, opéra le calibrage de la densité optique, accumula les données. Tout cela l'aidait à se détacher des horreurs qui pointaient peut-être à l'horizon. Cependant, il goûtait l'ironie de la situation. Il se dévouait à la cause commune de découvrir les origines de l'homme, alors qu'à même pas huit cents kilomètres de là, l'homme se préparait à se priver de tout futur.

Lincoln Warner était heureux que son travail se fît dans l'isolement. Purifier un ADN de haute qualité jusqu'à un minimum absolu. Séparer l'ADN de l'ARN, isoler les protéines cellulaires et d'autres impuretés. Il n'y avait aucun doute : les molécules étaient un moyen formidable de garder la tête sur les épaules. Et l'analyse phylogénétique, ou l'étude de l'évolution à partir de données biochimiques, pouvait être considérée comme un sanctuaire, au même titre que celui dans lequel la bulle avait été érigée.

En dépit du fait qu'il travaillait dans l'un des endroits les plus inaccessibles du monde, Warner disposait de tout l'équipement de pointe — appareils et logiciels — dans le domaine de la biochimie. Les techniques qu'il utilisait étaient mille fois plus sophistiquées que celles dont avaient pu bénéficier Sarich et Wilson, les deux enfants prodiges de l'anthropologie moléculaire à Berkeley, dans les années soixante. Non seulement Warner analysait des séquences de nucléotides, mais la structure de l'ADN du yéti. L'idée lui seyait que tout l'ADN du génome, plutôt que les albumines du sérum, changeait de façon uniforme, et à un taux moyen. L'hybridation de l'ADN était une technique impliquant l'analyse de tout le matériel génétique porteur d'informations d'un organisme, et non pas celle d'une protéine du sang ou d'un gène.

De manière générale, Warner ne contestait pas les conclusions de Sarich et Wilson dans leur étude comparative de l'ADN de l'homme et de celui des grands singes, mettant au jour des différences entre les deux matériaux génétiques. Il restait impressionné par le fait que le chimpanzé, le gorille et l'homme aient un ADN semblable à 98,4 %. Mais selon lui, la différenciation entre l'homme et le singe remontait à une époque encore plus lointaine que celle annoncée par Sarich et Wilson. Pour Warner, cette différenciation datait de sept à neuf millions d'années. Et puis il avait sa propre vision de l'évolution de l'homme.

Dans la plupart des livres, l'homme était présenté comme n'ayant pas le même ancêtre que le gorille et le chimpanzé. Cependant, se basant sur les molécules, Sarich et Wilson ont mis l'homme, le gorille et le chimpanzé sur le même plan, et affirmé qu'ils avaient un ancêtre commun. Néanmoins, Lincoln Warner avait argué que les hommes, à un moment de leur évolution, avaient présenté plusieurs ADN différents, et que l'espèce humaine avait une double origine : africaine et asiatique.

À présent qu'il se retrouvait face à l'image UV de l'ADN de Rebecca sur le moniteur couleur, réglant la luminosité, et agrandissant l'image avec sa souris, les choses paraissaient très différentes de ce qu'il avait imaginé. Tellement différentes qu'au début, il crut avoir fait une erreur, et repassa par tout le protocole du logiciel d'analyse des colloïdes, pour être absolument sûr des résultats. Finalement, satisfait de l'image, il cliqua sur la souris, pour enregistrer la représentation de l'ADN dans le disque dur, puis il lança une impression de ses notes.

Il allait lui falloir un peu de temps pour réfléchir à ce qu'impliquaient les résultats de son analyse. En attendant, il entra les données dans le logiciel d'Analyse et de Simulation phylogénétiques, pour voir ce que l'ordinateur pourrait bien faire de sa découverte apparemment extraordinaire.

La menace d'une guerre nucléaire alla de pair avec la tempête la plus terrible qu'aient connue les vieux routiers de l'Himalaya — Mac, Jutta et le sirdar. La température chuta. Et le vent atteignit des vitesses de plus de cent soixante kilomètres heure, mugissant à travers le Sanctuaire comme en hommage à l'énergie créée par l'homme qui pouvait déferler à tout moment sur le sous-continent indien. Même la bulle grondait et tremblait sous la force du blizzard, rendant ses occupants de plus en plus nerveux et irritables.

Au matin du troisième jour, il neigeait tellement qu'on ne voyait pas à un mètre. Même la plus petite marche entre la bulle et l'hôtel devenait périlleuse. Les relations entre les membres de l'expédition étaient extrêmement tendues.

— Houuu— houuuu-houuuu !

Cody, qui enregistrait les sons émis par Rebecca, hocha la tête d'un air appréciateur, puis éteignit le magnétophone.

— Tu sais, Swift, Rebecca a un registre de plus de douze sons, dit-il. Sans compter ses vocalises. Si nous avions un autre adulte, nous pourrions enregistrer ces vocalises dans toutes leurs nuances. Et si j'avais un micro plus puissant que celui de ce walkman, je pourrais peut-être enregistrer certains des bruits qu'elle fait quand elle s'adresse à Esaü.

Rebecca, qui s'occupait d'Esaü, le prenait fréquemment dans ses bras, se penchait sur son visage, et murmurait des sons à son endroit. Parfois, elle remuait les lèvres dans une parodie de discours humain, et il semblait à chacun qu'elle parlait à son bébé.

— Seigneur, écoutez-le, grommela Boyd.

Il jouait au solitaire sur son portable, et ne partageait en rien l'enthousiasme de Cody pour les yétis.

— Un monstre ne lui suffit pas, dit Boyd. Il lui en faudrait deux. Comme si ça ne puait pas déjà assez comme ça.

Swift allait servir à Boyd quelque remarque caustique, mais elle se ravisa, réalisant que pour une fois, elle était d'accord avec lui. Rebecca avait la diarrhée, et en dépit du fait que la cage fût nettoyée plusieurs fois par jour, la puanteur était quelquefois énorme.

— Tu pensais qu'un abominable homme des neiges allait sentir quoi ? rigola Mac, qui étiquetait ses pellicules.

Jameson, qui lisait un livre, leva les yeux et dit :

— Elle n'y peut rien.

— Nous allons tous dehors, nous, persista Boyd. Pourquoi pas elle ?

— Dès que ses points auront cicatrisé, dit Jameson, nous la laisserons partir. Mais jusque-là, nous devons veiller sur elle et sur Esaü. Après tout, ils n'ont pas demandé à être capturés.

— Quand est-ce qu'elle va partir ? demanda Boyd.

Jameson regarda Jutta d'un air interrogateur.

— Dès demain peut-être, dit-elle.

— Houu-houuu-houuuu !

Boyd laissa tomber son jeu de solitaire et se mit à marcher de long en large devant la cage.

— Je crois que je serai devenu fou d'ici là. Vous ne pouvez pas lui dire de la fermer ? Je croyais que Jack avait dit que les yétis communiquaient par gestes. Je veux dire, quel est le geste qui signifie : tu vas fermer ta gueule ?

Jack fit glisser ses jambes du lit de camp et s'assit lentement.

— Ils communiquent par gestes, dit-il. Je les ai vus.

— Oh, je n'en doute pas, dit Cody, son enthousiasme intact, malgré les remarques agacées de Boyd. J'ai essayé de m'adresser à elle de cette manière, mais sans succès. Les gestes qu'elle connaît appartiennent à un autre code de communication, j'imagine.

Il posa son magnétophone et s'étira d'un air las.

— Je crois que ça suffira pour aujourd'hui, dit-il.

Là-dessus, ramassant son exemplaire de poche souvent feuilleté des *Sept Piliers de la Sagesse*, il reporta son attention sur Lawrence et la révolte dans le désert.

Boyd cessa d'arpenter les lieux et se mit à chercher quelque chose dans son sac à dos. Swift se leva du cercle de chaises autour de la cage, et alla s'asseoir près de Jack.

— Comment te sens-tu ? lui demanda-t-elle.

— Beaucoup mieux, merci. Tu sais, Boyd a raison. Ça pue vraiment, ici. Je crois que je n'arriverai jamais à chasser cette puanteur de mes narines.

— Il y a peu de chances, oui, dit Boyd.

Il jeta un regard autour de lui et vit que personne n'accordait plus la moindre attention à Rebecca. Cody était plongé dans sa lecture. Warner travaillait sur son ordinateur de bureau. Jutta écoutait de la musique sur sa stéréo personnelle. Le sirdar feuilletait un vieux magazine en buvant une tasse de son thé dégoûtant. Boyd hocha la tête, acquiesçant à ses propres pensées. C'était l'occasion rêvée. Il s'approcha plus près de la cage, puis, d'un air absent, il passa la petite boîte électronique qu'il avait prise dans son sac sur la fourrure de Rebecca, dans son dos, de bas en haut. L'appareil, à peu près de la taille d'un posemètre, était un radiomètre, variété sophistiquée de compteur Geiger. Réglé pour opérer une lecture dans le plus petit rayon d'action possible, le radiomètre indiquait un rayonnement assez faible émanant de la fourrure de Rebecca. Comme si elle était entrée en contact avec quelque chose de radioactif. Boyd glissa son bras entre deux barreaux de la cage, approchant le radiomètre le plus près qu'il l'osa des mains de Rebecca. Cette fois l'aiguille oscilla de façon significative.

Cody leva les yeux de son livre et vit le petit appareil dans la main de Boyd.

— Jon ? Qu'est-ce que c'est que cette chose que tu as dans la main ? demanda-t-il.

Boyd quitta le radiomètre des yeux une seconde, exactement le temps qu'il fallait à Rebecca pour le lui prendre. Elle glapit, tout excitée, tourna le dos à Boyd, et entreprit d'examiner le radiomètre avec intérêt.

— Merde, dit Boyd, l'air renfrogné.

Non pas que cela fût très ennuyeux. Car il avait la réponse à sa question. Il sourit à Cody.

— Elle aime vraiment les objets brillants, hein. Un vrai oiseau moqueur.

Cody se leva de sa chaise et se pencha vers la cage, essayant de voir l'objet de plus près.

— C'est quoi, cette chose ?

Swift, quittant le chevet de Jack, marcha en hésitant vers la cage. Boyd avait l'air sournois et gêné, comme si on venait de le surprendre en train de faire quelque chose dont il avait vaguement honte.

— Oh, c'est juste un radiomètre, dit-il, en haussant les épaules. Je voulais mesurer le rayonnement radioactif de chacun, au cas où les bombes éclateraient, et où je devrais détecter une éventuelle radioactivité sur nous.

— C'est très généreux de ta part, dit Swift, mais je ne t'ai pas vu relever de rayonnement sur qui que ce soit.

— Peut-être pas sur tout le monde.

Swift eut une moue de défi et haussa les sourcils. Croisant les bras dans une attitude défensive, elle se tint devant Boyd et le regarda carrément en face.

— Ou peut-être même sur personne.

Boyd sourit et secoua la tête, comme s'il avait pitié d'elle.

— Swifty. Vraiment. Pourquoi tu dis ça ?

— Je ne sais pas, dit-elle. C'est une impression que j'ai à ton sujet, Boyd. La même impression que lorsque je passe sous une échelle.

— Tu as l'esprit soupçonneux ?

Conscient qu'à présent tout le monde le regardait, Boyd continua à sourire, comme si la persistance de ce sourire était garante de son innocence.

— Claustrophobie, ajouta-t-il. C'est ça, c'est de la claustrophobie. Les chercheurs d'or souffraient de ça, dans le Yukon.

— Laisse tomber, Swift, tu veux ? dit Jack, venant au secours de Boyd. Pourquoi tu l'asticotes ? Qu'est-ce qu'il y a de mal à prendre des précautions ? Boyd a raison. Si des bombes commencent à exploser, ce serait utile de savoir si nous montrons des signes de contamination.

— N'est-ce pas Boyd qui dit toujours que nous sommes en sécurité ici ? rétorqua-t-elle. Alors pourquoi ce besoin subit de mesurer quoi que ce soit ?

— Pour ma part, dit Jutta, j'aimerais savoir si j'ai été contaminée ou pas.

— O.K., dit Swift. Moi aussi.

Elle regarda fixement Boyd.

— Dis-nous. Quel était le résultat ? De ces mesures que tu as prises sur nous tous ? Désolée, sur certains seulement.

Boyd jeta un coup d'œil dans la cage et vit que Rebecca avait le radiomètre dans la bouche et qu'elle le mâchait doucement. Il secoua la tête.

— Le résultat était nul. Je veux dire, quasiment insignifiant. Juste le taux de rayonnement normal pour des gens qui sont en haute altitude depuis un certain temps.

Il sourit.

— Tu sais, nous sommes beaucoup plus près de l'espace, ici. Or l'espace est radioactif.

— Houu-houuu-houuuu-houuuuu !

Décidant qu'elle ne pouvait manger le radiomètre, Rebecca le lança hors de la cage. Il tournoya sur le sol jusqu'aux pieds de Swift, heurtant sa chaussure.

Swift se baissa, récupéra l'appareil, essuya la salive qu'il y avait dessus, arborant un sourire incrédule.

— Voyons, dit-elle, en regardant le radiomètre. Quelques marques de dents, mais il n'a pas l'air abîmé. Je crois savoir comment marchent ces choses. Ça ressemble à un compteur Geiger, sans les effets spéciaux de science-fiction, c'est bien ça ?

Appuyant sur le bouton de contrôle, Swift passa le radiomètre sur son torse, puis sur celui de Jack.

— Tu as raison, Boyd. Rien, jusqu'ici.

Boyd la regarda prendre la mesure de la radioactivité de chacun, dans la bulle. Il semblait absurde de se fâcher pour ça.

Swift chercha à détecter un rayonnement radioactif chez Jutta, chez Warner, puis chez Jameson. Et chaque fois, elle secoua la tête en signe de dénégation.

— Swift ? Je te trouve bien insultante à mon égard, dit Boyd, patient.

Swift passa le radiomètre devant le sirdar, devant Mac, et Jameson.

— Les gars. Vous êtes inoffensifs, vous aussi.

Rapidement elle fit passer le test à Boyd.

— Et maintenant à toi, Boyd. Rien ? Bien, c'est un soulagement.

— C'est ce que je disais, remarqua Boyd. C'est juste une précaution. Un examen de routine. Un test. Histoire de voir si la chose fonctionne correctement.

Doucement, il essaya de prendre le radiomètre à Swift, mais celle-ci le passait déjà entre les barreaux de la cage.

— Attends une minute. Nous ne devons pas oublier Rebecca, n'est-ce pas ?

Cette fois l'aiguille du radiomètre oscilla.

— Vous ne savez pas ? Rebecca semble dégager des radiations ionisantes. Pas beaucoup, soit. Mais il y en a. Alors, question : pourquoi ? Quand la mesure est nulle pour chacun d'entre nous. Tu as peut-être une théorie là-dessus, Boyd ?

— Je ne vois vraiment pas. Mais tu sais, je venais juste de me souvenir que j'avais ce petit appareil dans mon sac.

Boyd avait l'air confus.

— Je voulais juste faire un test sur chacun d'entre nous. Je ne voulais alarmer personne. La radioactivité est quelque chose d'effrayant. Les gens y réagissent de façon bizarre. J'aurais dû expliquer ce que je faisais. Je suis désolé.

— Tu sais, c'est vraiment dommage que cette petite machine ne détecte pas les mensonges aussi facilement que les radiations, dit Swift. On pourrait la mettre n'importe où autour de ta bouche que l'aiguille deviendrait folle.

— Swift, protesta Jameson.

— Il a raison, tu sais, dit Boyd.

Son sourire disparut et son visage se colora un rien.

— Tu passes les bornes. J'aimerais que tu puisses t'entendre.

— Puis-je voir cette chose ? demanda Cody.

Swift lui tendit le radiomètre.

— Vas-y, Byron. Teste Rebecca toi-même.

Cody testa le radiomètre contre le cadran lumineux de sa montre-bracelet. L'aiguille oscilla légèrement quand il approcha de la cage.

— Peut-être est-ce parce que Rebecca a été davantage dehors que nous, suggéra Jameson. Je crois que le granit est légèrement radioactif.

— C'est Boyd, le géologue, dit Swift. Posons-lui la question.

— Cela me paraît sensé comme hypothèse, dit Boyd.

Rebecca regarda fixement Cody, qui revenait avec l'appareil, et s'agita un peu.

— Tout est O.K., lui dit-il, d'un ton apaisant.

— C'est drôle, dit Swift. Tu sais, le crâne que Jack a ramené à Berkeley ? Il provenait d'une caverne, sur le versant de la montagne.

Elle haussa les épaules.

— Le professeur Stewart Ray Sacher a fait toute une série de mesures, sur ce crâne, dans son labo. Eh bien, il n'était pas du tout radioactif.

Hochant la tête et parlant gentiment, Cody passa son bras entre deux barreaux de la cage et fit sa propre mesure. Rebecca hochait la tête en retour.

— Tout est O.K.

— Peut-être un champ magnétique, dit Warner. Ou un petit dépôt d'uranium.

— Encore une fois, c'est une hypothèse plausible, dit Boyd.

— Alors pourquoi mentir ?

Boyd secoua la tête avec exaspération.

— Mentir à propos de quoi ? Pour l'amour du ciel, qu'est-ce qui t'arrive, Swifty ?

Il frappa son poing dans la paume de sa main.

— Le mal des montagnes. Ça doit être ça. Peut-être que tu devrais prendre quelque chose.

— Le mal des montagnes, hein ?

Swift sourit.

— Peut-être est-ce la raison pour laquelle je vois Rebecca. N'était-ce pas ta première théorie pour nier l'existence du yéti ? Et cesse de m'appeler Swifty.

Près de la cage, Cody fronça les sourcils quand le visage calme de Rebecca prit, sembla-t-il, une expression interrogative. L'aiguille du radiomètre bougea plus vite qu'elle ne l'avait fait près de la montre du savant.

— Il n'y a aucun doute, déclara-t-il. L'appareil a détecté des radiations.

Rebecca sauta sur ses fesses, l'air excité. Elle avança les lèvres.

— ... espèce de salope cinglée, marmonna Boyd.

— Ne t'inquiète pas, Rebecca, tout est O.K.

— Oh-oh-oh.

Le son était assez simien, mi-glapissement, mi-ricanement. Ce fut le deuxième son qui prit tout le monde par surprise. Même Boyd.

— Ké-ké-ké.

Cody sentit les poils de son visage et ses cheveux se hérisser.

— Merde, souffla Mac.

Jutta se leva. Warner aussi.

— Oh-ké ! Oh-ké ! Oh-ké !

— Elle parle, murmura Swift. Rebecca est capable de parler.

— Oh-ké ! Oh-ké !

— O.K., répéta un Cody ravi. O.K. !

— Oh mon dieu, souffla Jack.

— Eh oui, dit Swift.

Vingt-six

« Si les lions pouvaient parler, nous ne les comprendrions pas. »

Ludwig Wittgenstein

L'excitation était telle, que Boyd put sortir de la bulle et retourner dans son bungalow sans que personne ne le remarque. Swift, Cody, et Jameson parlaient à Rebecca, l'encourageant à prononcer un autre mot. Jack, Jutta, Warner et le sirdar les regardaient, fascinés. Mac rechargeait à la hâte sa caméra vidéo avec une cassette super-huit.

— Commençons par le petit déjeuner, dit Swift.

Elle offrit à Rebecca un bol de muesli.

— Manger, dit Swift, en articulant bien. Manger.

Tenant Esaü tout contre elle, Rebecca claqua ses dents puis resta obstinément silencieuse, même quand elle prit le bol que lui tendait Swift.

— Personne n'a jamais été capable de faire prononcer à un singe autre chose que des mots approximatifs, dit Cody. Le registre vocal des grands primates est limité, ce qui les prive de l'aptitude au langage. Mais ils comprennent assez bien les mots. Ils semblent avoir une capacité réceptive au langage, sinon expressive.

Swift se souvenait du modèle virtuel du cerveau d'Esaü qu'avait réalisé Joanna Giardina, à l'UCMC de San Francisco, et du cap de Broca qu'ils avaient découvert. Il était petit certes, mais néanmoins visible. Paul Broca était essentiellement connu pour avoir établi que la destruction d'une toute petite partie du cerveau, pas plus grosse qu'un dollar d'argent, privait une personne de l'aptitude au langage.

— Manger.

Swift répéta le mot, plusieurs fois, usant de différentes intonations : la surprise, la délectation, le mode interrogatif, le mode charmeur.

— Manger.

Non seulement Broca avait découvert que l'expression des idées par les mots relevait de cette zone du cerveau, mais encore était-il un paléoanthropologue de valeur, pour avoir été le premier à décrire le Cro-Magnon, et l'homme paléolithique. La paléoanthropologie, cette science nouvelle, avait emprunté sa méthode critique à Broca.

— Man-man-man-man !

— Elle prononce la première syllabe ! dit Jameson, plein d'espoir.

— Mais pas la deuxième, ajouta Cody. Peut-être n'était-ce qu'une coïncidence, après tout.

— Une coïncidence, mon cul, répliqua Swift. Allons, Byron. Nous savons tous très bien ce que nous avons entendu. N'est-ce pas, Rebecca ?

Swift se mit du muesli sec dans la bouche, puis, tout en mâchant, elle se frotta l'estomac, l'air satisfait.

— Manger. Tu l'as dit. Manger.

Rebecca se mit une poignée de muesli dans la bouche et se mit à mâcher bruyamment.

— Regarde ce visage, dit Warner. Crois-tu que si Descartes avait vu Rebecca, il serait arrivé à des conclusions différentes ?

Il jeta un coup d'œil hésitant à Mac et Jutta, puis il dit :

— Il prétendait que les animaux sont incapables de penser. Que ce sont des machines sans âme, ni esprit, ni conscience. Pour lui, l'esprit de l'animal est comme une horloge faite de rouages et de ressorts.

— C'est possible, dit Cody. Mais si Rebecca était une femme — disons une femme sauvage —, nous aurions sans doute les mêmes difficultés à lui apprendre à parler. Pour les grands singes, comme pour nous, l'enfance est la période la plus propice à tout apprentissage d'ordre social. Passé neuf ou dix ans, il est probablement trop tard pour apprendre à parler.

Swift réalisa qu'à Berkeley elle avait dit à peu près la même chose à ses étudiants. Mais confrontée à la réalité, elle n'avait plus du tout le même sentiment. Elle éprouvait une satisfaction anticipée, à l'idée de prouver à Cody, et de se prouver à elle-même, qu'ils avaient eu tort.

— Laisse-lui une chance, veux-tu ? dit Swift. Manger. Manger.

Rebecca détourna la tête. Elle avait un air lassé, vaguement triste, comme si elle avait voulu être ailleurs avec Esaü. Elle soupira bruyamment, se gratta pendant un moment. Puis elle capta le regard de Swift, et prit une autre poignée de muesli.

— Manger, dit Swift en hochant la tête.

Rebecca hocha la tête en retour, presque comme si elle voulait montrer qu'elle était d'accord avec Swift. Après avoir avalé son muesli, la femelle yéti avança les lèvres, puis elle émit un bruit chuintant.

— Qu'est-ce qu'elle fait, là ? dit Cody.

— D'après moi, dit Jack, elle essaie de prononcer la deuxième syllabe.

C'était vrai. Le son chuintant de Rebecca commençait à ressembler à un « g ».

— Mmmmman-geeee...

— J'ai du mal à en croire mes oreilles ! dit Cody.

— Manger, dit Swift. C'est ça.

— Mmmmman-geeee...

— Allez, tu peux y arriver. Man-geeer.

Rebecca recommença à hocher la tête.

— Maaaan-an-ger ! Maaaan-an-ger !

Swift battit des mains, tout excitée, apparemment au grand plaisir de Rebecca.

— C'est très bien, dit Swift.

— Incroyable, admit Cody.

Swift lança un regard anxieux à Mac, dont l'œil était toujours collé au viseur de sa caméra.

— Mac ? Dis-moi que tu filmes.

— Maaaan-an-ger !

— Toutes les foutues syllabes, grommela-t-il.

— Man-an-ger !

— Seigneur, on se croirait dans Oliver Twist.

Swift applaudit à nouveau.

— O.K. C'est très bien.

— Oh-ké ! Oh-ké !

— Ce n'est pas un hasard si elle est devenue professeur, dit Jack.

— Vous imaginez ? dit Cody. Rebecca a doublé son vocabulaire en moins d'une heure. J'aurais bien aimé que nous ayons plus de temps pour étudier ses capacités. Car alors nous pourrions peut-être voir combien de mots elle arrive à prononcer. Comment apprend-elle ? Au son de la voix, ou d'après les mouvements de la bouche ? Swift, il nous faut plus de temps.

— Man-an-ger !

— C'est très bien, dit Swift. Tu as raison, Byron. Il nous faut plus de temps. Miles ?

Jameson haussa les épaules.

— C'est sûr. Mais nous ne pouvons pas la garder prisonnière éternellement. Ce ne serait pas bien.

— Peut-être pouvons-nous découvrir pourquoi elle est radioactive, tant que nous y sommes, dit Swift.

Mac rit.

— Bonne idée. Pose-lui la question.

— Je voulais dire...

Swift fronça les sourcils, puis elle rit. Elle était trop excitée pour se disputer avec Mac.

— Tu sais bien ce que je voulais dire. Que nous pourrions peut-être découvrir pourquoi Boyd a essayé de nous monter un bateau.

— Où est-il, d'ailleurs ? dit Mac.

— Il est retourné dans son bungalow, dit Warner.

— Ça ne m'étonne pas, dit Jutta. Tu as été plutôt dure avec lui, Swift.

— Man-an-ger ! Oh-ké !

— Il semblerait que Rebecca montre déjà une certaine aptitude à maîtriser les éléments de base de la syntaxe, dit Cody.

— Si Boyd y arrive, je suis sûre que Rebecca peut y arriver aussi, dit Swift.

Jack éclata de rire, puis il se prit les côtes en regrettant cet accès d'hilarité.

— Ne dis pas des choses comme ça. Ça me fait mal, quand je ris.

— J'aimerais cependant bien savoir pourquoi il a menti à propos de cette histoire de radioactivité.

— J'y ai réfléchi, dit Jack, l'air de souffrir. Et je me suis souvenu de quelque chose qui pourrait expliquer son attitude.

HUSTLER. J'AVAIS RAISON. LE YÉTI PEUT NOUS AIDER. JE CROIS QUE NOUS APPROCHONS DU BUT. MAIS NOUS AVONS AUSSI UN SÉRIEUX PROBLÈME ICI. UN CONFLIT D'INTÉRÊT QUE VOUS VOUDREZ RÉSOUDRE, J'EN SUIS CERTAIN, A NOTRE AVANTAGE. JE CRAIGNAIS QU'IL NE SE PASSE QUELQUE CHOSE DANS CE GENRE-LÀ. POUR ASSURER LA RÉUSSITE DE MA MISSION ET LA SÉCURITÉ DES ÉTATS-UNIS, JE SUIS ARRIVÉ A LA CONCLUSION QUE MES COLLÈGUES, ICI, DANS LE SANCTUAIRE, POURRAIENT ÊTRE SACRIFIABLES. CROIS-MOI, J'AI TENTÉ D'ÊTRE ACCOMMODANT, MAIS IL Y A DES LIMITES. NATURELLEMENT, J'ESSAIERAI DE LIMITER LES DÉGÂTS, MAIS IL PARAÎT CLAIR À PRÉSENT QU'ILS VONT S'OPPOSER A MOI, ET QUE JE VAIS DEVOIR FAIRE UN EXEMPLE, AVEC L'UN D'EUX. POUR DÉCOURAGER LES AUTRES. CASTORP.

— Juste avant que le chef de la tribu de Rebecca m'attaque, j'ai trouvé quelque chose par terre, dans la forêt. Je n'y ai jeté qu'un bref coup d'œil. Puis on m'a attaqué, et je n'y ai plus pensé. Jusqu'à tout à l'heure. Voyez, j'ai des panneaux solaires, sur le toit de ma maison, à Danville. Eh bien cette chose que j'ai vue sur le sol de la forêt ressemblait comme deux gouttes d'eau à l'un de ces panneaux solaires. Je me souviens m'être demandé si ça ne s'était pas détaché de ma combinaison quand on ma plaqué sur le sol pour la première fois. Mais ça ne pouvait pas venir de ma combinaison. C'était trop grand, et trop plat.

— Alors si ça ne venait pas de ta combinaison, ça venait d'où ? dit Swift.

— Pas du toit du voisin, ça c'est certain, dit Cody.

Jack se frotta la mâchoire d'un air pensif. Une autre idée venait de lui traverser l'esprit.

— A mon avis, cette chose, quelle qu'elle soit, aura atterri là, dit Jack.

— Atterri ? dit Mac. Tu veux parler d'un vaisseau spatial ?

— Oui. Pourquoi pas ? Juste avant que ne se déclenche l'avalanche qui a tué Didier, nous avons tous deux eu l'impression d'entendre quelque chose dans le ciel. Nous avons pensé qu'il s'agissait d'une météorite. Mais les météorites ne sont pas les seuls objets volants à tomber sur terre. Et elles ne sont assurément pas mues à l'énergie solaire. Je viens de me dire, il y a une minute, que ce doit être un genre de satellite. Peut-être un satellite militaire, ou espion. En tout cas, un satellite qu'il pourrait être important de récupérer. Cela expliquerait pourquoi nous avons subitement obtenu les crédits pour notre expédition, alors que la National Geographic Society venait à peine de nous les refuser. Evidemment ! C'est pour ça que Boyd est là. Il travaille pour eux. Sa mission doit consister à récupérer ce satellite.

— Il travaille pour qui ? demanda Warner. De qui parlons-nous, là ?

— De la CIA.

— Oh, allons, Jack. On délire, là, dit Warner.

— Non, tout cela est très logique, au contraire.

Jack regarda autour de lui, mal à l'aise.

— Vous êtes sûrs qu'il est dans sa chambre ?

Jutta acquiesça d'un hochement de tête.

— Mais je ne comprends pas pourquoi un satellite rendrait Rebecca radioactive, dit-elle.

— Je ne m'y connais pas trop en engins spatiaux, dit Jack. Mais je sais que certains satellites ne fonctionnent pas seulement à l'énergie solaire. Il y a une seconde source d'énergie, pour les éclipses, quand la terre masque le soleil au satellite. Surtout dans les cas d'éclipse totale. L'énergie nécessaire au fonctionnement de ces satellites est assez considérable. Je ne sais pas. Un genre de réacteur nucléaire, peut-être.

— Mais pas un réacteur de l'Oncle Sam, alors, dit Warner. Nous ne fabriquons pas ce genre de satellites. Plus maintenant. Nous respectons l'environnement depuis que Skylab est tombé sur la terre en 1979. Et puis si ces satellites fonctionnaient à l'énergie nucléaire, on n'aurait plus besoin des panneaux solaires. Non, je pense qu'il s'agit probablement d'un générateur thermonucléaire, peut-être chauffé par un petit radio-isotope. Il n'aurait pas besoin d'être plus gros que ceux qu'on trouve dans les appareils de radiologie. À mon avis, ce serait plus que suffisant pour que Rebecca dégage un rayonnement radioactif.

— Surtout si elle l'a pris dans la main, ajouta Cody. Nous savons qu'elle aime les objets brillants. Elle a la bague de Didier, non ?

— Ecoutez, il y a un moyen simple de vérifier le bien-fondé de ma théorie, dit Jack. Les gants que je portais quand vous m'avez ramené ici. Est-ce que quelqu'un sait où ils sont ?

Le sirdar se dirigea vers une pile de vieux vêtements, entassés contre la paroi de la bulle.

— Ils sont là, Jack sahib.

Le sirdar fouilla dans le tas, puis brandit les gants, triomphant.

— Bien entendu, je n'ai eu la main dessus que pendant deux trois secondes.

Jack prit le gant droit, avec lequel il avait tenu le morceau de panneau solaire, et l'enfila.

— Tu veux bien tester ce gant, Byron ?

Cody prit l'appareil et le passa sur le gant. L'aiguille bougea.

— Il y a une radioactivité, dit Cody. La même qu'avec Rebecca.

— CQFD, dit Jack.

Il ôta le gant, et le jeta sur le reste de l'équipement spatial.

— Alors que faisons-nous ? dit Mac.

— Je ne sais pas, dit Jack.

— Pourquoi ne pas l'interroger ? dit Jutta. Boyd, je veux dire. Quand il va revenir.

— O.K., dit Swift, observant l'expression de ses collègues. Sommes-nous tous bien d'accord ? Nous l'interrogeons dès qu'il revient.

— Vien-in-in, dit Rebecca, dissipant le malaise.

Tout le monde sourit.

— Rebecca possède une propension remarquable à développer ses talents linguistiques, remarqua Cody. Et à élargir son langage spontanément. Sa capacité à s'adapter à une situation est impressionnante. Je me demande de quoi elle pourrait être capable.

Lincoln Warner, qui était resté silencieux un moment, s'éclaircit la voix de façon sonore.

— En fait, dit-il, il se peut que je puisse répondre à ça. Rebecca pourrait fort bien être capable de faire à peu près les mêmes choses que nous. Il y a quelque chose la concernant, qu'il faut que vous sachiez. Quelque chose d'extraordinaire.

CASTORP. NOUS SOMMES TRÈS CONTENTS DE SAVOIR QUE TU PENSES POUVOIR ACCOMPLIR TA MISSION. CEPENDANT NOUS NOUS OPPOSONS FERMEMENT À TOUTE ACTION POUVANT T'AMENER À FAIRE DU MAL À L'UN DES SCIENTIFIQUES QUI ONT ÉTÉ TES HÔTES INVOLONTAIRES. TA MISSION SERA CONSIDÉRÉE COMME UN ÉCHEC SI ELLE ENTRAÎNE LA MORT D'UN QUELCONQUE CITOYEN AMERICAIN. DE PLUS, CE BUREAU, ET SEULEMENT CE BUREAU, EST HABILITÉ A DÉCIDER SI UNE SITUATION AFFECTE OU NON LA SÉCURITÉ NATIONALE. JE TE PRIERAIS D'ACCUSER RÉCEPTION DE CE COURRIER IMMÉDIATEMENT ET NOUS SIGNIFIER TON ACQUIESCEMENT. HUSTLER.

Chaz Mustilli et Bryan Perrins, assis dans le bureau de ce dernier, attendaient que CASTORP leur donne confirmation de leur dernier message. La configuration du serveur e-mail de la CIA leur permettait de savoir que CASTORP avait déjà lu leur courrier. Mais après quinze minutes, il n'avait toujours pas signifié son acquiescement. Perrins se tourna vers son ordinateur de bureau et tapa un autre message, demandant à CASTORP de répondre. Cette fois, le courrier de Perrins ne fut pas lu.

— À mon avis, dit Mustilli, il a pris le message précédent, puis il a éteint son portable.

— C'est ce que je me dis, fit Perrins. Merde.

Il secoua la tête.

— Y a-t-il quelque chose que nous puissions faire ? dit-il. Pour protéger ces gens.

— Je ne vois pas, non.

— Bon dieu, Chaz, il faut que nous fassions quelque chose ! Nous ne pouvons pas le laisser les tuer !

— Peut-être pourrions-nous essayer d'appeler la police royale du Népal. Voir s'ils peuvent envoyer des hommes là-haut pour les protéger.

— Fais-le.

— Mais tu sais, dit Mustilli, s'il y a une guerre nucléaire dans le coin, Boyd risque d'être le cadet de leurs soucis.

— Et s'il n'y a pas de guerre ?

Chaz aspira l'air dans sa pipe vide.

— Je vais passer ce coup de fil.

Vingt-sept

> *« Cette chose de l'ombre que je reconnais comme mienne. »*
>
> William Shakespeare

Dans le Sanctuaire, le vent semblait finalement être arrivé à bout de souffle. Sous la toile sombre de la bulle, Lincoln Warner paraissait vaguement troublé par ce qu'il avait à relater.

— L'essentiel de notre ADN consiste en pas grand-chose, dit-il. Certaines molécules, qui avaient une fonction à une époque, sont à présent perdues. Par exemple, à l'époque où nous avions des branchies, ou quand nous nous servions de nos queues pour nous accrocher aux branches. C'est un peu comme trouver la clé ouvrant la porte d'une maison qui n'existe plus depuis longtemps. Sauf qu'il y a des milliers de portes de ce genre. L'essentiel des molécules qui nous concernent ont un rapport avec les longues chaînes d'amino-acides que nous appelons protéines. L'hémoglobine en est une. Elle est constituée de deux chaînes d'amino-acides, chacune étant un morceau d'ADN isolé. Un gène simple, si vous préférez. D'accord, c'est quelque chose d'hermétique pour vous. Mais les gènes influent sur votre aspect physique.

» Maintenant prenons un être humain et un chimpanzé. Seulement 1,6 % de notre ADN diffère de celui du chimpanzé. Ce qui est intéressant, c'est que ces gènes constituant notre hémoglobine ne sont pas compris dans ce 1,6 %. Vous auriez raison, si vous disiez que c'est une différence dans les gènes qui empêche un chimpanzé de parler comme un humain. Mais nous ne savons pas vraiment de quels gènes il s'agit. Tout ce que nous pouvons dire avec certitude, c'est qu'ils font partie de cette fameuse différence de 1,6 %. Réfléchissez-y un moment. Quatre-vingt-dix-huit pour cent de nos gènes sont des gènes de chimpanzé. Et cette différence de 1,6 %? Pourquoi est-elle plus faible qu'entre deux espèces de gibbons ? Zéro six pour cent de moins, pour être exact.

» Le chimpanzé est notre plus proche cousin, parmi les espèces vivantes.

Jusqu'à présent, des scientifiques comme moi n'ont trouvé que cinq chaînes d'amino-acides, sur un total de treize mille, qui soient réellement différentes. Trois d'entre eux se trouvent dans un enzyme appelé l'anhydrase carbonique. Un autre est une protéine du muscle appelée la myoglobine. Et le cinquième est une chaîne d'hémoglobine, la chaîne delta.

» Alors voici les grandes nouvelles, première partie. Cet enzyme du nom d'anhydrase carbonique ? Rebecca ne possède que deux de ces chaînes d'amino-acides différents des nôtres, et non trois. Et la chaîne delta ? C'est la même. Aussi, pour exprimer les choses crûment, qu'avons-nous ici ? Un animal — et j'emploie ce mot avec prudence — différent de nous de moins d'un pour cent dans son ADN. Ce qui fait de Rebecca et de son espèce notre plus proche cousine vivante. Rebecca, pas le chimpanzé.

— C'est fantastique, Link, dit Swift.

— Je n'ai pas terminé. Loin de là. Certains d'entre vous connaissent ce procédé consistant à utiliser les différences dans la chimie des protéines comme une horloge moléculaire. On peut se servir d'une protéine comme d'un marqueur, déterminant une mutation, à partir de la divergence entre deux lignées évolutives. Pour faire un raccourci de quelques millions d'années dans une très longue histoire, on dit généralement que l'« Homo sapiens » s'est séparé des chimpanzés il y avait environ cinq millions d'années. Personnellement, j'ai toujours pensé que ça remontait à plus loin que ça. A mon avis, ça date de sept à neuf millions d'années. Mais quel que soit le moment exact, selon moi, « Homo sapiens« et « Homo vertex », le nom que je me propose de donner au yéti, se sont séparés du chimpanzé à une époque beaucoup plus récente. Peut-être aussi récemment qu'au pléistocène, il y a quelques millions d'années, avant les dernières grandes glaciations. Il se peut même que la muation date de l'ère préglaciaire, à la fin du pliocène.

» Sauf que je ne parle pas de la mutation qui a donné l'homme, mais de l'autre mutation. Tant que je ne serai pas dans mon laboratoire, il me sera difficile de me montrer plus précis à ce sujet. Cependant, mes découvertes préliminaires indiquent que l'ancêtre du yéti s'est séparé de celui de l'homme. En outre, cette mutation étant due, selon toute vraisemblance, à un changement drastique de la température du globe, il nous faudrait considérer « Homo vertex », le yéti, comme la plus jeune des deux espèces. Loin d'être un genre de chaînon manquant qui renforcerait l'homme dans son statut privilégié au sein de l'évolution, nous pouvons probablement regarder le yéti comme un être humain, au même titre que nous. On ne discute pas avec les molécules, mes amis. Et même si nous souhaitons voir les choses autrement, nous ne pouvons plus considérer « Homo sapiens » comme l'être « suprême » vivant sur cette terre.

» Tout cela pourrait ne pas avoir d'implications, sauf dans l'hypothèse d'une guerre nucléaire, comme celle qui menace d'éclater dans cette partie du monde, voire dans le monde entier, et vu les conditions climatiques qui en résulteraient.

» Il est certain qu'une guerre thermonucléaire, même d'importance minime, entre les superpuissances, entraînerait une catastrophe climatique. Quelles seraient les conséquences d'une explosion atomique sur l'environnement ? La poussière présente dans l'atmosphère absorberait la lumière du soleil, et réchaufferait l'atmosphère, au lieu de chauffer la terre. La surface du globe serait refroidie. Une étude faite par un certain nombre de savants, dont Carl Sagan, démontre que toute guerre nucléaire, même d'importance mineure, entraînerait un abaissement de la température important et prolongé. Il appelle ça l'« hiver nucléaire ». Même un abaissement de la température mondiale d'un seul degré éradiquerait pratiquement toute la culture du blé au Canada. Mais selon un scénario nucléaire plus alarmiste, la chute de température serait de douze à quinze degrés centigrades. En bref, cela générerait une nouvelle ère glaciaire.

» J'ai un logiciel qui prédit la façon dont la structure de l'ADN et les lignées évolutives seraient affectées par des changements dans l'environnement. Ce logiciel a été conçu pour prendre en compte les différences climatiques entre les continents. Mais ce qui m'intéressait, c'était de voir ce qu'il dirait des transformations dans l'environnement, suite à une guerre nucléaire. Voilà ce qu'il a dit : si cent grandes villes étaient détruites — parmi les cités chinoises et celles appartenant à l'ancien Pacte de Varsovie — nous aurions un hiver nucléaire au bout de quelques mois, hiver qui durerait au moins un an et pendant lequel le seul primate supérieur qui survivrait serait l'« Homo vertex ». Déjà bien adapté à des conditions arctiques quasi permanentes, le yéti pourrait fort bien hériter de la terre, et l'espèce humaine s'éteindre comme les dinosaures. En un million d'années, selon ce même logiciel de prévisions, il est tout à fait concevable que le yéti aura évolué pour devenir la forme de vie dominante sur cette planète.

Lincoln Warner s'arrêta de parler. Ses yeux passèrent de l'un à l'autre, guettant des réactions. Les membres de l'expédition paraissaient assommés par ce qu'il venait de leur dire. Lincoln Warner leva les mains comme pour confirmer à la fois qu'il avait terminé, et qu'il était aussi stupéfait qu'eux par ses propres découvertes. Cela ajouta une touche démagogique à ce qu'il venait de dire.

— On ne discute pas avec les molécules, dit-il encore une fois, comme pour épiloguer.

— Au temps pour l'homme à qui Dieu aurait confié les destinées de la terre, remarqua Cody.

— Amen, dit Swift.

— Quelqu'un dit ses prières ?

C'était Boyd, de retour sous la bulle. Il était vêtu de l'une des combinaisons à environnement indépendant. Dans une main il tenait un casque. Dans l'autre un pistolet.

— Tu as l'intention de te servir de cette chose ? demanda Jack.

— S'il le faut, oui, dit Boyd. Mais ne m'oblige pas à tuer l'un d'entre vous pour prouver que je suis sérieux, Jack.

— Ce serait bien la première fois, dit Swift. Tu n'as jamais été très crédible, comme scientifique. Mais continue à user de bonnes manières, si cela peut te donner une meilleure opinion de toi-même. Tu n'en auras pas moins l'air d'un petit truand minable avec un flingue à la main. Qu'est-ce que tu es, de toute façon ? Un agent du gouvernement ?

— Quelque chose comme ça, oui.

— Ils ne te l'ont pas dit ? Ou est-ce que tu étais trop bête pour poser la question ?

Boyd posa son casque par terre. Puis il fit un pas vers elle, avec un mauvais sourire.

— Toi et ta grande gueule, Swifty. Tu te prends pour Katharine Hepburn, hein ? Je n'ai jamais beaucoup aimé les rousses.

Pendant un moment, elle crut qu'il allait lui tirer dessus. Puis il commença à dire quelque chose, mais avant qu'il n'ait émis plus d'une syllabe, son sourire disparut et il la gifla très fort, du revers de la main, un coup qui fit perdre l'équilibre à Swift, et l'envoya dinguer sur le sol de la bulle.

Voulant attraper la main qui tenait le pistolet, Miles Jameson fonça droit devant lui, pour se retrouver avec le canon de l'automatique de Boyd enfoncé sous les côtes. Leurs regards se croisèrent pendant une seconde, qui suffit à Jameson pour se calmer et reporter son poids sur sa jambe arrière.

Dans son dernier courrier électronique, Hustler avait seulement dit qu'il ne devait tuer aucun citoyen américain. Il n'avait rien précisé concernant les citoyens du Zimbabwe. « Tss-tutt », fit Boyd. Puis il appuya sur la détente.

Le bruit de l'explosion, sous la bulle, fit vibrer les oreilles de chacun comme un diapason. Rebecca se mit à hurler. Boyd la laissa crier. Elle était trop importante, dans ce qu'il prévoyait de faire, pour qu'il la tue. Jameson s'accrocha au bras de Boyd pendant un moment, tel un homme aveugle. Hormis Boyd et lui, plus personne n'était debout. Absolument terrorisés, la plupart des membres de l'équipe s'étaient accroupis, pour se protéger. Ils se relevèrent lentement, tandis que Jameson s'écroulait, tout aussi lentement. Swift resta où elle était, encore sonnée par la violence de la gifle qu'elle avait reçue. Jutta rampa vers Jameson, dans une tentative vaine d'arrêter le sang qui coulait de son flanc. Les jambes de Miles s'agitèrent convulsivement, puis il rendit l'âme.

— Il est mort, dit Jutta calmement, quand enfin Rebecca cessa de hurler.

— Espèce de salopard ! dit Mac.

— Vous savez, c'est dommage que ç'ait dû être Miles, dit Boyd. Je l'aimais bien. Un peu distant, parfois. Mais je l'aimais vraiment bien.

Avec un sourire amer, il agita son doigt dans la direction de Swift, qui était en train de s'asseoir par terre, tout en se tenant la mâchoire.

— C'était à titre d'exemple, dit Boyd. On ne peut jamais dire. J'étais sûr que c'était toi que j'allais devoir tuer, Swifty. Mais quand ç'a été le moment, je n'ai pas pu. Ne me demande pas pourquoi. Ne me remercie même pas. Et crois-moi, je n'hésiterai pas à recommencer. Je suis chauffé, à présent.

» O.K., tout le monde. Le mieux serait que vous alliez tous de l'autre côté de la bulle. Au cas où il se produirait d'autres incidents malencontreux impliquant l'usage de pistolets.

Jutta aida Swift à se remettre debout, tandis que Boyd agitait son arme avec impatience.

— Allez, allez.

— Tu paieras les conséquences de tes actes, Boyd, dit Jack.

— Mes actes ?

Boyd rit.

— Tu ne sais même pas de quoi il s'agit.

Il s'interrompit alors que quelque chose semblait lui traverser l'esprit.

— Non, ce n'est pas tout à fait vrai, hein Jack ? Après tout, c'est toi qui as deviné qu'il s'agissait d'un satellite.

Notant la surprise sur leurs visages, Boyd s'autorisa un petit sourire suffisant.

— Je vous ai entendus parler, pendant que j'étais sur ma couchette. J'ai posé des micros dans la bulle, bien sûr. Vous ne pensiez tout de même pas que je vous laisserais parler dans mon dos sans écouter ce que vous aviez à dire. Si ? Ce n'est pas gentil.

Il poussa un soupir.

— Je peux bien vous le dire, à présent : je pensais ne jamais trouver cet « oiseau ». Mais c'est toi, Jack, toi qui m'as dit où le trouver. Et je te dois des remerciements pour ça.

Boyd eut un faible sourire.

— Merci. Je te suis très reconnaissant.

Couverte du sang de Jameson, Jutta secoua la tête, et dit, en pleurant :

— Pourquoi ce satellite est-il important au point que tu aies dû tuer Miles ? Pourquoi ?

Boyd s'accroupit et jeta un coup d'œil de l'autre côté de la porte hermétique.

— La tempête commence à se calmer. Mais je ne pourrai vous laisser pour aller finir mon travail que dans un petit moment.

Il avança d'un pas, tira une chaise, et s'assit dessus à califourchon, s'appuyant contre le dossier.

— Je crois que je peux vous le dire. Et puis, tu ne peux pas le savoir Jutta, mais je suis un conteur né.

» C'est exactement ce qu'a dit Jack. Un satellite espion. Un oiseau, comme nous préférons l'appeler. Nom de code Peary. Le nom de l'explorateur. L'oiseau devait occuper une position orbitale au-dessus du pôle, d'une longitude de soixante-quinze degrés, afin d'obtenir des photos d'assez bonne définition de sites stratégiques spécifiques en Inde, au Pakistan et en République populaire de Chine. En bref, pour nous permettre de contrôler les développements de la situation dans le nord de l'Inde.

» Cependant, après avoir accompli sa mission en orbite basse, au lieu de se propulser sur une orbite plus haute à trente-cinq mille kilomètres, l'oiseau a commencé à dériver vers l'atmosphère terrestre. *Oups.* Nous nous sommes interrogés là-dessus. L'éternelle question de savoir s'il était tombé tout seul ou si on l'avait poussé. Finalement, les têtes pensantes ont décidé que l'oiseau avait été affecté par l'activité récente des taches solaires. Ça a causé une surcharge dans les cellules de ses capteurs solaires. Tu avais également raison sur ce point, Jack. Des capteurs solaires secondés par un petit générateur thermonucléaire. Tu es vraiment intelligent, pour un alpiniste. Quoi qu'il en soit, à cause de la surcharge, l'ordinateur a semé la perturbation dans les signaux, affectant à la fois la fonction photographique et l'envoi du satellite sur une orbite plus élevée. Les taches solaires ont également contribué à augmenter la densité de la partie la plus haute de l'atmosphère terrestre. Mais lorsque la densité augmente, s'intensifie également le phénomène de friction sur l'oiseau. Résultat, l'oiseau a effectivement trébuché, puis il est tombé. Les prévisions sur ordinateur nous ont amenés à penser que l'oiseau retomberait en territoire neutre, quelque part sur le continent arctique. C'est là que j'étais, à l'époque où on l'attendait. Mais il s'avéra que, périodiquement, l'oiseau se couchait sur le flanc en suivant son orbite. Résultat, le phénomène de frottement de l'air s'est considérablement intensifié et l'oiseau s'est usé dix à quinze fois plus vite. Alors au lieu de choir dans l'antarctique, il est tombé ailleurs, et nous est revenu plus tôt que prévu. Oups, à nouveau.

» Tout d'abord, nous avons pensé qu'il allait tomber le long de la ligne orbitale. Nous avons suivi les signaux de détresse automatiques aussi longtemps que nous avons pu, mais nous avons perdu le contact quand le satellite est entré dans l'espace aérien népalais. Nous avons pensé qu'il était tombé quelque part dans l'Himalaya. Mais où ? Nous avons envoyé quelques avions espions pour essayer de le repérer. Sans succès. Finalement, nous avons trouvé notre meilleure piste devinez grâce à qui ? Au *National Geographic*, le magazine. Un petit article sur Jack et sur son partenaire balayés par une avalanche causée par une météorite, à peu près au moment où notre oiseau était dans le ciel, selon nos calculs. Vous imaginez ? Un avion d'un demi-milliard de dollars qui survole tout le Népal, à la recherche d'un satellite disparu, et c'est là que nous le trouvons : dans un maudit magazine. Aïe, aïe, aïe ! Un beau camouflet pour les types du Pentagone.

» Mais j'oublie la meilleure partie de l'histoire. Avant que l'oiseau ne rentre dans l'atmosphère, son ordinateur de bord a transféré dans notre base de Cheyenne Mountain toutes les images de reconnaissance qu'il avait collectées. Et là nos experts ont découvert un autre effet pervers du fonctionnement défectueux du satellite : l'oiseau avait photographié non pas les bases aériennes et les bases de missiles nucléaires en

Inde et au Pakistan, mais celles des zones stratégiques dans des pays aux antipodes du sous-continent indien, sur la même longitude. Je veux parler du Canada et des États-Unis. Double péril. Espionnés par notre propre satellite ! Et puis Peary était destiné à être réutilisé, ce qui a rendu cette enculade géante encore plus douloureuse. En d'autres termes, il ne s'autodétruirait pas en rentrant dans la stratosphère. Et vu la probabilité que l'ordinateur interne soit toujours en possession des renseignements stratégiques concernant le continent nord-américain, il devenait impératif que nous retrouvions et détruisions l'oiseau au plus vite. Un problème de taille. Un satellite tombé si près de la frontière chinoise, la situation politique étant ce qu'elle est. Vous imaginez la panique qui s'est emparée des hommes de Washington ? Pensez à ce qui pourrait arriver si les Chinois pouvaient braquer leurs missiles sur nos sites. Ce genre de choses. Vous avez donc un bon aperçu de la situation.

Boyd se leva et se dirigea à nouveau vers la porte, pour jeter un coup d'œil dehors et s'informer sur le temps.

— Alors pendant tout ce temps, dit Warner, au lieu de prélever des carottes dans le glacier...

— C'est exact, Link. Je cherchais les traces d'un satellite.

— Mais pourquoi ne pas nous avoir craché le morceau ? dit Jack. Pour l'amour du ciel. Nous sommes du même côté, non ?

— Théoriquement, oui. Mais pose-toi la question suivante : que se serait-il passé s'il y avait eu conflit d'intérêts entre ma mission et la tienne ? Tes nouvelles espèces contre mon satellite. Nous ne nous serions pas du tout entendus. Non, ça n'aurait pas marché. Ma mission avait — a — la priorité, une priorité absolue. Je ne vois pas le professeur Swift marcher dans un truc comme ça, moi. N'ai-je pas raison, Swifty ? Tu n'accepterais jamais de faire courir le moindre risque à tes précieuses nouvelles espèces, n'est-ce pas ?

— Qu'est-ce que tu veux dire ? demanda Swift, d'un air las.

Boyd eut l'air gêné.

— Je peux difficilement glisser cet oiseau sous mon bras et le ramener à Washington, hein ? Il pesait environ huit cents kilos quand il est tombé. Un peu moins maintenant, je dirais. Mais il reste tout de même assez lourd. Non, il faut que je le fasse sauter. Même si plusieurs des frères et sœurs de Rebecca se trouvent dans les parages à ce moment-là.

— Salopard, dit Swift.

— Tu vois ? C'est ça que j'entendais par conflit d'intérêts. Mon intention n'est pas de faire du mal à — comment les appelais-tu, Link ?

— « Homo vertex. » Cela veut dire l'Homme Habitant des Sommets.

— Oh-ké ! Oh-ké !

— Ouais. C'est bien. Même Rebecca semble apprécier. Je ne veux aucun mal à Mr et Mrs Habitants des Sommets. Ce serait dommage qu'ils se trouvent là au moment fatidique. Mais peut-être auront-ils la chance d'être ailleurs quand ça va sauter. Il y a là des questions de sécurité nationale que vous ne devez pas bien saisir. En puis ce ne sera qu'une petite explosion. Ce n'est pas comme si j'avais l'intention de détruire l'ensemble de ta forêt cachée, Jack. Deux kilos et demi de plastic devraient suffire.

— Mais pourquoi le faire sauter ? dit Cody. Il doit y avoir un moyen simple de griller la mémoire de l'ordinateur et de se débarrasser de toutes les données qu'elle a accumulées. Je devrais être capable de faire ça.

— C'est une gentille proposition, Byron. Mais tu ne comprends toujours pas, dit Boyd. Récupérer les photos de l'arrière-cour d'Oncle Sam n'est que la moitié de la manœuvre. Il y a tout un matériel espion top niveau sur cet oiseau, qui permet de récupérer des informations. Je veux parler du fin du fin dans le genre. Ce n'est pas l'un de ces petits appareils sans valeur que tu abandonnes, sans te soucier que quelqu'un les récupère et regarde ce qu'il y a dedans. Il n'est pas question d'aider ces scientifiques asiatiques dans la fabrication de leurs propres satellites espions. Je dois donc détruire l'oiseau dès que je le retrouve.

— Attends une minute, dit Warner. Tu as dit qu'il y avait un petit générateur thermonucléaire dedans, vrai ?

— Exact. Alimenté par des radio-isotopes, exactement comme l'a dit Jack. Jack, tu as raté ta vocation. Tu devrais faire le même boulot que moi.

— Attends une seconde, insista Warner. Si tu fais sauter cette chose, cela pourrait être désastreux. Même une petite explosion pourrait avoir des conséquences dramatiques, sur le plan de l'environnement.

— Man-an-ger !

— Ouais, tu l'as déjà dit.

— Non, non, tu ne m'écoutes pas. Je veux parler d'autre chose, là, tu ne comprends donc pas ? L'explosion disperserait l'isotope radioactif dans toute la vallée cachée où vivent les yétis comme... comme un aérosol, les empoisonnant eux et tout leur environnement. Tu sais de quel isotope il s'agit ?

Boyd secoua la tête en signe de dénégation. Il commençait à regretter cette conversation. Le ciel était presque dégagé, à présent. Il était temps de se mettre en route.

— Peu importe, dit Warner. Même si ce n'était pas du plutonium, disons même s'il s'agissait de l'isotope le moins puissant, comme le Cobalt 60, avec une demi-vie de cinq ans, une explosion rendrait la vallée réfractaire à toute forme de vie.

— Allez. Lâche-moi un peu !

— Non, je suis sérieux. Tout mourrait, Boyd. Et s'il s'agissait de Plutonium 239, ou d'un isotope équivalent, là on aurait une demi-vie de vingt-quatre mille ans. En d'autres termes, tu n'as pas le droit de faire ça. Il est possible que cette partie du monde, vu son altitude élevée, échappe aux retombées radioactives de toutes ces bombes. Ne crois-tu pas qu'elle mérite d'avoir une chance de...

Boyd ramassa son casque.

— J'en ai assez entendu...

— Je ne crois pas, non, dit Warner, qui commençait à s'énerver. Tu dis avoir écouté notre conversation, avec tes micros. Écoutais-tu vraiment ? N'as-tu pas entendu ce que j'avais à dire sur cette créature ? Cette créature est plus proche de nous qu'un simple cousin, comme le chimpanzé. C'est comme ton frère, pour l'amour du ciel.

— Je n'ai jamais beaucoup aimé mon frère. Et en plus il vit dans le Wisconsin, si tu vois ce que je veux dire.

— Écoute-le, je t'en prie, l'implora Swift. Ce serait un crime, ce que tu as l'intention de faire.

Boyd eut un sourire vorace, puis il hocha la tête à l'adresse du corps sans vie de Jameson.

— Comme tu l'as peut-être remarqué, Swift, ce n'est pas vraiment un concept qui me pose problème.

— Pire qu'un crime. Ce serait un génocide !

— La tempête est finie. Il faut que j'y aille.

— La tempête aura gommé la piste, dit Cody. Et ne compte pas sur nous pour t'emmener là-bas. On préférerait encore mourir.

— Ah oui ?

Boyd braqua son pistolet sur Cody, puis sur Jutta, sur Jack, et enfin sur Swift.

— Je crois tout à fait que vous seriez prêts à mourir pour protéger ces singes.

Il rit.

— N'est-ce pas ? Vous avez de la chance que je plaisante.

Boyd tapota sa tempe avec le canon de son pistolet.

— Vous avez de la chance qu'un des porteurs m'ait déjà expliqué comment y aller. Et puis j'ai tout de suite vu qui serait mon meilleur guide. Quelqu'un qui n'aura rien contre le fait de me conduire directement là-bas. Je n'aurai même pas besoin de mon pistolet.

— Et qui ça pourrait être ? demanda Swift.

— Quelqu'un qui connaît le chemin par cœur, dit Boyd. Rebecca. Qui saurait mieux qu'elle m'emmener dans la petite vallée cachée ?

Vingt-huit

« Suis-je le gardien de mon frère ? »

Genèse 4 : 9

Boyd avait l'air content de lui.

— Je crois que je vais prendre mon temps, et suivre simplement ses traces. Ca ne devrait pas être trop dur, dans toute cette neige fraîche. Sinon ce n'est plus la peine d'essayer de joindre quiconque par radio, ou par e-mail. Je me suis occupé du mât du satellite.

— Tu n'y arriveras jamais tout seul, dit Jack. Nous te rattraperons.

— Je ne vous le conseille pas, dit Boyd. Je suis entraîné. Tu n'as pas idée du nombre de choses que je suis capable de faire tout seul. Et puis tu l'as peut-être remarqué, je sais très bien me servir d'une arme. J'emporterai aussi un fusil. Un fusil à lunette, avec de vraies balles, pas des seringues hypodermiques. Si je vois l'un de vous derrière moi, je lui fais sauter le caisson. En outre, j'ai déjà réfléchi au moyen de vous enfermer là-dedans. Ça revient presque à vous tuer, d'ailleurs. Mais d'abord, il faut que je montre à nos amis poilus comment venir jusqu'ici.

Reculant dans le sas, il ouvrit la porte extérieure sur un ciel bleu et un soleil éclatant.

— Ouah, fit-il, en respirant profondément, dans une inspiration presque euphorique. Vous devriez vous remplir les poumons. Ça va être une belle journée, semblerait-il.

Braquant son pistolet devant lui, Boyd revint dans la bulle. Il s'approcha de la cage.

— Que personne ne tente quoi que ce soit, dit-il, en enjambant le corps de Jameson. A moins que vous n'ayez envie de rejoindre votre ami. Si vous voulez avoir l'impression d'être héroïques, chantez la Bannière étoilée. Allez, que tout le monde recule.

— Tu crois que c'est une bonne idée de lâcher un animal sauvage dans les parages ? dit Cody. Ça pourrait être dangereux. Souviens-toi de ce qui est arrivé à Jack.

— C'est moi qui ai le pistolet, dit Boyd.

Il tira les verrous de la cage.

— Souviens-toi de ce qui est arrivé à Miles.

Il ouvrit la porte, puis il s'éloigna.

— Vous savez, je déteste voir un bel animal en cage.

Pendant un moment, Rebecca resta assise dans un coin de la cage. Elle continuait à manger des poignées de muesli et à nourrir Esaü. Elle ne montrait aucune hâte à sortir de sa captivité. Mais elle prit peu à peu conscience que sa situation avait changé. Elle pressa son enfant contre son sein, grogna doucement, et se leva.

— Oh-ké ! Oh-ké !

— C'est bien ma fille, dit Boyd. Il est temps que tu ailles faire le tour de la cour, Cheeta.

Lentement, Rebecca sortit de la cage. Elle regarda Jameson avec appréhension puis, s'agenouillant près de lui, elle passa son doigt dans le sang, et le porta à sa bouche. Le goût lui fit froncer les sourcils, comme si elle se rendait compte que quelque chose n'allait pas. Elle poussa doucement Jameson du pied à plusieurs reprises, guettant un signe de vie. N'en trouvant pas, elle émit un petit gémissement, puis se dirigea vers la porte ouverte, l'air effrayé. Oscillant d'un côté, puis de l'autre, comme un éléphant en captivité, Rebecca regarda autour d'elle, comme si elle s'attendait plus ou moins à ce que quelqu'un l'empêche de partir.

— Oh-ké ! Oh-ké !

Le regard de Swift plongea dans le regard pénétrant de la femelle yéti. Swift leva la main dans un geste d'adieu.

— O. K., dit-elle.

Rebecca se tourna vers la porte, poussant déjà toute une série de hululements de plus en plus forts. Puis elle disparut.

Boyd hocha la tête avec satisfaction.

— Eh bien voilà, ce n'était pas si terrible, n'est-ce pas ? Je ne crois vraiment pas qu'elle soit dangereuse.

Boyd se dirigea vers le seuil de la porte, à la suite de Rebecca.

— Comme je l'ai dit, que personne n'essaie de sortir de la bulle. A moins que vous ne soyez sûrs de pouvoir échapper à une balle.

Swift allait l'insulter, mais elle se ravisa, entrevoyant une soudaine lueur d'espoir. Ang Tsering était dehors, armé d'un pistolet. Apparemment, Boyd ne le voyait pas. Tsering devait avoir entendu le coup de feu qui avait tué Jameson, et vu Boyd les braquer avec son arme. Swift se dit qu'il devait avoir trouvé le pistolet dans la chambre de Boyd, et qu'il tirerait sans doute sur lui, ou essaierait de le désarmer dès qu'il pourrait. Quand l'assistant sirdar ne fut plus qu'à un mètre ou deux derrière Boyd, Swift continua à penser qu'il allait bondir et frapper l'Américain à la tête. Puis Boyd se mit à parler à Tsering sans même se retourner, comme s'il avait toujours su que le Népalais était là. Comme s'il n'avait nul besoin de s'inquiéter de sa présence. Comme s'ils étaient complices.

— Le yéti grimpe déjà en direction du champ de glace, dit Tsering.

— Bien. Tu sais ce que tu as à faire. Si l'un d'eux sort de la bulle, tu tires. Tu ne devrais pas être mal ici, dit Boyd.

Puis, avec un dernier signe de la main, il remonta la fermeture du sas, derrière lui.

— Adieu, cria-t-il.

Puis il laissa retomber le rabat du sas.

Hurké Gurung se tourna immédiatement vers Jack, joignit les mains en un *namaste*, s'inclina, et dit :

— Je suis désolé, Jack sahib. Comment ça arrive je ne sais pas. Je pensais qu'Ang Tsering était homme bien, bon assistant sirdar. Je l'ai choisi. *Yo saap. Yo bhiringi.* C'est ma faute, Jack sahib. *Malaai ris,* Jack sahib. *Malaai dukha.*

Jack secoua la tête en signe de dénégation.

— Ne dis pas ça, Hurké. Ce n'est pas de ta faute. Mais qu'allons-nous faire ? Tu crois vraiment qu'il tirerait si l'un d'entre nous sortait ?

Hurké Gurung pencha la tête d'un côté, puis de l'autre, l'air indécis.

— Je ne suis pas sûr du tout, dit-il, finalement. C'est une chose terrible, le meurtre, dans mon pays. Tsering n'est pas homme très religieux. Pour tuer quelqu'un, je crois qu'il demanderait beaucoup d'argent. Peut-être suffisamment pour quitter Népal. Il a toujours voulu aller vivre en Amérique, je crois.

— Boyd ne manque assurément pas d'argent, dit Jack. Et ses collègues pourraient certainement arranger quelque chose avec le département d'État.

— *Ke garne,* Jack ? Qu'est-ce qu'il faut faire ?

Hurké secoua tristement la tête.

— Peut-être, je crois qu'il tuerait l'un de vous *bideshi,* parce que vous êtes des étrangers. C'est un type plein de rancœur, je crois. Toujours il a été pénible pour avoir plus d'argent, et plus de matériel, toujours plus. Un vrai *saaglo.* Mais moi ? Peut-être qu'il aura plus de respect pour moi, parce que je suis un sirdar. Pour lui, je suis *maalik.* Il sera obligé d'avoir du *maanu* pour moi. Et peut-être peur, aussi. Comme un *pahelo,* un type lâche.

Jutta ramassa la veste de Jameson et lui en couvrit le visage. Puis elle se leva et secoua la tête.

— Je pense que vous vous trompez, dit-elle. Je crois que c'est moi la personne qu'il aurait le plus de mal à tuer. Après toute l'aide que je lui ai apportée...

Jutta maîtrisa son irritation.

— La memsahib a raison, bien sûr, dit Hurké. Peut-être que si la memsahib pouvait engager la conversation avec Ang Tsering, je pourrais l'attaquer par-derrière.

— Vous n'oubliez pas quelque chose, par hasard ? soupira Swift. Cette maudite tente n'a qu'une seule issue. Et puis elle est en Kevlar. Ce qui est loin de la toile de tente habituelle.

Elle donna un coup de poing dedans, pour voir.

— Même un léopard des neiges ne pourrait pas déchirer ça. Ce matériau est à l'épreuve des balles.

Hurké Gurung plongea le bras dans son sac à dos et en tira son couteau népalais, le *khukuri* en forme de boomerang. Il sortit la lame de quarante-cinq centimètres de long de sa gaine de cuir et la soupesa, l'air confiant.

— Pardonnez pour la contradiction, memsahib, dit-il. Mais cela fera le travail. Peut-être à l'épreuve des balles, oui. Mais pas à l'épreuve des couteaux. *Khukuri.* De l'époque où j'étais Ghurkha. Ça perce n'importe quoi. Très tranchant. Ça couperait même la bulle de Boyd sahib.

— Ang Tsering ? dit Jutta sur un ton neutre, voire amical. Vous êtes là ? Il faut que je vous parle.

N'entendant rien, elle répéta la question et entreprit de descendre la fermeture Éclair de la porte intérieure.

— Je ne veux pas vous parler.

— Il le faut, pourtant.

— Vous n'avez pas entendu ce que Mister Boyd vous a dit ? dit Tsering. Et ce qu'il m'a dit ? Que je devais tirer sur quiconque sortait de la tente.

— Oui, mais vous et moi sommes amis, Tsering. Nous sommes amis depuis le début. C'est pourquoi je vous ai aidé avec votre allemand.

— Je ne considérerais pas trop cette aide comme une garantie, moi, miss Henze, insista Tsering. Et Mister Boyd est mon ami, maintenant.

— Peut-être qu'il est votre ami, oui, mais je ne peux pas croire que vous tireriez sur moi.

— Cela ne me procurerait aucun plaisir, soyez-en sûre. Mais j'ai des ordres. Restez dans la tente, je vous en prie. Dans la tente vous ne risquez rien, je puis vous l'assurer.

— Avez-vous entendu parler du serment d'Hippocrate, Tsering ?

— Bien sûr. C'est un serment que font les médecins.

— Eh bien, on a tiré sur Jameson sahib, dit-elle. Il faut que j'aille chercher quelque chose dans ma trousse, dans mon bungalow. Sinon il mourra.

Jutta releva le rabat extérieur, puis, toujours debout dans le sas, elle fit face à Ang Tsering. Fumant nerveusement, un pistolet automatique dans sa main gantée, il paraissait plus mal à l'aise que d'habitude. Jutta se demanda s'il avait jamais eu un pistolet entre les mains, voire même si Boyd lui avait montré comment s'en servir.

— Vous êtes allée suffisamment loin, memsahib. Je ne souhaite pas vous tirer dessus.

Elle baissa les yeux vers sa poitrine tachée de sang.

— Comme vous pouvez le voir, Jameson a déjà beaucoup saigné. Il est probable qu'il va se vider de son sang, à moins que je puisse faire quelque chose pour lui.

L'assistant sirdar envoya dinguer sa cigarette. Puis il se passa la main dans les cheveux, l'air frustré, ses cheveux dressés comme des piquants d'oursin.

— Il me faut simplement ma trousse. Peut-être l'un des autres sherpas pourrait-il aller la chercher pour moi.

— non, cela ne sera pas possible. Tous les sherpas ont fui quand ils ont entendu la fusillade.

Jutta perçut un bruit de tissu qu'on déchire, derrière elle, et sut que le sirdar serait bientôt dehors. Elle sortit du sas. Baissant les yeux vers le glacier, elle vit les traces dans la neige. Mais le soleil qui se reflétait sur la neige était trop fort et Boyd n'était déjà plus visible.

— Alors soit vous allez chercher ma trousse, soit j'y vais moi-même.

Tsering recula, braquant son pistolet sur la tête de Jutta. Il venait seulement de penser à armer son pistolet.

Jutta sourit, réalisant que son savoir, en matière d'armes, devait se limiter à ce qu'il avait vu dans les séries télé.

— Et le cran de sûreté ? dit-elle.

Tsering regarda sur le côté de son pistolet et se retint d'exploser.

— Ne me traitez pas avec condescendance, cracha-t-il.

Puis il tira dans la neige, devant les pieds de Jutta.

— Vous voyez ? Vous voyez ? Je sais ce que je fais et je tirerai ! Croyez-moi, memsahib. Si vous faites un pas de plus, je serai obligé de vous tirer dans la jambe. Et alors qui portera secours au docteur ? Vous voulez bien répondre à ça ?

— Il faudra que vous me tuiez pour m'empêcher d'aider Jameson sahib, dit-elle.

— Pourquoi vous voulez vous faire tuer ? plaida Tsering. Vous avez été très gentille avec moi. Je n'ai pas envie de faire ça. Maintenant retournez à l'intérieur, s'il vous plaît.

Du coin de l'œil, Jutta vit le sirdar arriver derrière Tsering à pas de loup. Elle vit l'expression meurtrière d'Hurké, et la lame du *khukuri*, aussi tranchante qu'une lame de rasoir, briller dans sa main comme un éclair de lumière. Jutta mit sa main sur sa bouche pour étouffer un cri.

Prenant son geste pour une manifestation de peur, Tsering avança vers elle, son pistolet toujours braqué dans sa direction.

— Oui, vous avez raison d'avoir peur. Je n'hésiterai pas à tirer, ne vous faites pas d'illusion. Je me fiche pas mal que Miles Jameson vive ou meure. Ce n'est qu'un autre *bideshi* pour moi. Vous m'entendez ? Laissez-le mourir. Il n'aurait jamais dû venir, pour commencer. Aucun d'entre vous n'aurait dû venir. Vous êtes tous des voleurs. Tous !

Tsering lui criait après, à présent, comme s'il essayait de se convaincre lui-même qu'il pourrait se servir du pistolet et la tuer s'il le fallait.

— Maintenant retournez à l'intérieur, espèce de femme stupide, lui dit-il, furieux. Sinon je vous tire dessus. Vous entendez ?

La main qui braquait le revolver sur elle tremblait. Jutta recula, pensant qu'il pourrait appuyer sur la détente par accident.

À présent, le sirdar n'était plus qu'à un mètre derrière Tsering, brandissant le « khukuri » à hauteur de son épaule.

Jutta retint sa respiration. Il n'allait tout de même pas se servir de sa hachette.

Un quart de seconde plus tard, Hurké Gurung leva la lame meurtrière très haut dans l'air, puis, le soleil s'y réflétant comme un héliographe, l'arme entama sa descente fatale en arc de cercle.

Instinctivement, Jutta poussa un cri et leva les mains pour arrêter le sirdar.

Tsering pensa qu'elle le suppliait de ne pas lui tirer dessus, et eut un sourire méprisant. Elle n'avait fait que lui apprendre un peu d'allemand, après tout. Alors quelle importance ? Il n'aimait pas cette langue, de toute façon. Seul Boyd lui avait réellement offert de l'argent et un passeport américain. Pour vivre en Amérique. Ce serait vraiment quelque chose.

Ce fut la dernière chose qui lui traversa l'esprit avant que la hachette n'interrompe ses pensées.

Le cri de Jutta se confondit avec celui de Tsering, puis avec le bruit du coup de feu, quand son doigt appuya par réflexe sur la détente avant que la main coupée n'atterrisse sur la neige ensanglantée.

Tsering tomba sur le dos, sa main encore valide tenant le moignon sanglant de son bras devant ses yeux, comme s'il ne comprenait pas réellement ce qui était arrivé à son autre main.

— *Mero paakhuraa dukhyo*, grogna-t-il, pitoyablement. *Aspataallaai jachaauna parchha.*

— Tu peux t'estimer heureux que ce n'ait pas été ta tête, dit le sirdar.

Puis il cracha dans la neige, devant Tsering.

— *Hajur ?*

— *Mero haat*, gémit Tsering. *Mero haat.*

Jutta passa en coup de vent devant le reste de l'équipe, à présent sortie de la bulle, pour aller chercher sa trousse. Il n'y avait probablement aucune chance qu'elle pût sauver la main de cet homme. Pas avec la radio déconnectée, ni aussi loin d'un hôpital de Pokhara. Mais elle pouvait au moins l'empêcher de saigner à mort.

Le sirdar ignora Tsering. Il s'éloigna un peu du camp et s'en fut, clopinant, sur les traces de Rebecca et de Boyd. Les yeux plissés sous l'éclat du soleil, le sirdar tenta de les repérer sur la partie supérieure du glacier. Aucune trace du yéti Rebecca. Mais Hurké était certain de discerner une minuscule silhouette au bord du champ de glace, devant le Machhapuchhare. Tournant la tête, il vit Jack debout à côté de lui, des jumelles à la main. Hurké pointa silencieusement son bras devant lui, le doigt tendu.

Jack hocha la tête, porta les jumelles à ses yeux, et repéra Boyd. Il avait une heure d'avance sur eux.

Le sirdar suivit des yeux plusieurs autres traces de pas qui partaient du camp et se dirigeaient dans la même direction, vers le sud, et hors du Sanctuaire.

— Les autres sherpas se sont enfuis, dit-il.

Jack vit les empreintes de pas et hocha la tête. Swift s'agenouilla près de la main coupée du sirdar, détachant le pistolet des doigts pâles.

— Je ne peux pas les en blâmer, grommela-t-il.

Puis il alla rejoindre Swift.

Le pistolet était toujours armé, prêt à faire feu. Swift remit le cran de sûreté, puis, tenant le chien avec deux doigts, elle tira sur la gâchette et poussa à nouveau le chien en avant avec précaution, contre le bouclier du percuteur. Quand le pistolet ne représenta plus de risque, elle leva les yeux vers Jack et déclara :

— Je vais rattraper Boyd.

— Pas toute seule, non. Prends Hurké.

Jack chercha le sirdar des yeux, et le trouva agenouillé dans la neige, en train d'inspecter un trou maculé de sang dans le talon de sa chaussure. La balle perdue de Tsering.

— Pardonnez-moi, s'il vous plaît, Jack sahib. Mais je crois que j'ai pris une balle.

Ils l'aidèrent à retourner dans la bulle, en clopinant. Jutta était déjà en train d'appliquer un garrot sur le bras blessé de Tsering. Hurké s'assit, laissa Jack délacer sa chaussure, grimaça de douleur quand on la lui ôta, ainsi que sa chaussette. Ça saignait beaucoup, mais Jutta vit que la balle avait seulement creusé un sillon léger dans le talon du sirdar. Il était clair qu'il n'allait pas faire des kilomètres dans les jours à venir.

Swift se glissait déjà dans la combinaison à environnement indépendant.

— Je viens avec toi, dit Jack.

— Tu ne ferais que me retarder, dit-elle, levant sa crinière rousse, et l'attachant avec un élastique. Tu as à peine récupéré de ta dernière sortie.

Jack reconnut qu'elle avait raison, mais, toujours réticent à l'idée de la laisser risquer seule sa vie, il suggéra que Mac y aille à sa place.

— Qu'en dis-tu, Mac ?

L'Ecossais haussa les épaules.

— Le costume ne me va pas, dit-il. Il est trop grand.

— Et celui que portait Hurké ?

— C'est elle qui l'a, dit Mac.

— Ecoute, Jack, dit Swift. Jutta est occupée. Byron n'est pas assez rapide. Link n'est pas acclimaté à des hauteurs de plus de quatre mille mètres. Mac est trop petit. Hurké est blessé, et toi aussi. Il ne reste donc que moi, et il faut que je me dépêche. On n'a pas le temps pour toutes ces conneries.

Jack acquiesça d'un hochement de tête et l'étreignit.

— O.K. Mais il y a une chose qu'il faut que je t'explique : le dülfer.

Il lui parla de la pente qui tournait, au bout de la corniche, lui dit où elle trouverait une prise, et comment l'utiliser.

— Ecoute, fais attention, ajouta-t-il. Souviens-toi de ce qu'a dit Boyd. C'est un professionnel. Il a été entraîné pour ce genre de situation.

— Qu'est-ce que tu feras, si tu le rattrapes ? demanda Mac.

— Ce que je ferai ? A ton avis ?

Swift avait dit cela sur un ton presque cinglant.

— J'essaierai de le tuer, ce salopard.

Vingt-neuf

« ... nous finirons par aimer la montagne, car elle nous a obligés à nous dépasser, elle a élevé notre vie à des dimensions nouvelles pendant un instant béni, elle nous a montré la beauté d'une puissance austère et pure que nous n'aurions jamais connue, si nous ne nous étions pas battus contre elle du fond du cœur. »

Francis Younghusband

Emergeant du champ de glace — une expérience périlleuse qui l'eût laissé profondément déconcerté sans les traces du yéti, car la route d'origine, balisée par les sherpas, avait été gommée par la tempête — Boyd monta avec peine la pente, direction le Rognon et le Camp Un.

Cela allait être facile, se dit-il. Bien différent des semaines qu'il avait passées au NRO, en tant qu'agent de liaison de la CIA, sur le programme de récupération du satellite, nom de code Bellérophon. Ç'avait été comme chercher la proverbiale aiguille dans une botte de foin. Et même pire. Boyd se souvenait des plaintes de l'un des analystes censés le mettre sur les traces de l'oiseau crashé :

— Pire qu'une aiguille dans une meule de foin, avait dit le gars. Ce n'est pas proverbial. C'est métaphysique. C'est comme essayer de trouver des anges sur la tête d'une épingle. Un pays de la taille de la Floride. Huit cents kilomètres de montagnes, la plupart d'entre elles encore vierges. Des vallées entières totalement inexplorées. Merde, c'était un pays impénétrable jusqu'en 1951 !

Boyd enfonça son piolet profondément dans la neige, et s'arrêta pour respirer. Le fait qu'il eût trouvé le satellite semblait d'autant plus remarquable. Surtout s'il considérait combien les systèmes techniques tant vantés du NRO s'étaient avérés inadéquats. Il se sourit à lui-même, regarda autour de lui pour voir si on le poursuivait, ne sachant pas si Ang Tsering se montrerait à la hauteur de la tâche. Mais le champ de glace lui bloquait la vue. Il jetterait un autre coup d'œil quand il arriverait au sommet du Rognon, sur le Machhapuchhare.

Il n'était pas un novice, ayant déjà atteint « la réussite suprême » dans ce genre d'opération, dixit Chaz Mustilli, directeur du personnel sur le terrain.

« La réussite suprême ». Le son de ces mots avait été très doux aux oreilles de Boyd. Lorsqu'il aurait détruit le satellite, ce serait une nouvelle réussite suprême. Peut-être même une médaille. Sans doute toucherait-il une prime conséquente et serait-il promu d'un grade ou deux. L'Agence était avant tout reconnaissante à ses hommes de terrain qui accomplissaient parfaitement leur mission. Quand ils verraient la situation sur place, ils comprendraient certainement pourquoi Boyd avait dû tuer l'un des scientifiques, transgressant les ordres qu'il avait reçus. C'était le genre d'ordres qu'on ne pouvait donner qu'assis derrière un bureau, à Washington. Mais certes pas le genre d'instructions applicables sur le terrain, si on voulait faire son travail. C'était là l'important, et s'ils ne comprenaient pas ça, il n'était pas normal qu'ils fussent responsables de cette mission. A quoi s'attendaient-ils, en l'envoyant ici avec un pistolet ? Pourquoi avoir un chien, si vous devez lui agiter la queue vous-même ?

Boyd continua à avancer, sur un rythme régulier, réussissant à conserver une vitesse raisonnable — mais ridicule, comparée à celle de Rebecca. Boyd ne portait qu'une faible charge : un fusil, un détecteur d'ondes radio miniature pour l'aider à localiser le satellite, du plastique C4, quelques amorces, et l'émetteur-récepteur Satcom, grâce auquel il pourrait entrer en communication avec son propre hélicoptère. Mais monter la pente du Machhapuchhare restait une expérience difficile, presque cathartique, qui lui donnait un aperçu des capacités physiques du yéti, dont les traces s'étiraient clairement jusque loin devant lui, telle une suite de minuscules cratères sur une planète froide et oubliée.

Ce serait dommage, pensa-t-il, dommage, oui, s'ils devaient être empoisonnés par les effets de l'explosion de l'isotope, comme l'avait dit Warner. Mais Boyd ne voyait pas d'alternative. Si on ne détruisait pas le satellite, alors quelqu'un d'autre — les Chinois, probablement — pouvait le trouver et utiliser contre les Etats-Unis les informations et la technologie qu'il recelait. Qu'étaient les vies de quelques singes — même une espèce aussi rare que le yéti — en regard de la sécurité des Etats-Unis ? Au CBA, aucun d'eux ne comprenait ça. Pas plus qu'à Washington, d'ailleurs.

Boyd commençait à ressentir les effets de l'altitude. Non pas qu'il fût essoufflé. Mais il éprouvait une espèce de lassitude générale, agissant sur ses jambes comme l'une des drogues de Jameson. Aussi devait-il se forcer à continuer son ascension, quand son corps aurait voulu se reposer. Au bout d'un moment, conscient que les moments de pause devenaient plus longs que ceux où il avançait, Boyd dut se discipliner. Il se força à faire cinquante pas avant de s'arrêter. Finalement, il atteignit le sommet et s'écroula dans le Camp Un, aussi épuisé que s'il avait fait l'ascension du Machhapuchhare. Rampant dans l'une des tentes, il ferma les yeux et somnola.

L'effort physique de la poursuite aida Swift à ne pas trop penser au danger que représentait Boyd pour les yétis et pour elle-même. Pendant un moment, elle se reprocha de s'en être tenue aux apparences, de ne pas s'être davantage méfiée de lui dès le début. Etait-il réellement géologue ? Climatologue ? Il avait semblé s'y connaître dans ce domaine censé être le sien.

Swift avait également conscience de l'ironie de sa situation. Tout comme elle et Jack avaient caché à leurs sponsors le véritable but de leur expédition, Boyd avait caché ses intentions réelles à toute l'équipe. Pas étonnant qu'ils aient bénéficié d'un tel équipement : leur fournisseur était l'armée américaine. Et tout cela au nom de la sécurité nationale et d'un satellite espion égaré !

Toutefois, Swift ne trouvait pas si étrange qu'il ait atterri dans l'Himalaya. Huit kilomètres au nord de Katmandou, près du petit village de Budhanilkantha et d'un site historique entouré de murs, gisait la statue d'un dieu indien sur un ancien réservoir à eau, une statue de cinq mètres de long. Ce dieu était connu sous le nom de « Vishnou endormi ». Dès qu'elle l'avait vu, Swift avait été frappée par le fait qu'il ressemblait à un extraterrestre cryogénisé. A présent, cela paraissait d'autant plus vrai qu'un engin spatial avait disparu. C'était presque comme si Vishnou était tombé du satellite en déroute.

Swift avait peu de considération pour les rituels religieux, mais si elle avait pensé que cela pouvait l'aider à empêcher Boyd de faire sauter le satellite et d'empoisonner la vallée cachée des yétis, la jeune femme aurait offert du parfum, des fleurs, et un panier entier de fruits à ce dieu endormi, la moins sanguinaire des principales déités védiques.

Songeant à ce qui était arrivé aux quatre Sherpas dans le champ de glace, Swift pénétra dans le hasardeux labyrinthe de glace et de crevasses en se promettant de privilégier la prudence, de ne pas se hâter. Les traces de Boyd étaient assez faciles à suivre. Lui-même avait été suffisamment malin pour marcher dans les empreintes de pas de Rebecca chaque fois qu'il l'avait pu. Swift espérait le retrouver sous un gros tas de glace, ou découvrir qu'il était tombé dans une crevasse. Mais au fond d'elle-même, elle s'attendait à autre chose de sa part. Jack avait raison. Boyd était un professionnel. Il appartenait probablement à quelque bataillon de Forces spéciales bien entraînées pour ce genre de terrain. Il ne ferait pas d'erreur flagrante. Alors qu'elle... elle n'était que conférencière à l'université. Le simple fait de se le dire lui donna l'impression de n'être pas à la hauteur de la tâche. Hormis quelques séjours occasionnels à la montagne, pour skier, la chose la plus hasardeuse que Swift eût jamais faite avait été de s'aventurer dans une classe avec des crétins comme Todd Bartlett. Selon elle, son principal atout, voire son seul atout, était que Boyd ne l'attendait pas. Elle pourrait arriver par-derrière quand il collerait son plastic, et lui tirer dans le dos. Le tuer serait la partie la plus aisée, après son meurtre de sang-froid sur la personne de Miles Jameson.

En traversant ce paysage glacé, friable, Swift se sentit plus seule que jamais. Elle regretta de ne pouvoir utiliser la radio à ondes courtes, dans son casque, pour rester en contact avec le reste de l'équipe au CBA. En effet, même si la radio principale ne fonctionnait plus, les unités GPS, moins puissantes, marchaient toujours. Mais cela n'eut fait qu'alerter Boyd, qui était sur la même fréquence, lui annoncer qu'il était suivi. Aussi Swift observa-t-elle le silence radio et essaya-t-elle d'oublier qu'il pouvait très bien être tapi quelque part, attendant de voir s'il avait des poursuivants.

Soudain, le micro extérieur de sa combinaison amplifia un bruit derrière elle. Le cœur battant, Swift fit volte-face. Pour voir s'écrouler un énorme sérac, juste à l'endroit où elle venait de passer. Elle réalisa qu'elle avait échappé à la mort d'un cheveu, et elle en eut la chair de poule. Elle resta là, à trembler, à se dire tout haut à quel point sa survie était miraculeuse.

— Tu as eu une chance incroyable, Swift, dit-elle, à haute voix. Tu pourrais être sous ce gros bloc de glace, en ce moment. Maintenant tu dois continuer. Tu n'as pas le choix. Tu aurais du mal à retraverser ce champ de glace. Ça devrait être intéressant, au retour.

Lorsqu'elle interrompit son soliloque nerveux, Swift n'entendit plus rien que le grincement occasionnel du glacier. La lumière du soleil était plus vive. Swift fit demi-tour et reprit sa poursuite.

Boyd descendit le long des cordes qui pendaient dans la crevasse, et se retrouva debout sur la corniche. Sur sa gauche, il sentait les dimensions gargantuesques du gouffre — plusieurs centaines de mètres, sans doute. Il sourit, face à l'énormité de chute possible. Il n'avait jamais beaucoup aimé les hauteurs. Dehors, ça allait encore. Mais une fois là-dedans, il se sentait claustrophobe et coupé du monde extérieur. Comme s'il était déjà dans son cercueil. Un faux pas et il pourrait y être. Il ferait alors un saut à l'élastique. Mais sans l'élastique.

Se collant davantage contre le mur, Boyd commença à avancer. Lentement, tout d'abord. Ses semelles à crampons faisaient plus de bruit sur ce sol dur que sur la surface couverte de neige, au-dessus. Plus loin, devant lui, la saillie s'incurvait dans l'ombre, comme dans une scène d'un film de Tarzan. Pas étonnant que ces créatures soient restées cachées au monde extérieur pendant si longtemps.

Il y avait une splendeur gothique dans ce chemin, et s'il excluait le froid intense, Boyd s'attendait plus ou moins à voir surgir une tribu de pygmées coupeurs de tête. En certains endroits, la saillie rétrécissait, et il était obligé d'avancer dos au mur tel un courtier de Wall Street envisageant le suicide depuis le sommet d'un gratte-ciel, le soir du crack de 1929.

L'obscurité se fit plus grande, et la lampe du casque de Boyd s'alluma. Peu après, une grosse avancée rocheuse l'obligea à se mettre face au mur, et à contourner l'obstacle en progressant sur le côté, comme une araignée. Il fallait reconnaître que Jack était fort. Sans l'assurance que l'alpiniste était arrivé au bout de cette saillie, Boyd n'aurait sans doute pas osé s'aventurer sur un chemin aussi précaire. Juste au moment où il se dit que ça pouvait difficilement être pire, il se sentit haleter de frayeur en apercevant une silhouette simiesque, debout sur la saillie, un peu plus loin. C'était Rebecca qui l'attendait, dans l'ombre. Cette embuscade n'était pas très subtile.

Momentanément déconcerté, Boyd recula, tout en faisant glisser son fusil à lunette de son épaule, un Colt automatique à canon court, la version « carabine » d'un fusil standard de l'armée, le M16 A1 5,56 millimètres. Cette arme avait une portée de presque cinq cents mètres, mais Boyd regrettait de ne pas avoir emporté de fusil à lunette pour tirer la nuit. Il mit en joue, tira sur la créature dans l'ombre, lui sciant le bras, et fut déçu qu'elle ne coure pas après son membre sectionné en braillant.

Déçu, puis perplexe.

Il s'écoula une ou deux minutes avant que Boyd ne fût suffisamment près pour voir qu'il avait gâché de précieuses munitions sur le corps gelé de l'ancien partenaire d'escalade de Jack Furness. Boyd se maudit. Il le savait, pourtant. Quelqu'un avait expliqué comment Rebecca en était arrivée à porter la bague de Didier. Il aurait dû s'en souvenir. Il allait pénétrer dans la vallée des yétis avec un seul chargeur. Il se demanda s'il allait être amené à le regretter.

Swift venait de prendre pied sur la saillie gelée. En équilibre précaire, elle regardait l'étroit ruban de ciel bleu au-dessus de sa tête, quand elle entendit se réverbérer le bruit de coups de feu lointains, comme un roulement de tonnerre.

Dans sa tête, les secondes s'égrenaient déjà comme sur un métronome. Ne voulant pas perdre un temps précieux à s'interroger sur la raison de cette fusillade, Swift se mit aussitôt en route sur la corniche.

Boyd avait-il rattrapé Rebecca ? Rebecca s'était-elle attaquée à lui ? Ou bien l'avait-il tuée simplement parce qu'il en avait envie ? Aucune de ces trois hypothèses ne semblait très convaincante, et Swift essayait d'en trouver une quatrième quand elle se souvint de Didier Lauren.

Elle réalisa que Boyd devait avoir fait la même erreur que Jack, et pris le corps gelé du pauvre Didier pour un yéti qui l'attendait dans l'ombre. Elle sourit, car elle avait à présent une idée précise de l'endroit où se trouvait Boyd. Ce qui représentait à peu près une heure d'avance. Mais au moins à présent pouvait-elle être sûre que l'homme ne lui préparait pas une embuscade à sa manière.

Encouragée par ses propres conclusions, Swift accéléra le pas, essayant de muer son optimisme soudain en énergie. Elle ne se sentait pas particulièrement courageuse, mais il semblait absurde de s'inquiéter du précipice immense, à sa gauche. Pas avec une espèce entière de primates — la découverte anthropologique du siècle — en jeu. Seule dans ce monde souterrain de glace et de roche, elle avançait plus vite. Elle s'efforçait de se hâter quand les conditions environnantes et le chemin exigeaient qu'elle allât plus lentement. Elle était furieuse après elle-même, furieuse après Boyd. Elle savait qu'il lui faudrait entretenir cette colère, si elle voulait être capable de braquer un revolver sur Boyd et d'appuyer sur la détente.

Au CBA, Warner inspectait les dégâts faits par Boyd sur le mât de la radio et secouait la tête.

— Nous n'allons jamais réussir à réparer ça, dit-il. Nos radios individuelles exceptées, nous sommes incapables d'émettre. Boyd doit avoir une radio plus puissante sur lui. Il doit avoir l'intention de se faire évacuer par pont aérien, ou quelque chose comme ça.

— L'un d'entre nous va devoir descendre à Chomrong à pied, dit Jack. Mac ? Tu te sens de faire une petite marche ? Ça ne devrait pas te prendre plus d'un jour ou deux. Une descente de seize kilomètres.

— Pas de problème.

— Je crois qu'il y a un téléphone à l'hôtel Captain. Tu pourrais appeler l'hélicoptère à Pokhara et leur dire de venir demain. Et puis contacte la police royale népalaise de Naksal. Nous pouvons difficilement rester ici sans rien faire.

— J'y vais.

— Merde.

Dans l'obscurité de la crevasse, Boyd levait les yeux sur le chemin, devant lui. Plate sur deux kilomètres, la saillie grimpait à présent sérieusement, en tournant autour de la paroi comme un escalier en spirale. Sauf qu'il n'y avait pas de marches.

Boyd testa la surface de la pente avec son piolet et vit que la glace était aussi dure que de l'acier.

— Comment tu as fait pour grimper ça, Jack ?

Il donna de petits coups de poing sur la paroi avec sa main gantée.

— Allons, mec, réfléchis. Il doit y avoir un moyen. Tu es allé trop loin pour te laisser décourager maintenant. Il l'a fait. Tu dois pouvoir le faire aussi. Il faut simplement trouver comment.

Il ne pouvait emprunter un autre chemin. C'était clair. Après la côte, la saillie se perdait derrière l'avancée rocheuse et dans la paroi de la crevasse. Boyd séchait. Il n'y avait pas de prises visibles. Jack n'avait laissé ni broches, ni pitons. La paroi paraissait aussi lisse que la visière de son casque.

— Tu es un sacré grimpeur, Jack. Il faut le reconnaître.

Il s'écoula dix minutes, des minutes frustrantes, avant que la lampe, sur le casque de Boyd, n'éclaire un crampon cassé, un peu plus haut sur la pente. C'était rassurant : il ne s'était pas fourvoyé. Jack avait réellement gravi cette côte. Le crampon cassé donnait une idée de la difficulté encore plus grande sur le chemin du retour. Sans doute les yétis connaissaient-ils une autre issue à la vallée cachée. Peut-être une voie qui les amenait sur les montagnes. Mais ça, c'était pour plus tard. Pour le moment, il lui fallait toujours grimper. Boyd s'assit pour se reposer, tandis qu'il réfléchissait au problème.

— Allons, imbécile, se dit-il. Tu veux passer la nuit là ? Regarde encore. Il doit bien y avoir un moyen de grimper.

Il leva son piolet, frappa le sol, frustré. Puis il la vit. La fissure dans le rocher, large de cinq centimètres, pas plus. Mais suffisante pour vous offrir une bonne prise pour les mains, si vous aviez le courage d'essayer. Il lui faudrait grimper les doigts dans la faille, comme pour l'escalade d'un building en cordée. Il n'y avait pas d'autre solution.

Boyd se leva et resserra la sangle de son Colt AR-15 pour l'empêcher de glisser sur son dos. Puis il s'accrocha au bord de la fissure et plaça son pied chaussé de crampons sur la pente. C'était ainsi que Jack avait dû procéder. Une vraie démonstration d'habileté, pour un alpiniste. Les gens disaient que Jack Furness était le meilleur du monde. Ce n'était pas pour rien.

Eh bien, Boyd n'était pas si mauvais non plus. Il fallait un certain talent pour réussir l'entraînement SEAL — sea, air, land. Ils appelaient ça la semaine de l'enfer. Après la plongée et la démolition d'infrastructures sous-marines, l'escalade la plus difficile du monde : il vous fallait grimper jusqu'en haut des grands murs de bois, sur la plage de San Diego. Grimper le long de planches étroites, de quatre centimètres sur huit. Cela demandait une grande force dans les doigts et dans les chevilles. S'il avait fait le SEAL, Boyd pouvait faire n'importe quoi.

Une fois qu'il eut essayé cette technique, Boyd s'aperçut que c'était plus facile qu'il ne l'aurait cru. Mais c'était tout de même difficile de progresser avec ses doigts gantés. Boyd était presque arrivé en haut, quand il accrocha la manche de sa combinaison EI sur un angle du mur presque aussi tranchant qu'une lame de rasoir, et qu'il la déchira salement.

Quand il put à nouveau se mettre debout sur un à-plat, Boyd inspecta les dégâts.

— Merde.

Il allait lui falloir réparer la déchirure. Sinon, il risquait une déperdition de chaleur importante, voire fatale. Mais pendant un moment, il s'autorisa à se laisser éblouir par son nouvel environnement — une énorme caverne ouverte à une extrémité, qui semblait aussi vaste que la base spatiale de Houston. Exactement le genre d'endroit où Tarzan aurait fini par se retrouver en allant récupérer quelque trésor.

Boyd s'assit dos à une paroi glacée, ouvrit le panneau de contrôle, sur sa poitrine, et en sortit une petite trousse d'outils bien emballée.

Swift ne s'arrêta pas pour regarder le corps mutilé de Didier Lauren. Le bras, pulvérisé au niveau du coude, lui confirma que sa théorie sur la fusillade était exacte. Même à travers le système d'air conditionné de sa combinaison, elle arrivait à détecter une odeur de cordite. Swift continua simplement à avancer, aussi vite que le lui permettaient ses crampons, ignorant la fatigue qui la gagnait, avec pour seul compagnon le son de sa propre respiration à l'intérieur de son casque.

Trente minutes passèrent.

Swift était arrivée à l'endroit dont lui avait parlé Jack : là où la saillie grimpait dans la caverne. A présent il allait lui falloir grimper. Quelle était l'expression qu'utilisait Jack ?

« Laybacking », ou escalade en dülfer.

C'était, selon elle, un terme impropre pour désigner une technique aussi épuisante. Il suffisait que Swift pense à ce mot, pour se voir dans son bungalow, allongée sur sa couchette, bien emmitouflée dans son sac à dos, et dormant très longtemps. Ou, mieux, chez elle, sur son grand lit en cuivre, à Berkeley. Voilà ce qu'elle appelait le « laybacking ». Mais pas ce moyen inconfortable de grimper accroupi que Jack lui avait décrit, et qui menaçait de lui bousiller le dos. Heureusement, elle était légère. Et puis, étant une grimpeuse née — ou du moins Jack avait-il tenté de l'en persuader un jour — Swift atteignit le sommet de la pente en dix ou quinze minutes, puis pénétra dans la caverne qui donnait sur la vallée cachée et sur la forêt.

Elle découvrit la vue et en eut le souffle coupé.

Jack n'avait pas exagéré. Il s'agissait réellement là d'un endroit d'apparence magique. Bien protégé. Luxuriant. Le coin rêvé pour l'espèce de singe la plus récente et la plus sauvage, si on pouvait appeler singe une créature dont l'ADN ne différait de celui de l'homme que d'un demi pour cent et quelques.

Swift n'était plus sûre de rien. Sauf d'une chose : le yéti devait être protégé. A n'importe quel prix. Elle tira l'automatique de sa ceinture et avança avec précaution sur le sol de glace crevassé, vers la sortie de cette caverne, qui avait une forme si curieuse. Arrivée là elle s'arrêta. Puis elle s'accroupit tout contre la paroi, scruta l'orée de la forêt de rhododendrons géants et tendit l'oreille.

La forêt devant elle était silencieuse. On n'entendait que le faible froissement des feuilles dans la brise, et le grondement du vent froid de l'Himalaya, qui agitait les sommets des grands pins. Swift avait vu un film, d'après un livre de James Hilton, qui portait un nom magique, parfait pour un endroit secret comme celui-là : Sangri-La. Certes, il n'y avait pas de monastères en vue, et la vallée cachée n'offrait assurément aucune perspective immédiate de vie éternelle. Swift devrait se contenter de cette comparaison pour y survivre dans les heures prochaines. Mais cet endroit donnait l'impression d'être à part.

Swift ôta ses crampons. Puis, lentement, elle approcha des grands arbres.

La forêt demeurait silencieuse.

Swift jeta un coup d'œil dans le sous-bois, passant la tête entre d'énormes feuilles de rhododendron. Puis, se tenant à une branche, elle commença à descendre une petite pente et avança tant bien que mal dans l'épaisse végétation. Elle progressait furtivement, tout à fait consciente que les yétis étaient aussi dangereux pour elle que l'homme qui avait menacé de tous les tuer. Boyd avait déjà prouvé qu'il n'hésiterait pas à se servir de son fusil pour se protéger des yétis. Mais elle, pourrait-elle le faire ? Swift continua à marcher, regardant sans cesse autour d'elle, et toujours prête à toute éventualité, du moins l'espérait-elle. Elle n'avait pas peur. Au contraire, elle éprouvait un sentiment d'euphorie. L'anthropologie ne lui avait jamais paru aussi excitante.

Mais si elle avait espéré traquer Boyd dans la forêt, elle fut déçue. Il n'y avait aucun indice criant du chemin qu'il avait pu prendre. Se souvenant d'une histoire que Byron Cody lui avait racontée sur les gorilles de montagnes, au Zaïre, elle se laissa tomber sur le ventre, et se mit à ramper dans le sous-bois. Les indices visuels, lui avait-il dit, étaient souvent masqués par l'épaisse végétation.

Il y avait très peu de neige sur le sol, tant les plantes étaient denses. Devant elle un court tunnel, dont le toit était un sapin tombé et les parois des rhododendrons épais. Swift se glissa à l'intérieur, ravie de la couverture qu'il semblait offrir. Elle espérait cependant que sa combinaison n'allait pas se déchirer. Sans sa chaleur protectrice, elle ne vivrait pas très longtemps à des températures aussi basses. Au bout du tunnel, elle s'arrêta de ramper et tendit l'oreille.

Rien.

Où étaient les yétis ? Et Boyd ? Etait-il seulement là ?

Une odeur forte, semblable à celle d'une écurie, mais plus violente et plus puante, filtrait à travers la végétation devant elle. A l'intérieur de son casque, Swift sentit son nez se froncer de dégoût. C'était la même puanteur que celle qu'exhalait Jack, après que le sirdar l'eut remonté de la crevasse. Swift se demanda si cette puanteur aurait été beaucoup plus forte si sa combinaison ne l'en avait pas en partie protégée.

La jeune femme regarda autour d'elle, à la recherche d'excréments, n'ayant aucune envie de ramper dedans, et fut surprise de voir qu'il n'y en avait pas. Il s'écoula quelques minutes avant qu'elle ne devine ce qui avait généré cette mauvaise odeur.

La peur. C'était l'odeur de la peur.

Si l'anatomie du yéti était semblable à celle du gorille, la créature possédait des glandes, au niveau des aisselles, sources de cette communication olfactive simple mais hautement efficace. Un yéti suivant la piste d'un autre aurait rencontré cette odeur et reconnu le message : danger proche.

Boyd était-il le danger ?

Avec une impression d'urgence croissante, Swift continua à ramper, jusqu'au moment où elle entendit, quelque part devant elle, plus loin, les hululements caractéristiques d'un yéti, suivis par un coup de feu.

Swift se remit debout et courut dans la direction du bruit.

Trente

« Marche doucement, car c'est une terre sacrée.
Il se pourrait, vissions-nous avec des yeux dessillés,
Que cet endroit soit le paradis. »

Christina Rossetti

Le Camp de base Annapurna était tranquille. L'air avait la couleur du saphir, comme si les dieux avaient déjà purifié le Sanctuaire de la souillure du sang humain qui maculait toujours la neige, à l'extérieur de la bulle. Mac était parti depuis longtemps, et Jack faisait les cent pas dans le camp, en maudissant les blessures qui l'empêchaient de partir à la suite de Swift. Le temps passait lentement et les bruits devenaient les seuls événements de sa journée : le grognement de Ang Tsering dans la bulle ; le bourdonnement du générateur ; un grondement comme celui d'une tronçonneuse dans une forêt, au loin, qui se noyait dans le vent, pour revenir, plus fort. Les mains en visière sur ses yeux plissés, Jack regarda le ciel.

C'était un hélicoptère. Mais pourquoi ça ? Mac ne pouvait être déjà arrivé à Chomrong. Il n'était parti que depuis deux heures et Chomrong était à seize kilomètres. Jack agita ses bras, tels deux métronomes, et marcha vers l'endroit où le précédent hélicoptère avait atterri.

Battant l'air et la neige comme le blanc d'un œuf, l'hélico fit une descente en spirale dans le bassin glaciaire du Sanctuaire, plana au-dessus du camp pendant une ou deux minutes, comme s'il inspectait quelque chose, puis plongea vers le sol, envoyant de la neige dans la figure de Jack quand il courut vers lui. Les inscriptions sur l'appareil étaient claires : c'était la police royale népalaise.

Deux sous-officiers en uniforme, tous deux armés, sautèrent de l'avion, tandis que les rotors commençaient à ralentir.

— Tout va bien, ici ? cria l'un des policiers, un sergent.

— Il y a eu un meurtre, cria Jack. Et il pourrait y en avoir un autre si on ne se lance pas aux trousses du meurtrier.

Jack tendit le bras vers le glacier, plus bas, en direction du Machhapuchhare.

— Il est parti par là.

Jack tenta de reconduire le sergent vers l'hélicoptère, mais le sergent resta où il était, ses yeux s'arrêtant un instant sur la main coupée, qui gisait toujours dans la neige tachée de sang.

— Nous devons d'abord voir le corps, dit le sergent.

— Vous ne comprenez pas, dit Jack. Il va à nouveau tuer, à moins que nous ne l'arrêtions. Il n'y a pas de temps à perdre !

— Peut-être, dit le sergent. Mais de toute façon, nous devons nous recharger en carburant avant d'aller plus loin. Il y a deux cent quarante kilomètres, jusqu'à Katmandou.

Tandis que le sergent parlait, le pilote tirait des jerricans de l'hélicoptère.

— Par ici, dit Jack. Mais je vous en prie.. *Chito garnuhos.* Je vous en prie, faites vite.

Boyd pénétra dans la forêt en usant de la technique de combat classique : courir derrière un arbre, s'agenouiller en position de tir, ramper à plat ventre jusqu'à un endroit plus à couvert, et s'agenouiller à nouveau. Il braqua le canon court de sa carabine d'un côté, puis de l'autre. Il cherchait une cible et regrettait de ne pas avoir pensé à prendre un lance-grenades de quarante millimètres, au cas où l'un des yétis se révélerait difficile à tuer avec le modèle standard de neuf millimètres.

Après deux minutes, Boyd se sentit suffisamment détendu pour abaisser le canon de son fusil, et user de son mini-détecteur d'ondes radio. Les ordinateurs et les émetteurs transmettant des données intégrées à l'oiseau possédaient un oscillateur à portée limitée, qui fonctionnait sur une fréquence spécifique et émettait une radiation électromagnétique repérable. Que le détecteur de Boyd pouvait identifier. Une fois qu'on avait découvert la longueur de l'onde hertzienne du signal radio, et qu'on l'avait confrontée à une mémoire calibrée dans l'appareil, les données affichées sur un petit écran pouvaient être analysées par une puce électronique et vous dire la position exacte du satellite, à cinquante centimètres près. Pour trouver une aiguille dans une meule de foin, c'était la chose qui se rapprochait le plus d'un aimant géant. Malgré cela, et avec un rayon d'action de seulement cinquante mètres, Boyd avait dû effectuer, estimait-il, mille essais de repérages depuis son arrivée dans le Sanctuaire — une zone d'exploration de quelque cent kilomètres carrés — tous avec un résultat négatif. Mais cette fois il eut une réponse positive, et une position presque instantanément. L'oiseau gisait plus loin devant lui, en droite ligne.

— Bingo ! ricana-t-il. Cet homme mérite un prix.

Il rangea le détecteur, et leva à nouveau le canon de son fusil.

— Nous voilà.

Il se mit en marche, passa entre deux buissons de rhododendrons.

— Dans deux heures, je serai sorti de cette glacière, et bien au chaud à l'ambassade, à Kat. Je me trouverai deux nanas à Thamel, et je m'amuserai un peu.

Après avoir à nouveau couru et rampé pendant quinze minutes, Boyd arriva à l'orée d'une clairière tout en longueur. On avait l'impression que quelqu'un s'était lancé dans une vaste entreprise de déboisement. Il y avait des buissons roussis et des arbres cassés.

— Quelque chose s'est écrasé, ici, aucun doute, se rassura-t-il.

Puis il le vit.

Le satellite ressemblait davantage à la carcasse d'une petite camionnette qu'à un engin qui avait été en orbite autour de la terre. Hormis les étoiles et les rayures peintes sur le fuselage blanc et sale, Boyd aurait facilement pu le confondre avec une ambulance. A présent il comprenait pourquoi les avions espions l'avaient raté. L'oiseau s'était écrasé sur une distance de cinquante ou soixante mètres, couverte d'arbres et d'épais buissons, les aplatissant au passage. Puis il avait roulé encore pendant un certain temps, avant de s'arrêter parmi des buissons géants, sous le couvert des arbres. L'oiseau « Keyhole Eleven » n'aurait pu être mieux caché s'il avait tenté lui-même de se camoufler pour se soustraire à toute tentative de repérage aérien.

Evitant instinctivement la clairière, Boyd commença à longer la ligne des arbres vers son objectif. Il s'était attendu à devoir lutter un peu plus. Vu cette description qu'avait faite Jack des yétis, Boyd avait pensé qu'il lui faudrait peut-être remporter quelques rounds avant d'avoir gain de cause. Mais jusqu'ici, il n'avait même pas entendu une seule créature, sans parler d'en voir une. Peut-être que cela allait prendre moins de temps qu'il ne l'avait pensé.

Lorsqu'il arriva devant l'oiseau, Boyd ouvrit le fuselage et regarda à l'intérieur. En atterrissant, l'ordinateur du satellite aurait dû aussitôt émettre un petit signal radio, permettant à une équipe de récupération de le localiser à distance. Mais cela ne s'était pas produit. Il était facile de voir pourquoi. Deux voyants lumineux, sur le tableau d'alerte, étiquetés BUS PRINCIPAL VOLT A et BUS PRINCIPAL VOLT B, étaient rouges. Quelque chose avait empêché la bonne circulation du courant — à la fois au départ du petit générateur thermonucléaire et des panneaux solaires —, vers tous les systèmes de fonctionnement et de guidage. L'explication concernant le Bus A était simple : les cellules solaires avaient été arrachées sous l'impact de la chute. Mais le générateur thermonucléaire qui s'alimentait grâce au Bus B aurait dû continuer à fonctionner. Il y avait un mauvais contact quelque part. Boyd vérifia les voltages dans la boîte de dérivation et trouva l'aiguille indiquant que le circuit produisait toujours du courant. Boyd chercha la boîte de dérivation du Bus B et vit que l'un des fils avait fondu, probablement suite à un petit feu provoqué dans le satellite par le court-circuit dans le Bus A. Pour rétablir le courant, il suffisait d'actionner l'interrupteur pour couper l'électricité dans le Bus B pendant un moment, de reconnecter le fil brûlé, puis de rallumer l'électricité. Le voyant du Bus B était vert, à présent.

— Les crétins, dit-il.

Il essayait d'imaginer la réaction des hommes du NRO, à Washington, quand ils réaliseraient qu'ils étaient à nouveau branchés sur le Keyhole.

— Pas pour longtemps, ricana Boyd.

Puis il commença à taper le code d'autodestruction, sur le clavier de l'ordinateur. Il n'avait entré que la moitié du code quand le courant fut à nouveau coupé. Levant les yeux sur le panneau d'alerte, il vit que le voyant lumineux du Bus B était à nouveau rouge. Il y avait un faux contact ailleurs, mais Boyd n'avait plus le temps de s'en occuper. Il lui faudrait finalement utiliser des explosifs pour faire le travail. Mais au moins, à Washington, ils sauraient qu'il avait trouvé le satellite. Et qu'il était sur le point de le détruire.

Boyd sortit de son sac à dos le morceau de plastic C 4 enveloppé dans du polyéthylène. Le C 4, qui ressemblait à du mastic blanc, était le plus complet des explosifs, facilement manipulable, imperméable, et, avec l'aide d'un peu de vaseline, capable d'adhérer pratiquement à n'importe quoi. Poser des explosifs avait toujours représenté une part importante du travail de Boyd, qui agit rapidement. En faisant levier, il ouvrit le panneau qui protégeait la machinerie interne du satellite, puis il modela son explosif et le colla tout autour de la boîte en métal où se trouvait le radio-isotope, pour en augmenter l'effet. Il cherchait un détonateur dans son sac, quand il entendit une brindille se casser, puis une série de hululements annonçant l'arrivée d'un yéti. Boyd se saisit de son pistolet.

— Des clients, dit-il.

Puis il fit feu deux fois en direction de plusieurs buissons qui bougeaient, apparemment sans résultat. Pas de cri. Pas de chute de corps. Rien. Boyd jura. Il perdait la main. Sept coups tirés sur un chargeur de trente balles, sans rien toucher. Il lui fallait rester vigilant. Sans chargeur supplémentaire, il lui faudrait tirer seulement en cas d'extrême nécessité. S'il tirait chaque fois qu'il entendait un yéti hululer ou qu'il voyait un buisson bouger, il viderait son chargeur pour rien.

Il attendit un moment, tendit l'oreille, et guetta tout signe de mouvement dans la forêt. Il envisageait de retourner à son détonateur quand il entendit un bruit de pas, se retourna et vit un massif de rhododendrons roussi osciller, comme si quelque chose l'avait traversé. Boyd mit en joue, l'œil dans la lunette de son fusil, puis se ravisa.

« Ne t'affole pas, se dit-il. Choisis d'abord ta cible. »

Il recula de quelques pas, se cacha derrière le satellite, le contourna. Puis il fonça sur trente à quarante mètres dans le sous-bois, dans la direction opposée, avant de tourner brusquement sur la droite, de se laisser tomber sur le ventre, et de repartir rapidement en rampant vers l'endroit où il pensait avoir attiré sa proie.

Aux Etats-Unis, Boyd allait souvent chasser. Il avait chassé le cerf, le puma, le coyote, le phoque, mais ça, c'était nouveau. Il n'avait jamais tiré sur un grand singe, hormis certains des hommes qu'il avait tués. Et puis chasser un animal qu'aucun homme n'avait jamais chassé, ce serait quelque chose ! Boyd commençait à prendre plaisir à ce jeu. Il rampa jusque derrière le massif de rhododendrons roussi. Il s'attendait à voir le dos poilu d'un yéti, et fut surpris de se trouver face au reflet de sa propre image. Quelqu'un d'autre portant une combinaison EI.

Il avait été suivi depuis le CBA.

Boyd maudit Ang Tsering, puis se maudit lui-même de ne pas avoir fait ce qui aurait dû être fait. Il aurait dû les tuer tous quand il en avait eu l'opportunité. Tout comme il avait tué ces Chinois.

Son ennemi, quel qu'il fût, tenait le pistolet que Boyd avait donné à Tsering, et se tenait accroupi à l'orée de la clairière, son arme braquée sur le satellite. Boyd était trop intrigué pour tirer d'emblée. Il voulait voir qui avait osé jouer contre lui, avant de se débarrasser du présomptueux.

Swift s'agenouilla derrière le couvert d'un énorme pin argenté himalayen. Elle regardait le satellite et se demandait si Boyd était dans les parages. Elle tenait le pistolet à deux mains devant elle, à la manière des flics qu'elle avait vus à la télé.

Une minute passa, puis elle baissa son arme. Peut-être Boyd ne l'avait-il pas encore trouvé. Ou peut-être avait-il déjà posé son explosif, et était-il reparti. Mais Swift était sûre que les coups de feu étaient venus d'ici.

Elle eut une seconde ou deux pour considérer l'étonnante diversité des fleurs autour d'elle : saxifrages, gentianes, géraniums, anémones, primevères. Si elle réusissait à se faire tuer, il y avait pire, comme endroit, pour reposer.

Rameutant tout son courage, elle se leva, pour se prendre aussitôt un coup de pied dans les chevilles, tomber sur le ventre, et voir le revolver lui échapper. Puis elle eut le souffle coupé quand elle reçut un coup violent entre les omoplates.

Il fallut deux ou trois minutes pour que son corps meurtri reprenne suffisamment d'air, et qu'elle comprît : c'était Boyd qui l'avait frappée avec la crosse de son fusil. Il avait eu le temps d'ôter son casque et celui de Swift.

Il était assis sur une souche non loin d'elle, sa carabine pendant à une lanière, entre ses cuisses, comme un énorme médaillon.

— J'aurais dû deviner que ce serait toi, dit-il, en souriant. Personne d'autre n'a eu le cran, j'imagine. Mais sous ta science casse-couille, tu es sûrement une sacrée nana, Swifty. Bien entendu, je ne fais qu'imaginer. Ces combinaisons sont chaudes, mais ce ne sont pas celles d'Issey Miyake, hein ?

— Va te faire foutre, Boyd.

— Comme tu voudras, chérie.

Il voulait s'amuser un peu avant de la tuer.

L'un des avantages du métier. Il n'y en avait jamais eu beaucoup. La baiser avant de faire sauter l'oiseau.

— Tu sais, ce n'est pas une mauvaise idée, dit-il.

Il braqua Swift, colla le bout de sa carabine sur sa poitrine.

— Et si tu enlevais cette combinaison ? J'aimerais voir comment tu es dans ton thermolactyl.

— Va au diable, Boyd. Tue-moi, finis-en, parce que je ne suis pas prête à jouer ton...

Il tira une fois au-dessus de sa tête, si près qu'elle sentit la balle frôler ses cheveux.

— Tout ce que tu avais en tête, j'imagine, c'était de me tuer, dit-il. Tu pourrais te prendre une balle. Mais il existe de nombreuses façons de tuer, Swifty. Des moyens lents. La méthode apache. Ou bien tu peux rester suspendue un peu plus longtemps entre la vie et la mort. Fais ce qu'on te dit et tu resteras en vie. Peut-être.

Son ton se fit plus menaçant.

— Maintenant déshabille-toi ou la prochaine je te la loge dans la rotule.

Swift resta immobile.

— Apparemment tu n'as jamais vu quelqu'un se prendre une balle dans la rotule, Swifty. Ça fait mal. Une fois que je t'aurai tiré dans la rotule, je pourrai faire ce que je veux de toi, de toute façon. Pour moi, ça ne fait aucune différence. Mais ça pourrait en faire une pour toi.

Il avait raison. Tant qu'elle était vivante, il lui restait l'ombre d'une chance.

Résistant à la tentation de lui dire d'aller se faire foutre, Swift défit le panneau de contrôle et le jeta sur le sol. Puis elle tourna le dos à Boyd, une idée naissant déjà dans son esprit.

— Il va falloir que tu m'aides, dit-elle. C'est difficile d'enlever cette chose toute seule.

— O.K., dit Boyd. Mais pas de coup fourré.

Il plaça le bout glacé de la carabine derrière l'oreille de Swift.

— Ou je te promets que tu n'auras pas le temps de m'entendre râler.

Elle sentit qu'il défaisait le sac à dos contenant le système de survie.

— Doucement, dit-il.

Il débrancha le sous-vêtement une pièce de Swift de son petit tuyau spécial.

Avant qu'elle n'ait le temps de faire quoi que ce soit, il recula.

— Maintenant sors de la combinaison. Lentement.

Swift fit ce qu'on lui demandait, puis elle laissa tomber la combinaison vide à ses pieds comme une mue. Elle se mit à frissonner, sans savoir si c'était de peur ou de froid.

— Maintenant enlève le reste.

— J'ai toujours su qu'il y avait quelque chose de minable chez toi, Boyd. Depuis cette soirée, à Kat, où tu m'as draguée de façon si vulgaire.

Elle tira sur la bande de Velcro qui recouvrait la fermeture de son sous-vêtement.

— Tu aurais dû être gentille, dit-il. Il se pourrait que tu vives suffisamment longtemps pour regretter de ne pas l'avoir été. Mais je ne promets rien.

— Je crois que le viol est tout à fait ton style.

Elle ôta son sous-vêtement protecteur comme une deuxième peau, et se tint devant lui, en petite culotte et soutien-gorge. Après la chaleur du sous-vêtement chauffé à l'eau, le froid lui coupa le souffle. Les combinaisons n'avaient qu'un seul vrai défaut : pour pisser, il fallait les enlever. Pour la violer, Boyd devrait ôter sa combinaison. Cela pourrait être la seule chance de Swift.

— Allons, grogna-t-il. Le reste.

Swift défit l'attache de son soutien-gorge et lâcha celui-ci sur le sol. Elle enleva rapidement sa culotte, puis, frissonnante, subit le regard pénétrant de Boyd. Elle en était sûre, à présent : le froid l'emportait sur la peur. Mais il y avait sans doute des manières plus affreuses de mourir que de succomber au froid. Sans doute serait-ce comme de s'endormir.

— Joli, dit Boyd. Très joli. On va s'amuser un peu, tous les deux. Maintenant mets-toi à quatre pattes et prie pour que le froid n'ait pas un mauvais effet sur moi, sinon je risque de te tuer de frustration.

Elle fit ce qu'il lui demandait. Mais aussitôt elle chercha le fusil des yeux.

— Tu rends toujours le froid responsable de tes défaillances ? dit-elle, en claquant des dents.

— Cause toujours. D'ici deux minutes, ton cul va commencer à payer pour certaines de tes réflexions. Plus tu en diras, plus tu auras mal. Et il y a quelque chose qu'il vaudra mieux que tu comprennes tout de suite. C'est faire mal qui m'excite. Alors parle tout ton soûl, Swifty. Mais garde les yeux baissés.

— Quel est le problème ? Tu es timide ? Tu oublies que je suis anthropologue. Ce n'est pas la première fois que je vois une bite de singe.

Elle trembla de peur et de froid en entendant quelque chose tomber sur le sol. Le panneau de contrôle de la combinaison de Boyd. Puis le cœur de Swift bondit dans sa poitrine. Le pistolet. Son pistolet à elle ! Il reposait sur un massif de rhododendrons blancs, à cinq six mètres de sa main droite, et il avait toute l'apparence d'un cadeau des fées.

Boyd riait.

— Ça y est. Reste en position, Swifty. Je vais pouvoir te réchauffer d'ici une seconde.

Elle l'entendit se débattre avec le sac de survie qu'il avait sur le dos. L'enlever tout seul, c'était comme essayer de sortir d'une camisole de force. Il fallait presque être désarticulé pour y arriver. Le seul moyen qu'elle avait trouvé, c'était de s'allonger sur le dos, de s'appuyer sur le coude, puis de remonter la main le plus loin possible au-dessus de l'épaule. Il était bien plus simple de se faire aider.

Boyd poussa un juron quand il arriva à la même conclusion.

Pour Swift, c'était le moment de s'enfuir.

Elle se retrouva en train de courir avant même d'avoir le temps de réfléchir à ses chances de survie par des températures bien en dessous de zéro. Mais elle avait réussi à s'emparer du pistolet.

Instinctivement, elle se mit à zigzaguer.

Quelques secondes plus tard, il y eut de petites explosions de bois et de sève dans l'arbre à côté d'elle : Boyd tirait.

Swift sentit le vent froid sur ses seins et ses membres nus en sautant par-dessus un tronc couché, le cœur battant. Elle fonça dans une autre direction. Tant qu'elle courait, elle ne souffrait pas trop du froid. Elle aurait des problèmes quand elle s'arrêterait. Elle trébucha, glissa, fit une galipette, puis, tel un tireur d'élite, elle se releva pour tirer dans la direction d'où elle venait. Le pistolet bougea à peine en déchargeant. Swift eut l'impression d'avoir seulement à pointer l'engin devant elle. Et bien qu'elle eût à peine conscience d'appuyer sur la détente, elle tira huit coups en moins de temps qu'il lui en eût fallu pour jouer la gamme, au piano.

S'attendant à une volée de balles en retour, elle repartit à toute allure. Swift plongea sous les branches, évita des troncs d'arbres. Et tout le temps cette odeur de cordite dans les narines, comme si la fusillade avait galvanisé l'air. Puis tout à coup elle entendit un coup de feu et se retrouva par terre, sur le dos. Elle pensa avoir été touchée, jusqu'à ce qu'elle lève les yeux et voie dépasser une branche d'arbre, telle une barrière de douane. Dans sa hâte d'échapper à Boyd, Swift avait foncé tête la première dans le bras tendu du « Checkpoint Charlie » de la forêt.

Elle s'assit et porta instinctivement la main à sa tête. Elle y trouva une bosse de la taille d'une pomme, et un petit filet de sang. Puis elle reconnut l'odeur forte de la végétation autour d'elle, vit son petit tunnel de rhododendrons et d'arbres tombés, et rampa rapidement à couvert.

Les plus vieux sanctuaires de l'homme n'étaient pas les bois. Cachée dans le tunnel, couchée sur un lit de fougères, Swift se sentit suffisamment en sécurité pour prendre une grande inspiration d'air glacé, et attendre que Boyd arrive. Elle toucha à nouveau la bosse sur sa tête et gémit. Le Sanctuaire ne lui avait jamais paru à la fois plus accueillant et plus glacé. Combien de temps pourrait-elle survivre avec seulement une couche de fougère pour protéger son corps nu ? Peut-être une heure ou deux. A tout casser. A moins que Boyd ne vînt la chercher jusque-là, ce serait à elle de partir à sa recherche, ou d'aller récupérer ses vêtements. Sinon, elle mourrait de froid.

— Allez viens, salopard, dit-elle, tenant le pistolet à bout de bras, allongée sur le sol.

Sauf qu'à présent le pistolet n'avait plus le même aspect. La détente semblait coincée, le canon court dépassait, tel le bout d'un cigare.

Il fallut une ou deux minutes à Swift pour comprendre. La forme qu'avait prise l'arme ruina le sentiment d'euphorie frissonnante qu'elle commençait à éprouver à l'idée de s'être échappée. Réaliser qu'elle n'avait plus de munitions la refroidit jusqu'aux os. Elle devait avoir vidé le chargeur quand elle était tombée, et avait tiré pour riposter.

— Merde.

Swift planta le revolver dans la terre par pure frustration, et essaya de réfléchir à ce qu'elle allait faire ensuite. Rester étendue là et mourir de froid rapidement. Ou bien se rendre, en espérant qu'après avoir abusé d'elle il lui laisserait la vie sauve.

— Il y a de grandes chances, oui, marmonna-t-elle.

Elle ferma les yeux. L'horreur du choix qu'elle avait à effectuer s'accompagna du sentiment que tout serait bientôt dit.

Tout en avançant dans la forêt, Boyd essaya d'évaluer le nombre de coups de feu que Swift avait tirés.

A son départ du CBA, il avait laissé à Tsering le Beretta de calibre trente-huit dont il s'était servi pour tuer Miles Jameson. L'automatique avait un chargeur à double action, contenant dix balles. Swift avait tiré huit fois. Question : combien de coups Tsering avait-il tirés avant d'abandonner son arme — si toutefois il avait fait feu ? Boyd devait supposer qu'il restait, au mieux, deux balles à Swift. Suffisamment pour rendre cette traque intéressante. Il espérait trouver Swift avant qu'elle ne meure de froid. Car alors son corps ne lui serait plus d'aucune utilité.

Boyd, pisteur expérimenté, repéra très vite la trace de Swift. L'empreinte de pas occasionnelle dans la neige. Et le petit tas de cuivres vides, telles les déjections d'un animal de métal, à l'endroit où elle s'était arrêtée pour riposter à ses coups de feu. Il s'agenouilla, ramassa les réceptacles vides pour s'en assurer. Huit. Si elle avait tiré huit balles, elle avait vidé tout son chargeur sous l'effet de la peur. Et se trouvait sans doute dans les parages. Suffisamment près pour l'entendre.

Il se releva, dérangeant un oiseau blanc et gris pâle à tête noire, qui s'éloigna dans un battement d'ailes. Le bruit faillit coûter une autre balle à Boyd. Mais ce n'était qu'un pigeon des neiges.

— Je sais que tu n'es pas loin, cria-t-il. Et si tu te montrais, qu'on en finisse ? Si je dois venir te chercher, c'est ton corps qui va payer. Tu m'entends ?

Il marqua une pause, tendant l'oreille dans l'attente d'une réponse, mais en vain. Silence. Patient, Boyd ne bougea pas, comme s'il savait que quelque chose allait bientôt la trahir. Il n'eut pas à attendre longtemps.

Un autre oiseau jaillit d'un massif de buissons, sauf que cette fois il cavalait sur le sol, comme pour échapper à quelqu'un d'autre. L'oiseau bifurqua au dernier moment pour éviter Boyd.

Boyd fronça les sourcils, observa les buissons avec attention. Il scruta le feuillage vert sombre, crut voir une forme humaine, étendue derrière les rhododendrons. Boyd n'en était pas certain. Il avait recommencé à neiger. Les flocons appuyaient sur les feuilles en tombant dessus, de sorte que...

Une main. Il voyait sa main. Il sourit, s'approcha davantage, resserra sa prise sur la carabine puis la leva à hauteur d'épaule.

— Je te vois, dit-il, d'un ton taquin. Tu te caches là-dedans. Tu insultes mon intelligence, Swifty. Je pourrais te tirer d'ici, sans problème. Alors jette ton arme, et montre-toi. Si je vois pointer autre chose que le bout de tes seins...

Il y eut un bruit d'explosion dans la végétation, comme si un boulet de canon venait d'atterrir aux pieds de Boyd. Avant même qu'il ait le temps d'appuyer sur la détente, une chose énorme traversa le feuillage dans sa direction tel un bulldozer, rugissant comme un typhon. Des arbres et des buissons furent littéralement aplatis, comme si un autre satellite venait de s'écraser sur terre.

Boyd fut si surpris qu'il tourna les talons et s'enfuit, perdant son sang-froid. Une attitude qui provoqua automatiquement une poursuite, mais brève. Il n'avait pas parcouru plus de deux ou trois mètres, quand l'immense yéti à dos argenté l'envoya à terre, arracha ses vêtements, mordit son cou et son dos.

Boyd se mit à hurler.

Regardant le yéti attaquer depuis le tunnel de rhododendrons, qui lui offrait un abri plutôt sûr, en comparaison, Swift eut une vision soudaine et horrifique de la puissance et de la férocité de la créature qu'elle était venue protéger. Le yéti mâle était gigantesque, bien plus grand qu'elle ne l'aurait cru. Rebecca avait à peu près le tiers de sa corpulence — Madonna comparée à Schwarzenegger.

Le yéti souleva Boyd du sol, puis, le tenant toujours par un bras, il le balança à nouveau par terre et le piétina.

Boyd hurla de nouveau quand son bras fut arraché de son corps au niveau de l'épaule. Swift aurait dû être contente. Au lieu de quoi elle eut pitié de lui.

Rendu fou par la vue du sang, le yéti suça l'extrémité à vif du bras de Boyd. Blessé à mort, celui-ci se tourna faiblement sur le ventre, et tenta de s'éloigner en rampant. Il ne réussit à parcourir que cinquante centimètres avant que le yéti ne lui retombe dessus avec un terrible rugissement. Il ramassa Boyd comme un petit bagage à main, le tint levé au-dessus de sa tête, à bout de bras, comme s'il allait le cacher quelque part, puis il le balança sur le sol, piétinant à nouveau son torse.

Le yéti s'assit, grogna bruyamment. Pendant un moment, il regarda Boyd avec un vague désintérêt. Puis il le souleva une troisième fois. Mais au lieu de l'envoyer à nouveau dinguer, le yéti porta la masse sanguinolente de l'épaule de Boyd jusque sous ses crocs énormes, puis, d'un grand coup de tête, il arracha de la chair à la poitrine de l'homme. Boyd était toujours vivant, il essayait faiblement de repousser la grosse tête du yéti, tandis qu'il se faisait manger. Swift regardait la scène, horrifiée, prise de nausées.

— Seigneur, dit-elle.

Puis elle se couvrit la face.

Quand à nouveau elle ouvrit les yeux, Swift vit que le yéti avait abandonné Boyd, et que celui-ci avait cessé de bouger. Le soulagement fit bientôt place à la terreur, quand elle réalisa que les grands yeux jaunâtres du yéti étaient à présent fixés sur elle.

Trente et un

« Ne sois pas stupéfait de voir le vrai dragon. »

Dogen Zenji

Swift demeura immobile. Il était absurde de courir. Boyd l'avait prouvé. Le grand yéti à dos argenté bougea avec une vitesse que Swift trouva époustouflante pour une créature de cette taille. D'après elle, il devait bien mesurer deux mètres cinquante, et peser dans les deux cent soixante-dix kilos. Pour attaquer Boyd, il avait couru aussi vite qu'un sprinter olympique jaillissant de son starting-block. Et puis il s'était déplacé sur deux jambes, aux cuisses larges comme des troncs d'arbres, se propulsant vers l'avant avec des bras si monstrueusement musclés, que le plus énorme des body-builders eût paru tout frêle à côté. Rugissant comme un tigre, ses poils volant derrière lui tels des fanions rouges emmêlés, le yéti apparaissait tel l'hominoïde le plus formidable que la terre eût peut-être jamais porté.

Swift ne doutait pas que le moindre mouvement inciterait le yéti à l'attaquer. Ses poils, sur sa crête crânienne, étaient totalement dressés et ses dents complètement découvertes. Engourdie comme elle l'était par le froid, Swift se demanda combien de temps elle pourrait se forcer à rester étendue là avant d'être complètement gelée, et de devoir se montrer. Elle n'avait déjà plus aucune sensation dans les doigts et les orteils, et seul le nombre de doigts sur la main coupée de Boyd — un nombre pair — la retint de hurler de terreur.

Le yéti s'assit et la regarda. Il mangeait le bras de Boyd, et jetait de temps à autre un coup d'œil par-dessus ses épaules de la taille du mont Rushmore, comme s'il attendait le reste du groupe, dont, selon Swift, il devait être le chef.

Mais ce ne fut pas le reste du groupe qui arriva.

Le yéti se leva, et à sa grande surprise, Swift entendit un humain parler. Il y avait quelqu'un avec elle, dans la vallée cachée. Un inconnu qui semblait parler au yéti. Swift connaissait désormais suffisamment les consonances du népalais, pour savoir que l'inconnu s'exprimait dans une autre langue. Mais apparemment, il ne s'agissait d'aucun des dialectes parlés par les sherpas. Et puis ce n'était pas quelqu'un du CBA, Swift en était presque certaine.

Pendant une seconde, elle se souvint des capacités d'imitatrice de Rebecca, et se demanda si ce n'était pas là le vrai parler yéti. Puis elle abandonna aussitôt cette idée : le sang devait geler dans son cerveau.

La seconde d'après, elle vit deux pieds humains, nus, comme les siens. Elle entendit une petite voix flûtée. Puis un homme barbu s'agenouilla à l'entrée du tunnel.

— Tout va bien, dit-il, très calme. Vous pouvez sortir, à présent. Vous ne risquez rien.

C'était le sadhu. L'homme dont elle avait suivi la trace par erreur avec Jameson, le jour de leur arrivée dans le Sanctuaire.

Swift se sentit sourire de soulagement.

— Swami Chandare, dit-elle, d'une voix haletante.

— Vous vous entraînez pour devenir sadhu ? dit-il, en riant. Pourquoi êtes-vous nue ?

Swift secoua la tête, trop gelée à présent pour dire quoi que ce soit. Elle sentit le swami ramper dans le tunnel à côté d'elle, la retourner, les mains sur son ventre nu. Il la voulait, lui aussi. Faiblement, elle le frappa de son poing.

— Calmez-vous. Je dois vous réchauffer. Ecoutez-moi. Vous devez vous détendre. Respirez calmement et écoutez-moi. Il faut que vous respiriez doucement, et que vous ne sentiez rien d'autre que mes mains. Que vous n'entendiez rien d'autre que ma voix. Concentrez-vous sur la chaleur qui pénètre dans votre corps. Respirez profondément, et écoutez ma voix...

Pendant un moment, Swift se sentit la tête vide, comme si elle flottait. L'hypnotisait-il ? Quand bien même, elle n'avait pas peur. Elle se laissa bercer par les intonations douces de la voix du swami. Et par la chaleur bienfaisante de ses mains. Ce pouvoir, dans ses mains, semblait venir de quelque superbe source d'eau chaude souterraine, si puissante qu'elle aurait pu être l'énergie de la vie. L'effet était proche de l'anesthésie produite par les drogues, dans les seringues de Jameson. Mais la sensation de chaleur était bien supérieure à tout produit injecté au moyen d'une aiguille. Swift ferma les yeux, se sentant soudain plus détendue. D'une certaine façon, le froid n'avait plus d'importance, et pendant une seconde elle eut peur, pensant qu'il pouvait s'agir de la mort, mais à nouveau elle entendit la voix du swami. Il la calmait, lui disait qu'il ne faisait pas froid, lui assurait que la chaleur qu'elle sentait dans son ventre venait de ses mains à lui.

— ... la chaleur vient de mes mains. Il ne fait pas froid. Il n'y a que la chaleur qui vient de mes mains...

Il y avait de la chaleur. Une chaleur profonde qui semblait couler de lui comme un ruisseau d'eau brûlante, et qui réchauffait le ventre de Swift, sa poitrine, et ses bras. Une chaleur inexorable, picotante, indolore, se répandait dans les membres de Swift comme si le swami l'avait branchée sur un courant électrique. Qui repartait vers ses mains et ses pieds. Elle n'éprouva pas la moindre douleur quand un sang stagnant, à moitié gelé, se remit à circuler dans ses orteils et ses doigts bleuis. Rien qu'une merveilleuse sensation de bien-être qui semblait ne jamais devoir finir.

— ... écoutez-moi. Réveillez-vous.

Swift ouvrit les yeux et regarda le visage barbu du swami. Il souriait. Ses mains étaient toujours sur le corp nu de la jeune femme, mais elle n'avait pas conscience de sa nudité. Elle ne ressentait que de la chaleur. Une chaleur incroyable. La dernière fois qu'elle avait eu chaud comme ça, elle était allongée sur la plage de Santa Monica. Son souffle apparaissait devant sa bouche, mais elle ne claquait plus des dents. Il gelait. Et pourtant, Swift avait aussi chaud que si elle avait toujours porté sa combinaison EI. La neige, sous ses fesses nues, lui faisait l'effet du sable le plus doux et le plus chaud qui soit.

Somnolente, elle sourit au swami et bougea avec bonheur.

— Je dois rêver, dit-elle.

— Faites confiance à vos rêves, dit le swami. Dans vos rêves, vous verrez le chemin vers l'éternité. Mais maintenant nous devons aller chercher vos vêtements.

Il l'aida à sortir du tunnel de végétation, ôta son peignoir tout râpé, et en enveloppa Swift, pour que la pudeur soit sauve.

Swift jeta un regard anxieux au gros yéti mâle à dos argenté, à présent calmement assis à côté du corps brisé de Boyd, et elle se colla contre le dos du swami.

— Mon frère ne vous fera pas de mal tant que je serai là.

Le swami lança un regard triste au corps de Boyd.

— Cependant, votre ami... je suis vraiment navré.

— Il n'était pas mon ami.

— Une feuille ne jaunit pas et ne tombe pas sans que tout l'arbre le sache.

Le swami la précéda dans le sous-bois, puis dans la clairière où se trouvait le satellite. Le yéti suivit humblement, à faible distance, tel un garde du corps.

— Depuis qu'il est tombé, je m'attends à ce que quelqu'un vienne, dit le swami. Ainsi va le monde. Je dois avouer que j'ai craint ce moment.

— C'était Boyd. L'homme qui est mort. Il était venu pour le satellite. Moi je suis venue pour en apprendre plus sur le yéti.

— Et il vous a conduite au même endroit.

— Oui, dit-elle. Mais je ne voulais de mal à personne. Je voulais seulement savoir qui était le yéti.

Swift récupéra son sous-vêtement protecteur et l'enfila à la hâte, car elle avait toujours aussi chaud que si elle venait de sortir d'un sauna.

— En tant qu'objet présentant un intérêt intellectuel, je crois que mon frère n'est rien d'autre qu'une abstraction pour vous. Mais il est une source de joie pour mon âme. Pour l'homme illuminé, il est une représentation de la vérité, de la beauté, une fenêtre à travers laquelle on peut regarder l'univers avec émerveillement.

Le yéti s'assit aux pieds du swami et laissa l'homme saint le caresser avec une affection désinvolte.

— Vous l'appelez votre frère, remarqua Swift, en se glissant dans sa combinaison à environnement indépendant.

Malgré ce que Lincoln Warner lui avait appris sur le sang du yéti, Swift avait toujours l'impression qu'elle ne comprenait pas grand-chose à cette extraordinaire créature. Elle se souvenait de ce que le swami lui avait dit, lors de leur première rencontre. Il l'avait mise en garde, contre toute recherche concernant les ancêtres, et les arbres généalogiques. « Un fruit peut tomber sur vos genoux, avait-il dit. Il peut même vous nourrir. Mais ne vous étonnez pas si la branche vous reste dans la main. »

A l'évidence, le swami en savait plus sur le yéti qu'il ne l'avait dit. Peut-être savait-il tout ce qu'il y avait à savoir.

— Nous sommes comme les piliers d'un temple. Nous nous tenons près les uns des autres, mais pas trop près, sinon le temple s'écroulerait.

— Mais jusqu'à quel point sommes-nous proches ? D'après l'ADN, il est très proche de nous.

— Le monde, ce n'est pas les atomes, dit le swami. On ne peut comprendre ce monde et sa création en l'étudiant du point de vue de la destruction. Les atomes ne sont pas importants. Il n'y a d'amour que dans l'Un et le grand Tout. C'est la plus grande vérité et la première graine de l'âme.

Swift lui tendit son peignoir. Il le posa sur ses épaules décharnées avec une apparente indifférence au froid que Swift pouvait à présent comprendre pour l'avoir éprouvée. Il l'aida à attacher son système de survie, comme s'il avait fait cela de nombreuses fois.

— Mais quelle est la vérité, sur le yéti ? Comment se fait-il qu'il soit ici ? Pourquoi...

— Qui connaît la vérité ?

Le swami ricana d'une façon qui rappela à Swift un film d'actualité qu'elle avait vu sur le Maharishi.

— Qui peut dire comment et quand ce monde et nous-mêmes sommes venus à la vie ? Mais il est certain que les dieux arrivent après le commencement. Alors qui peut dire d'où nous venons ? Seul le Dieu du paradis le plus élevé, peut-être. Ou peut-être pas.

— Je ne crois pas en Dieu, dit Swift.

— Vous ne pouvez pas connaître Dieu en résolvant des énigmes.

— Alors vous voulez bien me dire ce que vous savez du yéti, et pas de Dieu ?

— Ils sont identiques. La vie elle-même est un temple et une religion. Voilà ce que je sais de façon certaine, et que je puis vous dire : si l'on voit seulement la diversité des choses et les divisions, alors on possède un savoir imparfait. Ce sont de grandes questions, que vous vous posez sur le monde. Mais comme vous savez peu de choses, je vais vous en dire plus.

» Le yéti est plus humain qu'animal, mais l'animal en lui représente son innocence. L'innocence que l'Homme a perdue.

» Selon l'arrière-arrière-grand-père de l'un de mes prédécesseurs, les yétis étaient très nombreux dans ces montagnes, à une époque. Il y avait réellement autant de yétis qu'il y avait d'hommes. Mais en devenant plus intelligents, les hommes ont commencé à en vouloir au yéti, car ils travaillaient dur, alors que le yéti ne faisait rien. Pire, le yéti volait la *tsampa* depuis toujours. C'est de l'orge mélangée avec de l'eau et des épices, et ça reste la nourriture de base dans cette partie du monde. Parfois, c'était la seule nourriture dont les gens pouvaient disposer. Et puis, chose plus grave encore, les yétis prenaient parfois la viande, qui est encore plus rare dans ces montagnes que l'orge.

» C'est ainsi que les hommes ont décidé de tuer tous les yétis. Tout d'abord, ils ont laissé de la *tsampa* empoisonnée sur les collines pour que les yétis la mangent. De nombreux yétis sont morts. Et ensuite, pendant des années, les hommes les ont chassés, et tués. Ils prélevèrent les têtes, les mains et les pieds de nombreux yétis pour les utiliser dans des rituels religieux. Certaines religions anciennes vont même jusqu'à vénérer ces reliques comme des objets sacrés, car ils croient que les âmes des hommes sont dans les yétis. Et d'une certaine façon, ils ne sont pas si loin de la vérité, comme je vous l'ai dit.

Après quoi le swami demeura silencieux un moment, et refusa de répondre à aucune autre des questions de Swift. Il confirma cependant qu'une femelle et son enfant avaient regagné sains et saufs la vallée cachée. L'histoire de l'orge empoisonnée rappela à Swift pourquoi elle avait suivi Boyd.

— Le satellite contient un radio-isotope, dit-elle. Un genre de poison. Boyd avait l'intention de détruire le satellite avec des explosifs. Ce qui aurait répandu un produit toxique dans toute la vallée. Tous les yétis seraient morts. Sans parler de vous, swami.

— Qu'est la mort, sinon flotter nu dans le vent ?

Il sourit et leva les mains vers le ciel.

— Si seulement les hommes pouvaient avoir une aussi bonne opinion de Dieu que d'eux-mêmes, tout le monde atteindrait le nirvana. Il existe une tradition dans ces montagnes. Une très belle tradition religieuse. Une énigme, si vous voulez. Il y a ceux qui appellent les gens comme moi les Seigneurs Cachés. Ils disent que nous adorons le yéti. Certains affirment que nous sommes bouddhistes. D'autres que nous étions là avant les lamas. La vérité est plus prosaïque, tristement prosaïque. La voici : il y a toujours eu des gens comme moi — la religion importe peu —, des gardiens qui comprennent les yétis et cherchent à les protéger du monde extérieur. Mais depuis quelque temps, c'est devenu très dur. Chaque année, il vient de plus en plus de touristes dans les montagnes.

» J'avais pensé que les yétis pouvaient demeurer tranquilles sur cette montagne sacrée où aucun homme n'est autorisé à venir. Pendant de nombreuses années, ç'a été un lieu interdit. Les sherpas ont respecté cela. Mais les choses ont été dures pour eux. Il n'y a plus eu d'argent, et ils vous ont amenée ici, où vous vouliez aller. Eh bien, espérons que l'homme sera bon pour le yéti, même si je ne vois pas de raison de se montrer optimiste, car les hommes sont méchants entre eux, de même qu'avec les autres grands singes. Le yéti lui-même n'attaque l'homme que parce qu'il a appris à le craindre. Sinon, il est vraiment gentil.

Le swami s'assit sur le sol et tira l'oreille du yéti dans un geste d'affection.

— Mais vous devez me dire ce que je dois faire, pour empêcher le poison dont vous avez parlé de se répandre.

— Je crois qu'il serait préférable que je quitte ces lieux, dit Swift. Et que j'emmène le radio-isotope avec moi. Sans cet isotope, le satellite n'est plus que de la ferraille.

Le swami fronça les sourcils.

— Mais ces choses peuvent-elles se faire sans risque ? Vous allez devoir parcourir un long chemin, avant de retrouver vos amis. Peut-être serait-ce mieux de mettre cette source de toxicité en un lieu où elle ne pourra nuire à personne jusqu'à la fin des temps. Il y a un endroit. Une crevasse très profonde. Pas celle qui vous a conduite jusqu'ici. Mais pas très loin.

— Montrez-moi où c'est, dit Swift. Et je me débarrasserai de l'isotope.

Swift avait passé suffisamment de temps avec Joanna Giardino dans le département de radiobiologie du centre médical de l'USCF pour savoir qu'il y avait peu de chance qu'elle pût manier l'isotope sans risque. Pas sans les tabliers de plomb, les boîtes en plomb, les pinces spéciales, et tout un matériel de protection.

Même l'isotope du département de radiographie du centre médical requérait les mêmes précautions qu'un produit du Projet Manhattan. Toute substance radioactive fissile, qu'elle soit biochimiquement inerte ou active, pouvait occasionner des dégâts à l'extérieur ou à l'intérieur du corps humain.

Malgré la combinaison EI et le casque qu'elle portait, et même si elle prenait le radio-isotope du satellite entre deux piolets, telle une pince improvisée, Swift avait bien conscience que les radiations passeraient dans son corps comme la lumière à travers un carreau. Les dégâts seraient irréversibles. Même une exposition de quelques minutes à des radiations pouvait s'avérer fatale.

Swift pensa à Roentgen, l'homme qui avait découvert le rayon X, mort d'un cancer des os, et à deux des pionnières dans l'usage médical de ces rayons, Madame Curie et sa fille Irène, mortes l'une et l'autre de leucémie, causée par les radiations.

Swift n'avait nulle envie de mourir prématurément de leucémie, ou de quelque autre maladie liée aux radiations. Mais elle ne voyait pas ce qui pouvait assurer la survie des yétis dans leur vallée cachée, sinon le fait de récupérer l'isotope et de s'en débarrasser. Il y avait autre chose en jeu que son propre avenir : celui d'une espèce hominoïde importante.

Il n'y a pas d'hésitation à avoir, se dit-elle, et elle espéra qu'elle vivrait suffisamment longtemps pour pouvoir raconter ses découvertes dans un livre.

Avant d'agir, Swift laissa le swami lui montrer la nouvelle crevasse. Puis elle lui expliqua qu'elle retirerait l'isotope hors de sa présence. Il eût été absurde de l'exposer au même risque qu'elle.

Accompagné du yéti, le swami la conduisit à l'extrémité de la vallée, jusqu'à une étroite crevasse, dans le sol, au pied de la chaîne de montagnes protectrices. La crevasse était à cinq bonnes minutes à pied du satellite.

— Ici, dit le swami, en pointant le doigt sur la faille. Elle fait dans les neuf cents mètres de profondeur, d'après moi.

Swift inspecta la crevasse et hocha la tête.

— Cela devrait minimiser le risque dans des proportions suffisantes.

Ils retournèrent dans la clairière où était le satellite. Boyd avait laissé son sac près du panneau ouvert de l'appareil. Swift jeta un coup d'œil à l'intérieur. Il y avait plusieurs détonateurs, et une radio plus grande et plus puissante que celle dont elle s'était servie. Au moins pouvait-elle à présent appeler Pokhara et faire venir un hélicoptère du CBA.

Installé sous le plastic de Boyd, l'isotope radioactif fut facile à repérer. Swift décolla le morceau d'explosif C 4, puis elle lut l'injonction inscrite sur le métal : ne pas toucher le générateur thermo-électrique et son isotope de Cæsium 137. Le Cæsium avait une demi-vie de trente ans. Mais cela le rendait-il moins mortel à court terme que le plutonium ? Swift n'en avait pas la moindre idée.

Avant d'ouvrir le boîtier de l'isotope, elle chercha le swami des yeux. Il l'observait avec attention. Le yéti était assis non loin de lui et le regardait, comme s'il attendait qu'on lui dît quoi faire.

— Vous feriez mieux d'y aller, maintenant, swami, dit-elle, calmement. Cette chose est dangereuse dès qu'on la sort de son boîtier de métal. Ce n'est pas la peine que nous soyons deux à en prendre une dose.

— Elle est si petite, ricana le swami, en se penchant par-dessus l'épaule de Swift avec curiosité. Peut-elle vraiment être si dangereuse ?

— Oui, dit Swift. Maintenant, partez, je vous en prie.

— Vous risqueriez votre vie, pour nous ?

Swift ramassa son casque et s'apprêta à se le mettre sur la tête, espérant qu'il offrirait quelque protection contre le Cæesium. Le swami leva la main au-dessus d'elle, dans un geste d'apparente bénédiction.

— La vérité de l'amour donne sa vérité à l'univers, dit le swami. C'est la lumière de l'âme qui révèle les secrets des ténèbres. La lumière est constante en vous. Elle brille dans un abri où aucun vent ne l'atteint. Vous êtes une grande âme, et pour avoir montré votre volonté de voir l'esprit de la mort, vous avez ouvert votre cœur à l'essence véritable de la vie.

— Merci, dit-elle d'un ton sinistre. Je garderai cela présent à l'esprit. Maintenant partez avant que je ne change d'avis.

— C'est une action faite en Dieu, et par conséquent, votre âme n'est pas tenue de l'accomplir.

A ce stade, Swift ne voyait plus très bien ce qu'il voulait dire, et s'en souciait encore moins. Elle avait l'esprit concentré sur le travail fatal qu'elle entreprenait. Ce qu'il pensait d'elle ne semblait pas avoir grande importance. Elle ne le faisait pas pour une guirlande de fleurs, un panier de fruits, la bonne opinion du swami, ou sa propre récompense au paradis.

Swift allait dire au swami avec plus de force de s'en aller, quand il se retourna et parla au yéti. Etant plus près cette fois, Swift sut que c'était une langue qu'elle n'avait jamais entendue. Ça ressemblait au tibétain, peut-être, mais c'était plus guttural et plus — elle réalisa qu'il n'y avait pas d'autre façon de le formuler — proche du langage des singes qu'elle n'en avait eu conscience.

Le grand yéti mâle à dos argenté se leva. Mais au lieu de quitter les lieux avec le swami, comme Swift l'avait ordonné, le yéti avança sur elle, les bras tendus, dans l'intention évidente de la soulever. Avant qu'elle ait eu le temps de faire quoi que ce soit, Swift se retrouva en l'air, au bout des bras de la créature, gros comme des troncs d'arbres.

— Hé, c'est quoi l'idée, là ?

— Ne vous inquiétez pas, il ne vous fera aucun mal.

— Alors dites-lui de me reposer, s'il vous plaît.

— Il le fera, dit le swami. Mais seulement quand vous serez loin d'ici.

— Ecoutez, je n'ai pas dû être suffisamment claire, dit-elle, en regardant, mal à l'aise, la large face du yéti. Il faut que je retire cet isotope pour qu'il n'empoisonne pas cette vallée.

— Si, vous avez été claire. Très claire. Mais peut-être que moi, je ne l'ai pas été. Je suis le gardien de ces lieux. Pas vous. J'ai fait le vœu sacré de protéger ces frères et ces sœurs. Vous pas. Je ne puis vous laisser risquer votre vie quand c'est ma destinée. Aussi, voyez-vous, si quelqu'un doit se débarrasser de cet isotope, c'est moi.

— Vous ne comprenez pas, insista Swift.

Elle tenta de lutter pour se libérer de la prise du yéti, mais ses bras étaient inflexibles. Elle aurait aussi bien pu être immobilisée par des haussières d'acier.

— La radioactivité vous tuera si vous maniez l'isotope.

Swift se creusa les méninges pour essayer de trouver un moyen d'aider le swami à comprendre.

— Ce serait comme tenir le soleil, dit-elle.

— Que pourrait-il y avoir de plus jubilatoire que de se fondre dans le soleil ? Vous-même étiez prête à le prendre entre vos mains, n'est-ce pas ? dit-il, en lui tendant le sac de Boyd.

— C'est différent. C'est ma responsabilité.

— Comme je viens de vous l'expliquer, dit le swami en gloussant à nouveau, c'est la mienne.

L'homme saint fit un *namaste* avec ses mains.

— Mais j'apprécie cette pensée, dit-il. Celui qui voit tous les êtres en lui et qui se voit en toutes choses n'a pas besoin d'avoir peur. En outre, je pensais que vous aviez compris. Je suis un type plutôt coriace. Pas facile à tuer.

Le swami s'adressa à nouveau au yéti. Sans hésiter, celui-ci emmena Swift loin du satellite.

— Il va vous ramener à votre camp. Par un chemin différent. Oh, oui, il y a de nombreux chemins pour sortir d'ici.

Le swami eut un sourire aimable.

— Et puis vous avez dit que vous vouliez l'étudier. Eh bien ce sera l'occasion. Une occasion unique. Au revoir.

Swift voyait bien qu'il ne servait à rien de discuter avec l'homme saint. Il lui aurait encore fait une réponse énigmatique. Mais le silence de la jeune femme ne le découragea pas.

— Et ne soyez pas si dure avec la religion, lui lança-t-il. Les visées de Dieu dans la vie sont comme un grand tapis. Vu d'un côté du métier à tisser, ça n'a pas de sens. Pas de forme. Ça n'a aucune logique. Ce ne sont que des centaines de bouts de laine qui pendent au hasard. Mais vu de l'autre côté, tout prend son sens. Le motif devient clair. Aucun morceau de laine ne dépasse. Tout est ordonné.

— Au revoir, dit-elle.

Le swami ricanait encore quand il repartit vers le satellite, puis retira l'isotope du générateur avec ses mains fines, et nues.

La voie du yéti les conduisit très haut, entre les aiguilles de glace qui entouraient la vallée cachée, telles les deux moitiés d'un piège destiné aux hommes. Alors qu'ils grimpaient plus en altitude, Swift sentit ses oreilles se déboucher. Elle commença à craindre que le yéti ne la laisse sur quelque versant montagneux inaccessible où elle mourrait, sans nul doute.

Toute petite à côté des montagnes et de l'énorme créature qui la portait à bout de bras, Swift avait l'impression de n'être plus qu'une minuscule silhouette horizontale dans un immense paysage vertical : elle et son King Kong personnel, deux créatures très différentes au yeux du monde, et pourtant presque identiques dans leurs protéines et leurs molécules. Elle était Fay Wray, portée dans la neige bleutée par l'azur profond du ciel infini. Peu à peu, elle se détendit. Et peut-être comprit-elle une petite partie de ce qu'il avait dit. Qu'y avait il d'immuable, hormis le sublime toit bleu au-dessus de sa tête, ce ciel infini ? Quoi qu'il arrive sur terre, ce ciel serait toujours là. Peut-être Swift était-elle encore sous l'influence des suggestions que le swami lui avait faites pendant qu'elle était en transe. Elle avait toujours aussi chaud, sans nul doute, bien qu'elle dût mettre en route le circuit chauffant de sa combinaison. Elle commença même à se dire que dans cet endroit magique et sans limites, le swami pourrait ne jamais vieillir, ne jamais mourir. D'après ce qu'elle savait de lui, il était réellement un immortel, quelqu'un à qui les lois de la nature ne s'appliquaient pas. Il continuerait à protéger les yétis à sa façon tranquille, passive, jusqu'à la fin des temps.

Swift s'assoupit.

Lorsqu'elle se réveilla, ils redescendaient, sur une pente d'aspect périlleux. Quand le chemin lui paraissait trop inquiétant, Swift fermait les yeux. Mais le yéti ne trébucha pas une seule fois. Jusqu'au moment où il s'avéra que même des pieds de yéti n'étaient pas adaptés à l'impossible à-pic qui les attendait. D'après Swift, ils étaient environ à six mille mètres, sur le Machhapuchhare. En contrebas se trouvait le Sanctuaire. Devant eux se dressait l'Annapurna, qui s'élevait jusqu'à huit mille mètres, telle une ancienne pyramide d'Egypte. Il ne semblait pas y avoir de voie évidente jusqu'en bas, à moins de planter un piton dans l'arête rocheuse, au-dessus d'eux, puis de descendre en rappel les mille cinq cents mètres le long de la pente.

A la grande surprise de Swift, le yéti s'assit dans la neige profonde. Elle pensa qu'il prenait peut-être un repos bien mérité, tout en réfléchissant à un autre chemin possible.

— Alors par où on passe, maintenant ? demanda-t-elle. On va revenir sur nos pas, j'imagine.

Au lieu de ça, le yéti avança un peu son énorme derrière sur la corniche, déclenchant une petite avalanche de neige poudreuse dans le couloir abrupt, devant eux. Soudain Swift devina ce que le yéti prévoyait de faire. Elle poussa une exclamation d'horreur.

— Oh non, cria-t-elle, dans son micro. Tu ne vas pas glisser jusqu'en bas sur le cul, hein ? Espèce de crétin de babouin !

Elle frappa plusieurs fois le yéti sur la poitrine pour lui asséner son point de vue.

Le yéti grogna, avant d'avancer encore plus au bord de la corniche.

— Oh, seigneur, non. Ne fais pas ça. On va se tuer !

Swift sentit de la sueur perler sur son front, à l'intérieur de son casque. Plus loin encore, au cœur de son environnement indépendant, elle sentit monter une nausée, quand, lentement, le yéti se mit à glisser.

— Non, je t'en prie !

Swift hurla et ferma les yeux, quand brusquement ils prirent de la vitesse et commencèrent à dévaler le couloir abrupt dans un vide blanc de neige. Le yéti rugissait, ravi, comme s'ils s'étaient trouvés sur un manège, et non sur la piste de ski la plus noire qui soit. Aussi bonne skieuse fût-elle, jamais Swift ne se serait risquée sur une pente comme celle-ci. Elle continua à crier alors qu'ils traversaient l'espace en trombe, ballottés d'un côté puis de l'autre, dans le couloir qui défilait. A deux reprises, elle sentit qu'ils décollaient du sol, avant que le poids lourd du yéti ne les fît retomber sur la pente. Swift pressait sa tête contre l'épaule du yéti, et priait pour que leur voyage express se termine, mais ils continuèrent à glisser, de plus en plus vite, jusqu'à ce qu'elle fût certaine que l'animal qui la portait avait perdu le contrôle et qu'ils ne glissaient plus, mais tombaient dans une avalanche qu'ils avaient eux-mêmes créée, et qui allait les enterrer vivants.

La seconde d'après, ils sembla qu'ils s'élevaient dans l'air et Swift se prépara à la chute mortelle qui allait certainement s'ensuivre. Mais au lieu de tomber, ils continuèrent à avancer, et quand Swift entrouvrit un œil, elle réalisa que le yéti avait atterri sur le sol et courait. Ils étaient juste au-dessus du glacier, à l'entrée de la vallée. Swift poussa un soupir de soulagement.

Le yéti contourna en courant une falaise de glace qui s'avançait en courbe sur le glacier. Il bondissait d'un roc à l'autre, tel un cabri habitué à crapahuter en montagne, évitait les séracs et les crevasses de quelques centimètres chaque fois. Il était dans son élément, aussi agile sur ce relief de haute montagne, qu'un gibbon dans le plus haut des arbres.

Ils atteignirent bientôt le couloir de glace et le mur où se trouvait l'échelle conduisant à la crevasse par laquelle étaient repartis Rebecca et le petit Esaü. Swift aurait aimé les revoir une dernière fois, juste pour l'entendre dire à nouveau « Oh-ké ». Elle était presque triste quand ils arrivèrent au Camp Un. Le grand yéti mâle à dos argenté, dégageant de la vapeur comme un cheval de trait par un jour froid, s'arrêta, et la posa sur le sol. Comment pourrait-elle jamais décrire ce voyage dans son livre ? Et si elle le faisait, qui la croirait ? Peut-être le swami avait-il encore raison sur ce point : il était inutile de se poser autant de questions.

— Merci, dit-elle.

Le yéti attendit. Il semblait presque attendre un pourboire. Puis Swift réalisa qu'il regardait l'équipement et les tentes du Camp Un. Doucement, il toucha le haut d'une tente avant de tirer sur un sac de couchage et de le renifler avec curiosité.

Swift sourit. Il était difficile d'établir un rapprochement entre ce yéti et celui qui avait tué Boyd. Mais elle pouvait difficilement lui reprocher cela, car Boyd l'eût tuée elle avec bien plus de joie. En regardant le yéti, Swift sentit la passion de la science céder la place au sentiment, et réalisa qu'elle voulait donner quelque chose à cet être.

Elle fouilla dans ses possessions, sous la tente qu'elle avait partagée avec Jutta, pensa donner un gant, un calepin, puis un bonnet de laine au yéti, mais rien ne semblait convenir. Puis elle se souvint du goût du yéti pour les objets brillants, et se rappela qu'elle avait apporté une petite trousse de maquillage dans son sac à dos en venant au Camp Un. Elle la trouva rapidement, et en sortit un petit miroir à main, qu'elle tendit au yéti.

Le yéti se regarda pendant un moment, puis, grognant de contentement, il tira sur sa lèvre inférieure avec un énorme index. Elle se demanda s'il s'était déjà vu, et, si oui, s'il se reconnaissait.

Lentement, la bouche du yéti se fendit en un rictus qui apparut à Swift comme un immense sourire. Elle ôta aussitôt son casque et lui rendit son sourire. Le plus important, venait-elle de réaliser, était qu'elle se reconnaissait dans cet hominoïde géant. Swift sentit une larme se former au coin de son œil, et cilla pour la chasser. Un moment passa puis, tenant toujours le miroir, le yéti s'en fut rapidement.

Swift l'observa un moment, espérant qu'il se retournerait et la regarderait. Mais il ne le fit pas.

Ce ne fut qu'au moment où il eut disparu à la vue, qu'elle se demanda comment elle allait retraverser le champ de glace. Elle n'avait plus pensé au sérac qui s'était écroulé sur son chemin. Si seulement elle s'en était souvenue, elle aurait peut-être pu amener le yéti à la porter de l'autre côté. Swift allait appeler le CBA sur la radio de Boyd, quand elle vit l'hélicoptère.

Avant même qu'il n'atterrisse, Jack avait sauté à terre — ses genoux s'entrechoquèrent un peu quand il toucha le sol — et couru vers elle. Alors qu'ils s'étreignaient, elle vit des larmes dans ses yeux, et ne sut pas si c'était la joie de la voir vivante ou le vent dans les rotors.

Trente-deux

« La nature, malgré sa rigoureuse discipline, recommande l'aide mutuelle, au moins aussi souvent que l'agression. Le plus fort peut également être le plus doux. »

Theodosius Dobzhansky

Elle n'avait peut-être pas entendu la fanfare tumultueuse des trompettes nietzschéennes. Mais le grand singe l'avait touchée et elle avait senti quelque chose changer en elle. Ç'avait davantage été une prise de conscience qu'une épiphanie. Mais Swift avait compris qu'on n'obtenait pas les plus grandes réponses en posant des questions, mais en appréciant le mystère des choses. Elle en avait appris un peu plus qu'elle ne l'espérait, mais avec pour résultat paradoxal d'avoir le sentiment d'en savoir un peu moins. Une série de questions en entraînait simplement une autre, et l'énigme du monolithe, celle de sa jeunesse inspirée, semblait inchangée.

En revenant au CBA, Swift éprouva de la réticence à parler des événements vécus dans la vallée cachée, hormis le fait que Boyd était mort, et les yétis sains et saufs. Non pas qu'elle se sentît traumatisée, mais son expérience lui paraissait trop personnelle pour qu'elle la partage avec d'autres. Elle aurait bientôt une excellente raison de se réjouir de sa circonspection.

Perrins prit l'appel de Bill Reichhardt. Le NRO avait de bonnes nouvelles. L'ordinateur du satellite « Keyhole-Eleven » avait été allumé pendant quelques minutes, et la moitié de son code d'autodestruction entrée dans sa mémoire. Puis le signal s'était à nouveau tu.

— Je dirais que le courant a été coupé avant qu'il ne puisse finir de taper tous les chiffres du code d'autodestruction, expliqua Reichhardt. Alors question : a-t-il fini le travail ? A-t-il fait sauter l'oiseau ?

— Je pense que nous n'avons pas trop d'inquiétude à nous faire à ce sujet, dit Perrins. Il se sera sans doute fait tuer pendant sa mission, car nous n'avons plus entendu parler de lui depuis.

— C'est dommage, Bryan, dit Reichhardt. Ce devait être un bon agent. Vous devez être fier de lui.

— Oui, Bill. Nous sommes tous fiers de lui.

Perrins raccrocha, puis il prit son catalogue de l' » American Film Institute », jeta un coup d'œil sur les premiers films d'Hitchcock, entoura au stylo rouge ceux qu'il voulait voir. *L'homme qui en savait trop*. Perrins fit la moue et secoua la tête. Si seulement il avait pu en dire autant de lui-même.

Plusieurs jours plus tard, l'équipe était de retour à Katmandou, pour découvrir que la Chine et la Russie avaient vivement incité au calme leurs alliés respectifs. Résultat, les Indiens et les Pakistanais s'étaient démobilisés et avaient accepté la présence d'un contingent des Nations Unies pour le maintien de la paix. La crise semblait terminée.

Jack resta deux jours en observation à l'hôpital américain. Swift se promena dans la capitale et s'efforça de profiter du confort de l'hôtel *Yak et Yéti*, le plus chic de Katmandou. Mais pendant son séjour, il se passa quelque chose qui lui fit perdre le peu de foi qui lui restait en la nature humaine.

Un soir où elle rentra tard d'un bar de Thamel après avoir bu des bières San Miguel avec Byron et Mac, le portier de nuit de l'hôtel lui remit par erreur un fax destiné à Lincoln Warner. Le temps qu'elle arrive dans sa chambre, et qu'elle réalise que ce fax ne lui était pas adressé, Swift l'avait lu. Ce fax émanait du *Times* de Londres, et concernait un article de Warner sur l'Abominable Homme des Neiges, papier qui allait bientôt paraître. Tout d'abord, Swift pensa qu'il s'agissait d'un malentendu, et, avant d'accuser Warner, elle passa plusieurs coups de fil à Londres. Qui ne firent que lui fournir davantage de détails sur l'affaire. L'enthousiasme de son correspondant, le rédacteur en chef du *Daily Telegraph*, et les questions qu'il lui posa, celles d'un homme informé sur le sujet, confirmèrent ses craintes : Warner avait envoyé au magazine *Nature*, par e-mail, un papier où figuraient non seulement les résultats de ses expériences, mais le compte rendu détaillé de l'expédition. Alors que tous les autres cherchaient le yéti, au péril de leur vie, Warner était resté dans la Bulle pour préparer son article. Il l'avait fait parvenir à *Nature* au fur et à mesure, par courrier électronique. Puis il avait faxé ses dernières données et ses conclusions dès son retour dans la capitale du Népal.

C'était une véritable trahison, totalement en violation du contrat de confidentialité qu'il avait signé avant de s'associer à l'expédition. Byron Cody et Jutta Henze furent outrés et ne voulurent plus rien avoir à faire avec lui. Pendant ce temps-là, les quelques braves des média mondiaux qui se trouvaient à présent en Inde pour couvrir la crise dissipée, débarquèrent à Kat, impatients de parler à Warner de sa fantastique découverte. D'une certaine façon, Swift sembla s'en soucier assez peu. Elle se contenta de dire à Warner qu'elle était très déçue qu'il ait pris le départ sans attendre ses camarades.

Swift, qui se demanda quoi faire, passa toute une journée à visiter des temples à Katmandou même, et aux environs. L'un de ceux-ci, le temple hindou à Pashupatinah, peut-être le plus connu de tous les temples du Népal, exerça sur elle un effet presque hypnotique. Il y avait d'autres temples, peut-être plus beaux. Mais à Pashupatinah, on avait l'impression d'être dans un Sanctuaire. Le mot même avait désormais pour elle une plus grande résonance. Situé au sommet d'une colline, loin des clameurs de la ville, le temple fut un lieu où Swift put réfléchir, regarder la réalité en face. C'était là, sur les rives du fleuve Bagamati, qu'on allumait les brasiers funéraires. Le spectacle de ces feux, qui brûlaient sur les larges escaliers menant au fleuve, la fascina. Tout d'abord, voir ces corps brûler en plein air, telles des feuilles mortes, fit surgir en elle la pensée morbide de ces millions d'humains qui allaient sans doute périr dans un holocauste. Mais la vie continuait autour de ces crémations publiques. Des gens vendaient des fleurs, de l'encens, du bois à brûler. Des intouchables tapotaient les brasiers funéraires avec de longues perches. Des femmes lavaient des vêtements dans le fleuve sale. Des garçons jouaient au football. Un peu comme si l'acceptation de la mort donnait une dimension plus grande à l'existence elle-même.

Peu à peu, Swift se sentit portée par un courant de vie, tel ce tas de vieux vêtements qu'on avait enlevés sur un corps qui noircissait, et qui à présent descendait le cours du fleuve. Ce fut à Pashupatinah qu'elle fit sa découverte la plus importante. Elle buta sur un fait simple et incontournable — pas dans une caverne, ni dans l'ADN de quelque fabuleuse créature, mais en elle-même : sa responsabilité à l'égard d'un secret important qu'elle n'aurait jamais dû divulguer. Un papier publié, une chaire à Berkeley, des lauriers scientifiques — aucune de ces choses ne semblait compter, désormais, confrontée à sa conscience. Elle avait trouvé sa propre vision de la vie, et non pas une vision darwinienne. Peut-être même était-ce une vie avec Jack.

Elle savait à présent ce qui devait être fait, et ce qu'elle seule pouvait faire.

Dans ce coin de la maison d'Helen O'Connor, qui servait de bureau de l'expédition à Kat, Jack se préparait à retourner dans le Sanctuaire avec certains des sherpas, dans le but de nettoyer le site où ils avaient établi leur camp. Il prévoyait également de récupérer le corps de Didier dans la crevasse, sur le Machhapuchhare, afin de pouvoir le ramener au Canada où il serait enterré. Swift proposa qu'on ajoute une troisième tâche à ce programme de travail. Les membres de l'expédition toujours présents à Katmandou — Mac, Jutta, Cody et Hurké Gurung — se réunirent à sa demande et elle leur exposa son plan.

L'équipe l'écouta en silence. Ce fut Jack qui parla le premier.

— Je suis heureux que tu aies suggéré cela, dit-il. Vu ce que nous savons, nous nous sentons tous une responsabilité à l'égard de ces créatures, je pense. A mon avis, nous devrions voter. Quelqu'un n'est pas d'accord ?

Jack jeta un coup d'œil autour de lui et vit que tout le monde approuvait.

— O.K. Hurké. Qu'en dis-tu ?

Le sirdar, qui avait gardé les yeux baissés sur son pied à présent presque guéri, leva la tête, surpris qu'on lui demande son opinion en premier.

— Moi, sahib ?

Il secoua la tête.

— Pas le premier. Pas moi.

— C'est ton pays. Tu « dois » être le premier à t'exprimer. Alors, quelle est ta décision ?

Le sirdar pencha lentement la tête d'un côté, puis de l'autre, temporisant.

— Je suis d'accord, Jack sahib. Ce qu'a dit la memsahib est le mieux. Peut-être devrait-on garder certaines choses secrètes, protégées des autres hommes.

— Byron ?

— Je pense que j'aurais suggéré d'entreprendre la même action si Swift ne l'avait proposé la première. Je vote oui.

— Je suis d'accord, dit simplement Jutta.

Puis elle regarda Mac. Qui poussa un grand soupir.

— Qu'en dis-tu, Mac ? demanda Jack. D'une certaine façon, C'est toi qui as le plus à perdre, dans cette histoire.

— Nous avons tous quelque chose à perdre, dit l'Ecossais, l'air renfrogné. Et je ne veux pas seulement parler des membres de cette expédition. N'est-ce pas là la question ?

— Si, dit Swift.

— Je pensais à toutes ces photos, dit Jack.

— Oh, les photos.

Mac alluma une cigarette puis sourit.

— C'est une question purement spéculative.

Il regarda les autres avec un air de surprise innocente.

— Je ne vous ai pas dit ? Aucune de ces photos n'est sortie. Pas une seule. Et puis pas de trente-cinq millimètres. Pas de super-huit. Le stock de pellicules était naze. Ou alors je suis un très mauvais photographe.

Mac eut un rire ravi.

— Ce salopard de Warner, dit-il. J'aimerais bien être là pour voir sa tête. Il va s'attendre à ce qu'on publie, bien sûr. Il va avoir l'air drôlement bête quand il va s'apercevoir qu'il n'y a aucune photo pour donner un quelconque crédit à son histoire.

— Et puis quand nous allons le contredire, dit Byron, en souriant.

— Quand nous dirons que rien de tout cela n'est arrivé, ajouta Mac.

— Nous dirons à la presse qu'il souffrait du mal des montagnes.

— Tu crois que quelqu'un pourrait le croire ? demanda Jack.

— Quelqu'un t'a cru, toi ? dit Swift.

— Bien vu.

— J'ai presque pitié de lui, dit Jutta. Il va vraiment passer pour un crétin.

— N'aie pas pitié de lui, dit Byron. Voler la découverte de quelqu'un d'autre c'est...

— Tu oublies quelque chose, dit Swift. Nous n'avons rien découvert. A part quelques ossements peu convaincants. Il ne nous reste donc plus qu'une chose à faire.

L'Alouette de la police royale népalaise, pilotée par Bishnu, comme la fois précédente, ramena Jack, Swift, Hurké et quelques sherpas au CBA. Cette fois, il ne fut pas utile de faire la route à pied depuis Pokhara, car ils étaient toujours acclimatés à une altitude de quatre mille mètres, bien qu'ils aient passé une semaine à Kat. Lorsque l'hélicoptère atterrit, ils découvrirent que l'approche du printemps et le recul des neiges avaient déjà donné un autre aspect à leur camp de base. La bulle s'affaissait légèrement, car la neige sur laquelle on l'avait montée commençait à fondre. Le toit de l'un des bungalows de l'hôtel était tout à fait visible. Mais rien de tout cela n'eut la moindre incidence sur la tâche à accomplir. Dès qu'ils eurent brûlé de l'encens, prié leurs dieux et bu du « cha », les sherpas entreprirent de démanteler la bulle. Pendant ce temps-là, Jack et Hurké mirent la civière Bell dans l'hélicoptère, ainsi que l'un des sacs à dos de Boyd, qu'ils étaient allés chercher dans son bungalow.

Ils décollèrent à nouveau, puis volèrent vers les hauteurs du Machhapuchhare, et vers le Camp Un, sur le Rognon. Le pilote offrit de les monter sur le Camp Deux, dans le couloir de glace proche de la crevasse. Bien qu'il n'y eût aucun endroit où se poser au Camp Deux, il eût été facile pour eux de sauter — un saut de moins d'un mètre. Mais Jack préféra qu'ils atterrissent au Camp Un, puis qu'ils grimpent jusqu'au Camp Deux. Il leur fallait penser au contenu du sac de Boyd. Ce n'était pas le genre de bagage qu'on laisse tomber par terre. En outre, il était préférable, selon Jack, qu'un minimum de gens soient au courant de ce qu'ils allaient faire. Les autorités népalaises n'étaient pas tendres avec ceux qui changeaient la configuration géographique d'un parc national.

Laissant Bishnu fumer et profiter du soleil, Swift, Jack et Hurké s'engagèrent dans le couloir de glace.

N'ayant plus les combinaisons à environnement indépendant, Jack et Hurké pénétrèrent dans la crevasse avec des combinaisons en goretex, et des lampes frontales Petzl. Outre la civière, ils avaient pris des piolets, avec lesquels ils entendaient libérer le corps de Didier de la glace. Jack estimait qu'il ne leur faudrait que deux ou trois heures pour effectuer l'opération. Pendant l'absence des deux hommes, Swift resta près de la tente, seule avec ses pensées. En survolant à nouveau le Sanctuaire, aussi vaste que vide — telle une mer lunaire — il avait semblé peu probable qu'un lieu aussi froid et paisible ait pu livrer l'un de ses secrets. Mais aujourd'hui comme hier, Swift se surprit à chercher des traces, une silhouette — humaine, ou de yéti —, un signe prouvant qu'elle n'avait pas tout imaginé. Tout autour d'elle, il n'y avait rien que de la neige, blanche, immaculée, que seul le vent touchait. Qu'un grand animal, quel qu'il fût, a fortiori une créature si proche de l'homme, ait pu vivre dans un environnement aussi hostile, paraissait toujours aussi peu vraisemblable.

Finalement, Jack et Hurké revinrent, hissant le corps hors de la crevasse avec deux cordes. Swift n'avait pas connu Didier vivant et c'était la première fois qu'elle le voyait de près. Hormis le bras manquant, que Boyd, ce paranoïaque, avait pulvérisé en tirant dessus, Swift vit que le corps était extrêmement bien préservé. Il n'avait subi qu'une légère déshydratation et bien que cela fût un cliché, le défunt donnait réellement l'impression de dormir. Didier avait été un bel homme, se dit

Swift. Jack couvrit son ami mort d'un tapis de sol, puis il prit le sac à dos de Boyd et se mit à déballer les explosifs.

Le sirdar les considérait d'un œil critique, tenait le plastic et les détonateurs avec la familiarité de quelqu'un qui a passé de nombreuses années comme sergent dans l'armée.

Jack jeta un coup d'œil au versant rocheux, au-dessus de lui, cherchant un bon endroit où placer ses explosifs. Il donna un petit coup de coude à Hurké, puis tendit le bras vers un endroit situé cinquante ou soixante mètres plus haut sur la montagne, en dessous d'un énorme surplomb de neige et de glace.

— Si tout ça tombait, ça recouvrirait toute la zone. Qu'en penses-tu ?

Hurké hocha la tête.

— Si tu me montres comment faire, je peux poser les explosifs, puis redescendre en rappel, dit Jack. Inutile que nous y allions tous les deux. En plus, ton pied est toujours bandé. Swift et toi feriez mieux de partir avec la civière, puis je vous retrouve à l'hélicoptère, O.K. ?

Hurké était trop intelligent pour discuter. Il choisit un morceau de plastic à peu près de la taille d'un livre de poche, puis il montra à Jack comment tasser l'explosif et insérer un détonateur.

— Quand vous avez placé le détonateur dans le plastic, sahib, veillez à ne pas utiliser votre radio, car elle pourrait déclencher l'explosion accidentellement.

Jack acquiesça d'un hochement de tête. Puis il se glissa des anneaux de corde sur l'épaule et mit son sac à dos, dans lequel il avait soigneusement rangé le matériel explosif.

— Mieux vaut déclencher l'explosion dans l'air, memsahib, dit Hurké. C'est moins risqué.

— O.K.

— Sois prudent, Jack, dit Swift.

— Je serai revenu en un rien de temps.

Ils le regardèrent descendre le couloir de glace en direction du versant rocheux, et le sirdar attendit que Jack ait disparu à la vue pour suggérer qu'ils repartent vers le Camp Un. Swift poussa un soupir nerveux, puis elle se dirigea vers l'avant de la civière où reposait le corps de Didier. Hurké se tenait à l'arrière. Quand Swift fut prête, et sur le signal de Hurké, ils prirent les poignées de la civière et commencèrent à marcher.

Ils ne parlèrent ni l'un ni l'autre. Et puis porter la civière en ligne droite vous empêchait quasiment de regarder en arrière. Lorsqu'ils arrivèrent à l'hélicoptère, Swift avait l'estomac noué, tant elle était inquiète. Hurké aussi se faisait du souci, elle en aurait juré.

Quand il vit Swift et Hurké, Bishnu sauta dans la neige, et les aida à glisser la civière dans l'hélicoptère. Puis, presque après coup, il jeta un coup d'œil alentour et demanda où était Jack.

— Il va arriver dans un petit moment, dit le sirdar.

Hurké avait parlé avec une telle assurance qu'il convainquit Swift. Elle s'assit à l'entrée de l'hélicoptère, se dora au soleil, tenta de chasser de son esprit ce qui lui importait le plus. Jack serait là dans un moment. Chaque fois qu'il partait, il revenait. Et il en serait toujours ainsi. Mais à chaque minute qui passait, sa peur qu'il lui fût arrivé quelque chose grandissait. Elle se leva et se mit à marcher de long en large devant l'hélicoptère, plissant les yeux pour voir apparaître la silhouette familière de Jack dans le long couloir de glace. Quand elle eut vu Hurké fumer sa huitième cigarette et Bishnu regarder sa montre pour la troisième fois en cinq minutes, Swift n'y tint plus, et, se tournant vers le sirdar, lui rappela qu'il s'était écoulé une heure.

Hurké jeta un regard détaché à sa propre montre, puis hocha la tête.

— Peut-être encore un petit moment, memsahib, dit-il, calmement. Ne vous inquiétez pas. Jack sait ce qu'il fait.

— Ne pouvons-nous le contacter par radio ?

— Le silence radio est nécessaire avec les explosifs, dit le sirdar. Tout comme la patience.

Il s'écoula encore une demi-heure. Et là, même le sirdar montra de l'inquiétude. N'ayant plus de cigarettes, il avait cessé de fumer, et s'attaquait aux ongles de ses pouces, qu'il rongeait en alternance, les mains jointes, comme s'il espérait ajouter du sentiment à une prière difficile.

Le bruit d'une explosion sourde. Swift et Hurké bondirent aussitôt sur leurs pieds. Bishnu jeta un regard anxieux au sirdar, sa mâchoire tremblant nerveusement.

— *Garjan ?*

Le sirdar secoua la tête en signe de dénégation, puis leva les yeux vers le versant neigeux du Machhapuchhare.

— *Pairo*, dit-il, calmement.

Pendant une seconde ou deux, l'énorme masse de neige resta accrochée à la montagne, puis elle commença à tomber telle une grosse pile de papiers d'un bureau très haut.

— Avalanche, ajouta-t-il, sur un ton plus pressant.

Bishnu n'avait nul besoin qu'on le secoue. Il avait déjà contourné l'appareil en courant, grimpé dans le cockpit, et fait partir le moteur, criant tout ce temps-là à pleins poumons. Le moteur ajouta son propre gémissement aux plaintes du pilote. Lentement, les rotors se mirent à battre l'air, noyant les demandes pressantes de Bishnu, qui voulait décoller au plus vite.

Hurké saisit le bras de Swift. La jeune femme se sentit poussée vers la porte de l'avion.

— Memsahib, je vous en prie ! cria-t-il. Il faut que nous partions, maintenant.

— Et Jack ? cria-t-elle, en se tournant pour regarder dans le couloir de glace.

Jack n'était nulle part en vue.

— Nous ne pouvons pas le laisser !

Le bruit de l'avalanche se faisait de plus en plus fort, tel un orage qui se rapproche. Il soufflait un vent glacé, trompeuse avant-garde de ce qui suivait : des tonnes de neige et roches fonçant sur le Rognon. Le sirdar savait que d'ici une minute ou deux, l'avalanche allait les engloutir. Il sentit une décharge d'adrénaline fuser dans son corps. S'ils étaient pris dans l'avalanche, ils mourraient. Tous. Pas seulement Jack. Hurké poussa Swift dans l'hélicoptère et cria à Bishnu de décoller, puis de rester à un mètre du sol, ajoutant que s'il montait plus haut, il lui couperait les mains. Hurké avait tranché la main de Ang Tsering, tout le monde le savait. Aussi Bishnu prit-il cette menace au sérieux. Ne sachant pas s'il avait plus peur du sirdar que de l'avalanche qui à présent dévalait le Machhapuchhare dans leur direction, le pilote fit ce qu'on lui ordonnait et décolla tout doucement du sol.

— Vous ne pouvez pas ! dit Swift. Il est votre ami. Vous ne pouvez l'abandonner comme ça. L'avalanche va le tuer !

— Nous ne pouvons pas attendre plus longtemps qu'il ne le faut, cria le sirdar.

Il plaqua le bras de Swift contre son flanc, et s'assit presque sur elle pour l'empêcher de sauter.

— Nous serons tous tués si nous sommes toujours posés quand l'avalanche va frapper.

Swift lutta pour se libérer de la main du sirdar, qui lui serrait le bras comme un étau. Elle savait qu'il avait raison, mais après tout ce qu'ils avaient traversé, il semblait tellement injuste que Jack dût être tué. Vu leur décision de garder secrète l'existence du yéti, l'effet boomerang de ce qui arrivait la dégoûtait : comme si, de toutes façons, Jack avait été destiné à mourir avec Didier dans la première avalanche, il y avait des mois de ça. L'hélicoptère était ballotté par le vent chargé de neige qui tourbillonnait autour d'eux, et Swift ne savait pas si cette tourmente était dû à l'avalanche ou aux rotors qui battaient l'air au-dessus d'elle. Elle cria le nom de Jack à pleins poumons. Puis elle le vit. Il courait vers eux, levant les genoux aussi haut que ses diverses couches de vêtements le lui permettaient.

— Là-bas ! cria-t-elle. Le voilà !

Hurké suivit la direction indiquée par le bras qui s'était libéré de sa prise pour lui désigner le couloir de glace, en contrebas, et vit que son ami ne s'en tirerait que d'un cheveu. Et qu'il y resterait s'il avait la malchance de tomber. Puis le sirdar eut réellement peur, quand il vit, derrière Jack, prenant de la vitesse tel un raz de marée qui accélère, gagnant sur lui à chaque instant, un énorme nuage de neige furieux qui ressemblait au souffle chaud du Seigneur Shiva. Comme si on leur rappelait qu'il s'agissait d'un lieu sacré, interdit, et qu'ils n'auraient jamais dû venir ici.

Jack se jeta dans l'ouverture de l'hélicoptère, son torse atterrit sur le sol, puis il se sentit hissé à bord par son baudrier.

— *Jaanu !* cria le sirdar. *Jaanu, jaanu !*

La seconde d'après, l'hélicoptère pencha d'un côté, puis s'éleva de la montagne, et prit la direction du Sanctuaire.

— *Hera !* cria Bishnu.

Le Machhapuchhare et le Rognon disparurent totalement, alors qu'un nuage gris-blanc assourdissant enveloppait le vieil hélicoptère comme un blizzard, et que le moteur luttait pour gagner de l'altitude. Swift accrocha le regard de Jack et le vit dire quelque chose, mais ses mots se noyèrent dans la grande masse de neige, en dessous d'eux. La jeune femme ferma les yeux quand l'hélicoptère sembla tourner sur un angle de cent quatre-vingts degrés dans une direction, puis dans l'autre, et pendant un laps de temps qui lui parut durer plusieurs minutes, elle fut certaine qu'ils allaient s'écraser. L'hélicoptère dériva un peu, puis soudain il se stabilisa, et ils volèrent tranquillement vers le glacier.

Swift ouvrit les yeux. Pendant une seconde, elle pensa que la peur avait fait blanchir les cheveux de Jack comme ceux d'un vieil homme, jusqu'à ce qu'elle réalise qu'il était couvert de neige poudreuse. Ils l'étaient tous.

— Grâce à Dieu, souffla-t-elle.

Jack se leva du plancher de l'avion, puis épousseta la neige de sa tête et de ses épaules.

— Ce n'est pas passé loin, dit-il. J'ai attendu de vous voir pour déclencher l'explosion. Sauf que j'ai sous-estimé la vitesse de l'avalanche.

— Tu as failli nous tuer.

— Ecoutez-moi ça, dit-il.

Mais Swift se penchait déjà hors de la portière, surveillait les résultats du travail de Jack. Le couloir de glace et le Rognon étaient à présent enterrés sous des milliers de tonnes de neige et de glace. Certaine que la voie qu'ils avaient découverte et qui menait aux yétis et à la forêt cachée où ils vivaient n'existait plus, Swift hocha la tête avec satisfaction et prit la main que lui tendait Jack.

L'hélicoptère monta en flèche au-dessus d'un océan de roches. D'énormes vagues dans une mer pétrifiée, voilà à quoi ressemblait l'Himalaya. Et ils espéraient tous qu'il continuerait à garder le plus précieux et le moins abominable des secrets.

Impression réalisée sur CAMERON par
BRODARD ET TAUPIN
La Flèche
en avril 1997

Imprimé en France
Dépôt édit. 1739 – 04/1997
Édition 01
N° d'impression : 4774C-5
ISBN : 2-7024-7860-3

52/6055/9